權泰益 校閱
李丙斗 譯

韓國歷代

名詩全書

明文堂

譯詩尤覺造詞難
語未工時意未安
遊戲世間三昧手
看君容易轉金丹

李丙斗 先生 鑒
尼山 尹錫五

序

元來 韻文의 飜譯이란 散文의 飜譯과 달라 그리 容易한 것이 아니다。原文이 지니고 있는 作者의 詩想、그 詩想을 感發시킨 動機 이것들을 똑바로 捕捉하여 그대로의 詩感을 表現시킨다 함은 難事라느니보다 不可能하다는 用語를 씀이 妥當할 것이다。

더구나 나와 같은 孤陋寡聞의 遐鄕菲才로 幾個人의 詩句를 選拔飜譯함도 不堪하겠거던 하물며 新羅 末葉부터 始作하여 高麗、朝鮮、上下數千載에 亘하여 許多한 英雄 豪傑의 雄大한 抱負、詩人 文士의 奇拔한 詩想、才子 佳人의 纖細한 感情을 그대로 飜譯하기란 恰似 一蠡로써 太平洋을 尺度함이리라。

現下 우리나라의 文學史는 飜譯 時代에 逢着하여 國文外譯、漢文國譯、外典國譯 따위가 時急히 要請됨은 贅言을 不要하는 바이다。더구나 우리나라의 數千載를 通한 歷史的 諸文獻이 모두 漢文으로 되어 있어 이것을 飜譯 刊行함은 오로지 漢文、漢詩 自體를 爲해서만이 아니오 나아가서는 오직「한글」專用 運動의 礎石이 되어 將來할 우리「한글」의 隆盛發展에 이바지함이 클 것이다。

일찍부터 古典文獻 飜譯에 至大한 關心을 갖은 文獻編纂會 代表 尹世鐸氏가 나의 無能과 寡聞을 不嫌하고 累次 要請이 있어 끝내 그의 崇高한 趣旨와 熱烈한 誠意를 拒絶할 길이 없어 붓을 들었으나 飜譯하는 筆鋒이 鈍禿하고 模倣하는 文章이 窘塞하여 畫虎不成의 感이 不無한 바 이것을 上梓 刊行하여 世上에 내놓기에는 너무나 恐懼不堪한 바 많다。

그러나 萬里의 長程도 一步에서 始發되고 大厦千間의 落成도 한가랫밥 흙과 한가지의 왓대가지로 構成되나니 나의 이 名詩 拙譯이 一匙之飽를 猥濫되이 바라지 않고 한갓 漢詩 飜譯에 있어

앞으로의 長程一步와 千間一條가 되었으면 하는 한오라기의 希望을 가질 뿐이다。

끝으로 이번 나의 名詩揣譯에 後輩를 激勵指導하여 주신 尼山 尹錫五先生께와 公事 鞅掌하심에도 不拘하고 字字句句 一一이 校閱의 勞를 아끼시지 않은 國史編纂委員會의 訥人 權泰益先生께 鳴謝하오며 內容에 있어 粗疎、誤謬、또한 많을 것이매 오직 讀者諸彦의 叱正을 빌어 마지않는 바이다。

己亥三月一日

自虛學人 李 丙 斗 晉

교열을 마치면서

그림을 말 없는 시(詩)라 한다면 시는 말하는 그림이 되어 그 작품에 작자의 심정과 주위 환경의 그대로를 잘 표현 하여야 할 것으로 우리 문학에 있어 가장 귀중한 한 부분(部門)을 차지한 것이다。

시에 대한 해석은 「뜻을 말하는 것(言志)」、「자연과 인생에 대한 감흥(感興)과 상상(想像)」을 운률(韻律)에 마추워 읊은 노래의 일종이다。그러므로 이것을 풍월(風月)이라는 별명조차 붙게 되었다。

지나간 시대의 한시(漢詩)는 물론 그 시대의 환경 속에서 그 환경에 적응(適應)한 포부(抱負) 감상(感想)을 그려낸 그 시대 유행의 노래에 지나지 않았다。

그러나 시대는 바뀌어서 오늘에 와서 옛 사람들의 읊은 노래를 국가 정책의 국문학 관계로 이것을 이해하는 이 극히 적어짐을 유감으로 생각한 문헌편찬회(文獻編纂會)에서 우리나라 상고(上古)시대부터 근대에 이르기까지의 역대 유명한 시들만 가리고 골라서、종래 자의해석(字意解釋)에 구애되어 구차하였던 것을 혁신하고 의역(意譯)으로 옛 시의 시정(詩情)·시상(詩想)·시격(詩格) 등을 현대의 시법(詩法)에 비추워 번역한 것은 우리들의 옛 시문학의 천발(闡發)에 적의(適宜)한 일이며 우리들이 이 책 한 권을 가짐으로써 옛사람들의 시문학을 이해(理解)할 수 있는 반면에 다시 고시(古詩)를 배우려는 사람들에게 큰 도움이 될 것이다。

마침 이사람에게 원시작자(原詩作者)의 시대 고증과 한자오식(漢字誤植)의 잘못된 것을 교열해 달라는 문헌편찬회의 청이 있었으므로 각종문헌을 고증해서 연대의 아는 것만 기록하였고 글자에 대한 시해(豕亥)의 잘못 됨을 고쳤더니 또 다시 거기에 대한 전말(顚末)을 써 달라는 부탁이 있어 책 끝에 붙이며 그래도 미비한 것은 현명한 독자 여러분의 질정(叱正)이 있기를 빌어마지 않는다。

己亥 新正

文教部國史編纂委員會

訥人 權泰益

推薦辭

文獻編纂會에서 「韓國歷代 名家筆集」을 江湖에 내보내어서 民族文化에 貢獻한지 얼마 안되어 이제 또다시 두 번째로 「韓國歷代名詩全書」를 내놓게 되었으니 營利와 收支面은 돌아보지도 않고 오직 民族文化에 寄與하겠다는 그 犧牲的精神과 愛國的熱意에 感激과 讚辭를 禁하지 못하는 바이다。

名詩全書의 內容을 通覽하건대 韓國의 歷代 詩文 大家를 總網羅하여 그中에서 가장 著名한 一千餘名의 代表詩를 年代順으로 蒐集 編列하여 있어 이 冊 한 卷만 가지고도 우리 漢詩 文學의 지나간 全貌를 充分히 一目瞭然하게 알 수 있을 뿐아니라 歷代의 詩形 詩趣며 傾向의 變遷 榮枯를 짐작할 수 있다。더욱 原詩에 譯詩를 並記한 것은 詩意理解에 便宜할뿐 아니라 譯詩가 原詩에 忠實하여 그 原形을 잘 살리면서도 直譯에서 오는 어색함을 避하고 우리의 生理에 구수한 現代詩의 體裁와 表現으로 意譯하여 漢譯詩 獨特의 딱딱한 맛이 없이 優雅한 感觸과 雅趣를 感得케 함으로써 漢詩에 能熟한 사람은 더할 나위도 없고 未熟한 사람 甚至於 아주 門外漢일지라도 漢詩에 親近할 수 있고 理解를 갖게 하여 漢詩에 맛들일 수 있는 案內役이 될 것이다。또한 詩內容에 많은 史料的價値가 품겨 있을 뿐 아니라 詩句마다 作者의 存沒 年代와 略歷이 一一이 附說되어 있어 漢詩文學인 同詩에 文學史로서 또는 人名錄으로서도 훌륭한 資料가 될 것을 믿어 마지 않는 바이다。

西紀 一九五九年 三月 一日

文敎部·國史編纂委員會

編纂課長 金 聲 均

推薦辭

洋의 東西를 莫論하고 民族文化란 一朝一夕에 이루워지는 것이 아니라는 것은 우리들이 잘 알고 있는 바이다。어느時代에 民族文化의 黃金期를 이룬다는 것도 그 以前에 先祖들이 닦아 놓은 터전 위에 하나의 加工을 하는 것이다。이렇듯 그 源泉은 아득한 옛날의 歷史에서부터 오는 것이다。

그러므로 우리들이 民族文學을 理解하려면 무엇보다도 歷代先賢들의 名作을 찾아볼 必要가 있을 것이다。그것은 우리들의 文學史이기 때문이다。

그러나 先賢들과 우리들 사이에는 時代的인 距離에서 오는 生理的인 差異로 말미아마 하나의 文學作品일지라도 形式的인 體裁와 內容의 興趣等이 다르고 또 使用된 文字도 다르기 (漢字와 한글) 때문에 理解하기가 매우 어려운 데가 많다。그런데 今般 文獻編纂會에서 刊行하게 된「韓國歷代名詩全書」는 歷代名賢의 力作인 漢詩를 現代的인 體裁로 飜譯하여 原詩의 詩感 그대로를 直接 우리들에게 紹介하고 있다。이것은 또 原詩도 같이 紹介하고 있음으로 原詩와 譯詩 서로가 더욱 詩感을 넉넉하게 하고있어 누구나 재미 있게 볼 수 있다。

이冊이 民族文化의 向上에 役軍이 되고 一般大衆에게도 좋은 伴侶가 될 수 있는 良書임을 믿으면서 널리 推薦하여 마지 않는다。

西紀 一九五九年三月一日

國會圖書館

圖書課長 任 石 宰

凡例

一、本書는 大東詩林·李朝實錄(御眞)·東詩選·靑邱風雅·箕雅·昭代風謠·風謠續三選·三國遺事等에서 歷代 千餘人의 力作만을 추려 一人、一·二首 本位로 編纂한 것이다。

一、本書의 編纂은 本會委員들이 拔萃하여 責任委員 李丙斗 先生이 多年間 心血을 기우려 現代人의 生理에 알맞게 意譯한 것이다。

一、本書는 古典 飜譯事業의 一步로 한글을 專用하여 文意가 通치 안는 곳에는 ( )안에 漢字를 挿入하였다。

一、個個人의 人名과 略歷을 仔細히 실리고 年代를 挿入하였다。年代의 記入方法은 (生年——卒年)·(生年——)·(——卒年)·(——年경——)順으로 하였다。

一、校閱은 國史編纂委員會 權泰益先生이 細密하게 하였고 아울러 年代도 여러 史料에 依하여 挿入하였다。

一、註解는 많은 故事의 熟語를 解說하였다。

一、讀者의 便宜를 爲하여 組版羅列을 餘裕있게 四六倍判에 二段組로 一段一首 本位로 原文을 羅列하고 그 옆에 意譯하였으며 註를 달았다。

韓國歷代名詩全書目次
한국역대명시전서목차

高麗(고려)

朝鮮(조 선)

名媛 (명원)

名妓(명기)

을 지 문 덕
乙 支 文 德

古朝鮮(고조선)

『霍里子高妻 麗玉』(곽리자고처여옥)

◎**箜篌引** (공후인, 악부(樂府) 조선최초의 작품)

公無渡河、公竟渡河、墮河而死、公將奈何

님은 건너지 마렸더니
님은 그예 건너가셨네
물에 빠져 죽으니
님은 장차 어이 하련가

高句麗(고구려)

『琉璃王』(유리왕)

△고구려(高句麗) 二대왕 (—— 기원전 一七년경 ——)

◎**黃鳥歌** (황조가, 도망한 총첩 치희(雉姬)를 그리워 부른 노래)

翩翩黃鳥、雌雄相依、念我之獨、誰其如歸

펄펄 나는 저꾀꼬리
암수 서로 노니나니
외로울사 이내몸은
뉘와서곰 같이녤가

『乙支文德』(을지문덕)

△고구려(高句麗) 영양왕(嬰陽王)때 지용(智勇)이 겸비(兼備)한 장상(將相) (—— 서기六一三년경 ——)

◎**遺于仲文** 수(隋)의 대장 우중문을 풍자(諷刺)한 거짓 항복(降伏)한다는 시(詩)

神策究天文、妙算窮地理、戰勝功旣高、知足願言止

신통한 꾀는 천문을 궁구하였고
오묘한 계산은 지리를 다하였네
싸움을 이겨 공이 이미 높았거니
만족함을 알아 그치기를 바라오

註=왕(王)二十三年에 수양제입구시(隋煬帝入寇時) 적정을 탐정하고 평양성(平壤城)밖 三十里거리까지 적군을 유도하여 거짓의 항복시(降伏詩)를 적장에게 보내어 총퇴각케하여 살수(薩水)〔淸川江〕에서 추격섬멸(追擊殲滅)하였다。

百濟(백제)

『薯童(서동)』

△백제(百濟)무왕(武王)三十代 휘(諱)는 장(璋)이오, 소명(小名)은 서동(薯童)이다 재위(在位)四十一년

(—— 서기五九七년경 ——)

◎童謠 (서동가)

善化公主主隱、 他密只嫁良置古、 薯童房乙、夜矣卯乙、抱遣去如、

선화공주님은 남몰래 얼어두고(嫁)、 서동방을 밤에 몰래 안고가다 (서동)

註=신라진평왕의 셋째공주 선화가 아름답기 짝이 없다는 말을 듣고 서동은 머리를 깎고 신라서울로 가서 마(薯蕷)를 가지고 동네 아이들을 먹이니 아이들이 친해서 따르게 되었다。이때 동요를 여러 아이들에게 부르게하니 궁중에서는 공주를 먼곳으로 귀양보냈다。도중에서 서동이 나타나서 시위하고 가려하거늘 공주 우연히 기뻐하여 서로 부부가 된것이다。

新羅(신라)

『異次頓(이차돈)』

△신라(新羅) 법흥왕(法興王)十四年 불법(佛法)을 위하여 순교(殉敎)

(—— 서기五二七년경 ——)

◎舍人曰、爲國亡身、臣之大節、爲君盡命、民之直義、以謬傳辭、刑臣斬首、則萬民咸服、不敢違敎 (三國遺事)

차돈이 말하되 나라를 위하여 몸을 망하는것은 신하의 대절이오 임금을 위하여 목숨을 바치는것은 백성의 직의올시다 거짓 전명한 죄로 신의 머리를 베이시면 만민이 다 굴복하여 감히 교명을 어기지 못할것입니다(삼국유사)

又(이차돈)

◎王曰、解肉枰軀、將贖一鳥、洒血摧命、自憐七獸、朕意利人、何殺無罪、汝雖作功德、不如無罪 (三國遺事)

왕이 말하되 살을 저미고 몸을 덜어서 한 새라도 속죄해 주려하고 피를 뿌리고 명을 꺾는것은 칠수를 불상히 여김이라 나의 뜻은 사람을 이롭게하는데 있거늘 어찌 무죄한 사람을 죽일까부냐 네가 비록 공덕을 지을지라도 죄을 피하는 것이 좋겠다(삼국유사)

『元曉大師』(원효대사)

△사(師)의 속성(俗姓)은 설씨(薛氏)요 아명(兒名)은 서당(誓幢) 제명(第名)은 신당(新幢)이니 신라二九대 태종무열왕(新羅二九代 太宗武烈王)때 명승(名僧)으로 화엄경소(華嚴經疏)를 만들었다 원효(元曉)라 함은 불일(佛日)을 빛나게 하였다는 뜻이다 신라십현(新羅十賢)의 한사람인 거유(巨儒) 설총(薛聰)의 부(父)로 전(傳)함

(서기六一七년 ——)

莫生兮其死也苦
莫死兮其生也苦

세상에 나지 말아라 죽기가 괴롭도다
죽지도 말어라 사는것도 괴롭노라

『水路夫人』(수로부인)

△신라(新羅) 三十三代 성덕왕(聖德王)때 순정공(純貞公)의 부인(夫人) 절세미용(絕世美容)

(——서기七〇六년)

◎唱海歌 (衆人唱歌訓) (여러사람이 부른 노래)

龜乎龜乎出水路、掠人婦女罪何極、汝若悖逆不出獻、入網捕掠燔之喫

거북아 거북아 수로를 내놓아라 남의 부녀 뺏어간죄 얼마나 큰가 네 만일 거역하여 내놓지 않으면 그물로 잡아 구어먹으리(작자미상)

註=성덕왕때 순정공이 강능태수로 부임하는 이튿날 임해정에서 점심을 먹던차에 해룡이 나타나 부인을 끌고 바다로 들어가 여러사람이 부인을 내놓으라고 부른 노래

「原歌詞(海歌詞)」

龜乎龜乎、出水路也、若不出獻、燔之喫也

「龜旨歌」

龜何龜何、首其現也、若不現也、燔灼而喫

又(수로부인)

◎獻花歌 (佚名老人) (이름모를 노인이 부름)

紫布岩乎邊希、執音乎手母牛放敎遣、吾肹不喩慚肹伊賜等、花肹折叱可獻乎理音如

자줏빛 바위가에 잡은손 암소 놓고 날아니 부끄러이 하려든(할진대) 꽃을 꺾어 바치오리다

註=순정공이 강능태수(江陵太守)로 부임하는 도중 바닷가에서 점심을 먹고 있던차에 곁에 돌봉오리가 천장(千丈)이나 높이 솟아있고 그위에 철쭉꽃이 만개하여 공의 부인 수로가 보고 좌우 사람에게 「누가 저꽃을 꺾어 오겠느냐」하니 종자들은 사람이 가지 못하는 곳이라하여 응치않으니 암소를 끌고 가든 한 노인이 부인의 말을 듣고 꽃을 꺾어 가사를 지어 함께 들이었다。

『忠談師』 (충담사)

△신라(新羅) 三十五代 경덕왕(景德王)때 영승(榮僧)
(——서기七三七년경——)

◎安民歌 (안민가)

君隱父也、臣隱愛賜尸母史也、民焉狂尸恨阿孩古爲賜尸知、民是愛尸知古如、窟理叱大肹生以支所音物生、此肹喰惡支治良羅、此地肹捨遣只於冬是去於丁、爲尸知、國惡支持以支知古如 後句、君如臣多支民隱如、爲內尸等焉、國惡大平恨音叱如

군(君)은 아비오 신(臣)은 사랑스런 어미시라
민(民)을 즐거운 아해로 여기시니 민이 은혜를
알지로다 구물구물 사는 생물들 이를 먹여 다
스리니 이땅을 버리고 어디로 갈소냐 나라를
지닐줄 알지로다
「후구」군답게 신답게 민답게 할지면 나라는 태
평하리이다(충담)

註=경덕왕 二十四년에 충담을 영접하고 왕이 나라를 위하여 「안민가」를 지으라하니 충담이 명을 받들어 노래를 지어바치거늘 왕이 아름다이 여겨 왕사(王師)를 봉하니 충담이 사양하고 받지 아니하다。

又 (충담사)

◎讚耆婆郞歌 (찬기파랑가)

咽嗚爾處米、露曉邪隱月羅理、白雲音逐于浮去隱安支下、沙是八陵隱汀理也中、耆郞矣貌史是史藪邪、逸烏川理叱磧惡希、郞也持以支如賜烏隱、心未際叱肹逐內良齊、阿邪、栢史叱枝次高支好、雪是毛冬乃乎尸花判也

열치(헤치)고 나타난 달이 흰구름 좇아 떠가는
어디어 새파란 냇물속에 기랑(耆郞)의 모습 잠
겻새라 일오천(逸烏川) 조약돌이 낭의 지니신 마
음 갓(際)을 쫓고저 아ㅣ 잣가지 높아 서리 모
를 꽃판이어

『處容郎』(처용랑)

△신라(新羅)四十九代 헌강왕(憲康王)때 사람

(—— 서기八七七년경 ——)

◎處容歌 (처용가)

東京明期月良、夜入伊遊行如可、入良沙寢矣見昆、脚烏伊四是良羅、二肹隱吾下於叱古、二肹隱誰支下焉古、本矣吾下是如馬於隱、奪叱良乙何如爲理古(處容郎)

동경 밝은 달에 밤드러새어 노니다가 들어와 자리를 보니 가라리(다리) 네히러라 둘은 내해였고 둘은 뉘해언고 본대 내해다만은 빼겼으니 어찌하리꼬(처용랑)

註=왕이 미녀로써 아내를 삼게하고 급간(級干)벼슬을 주었다 그의 아내가 매우 아름다웠으므로 귀신이 사람으로 변하여 밤에 그집에 들어가 동침하였다 처용이 집에 들어가니 자리에 두사람이 누었음을 보고 춤을 추고 부른 노래인데 신이 현형하여 내가 공의 아내를 사모하여 과오를 범하였는데 공이 노하지 아니하니 감격하다고 하였다(삼국유사)

『王居仁』(왕거인)

△신라(新羅)진성왕(眞聖王)때 은자(隱者)

(—— 서기八九二년)

◎憤怨詩 (분원시)

燕丹泣血虹穿日、鄒衍含悲夏落霜、今我失途還似舊、皇天何事不垂祥

연단(燕太子)의 피어린 눈물 무지개로 해를 숡고 추연의 머금은 슬픔 여름에도 서리를 나린다 지금 이내시름 그와 같도다 아ㅣ 황천아 어찌해 아무 표시도 없는가 (왕거인)

註=진성여왕이 정사 어지러우매 국인이 근심하여 은어(隱語)를 써서 길거리에 던지니 왕과 권신이 이를 보고 왕거인의 지은바라하고 왕거인을 잡아 옥에 가두었다。왕거인이 시를 지어 하늘에 호소하니 하늘이 옥에 번개를 쳐서 면하였다。

『月明法師』(월명법사)

△신라(新羅) 경덕왕(景德王) 때 고승(高僧) 월명법사(月明法師)가 왕(王)께 받친 향가(鄕歌)

◎兜率歌 (두솔가) (서기七四二년 ——)

今日此矣散花唱良、巴寶白乎隱花良汝隱、直等隱心音矣命叱使以惡只、彌勒座主陪立羅良

오늘이어 산화가(散花歌)를 불러 뿌린 꽃아 너는 곧은 마음에 명(命)을 심부름하여 미륵좌주를 모셔라

註=두솔가(兜率歌)는 덧소리

又(월명법사)

◎生死路隱、此矣有阿米次肹伊遣、吾隱去內如辭叱都、毛如云遣去內尼叱古、於內秋察早隱風未、此矣彼矣浮良落尸葉如、一等隱枝良出古、去奴隱處毛冬乎丁、阿也、彌陁刹良逢乎吾、道修良待是古如

생사로는 이에 있으며 저허하여 나는 갑니다 말도 못다 이르고 가는가 어느 가을 이른바람에 이곳에 저곳에 떨어지는 잎같이 한가지에 나가지고 가는곳 모르는가 아 ㅣ 미타찰(彌陀刹)이여 만나 보고 내 도 닦아 기다리고나

『薛瑤(설요)』

△전당시(全唐詩)에 말하되 설요는 동명국(東明國)·(신라(新羅)를 가르킨)사람으로 좌무위장군(左武衛將軍) 승충(承沖)의 딸로 시(詩)에 능통(能通)했다 한다

◎返俗謠(반속요)

化雲心兮、思淑貞、洞寂寞兮、不見人、瑤草芳兮、思芬蒕、將奈何兮、青春

구름은 조촐하게 맑고맑으며
마을은 조용하여 아무도 없네
요초는 곱고고아 향기로운데
청춘은 늙어가니 어이하오리

◎佛家(불가)의 詩歌(시가) 성덕왕(聖德王)때의 시가(詩歌)

日暮千山路、行行絕四隣、竹松陰轉邃、溪洞響猶新、乞宿非迷路、尊師欲指津、願惟從我請、且莫問何人

해는 천산길에 저물었으니
가고가도 외롭기 짝없구나
송죽 그늘은 더욱 그윽한데
동구를 울리는 시냇물소리 오히려 새롭도다
하루밤 자기를 청하는 나그네 길을 잃음이 아니다
존사를 지진(指津)코저 함이니
원컨대 내청만 들어주시고
뉘가는 묻지마소

고운 최 치 원
孤雲 崔 致 遠

『崔致遠』 (최치원)

△자(字)는 고운(孤雲) 또 해운(海雲)이오 十二세에 당(唐)나라에가서 당희종(唐僖宗)때에 급제(及第)하여 한림학사(翰林學士)가 되다 귀국한후 만년(晩年)에 가야산(伽倻山)에서 죽음 시호(諡號)는 문창후(文昌侯)요 문묘(文廟)에 배향(配享)됨 (서기八五七년 ——)

◎秋夜雨中 (가을 밤비를 읊은 시(詩))

秋風惟苦吟、擧世少知音、窓外三更雨、燈前萬里心

가을바람 쓸쓸하고 애처로운데
세상에는 알아줄이 별반 없구나
창밖에 밤은 깊고 비는 오는데
등잔불만 고요히 비추어 주네

又 (최치원)

◎芋江驛亭 (우강역의 정자에서)

沙亭立馬待廻舟、一帶烟波萬古愁、直得山平兼水渴、人間離別始應休

사정에 말을 새고 배 오기를 기다리니
강위에 뜬 안개는 시름인양 서려있네
마음대로 메도 물도 없앨 양이면
세상의 슬픈 이별 이제로 끊어지리

註=나말(羅末)의 대문호(大文豪)로서 당(唐)나라로 건너가서 十八세(歲)에 급제하여 당의 내외관직(內外官職)에 역임하고 문명(文名)이 크게 떨치였다。후에 귀국하여 시독겸 한림학사(侍讀兼翰林學士)가 되였다가 진성여왕(眞聖女王)때 세상이 요란하므로 명산대찰(名山大刹)로 방랑하여 시문(詩文)으로 소일하다가 최후에 해인사에 들어가 여생을 마치었다。저술은 많이 있었으나 계원필경(桂苑筆耕)과 시문 약간편(詩文若干篇)이 전할뿐이다。

『崔承祐』 최승우

△진성여왕(眞聖女王)三년에 당나(唐)라에 건너가 급제(及第)하였고 호본집(餬本集) 四六五권이 있음 지금은 전하지 않음

◎送曺松入羅浮 (조송(曺松)을 나부(羅浮)로 보내면서)

雨晴雲斂鷓鴣飛、嶺嶠臨流話所思、厭次先生須讓賦、宣城太守敢言詩、休攀月桂凌天險、好把烟霞避世危、七十長溪三洞裏、他年名遂也相宜

구름 걷고 비개이니 자고새 나른다
고개 넘고 물을 임해 그리던 말씀
가는님 못내 잊어 화답하기 싫였거늘
그래도 선생웬님 글 짓키를 말씀하네
험난을 무릅쓰고 영화 누림 그만이오
연하(자연)를 좋아하니 세상이 멀어졌오
산도 높고 물도 맑은 신선 사는곳
어느해 서로 만나 즐거워 하리

註=월계(月桂)※영화를 누리는것
삼동(三洞)※삼청동이니 신선이 사는곳
나부(羅浮)※중국 광동성 증성현 (中國 廣東省 增城縣)에 있는 산(山)인대 그산아래 매림(梅林)으로 유명함

『朴仁範』 박인범

△신라(新羅)의 문신(文臣)으로 당(唐)나라에 건너가 등과(登科)하여 한림학사、수례부시랑(翰林學士守禮部侍郎)에 이르고、효공왕(孝恭王) 二년에(三二三一) 승도선(僧道詵)의 비문(碑文)을 찬(撰)함

◎涇州龍朔寺 (경주용삭사)

翠飛仙閣在蒼冥、月殿笙歌歷歷聽、燈撼螢光明鳥道、梯回虹影倒巖扃、人隨流水何時盡、竹帶寒山萬古青、試問是非空色裏、百年愁醉坐來醒

선각은 나르는듯 하늘 높이 솟아있고
젓소리 노래소리 월궁에서 들리는듯
뻔적이는 반딧불은 잘새길을 밝혀주고
둘려박은 무지개는 바위에 빗장했네
사람이 유수라면 어느때에 없어지리
대그늘은 산과 함께 만고에 푸르구나
묻노니 옳고 그름 한 이치라면
우리의 백년시름 취했다 깸일듯

註=공색(空色)※불설에 공즉 시색(空則是色) 색즉 시공(色則是空)에서 나온말이니 이치를 말함

「崔匡裕」(최광유)

△최치원(崔致遠)과 같은 시대 사람으로 당(唐)나라에 건너가 유학(遊學)한 사람

◎**長安春日有感** (서울에서 봄을 맞으며)

麻衣難拂路岐塵、鬢改顔衰曉鏡新、上國好花愁裏艶、故園芳樹夢中春、扁舟烟月思浮海、羸馬關河倦問津、祇爲未酬螢雪志、綠楊鶯語太傷神

옷소매 떨치구서 나누기 어려웁소
흰 살직 여윈 얼굴 거울보니 다르구나
딴 나라 고은 꽃도 시름속에 피어나고
고향의 좋은 산천 꿈가운데 봄이 오네
달아래 배를 띄워 둥실둥실 가고싶고
관하만리 말은 지쳐 길 묻기도 싫어지네
형설을 모아 놓고 공부 할뜻 멀었거니
녹양三월 우는 새가 이내마음 근드리오

註=형설(螢雪)※고학의 뜻이니 옛적 중국 진(晋)나라의 차윤(車胤)과 손강(孫康)이라는 사람이 가난하여 등불이 없으므로 여름에는 개똥불을 모으고 겨울에는 눈을뭉쳐 공부하여 성공 했다는데서 나온 말

高麗(고려)

「崔承老」(최승로)

△경주인(慶州人)으로 고려(高麗) 성종(成宗)때 문하수시중(門下守侍中)으로 청하후(淸河侯)를 봉(封)하다 시호(諡號)는 문정(文貞) 성종(成宗)八年 六十三세에 사망
(서기九二六년—九八八년)

◎**禁中東池新竹**(궁중 못가에서 죽림(竹林)을 읊음)

禁籞初開粉飾明、低臨輦路綠陰成、宸遊何必將天樂、自有金風撼玉聲

녹죽(綠竹)이 의의(猗猗)하여 금원(禁苑)을 단장하니
연(輦)타고 가시는 길 시원하구나
고은님 노시는데 다른 풍류 필요하랴
아름답고 맑은 소리 원중(苑中)에서 들려 오니

註=성종(成宗)때 구언(求言)에 응하여 상서 수만언(上書數萬言) 시무 수십조(時務數十條)를 상진(上陳)하였다
의의(猗猗)※휘청거려 느려진모양
연(輦)※임금님이 타시는 수레
금원(禁苑)※나라동산
고은님※임금님을 가르킨 말

『張延祐』(장연우)

△고려(高麗) 광종(光宗) 현종(顯宗) 때 사람으로 화어(華語)에 능(能)하여 중국사신(中國使臣) 접대(接待)에 능(能)하였고 현종(顯宗) 때 벼슬이 호부상서(戶部尙書)에 이르다

◎寒松亭曲 (한송정곡)

月白寒松夜、波安鏡浦秋、哀鳴來又去、有信一沙鷗

한송정 달밝으니 밤은다시 고요하고
경포대 물결잘제 가을더욱 맑더구나
이렁듯 좋은속을 백로너는 무슨일로
잠못들고 슬피울며 오락가락 하는거냐

『崔沖』(최충)

△자(字)는 호연(浩然)이오 해주인(海州人)으로 고려(高麗) 목종(穆宗)때 급제(及第)하고 문종때 문하시중(門下侍中)이 되다 퇴사(退仕)후 사학(私學) 구재(九齋)를 일으켜 교육에 힘쓰니 그때 해동공자(海東孔子)라 칭하였다 시호(謚號)는 문헌공(文憲公)

(———서기一〇三一년)

◎絕句 (절귀)

滿庭月色無煙燭、人座山光不速賓、更有松絃彈譜外、只堪珍重未傳人

하늘높이 솟은달 뜰에가득 차있구나
산풍경 하좋다기 청함없이 찾아왔네
들려오는 바람마저 가락없는 풍류어니
그윽하고 맑은취밀 인간에는 주질않소

「朴寅亮(박인량)」

△자(字)는 대천(代天)이오 호(號)는 소화(小華) 죽주인(竹州人)이라 문종(文宗)때 사람으로 송나라(宋)에 건너가 문명(文名)을 날리고 좌복야(左僕射) 참지정사(參知政事)가 되다 시호(諡號)는 문열(文烈)이다

(――서기 一〇九六년)

◎伍子胥廟 (오자서사당)

掛眼東門憤未消、碧江千古起波濤、今人不識前賢志、但問潮頭幾尺高

천고 원한 가실 길 없고
강물만 기리 기리 파도치누나
지나간 옛사람을 아는이 없어
묻는건 조수물 얕고 깊은것

註=오자서(伍子胥)※이름은 원(員)이오 자는 자서(子胥)이니 중국 전국시대(戰國時代)의 초(楚)나라 사람으로 원한을 품고 오(吳)나라로 망명하여 대장이 되어 오왕부차(吳王夫差)에게 월왕구천(越王句踐)의 입구(入寇)를 미리 알고 방비 할것을 충간(忠諫)하다가 도리어 참소(讒訴)를 입어 피살(被殺)된후 마침내 오(吳)나라는 구천(句踐)의 침입(侵入)으로 멸망되었다。

「郭輿(곽여)」

△자(字)는 몽득(夢得)이오 예종(睿宗)때 사람으로 시호(諡號)는 진정(眞靜)

(――서기 一一三〇년)

◎長源亭應製野叟騎牛 (소타고가는 늙은이를 보고)

太平容貌恣騎牛、半濕殘霏過壟頭、知有水邊家近在、從他落日傍溪流

무엇은 안개 서린 언덕길 넘어로
소 타고 오는 모습 한가로워라
아마도 그의집은 강 근처인양
해지는 시냇 가로 가는걸 보니

『金富軾』(김부식)

△고려(高麗) 인종(仁宗)때의 사가(史家)로 삼국사기(三國史記)를 찬(撰)함 서경(西京) 묘청(妙淸)의 난(亂)을 토평(討平)하고 문하시중(門下侍中)이됨 경주인(慶州人)으로 七十七세에 사망 시호(諡號)는 문열(文烈)
(서기一〇七五년—一一五一년)

◎東宮春帖 (세자궁(世子宮)에 봄을 읊음)

曙色明樓角、春風着柳梢、鷄人初報曉、已向寢門朝

날이 새니 다락머리 환하여지고
버들 끝에 봄바람 하늘거리네
순라군 돌아가며 새벽을 알리오
어느듯 침문에는 아침 문안을

註=계인(鷄人)※옛적에 궁중에서 시각을 알려주는 소임을 갖은 사람、또는 궁중을 경계하는 순라군。

又(김부식)

◎甘露寺次韻 (감로사에서 읊음)

俗客不到處、登臨意思淸、山形秋更好、江色夜猶明、白鳥高飛盡、孤帆獨去輕、自慚蝸角上、半世覓功名

뜬세상 모든사람 가기 어련데
훌로서 올라보니 상쾌하구나
가을철 돌아오니 산모습이 좋고
강(江)경치 밤들어 또렸하구나
백조는 높이 높이 날라를 가고
돛대만 까물 까물 외론배 떴오
세상은 하찮게도 좁고 좁은데
공명 찾아 헤맨게 부끄렵구나

『李資玄』(이자현)

△자(字)는 진정(眞精)이니 벼슬을 사(辭)하고 춘주(春州) 청평산(淸平山)에 들어가 선도(禪道)로써 자오(自娛)함 시호(諡號)는 진락(眞樂) (——서기 一一二三년)

◎樂道吟 (낙도음)

家在碧山岑、從來有寶琴、不妨彈一曲、祇是小知音

산중에 조용히 살고 있어도
전부터 내려오는 거문고 있네
때로는 한곡조 타고 싶건만
어느누가 내곡조 알어주리오

『金富儀』(김부의)

△초명(初名)은 부철(富轍)이니 김부식(金富軾)의 동생 자(字)는 자유(子由) 인종(仁宗)때 지추밀원사(知樞密院事) 벼슬을 하였음 시호(諡號)는 문의(文懿) (——서기 一一三六년)

◎江陵送安上人之楓嶽 (강릉에서 안상인(安上人)을 풍악산으로 보내면서)

江陵日暖花先發、楓嶽天寒雪未消、繇笑上人山水癖、未能隨處作逍遙

강릉에는 날이 따셔 꽃이 폈건만
풍악산은 아직도 눈이 쌓였오
산수를 좋아한다 임을 웃지만
따라서 이리 저리 왜 못 노닐까

「鄭知常」(정지상)

△인종(仁宗)때 문사(文士)로 특히 시(詩)는 만당(晩唐)의 체(體)를 얻어 유명했음 묘청의 반란(叛亂)에 내응(內應)했다하여 주살(誅殺)되었음

(——서기一一三四년)

◎大同江 (대동강)

雨歇長堤草色多、送君南浦動悲歌、大同江水何時盡、別涙年年添綠波

비 개이니 이강산에 봄이 왔건만
고은 님 보내자니 노래 구슬프구나
흘러가는 강물은 어느때나 마를까
해마다 눈물 뿌려 물결 보태네

又(정지상)

◎西都 (평양(平壤))

紫陌春風細雨過、輕塵不動柳絲斜、綠窓朱戶笙歌咽、盡是梨園弟子家

화사한 봄바람에 보슬비 나려
거리엔 몬지 자고 버들가지 느러졌네
四방에서 노래소리 들려를 오니
이 모다 가객들이 사는 집인가

註=자맥(紫陌)※자는 궁성을 의미하고 맥은 장거리를 말함。 서울의 거리 또는 번화한 장거리

이원(梨園)※중국 당나라 현종(명황—양귀비의 남편) 때 가객과 배우들이 가무와 기예를 배우든 곳

『高兆基』(고조기)

△제주인(濟州人)、의종(毅宗)때 평장사(平章事)벼슬을 하였음 (——서기一一五七년)

◎宿金壤縣 (금양현에서)

鳥語霜林曉、風驚客榻眠、簷殘半窺月、人在一涯天、落葉埋歸路、寒枝冒宿煙、江東行未盡、秋盡水村邊

새벽이라 새들은 지저거리고
바람은 짓궂게도 잠을 깨우네
처마는 아스라져 달이 새들고
만리밖에 나그네 홀로 있구나
나뭇 잎은 떠러져 길에 쌓이고
밤연기 희꾸무레 숲에 어렸네
언제나 고향엘 돌아갈는지
쓸쓸한 강마을에 가을 저무네

『李知深』(이지심)

△명종(明宗) 때 국자감대사성(國子監大司成)으로 정중부(鄭仲夫) 란(亂)에 피주(被誅) 되었음 (——서기一一七〇년)

◎感秋回文 (감상적(感傷的)인 가을을 읊음)

散暑知秋早、悠悠稍感傷、亂松青蓋倒、流水碧蘿長、岸遠凝煙皓、樓高散吹凉、半天明月好、幽室照輝光

더위도 사라지고 가을이 되니
이시름 저시름 마음 상하네
푸른그늘 거꾸러져 일산 펴든듯
물소리 조랑조랑 흘러 가노니
연기는 멀리멀리 희재 어리고
다락은 높고높아 서늘하구나
반넘어 기우른 밝은 저달이
소리 없이 방안에 비치어 오네

「金敦中」(김돈중)

△부식(富軾)의 아들로 의종(毅宗)때 벼슬이 시랑(侍郞)에 이르고 정중부(鄭仲夫) 란(亂)에 죽음

(——서기一一七〇년)

◎宿樂安郡禪院 (낙안선원에서)

偶到山邊寺、香煙一室開、林深惟竹栢、境靜絶塵埃、俗耳聞僧語、愁腸得酒盃、蕭然己淸爽、況有月華來

어쩌다 절간에 찾어를 드니
향기로움 방안에 풍기는구나
대나무 잣나무가 어우러지고
뜬세상 멀리한 선경(仙境)이로세
염불소리 들어보내 부처가 된듯
안타까운 가슴속 술이 달래오
게다가 밝은 달이 돋아 오르니
어느듯 이내마음 상쾌하구나

「金敦時」(김돈시)

△돈중(敦中)의 동생이며 정중부(鄭仲夫) 란(亂)에 죽음

(——서기一一七〇년)

◎燈明寺 (등명사)

寺壓滄波遠淼茫、登臨如在海中央、捲簾竹影疎還密、欹枕灘聲抑更揚、夜靜經樓香炧冷、月明賓榻葛巾凉、堪嗟好景無緣住、終日昏昏爲口忙

물결은 멀고멀어 아득하온데
절간은 바다위에 둥실 떠있네
대그림자 발 틈으로 어른거리고
맑은여울 벼개뒤에 울고있구나
다락에서 밤을 새니 불똥이 차고
잠자리에 달이 밝아 서늘하구나
이렇듯 좋은 경치 인연 없어서
온 종일 정신 놓고 두런거렸네

「鄭襲明」(정습명)

△연일인(延日人) 인종(仁宗)때 벼슬이 추밀원 지주사(樞密院知奏事)가 되다 의종(毅宗)때 왕의 잘못을 규간(規諫)하니 왕이 탄핵을 알고 앙약 자사(仰藥自死)하다

(——서기 一一四七년)

◎石竹花 (석죽화)

世愛牡丹紅、栽培滿院中、誰知荒草野、亦有好花叢、色透村塘月、香傳壟樹風、地僻公子少、嬌態屬田翁。

새상에선 모란꽃이 제일 곱다고
화원에 심어 놓고 좋아 하건만
푸나무 우거진 산과 들에도
더 좋은 진달레가 피어 있는걸
밤에는 고은 자태 못속에 앙겨
향기로움 바람따라 풍겨 주노나
산골이라 호화로운 손님이 적어
순진한 농부들께 아양 보내오

「鄭沆」(정항)

△자(字)는 자림(子臨)이오 동래(東萊) 사람으로 인종(仁宗) 때 추밀원사(樞密院事)의 벼슬을 하였다 시호(諡號)는 문안(文安)

(——서기 一一三六년)

◎題僧伽窟 (승가굴 에서)

崎嶇石棧躡雲行、華構隣天若化城、秋露輕霏千里爽、夕陽遙浸一江明、濛空嵐細連香穗、啼谷禽閒遞磬聲、可羨高僧心上事、世道榮利摠忘情。

험한 산길 구름새로 올라를 가니
하늘을 이웃하여 집을 지은듯
이슬기운 쌀쌀한 차거운 가을
저녁노을 물에 잠겨 곱기도 하네
아지랑이 아물아물 논이랑에 서리고
새소리 한가로워 경쇠 우는듯
세상일 좋고 낮고 모다 잊고서
절간엘 찾아들어 중 되고싶소

「朴椿齡(박춘령)」

△인종、의종(仁宗、毅宗)때 사람으로 벼슬이 시랑(侍郞)에 이름

◎太原寺 (태원사)

簿領三年百病身、退公時訪舊情親、高低樹密疑無路、次第花開別有春、洞壑陰晴俯仰異、烟霞紫翠暮朝新、遠公不用過溪水、自有山人迎送人

벼슬살이 몇해런가 병들은 몸이
그만두고 물러와서 옛친구 찾소
나무나무 얼크러져 길을 가리고
피고지고 지고피는 봄이라지오
골작은 침침하다 환하여지고
안개는 울긋불긋 때로 변하네
부귀영욕 멀리하여 나가질 않고
산에서만 서로서로 오고가누나

「朴(박) 浩(호)」

◎江口秋泊 (강가에 배를대고)

荻花如雪雁南飛、倚棹何人動所思、晩浦風微靑靄合、霽江雲盡碧天垂、鷄潮冷濺漁船枕、蟹火斜連島寺籬、湘瑟未休峰自翠、錢生新得夢中詩

갈 꽃은 희고희고 기러기 나는데
배위에 앉었으니 마음설레오
바람자는 저녁포구 안개 어리고
구름걷친 강물에는 푸른 하늘뿐
새벽물 밀려들어 배를 떠괴고
게불은 연달아 섬을 둘렀네
강상의 비파소리 끊이지 않어
술잔을 들으면서 시를 읊었소

『李之氐』(이지저)

△자(字)는 종회(宗回)니 충선왕(忠宣王) 때 벼슬이 상의식목도감사(商議式目都監事)에 이르고 예안군(禮安君)을 봉(封)함 시호(謚號)는 문정(文正)

(——서기 一三三五년)

◎西都口號 (평양구호)

大同江水琉璃碧、長樂宮花錦繡紅、玉輦一遊非好事、太平風月與民同

강물은 유리처럼 맑고 푸르고
장락궁 고은 꽃은 비단이로세
임금님 놀으심을 좋다 마시고
태평의 좋은 세월 백성 더불어

『鄭與齡』(정여령)

◎晋州山水圖 (진주 산수도를 읊음)

數點青山枕碧湖、公言此是晋陽圖、水邊草屋知多少、中有吾廬畵也無

청산은 떼음 떼음 물을 비고 누었는데
여기가 진양의 산수도라오
물가으로 초가집들 느러섰는데
그중에 우리집은 보이질 않네

『金若木(김약목)』

◎題任實公舘 (임실공관 에서)

老木荒榛來古溪、家家猶未飽蔬藜、山禽不識憂民意、惟向林間自在啼

나무조차 거칠은 고장에 오니
집집마다 푸새것도 굶주린다오
새들은 이시름을 모르련마는
숲새에서 왜저리 울고 있는지

『金莘尹(김신윤)』

△호(號)는 동각(東閣)이오 직산인(稷山人)이니 명종(明宗)때 사람으로 벼슬이 좌간의(左諫議)에 이르다

(—서기一一八〇년—)

◎庚寅重九 (중구절를 읊음)

輦下干戈起、殺人如亂麻、良辰不可負、白酒泛黃花

구중궁궐 깊은속 무슨날리 낫삽기에
사람들 가엽게도 삼대모양 쓸린다오
한해한번 오는명절 그냥보냄 서운키로
국화밑에 잔을들어 쌔는시름 헬혀보리

註=중양(重陽)※九월九일

「蔡寶文(채보문)」

△인천인(仁川人) 벼슬은 상서(尙書)
(——서기一二一七년경——)

◎珍島碧波亭 (진도벽파정)

畵欄飛出碧波濱、夾道黃蘆與綠筠、柳岸細思彭澤令、桃村時見武陵人、蔽虧煙際蓬萊朶、出沒波間日月輪、金橘數枝低馬首、未應全道使君貧

그림 난간 좋은정자 물결위에 나르는듯
푸른대 길을끼고 갈대하께 어울렸네
언덕위에 푸른버들 도연명이 심었는가
복사꽃 향기로워 무릉도원 여기로세
몽실몽실 뜨는연기 봉래산인듯
해와 달은 파도새로 들고 또나고
귤감(橘) 얼마 말에실려 보내주노니
그대에게 가난모면 하람 아닐세

「林椿(임춘)」

△자(字)는 기지(耆之)오 서하인(西河人) 인종말(仁宗末) 정중부란(鄭仲夫亂)에 몸을 피하여 화를 면하다 서하선생집(西河先生集) 六권이 있음
(——서기一一六七년경——)

◎冬日途中 (동일도중)

凌晨獨出洛州城、幾許長程與短程、跨馬行衝微雪白、擧鞭吟數亂峯靑、天邊月落歸心促、野外風寒醉面醒、寂寞孤村投宿處、人家門戶早常扃

새벽녘에 홀로서 서울 떠난후
먼길 가까운길 얼마 했는지
싸락눈 허영개도 말 안장에 쌓이고
채찍을 드는 곳에 몇산이나 푸렀느냐
하늘가에 달이 지니 고향생각 간절하고
들밖에 바람 차서 취한 술이 다시깨네
마을 찾아 하룻밤 자구 가려니
집집마다 사립문 빗장 하였오

『俞升旦(유승단)』

△인동인(仁同人) 고종(高宗)이 글을 배워 사례(師禮)로써 대우하다 벼슬이 참지정사(參知政事)에 이르고 시호(謚號)는 문안(文安) (——서기一二三二년)

◎宿保寧縣 (보령현을 지나면서)

晝發海豊縣、侵宵到保寧、竹鳴風警寢、雲泣雨留行、暮靄頭仍重、朝暾骨乍輕、始知身老病、唯解卜陰晴

아침에 해풍골 떠나왔는데
밤에야 보령땅 당도하였네
바람은 우수수 잠을 깨우고
구름은 찌른찌름 비가 머무러
저문 안개 느리처분 고개 눌리고
해돋이 밝을적엔 몸이 가벼워
이제야 몸늙고 병이 들어서
개이고 그늘짐을 미리 알겠네

『金仁鏡(김인경)』

△경주인(慶州人) 초명(初名)은 양경(良鏡) 고종(高宗)때 조충(趙冲)을 좇아 글안(契丹)을 토평(討平)하다 벼슬이 중서시랑평장(中書侍郞平章) 시호(謚號)는 정숙(貞肅) (——서기一二三五년)

◎書黼座後障上 (용상뒤에 있는 장지에쓴 글)

園花紅鏡纈、宮柳碧絲綸、喉舌千般巧、春鶯却勝人

꽃은 곱게 곱게 수를 놓은듯
버들은 치령 치령 인끈 같은데
임금님께 아첨하는 무라들보다
변하는 꾀꼬리가 차라리 낫지

註=후설(喉舌)※임금의 명령을받아 전하는 소임을 갖은 벼슬 아치 또는 총애를 받는 측근자 또는 재상

『金克己』(김극기)

△경주인(慶州人) 고종(高宗)때 한림학사(翰林學士)

(──서기 一二一七년경──)

◎漁翁 (어옹)

天翁尙不貰漁翁、故遣江湖少順風、人世嶮巇君莫笑、自家還在急流中

하늘은 고기잡이 싫여하는지
강호엔 어이그리 바람 거센고
세상이 험악하다 웃지를 마소
언제든지 임자는 물에 살면서

『李仁老』(이인로)

△자(字)는 미수(眉叟)오 호(號)는 쌍명재(雙明齋) 인천인(仁川人) 명종(明宗)때 등과(登科)하여 벼슬이 간의대부(諫議大夫)에 이르다

(──서기 一一八〇년경──)

◎瀟湘夜雨 (소상강 밤비소리를 듣고)

一帶蒼波兩岸秋、風吹細雨灑歸舟、夜來泊近江邊竹、葉葉寒聲摠是愁

창파는 출렁출렁 가을이 왔네
바람은 비를 섞거 배에 뿌리오
밤 드러 강가에 배를 대이니
우수수 우는갈대 처량하구나

「吳世才(오세재)」

△자(字)는 덕전(德全)이오 고창인(高敞人) 명종(明宗)때 등과하다 시호(謚號)는 현정(玄靜)

(——서기一一八〇년경——)

◎病目 (늙어서 눈어둠을 한탄하다)

老與病相期、窮年一布衣、玄花多掩翳、紫石少光輝、怯照燈前字、羞承雪後暉、待看金榜罷、閉目學忘機

늙으면 병과 서루 약속 하는지
말년엔 누구나 포의로구나
눈은 점점 어두어 가리움 많고
안경도 흐리터분 보이질 안네
등잔앞에 글자를 찡그려 보고
눈(雪)위의 햇발에 고개 숙이네
방보던 젊은 적을 생각 하면서
모든걸 잊으려고 눈을 감았네

註=현화(玄花)※눈의별명
자석(紫石)※안경(眼鏡)돌 옥의 종류
금방(金榜)※과거에 급제한사람의 성명을 게시하는 금으로 만든 패

「李奎報(이규보)」

△자는 춘경(春卿)이오 호는 백운거사(白雲居士)이니 황려인(黃驪人) 여흥(驪興)임 명종때 급제하여 벼슬이 태보평장사(太保平章事)가 됨 문장이 탁월하여 고려에서 으뜸이 되었음 시호는 문순(文順)

(서기一一六八년—一二四一년)

◎江上月夜望客舟 (밝은달밤에 배를 바라보며)

官人閒念笛橫吹、蒲席凌風去似飛、天上月輪天下共、自疑私載一船歸

자지라진 피리소리 한가로이 들리는데
바람은 심술 궂게 펴 놓은 자리 날리누나
하늘 높이 솟은 달은 사사의 것 아니거늘
강위에뜬 저 매생이(小舟)제것인지 싣고가오

「陳澕(진화)」

△청주인(淸州人) 신종(神宗)때 급제(及第)하여 벼슬이 우사간(右司諫)이 되다

(—서기 一二〇一년경—)

◎春興(춘흥)

小梅零落柳傲垂、閒踏淸風步步遲、漁店閉門人語少、一江春雨碧絲絲

매화 져도 버들 푸른 화사한 봄날
한가로히 바람 쐬며 거니러댔오
어점(漁店)은 문 닫힌채 고요하온대
강위에 보슬비만 내리는구나

「陳溫(진온)」

△화(澕)의 아우(弟) 고종(高宗)때 급제(及第)하다

(—서기 一二三五년경—)

◎秋(가을)

釦砌微微著淡霜、袂衣新護玉膚凉、王孫不解悲秋賦、只喜深閨夜漸長

섬돌위에 쌀쌀한 무서리 내려
겹옷을 새로지어 차려 입었네
가을이 처량함을 왕손은 모르는지
색씨방에 밤이 길어 좋다구 하네

註=비추부(悲秋賦)※옛적 중국 초(楚)나라의 송옥(宋玉)이라는 사람이 가을철을 가장 감상적(感傷的)으로 지은 글
왕손(王孫)※왕가의 자손 귀공자 호화스러운 가정의 자제젊은이들을 말함

『任奎(임규)』

△장흥인(長興人) 인종왕비(仁宗王妃)의 남동생(男弟) 벼슬이 평장사(平章事)에 이르다 시호(諡號)는 문숙(文肅)

(서기 一五一九년—一五八七년)

◎江村夜興 (강촌(江村)에서 밤을 질기며)

月黑烏飛渚、煙沈江自波、漁舟何處宿、漠漠一聲歌

으스름달 침침한데 새들은 떠날으고
연기는 희미하게 물결위에 잠겼구나
닻 이는 고깃배 어데메로 떠가는고
어허디아 뱃소리만 아득하게 들려오네

『白文節(백문절)』

△자(字)는 빈연(彬然)이오 남포인(藍浦人) 충렬왕(忠烈王)때 벼슬이 대사성(大司成)에 이르다

(——서기 一二八二년)

◎方山寺 (방산사)

樹陰無罅少溪流、一炷淸香滿石樓、苦熱人間方卓午、臥看初日在松頭

나무그늘 틈없는데 물소리 새고
촉불은 향기롭게 다락에 차네
더위에 부대끼는 한낮이 온데
인제야 솔새이로 해가 빛이오

「李混」(이혼)

△자(字)는 태초(太初)오 호(號)는 몽암(蒙庵) 전의인(全義人) 충선왕(忠宣王)때 벼슬이 예문대사백 첨의정사(藝文大詞伯 僉議政事)에 이르다

(——서기 一二八○년경——)

◎浮碧樓 (부벽루)

永明寺中僧不見、永明寺前江自流、月空孤塔立庭除、人斷小舟橫渡頭、長天去鳥欲何向、大野東風吹不休、往事微凉問無處、淡烟斜日使人愁

바라보니 영명사엔 아무도 없고
절앞에는 강물만 절로 흐르네
달은 환이 밝은데 탑만 서있고
사람 없는 나룻가엔 배만 떠있오
새들은 하늘 높아 날곳 모르고
부는바람 들이 널러 끊일새 없네
지나간 일 이제와 물을곳 없고
엷은 연기 지는 해에 마음 상하오

「郭預」(곽예)

△자(字)는 선갑(先甲)이오 고종(高宗)때 급제(及第)하여 밀직사사(密直司事)에 이르다

(——서기 一二五○년경——)

◎東郊馬上演雅體 (마상(馬上)에서 봄 경치를 읊음)

信馬尋春事、牛兒方力耕、烏鳴天氣暖、魚泳浪紋平、野蝶成團戲、沙鷗作隊行、自嫌隨燕雀、不似鷺鵷淸

말을 몰아 꽃노리 가노라니까
송아진 논밭갈이 한창이로세
새들은 봄날 즐겨 노래를 하고
고기새끼 시원하게 헤엄 치느니
나비는 둘레지어 춤을추는데
갈매기떼 열을지어 나라가노나
어이해 해오라비(閒士) 벗을 못하고
연작(小人)을 따라서 헤매였던고

「魯璵(노여)」

△강화인(江華人) 벼슬이 전서(典書)에 이르다

◎宿水寺樓 (수사루에서)

輕裝短帽一尋幽、蘭院依然十載遊、壁價幾年詩共重、寺名千古水同流、寒堆岳色僧扃戶、冷踏溪聲客上樓、長嘯徘徊日云暮、倚欄回首起鄕愁

가뜬하게 차리고 찾아를 드니
십년전 그때와 다름 없구나
언제나 좋은 글로 벽이 환하고
물처럼 기리기리 절(寺)은 내려가
찬기운 스며들가 창문을 닫고
물소리 들으려고 다락엘 올라
휘파람 불어가며 거니노라니
난간에 해는 지고 고향 그립소

「蔡洪哲(채홍철)」

△호(號)는 중암(中庵) 또는 자하동주인(紫霞洞主人) 벼슬이 평장사(平章事)가 되다 (——서기一三四〇년)

◎月影臺 (월영대)

文章習氣轉崔嵬、忽憶崔候一上臺、風月不隨黃鶴去、烟波長送白鷗來、雨晴山色濃低檻、春盡松花亂入盃、更有琴心隔塵土、也時好興雨雲廻

대(臺)는 높고높고 찬란하온데
문장명필 한번찾아 오름직하네
풍월은 변함없이 그저있는데
연파위엔 갈매기 제절로오네
비 개이니 산모습 나즈막 하고
송화꽃 어지러이 술잔에 뜨네
진세를 멀리하고 거문고타니
구름일듯 비 오듯 흥겨웁구나

「大覺國師(대각국사)」

△이름은 의천(義天)이니 고려왕자로 당나라에 건너가서 불도를 닦아 도통한 중 (서기 一〇五五년—一一〇二년)

◎厭髑舍人廟 (이차돈(異次頓)의 사당앞에서)

千里歸來問舍人、青山獨立幾經春、若逢末世難行法、我亦如君不惜身

멀리서 돌아와 임의 일을 무르니
이곳에 사당 모셔 여러해라오
세상이 어지러워 전도(傳道) 못하량이면
내 또한 임처럼 희생하리라

「禹倬(우탁)」

△충렬왕(忠烈王)때 사람으로 주역(周易)을 외어가지고 와서 호(號)를 역동(易東)이라함 벼슬이 성균제주(成均祭酒)에 이르다 성리학(性理學)을 통(通)함 (서기 一二四二년—一四二二년)

◎映湖樓 (영호루)

嶺南遊蕩閱年多、最愛湖山景氣佳、芳草渡頭分客路、綠楊堤畔有農家、風恬鏡面橫烟黛、歲久墻頭長土花、雨歇四郊歌擊壤、坐看林杪漲寒槎

여기서 놀아넨지 여러 해 되오
물은 맑고 산은 고아 경치 좋아서
이리 저리 갈리운길 방초 새로 뻗어있고
버드나무 느러 선곳 농갓집들 놓여 있네
안개는 살짝인양 거울속에 어른대고
담장이 오래 되니 버섯들이 돋아난다
비가 들어 나무숲 어우러지고
여기 저기 들에서는 풍년가 차오

「李嵒(이암)」

△호는 행촌(杏村)이오 고성인(固城人)이니 벼슬이 평장사(平章事)가 되고 명필로 유명함
(서기 一二九七년— 一三六四년)

◎寄息影庵禪老 (식영암(息影庵) 늙은 중(老僧)에게)

浮世虛名是政丞、小窓閒味即山僧、個中亦有風流處、一朶梅花照佛燈

세상에 허무한건 벼슬자리오
절간의 좋은 자미 어이 당하리
그중 하나 좋은 곳 다시 있으니
불등(佛燈)에 비친매화 곱게 핀데요

「李尊庇(이존비)」

△고성인(固城人) 행촌(杏村) 암(嵒)의 아들 벼슬이 밀직사사(密直司事)가 되다 (—서기 一三六七년경—)

◎寄曺溪晦堂和尙 (조계종(曹溪宗)회당 화상에게)

物無美惡終歸用、苦李誰嫌着子多、長息久朝天子所、次兒新付法王家、移忠固是爲臣分、割愛其如出世何、還笑老翁猶帶念、有時昏夢杳天涯

좋고 낮고 물건은 모다 쓰이네
오얏나무(自己)열매 많다 누가 끄릴고
큰자식 일찌기 벼슬을 하고
지차놈 새로히 불가에 들어
신하의 직분은 효보다 충성
부처의 출가(出家)는 연분이 끊여
그래도 때때로 그리워지면
꿈길만 아물아물 아득하여라

『釋一然大師』 (석일연대사)

△처음 이름은 견명(見明) 시호(諡號)는 보각(普覺) 고려(高麗) 二十五代 충렬왕(忠烈王)때 고승(高僧)으로 국존(國尊)까지 되었다 그의 저술(著述)은 百여권이 있으나 그중에도 유명한 삼국유사(三國遺事)가 전하여 있다。

(서기 一二〇六년—一二八九년)

◎異次頓讃頌 (이차돈을 찬송한 노래)

殉義輕生己足驚、天花白乳更多情、俄然一劒身亡後、院院鍾聲動帝京 (三國遺事)

의에 죽고저 생을 가벼이하니 뉘아니놀래랴
천화와 백유 더욱 다정하구나
어느듯 한칼에 몸이 없어지니
절에서 울려오는 쇠북소리 서울을 진동하네

(삼국유사)

又 (일연대사)

◎眞玆師讃 (진자사찬)

△진자사(眞玆師) 신라(新羅) 진지왕(眞智王) 때 명승(名僧)

尋芳一步一瞻風、到處栽培一樣功、驀地春歸無覓處、誰知頃刻上林紅

선화(仙花)를 찾아 거름마다 사모하는 그모습
도처에 재배하니 공이 한갖 같구나
망을 달리어 봄이 돌아가도 찾을 곳 없구나
뉘라서 경각에 상림홍을

註=상림(上林)※ 중국한궐(中國漢闕)의 비원(秘苑)이요 홍(紅)은 제왕(帝王)의 은총(恩寵)을 두터이 받음을 이름이다。

『申淑(신숙)』

△의종(毅宗)때 환관(宦官) 정성(鄭誠)이 농권(弄權)함을 보고 극간(極諫)하다가 삭직(削職)되매 벼슬을 버리고 고향으로 돌아가다

(———서기 一一六〇년)

◎棄官歸鄕 (벼슬를 버리고 시골로가서)

耕田消白日、採藥過靑春、有水有山處、無榮無辱身

시골에서 농사하니 한가한 세월
산에 올라 약을 캐다 청춘도 갔네
물도 산도 좋은데 사는 이몸은
영화도 굴욕도 멀리했구나

『崔思齊(최사제)』

◎使宋船上 (송(宋)나라 사신(使臣)으로 가면서)

(———서기 一〇九一년)

天地何疆界、山河自異同、君母謂宋遠、回首一帆風

하늘 땅 망망하여 경계 없는데
산과 물만 네오 내오 다르다 하네
그대는 송나라 멀다고 말라
순풍에 돛을 다니 바루 여길세

『張鎰(장일)』

△자(字)는 이지(弛之)오 고종(高宗)때 급제(及第)하여 벼슬이 첨의부사(僉議副事)에 이르다 시호(諡號)는 장헌(章憲)

(——서기一二二七년경——)

◎過昇平燕子樓 (연자루를 지나며)

霜月凄凉燕子樓、郎官一去夢悠悠、當時座客休嫌老、樓上佳人亦白頭

달아래 연자루 서리 내려 처량 한데
밤마다 꿈길속에 가신 님이 그리워요
철 따라 오르는 손 늙었다 탓을 마오
이자리 미인들도 검은 머리 새오리라

『鄭允宜(정윤의)』

△초계인(草溪人) 충경왕(忠敬王)때 급제(及第)하다

(——서기一三一七년경——)

◎書江城縣舍 (강성현사에 부친 글)

凌晨走馬入孤城、籬落無人杏子成、布穀不知王事急、傍林終日勸春耕

새벽녘에 말을 달려 성안에 드니
사람은 간곳 없고 울도 허무러
나랏일 급한 줄을 새는 모르고
온종일 저산에서 솟적다 우네

『白元恒 (백원항)』

△충혜왕(忠惠王)을 좇아 원나라(元)에 유하였음 벼슬이 찬성사(贊成事)에 이르다

(―서기 一三三七년경―)

◎祖江 (조강)

小舟當發晩潮催、駐馬臨江獨冷咍、岸上世情何日了、前人未渡後人來

밀물이 급하다고 배는 떠가고
강가에 섰느라니 물결만 출렁
어느때 세상 인심 좋아질는지
먼저온이 못건네서 뒷사람 또오네

『金坵 (김구)』

△자(字)는 차산(次山)이오 부령인(扶寧人) 고종(高宗)때 벼슬이 평장사(平章事)가 되다

(―서기 一二一七년경―)

◎落梨花 (지는 이화(梨花)를 보고)

飛舞翩翩去却回、倒吹還欲上枝開、無端一片粘絲網、時見蜘蛛捕蝶來

이리저리 팔랑팔랑 날리는 꽃잎
떠러짐이 아까워서 다시 피려네
어쩌다가 한쪼각 줄에 걸리니
거미란 놈 나빈줄로 기어나오네

『李藏用(이장용)』

△자(字)는 현보(顯甫)오 원종(元宗)때 태부평장사(太傅平章事)가 되다 시호(謚號)는 문정(文貞)

(서기 一二〇〇년—一二七二년)

◎紅樹 (단풍、丹楓)

一葉初驚落夜聲、千林忽變向霜晴、最憐照殿青嵐影、不覺催生白髮莖、癈苑瞞盱秋思苦、遙山唐突夕陽明、去年今日燕然路、記得屛風帳裏行

하룻밤 우수수 지는 입사귀
수풀마다 서리 맞아 단풍 들었네
푸르르던 나무그늘 처량 하구나
백발은 인생을 재촉 하는듯
동산은 쓸쓸하여 마음 괴롭고
먼산은 지는해로 더욱 붉었네
병풍속에 강남길 그려 있듯이
이제는 제비들도 날라 가누나

『鄭瑎(정해)』

△자(字)는 회지(晦之)오 충렬왕(忠烈王)때 벼슬이 찬성사(贊成事)에 이르다 시호(謚號)는 장경(章敬)

(—서기 一二七七년경—)

◎寄李起郞 (이기랑에게 부친 글)

春光欲入萬株楊、燕市笙歌沸畫堂、爛醉知君送佳節、不應離恨似吾長

버들은 제철 만나 한껏 푸르고
노래소리 질탕한 원나라 서울
난만하게 취하여 보내는 명절
이별하는 시름으로 어이 같으리

『李頫』(이오)

△호(號)는 금강거사(金剛居士)오 인천인(仁川人) 숙종(肅宗)때 벼슬이 문하시중 태학사(門下侍中太學士)가 되었음 시호(謚號)는 문량(文良) (—서기一〇八九년경—)

◎賀元帥尹侍中 (원수(元帥) 윤시중(尹侍中)을 축하함)

臨軒授鉞命東征、一擧腥膻盡掃淸、漢塞已空無古月、秦人何苦築新城、滿庭諫切眞長策、拓地功高是大名、從諫擧功誰最急、吾君聖制兩分明

여진(女眞)을 쳐 없에라 명령을 받고
한번에 오랑캐떼 쓸어 버렸오
새방이 비였거니 태평세월 없었으며
장성을 쌓너라고 얼마나 괴로웠을고
조정의 신하들은 치지말라 말렸거니
뚜렸한 임의 공은 국토를 마련했네
말리고 마련하고 그무엇이 급했던고
임금님 밝으심이 똑바루 갈라 놓았네

註=윤시중(尹侍中)은 문숙공 윤관(文肅公尹瓘)을 말함 윤관이 함홍 평야에서 여진을 물리치고 고려국토를 확대하였음。 성천(腥膻)※비린내 나는 더러운 짐승을 말함이나 오랑캐를 천칭(賤稱)하는말。

『許洪材』(허홍재)

◎慈護寺樓 (자호사루)

早起獨登樓、悠然八月秋、白煙橫野外、紅日上峰頭、客路風霜冷、僧軒花木幽、一罇開笑語、消遣利名愁

일찌거니 홀로서 다락에 오르니
그려저려 세월은 가을철일세
연기는 허영게 들밖에 깨고
아침해 환하게 산위에 솟네
나그넷길 언제나 고생이 많고
절간에는 화초조차 그윽하구나
술잔이 오고가고 우슴꽃 피며
세간의 모든 시름 사라지누나

「李瑱(이진)」

△호(號)는 동암(東菴)이오 경주인(慶州人) 시호(諡號)는 문정(文定) (——서기一二七七년경——)

◎山居偶題 (산촌(山村) 살면서)

滿空山翠滴人衣、草綠池塘白鳥飛、宿霧夜棲深樹在、午風吹作雨霏霏

산에 찬 푸른 그늘 옷을 적시고
풀 성한 못가엔 새들이 나오
어제밤 숲새에 끼였든 안개
바람에 불려서 보슬비 오네

「權溥(권부)」

△호(號)는 국재(菊齋)오 안동인(安東人) 벼슬이 수문전대제학 영가부원군(修文殿大提學永嘉府院君) 시호(諡號)는 문정(文正) (서기一二六二년—一三四六년)

◎夜宴 (밤노리)

露色銀河月色團、酒殘金盞却天寒、紫泉一曲人如玉、紅燭花殘夜未闌

은하수 완연하고 달 뚜렷한데
잔에 찬 술기운이 훈훈하구나
노래는 아름답고 사람은 고아
촉불이 다하도록 밤 새워보세

『李公壽(이공수)』

△처음 이름은 수(壽) 호(號)는 남촌(南村)이니 인천인(仁川人)이라 벼슬이 시중(侍中)에 이름 시호(諡號)는 문충(文忠) (一 서기一三〇七년경 一)

◎下第贈登第者 (과거(科擧)에 낙제한사람이 급제한 사람에게 보내는 시(詩))

白日明金榜、青雲起草廬、那知廣寒桂、尙有一枝餘

햇빛도 찬란하게 금방은 번쩍이니
가난한 시골집에 벼슬길이 열렸구나
아직도 광한전(廣漢殿) 높은 대궐에
월계화(月桂花) 한가지 걸려있음 어이 아르리

註=금방(金榜)※과거에 급제한 사람의 성명을 게시(揭示)하는 황금으로 맨든 패
청운(靑雲)※청운의 뜻=벼슬을 하여 출세하려는 마음 장구령(張九齡)의 시에「照鏡見白髮 宿昔靑雲志」
광한전(廣漢殿)※달나라의 궁전(宮殿)이니 즉 월궁(月宮)을 말함
월계화(月桂花)※급제한사람에게 임금님이 내리시는 꽃

『安(안) 裕(유)』

△일명(一名)은 향(珦) 호(號)는 회헌(晦軒)이오 순흥인(順興人)이니 원종(元宗)때 급제하고 충선왕(忠宣王)때 벼슬이 집현전대제학(集賢殿大提學)이 되었다 시호(諡號)는 문성(文成)이오 문묘(文廟)에 배향(配享)됐음。
(서기一二三八년—一三〇一년)

◎有感 (유감)

香燈處處皆祈佛、絲管家家競祀神、惟有數間夫子廟、滿庭秋草寂無人

등불은 여기저기 불공 드리고
노래소리 집집마다 굿하는 광경
사람하나 볼수없는 공자님 사당
뜰에 찬 가을풀만 처량하여라

익재 이제현
益齋 李齊賢

회헌 안유
晦軒 安裕

목은 이색
牧隱 李穡

포은 정몽주
圃隱 鄭夢周

「曹繼芳(조계방)」

△창녕인(昌寧人) 충렬왕(忠烈王)때 벼슬이 제학(提學)에 이르다 (——서기一二八七년경——)

◎山寺 (절)

敲門宿客直須麾、莫使山家奇事知、屋角梨花開滿樹、子規來叫月明時

조용한 곳 좋아하여 찾아온 손을
절간에선 별일이라 생각을 마오
나무나무 배꽃은 활짝 피었고
달 밝은밤 우는두견 들으려 왔오

「金方慶(김방경)」

△자(字)는 본연(本然)이오 안동인(安東人) 강종(康宗)때 벼슬이 평장사(平章事)에 이르다 시호(諡號)는 충렬(忠烈) (——서기一二三九년)

◎題福州映湖樓 (복주영호루를 제하여)

山水無非舊眼青、樓臺亦是少年情、可憐故國遺風在、收拾絃歌慰我情

산도 물도 옛모습 그대로 있고
소년시절 노든다락 변함 없구나
아직도 그전풍도 남아 있어서
아름다운 노래로 이맘 달래오

『鄭可臣』(정가신)

△초명(初名)은 홍(興)이오 나주인(羅州人) 고종(高宗)때 등제(登第)하였고 충렬왕(忠烈王)때 세자(世子)를 좇아 원(元)에 부(赴)하였음

(——서기 一二九八년)

◎雲 (구름)

一片纔從泥上生、東西南北已從橫、謂爲霖雨蘇群槁、空掩中天日月明

쪼각쪼각 한편에서 피어 오르다
가로 새로 사방으로 허터져 나네
비가 되어 푸나무 되살려 놓고
어느때엔 하늘 덮어 해를 가리오

『安 震』(안진)

△호(號)는 상헌(常軒)이오 순흥인(順興人) 충숙왕(忠肅王)때 원(元)에 가서 벼슬이 밀직부사(密直副事)에 이르다

(——서기 一三六〇년)

◎贈送天台了園長老 (천태요원장로(天台了園長老)에게 보내는 글)

老屋開溪上、經霖路出沙、相邀仙子杖、似遇貴人車、下榻談初穩、還山意已賒、他年作龍象、法雨潤農家

허른 집 지붕위에 구렁이 지고
장마철 길가엔 사태가 났오
지팽이 한가로이 서로 찾으며
귀인을 만난듯이 반기어하네
탑에 나려 맞을때 온화한 말씀
산으로 떠나가면 아득하구나
언제든 좋은 비 고루 내리사
세상을 제도하는 용이 되소서

「白頤正」(백이정)

△호(號)는 이재(彛齋)오 남포인(藍浦人) 벼슬이 첨의평리 상당군(僉議評理上黨君)에 이르다
(—서기 一三一二년경—)

◎燕居 (연거)

矮屋蕭條十畝餘、焚香靜讀聖人書、自從人爵生天爵、情欲秋林日漸疎

성근은 오막사리 좁은 방안에
꿇어앉아 조용히 옛글 읽으니
인간의 부귀영화 하찮것 없어
잎 지는 가을처럼 쓸쓸하여라

註＝연거(燕居)※한가한 틈을타서 집에 있을때를 말함。
論語述而(子之燕居)

「趙仁規」(조인규)

△자(字)는 거진(去塵)이오 평양인(平壤人) 벼슬이 정승(政丞)에 이르다 시호(諡號)는 정숙(貞肅)
(서기 一二三七년—一三〇八년)

◎示諸子 (자식에게 훈계한 글)

事君當盡忠、遇物當至誠、願言勤宿夜、無忝爾所生

임 모셔 하올 일은 충성 다하고
모든일 앞에놓고 지성 있을뿐
다만지 밤낮으로 부지런 하면
너의들게 아무런 욕될건 없다

「李兆年」(이조년)

△자(字)는 원로(元老)오 경산인(京山人) 벼슬이 정당문학 성산군(政堂文學星山君)에 이르다 시호(諡號)는 문렬(文烈) (서기一二六九년―一三四三년)

◎百花軒 (백화헌)

爲報栽花更莫加、數盈於百不須過、雪梅霜菊淸標外、浪紫浮紅也謾多

주섬주섬 이꽃 저꽃 심을것 없다
백화헌에 백가지 꽃 차야 맛인가
매화꽃 국화꽃이 맑고 좋은데
울긋 불긋 다른 꽃 부지럽구나

「金翔漢」(김상한)

◎桃源圖 (도원도)

石瓦朱欄玉洞天、桃花亂落一溪烟、至今世上荒唐說、都在漁人好事傳

기와집 붉은 난간 황홀하온데
도화는 어지러이 물 위에 지네
시끄럽고 지저분한 세상소식을
일 좋아하는 어부들이 전하여주네

「李晟」(이성)

△담양인(潭陽人) 충숙왕(忠肅王)때 좌사보(左思補)를 배(拜)함 벼슬을 버리고 고향으로가서 학문을 힘쓰니 시인(時人)이 오경사(五經笥)라 칭하다 (―서기一三一三년경―)

◎歸田詠 (시골로 도라가며)

藥砌淸風欺我老、竹溪明月誘吾情、昨宵已決歸田計、雪盡江南匹馬行

약밭에 맑은 바람 늙음 모르고
시내까에 달이 밝아 내홍 돋으네
봄이 되면 강남으로 돌아가기로
밤을 새워 이미 나 결심했다오

「金元發」(김원발)

△호(號)는 국파(菊坡)오 용궁인(龍宮人) 원(元)에 벼슬하여 병부상서 집현전태학사(兵部尙書集賢殿太學士)가 되다

◎龍宮閑居次金蘭溪得培韻 (용궁촌(龍宮村)에서 김난계 운을 따서)

江潤修鱗縱、林深倦鳥歸、歸田是吾志、非是早知機

강물은 넓고 넓어 고기 뛰놀고
수풀은 깊고 깊어 새들이 자네
시골로 돌아가기 이내 소원을
옳고 그름 미리미리 기틀 알았오

「金 忻」(김 흔)

△김방경(金方慶)의 아들 (서기一二五一년－一三〇九년)

◎映湖樓 (영호루)

十載前遊入夢淸、重來物色慰人情、壁間奉繼嚴君筆、堪咤愚我萬戶行

십년전 노든 일이 꿈결 같은데
모든 풍물 다시 보니 기꺼웁구나
벽위에 높이 걸린 아버님 글월
어린 몸 벼슬 길이 죄송하여라

『洪彦博(홍언박)』

△자(字)는 중용(仲容)이오 남양인(南陽人) 벼슬이 문하시중 남양후(門下侍中南陽侯)에 이르다 시호(謚號)는 문정(文靖)

(—서기 一三三七년경—)

◎城南 (성남)

水際碧蕪渾欲合、墻頭紅杏未全開、春風日日城南路、信馬哦詩自往來

물빛은 새파랗게 하늘에 닿고
담머리 살구꽃 못다 핀 시절
봄바람 불어 오는 큰길거리로
말타고 오락가락 시를 읊었오

『李堪之(이감지)』

△경주인(慶州人) 고종(高宗)때 사람으로 이인로(李仁老) 오세재(吳世材) 임춘(林椿) 조통(趙通) 황보항(皇甫抗) 함순(咸淳)으로 더불어 강좌칠현(江左七賢)이라 칭하였음

(—서기 一二二七년경—)

◎枯木 (고목)

白虹倒立碧山陰、斤斧人遙歲月深、堪歎春風吹又過、舊枝無復有花心

푸른 산에 흰 무지개 휘어 박은듯
세월이 흘러가도 꺾는이 없네
해마다 봄바람은 불어 오건만
마른 가지 어느때 꽃이 피오리

「金得培 김득배」

△상주인(尙州人) 벼슬이 정당문학(政堂文學)에 이르다
(——서기 一三二七년경——)

◎題金海客舍 (김해객사(金海客舍)를 두고 지은 글)

來管盆城二十春、當時父老半成塵、自從書
記爲元帥、屈指如今有幾人

이끌사리 온적이 二십대 청춘
그때에 부로(父老)들은 거의 다 갈네
아랫소임 부터서 대장이된 동안
헤어 보니 여태것 몃사람 있나

「崔 滋 최자」

△자(字)는 수덕(樹德)이오 해주인(海州人)이니 최충(崔冲)
의 자손(子孫)으로 강종(康宗)때 등과(登科)하여 벼슬이
태사문하시중(太師門下侍中)에 이르다 모시지남도(毛詩
指南圖)를 저술(著述)하다 시호(謚號)는 문청(文淸)
(——서기 一二二七년경——)

◎南堤柳 (봄버들을 읊음)

南堤一株柳、濯濯秀風標、毒虺藏空腹、嬌
鶯弄細腰、歲寒無勁節、春暖有長條、但向
材何用、休論百尺喬

언덕 위에 한 그루 버드나무가
푸릇푸릇 우뚝 서 눈에 띠누나
텡 비인 구멍속에 배암 서리고
날신한 가지에는 꾀꼬리 노네
날이 차고 눈 나리면 보잘것없고
봄이 되어 새가 울면 제철이라오
가는 청풍 잡아매아 시원하거니
어느데 씨이느냐 묻지를 마오

「崔瀣」(최해)

△자(字)는 언명(彥明)이오 호(號)는 졸옹(拙翁)이니 최치원(崔致遠)의 자손(子孫)으로 어지러운 세상(世上)을 한탄하고 은거(隱居)하여 예산은자전(猊山隱者傳)을 저술(著述)하다

(서기一二八七년—一三四〇년)

◎太公釣周 (태공조주)

當年罷釣釣無鉤、意不求魚況釣周、終遇文王眞偶爾、此言吾爲古人羞

위수(渭水)에 드린낚시 갈구리 어이없나
낚시질 뜻이 없고 때 오기만 기다렸네
영대(靈臺)를 지어놓고 문왕(文王)이 마저가니
부지러운 이말씀이 옛사람이 부끄렵소

註=태공조주(太公釣周) ※옛적에 강태공(姜太公) 여상(呂尙)이 위수(渭水)에서 낚시질하며 때를 기다리더니 마침내 주(周)나라 문왕(文王)이 맞아다가 스승(師)을 삼었고 그후에 무왕(武王)을 도아 은(殷)나라를 멸하고 주(周)나라를 세웠음
위수(渭水)※태공(太公)이 낚시질하든곳
영대(靈臺)※문왕(文王)이 현인(賢人)을 마지하는 꿈을 얻고 강태공을 마지하고저 쌓은 대(臺)이름 시전(詩傳)에 영대장(靈臺章)이 있음

又(최해)

◎縣齋雪夜 (관가(官家)에 앉어 눈오는밤을 읊음)

三年竄逐病相仍、一室生涯轉似僧、雪滿四山人不到、海濤聲裏坐挑燈

구양사리 三년에 병도 잦구나
외로운 하루하루 쓸쓸 해지네
밤은 깊고 눈은쌓여 오는이없고
파도소리 요란한데 홀로새우네

『李穀』(이곡)

△자(字)는 중보(仲父) 호(號)는 가정(稼亭)이오 한산인(韓山人)이니 한산군(韓山君)을 봉(封)하다。 (서기一二九八년—一三五一년)

◎七夕小酌 (칠석을 읊음)

平生蹤跡等雲浮、萬里相逢信有由、天上風流牛女夕、人間佳麗帝王州、笑談欵欵罇如海、簾幙深深雨送秋、乞巧曝衣非我事、且憑詩句遣閒愁

한평생 오고감이 뜬구름인데
타향에서 만나보니 믿어웁구나
천상에선 견우직녀 만나보는 七석밤이오
여기는 문물이 찬란한 서울거리라
술자리 풍성한데 우수개 난만하고
가을비 차거운지 발(簾)들이 드리웠네
걸교(乞巧)하고 옷 말림은 계집의 할일이라
글을 읊고 술마시며 시름 잊겠오

註=걸교(乞巧)※칠석(七夕)에 부녀(婦女)들이 오색(五色)의 색실을 바쳐 놓고, 견우직녀(牽牛織女)를 제사(祭祀)하든 옛적 형초(荊楚)=(중국남방에 있었든나라)의 시골 풍속(風俗)의 유래(由來)=걸교전(乞巧奠)。

『朴尙衷』(박상충)

△자(字)는 성보(誠夫)오 호(號)는 심남(潘南)이니 반남인(潘南人)이며 벼슬은 직제학(直提學)에 이르고 시호(謚號)는 문정(文正) (—서기一三八五년경—)

◎送河南王使郭檢校 (왕사 곽검교를 하남으로 보내며)

分政河南獨摠戎、中興諸將盡趨風、乾坤整頓分高下、江海朝宗有會同、任重誰知伊尹志、時危自許孔明忠、君歸好贊平南策、靑史應傳不世功

하남의 모든일을 도맡어 보게되니
이름높은 장수들도 위풍에 휩쓸리네
천하를 정돈하여 높고 얕음 분별하면
사방의 제후들이 뫼오려 모아 드리
소임이 무거우니 이윤(伊尹)의뜻 뉘라알며
시대가 어지러워 공명의 일 차지했네
하남을 평정하고 고운님 돌아오면
세상에 뛰어난공 기리기리 전하리라

註=이윤(伊尹)※옛적 중국의 은(殷)나라 성탕(成湯)을 도아 나라를 세운 유명한 정승(政丞)
공명(孔明)※옛적 중국의 삼국시대(三國時代)에 촉한(蜀漢)의 유비(劉備)를 도아 나라를 세운 유명한 장상(將相) 즉 제갈량(諸葛亮)임。

『安軸』(안축)

△자(字)는 당지(當之) 호(號)는 근재(謹齋)오 복주인(福州人)이니 충숙왕(忠肅王)때 벼슬이 찬성사(贊成事)에 이르고 흥령군(興寧君)을 봉(封)하다 시호(諡號)는 문정(文貞)

(—서기 一三四〇년경—)

◎登州古城懷古 (등주 옛성을 읊음)

暮天懷古立城頭、赤葉黃花滿眼秋、不覺蕭墻藏近禍、惟憑海島作深謀、百年丘壠無情草、十里風煙有信鷗、遙望朔方空歎息、一聲江笛使人愁

고성에 해저무니 옛생각 새로워지고
붉은잎 누른꽃 가을 더욱 처량하다
울안의 형제다툼 화난을 자아내고
해도를 의지삼아 깊은꾀 숨어있네
옛사람 무덤위엔 풀만이 우거지고
열은안개 잠긴곳에 갈매기만 떠도누나
북방을 바라보며 깊은시름 하는적에
어데서 강피리소리 남의 애를 끊는고

『薛文遇』(설문우)

△자(字)는 정숙(正叔)이오 호(號)는 죽정(竹亭)이니 경주인(慶州人)이라 벼슬이 대사성(大司成)에 이르다。

◎驪興淸心樓次韻 (여흥 청심루에서)

萬景森羅指點端、登臨不覺屢回顏、長江西去赴滄海、複嶺北來圍淺山、透網魚跳寒雨裏、忘機鷺立暝煙間、一生脫却功名累、靑蒻漁翁也自閑

모든풍물 여기저기 벌려 있어서
누에 올라 두루두루 얼골 돌렸오
강물은 흘러흘러 바다로 들고
고개는 이리저리 산을 에웠네
고기는 비에젖은 그물을 뚫고
백로는 안개속에 졸고 있구나
시끄러운 부귀공명 다 버리고서
한평생 한가로운 어옹 부럽소

『權漢功(권한공)』

△호(號)는 일재(一齋) 안동인(安東人)이라 벼슬이 정승(政丞)에 이름 시호(謚號)는 문탄(文坦)

(——서기一三四九년)

◎書大同江船窓 (대동강 뱃머리에서)

磯邊綠樹春陰薄、江上青山暮色多、宛在水中迷遠近、第洲何處竹枝歌

자갈언덕 나무숲 봄소식이 멀었는데
청산이 강에 잠겨 저문빛 짙으구나
좋은풍물 물에 비쳐 또렸하온데
노래소리 어데로서 들려 오는가

『王伯(왕백)』

△강능인(江陵人)으로 충렬왕(忠烈王)때 급제(及第)하여 벼슬이 밀직부사(密直副使)에 이름

(——서기一二八五년경——)

◎山居春日 (산중에서 살며 봄날을 읊음)

村家昨夜雨濛濛、竹外桃花忽放紅、醉裏不知雙鬢雪、折簪繁蕚立東風

간밤에 가는비 보슬보슬 내리더니
울밖에 복사꽃이 곱게 피였네
얼근히 취한중에 늙은줄을 모르고서
꽃 꺾어 머리에 꽂고 노래하며 춤을추었오

『尹澤(윤택)』

△자(字)는 중덕(仲德)이오 호(號)는 율정(栗亭)이니 무송인(茂松人)이니라 공민왕(恭愍王)때 벼슬이 정당문학 찬성사(政堂文學 贊成事)에 이르다 시호(諡號)는 문정(文貞)

(서기一三〇七년—一三七〇년)

◎從毅陵宴杏園 (의릉(毅陵)을 모시고 행원(杏園)의 잔치를 읊음)

雨灑紅簾酒滿樽、檀槽一曲感皇恩、城南春色皆圍繞、應爲東君在此園

술자리 훈훈하고 비소리도 향기로워
화락한 비파곡조 임의은혜 고마워라
일년의 좋은춘광 모조리 모았으니
아마도 고은님 모셔 이동산에 계심인듯

註=단조(檀槽)※비파(琵琶·악기의 이름)
동군(東君)※봄을맡은 신(神)인데 이글에는 직접 자기 임금님을 가르켜 말함인듯

『辛蕆(신천)』

△벼슬이 정당문학(政堂文學)에 이르고 시호(諡號)는 응청(凝淸)

(—서기一二九二년경—)

◎木橋 (외나무 다리)

斫斷長條跨一灘、濺霜飛雪帶驚瀾、須臾步步臨深意、移向功名宦路看

긴가지 찍어내어 여울목에 가로노니
눈이오나 서리오나 시내위에 걸려있네
깊은데 빠질세라 자욱자욱 건네는 맘
벼슬사리 떠러질까 조심하는 태도 인듯

『田祿生』 (전녹생)

△자(字)는 간경(孟耕)이오 호(號)는 야은(埜隱)이니 충혜왕(忠惠王)때 급제(及第)하고 공민왕(恭愍王)때 벼슬이 정당문학(政堂文學) 평리(評理)에 이르렀으며 우왕(禑王)때 간관(諫官) 이첨(李詹)과 더부러 이인임(李仁任)죽이기를 청하다가 도리어 구양 가든도중에 죽다 (서기一三一八년——)

◎鷄林東亭 (계림(지금 경주) 동정에서)

終日昏昏簿領間、偶因迎客出郊關、俯看逝水嘆流去、坐對青山多厚顏、半月城空江月白、孤雲仙去野雲閒、更尋陶令歸來賦、千載高風未易攀

종일토록 바쁜 공사 쉴새없더니
손님을 맞으려고 교외(郊外)로 나왔네
저 물은 흘러가서 어이다시 못 오는고
산을 바라 생각하니 뻔뻔 한일 많았구나
휘영청 밝은달빛 반월성에 가득차고
고운(孤雲)선생 돌아가니 구름조차 한가로워
벼슬사리 마다하고 돌아간 도연명의
기리기리 높은풍도(風度) 그 뉘라서 본받으리

註=도령(陶令)※옛적 중국 동진(東晋)의 유명한 시인(詩人)이며 은사(隱士)인 도연명(陶淵明)을 말함이니 팽택령(彭澤令)벼슬을 하였으므로 도령(陶令)이라함
귀래부(歸來賦)※도연명이 팽택령 벼슬을 고만두고 귀거래사(歸去來辭)라는 글을 짓고 오류촌(五柳村)으로 돌아가 은사(隱士)가 되였음。귀래부(歸來賦)는 귀거래사(歸去來辭)를 말함

『韓宗愈』 (한종유)

△자(字)는 사고(師古)오 호(號)는 복재(復齋) 또는 양화도(楊花徒)이니 한양인(漢陽人)이라 벼슬이 정승(政丞)에 이르다 시호(謚號)는 문절(文節) (서기一二八七년——)

◎漢陽村庄 (한양촌장)

十里平湖細雨過、一聲長笛隔蘆花、直將金鼎調羹手、閑把漁竿下晚沙

가는비 지나가고 호수는 잔잔한데
갈꽃 핀 저쪽에서 피리소리 들려오네
금린옥척 낚어온다 솥 씻기 당부하고
밤 늦게 낚대 들고 모래사장 내려가오

註=금린옥척(金鱗玉尺)※고기를 말함。

『吳洵(오순)』

△괴과(魁科)로 급제하였음 (一서기一三一七년경一)

◎江頭 (강머리에서)

春江無際瞑煙沈、獨把漁竿坐夜深、餌下纖鱗知幾個、十年空有釣鰲心

강물은 가이 없고 연기 침침잠겼는데
낚대 잡고 앉았으니 밤은 점점 깊어가네
가련한 잔 고기떼 얼마 탐해 모이느니
긴 세월 흐른 동안 이 노릇이 부질없소

『崔元祐(최원우)』

△벼슬이 사헌부집의(司憲府執義)에 이름。(一서기一三一七년경一)

◎題茂珍客舍 (무진객사를 두고 읊음)

修竹家家翡翠啼、雨催寒食水生溪、蒼苔小草官橋路、怕見殘紅入馬蹄

대나무 휘느러지고 비취새 슬피운다
한식절 가까우니 시내물도 불었네
어린풀 파릇파릇 새움 트는 길
말굽에 짓밟히니 보기도 안타가워

『李齊賢』(이제현)

△자(字)는 중사(仲思)요 호(號)는 익재(益齋) 문정공(文定公) 진(瑱)의 아들임 충선왕(忠宣王)을 좇아 원경(元京)에 부(赴)하여 조맹부(趙孟頫)등으로 사귐 시호(諡號)는 문충(文忠)

(서기一二八七년—一三六七년)

◎瀟湘夜雨 (소상강(瀟湘江)밤비를 드르면서)

楓葉蘆花水國秋、一江風雨灑扁舟、驚回楚客三更夢、分與湘妃萬古愁

갈꽃 핀 강마을에 가을이 되니
비바람 쓸쓸하게 배에 뿌리네
나그네 깊이든잠 놀래 깨어서
아황 여영 만고원한 추억해보네

註=상비(湘妃)※아황(娥皇)과 여영(女英)이니 당요(唐堯)의 두 딸이오 우순(虞舜)의 아내이다 우순이 남으로 순행하다가 창오산(蒼梧山)에서 죽으니 아황과 여영이 그남편을 그리워 소상강에 눈물뿌리고 빠져죽은후 소상강 갈대가 그 피눈물진 자국으로 아롱져서 소상반죽이 유명하게 되었다。

又(이제현)

◎放舟向峨嵋山 (배를타고 아미산(峨嵋山)을 바라보며)

錦江江上白雲秋、唱撤驪駒下酒樓、一片紅旗風閃閃、數聲柔櫓水悠悠、雨催寒犢歸漁店、波送輕鷗近客舟、孰謂書生多不遇、每因王事飽淸遊

강위에 구름 뜨고 구름아래 물 흐르니
나귀를 채질하여 술집으로 찾아 든다
바람은 살랑살랑 깃발이 팔랑대고
물결은 잔잔하여 놋 소리도 한가하다
송아지 비 맞을까 바삐 몰아 돌아가고
물위에 뜬 백구는 배 가까이 날아든다
뉘라서 글읽는이 틈이 없다 하였는고
공사로 올적 갈적 이렇게 노니는데

註=홍기(紅旗)※술집을 표시하는 기빨。
왕사(王事)※공사(公事)이니 즉 공무이다。

『鄭誧(정포)』

△자(字)는 중부(仲孚)요 호(號)는 설곡(雪谷)이니 충혜왕(忠惠王)때 사의대부(司議大夫)로 있다가 울주(蔚州)에 좌천(左遷)당하였음 (——서기 一三三七년경——)

◎江口 (강구)

移舟逢急雨、倚檻望歸雲、海濶疑無地、山明喜有村

배 떠나자 쏘낙비 퍼부어대고
가는 구름 바라보니 고향 그리워
바다는 널고널어 가이 없더니
산 모습 떠오르니 반가웁구나

『羅興儒(나흥유)』

△호(號)는 충순당(忠順堂) 나주인(羅州人)이니 공민왕(恭愍王)때 급제(及第)하고 벼슬은 판전객사사(判典客寺司)가 되다 (——서기 一三五二년경——)

◎奉使日本 (일본에 사신한)

千年古國三韓使、萬里洪濤一葉舟、留滯海東驚歲暮、寂寥山月水明樓

역사 깊은 고려국 사신몸 되어
일엽주(一葉舟)에 몸을 싣고 바다를 건너
왜국(倭國)에 머무른채 해(歲)가 저무니
달 밝은밤 이내시름 처량 하구나

『金永旽』(김영돈)

△방경(方慶)의 손자이니 호(號)는 귀봉(龜峯)이라 벼슬이 정승(政丞)에 이르다
(——서기一三四八년경——)

◎扈從白馬山應御製 (임금을 모셔 백마산에가서 임금의 지은 글에 응하여 지은 시)

翠保行尋蒼海上、玉簫吹送白雲間、紅塵一片飛難到、萬点螺分雨靑山

취화(翠華)를 받들고 임을 모셔 이곳에 오니
아름다운 통수 소리 운간(雲間)에서 들리는듯
풍경은 맑고맑어 세상을 멀리하니
청산만 완연(宛然)하게 올망졸망 벌려있네

註=취화(翠華)※아름다운 새 깃(羽)으로 꾸민 임금님의 기

『李達衷』(이달충)

△호(號)는 제정(霽亭)이오 경주인(慶州人)이니 공민왕(恭愍王)때 벼슬이 밀직제학(密直提學)에 이르고 계림군(鷄林君)을 봉하다 이태조(李太祖)가 귀이 되실것을 미리알고 자손을 부탁하였다함 시호(諡號)는 문정(文靖)
(——서기一三五七년경——)

◎有感 (유감)

將行有河海、將涉無舟航、要見我所思、欲往還彷徨、才非傳說楫、世運亦未昌、潛光且俟命、妄動遭禍殃

우리의 앞길엔 바다가 가로 놓여
건느려 애를 써도 뱃길조차 끊여있네
이리생각 저리생각 생각 하여도
가려다 오려다 거리에 방황하오
전설에 나오는 돛대도 없고
세상운수 아직도 까마득하오
가만이 몸을 숨겨 때를 기다려
주책없이 까불대면 화를 받느니

『韓脩(한수)』

△자(字)는 맹운(孟雲)이오 호(號)는 유항(柳巷)이니 청주인(淸州人)이라 공민왕(恭愍王)때 십오세에 급제함 청성군(淸城君)을 봉하다 시호(諡號)는 문경(文敬)

(——서기 一三五七년경——)

◎夜坐次杜詩韻 (밤에 두시운을 빌어서)

此日亦云暮、百年盡可悲、心爲形所役、老與病相隨、篆冷香殘後、窓明月上時、有懷無與晤、聊和吉人詩

오늘도 이러저러 해는저무러
백년도 허무하게 가버리느니
마음은 몸을 따라 공연이 바쁘고
늙음은 병과 함께 동무하누나
글씨엔 쓸쓸히도 어둠 깃들고
창밖에 달은 밝아 애를 끊느니
이내 회포(懷抱) 더불어 말할 이 없어
아무려나 옛글을 화답해 보네

『鄭樞(정추)』

△자(字)는 공권(公權)이오 호(號)는 원재(圓齋)이니 청주인(淸州人)이라 벼슬이 정당문학(政堂文學)에 이르다 시호(諡號)는 문간(文簡) (——서기 一六二七년경——)

◎定州途中 (정주 길에서)

定州關外草萋萋、沙磧無人日向西、過海腥風吹戰骨、臼榆多處馬頻嘶

성밖에 넡은 언덕 풀들이 욱어지고
쓸쓸한 백사장(白沙場)엔 해 벌서 지려하네
지내간 싸움터에 백골(白骨)이 처량한데
임자는 어데가고 말만 목메 우는구나

『崔斯立(최사립)』

△벼슬이 사인(舍人)에 이르다

◎待人 (임을 기다림)

天壽門前柳絮飛、一壺來待故人歸、眼穿落日長程晚、多少行人近却非

문앞에 버들솜이 눈처럼 날리는데
술병을 차고와서 임 오시기 기다리오
장정(長亭)에 해지도록 오가는 길손들을
긴가하고 다시보면 기다리던 임아닐세

『李堅幹(이견간)』

△자(字)는 차직(次直)이오 벽진인(碧珍人)이라 벼슬은 민부상서 진현관대제학(民部尙書進賢館大提學) 세상에서 산화선생(山花先生)이라 이름

◎奉使關東聞杜鵑 (관동으로 사신 가다가 두견새 우름을 듣고)

旅館挑殘一盞燈、使華風味澹於僧、隔窓杜宇終宵聽、啼在山花第幾層

여관에 밤이 깊어 홀로 앉아 있노라니
사신 가는 이내몸이 중 보다도 멋적구나
새도록 우는두견 새도록 들였노라
네우름에 지는꽃이 그얼마나 쌓였을가

「朴孝修(박효수)」

△호(號)는 석재(石齋)이니 충숙왕(忠肅王)때 연창군(延昌君)을 봉하다 (──서기一三一七년경──)

◎普門社西樓 (보문사 서루에서)

松間喝道遠尋師、春盡山花半在枝、簿領堆邊身自老、水雲鄉裏夢常馳、祖禪每欲將向心、民瘼那堪放手醫、徒倚未能題勝景、俗塵還繞下樓時

송림(松林)새로 길을 헤쳐 스님 찾으니
봄은 이미 갔건만 꽃은 지다말았네
공사에 쌓인몸이 제절로 늙고
산수 좋은 시골이 꿈에라도 그리워
부처님 받들고저 마음 끌리나
병든 백성 어이하리 몸만 달았오
좋은 풍경 못다하고 떠나려는데
어수선한 세상일이 이몸 감도네

「李邦直(이방직)」

△자(字)는 청경(淸卿)이오 호(號)는 의곡(義谷) 청주인(淸州人)이니 벼슬이 집현전대제학(集賢殿大提學)에 이르고 낭천군(狼川君)을 봉하다。 (────서기一三八四년)

◎扈駕西郊 (임금님을 모시고 서교에서 노름)

春風駿馬繞長城、水遠天長霽色明、釣得溪魚挑野菜、午陰深處等閒烹

봄찾아 말을 몰고 성을 끼어돌아가니
물은 맑고 하늘 높아 산뜻하게 개였구나
시내에 고기 낚어 안주를 마련하니
서늘한 그늘속에 술자리 난만하여라

「郭翃」(곽인)

△벼슬이 제학(提學)에 이르다 (──서기一三五七년경──)

◎思舊山 (고향 그리움)

舊山煙蘿中、三椽有茅屋、故人昨寄信、當歸盈一掬、微官不放歸、歸計徒自熟、愁來鳴玉琴、霜風生古木

안개곱고 물맑은데 내고향인가
오막사리 초가집이 우리집이오
어저께 친구게서 기별 왔는데
도라오라 당귀(當歸)한줌 부쳐보냈네
낮은 소임 내아놓고 갈수없건만
갈마음만 제절로 솟아오르네
아픈생각 달래려 거문고타니
서리바람 부는듯 쓸쓸하구나

註=당귀(當歸)※약초(藥草)이름이니 당귀를 보내온뜻은 마땅이 빨리 돌아오라는 뜻을 암시함인듯

「偰遜」(설손)

△자(字)는 공원(公遠)이오 호(號)는 근사재(近思齋)이니 회흘인(回鶻人)이라 원(元)나라에 진사하였다가 적(賊)을 피하여 고려로오매 공민왕(恭愍王)이 예로써 대접하고 부원군(富原君)을 봉하고 경주로 본적(本籍)을 삼다 (──서기一三六〇년)

◎山中雨 (산중의 비를 읊음)

一夜山中雨、風吹屋上茅、不知溪水長、只覺釣船高

밤새도록 바람불고 비가 오더니
출렁이는 앞강물 얼마나 불였는지
떠도는 낚싯배만 볼수 있구나

『都元興(도원흥)』

(—서기 一三五七년경—)

◎嶺南樓 (영남루에서)

金碧樓明壓水天、昔年誰構此峯前、一竿漁父雨聲外、十里行人山影邊、入檻雲生巫峽曉、逐波花出武陵煙、沙鷗但聽陽關曲、那識愁心送別筵

단청(丹靑)은 울긋불긋 강물위에 솟았는데
어느해 어느누가 이다락을 세웠는고
고기잡는 어부는 비소리를 낚어내고
길가는 행인들은 산그늘을 밟고가네
산들은 옹기종기 구름밖에 솟아있고
꽃잎은 울랑출랑 파도따라 떠나가네
떠도는 갈매기가 어이알리오
헤어지기 싫어하는 이내시름을

註=양관곡(陽關曲)※이별을 아끼는 시가(詩歌) 왕유(王維)가 안서(安西)를 보내는 송별시 「西出陽關無故人」

『咸承慶(함승경)』

△벼슬이 검교중추원학사(檢校中樞院學士)에 이르다

(—서기 一三五七년경—)

◎野行 (들길을 가며)

淸曉日將出、雲霞光陸離、江山更奇絕、老子不能詩

새벽의 맑은하늘 해두렷이 떠오르니
구름안개 눈부시게 찬란하구나
강산의 모습이 더욱 좋으니
천하의 문장인들 이풍경 어이할고

註=육리(陸離)※색광(色光)이 이리저리 헐어져 번쩍번쩍 눈부시게 비치는 모양

『李仁復(이인복)』

△자(字)는 극예(克禮)오 호(號)는 초은(樵隱)이니 경산인(京山人)이라 벼슬이 검교시중(檢校侍中)에 이르고 홍안군(興安君)을 봉함 시호(諡號)는 문충(文忠)
(서기一三〇七년 — 一三七四년)

◎錄軍人語 (녹군인어)

深院春光暖、崇臺月影淸、向來歌舞地、戰鼓有新聲

원(院)으로 찾아든 봄 따뜻하온데
대(臺)위에 달그림자 차거웁구나
어저께 노래하고 춤추던데서
북소리만 새로이 들려오느니

『金九容(김구용)』

△자(字)는 경지(敬之)오 호(號)는 척약재(惕若齋)이니 안동인(安東人)이라 벼슬이 전교사판사(典校寺判事)에 이르다
(서기一三三八년 — 一三八四년)

◎帆急 (급히가는배)

帆急山如走、舟行岸自移、異行頻問俗、住處强題詩、吳楚千年地、江湖五月時、莫嫌無一物、風月也相隨

돛 달으니 산들은 둥실 떠가고
배가 가니 강언덕 멀어지노나
고장 따라 가는곳 풍속을 묻고
배대이고 내리면 시가(詩歌)를 읊소
오초(吳楚)는 어느때 나라였든고
강호(江湖)는 오월이 제일이라오
재물이 없다하고 혐의를 마소
맑은 바람 밝은 달이 내것이라네

『金齊顔(김제안)』

△자(字)는 중현(仲賢)이니 공민왕(恭愍王)때 대언(代言)으로 신돈(辛旽)를 죽이고저 꾀하다가 누설되어 피살당함。

(—서기一三六七년경—)

◎寄無說師 (무설사에게 보냄)

世事紛紛是與非、十年塵土汚人衣、落花啼鳥春風裏、何處青山獨掩扉

세상은 서로서로 옳다글타 다투는데
여러해 더러힌몸 낸들 어이 씻을손가
봄바람 부는곳에 꽃지고 새 울거늘
청산은 어이하여 알고도 모르는듯

註‖청산(靑山)※무설사(無說師)스님을 가르켜 비유하여 말함인듯

『柳淑(유숙)』

△자(字)는 순보(純夫)오 호(號)는 사암(思庵) 서주인(瑞州人)이라 여말(麗末)사람으로 벼슬이 찬성사(贊成事)에 이르고 신돈(辛旽)에게 피살(被殺)되였으며 시호(謚號)는 문희(文僖)

(—서기一三六七년경—)

◎碧瀾渡 (벽란도)

久負江湖約、紅塵二十年、白鷗如欲笑、故故近樓前

강호(江湖)로 돌아갈일 깜빡 잊고서
어수선한 세상 일에 한세월이 흘렀오
한가로운 갈매기는 이 내일을 비웃는지
오락 가락 하면서 누(樓)앞으로 날러드노나

『李穡(이색)』

△자(字)는 영숙(穎叔)이오 호(號)는 목은(牧隱)이니 곡(穀)의 아들이라 원나라에 벼슬하여 한림지제고(翰林知制誥)가됨 공민왕(恭愍王)때에 문하시중(門下侍中)이되다 시호(諡號)는 문정(文靖) (———서기 一三九六년)

◎浮碧樓 (부벽루)

昨過永明寺、暫登浮碧樓、城空月一片、石老雲千秋、麟馬去不返、天孫何處遊、長嘯倚風磴、山靑江自流

어제는 영명사에 들려서 구경을하고
지금은 부벽루로 올라온 탐승객일세
성은 비인듯 고요한데 달빛만 차고
돌은 얼마나 된지 구름만 오락가락
인마(麟馬)는 어느때 갔는지 올줄을 모르고
천손(天孫)은 어데서 놀으며 소식도 없나
휘파람 부르며 비탈길 올라를 가니
산은 언제나 푸르고 강물만 절로 흐르네

註=인마(麟馬)※임금이 타는 말。班固西都賦에 九眞之麟 大宛之馬」 천손(天孫) ※天子의 子孫

又(이색)

◎遣懷 (견회)

倏忽百年半、蒼黃東海隅、吾生元跼蹐、世路亦崎嶇、白髮或時有、靑山何處無、微吟意不盡、几坐似枯株

어느듯 나이는 백년의 반이 지냈네
공연히 어수선하게 동해(高麗國) 가에서
내평생 원래로 국척(跼蹐)했을뿐
세상길 매한가지 기구하구나
힌터럭 때때로 느러만가고
청산은 어덴들 없을가부냐
글(詩)로써 깊은뜻 어이 다하리
말없이 앉은 모양 고목같구나

註=국척(跼蹐)※국천척지(跼天蹐地)의 주린말인데、위로 번적 들수도 없어 꾸부려야하고 아래로 활작 펼수도 없어 오구려야하는 모양으로 심한구속으로 자유가 없다는말。
기구(崎嶇)※산길이 평탄치 않고 험준하다는 말인데、사람이 살아 나가는데 세상일이 뜻과 같이 않되고 어렵다는데 쓰이는 말。
왕안석(王安石)의 구양공(歐陽公)제문에「上下往復感世路之崎嶇」。

『鄭夢周』(정몽주)

△자는 달가(達可)오 호는 포은(圃隱)이니 습명(襲明)의 후손이라 동방이학(東方理學)의 조종(祖宗)이됨 공양왕(恭讓王)때 문하시중(門下侍中)으로 기우려지는 고려를 부뜨려다가 마침내 선죽교(善竹橋)에서 조영규(趙英珪)에게 피살되였다 시호(諡號)는 문충(文忠) 문묘(文廟)에 배향(配享)하였음 (서기一三八九년――)

◎征婦怨 (정부의 원한)

一別年多消息稀、寒垣存沒有誰知、今朝始寄寒衣去、泣送歸時在腹兒

헤어진지 몇해런고 소식조차 드므르니
수(戍)자리 계신 님이 무사한지 누가아오
이제야 처음으로 핫옷(綿衣)꾸며 보내면서
눈물지며 하는말이 태중(胎中)이라 전해주오

又(정몽주)

◎登全州望京臺 (전주 망경대에 올라서)

千仞岡頭石逕橫、登臨使我不勝情、青山隱約扶餘國、黃葉繽紛百濟城、九月高風愁客子、十年豪氣語書生、天涯日沒浮雲合、翹首無由望玉京

깎아지른 메뿌리에 비탈길이 감겨있어
올라서 바라보니 즐거웁기 한량없구나
청산은 말이 없이 부여 역사 숨겨두고
지는잎 애처롭게 옛성터를 조상한다
쌀쌀한 가을바람 손의시름 자아내고
당당한 대의명분 서생이 말을한다
서산에 해는 지고 구름 이는데
고개 돌어 바라봐도 서울은 바이없오

『李集』(이집)

△처음 이름은 원령(元齡) 자(字)는 호연(浩然)이오 호(號)는 둔촌(遁村)이며 광주인(廣州人)이라 충숙왕(忠肅王)때 벼슬이 전사사(典寺事)에 이르다

(——서기一三一七년경——)

◎寄鄭相國 (정 정승에게 보냄)

平林渺渺抱汀州、十頃煙波漫不流、待得滿船秋月白、好吹長笛過江樓

평림(平林)은 질펀하게 강을끼고 앉었는데
물결은 출랑 출랑 흐르는듯 마는듯
가을하늘 밝은달 솟아 오를적
배를타고 피리 불며 떠나갑니다

『李崇仁』(이숭인)

△자(字)는 자안(子安)이오 호(號)는 도은(陶隱)이며 경산인(京山人)이라 공양왕(恭讓王)때 사람으로 벼슬은 밀직부사(密直副事)에 이르고 정몽주(鄭夢周)의 무리로 몰려 귀양가서 죽다

(——서기一三八七년)

◎憶三峯 (정삼봉(鄭道傳)을 생각하여)

不見鄭生久、秋風又颯然、新篇最堪誦、狂態更誰憐、天地容吾輩、江湖臥數年、相思渺何恨、極目斷鴻邊

그대를 못 본지도 오래로구려
바람도 쓸쓸한 가을이 왔네
새소식 모두 다 기억하건만
이꼴을 뉘라서 가엽다 하리
하늘은 우리들 접어 살피사
강호에 누운지 여러 해 되오
서울과 시골이 얼마나 멀은지
기러기 날아가 뵈지도 않는곳

註=이글의 주인인 도은(陶隱)은 여말(麗末)의 충신으로 그 친구인 이조(李朝)의 개국공신(開國功臣)이 된 삼봉 정도전(三峯鄭道傳)을 생각 하고 지은글인데 글 가운데 무한한 풍자(諷刺)와 처절(凄絕)한 충심(忠心)이 숨어 있어 독자(讀者)로 하여금 강개(慷慨)한 심회(心懷)를 품게 한다

『李存吾(이존오)』

△자(字)는 순경(順慶)이며 경주인(慶州人)이라 공민왕(恭愍王)때 바른말로 신돈(辛旽) 이를 탄핵(彈劾)하다가 도리어 장사감무(長沙監務)로 좌천(左遷)되어 분사(憤死)하다 (———서기一三七一년)

◎送胡若海還台州 (호약해를 보내며)

遠遊看盡好山川、却掛雲帆思渺然、觀禮曾聞吳季札、乘槎還憶漢張騫、扶桑出日明台嶺、渤海洪濤接越天、一笑相逢何處是、更期天下會同年

멀리 오셔 좋은산천 구경 다하고
돛을 달고 떠나가니 바다길 아득하여라
오(吳)나라 계찰(季札)인듯 예법을 다하고
한(漢)나라의 장건(張騫)처럼 성공하고 돌아가네
부상(扶桑)의 높은해는 태령(台嶺)에 밝고
발해(渤海)의 성낸 물결 하늘에 닿았네
어데서 서로만나 우습웃고 놀아보리
다시금 만날날자 다짐하고 떠나시오

註=계찰(季札)※중국 춘추시대 오왕수몽(吳王壽夢)의 아들로 외교(外交)에 능숙하여 열국(列國)의 찬양을 받은 사람
장건(張騫)※중국 후한(後漢) 건원(建元)시대의 사람으로 사방(四夷)에돌아 외교적 성공을얻어 만방(蠻邦)의 신임(信任)을 받은사람

『元松壽(원송수)』

△호(號)는 매계(梅溪)오 원주인(原州人)이라 여말(麗末)사람으로 벼슬이 정당문학(政堂文學)에 이르다 시호(諡號)는 문정(文定) (서기一三二四년—一三六六년)

◎次曹南堂韻 (조남당 운을 빌려서)

少日心期老未閒、宦情容易損朱顏、君恩報了方歸去、吾眼無由對碧山

늙어지면 못놀것을 젊어서도 알았건만
벼슬사리 하는동안 좋은 얼굴 다 버렸오
임의 은혜 갚으려니 언제야 돌아가리
좋은 강산 보려하나 겨를없어 하노라

『吉再』(길재)

△자(字)는 재보(再父)요 호(號)는 야은(冶隱)이며 해평인(海平人)이라 우왕(禑王)때 급제(及第)하여 벼슬이 주서(注書)가 되고 이조(李朝)에서 여러번 불렀으나 나오지 않다 시호(諡號)는 충절(忠節)

(서기 一三五三년—一四一九년)

◎閑居 (한거)

臨溪茅屋獨閑居、月白風淸興有餘、外客不來山鳥語、移床竹塢臥看書

시냇가에 집을짓고 한가로이 살아보니
풍월에 흥이겨워 주체할수 바이없네
손님은 오지않고 새들만 지저구려
자리를 옮겨 놓고 책을 보며 누었노라

『王康』(왕강)

△벼슬이 팔도 관찰사(八道觀察使)에 이르고 여말(麗末)사람으로 명(明)나라에 사신(使臣) 갔다 혁명후(革命後) 여러 왕씨(王氏)와 같이 죽다

(—서기 一三八七년경—)

◎燕子樓 (연자루에서)

伽倻勝事幾經春、寂寞金微掩素塵、只有招賢臺上月、淸光猶照古今人

이땅에 이다락을 이룩함이 몇해던가
단청(丹靑)은 희미하고 몬지만이 쌓였구나
다만지 밝은달이 맑은빛갈 지녀두어서
이밤도 예런듯이 비춰 주노라

『張仲陽』(장중양)

△인동인(仁同人)이며 여말(麗末)사람으로 벼슬이 김해부사(金海府事)에 이르고 이조(李朝)에서 부르니 나오지 않다
(—서기 一三八七년경—)

◎成川途中 (성천도중)

行邁靡々道里延、郊原處處草如煙、征驂遠指新羅域、客路經由故國邊、院宇雖非松壞日、江山猶是馬韓天、傷心往事憑誰問、風雨前林哭杜鵑

먼먼길 나고보니 길손들이 연달았네
곳곳마다 푸른풀 연기처럼 펴오른다
멀리 멀리 저곳까지 신라 땅이었오
그동안 걸어온길 우리 강토오
문물(文物)은 날로날로 새루어지고
강산은 옛모습 변함 없구나
서글픈 지난일 누구에게 물어볼고
비 내리는 앞산에서 두견새만 슬피운다

『趙仁壁』(조인벽)

△한양인(漢陽人)이오 공양왕(恭讓王)때 벼슬이 삼사좌사(三司左司)에 이르고 양양(襄陽) 해월정(海月亭)으로 퇴거하다。
(—서기 一三九七년경—)

◎絕句 (절구)

蝶翅勳名薄、龍腦富貴輕、萬事驚秋夢、東窓海月明

인간의 훈업(勳業)도 팔랑 팔랑
세상의 부귀(富貴)도 나픈 나픈
모두가 한바탕 꿈속이어서
깨고보니 창밖에 달 뿐이로군

『元[원]天[천]錫[석]』

△자(字)는 자정(子正)이오 호(號)는 운곡(耘谷)이요 원주인(原州人)이며 여말(麗末) 진사(進士)로서 원주(原州) 치악산(雉岳山)에 드러가 나오지 않음으로 이조(李朝) 태종대왕(太宗大王)이 찾어가도 만나지 않했음

(—서기一三九七년경—)

◎過楊口邑 (양구읍을 지내며)

破屋烏相呼、民逃吏亦無、每年加弊虞、何日得歡娛、田屬權豪宅、門連暴惡徒、子遺殊可惜、辛苦竟何辜

헐린 집터에 가마귀 짓고
백성이 못 살으니 아전놈도 아니오네
해마다 폐단은 더하여 가니
어느날 질거움 있을것이랴
논밭은 세력있는 집으로 돌아가고
문에는 못된놈 느러서 있어
어린것 더욱 불상 하구나
괴롭고 애태움 무슨 죄일가

『徐[서]　甄[견]』

△금천인(衿川人) 공양왕(恭讓王) 때 사헌장령(司憲掌令)으로 귀양갔다가 이조(李朝)에 다시 벼슬하지 않았음

(—서기一三九七년경—)

◎述懷 (술회)

千載神都隔漢陽、忠良濟々佐明王、統三爲一功安在、却恨前朝業不長

충성스러운 신하들 좋은님 부축하던
역사 깊은 서울에 한양을 세이했네
三한을 통일한 공 어데있는가
고려왕업 짜른것이 한 스럽구나

註=고려태조(高麗太祖) 왕건(王建)이 신라(新羅)와 태봉(太封의 弓裔)과 후백제(後百濟의 甄萱)를 평정(平定)하여 삼국(三國)을 통일한후 건국(建國)하였음을 말함

『權適』(권적)

△충혜왕(忠惠王)때 화산군(花山君)에 봉(封)하고 공민왕(恭愍王)때 길창군(吉昌君)에 봉(封)하다 시호(諡號)는 원정(原靖)

(——서기 一四三七년경——)

◎安北寺詠竹 (안북사에서 대를 읊음)

大雪漫天萬木摧、琅玕相映一枝梅、不知六月炎蒸酷、呼召淸風分外來

눈보라쳐 나무마다 바둘바들 떠는데
매화는 향기롭고 대만이 푸르구나
어이알리오 五、六월 三복철 찌는 더위에
맑은 바람 서늘하게 불려 주는길

『金子粹』(김자수)

△자(字)는 순중(純仲)이오 호(號)는 상촌(桑村)이며 경주인(慶州人)이라 여말(麗末)에 급제(及第)하여 벼슬이 충청감사(忠淸監司)에 이르렀으나 이조 태종대왕(李朝太宗大王)이 형조판서(刑曹判書)로 부름을 거역하고 광주로 내려가며 이 절명사(絕命詞)를 짓고 자결(自決)하여 죽다

(——서기 一三九七년경——)

◎絕命詞 (스스로 목숨을 끊으며)

平生忠孝意、今日有誰知、一死吾休恨、九原應有知

평생에 품은뜻 충성과 효도
오늘날 누가있어 알아나 주리
이렇게 돌아가니 내 원한도 그만인가
구원(九原)에 임의정령(精靈) 이내뜻 알아주시리

註=구원(九原)※원래 중국의 진(晋)나라 경대부(卿大夫)의 분묘(墳墓)가 있던곳의 지명(地名)으로서 후세에 황천(黃泉) 구천(九泉)과 같은 뜻으로 저세상을 말함

『趙云仡』(조운흘)

△호(號)는 석간(石澗)이오 풍양인(豊壤人)이며 공양왕(恭讓王)때 벼슬이 계림부윤(鷄林府尹)에 이르고 이조(李朝)때 강능대도호부사(江陵大都護府使)가 되었다

(——서기一三八七년경——)

◎送春日別人 (봄날에 친구를 보내며)

謫宦傷心涕淚揮、送春兼復送人歸、春風好
去無留意、久在人間學是非

귀향사리 마음 상해 눈물뿌렸오
봄가는데 임도가니 야속하구나
봄바람 가는뜻을 어이 알리오
시끄러운 세상이 싫여그러지

『偰長壽』(설장수)

△자(字)는 천민(天民)이오 호(號)는 운재(芸齋)이며 손(遜)의 아들로 공민왕(恭愍王)때 급제하여 벼슬이 판삼사사(判三司事)에 이르고 이조(李朝)때 시호(諡號)는 문정(文貞)

(——서기一三八七년경——)

◎漁艇 (어정)

擁網羣魚急、回舟一棹輕、却從紅蓼岸、齊
唱竹枝聲

그물치니 고기떼 이리저리 몰리고
돛 달으니 가는배 가벼웁구나
홍료(紅蓼) 언덕 가으로 배를 대이니
노랫가락 멋지게도 들리어 오네

註=홍료(紅蓼)※갈대의 별명
소소(蕭蕭)※쓸쓸한 소리 쓸쓸한 모양

「宋 因」 (송 인)

△공양왕(恭讓王)때 벼슬이 헌납(獻納)에 이르다 (——서기 一三八七년경——)

◎江陵東軒 (강릉관사에서)

客程容易送餘年、臘盡江城雪滿天、歸夢共雲常過嶺、宦愁如海不知邊、濤聲動地來喧枕、蜃氣浮空望似煙、鏡浦臺空茶竈冷、更於何處擬逢仙

나그네 수열하게 해(年)를 보내네
강릉의 섣달은 눈이 쌓이오
고향을 그리는꿈 고개를 넘고
벼슬사리 깊은시름 가이 없구나
누었으니 버개머리 파도가 울고
공중에는 황홀한 신기루(蜃氣樓)뜨오
요즈음은 경포대 쓸쓸하다니
어데서 한가로이 놀아 볼가나

註=수열하게※어렵지않게 신기루(蜃氣樓)※해상(海上) 또는 사막(砂漠)의 지대에서 바람이 없는 평온한날 온도(溫度)또는 습도(濕度)관계로 대기의 밀도(密度)에 층절(層折)이 생기는때에 광선의 굴절(屈折)에 의하여 먼데 있는 물체가 반영(反映)되어 나타나는 현상을 말함 옛말에 의하면 신(蜃)은 교룡(交龍)의 족속(族屬)으로 기운을 토(吐)하여 누대성곽(樓臺城郭)의형상(形狀)을이룬다고 전함

「廉悌臣」 (염제신)

△자(字)는 개숙(愷叔)이오 호(號)는 매헌(梅軒)이며 곡성인(曲城人)이라 여말(麗末)사람으로 벼슬이 우정승(右政丞)에 이르고 곡성부원군(曲城府院君)을 봉(封)하다 시호(謚號)는 문경(文敬) (서기 一二九七년—一三七五년)

◎扈駕至元巖驛同諸老唱和 (임금님을 모시고 원암역에 가서)

筆落珠璣字々香、遏雲歌裏一杯長、半酣更覺君恩重、坐到更深冷欲霜

글자마다 또렸또렸 구술 굴려 놓은듯
가곡은 어우러지고 술자리도 향기로워
아무리 취중인들 임의 은혜 잊을소냐
정신 환뜻 도는곳에 밤이 점점 깊어가네

『廉興邦』(염흥방)

△자(字)는 중창(仲昌)이오 호(號)는 동정(東亭)이며 제신(悌臣)의 아들이라 공민왕(恭愍王)때 벼슬이 대제학(大提學)에 이르고 신우(辛禑)에게 죽었음

(—서기 一三八七년경—)

◎題枕流亭 (침류정을두고) (三首中拔一首)

金沙居士枕流亭、楊柳陰陰暑氣晴、洗耳不聞塵世事、潺湲只有小溪聲

침류정 좋은정자 물을베고 누어있고
버들이 그늘저서 더운줄을 모를러라
맑은물에 귀 씻으니 세상일 어이알리
다만지 들리는건 졸졸 시냇소리뿐

註=세이(洗耳)※옛적에 당요(唐堯)가 은자(隱者) 허유(許由)에게 천하사(天下事)를 의론하니 더러운말을 들었다하고 흐르는 물에 귀를 씻었다는 전설이 있음

『鄭雪谷』(정설곡)

△여말(麗末)의 시인(詩人 五六頁의 誧와 같은사람)

◎普濟寺 (보제사 종소리를 듣고)

金銀佛寺側城闉、夜夜鳴鍾不失晨、誰道令人發深省、祗能喚起利名人

성밖에 보제사(普濟寺) 찬란하구나
밤마다 종이울며 날이 새이네
업(業寃) 모다 통했다고 이를 것이냐
명리(名利)에 헤매는 꿈 일깨워 주네

註=업원(業寃)※전생(前生)에서 지은 죄(罪)로 인하여 이승에서 받는 괴로움 즉 인과관계(因果關係)

「禪坦」(선탄)

△곡성인(谷城人)이니 여말(麗末)의 시승(詩僧)으로 이름이 높음
(——서기一三六七년경——)

◎臥病 (병으로 누어)

鞍馬紅塵半白頭、楞伽有病早歸休、一江煙雨西山暮、長捲疎簾不下樓

반생(半生)을 홍진속에 헤매든 몸이
중이 되어 산깊이 드러누었오
서산에 해는 지고 비내리는데
다락에 발(簾) 올리고 내리는이없오

「懶翁」(나옹)

△호(號)는 강월헌(江月軒)이니 어머니는 정씨(鄭氏)오 초명(初名)은 원혜(元惠)인데 혜근(惠勤)이라 개명(改名)함
공민왕(恭愍王)이 보제존자(普濟尊者)라 호를 주었음
(——서기一三七七년경——)

◎警世 (세상을 경계함)

終世役役走紅塵、頭白焉知老此身、名利禍門爲猛火、古今燒盡幾千人

허덕허덕 뜬세상 헤매이다가
센 머리 어느듯 몸은 늙었네
분수밖에 부귀공명 화(禍)가 되느니
얼마나 이속에서 몸을 망쳤나

註=역역(役役)※몸과마음을 애태워 허덕이는뜻 莊子「終身役役而不見其成功」

「混修(혼수)」

△자(字)는 무작(無作)이오 호(號)는 환암(幻庵)이니 속성(俗姓)은 조(趙)씨오 풍양인(豊壤人)이라 공민왕(恭愍王)이 지웅존자(智雄尊者)라 호를 내렸음 시호(謚號)는 보각국사(普覺國師)

(서기 一三八七년경)

◎偈(범어)

三十年來不入塵、水邊林下養精眞、誰將擾擾人間事、繫縛逍遙自在身

서른해 긴긴세월 티끌세상 멀리하고
산 깊고 물 맑은데 참뜻 길렀오
뉘라서 어수선한 세상일 끌어다
절간에 거니는 이몸 어이하리

註=소요(逍遙)※노니는것 거니는것 仲長統「逍遙一世之上 睥睨天地之間」

「涵虛堂(함허당)」

△이름은 무준(無準)이오 충주인(忠州人)이니 속성(俗姓)은 유(劉)씨오 계월헌(溪月軒) 무학(無學)의 제자이라 반야경설의(般若經說義)를 지었음

(서기 一三七六년—一四三三년)

◎遊神勒寺(신륵사에 놀며)

衆山超遞一江深、殿閣崢嶸萬樹林、江月軒明江月下、始知江月昔年心

산은 높고높고 물은 깊은데
전각은 우뚝하게 숲사이 솟아있오
강월헌 옛정자에 달이 밝으니
강월스님 깊은뜻 이제야 알네

註=강월헌(江月軒)※나옹대사(懶翁大師)의 세운정자로 대사의 호(號)가됨

朝鮮 (조선)

『太祖大王』 (태조대왕)

△성(姓)은 이씨(李氏)오 휘(諱)는 단(旦)이오 초휘(初諱)는 성계(成桂)오 자는 중결(仲潔)이오 호는 송헌(松軒)이니 전주인(全州人)이라 시조(始祖)의 휘(諱)는 한(翰)이니 신라의 사공(司空)벼슬을하다 임신(壬申)七월一六일에 송도(松都) 수창궁(壽昌宮)에서 등극(登極)하고 재위(在位)七년 상왕위(上王位)一〇년 춘추(春秋)七四세 (서기一三三五년—一四〇八년)

◎登白雲峰 (삼각산 백운봉에 올라)

引手攀蘿上碧峰、一庵高臥白雲中、若將眼界爲吾土、楚越江南豈不容

댕댕이 휘어잡고 상상봉 올라가니
조용 한 암자 한채 구름속에 누었구나
눈앞에 뵈는땅이 내것이 되량이면
초월강남 먼먼덴들 어이아니 앙기리

『趙浚』 (조준)

△자(字)는 명중(明仲)이오 호(號)는 우재(吁齋) 또는 송당(松堂)이니 이조(李朝)의 개국공신(開國功臣)이며 벼슬이 평양감사(平壤監司)로 영상(領相)에 이르다 시호(諡號)는 문충(文忠) (서기一三四六년—一四〇五년)

◎安州懷古 (안주에서 옛일을 추억하고)

薩水湯湯漾碧虛、隋兵百萬化爲魚、至今留得漁樵話、不滿征夫一笑餘

살수는 하늘인양 널고 깊어서
수병 백만 모조리 고기밥 됐네
이제도 기리기리 이얘기되어
오가는 행인들의 우슴거리오

태 조 대 왕
太 祖 大 王

『鄭道傳』(정도전)

△자(字)는 종지(宗之)오 호(號)는 삼봉(三峯)이며 공민왕(恭愍王)때 벼슬이 정당문학(政堂文學)에 이르고 이조(李朝)의 개국공신(開國功臣)이며 봉화감사(奉化監司)로 좌상(左相)에 이르다 (——서기 一三九九년)

◎訪金益之 (김익지를 찾아)

墟烟暗淡樹高低、草沒人蹤路欲迷、行近君家猶未識、田翁背指小橋西

연기는 자오록이 숲에잠기고
들길은 풀에묻혀 희미하구나
밭매는 늙은이께 집을물으니
손들어 다리저쪽 가리켜주네

又 (정도전)

◎四月一日 (사월일일)

山禽啼盡落花飛、客子未歸春已歸、忽有南風情思在、解吹庭草也依依

새가 울고 꽃이 저서 봄도갔건만
임은 어이 오실줄을 모르시노나
그래도 바람만이 차마 못잊어
다정하게 방초위로 감돌아주네

『權(권)近(근)』

△자(字)는 가원(可遠)이오 호(號)는 양촌(陽村)이며 안동인(安東人)이니 공민왕(恭愍王)때 급제 하여 이조(李朝)에 벼슬이 찬성사(贊成事)에 이르고 길창군(吉昌君)을 봉(封)하였으며 학문이 세상에 떨쳤고 저술(著述)에는 입학도설 오경천견록(入學圖說 五經淺見錄)을 내었다 시호(諡號)는 문충(文忠) (서기 一三五二년—一四〇九년)

◎春日城南即事 (성남의 봄날)

春風忽已近淸明、細雨霏霏成晩晴、屋角杏花開欲遍、數枝含露向人傾

봄바람이 어느듯 청명절일세
가는비 보슬 보슬 개일줄 모르네
집모랭이 살구꽃이 활짝 피려고
가지 가지 이슬 맞아 느러졌구나

又 (권 근)

◎金剛山 (금강산)

雪立亭亭千萬峰、海雲開出玉芙蓉、神光蕩漾滄溟近、淑氣蜿蜒造化鍾、突兀岡 臨鳥道、淸幽洞壑秘仙蹤、東還便欲凌高頂、俯視鴻濛一盪胸

천만봉 우뚝 우뚝 깎아 세운듯
구름새에 꽂아놓은 옥부용일세
바다인양 신광(神光)은 넓고 넓으며
숙기(淑氣)는 꾸물 꾸물 조화 서렸오
뾰죽한 메뿌리엔 날새뿐이오
호젓한 골작마다 신선 숨었오
비로봉 높은곳 올라서면서
홍몽을 굽어보고 가슴 헤쳤오

『劉敞』(유창)

△자(字)는 맹의(孟義)요 호(號)는 선암(仙菴)이니 이조(李朝)의 개국공신(開國功臣)으로 옥천부원군(玉川府院君)에 봉(封)하다 시호(諡號)는 문희(文僖)

(——서기 一四二〇년)

◎幽興 (유흥)

步逐閒雲入翠林、松風澗水洗塵襟、悠悠浮世無知己、只有山禽解我心

한가한 구름쫓아 숲속에드니
솔바람 냇물소리 옷깃을씻네
저바깥 뜬세상에 날 알이없고
다만지 산새있어 내마음아네

『鄭摠』(정총)

△자(字)는 만석(曼碩)이오 호(號)는 복재(復齋)이며 태조(太祖朝)에 벼슬이 정당문학(政堂文學)에 이르고 서원군(西原君)을 봉(封)하다 시호(諡號)는 문민(文愍)

(——서기 一三八七년경——)

◎過揚子江 (양자강을 지나며)

兩岸春旗簇酒樓、數聲柔櫓過滄州、白鷗也識忘機客、故故飛來近葉舟

강언덕 술집마다 기(旗)를 꽂았오
노소리 삐걱 삐걱 창주(滄州)도 지나왔네
갈매기는 짐짓이 나의시름 아는지
떠나가는 배위로 훨훨 나르오

『咸傅霖』(함부림)

△호(號)는 란계(蘭溪)며 강능인(江陵人)이니 이조(李朝)의 개국공신으로 벼슬이 팔도감사(八道監司)에 이르고 동원군(東原君)을 봉(封)하다

(서기一三六〇년―一四一〇년)

◎法住寺(법주사)

鷄園閒日月、雁塔鎖雲烟、偶入三淸洞、都忘世事牽

세월이 한가로워 닭의 우름뿐
불탑은 높직하여 구름서렸오
우연이 절간에 들어와보니
도모지 세상일 잊어버리네

『尹紹宗』(윤소종)

△자(字)는 헌숙(憲叔)이오 호(號)는 동헌(桐軒)이니 택(澤)의 손자이며 무송인(茂松人)이라 태조(太祖)때 벼슬이 예조전서(禮曹典書)에 이르다

(―서기一三九七년경―)

◎東郊(동교)

三韓禮樂五百年、蒼蒼萬古扶蘇山、攀龍附鳳六太師、白日大明天地間、安得北斗酌滄浪、洗我生晩輪因肝、東郊痛哭浩浩歌、一眉新月隨歸鞍

우리나라 좋은풍류 오래되었오
부소산 기리기리 푸르렀구나
임을 모셔 귀히 되온 육조판서요
큰위엄 뚜렷하니 사방으로 멀처있네
북두성 따내어 바다물 잔질하여
어느때 이큰 주량 채워보려나
즐겨웁던 동교노리 끝마추고서
돌아오는 말안장에 초생달 빛어주네

註=반룡부봉(攀龍附鳳)※반룡린부봉익(攀龍鱗附鳳翼)의 주린말이니 용봉(龍鳳)은 임금님을 비유하고 그용의비늘처럼 봉의나래처럼 임금님을 모셔 정치를잘한후에 높은 벼슬을 하고저하는뜻(後漢書光武紀) 十八史略 東漢光武帝『從大王於矢石之間固望攀龍鱗附鳳翼以成其所志耳』

백일(白日)※큰위엄으로 번역했으니 이글의 뜻은 임금님을 비유하여 말함인듯

「定宗大王(정종대왕)」

△태조(太祖)의 둘째아드님으로 휘(諱)는 방과(芳果)이오 재위(在位)二년 상왕위(上王位)一九년 춘추(春秋)는六三세

(서기一三五七년―一四一九년)

◎聯句(실록(實錄)―二년에 태조(太祖)께서 세자를 데리고 덕수궁(德壽宮)에 나시어 잔치를 베푸시고 지으신연귀)

年雖七十心常應 (太祖)

夜已三更興不窮 (定祖)

나이 비록 늙었지만 마음 항상 굳건하다

밤은 이미 깊었는데 흥겨움 그지없오

「曺庶(조서)」

△인천인(仁川人)으로 태조조(太祖朝)에 벼슬이 예조참의(禮曹參議)에 이르고 명나라에 사신으로 갔다오다

(―서기一三八七년경―)

◎慶安府(경안부)

水光山氣弄晴沙、楊柳長堤十萬家、無數商船城下泊、竹樓烱月咽笙歌

산수는 어른 어른 사장에 뜨고

양유(楊柳) 푸른 긴언덕에 집도 많구나

수 많은 상고(商賈)배가 와서 다으니

여기저기 주루에서 노래가 잦소

『太宗大王』(태종대왕)

△태조(太祖)의 제五자이며 휘(諱)는 방원(芳遠)이니 재위(在位) 一八년 상왕위(上王位)四년 춘추(春秋)五六세
(서기 一三六七년 — 一四二二년)

◎與群臣聯句 (실록(實錄)॥무술八월一〇일에 세종(世宗)이 즉위하고 상왕전(上王殿)에 나가뵈올새 여러신하로 더불어 지은연귀)

天設錦筵期萬歲 (柳廷顯)
民無菜色感君恩 (太　宗)
恩波浩蕩溫言裏 (河　演)
國步昇平永樂中 (李　原)
中外無處是今日 (韓尙敬)
君臣合道事朝廷 (太　宗)
廷臣祝壽呼山岳 (河　演)
嗣子修身奉祖宗 (太　宗)
宗社若危臣任責 (世　宗)

좋은잔치 베프시니 만수무강 하옵소서 (유정현)
주린백성 없어야만 임금은혜 알리로다 (태　종)
온화합신 말씀속에 넓은 은혜 품어계서 (하　연)
기리즐김 누리는데 나라편안 하오리다 (이　원)
온 나라신민들이 이자리를 축수하오 (한상경)
군신사이 뜻맞아야 나라일이 잘 되느니 (태　종)
조정신하 잔을받쳐 남산의 수(壽)아뢰니다 (하　연)
자손이 몸을 닦아 조상의 뜻 받들렸다 (태　종)
나라가 위태로면 저(臣)의 짐이 무겁니다 (세　종)

『成石璘』(성석린)

△자(字)는 자수(自修)오 호(號)는 독곡(獨谷)이며 창영인(昌寧人)이니 공민왕(恭愍王)때 벼슬이 대제학(大提學)으로 이조(李朝)에 영상(領相)에 이르고 창령부원군(昌寧府院君)을 봉(封)하다 시호(諡號)는 문경(文景)
(— 서기 一三九七년경 —)

◎在固城寄舍弟 (고성에서 아우에게)

擧目江山深復深、家書一字抵千金、中宵見月思親淚、白日看雲憶弟心、兩眼昏花春霧隔、一簪華髮曉霜侵、春風不覺愁邊過、綠樹鶯聲忽滿林

바라보니 강산은 깊고 깊은데
집으로 쓰는편지 마음 설레오
깊은밤 달을바래 어버이 생각
슬몃이 가는구름 아우 그리워
두눈은 어두어서 봄안개 끼고
살적밑 센머리가 서릿발일세
봄바람 내시름 아랑곳 없고
아름다운 꾀꼴노래 숩새에 차네

『李稷』 (이 직)

△자(字)는 우정(虞庭)이오 호(號)는 형재(亨齋)이니 성주인(星州人)이라 태종(太宗)때 벼슬이 영의정(領議政)에 이르고 성산부원군(星山府院君)을 봉하다 시호(諡號)는 문경(文景)

(——서기 一三九七년경——)

◎孔俯漁舍詩卷 (공부 어사에서)

柳陰密成幄、黃鳥送好音、幅巾步回渚、沙白水淸深、問君何爲者、不憂世紛侵、潔身富春志、濟世磻溪心、乾坤一竿竹、氣味古猶今

버들은 그늘져서 장막 이루고
아름다운 꾀꼬리 노래 부르네
폭건을 덮어쓰고 강가로 도니
물소리 깨끗하고 모래도 좋아
묻노니 그대는 누구이런가
어지러운 세상일 탄도 않으니
엄자릉 본을 받아 밭가리하고
강태공 동무하여 물가에 나오
낚때 잡고 앉았으니 조용하구나
고금이 일반일세 맑은 취미는

註=엄자릉(嚴子陵)※중국 후한(後漢)의 은사(隱士)로서 본성(本姓)은 장(莊)이오 이름은 광(光)이니 한무제(漢武帝)의 잠저때(潛邸時) 벗이라 무제가 임금이된후 높은 벼슬을 시키고저 했으나 끝내 응하지않고 부춘산(富春山) 아래에 숨어살아 밭갈고 낚시질하다 죽었다는 전설이내렸음

반계(磻溪)※중국 섬서성(陝西省)의 동남에 있는 시내로 옛적 주(周)나라의 강태공(姜太公)이 낚시질하든 위수(渭水)를말함

「南在(남재)」

△자(字)는 경지(敬之)오 호(號)는 귀정(龜亭)이며 의령인(宜寧人) 공민왕(恭愍王)때 급제(及第)하고 이조(李朝)의 개국공신(開國功臣)으로 벼슬이 영상(領相)에 이르고 의령부원군(宜寧府院君)을 봉(封)하다 시호(諡號)는 충경(忠景) (서기一三五一년—一四一九년)

◎次廣州淸風樓韻 (광주청풍루 의 운을 빌려서)

自憐阿堵已生花、尙且逢場發興多、可笑此翁猶矍鑠、百端無計駐韶華

이물건(錢) 헤어졌다 서러워 마소
그래도 간데마다 흥겨워 하네
가소롭다 이늙은이 정정하건만
아무래도 좋은시절 못 멈추겠오

註=아도(阿堵)※진대(晋代)의 속어로서 「이것」「이물건」이라는 뜻인데 왕연(王衍)이 돈(錢)을가르켜 「아도물」이라고 한데서 돈의 별이되었음
확삭(矍鑠)※늙어도 더욱 장건(壯健)한 모습을 말함
「後漢書馬援傳」=帝笑曰、「矍鑠哉是翁」

「朴宜中(박의중)」

△자(字)는 자허(子虛)오 호(號)는 정재(貞齋)이니 밀양인(密陽人)이라 태종(太宗)때에 벼슬이 의정부참찬(議政府參贊)에 이르다 (——서기一四〇七년경——)

◎幽居即事 (한가로이 살면서)

幽居即事少人知、獨愛吾廬護弊離、朝望海雲開戶早、夜憐山月下簾遲、興來邀客嘗新釀、吟就呼兒政舊詩、因病抱關身已老、愧無功業補淸時

조용히 살아오니 아는이 적고
나홀로 집을 아껴 울타리했오
아침엔 바다 보려 일찍 문열고
밤에는 달 그리워 발 늦게치오
흥겨우면 손님 모셔 새술 거르고
읊을때 아해불러 글을 쓰이오
병들어 천직(賤職)의몸 이미 늙으니
청평시대(淸平時代) 한일없어 부끄러워라

註=포관(抱關)※궁문을 지키는소임 문직이니 가장 천한소임을 말함
孟子萬章篇「辭尊居卑、辭富居貧、惡乎宜乎、抱關擊柝」

「李詹」(이첨)

△자(字)는 소숙(少叔)이오 호(號)는 쌍매당(雙梅堂)이니 홍주인(洪州人)이라 태종(太宗)때 벼슬이 의정부사(議政府事)에 이르다 시호(諡號)는 문안(文安)

(——서기一四〇七년경——)

◎慷甚 (게올음)

平生志願已蹉跎、爭奈衰慵十倍多、午枕覺來花影轉、暫携穉子看新荷

우물쭈물 하다가 할일 못하고
늙어가니 게우름만 버썩 늘었오
깨아보니 꽃그늘 기우렀기로
어린애기 데불고서 못(池)가 돌았네

註=차타(蹉跎)※우물쭈물 하다가 기회를 잃음

「安省」(안성)

△자(字)는 일삼(日三) 호(號)는 설천(雪泉) 또는 천곡(泉谷)이라함 광주인(廣州人)이니 태종조(太宗朝)때 벼슬이 참지의부정사(叅知議府政事)에 이르다 시호(諡號)는 충간(忠簡)

(——서기一四二一년경——)

◎過長淵 (장연을 지나며)

朝離瑞麟郡、日晚到長淵、暗淡雲藏岳、微茫水接天、漁歌秋島月、羌笛暮江煙、邂逅崔明府、相逢憶去年

아침에 서린골을 떠나와
늦재야 장연땅에 당도하였오
구름은 어두무레 메뿌리 숨기고
물결은 까마득이 하늘에 다았네
고기잡이 노래에 섬(島)밤이 깊고
흘려오는 피리소리 강촌은 저무네
여기서 우연이 그대를보니
어느듯 만난지 지난해구려

註=해후(邂逅)※약속없이 서로 우연이 마나는뜻

『姜淮伯(강회백)』

△자(字)는 백보(伯父)오 호(號)는 통정(通亭)이며 진주인(晋州人)이니 벼슬이 순문사(巡問使)

(—서기一三八七년경—)

◎寄證明師 (증명스님께 보냄)

人情蟬翼隨時變、世事牛毛逐日新、想得吾師禪榻上、坐看東海碧粼粼

인정은 얇고얇어 매미날개오
세상일 빽빽하여 쇠터럭일세
스님의 책상앞에 앉아 본다면
동해바다 깊은물도 화안히 빛이리

『鄭矩(정구)』

△호(號)는 설학재(雪壑齋)이니 동래(東萊人)이라 태종(太宗)때에 벼슬이 보문제학(寶文提學)에 이르다

(서기一三五○년—一四一八년)

◎松山幽居 (송산에 살며)

蓬華門前一老松、百年春雨養髯龍、暮天霜雪埋窮壑、看取亭亭特殊容

문앞에 푸른 솔 몇백년 지나온지
봄바람 가을비 그몸 늙어 용이로다
간밤에 쌓인 눈 메도 골도 덮혔는데
우뚝이 섯는 모습 홀로서 장부(丈夫)런듯

註=장부(丈夫)※의지가 굳은 훌륭한 남자 마음이 변치않는 사람 현석박세채(玄石朴世采)의 글에 「雪滿窮巷、孤松特立、丈夫之氣像」

「卞仲良(변중량)」

△호(號)는 춘당(春堂) 밀양인(密陽人)이니 태종(太宗)때 벼슬이 승지(丞旨)에 이르고 시(詩)로 유명하다

(—서기 一四〇七년경—)

◎松山 (송산)

松山繞繞水縈廻、多少朱門盡綠苔、惟有東風吹雨過、城南城北杏花開

산은 물을 막고 물은 산돌아 흐르는데
이끼에 쌓인 집들 듬성듬성 놓였구나
봄바람 비를 몰아 불어오는 곳
여기저기 피는 꽃 향기로어라

「卞季良(변계량)」

△자(字)는 거경(巨卿)이오 호(號)는 춘정(春亭)이니 중량(仲良)의 아우라. 태종(太宗)때 벼슬이 찬성(贊成)이 되고 문형(文衡)을 전(典)하다 시호(謚號)는 문숙(文肅)

(서기 一三六九년—一四三〇년)

◎寄鼎谷 (정곡에게 붙임)

蓬轉東南影與身、舊情誰復似雷陳、病深藥物渾無賴、吟苦詩篇頗有神、虛白連天江群暵、暗黃浮地柳堤春、自憐令節情懷惡、題句時還寄故人

이리저리 옮아온 외로운 몸이
눌 더불어 옛정을 그리워볼가
병 깊어 약석(藥石)도 효험이 없고
글 읊으니 정신이 제법 좋구나
희꾸무레 강마을 일찍 새이고
누루꾸름 버들봄 미리 오누나
시절이 가는대로 마음 덧없어
글을 지어 임에게로 부쳐보냈오

『柳方善(유방선)』

△자(字)는 자계(子繼)오 호(號)는 태재(泰齋)이니 서주인(瑞州人)이라 숙(淑)의 증손(曾孫)으로 원주(原州)에 살아 후진(後進)을 가르치니 그제자(弟子)로서 재상이 된 사람이 많다

(—서기一四〇七년경—)

◎偶題 (우제)

結茆仍補屋、種竹故爲籬、多少山中味、年年獨自知

새를 베어 이엉엮어 집웅해이고
대심어 그숲으로 울을 만드니
산중에서 사는 재미 이렇듯 좋은걸
뉘라서 알것이냐 나홀로 아네

『權 遇(권우)』

△자(字)는 중려(仲慮)오 호(號)는 매헌(梅軒)이니 근(近)의 아우이라 벼슬이 예문제학(藝文提學)에 이르다

(—서기一四一七년경—)

◎秋日 (가을)

竹分翠影侵書榻、菊送淸香滿客衣、落葉亦能生氣勢、一庭風雨自飛飛

대그림자 시원하게 서탑에 들고
국화는 향기로어 옷속에 차네
뜰 앞에 지는 잎 무어 좋은지
쓸쓸한 비바람에 펄렁대누나

「世宗大王」 (세종대왕)

△태종대왕(太宗大王)의 제삼남(第三男)으로 二十二세에 즉위(即位)하여 춘추(春秋)五十四세에 승하(昇遐)하시다 재위(在位)三十二년 왕(王)二十八년에 훈민정음(訓民正音)을 제정(制定) 반포(頒布)하시다

(서기一三九七년—一四五〇년)

◎夢中作 (꿈속에서)

雨饒郊野民心樂、日暎京都喜氣新、多黃雖云由積累、只爲吾君愼厥身

풍년비 들에차니 백성 즐기고
서울에 상서(祥瑞)해빛 기쁜일일세
아직도 창황한일 쌓였다지만
나라의 밝은정치 있어야 하지

註=창황(蒼黃)※바쁘고 어수선하여 아직도 틀이 잡히지 않은모양

「鄭以吾」 (정이오)

△자(字)는 수가(粹可)오 호(號)는 교은(郊隱)이니 진주인(晋州人)이라 태종(太宗)때 벼슬이 찬성(贊成)에 이르다 시호는 문정(文定) (—서기一四一七년경—)

◎次寄鄭伯容 (정백용에게 보냄)

二月將闌三月來、一年春色夢中回、千金尙未買佳節、酒熟誰家花正開

이월이 가고 삼월이 오니
일년춘광이 꿈이런듯 오고가네
천금을 드려서 못사는 시절
뉘집에 술익고 꽃피었드냐

『李原』(이원)

△자(字)는 차산(次山)이오 호(號)는 용헌(容軒)이며 고성인(固城人)이라 이암(李嵒)의 손자(孫子)로 세종조(世宗朝)에 벼슬이 좌상(左相)에 이름 시호(諡號)는 양헌(襄憲)

(서기 一三六八년—一四二八년)

◎安山東軒 (안산동헌 에서)

獨坐東軒望碧山、禪宮隱約白雲間、乞身何日尋僧去、臥聽松風特地寒

동헌에 홀로앉아 푸른사 바라보니
선궁은 은여히도 운간에 놓였구나
어느때 이내몸도 절간을 찾아가서
차고 맑은 바람소리 들어나 보리

註=은약(隱約)※안개낀 모양과같이 분명치 못한 모양「방불(髣髴)」「의약(依約)」

『黃喜』(황희)

△자(字)는 구부(懼夫)오 호(號)는 방촌(厖村)이며 장수인(長水人)이니 세종조(世宗朝)에 벼슬이 영상(領相)으로서 청빈(淸貧)한 재상(宰相)으로 이름이 높다 시호(諡號)는 익성(翼成)

(서기 一三七二년—一四五二년)

◎鏡浦臺 (경포대)

澄々鏡浦涵新月、落々寒松鎖碧煙、雲錦滿地臺滿竹、塵寰亦有海中仙

경포대 맑은물에 달빛 잠기고
낙락송 저 가지에 연기 서렸오
운금(雲錦)은 땅에차고 대(臺)에는 대(竹)가 가득
이가운데 노니는이 해중선(海中仙)인가

註=진환(塵寰)※속세(俗世)를 말함

방촌 황 희
厖村 黃 喜

경재 하 연
敬齊 河 演

신재 주 세 붕
愼齋 周 世 鵬

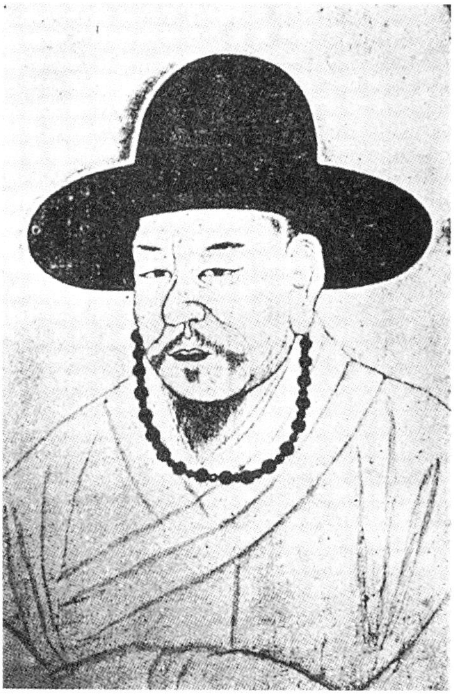

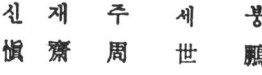

매월당 김 시 습
梅月堂 金 時 習

『孟思誠』(맹사성)

△자(字)는 성지(誠之)오 호(號)는 고불(古佛)이며 신창인(新昌人)이니 세종조(世宗朝)에 벼슬이 좌상(左相)에 이르다 시호(謚號)는 문정(文貞)

(서기 一三六〇년 — 一四三一년)

◎燕子樓(연자루)

駕洛遺墟幾見春、首王文物亦隨塵、可憐燕子如懷古、來傍高樓喚主人

가락나라 옛터전에 몇봄이 오고갔나
수로왕 새운문물 띠끌따라 없어졌네
가련타 제비만이 옛정회 못잊는지
이다락 찾아와서 주인을 부른다오

『尹淮』(윤회)

△자(字)는 청경(淸卿)이오 호(號)는 청향당(淸香堂)이며 무송인(茂松人)으로 세종(世宗)때 벼슬이 병조판서(兵曹判書)에 이르고 문형(文衡)을 전(典)하다 시호(謚號)는 문도(文度)

(— 서기 一四一七년경 —)

◎正朝(신정의 원조)

金殿沈沈淑氣新、百官朝賀謁元春、彬彬禮樂侔中華、濟濟衣冠拱北辰、湛露自天霑綠醑、薰風和雨浥紅塵、醉歸使覺君恩重、竊効華封祝聖人

궁궐은 깊고깊어 맑은기운 서렸는데
새설을 맞이하여 임금님께 세배드렸오
아름다운 예악문물(禮樂文物) 중화가 그무어며
깨끗한 의관들은 북향하여 느러섯네
이슬은 촉촉하게 대지위에 내려있고
비바람 향기로어 몬지조차 일지않네
돌아와 생각하니 임의은혜 무겁구나
꿇어앉아 비옵나니 수부다남 하옵소서

註=화봉의삼축(華封의三祝)※옛적에 화봉의백성이 당요(唐堯)에게 세가지일로 축하(祝賀)했으니 수부다남(壽富多男)의 삼축(三祝)임

『讓寧大君 李禔』(양령대군 이제)

△태종대왕(太宗大王)의 제일남(第一男)으로 처음에 세자(世子)로 책봉(冊封)했더니 그아우 충령(忠寧)이 성덕(聖德)이 있고 또 부왕(父王)의 뜻이 충녕에게 있음을알고 양광자폐(佯狂自廢)하여 세자를 사양하니 세상에서 태백(泰伯)의 지덕(至德)이라하다 세종묘정(世宗廟庭)에 배향(配享)되고 六九세에 별세하다 시호(諡號)는 강정(剛靖)이오 지금 서울 상도동(上道洞)에 지덕사(至德祠)가있음
(서기 一三八四년—一四六二년)

◎題僧軒 (절간에 들려서)

山霞朝作飯、蘿月夜爲燈、獨宿孤庵下、惟存塔一層

산허리 도는안개 아침연긴가
숲사이 돋는달 저녁등일세
홀로서 외론암자 찾아와 보니
중들은 어디가고 탑만 서있네

又 (양령대군)

◎聞寧越凶報 (단종의 승하(昇遐)를 듣고)

龍御歸何處、愁雲起越中、空山十月夜、痛哭訴蒼穹

아! 임이어 어대로 가셨는가
구름은 시름인양 영월에서 떠오르오
쓸쓸한 가을밤 밤새워 가면서
하느님 맙소서 통곡하였오

『孝寧大君 李補』(효령대군 이보)

△자(字)는 선숙(善淑) 태종(太宗)의 제이남(第二男)으로 그형 양령과 더불어 세자를 그아우에게 밀고 불교에 귀의(歸依)하였고 세종묘정(世宗廟廷)에 배향(配享)되였음 수(壽)는九一세 시호(諡號)는 정효(靖孝)

(——서기一四一七년경——)

◎文殊臺(문수대)

仙人王子晉、於此何年遊、臺空鶴已去、片月今千秋

왕자님 여기와서 노른적이 언제런가
세월은 흘러가고 대(臺)만 홀로 남아있네
다만지 밝은달있어 천추에 변함없구나

『李孟昀』(이맹균)

△자(字)는 균지(鈞之)오 호(號)는 한재(漢齋)라 목은(牧隱) 색(穡)의 손(孫)이요 벼슬은 찬성(贊成)에이름 시호(諡號)는 문혜(文惠)

(서기一三七一년——)

◎松京懷古(개성의 옛추억)

五百年來王氣終、操鷄搏鴨竟何功、英雄已逝山河在、人物南遷市井空、上苑煙霞微雨裏、諸陵草樹夕陽中、秋風客恨知多少、往事悠悠水自東

오백년 고려왕기 끊여버리니
조계단압 이제는 무슨 공인가
영웅은 가버리니 호화 다하고
인물이 옮기어서 저자 비였네
상원은 노을 잠겨 쓸쓸하온데
왕릉은 초수(草樹) 묻혀 처량하구나
가을바람 손의시름 그지없는데
지난일 말이없이 흘러버렸오

註=조계단압(操鷄搏鴨)※고려왕건태조(高麗王建太祖)가 아마도 신라(鷄林)를 항복받고 압록강(鴨綠江)까지의 고구려의 옛강토를 회복하였다는 뜻인듯

『辛碩祖(신석조)』

△자(字)는 찬지(贊之) 처음 이름은 석견(石堅) 호(號)는 연빙당(淵氷堂)이고 영산인(靈山人)이며 세종(世宗)때 벼슬이 이조판서(吏曹判書)에 이르고 선호당(選湖堂)(一代) 시호(諡號)는 문희(文禧)

(서기一四〇七년—一四五九년)

◎寓高嶺寺 (고령사에 들려서)

谷轉山圍一逕遙、普光金殿起岧嶤、千年樹老蒼藤合、兩岸溪回白石饒、日暮磬聲雲外落、夜寒鍾影月中搖、蓤經讀破天君靜、只有松風送籟簫

굴리는듯 에운곳 산길 뚫리고
불전은 봉위에 높이 놓였오
늙은 나무 푸른덩굴 서루얽키고
돌뿌리 맞다질러 물은감도네
해저무러 경쇠소리 멀리들리고
달 밝으니 종 그림자 흔들거리오
불경을 읽고나니 고요한마음
다만지 바람소리 맑게들리오

『鄭種(정종)』

△자(字)는 묘부(畝夫)오 호(號)는 오로재(五老齋)이니 동래인(東萊人)이라 세종(世宗)때 벼슬이 호조판서(戶曹判書)에 이름 시호(諡號)는 양평(襄平)

(——서기一四七六년)

◎退休吾老齋 (오로재로 물러가서)

世間從富不從貧、藏踪幽谷耳聾人、猶有乾坤無厚薄、數椽茅屋亦青春

부자 싫고 가난 좋다 누가말하리
숨어사니 귀머거리 거의다됬오
하느님 뜻 언제나 사가 없어서
오막사리 초가에도 봄은 온다오

「姜碩德」(강석덕)

△자(字)는 자명(子明)이오 호(號)는 완이재(玩易齋)요 벼슬이 지돈영(知敦寧)에 이르고 시호(謚號)는 대민(戴愍)
(서기 一三九五년 — 一四五九년)

◎秀庵卷子 (수암권자)

點斷煙霞心自閒、茅茨高架碧孱顔、飢食倦睡無餘事、春鳥一聲花滿山

푸른산 높이높이 초가삼간 지어놓고
연하로 짝을하니 마음도 한가로어
하는일 별로없고 흐르느니 세월이라
어느듯 꽃피고 새우는 봄철이로세

註=연하(煙霞)※노을안개 산수(山水)의 풍경을말함

「權踶」(권제)

△자(字)는 중의(仲義)오 호(號)는 지재(止齋)이니 근(近)의 아들로 세종(世宗)때 벼슬이 찬성(贊成)에 이르고 전문형(典文衡)(四代) 시호(謚號)는 문경(文景)
(서기 一三八六년 — 一四四五년)

◎寄呈翰院 (한원에 올림)

沉痾數月殆將蘇、行步欲斜信杖扶、眼底鴉花隨物象、耳邊蛙樂雜笙竽、玉堂群彦褰高鳳、金櫃千秋繼董狐、待制三年慚不分、傍人應笑畵葫蘆

오랜병 이제거위 일게되어서
지팽이 휘어잡고 걸음해봤오
눈앞엔 아물아물 안개떠돌고
귓가로 와글와글 헛소리나오
옥당의 여러분 숨을뜻 말고
천추에 기리기리 역사 빛내소
쓰인글씨 잘룩잘룩 꼴이우수어
호로박 그렸다고 웃을것이오

註=고봉(高鳳)※자(字)는 문통(文通)이니 중국 후한(後漢)의 사람으로 벼슬을 하지않고 숨어살았다고함
동호(董狐)※춘추전국시대(春秋戰國時代) 진(晋)나라의 사관(史官)으로 온갖 권세(權勢)에 억눌리지않고 사실대로 똑바르게 역사를써놓은사람 左傳、孔子曰「董狐古之良史也、書法不隱」
화호로(畵葫蘆)※호로박의그림이니 서획(書劃)이잘룩 잘못쓰여지는글씨를 비웃어한말 十八史略宋太祖「上曰吾聞學士草制、依樣畵葫蘆耳」

『文宗大王』(문종대왕)

△세종대왕(世宗大王)의 제일남(第一男)으로 三十七세에 즉위(即位)하여 三十九세에 승하(昇遐)하시다 재위二년

(서기一四一四년—一四五二년)

◎弓銘 (활)

鐵石其弓、霹靂其矢、吾見其張、未見其弛

철석같은 그활이오
벽력같은 화살일세
펴는것은 보았서도
놓는것은 못보았네

註=수양대군(즉世祖)이 어렸을적에 무용(武勇)이 뛰어났는데 문종(文宗)께서 그아우의 활을보고 무용을 찬양(讚揚)하여 지은글

『張修』(장수)

△인동인(仁同人)이며 벼슬이 세종(世宗)때 장령(掌令)에 이르다

(—서기一四二七년경—)

◎歸鄕有感 (고향에도라가)

故鄕如待我、今日即停驢、竹影低簷短、山光滿閣虛、天城赫居後、公舘壽同餘、臨眺趨庭寂、愁添宦謫初

고향에선 언제부터 기다렸든가
이제야 나귀 몰아 돌아왔다오
대그림자 나지기 처마에 들고
산빛은 조용히도 빈집에 차네
혁거세(赫居世) 돌아가니 성터만있고
공관은 기리기리 내려오느니
어버이 아니계셔 추정(趨廷)못하니
귀양사리 할때보다 서글프구나

註=추정(趨庭)※가정에도라가 자기부모의 가르침을 받는뜻 論語、季氏「鯉趨而過庭、曰學詩乎」

「安平大君 李瑢」

△자(字)는 청지(淸之)오 호(號)는 매죽헌(梅竹軒) 또는 낭간거사(琅玕居士)요 세종(世宗)의 제삼남(第三男)이라 세조(世祖)때 원사(寃死)했다가 영조(英祖)때 신원(伸寃)되다 시호(諡號)는 장소(章昭) 필법(筆法)으로 저명(著名)함

(——서기 一四四七년경——)

◎題閣老畵幅 (각로의 화폭을보고)

萬疊青山遠、三間白屋貧、竹林烏鵲晚、一犬吠歸人

거듭거듭 청산은 놓여있는데
초가집 듬성듬성 느러섯구나
해저무니 까마귀 둥지로 들고
오가는 사람보고 개는짖으오

「金宗瑞」

△자(字)는 국경(國卿)이오 호(號)는 절재(節齋)이며 순천인(順天人)이라 벼슬은 문종(文宗)때 좌의정(左議政)에 이르고 단종(端宗) 계유년(癸酉年)에 피살(被殺)됨 영조(英祖)때 신원(伸寃) 되다 시호(諡號)는 충익(忠翼)

(——서기 一四五三년)

◎南浦 (대동강 남안에서)

送客江頭別恨多、管絃凄斷不成歌、天敎風伯阻征旆、一夕大同生晚波

강머리 임 보낼제 시름도 그지없어
처량한 이별곡도 목메어 우는구나
하느님 오늘밤 비바람 내려주어
떨치고 가는길 만류해 주소서

『端宗大王(단종대왕)』

△문종대왕(文宗大王)의 제일남(第一男)으로 十二세에 즉위(即位)하여 재위(在位)三년 상왕위(上王位)二년에 로산군(魯山君)으로 강봉(降封)하여 영월(寧越)에 유폐(幽閉)되었다가 十七세에 승하(昇遐)하였음

(서기一四四一년—一四五七년)

◎寧越郡樓作 (영월의 자규루에서)

一自寃禽出帝宮、孤身隻影碧山中、假眠夜夜眠無假、窮恨年年恨不窮、聲斷曉岑殘月白、血流春谷落花紅、天聾尙未聞哀訴、何奈愁人耳獨聽

천고원한 가슴품고 나온이몸이
깊은산중 외론신세 처량하구나
밤마다 잠비려도 잠 오지않고
해마다 해는가나 서름못가네
새벽녘 우는두견 이시름 하냥하고
봄골작 지는꽃 내눈물 뿌렸다오
애 끊는 이하소를 하느님은 왜못듣고
한 많은 사람들만 귀 밝으니 웬일이오

又 (단종대왕)

◎子規樓 (자규루)

月白夜蜀魄啾、含愁情依樓頭、爾啼悲我聞苦、無爾聲無我愁、寄語世上苦勞人、愼莫登春三月子規樓

두견이 슬피우는 달 밝은밤에
시름을 품에품고 다락 오르니
네우름 가여워서 나듣기 처량하다
네소리 없고보면 내시름도 없을것을
여보게 세상에 원통하고 괴로운 사람들아
아여 봄철에 이다락올라 저두견 듣지를마소

세 조 대 왕
世 祖 大 王

「成三問」 (성삼문)

<자(字)는 근보(謹甫)오 호(號)는 매죽헌(梅竹軒)이며 창녕인(昌寧人)이라 승(勝)의 아들로 문종(文宗)때 호당(湖堂)에 선(選)하고 벼슬이 승지(承旨)에 이르다。 단종육신(端宗六臣)의 한사람 시호(謚號)는 충문(忠文)

(서기一四一八년—一四五六년)

◎題夷齊廟 (백이숙제의 사당에)

當年叩馬敢言非、大義堂堂日月輝、草木亦霑周雨露、愧君猶食首陽薇

그때에 말을치며 말리든이 누구런고
옳은길 높고높아 해 달 인양 뚜렸하오
수양산 바라보며 그대 일 한하노니
아무리 푸새인들 그뉘땅에 난것일가

註=백이숙제(伯夷叔齊)※중국 은(殷)나라때 고죽군(孤竹君)의 두아들로서 대단히 청렴강직(淸廉强直)하여 서로 그 나라를 사양하였다 뒤에 주무왕(周武王)이 은나라 주왕(紂王)을 치려고 출병하던、당년(當年、그때)에 무왕의 말머리를 붙잡고 「신하로써 임금을 침이 할일이 못된다」고 간하여 말했으나 무왕이 듣지않고 주왕(紂王)을 쳐 마침내 은나라가 멸망하니 백이숙재는 「의(義)가 주(周)나라 곡식을 먹고 살수 없다(義不食周粟)」하고 수양산으로 들어가 고사리를 캐 먹다가 죽었다는 전설이 있음。

그런데 우리나라 에서 사육신(死六臣)으로 유명한 매죽헌 성삼문(梅竹軒成三問)선생이 훈민정음(訓民正音) 즉 한글 창제(創制)관계로 세종 임금님의 명령을 받들어 그때 요동(遼東)으로 귀양사리 왔든 명나라 한림학사(翰林學士) 황찬(黃瓚)과 상의하고저 열세번이나 찾은일이 있었는데 그도중 백이숙재의 사당이 있어 이글을 지어 붙쳤든바 그의 현판에서 많이 흘러 나왔다는 전설이 있음。

又(성삼문)

◎受刑時 (참형 당할때)

擊鼓催人命、回頭日欲斜、黃泉無一店、今夜宿誰家

북소리 둥둥둥 이내명 재촉하는데
고개돌려 바라보니 서산에 해지려네
저승으로 가는길 재우는집 없다거늘
오늘밤 우리들은 뉘집에서 묵고가리

「朴彭年」(박팽년)

△자(字)는 인수(仁叟)오 호(號)는 취금헌(醉琴軒)이니 순천인(順天人)이라 호당(湖堂)에 선(選)하고 벼슬이 형조참판(刑曹參判)에 이르다 단종육신(端宗六臣)의 한사람 시호(諡號)는 충정(忠正)

(——서기 一四五六년)

◎政府宴 (정부의 잔치)

廟庭深處動哀絲、萬事如今摠不知、柳絲東風吹細細、花明春日正遲遲、先王大業抽金匱、聖主深恩倒玉巵、不樂何爲長不樂、賡歌醉飽太平時

들려오는 사죽소리 처량하구나
세상일 이끌되니 마음 아프오
실버들 시름매아 흔들거리고
진달레 피를뿌려 피어나누나
가신님 거룩한 뜻 자취숨기고
고은님 깊은은혜 깨아졌느니
처량한 이내심사 오래지않소
우리도 임 모시고 노래할것을

註=정부연(政府宴)※단종 을해(乙亥)에 단종이 손위(遜位)하고 수양대군(首陽大君)이 임금이되매 그의무리 정인지(鄭麟趾) 한명회(韓明澮)들이 묘당(廟堂)에 축하연(祝賀宴)을 베풀고 질탕히 노는때 박팽년(朴彭年) 선생이 못(池)에 몸을 던지고저 한즉 성삼문(成三問)선생이 「우리가 보람없이 죽지말고 기회를 기다려 상왕(上王—端宗)을 다시 모시는 일을 꾀하자」고 말씀하므로 강잉(强仍)히 이 잔치자리에 참석하여 읊어오르는 비분(悲憤)을 참고 이글을 지은것인데 끝귀절은 단종을 복위시키고 우리도 너희들의 지금자리 이상으로 즐겨워 보리라는 희망의뜻을 암시함인듯。

「李塏(이개)」

△자(字)는 청보(淸甫) 또는 백고(伯高)오 호(號)는 백옥헌(白玉軒)이오 한산인(韓山人)이니 목은(牧隱)의 증손(曾孫)으로 벼슬이 문종(文宗)때 제학(提學)에 이르고 호당(湖堂)에 선(選)하다 단종육신(端宗六臣)의 한사람 시호(諡號)는 충간(忠簡)

◎臨死絶筆 (임종시에 지음)

禹鼎重時生亦大、鴻毛輕處死還榮、明發不寐出門去、顯陵松栢夢中靑

(──서기 一四五六년)

걸머진 일 하려는데 그살음 하 하지만
임위해 죽을적엔 목숨이 터럭인세
오매로 못 잊히든 가신님 그모습을
마지막 길밟으면서 기리품고 가는구나

註=오매(寤寐)※자나 깨나 언제든지

현릉(顯陵)※단종(端宗)임금님의 아버님이신 문종(文宗)의 능호(陵號)이니 일찌기 문종께서 임금으로 계실때 조회(朝會)파하고 경연(經筵)을 마추신후 여러 신하에게 술을 권하며 내가 간뒤에라도 어린 세자(端宗)를 잘도아 좋은 정치하기를 부탁 한다는 간곡한 말씀이 한두번이 아니었는데 지금 죽게 되는 이마당에 그의 모습이 떠올라 더욱 애처로운 심사를 자아낸다는 뜻을 표시한 애절 참절한 시귀이다。

「河緯地(하위지)」

△자(字)는 천장(天章)이오 호(號)는 단계(丹溪)이니 진주인(晋州人)이라 벼슬이 문종(文宗)때 예조참판(禮曹參判)에 이르고 단종육신(端宗六臣)의 한사람 시호(諡號)는 충렬(忠烈)

(──서기 一四五六년)

◎謝人贈蓑衣 (도롱이 줌을 사례함)

男兒得失古猶今、頭上分明白日臨、持贈蓑衣應有意、五湖煙雨好相尋

사내로서 하올일이 예와 이제 다르리오
눈앞에 트인길 뚜렷이 밝았거늘
도롱 삿갓 보내신 뜻 어이하여 모르리까
오호에 배를띄워 낚대 잡고 노자는걸

註=사의(蓑衣)※도롱옷이니 즉 우장옷

어느사람이 단계(丹溪) 하위지(河緯地)선생에게 도롱삿갓을 보내준뜻은 아마도 험난한 세상에 위태롭게 맞서지말고 한가로운 시골로 돌아와 나와같이 한운야학(閑雲野鶴)으로 벗을삼아 살자는것인대 선생은 이글을지어 도롱이 보내줌을 사례하고 벼슬하든 신하로서 임금님을 위해서는 뚜렷한길이 있으니 죽드래도 할수없다는 비장한 충심을 암시한 글이다。

「柳誠源」(유성원)

△자(字)는 태초(太初)오 호(號)는 낭헌(琅軒)이니 문화인(文化人)이라 벼슬이 사성(司成)에 이르고 단종육신(端宗六臣)의 한사람 시호(謚號)는 충경(忠景)

(——서기一四五六년)

◎咸興 (함흥)

白山拱海摩天嶺、黑水橫坤豆滿江、此地李候飛騎處、剩看胡虜自來降

백두산 바다 끼고 하늘높이 솟았는데
두만강 가로질러 되(胡)땅을 새이했네
가신님 이곳에서 싸워서 이기시니
나머지 되(胡)것들 제절로 항복했오

「兪應孚」(유응부)

△자(字)는 신지(信之)오 호(號)는 벽양(碧梁)이니 기계인(杞溪人)이라 문종(文宗)때 벼슬이 부총관(副摠管)에 이르고 단종육신(端宗六臣)의 한사람 시호(謚號)는 충목(忠穆)

(——서기一四五六년)

◎爲咸吉道節度使作 (함길도 절도사가 되어)

將軍持節鎭戎邊、沙塞塵晴士卒眠、駿馬五千嘶柳下、豪鷹三百坐樓前

대장기 높이 꽂고 되놈을 호령하니
새방은 조용한데 졸개들도 편안하오
준마(駿馬) 살지게 먹여 메지어 매어두고
사냥매 매서웁게 쌍쌍이 키우느니

「金時習」(김시습)

△자(字)는 열경(悅卿)이오 호(號)는 매월당(梅月堂)이니 강릉인(江陵人)이라 三세에 시문(詩文)에 능하여 신동(神童)이라 칭하다 단종손위(端宗遜位)후로 삭발(削髮)하고 승(僧)이되어 산수간(山水間)에 방랑(放浪)하며 절의(節義)를 지키다 생육신(生六臣)의 한사람
(서기一四三四년—一四九三년)

◎渭川魚釣圖 (위천 어조도)

風雨蕭蕭拂釣磯、渭川魚鳥識忘機、如何老作鷹揚將、空使夷齊餓採薇

비바람 쓸쓸하게 낚시터 부니
위수내 고기떼 기틀 잊었네
어이해 늙은태공 무용(武勇)을 떨쳐
부지럽시 백이숙제 굶겨죽였나

註=응양(鷹揚)※날쌘매가 공중높이 날라 세상을 굽어보듯이 세상에 무용을 떨치는뜻。

又(김시습)

◎乍晴乍雨 (맑았다 흐렸다)

乍晴乍雨雨還晴、天道猶然況世情、譽我便應足毁我、逃名却自爲求名、花開花謝春何管、雲去雲來山不爭、寄語世上須記憶、取歡無處得平生

개었다 비가오고 오다가 다시개니
날씨도 이렇거든 세상인심 어떠하리
날좋다 하든이가 나를 문득 미워하고、
공명(功名) 싫다 하든 사람 공명 찾아 헤매느니
꽃이야 피건지건 봄철은 알리 없고
구름이 오든가든 산은 그리 탓을 않네
여보게 사람들아 새겨두고 잊질말게
두고두고 구하여도 부귀영화 어려우니

「成聃壽」(성담수)

△자(字)는 재수(再壽)오 호(號)는 문두(文斗)이니 창녕인(昌寧人)이라 벼슬이 문종(文宗)때 교리(校理)에 이름 생육신(生六臣)의 한사람

(——서기一四五六년)

◎釣魚 (고기 낚기)

把竿終日趁江邊、垂足滄浪困一眠、夢與白
鷗飛萬里、覺來身在夕陽天

온 종일 낚대잡고 오르내리다
맑은 물에 발을잠고 깜빡 졸았네
내생각 백구따라 헤매이더니
놀란듯 문득 깨니 해지는구나

「趙旅」(조여)

△자(字)는 주옹(主翁)이오 호(號)는 어계(漁溪)이니 함안인(咸安人)이라 성균(成均) 진사(進士)로 단종손위(端宗遜位)후 벼슬을 사양하다 시호(諡號)는 정절(貞節) 생육신(生六臣)의 한사람

(서기一四二〇년—一四九〇년)

◎次堂弟昱詩 (재종제 욱의 시를 화답함)

正字文章自一家、筆端豪氣燦明霞、千尋滄
海殷雷響、萬仭藍田煖日華、俊逸似君古猶
罕、疎荒若我世無多、一門子弟皆成就、漸
染陶甄幾所過

문장은 뚜렷하니 집을이루고
글씨는 힘이차서 구름 나노나
넓은 바다 파도소리 우뢰치는듯
높은집 좋은 아들 훌륭하여라
그대처럼 뛰는재주 세상 드물고
날같이 탐탁찮음 다시 있으랴
한집안 젊은이들 빠짐없이도
차츰차츰 앞길로 나가는구나

註=남전(藍田)※남전생옥(藍田生玉)이니 중국 협서성(陝西省)에 있는땅으로 좋은구슬이 많이 나는곳인데 명문(名門)에서 명사(名士)가 많이나고 현부(賢父)가 현자(賢子)를 둔다는데 전용(轉用)되는말 吳志諸葛恪傳「恪少有才權見而奇之謂其父瑾曰藍田生玉」
도견(陶甄)※차츰 잘되어 나가는뜻 교화(敎化)의뜻、

「王邦衍(왕방연)」

△폐위(廢位)된 단종(端宗)을 영월(寧越)로 호송(護送)한 금부도사(禁府都事)

(서기一四六一년경)

◎懷端宗而作詩調 (단종(端宗)을 영월로 모셔두고 돌아오며 지음)

千里遠遠道、美人別離秋、此心未所着、下馬臨川流、川流亦如我、嗚咽去不休

천만리 머나먼길
고은님 이별하고
이마음 둘데없어
냇가에 앉았으니
저물도 내안(心)같아
울며 밤길예노나

「南孝溫(남효온)」

△자(字)는 백공(伯恭)이오 호(號)는 추강(秋江)이니 의령인(宜寧人)이라 성균(成均)진사(進士)로 十八세에 소릉(昭陵) 복위(復位)의 상소(上疏)을 올려 유명하다 시호(諡號)는 문정(文貞)

(서기一四五四년—一四九三년)

◎西江寒食 (서강에서 한식날)

天陰籬外夕烟生、寒食東風野水明、無限滿船商客語、柳花時節故鄉情

하늘은 컴컴하고 저녁연기 떠도는데
한식절 가까우니 바람제법 따스하다
오가는 상곳배 나그네 말하기를
꽃피는 이시절이 고향 제일 그립다오

「茂豊都正 李摠」(무풍도정 이총)

△자(字)는 백원(百源)이오 호(號)는 서호주인(西湖主人)이니 근녕군(謹寧君)의 손(孫)이라 시호(諡號)는 충민(忠愍)
(——서기一五〇四년)

◎別南秋江 (남추강을 보냄)

相知八年來、會少別離多、臨分千里手、掩淚聞淸歌

서로알아 사귀인지 여듧해인데
떠러저 살고보니 만남 적었오
떠나시는 이번길 아득 하여라
이별곡 듣고보니 애가 끊이오

「曺尙治」(조상치)

△자(字)는 자경(子景)이오 호(號)는 단고(丹皐)이니 창녕인(昌寧人)이라 벼슬이 문종(文宗)때 부제학(副提學)에 이르고 단종손위(端宗遜位)후에 병을 핑계하고 은거(隱居)하다。
(——서기一六六一년경——)

◎奉和端宗子規詞 (단종의 자규사를 화답함)

子規啼子規啼、夜月空山何所訴、不如歸不如歸、望裏巴峯飛欲度、看他衆鳥摠安巢、獨向花枝血讓吐、形單影孤貌憔悴、不肯尊崇誰爾顧、嗚呼人間寃恨豈獨爾、義士忠臣增慷慨、不平屈指難盡數

밤새워 우는두견 그무엇이 스러우냐
바라보고 갈수없는 너의심사 우는구나
딴새 모두 둥지 있어 돌아가거늘
홀로서 꽃가지에 피를뿌리니
짝 잃은 너의꼴 파리하구나
뉘라서 외론신세 돌아다보리
세상에 슬픈원한 넌뿐이러냐
눈 못 감고 돌아간 충신 의사들
여울하고 기막힘 헬수없느니

「李智活(이지활)」

△호(號)는 고은(孤隱)이오 성주인(星州人)이라 단종손위(端宗遜位)후 벼슬을 버리고 거창(居昌)에 은거(隱居)하다

(―서기一四六一년경―)

◎望月亭 (망월정)

夜夜相思到夜深、東來殘月兩鄕心、此時寃恨無人識、孤倚山亭淚不禁

밤마다 그리는정 밤깊는줄 모르겠오
저달빛 처량히도 임계신데 비치리다
요즈음 끊는 애(腸) 누가있어 알아주리
이정자 몰래 올라 새워가며 울어보오

註=양향심(兩鄕心)※임금님 단종(端宗)이 계신 영월(寧越)과 자기가 살고있는 거창(居昌)을 말함인듯。

「金 漢(김 한)」

△호(號)는 우재(愚齋)오 경주인(慶州人)이라 단종손위(端宗遜位)후 남포(藍浦)에 은거(隱居)하다

(―서기一四六一년경―)

◎蓴池漁樵 (순못에서)

五柳淸風今栗里、一竿明月古桐江、孤臣何事憐風月、春水蓴池赤恨(羸)

버들새로 거니는 도연명인가
낚대 잡고 앉았으니 엄자릉인세
풍월을 사랑하는 이내심사 아니어니
숲못(蓴池) 물결위에 피눈물을 뿌렸오

註=율리(栗里)※중국 동진(東晋)의 시인(詩人) 도연명(陶淵明)이 세상을 개탄(慨嘆)하여 팽택령(彭澤令)벼슬을 그만두고 율리촌(栗里村)으로 돌아가 숨었다는 전설이 있음。

동강 桐江 ※중국 후한(後漢)의 엄자릉(嚴子陵)이 한무제(漢武帝)의 부름에도 불구하고 부춘산(富春山)에 숨어 동강가에 나가 낚시질 하였다는 전설이 있음。

순못(蓴池)※우재 김한(愚齋金漢) 선생은 단종손위(端宗遜位)후 벼슬을 버리고 남포(藍浦)로 돌아가 순못(蓴池)에 낚시질 하며 비분통한(悲憤痛恨)속에 일생을 맞추었다。

「元柱(원주)」

〈원주인(原州人)이니 벼슬이 직장(直長)에 이르다 단종(端宗)이 손위(遜位)한후 산수간(山水間)에 방랑하고 벼슬에 나오지 않다.

(——서기一四六一년경——)

◎夢遊山寺 (꿈에 절에 가 놀다)

山寺依然似舊遊、白雲紅樹繞虛樓、僧歸塔下三更月、鷺立溪邊一點秋

절간은 하그리도 옛모습 지녀있고
흰구름 붉은 나무 빈다락 둘렀구나
깊은밤 달밝은데 중들은 돌아오고
조용한 시냇가에 해오라기 졸고있네

「申叔舟(신숙주)」

〈자(字)는 범옹(泛翁)이오 호(號)는 보한재(保閑齋)이니 고령인(高靈人)이라 호당(湖堂)에 선(選)하고 문형(文衡)을 전(典)하다 세조(世祖)때 벼슬이 영의정(領議政)이되고 시호(諡號)는 문충(文忠)

(서기一四一七년—一四七五년)

◎阿赤河陣中 (아적하 진중에서)

虜中霜落鐵衣寒、突騎橫行百里間、夜戰未休天欲曉、臥看星斗正闌干

찬기운 갑옷속에 스며드는데
말을 달려 적진새를 횡행하였오
밤새도록 싸움은 끝이 않나고
하늘에는 별들만 까막이누나

註=난간(闌干)※별빛이 번쩍이는 모양。

「崔恒」(최항)

△자(字)는 정보(貞甫)오 호(號)는 태허정(太虛亭)이니 삭영인(朔寧人)이라 세조(世祖)때 벼슬이 영의정(領議政)에 이르고 영성부원군(寧城府院君)에 봉하다 시호(諡號)는 문정(文靖) (서기 一四七四년—一五三九년)

◎海雲臺 (해운대 에서)

登臨不必御冷風、拂盡東華舊軟紅、醉踏金鼇吟未已、紫簫聲徹海雲中

날으는듯 수월하게 대에 오로니
이 밖에 좋은 풍경 또다시 있나
삼신산 올라서서 노래 부르니
사모ㅅ치는 퉁수 소리 아름답구나

註＝금오(金鼇)※큰자라로서 등(背)에 삼신산(三神山)을 지고 있다는 전설(傳說)이 있음。

「權擥」(권남)

△자(字)는 정경(正卿)이오 호(號)는 소한당(所閑堂)이니 제(踶)의 아들이라 세조(世祖)때 벼슬이 좌의정(左議政)에 이르고 길창부원군(吉昌府院君)에 봉(封)하다 시호(諡號)는 익평(益平) (——서기 一五三三년)

◎主屹山靈祠 (주흘산 영사에서)

秘殿青山下、陰機白日中、人情聊報祀、神意肯邀功

산속에 사당집 은밀 하구나
낮에도 기틀은 숨어 있느니
사람은 갚음 보려 제사 하건만
신의뜻 큰 마련 도아 주시네

「朴元亨(박원형)」

△자(字)는 지구(之衢)오 호(號)는 만절(晩節)이니 죽산인(竹山人)이라 세조(世祖)때 벼슬이 영의정(領議政)에 이르고 시호(謚號)는 문헌(文憲)

(서기 一四〇一년—一四四四년)

◎示子 (아들에게 보임)

今夜樽前酒數巡、汝年三十二靑春、吾家舊物惟淸白、好把相傳無限人

오늘밤 즐겨웁게 술을 마시자
네 청춘 올해에 설흔 둘인가
「청백」두자 우리집 세전눌이라
잘 지켜 기리기리 전하여 다오

「柳義孫(유의손)」

△호(號)는 회헌(檜軒)이니 세조(世祖)때 벼슬이 이조참판(吏曹參判)에 이르다

(서기 一三九七년—一四五〇년)

◎笑臥亭 (소와정)

笑臥亭兮閒臥笑、仰天大笑復長笑、傍人莫笑主人笑、纔有爲纔笑有笑

소와정에 누어서 웃어를 보니
하늘을 보고 웃고 또 다시웃네
주인이 웃는다고 웃지를 마소
웃다가 울어보고 울다 웃느니

「趙須」(조수)

△자(字)는 형보(亨父)오 호(號)는 송월당(松月堂)이니 세조(世祖)때 벼슬이 성균관(成均館) 사예(司藝)에 이르다

(서기 一四五〇년경)

◎呈金相國 (김상국에게 올림)

今朝零露冷、履遠獨凄其、處世同炊黍、持身若累碁、浮沈元有數、覆載本無私、白酒可人意、頹然一中之

오늘 아침 된서리처 차기도한데
멀리 멀리 떠나는길 쓸쓸하여라
세상사리 비슷비슷 거의 같은데
행동은 서로달려 복잡하구나
잘되어도 못되어도 모두 다 운명
엎치락 뒤치락 사가 없느니
언제나 좋은 술 마음에 들어
몸 겨눌수 없도록 취해지누나

註=퇴연(頹然)※술에 몹시 취하여 몸을 잘 겨누지 못하는 모양 유종원(柳宗元)의 연유기(宴遊記)에 「頹然就醉不知日之入」

「金守溫」(김수온)

△자(字)는 문량(文良)이오 호(號)는 괴애(乖厓)이니 영동인(永同人)이라 성종(成宗)때 호당(湖堂)에 선(選)하고 벼슬이 영중추(領中樞)에 이르고 좌리공신(佐理功臣)으로 영산부원군(永山府院君)에 봉(封)하다 시호(諡號)는 문평(文平)

(서기 一三四九년—一四二一년)

◎題山水屛 (산수병을 두고)

描山描水摠如神、萬草千花各者春、畢境一場皆幻境、誰知君我亦非眞

청산은 우뚝우뚝 물 감도라 흐르는데
붉은꽃 푸른풀이 제각금 봄철일세
풍경이 하좋기로 다시보니 그림이라
이내몸 그대함께 이가운데 꿈을꾸나

「金克儉(김극검)」

△자(字)는 사렴(士廉)이니 김해인(金海人)이라 벼슬이 호조참판(戶曹參判)에 이르다 (──서기一五○一년)

◎閨情 (규정)

未授三冬服、空催半夜砧、銀釭還似妾、淚盡却燒心

핫옷꾸며 임에게 보내못드려
밤 깊도록 다드미질 매우바뿌네
혀있는 저 등잔불 내맘 같아서
눈물지며 속타는것 야속도 하다

「姜希顔(강희안)」

△자(字)는 경우(景愚)오 호(號)는 인재(仁齋)이니 진주인(晋州人)이라 벼슬이 성종(成宗)때 직제학(直提學)에 이르다 시、서、화(詩、書、畵)에 능하다 (──서기一四七○년경──)

◎風雨夜用王荆公韻 (비오는 밤에 왕형공의 운을따서)

風雨無情晩更侵、耳邊淸韻接庭陰、兒童不必煩驚怪、吹折篔簹碧玉心

밤새도록 비바람 쓸쓸하온데
뜰가으로 물소리 맑게 흐르네
대숲새 오는바람 다시 불어 가는바람
밤중만 우수수소리 깊이든잠 깨우노라

「成宗大王」(성종대왕)

△덕종(德宗)의 제이남(第二男)으로 十三세에 즉위(即位)하여 재위(在位)二十五년 춘추(春秋)三十八세에 승하(昇遐)하다 능호(陵號)는 선릉(宣陵)

(서기一四五七년—一四九四년)

◎題望遠亭 (망원정을 두고)

浩浩乾坤思不窮、一亭高趣水雲中、登臨幾
憶桃源客、欲問仙家興異同

하늘 땅 멀고멀어 이생각도 그지없고
물가에 높은정자 구름밖에 솟아있네
무릉도원 계신님을 몇번이나 그렸는고
묻노니 신선노리 우리인간 어이달소

「李石亨」(이석형)

△자(字)는 백옥(白玉)이오 호(號)는 저헌(樗軒)이니 연안인(延安人)이라 호당(湖堂)에 선(選)하고 벼슬이 영중추(領中樞)에 이르고 성종(成宗)때 좌리공신(佐理功臣)으로 연성부원군(延城府院君)에 봉(封)하다 시호(諡號)는 문강(文康)

(서기一四一五년—一四六八년)

◎蔚珍東軒 (울진 동헌에서)

高城越絶鎭邊陲、直壓滄溟勢最奇、逐浪雄
風吹海倒、干霄老木倚雲垂、思鄕肯作登樓
賦、把酒聊吟問月詩、邂逅相逢盡萍水、欲
忙歸去去還遲

변방을 진압하는 높은 옛성터
푸른 물결 밟고서니 경치도 좋네
바람따라 이는물결 바다뒤덮고.
하늘 높이 솟은나무 구름서렸오
누에 올라 고향그려 노래부르고
달 밝은밤 잔을들고 글을 읊었오
서로만나 눈물지니 둘이 다 나그네
돌아가기 서둘면서 아직 못갔오

註=평수상봉(萍水相逢)※나그네끼리 서루만나 친숙하게 되는것
王勃 滕王閣序「萍水相逢、盡是他鄕之客」

『盧思愼』(노사신)

△자(字)는 자반(子胖)이오 호(號)는 보진재(葆眞齋)이니 교하인(交河人)이라 성종(成宗)때 벼슬이 영의정(領議政)에 이르고 선성부원군(宣城府院君)에 봉(封)하다 시호(諡號)는 문광(文匡)

(서기一四三七년—一四九八년)

◎次晉山韻贈學專上人 (영산의 운을 빌려서 학전상인에게 보냄)

呂枕五十年、一覺空彷彿、欲知夢幻境、試問瞿曇佛、晉山世緣盡、思歸衣欲拂、昨夜夢山林、眼前無俗物、白雲生杖屨、豈復戀朱紱

인간의 부귀영화 하잘것없어
깨고보니 한바탕 빈꿈이로세
꿈가운데 지난일 알으려하고
부처님께 물어봐도 대답이 없네
세상인연 끊고서 신선사는곳
옷소매 떨치면서 돌아가려네
꿈에 뵈던 산천이 어떠하던고
눈앞에 속된일 하나도 없고
지팽이 가는머리 흰구름 뜨니
어지타 벼슬사리 다시 그릴고

註=여침(呂枕)※중국 당(唐)나라 개원년간(開元年間)에 노생(盧生)이 한단(邯鄲)의 숙사(宿舍)에서 도사여동빈(道士呂桐賓)의 베개를 빌어베고 자던바 벼슬이 날로 높아 연국공(燕國公)이 되고 다섯 아들에 영화지극(榮華至極)한 五십년간의 생활을 계속하다가 깨고보니 아직도 밥한솥 지기의 짧은 시간이였다는 전설이 있음。

『任元濬』(임원준)

△자(字)는 자심(子深)이오 호(號)는 사우당(四友堂)이니 풍천인(豊川人)이라 세조(世祖)때 급세(及第)하여 성종(成宗)때 벼슬이 좌찬성(左贊成)에 이르고 서하부원군(西河府院君)에 봉(封)하다 시호(諡號)는 호문(胡文)

(—서기一四七一년—)

◎雲 (구름)

駘蕩三春後、悠揚萬里雲、凌風千丈直、映日五花文、祥光應玉殿、瑞氣擁金門、待得從龍日、爲霖佐聖君

무르익은 봄하늘에
구름은 말이없이 떠다닌다
소꾸쳐 힌무지개 세로놓을적
열빛여 오색누뇌 찬란하올때
서기는 옥좌를 둘러싸고
금문(金門)에 어리고 서리였구나
언제라도 장마ㅅ비 골고루 끼어다가
해마다 좋은풍년 내려주느니

註=옥전금문(玉殿金門)※왕이 있는대궐

「徐居正」(서거정)

△자(字)는 강중(剛中)이오 호(號)는 사가(四佳)이니 대구인(大邱人)이라 예종(睿宗)때 문형(文衡)을 전(典)하고 벼슬이 좌찬성(左贊成)에 이르다 시호(諡號)는 문충(文忠)

(서기 一四二〇년—一四九〇년)

◎睡起 (잠을 깨아서)

簾影依依轉、荷香續續來、夢回孤枕上、桐葉雨聲催

발그림자 어른어른 흔들거리고
연꽃 향기 맑고맑게 스며드노나
외로운 벼개머리 잠이깨이니
빗속에 지는잎 처량하여라

又(서거정)

◎菊花不開悵然有作 (국화 피기전에 지은글)

佳菊今年皆較遲、一秋淸興謾東籬、西風大是無情思、不入黃花入鬢絲

국화는 무스일로 더디피련고
올가을 좋은흥도 늦어만 가네
서풍은 왜이리도 무정하온지
귀밑에 서릿발을 재촉하느니

「金壽寧」(김수령)

△자(字)는 순수(順叟)오 안동인(安東人)이라 호당(湖堂)에 선(選)하고 벼슬이 이조참판(吏曹參判)에 이르다 시호(謚號)는 문도(文悼)

(서기 一四三六년—一四七三년)

◎次金天使湜 (중국 사신운을 화답함)

海天飛駟獨登樓、豪氣元龍浩不收、漠漠長空迷去鳥、深深茅草沒行牛、分溪白石灘聲急、夾路青山樹影稠、好雨已隨車馬至、陂塘五月欲先秋

바닷가 높은다락 홀로 오르니
장한기운 널리널리 펼쳐있구나
나는새 하늘가로 살아져가고
가는소 풀사이로 자취감추네
바위는 물을갈라 여울이 울고
비탈길 산을끼고 숲새로 드네
비 산뜻 개이면서 찾는이 있어
못가에 낡대드니 시원하구나

「李克堪」(이극감)

△자(字)는 덕여(德輿)이니 광주인(廣州人)이라 세조(世祖)때 벼슬이 형조판서(刑曹判書)에 이르고 시호(謚號)는 문경(文景)

(서기 一四二三년—一四六五년)

◎南浦 (앞개)

江上雪消江水多、夜來聞唱竹枝歌、與君一別思何盡、千里春心送碧波

춘풍이 건들 불어 눈녹이고 강불렸다
밤이드니 노랫가락 멋지게도 들려오네
고은님 이별하고 그린심사 어이하리
멀리멀리 떠나는 맘 저물결에 띄워보세

註=죽지가(竹枝歌)※지방(地方)의 풍경(風景)과 인정풍토(人情風土)를 읊은 노래

「盧昐」(노분)

△자(字)는 언승(彥昇)이오 호(號)는 졸존재(拙存齋)이니 세조(世祖)때 벼슬이 교리(校理)에 이르다

(서기一四二五년—一四六六년)

◎慶州題詠 (경주에서)

舊時春燕入誰家、遼鶴歸來邱隴多、只有今人能解事、閒吹玉笛弄韶華

지난해 왔던제비 뉘집으로 들어갔나
언덕위 늙은솔에 학들만 돌아오네
다만지 사람들만 왕사를 짐작는지
한가로운 피릿소리 좋은시절 자랑하네

註=소화(韶華)※순(舜)임금 때 태평악

「南怡」(남이)

△남휘(南暉)의 아들이니 의령인(宜寧人)이라 태종(太宗)의 외손(外孫)이며 十七세에 무과(武科)하여 북정서토(北征西討)에 큰공이 있었고 二十六세에 병조판서(兵曹判書)에 이르다 예종(睿宗)때 간신(奸臣) 유자광(柳子光)이 시(詩)중의 「未平國」을 「未得國」으로 무고(誣告)하여 참살(慘殺)당하였다

(서기一四四一년—一四六九년)

◎北征時作 (북정 했을때 지음)

白頭山石磨刀盡、豆滿江流飲馬無、男兒二十未平國、後世誰稱大丈夫

배두산 바윗돌에 칼을 갈고
두만강 깊은물은 말을 먹이어
사나이 젊어서 할일못하면
후세에 그누가 장부라하리

「金宗直」(김종직)

△자(字)는 계온(季溫)이오 호(號)는 점필재(佔畢齋)이니 선산인(善山人)이라 성종(成宗)때 벼슬이 형조판서 刑曹判書)에 이르고 성리학자(性理學者)이며 약관(弱冠)때 부터 시명(詩名)이 대진(大振)하였고 일찌기 조의제문(弔義帝文)을 지었더니 연산무오사화(燕山戊午士禍)때 화가 천양(泉壤)에 미쳐 부관참시(剖棺斬尸)의 참형(慘刑)을 받았다 중종개옥(中宗改玉)후에 신원(伸寃)하였음 시호(謚號)는 문간(文簡)

(서기一四三一년—一四九二년)

◎入京 (입경)

強爲妻孥計、虛抛故國春、明朝將禁火、遠客欲沾巾、花事看看晚、農功處處新、羞將湖海眼、還眯市街塵

살림사리 얽매어 끌려 나는 몸
고향산천 좋은봄 던져 버렸오
오늘 청명 분명하니 내일이 한식
세월이 덧없다고 나그네 우네
꽃시절 그럭저럭 늦어를 가고
농사일 여기저기 접어드노나
물에서 산에서 지내든 사람
시끄러운 서울거리 어이 헤매리

註=금화(禁火)※화재(火災)를 금하여 막는다는 말인데 이글 가운데의 금화는 한식을 말함인듯 荆楚歲時記「去冬節一百五日即疾風甚雨謂之寒食禁」

又 (김종직)

◎次淸心樓 (청심루 운을 따서)

維舟茅舍棘籬端、魚鳥依然識我顏、病後猶能撰杖屨、謫來纔得賞江山、十年世事孤吟裏、八月秋容亂愁間、一霎倚樓仍北望、篙師催載不教閒

오막사리 울밖에 거룻배 맸오
나는 새 뛰는 고기 내 벗이구려
병들어 파리한 몸 막대를 잡고
귀양사리 외론신세 산천이 좋네
세상일 잊으려니 술과 노래뿐
나그네 가을들어 시름이 잦소
우두망찰 서울바라 앉았노라니
사공은 돛을 달며 빨리 타라오

「許琮(허종)」

△자(字)는 종지(宗之)오 호(號)는 상우당(尙友堂)이니 양천인(陽川人)이라 신장(身長)이 十一척五촌에 달하였고 문무겸전(文武兼全)하여 출장입상(出將入相)하였고 성종(成宗)때 벼슬이 우의정(右議政)에 이르다 시호(諡號)는 충정(忠貞)

(서기 一四三四년—一四九四년)

◎次南原東軒韻 (남원동헌의 운을 빌려서)

客裏方知事事艱、人生何術駐紅顏、行伸懶脚尋芳草、坐點吟頭數亂山、夢枕已諳身一世、醉鄕那得屋三間、朝來驟雨非無意、借我忙中半日閑

나그네 외로운줄 인제 알았오
사람이 뉘라서 청춘 멈추리
방초언덕 찾아서 거닐어보고
산에 올라 흥겨워 노래 불렀오
지나간 한세상이 꿈결 같은데
언제나 서끌가시 취해 누으리
오늘아침 소낙비 무척고마워
어수선한 한나절 쉬게하느니

「朴揮謙(박휘겸)」

△세조(世祖)때 무과(武科)로 부장(部將)에 이르고 북벌(北伐)하여 공(功)을 세웠으나 천안(天安)으로 퇴거(退居)하였다

(——서기 一四五七년경——)

◎老將 (노장)

白馬嘶風繫柳條、將軍無事劍藏鞘、國恩未報身先老、夢踏關山雪未消

백마는 매아둔채 목 메어 울고
용천금 드는 칼도 집에 꽂혔오
큰공 상기 못이루고 몸만늙어서
돌아오니 고향산천 꿈결 같구나

註=관산(關山)※고향(故鄕)
상기※아직 古詩調南九萬 「소치는 아희놈은 상기아니 일었느냐」

「姜希孟(강희맹)」

△자(字)는 경순(景醇)이오 호(號)는 사숙재 私淑齋 이니 희안(希顏)의 아우라 호당(湖堂)에 선(選)하고 벼슬은 찬성(贊成)에 이르고 진산군(晋山君)에 봉(封)하다 시호(謚號)는 문량(文良)

(서기 一四二二년 — 一四八三년)

◎田家 (전가)

流水涓涓已沒蹄、燦烟桑柘鶉鳩啼。阿翁解事阿童健、剡竹通泉過岸西

물 졸졸 시냇가 올무(蹄) 묻히고
연기 서린 뽕나무엔 비둘기 우네
일에 늙은 할아비 궁통 맞아서
홈대를 쪼개놓아 물을 대이네

註=올무(蹄)※토끼그물(取魚兎器)
궁통(窮通)※성질이 침착하여 생각을 깊이 하는뜻。

「成任(성임)」

△자(字)는 중경(重卿)이오 호(號)는 일재(逸齋)이니 창녕인(昌寧人)이라 벼슬이 이조판서(吏曹判書)에 이르고 시호(謚號)는 문안(文安) 성종실록(成宗實錄)을 엮음

(서기 一四二一년 — 一四八四년)

◎途中 (도중에서)

重巒疊嶂畫堪傳、絕谷飛來百道泉。紅葉巧糚霜後峽、白雲深鎖洞中天、奇觀多處頻遊目、短句吟時每聳肩。不管世人煩過此、山僧擁衲日閒眠

첩첩쌓인 메뿌리는 그림인듯 느러섰고
골골에 흐르는물 이리저리 모아드네
서리찬 골작에는 단풍닢 붉어있고
해저문 마슬어귀 흰 구름 잠겼구나
풍경이 좋아지니 눈파리 하도하고
홍겨워 읊을적엔 어깨춤 절로난다
허다한 길손들이 허위단심 오가는데
산중은 알리없어 바랑 끼고 누었구나

註=허위단심※허위적 거리며 애쓰는 모양
마슬어귀(洞口於口)※동리로 드나드는 목정이의 첫머리

「成侃」(성간)

△자(字)는 화중(和中)이오 호(號)는 진일재(眞逸齋)이니 임(任)의 아우라 문종(文宗)때 급제하여 벼슬이 수찬(修撰)에 이르다

(서기 一四二七년—一四五七년)

◎漁夫 (어부)

數疊青山數谷烟、紅塵不到白鷗邊、漁翁不是無心者、管領西江月一船

겹겹마다 청산이오 골짝마다 연기이니
갈매기 떠도는곳 홍진 어이 미칠소냐
뉘라서 어옹 일러 뜻이 없다하였는고
서강의 달빛까장 도맡아 참견일세

註=참견(叅見)※남의일에 간섭함

「洪貴達」(홍귀달)

△자(字)는 겸선(兼善)이오 호(號)는 허백당(虛白堂)이니 남양인(南陽人)이라 호당(湖堂)에 선(選)하고 성종(成宗)때 문형(文衡)에 전(典)하고 벼슬이 참찬(叅贊)에 이르다 시호(諡號)는 문광(文匡)

(—서기 一四七一년경—)

◎廣津舟中早起 (광나루 배가운데 에서)

舟中晨起坐、相對是青燈、鷄犬知村近、星河驗水澄、隨身惟老病、屈指少親朋、世事又撩我、東方紅日昇

새벽녘 배위에 앉았느라니
푸른등불 까물까물 눈안에 드네
닭 개 듣고 바로건너 마을 알겠고
은하수 쳐다보며 강물 맑다오
병과늙음 이몸에서 떠난적 없고
헤어보니 친구도 줄어 졌구나
세상일 또다시 마음 흔들제
동방이 환해지며 해 불끈솟네

「李瓊仝(이경동)」

△자(字)는 옥여(玉如)오 전주인(全州人)이라 호당(湖堂)에 선(選)하고 벼슬이 대사헌(大司憲)에 이르다

(—서기一四七一년경—)

◎沙斤驛 (사근역 에서)

倦客支頤臥、探詩日向中、一聲聞翡翠、啼在驛窓東

낮잠을 청하려고 턱을 괴고 누었는데
글생각 더듬노라 해는벌써 한낮일세
어데서 한 소리는 비취새가 울었는가
동창을 열뜨리니 거기서도 우는구나

「成俔(성현)」

△자(字)는 경숙(磬叔)이오 호(號)는 허백당(虛白堂)이니 임(任)의 아우라 호당(湖堂)에 선(選)하고 연산(燕山) 때 문형(文衡)에 전(典)하고 벼슬이 예조판서(禮曹判書)에 이르다 시호(諡號)는 문대(文戴) 아학궤범(樂學軌範) 및 용재총화(慵齋叢話)를 엮음

(서기一四三八년—一五〇四년)

◎題淸州東軒 (청주 동헌 에서)

畵屛高枕掩羅幃、別院無人瑟已希、爽氣滿簾新睡覺、一庭微雨濕薔薇

꽃 병풍 비단휘장 속깊이 누었으니
잔들어 권할이없고 노래조차 끊였구나
얼핏 졸음 놀내깨니 발속에 찬기(寒氣)돌고
뜰가엔 보슬비 장미송이 물드리네

「孫舜孝」(손순효)

△자(字)는 경보(敬甫)오 호(號)는 물재(勿齋)이니 평해인(平海人)이라 벼슬이 성종(成宗)때 찬성(贊成)에 이르고 시호(諡號)는 문정(文貞)

(서기 一四二七년—一四九八년)

◎張良(장량)

奇謀不遂博浪中、杖劒歸來相沛公、借箸便能成漢業、分符獨自讓齊封、平生智略傳黃石、老去功名付赤松、堪笑世人長役役、功成勇退是英雄

박랑사 던진철퇴 진시황 못 죽이고
칼 짚고 원한품고 패공게로 돌아왔네
젓가락 수를놓아 성패를 미리알고
병부를 나눠보내 제왕을 사양했오
평생의 좋은지략 황석공게 전해받고
부귀공명 마다하고· 적송자를 딸아갔오
허위허위 헤매이며 세상사람 애태건만
사나이 할일 하고、 돌아가니 몇분인가

註=방랑사(博浪沙)※중국 하남성 양무현(河南省陽武縣) 동남에 있으니 옛적 한인(韓人) 장량(張良)이 창해력사(滄海力士)(江原道) 검도령(黎道令)을 시켜 철퇴(鐵椎)로 진시황(秦始皇)을 엄습(掩襲)하였든곳 史記留候世家「良與客狙擊秦皇博浪沙中」

황석공(黃石公)※전한(前漢)의 장량 張良이 황석공삼략(黃石公三略)이라는 병서(兵書)를 황석공(黃石公)에게 받았다는 전설이 있음。

적송자(赤松子)※중국 옛적전설(傳說)에 나오는 신선(神仙)인데 곤륜산(崑崙山)을 풍우(風雨)를 타고 상하(上下)했다하며 장량(張良)이 한고제(漢高帝)를 도아 한나라를 세운후에 모—든 벼슬과 영하를 마다하고 적송자(赤松子)를 따라갔다는 전설이 있음。

「鄭蘭宗(정난종)」

△호(號)는 허백당(虛白堂)이오 동래인(東萊人)이라 성종(成宗)때 좌리공신(佐理功臣)으로 동래군(東萊君)에 봉(封)하다

(서기 一四三三년—一四八九년)

◎題海州鳳池樓 (해주 봉지루를 두고)

鼓角邊城暮、湖山秋色新、敗荷終夜響、衰柳半池陰、簾幕螢初度、樓臺月欲侵、此時拚客恨、不必聽猿吟

변성에 해 저물고 고각소리 들려오네
산수모다 쓸쓸히도 가을빛 짙었구나
시들은 연잎사귀 밤새워 읊조리고
파리한 버들그늘 못물위에 던져있네
드리운 발밖으로 반딧불 날아들고
높다란 다락위에 밝은달빛 들어오네
처량한 이시절에 나그네 외로히도
슬피우는 저원숭이 들어서 무삼하리

註=고각(鼓角)※북과 나팔

「蔡壽(채수)」

△자(字)는 기지(耆之)오 호(號)는 나재(懶齋)이니 인천인(仁川人)이라 호당(湖堂)에 선(選)하고 벼슬이 대사헌(大司憲)에 이르다 시호(謚號)는 양정(襄靖)

(—서기 一四九七년경—)

◎快哉亭 (쾌재정)

老我年今六十七、因思往事意茫然、少年才藝期無敵、中歲功名亦獨賢、光陰袞袞羈難繫、雲路悠悠馬不前、何事盡拋塵世事、蓬萊頂上件神仙

내나이 육십칠 벌서 늙었네
지난일 생각하니 아득하구나
소년시절 좋은재주 당할이없고
한창적 부귀공명 뚜렷했었오
세월은 훌러훌러 매둘수없고
구름은 아득아득 누가따르리
두어라 세상일 모다버리고
봉래산 찾아가 신선되겠오

註=봉래산(蓬萊山)※삼신산(三神山)가운데 한 산으로 신선(神仙)이 산다는곳 「一蓬萊、二方丈、三瀛洲」

「金訢」 김흔

△자(字)는 군절(君節)이오 호(號)는 고락당(顧樂堂)이니 연안인(延安人)이라 벼슬이 공조참의(工曹參議)에 이르다

(──서기 一四八七년경──)

◎賞花釣魚宴次韻應製 (꽃노리잔치에서 어제에 응하여)

上苑芳菲一夜開、翠華初自日邊來、風飄漢帝橫汾樂、春滿周王宴鎬盃、戲藻錦鱗時出沒、囀枝黃鳥乍低回、宸心正與民同樂、恩許微蹤得暫陪

나랏동산 곱게곱게 꽃이피어서
고은님 납시오셔 노리 하시네
분수추풍 쓸쓸히도 꿈을 깻지만
요지연 좋은잔치 어이끝내리
낚시끝에 물린고기 꼬리를 젓고
가지마다 우는꾀꼴 목청을 빼오
우리님 거룩한 뜻 백성게 있어
따르도록 하시옵기 잠간 모셨오

註=분수추풍(汾水秋風)※중국 산서성(山西省)에서 발(發)하여 황하(黃河)로 드러가는 물 이름인데 일찌기 전한(前漢)의 무제(武帝)가 방사의 말을 들어 구선(求仙)하다가 분수(汾水)위에서 가을 바람에 지는낙엽(落葉)소리듣고 인생무상(人生無常)을 깨달은 후에 돌아갔다는 전설이 있음。

요지연(瑤池宴)※요지(瑤池)는 서왕모(西王母)라는 선녀(仙女)가 살고 있다는 곳인데 옛적에 주(周)나라 목왕(穆王)이 팔준마(八駿馬)를 타고 달려가 요지(瑤池)에서 서왕모(西王母)로 더불어 잔치했다는 전설이 내려옴。

「曹伸(조신)」

△자(字)는 숙분(叔奮)이오 호(號)는 적암(適庵)이니 위(偉)의 아우라 벼슬이 교관(敎官)에 이르다

(—서기 一四八七년경—)

◎書交龜院柱 (교구원 기둥에)

每到交龜院、尋詩坐石溫、虛廊風掃淨、古屋雀穿喧、嶺路如蛇走、山巖如虎蹲、喜看村俗朴、籬缺不扃門

어느때나 교구원 오게되며는
돌위에 자리잡고 글을 읊으오
텅비인 청바닥엔 바람만 돌고
처마끝 구멍에는 새 지저귀오
고갯길 꼬불꼬불 기어오르고
바위는 범처럼 쭈그려있네
그래도 촌 인심 소박하여서
사립짝 닫지않고 밤을 새우네

註=소박(素朴)※구밈이 없이 그대로임。

「金馹孫(김일손)」

△자(字)는 계운(季雲)이오 호(號)는 탁영(濯纓)이니 김해인(金海人)이라 성종(成宗)때 호당(湖堂)에 선(選)하고 벼슬이 헌납(獻納)에 이르고 연산(燕山)때 무오(戊午)사화(士禍)에 원사(寃死)하다

(서기一四六四년—一四九八년)

◎次睡軒 (수헌운을 화답함)

落日長亭畔、離盃持勸君、危樓天欲襯、官渡路橫分、去客沒孤島、浮生同片雲、江風不解別、吹棹動波文

먼 먼길 이역말에 해가 지는데
술 가득 따라올려 그대 권했오
높은 다락 하늘을 들받아 솟고
벼슬길 갖은풍파 가로놓였네
귀양손은 바다밖 섬으로가고
우리인생 덧이없는 뜬구름일세
강바람 이 이별을 어이알리오
떠나는 뱃길밑에 물결지노라

「李胄」(이주)

△호(號)는 망헌(忘軒)이니 고성인(固城人)이라 성종(成宗)때 호당(湖堂)에 선(選)하고 벼슬이 정언(正言)에 이르고 연산(燕山)때 진도(珍島)로 유배(流配)되어 원사(寃死)하다

(———서기 一五〇四년)

◎次安邊樓題 (안변루시를 빌어서)

鐵關天嶮似秦中、古塞悲歌落遠空、凍雨斜連千嶂雪、飢烏驚叫一林風、百年居住身先老、半世悲歡氣挫雄、萬里羈懷愁不語、闗河迢遞近山戎

에워 두른 철연고개 천연성을 이뤘구나
새방의 슬픈노래 멀리멀리 들려오네
얼은 비 눈이되어 길길이 쌓여있고
굶주린 까마귀떼 숲속에서 울부짖네
기나긴 흐른세월 몸이 벌써 늙었구나
반 세상 시름속에 큰뜻 마저 꺾여었네
나그네 품은시름 말할수 없오
산천은 아득아득 되(戎)소굴로 뻐쳐있네

註=소체(迢遞)※멀고 아득한뜻 楊炯「迢遞日雲天」

「申從濩」(신종호)

△자(字)는 차소(次韶)오 호(號)는 삼괴당(三魁堂)이니 숙주(叔舟)의 손(孫)이라 성종(成宗)때 호당(湖堂)에 선(選)하고 벼슬이 예조참판(禮曹參判)에 이르다

(서기 一四五六년—一四九七년)

◎傷春 (봄을 스러함)

茶甌飮罷睡初醒、隔屋聞吹紫玉笙、燕子不來鶯又去、滿庭紅雨落無聲

훈훈한 차 한잔에 봄조름 깨고보니
어데서 젓대소리 자질듯 들려오네
제비는 오지않고 꾀꼬리 마저가니
피던 꽃 보슬비에 소리없이 지는구나

「崔溥(최부)」

△자(字)는 연지(淵之)오 호(號)는 금남(錦南)이니 나주인(羅州人)이라 성종(成宗)때 호당(湖堂)에 선(選)하고 벼슬이 사간(司諫)에 이르고 연산(燕山) 갑자(甲子) 사화(士禍)에 죽다 (——서기 一五〇四년)

◎讀宋史 (송사를 읽고)

挑燈輟讀輟長吁、天地間無一丈夫、三百年來中國土、如何付與老單于

글읽다 책을덮고 한숨 지었네
송나라 천지에는 사내가 없오
삼백년간 중국의 좋은 강토를
어이하여 손곱고 되놈게 줬나

「魚世謙(어세겸)」

△자(字)는 자익(子益)이오 호(號)는 서천(西川)이니 함종인(咸從人)이라 예종(睿宗)때 호당(湖堂)에 선(選)하고 문형(文衡)을 전(典)하다 연산(燕山)때 벼슬이 좌의정(左議政)에 이르다 시호(諡號)는 문정(文貞) (서기 一四三〇년—一五〇〇년)

◎入山海關 (산해관에 들면서)

跋馬長途日又斜、入關眞箇是中華、金湯自有城千雉、煙火何徒邑萬家、南洶海濤鵬鼓舞、北驅山勢虎騰拏、明朝可共賒春酒、二月淸明已杏花

나그네 먼먼길이 오늘도 해지는데
산해관 돌아드니 중국풍물 분명쿠나
성벽은 높고높아 금탕을 이루었고
연화는 뭉게뭉게 집들도 풍성하다
바다의 성낸물결 붕새가 춤을추고
산세의 힘찬줄기 범처럼 쭈구렸네
술사다 함께하며 시름을 푸르려니
청명한식 좋은시절 꽃도이미 붉었구나

註=금탕(金湯)※금성탕지(金城湯池)의 주린말로 대단히 견고(堅固)하게 쌓아 올린성첩(城堞)을 말함。

「成重淹(성중엄)」

△자(字)는 계문(季文)이오 호(號)는 청호(淸湖)이니 창녕인(昌寧人)이라 성종(成宗)때 호당(湖堂)에 선(選)하고 연산(燕山)때 사화(士禍)로 죽다

(―서기 一四九七년경―)

◎次梅溪韻 (매계의 운을 빌려서)

吾衰無夢到金門、虛度良辰嶺外村、往事春泥鴻着爪、浮名滄海劍無痕、飄零羈羽何當擧、寂寞灰心不復溫、自幸知音梅老在、江南風月養詩魂

이몸늙어 쇠약하니 벼슬할 뜻 바이없고
좋은명절 허랑하게 시골에서 보내누나
지난일 꿈이런듯 자취조차 사라지고
뜬이름 거품처럼 흔적마자 흘러가오
떠오르는 고향생각 무엇으로 달래보리
쓸쓸한 이내심사 차겨웁기 그지없네
다행히 매계선생 가까이 모셔
강남풍경 좋은 경개 두고두고 읊어보네

註=홍조(鴻爪)※돌아가는 기러기가 다시 올때의 목표로 눈(雪)이나 진흙위에 남겨둔 발자국도 어언간 형적(形迹)이 없어 진다는 뜻으로 세상일은 믿기 어렵다는것을 가르키는말 蘇軾「人生到處知何似、應飛鴻積雪上泥、泥上偶然留爪印・鴻飛那復計東西」
기우(羈羽)※고향을 그리워하는 뜻「羈鳥戀舊林」에서 나온말

「李承召(이승소)」

△자(字)는 윤보(胤保)오 호(號)는 삼탄(三灘)이니 양성인(陽城人)이라 호당(湖堂)에 선(選)하고 벼슬이 중종(中宗)때 예조판서(禮曹判書)에 이르고 정국공신(靖國功臣)으로 양성군(陽城君)에 봉(封)하다 시호(諡號)는 문간(文簡)

(―서기 一五一七년경―)

◎早朝 (이른아침)

東華待漏曙光催、萬戶千門次第開、雙鳳遙瞻扶玉輦、九韶還訝上瑤臺、香煙殿上霏如霧、淸蹕雲間響作雷、聖代卽今歌四海、盡教殊俗奏琛來

일찌기 사진(仕進)하려 대루원에 앉았으니
만호장안 동트이자 차례로 문열리네
궁궐문 바라보매 임금님 납시옵고
풍악소리 아름다워 요대인가 의심되네
향연기 대궐위에 안개일듯 퍼오르고
길치는 외침소리 우뢰울듯 하는구나
태평성대 지금시절 사방에서 좋아하니
멀고가깐 여러나라 조공드림 일러주세

註=사진(仕進)※신하가 아침 일찌기 대궐안으로 들어가 임금님께 배알(拜謁)하는것
대루원(待漏院)※아침 일찌기 대궐안에 사진 하려고 대궐문이 열리기를 기다리던곳
쌍봉(雙鳳)※봉궐(鳳闕)을 말함이니 궁성문을 일커름
구소(九韶)※옛적 중국 우순(虞舜)의 풍유이름

「崔淑精」 최숙정

△자(字)는 국화(國華)오 호(號)는 소요재(逍遙齋)이니 양천인(陽川人)이라 호당(湖堂)에 선(選)하고 벼슬이 이조참판(吏曹參判)에 이르다

(——서기 一五〇七년경——)

◎宿碧蹄驛 (벽제역에서)

通宵郵吏語囂囂、臥榻欹危睡不牢、春色暗回溪畔草、愁痕工點鬢邊毛、未醒宿醉頭猶重、默數前程夢亦勞、入夜別懷深似海、青燈生焰照征袍

우체사령 밤새도록 떠들어대고
잠짜리 아슬아슬 잠못이루네
시냇가 움트는풀 봄빛 짓들고
살쩍머리 허영게 근심 서렸오
어젯술 깨지않어 머리무엽고
앞길을 생각하니 끔찍하구나
헤어지기 싫어하는 회포깊어서
등불을 돋으면서 밤새웠다오

註=우체사령(郵遞使令)※체전부(遞傳夫)

「許琛」 허침

△자(字)는 헌지(獻之)오 호(號)는 나헌(懶軒)이니 종(琮)의 아우라 성종(成宗)때 호당(湖堂)에 선(選)하고 연산(燕山)때 벼슬이 좌의정(左議政)에 이르다 시호(諡號)는 문정(文貞)

(서기 一四三四년—一四九四년)

◎次太虛韻 (태허운을 빌려서)

銅壺滴瀝佛燈殘、萬壑松濤夜色寒、喚起十年塵土夢、擁爐新試小龍團

촉대위 혀 있는불 녹아흐르고
이숙한밤 솔바람 골작에차오
지나간 세상일을 생각하면서
화로를 껴안은채 염불하였오

「姜渾 강훈」

△자(字)는 사호(士浩)오 호(號)는 목계(木溪)이니 진주인(晋州人)이라 성종(成宗)때 호당(湖堂)에 선(選)하고 중종(中宗)때 정국공신(靖國功臣)으로 벼슬이 좌찬성(左贊成)에 이르다 시호(謚號)는 문간(文簡)

(——서기 一五〇七년경——)

◎題舍人司蓮亭 (사인의 사련정을 두고)

竹葉淸罇白玉盃、舊遊蹤跡首空回、滿庭明月梨花樹、爲問如今開未開

옥잔에 가득가득 좋은술 딸아놓고
옛사람 노든자취 기웃기웃 찾았노라
이화수(梨花樹) 비친달 가지마다 밝았는데
묻노니 예전에도 이렇듯 피었드냐

「崔敬止 최경지」

△자(字)는 화보(和甫)니 세조(世祖)때 급제하여 벼슬이 부제학(副提學)에 이르다

(——서기 一五〇七년경——)

◎題狎鷗亭 (압구정을 두고)

三接慇懃寵渥優、有亭無計得來遊、胸中自有機心靜、宦海前頭可狎鷗

임의 고임 은근히 세번받아서
미리서 오렸더니 이제야 왔소
가슴속 고요히 잠긴 이마음
갈매기 짝을하여 세월보내지

「月山大君 李婷」

△자(字)는 자미(子美)오 호(號)는 풍월정(風月亭)이니 성종(成宗)의 친형(親兄)이라 시호(諡號)는 효문(孝文)

(서기一四五四년—一四八八년)

◎有所思 (유소사)

朝亦有所思、暮亦有所思、所思在何處、千里路無涯、風潮望難越、雲雁托無期、欲寄音情久、中心亂如絲

아침에도 가는 생각 그리느라고
저녁에도 가는 생각 그리느라고
생각이 어느곳에 있단말인고
천리밖 먼먼길 가이없누나
바람인고 파도치니 건넬수없고
기러기 인제가면 언제나 오리
소식조차 오래오래 끊졌여으니
이마음 갈가리 흩어지누나

「安琛」

△자(字)는 자진(子珍)이오 호(號)는 죽계(竹溪)이니 순흥인(順興人)이라 성종(成宗)때 호당(湖堂)에 선(選)하고 벼슬이 공조판서(工曹判書)에 이르다

(서기一四四五년—一五一五년)

◎遊西溪 (서계에 놀며)

散策斷橋西、尋詩春水渚、物情爾自如、老境吾誰與、岸草坐王孫、溪風迎少女、幽探到暝煙、還共沙禽語

한가로이 다리저쪽 거니러보고
도래하며 시냇가로 돌아다녔오
세상물정 모두다 쌀쌀하거늘
늙어지니 눌더불어 같이예일고
언덕위엔 젊은사람 노리를하고
시냇가 어린소녀 소꿉질하네
조용한곳 찾아서 혼자있으니
갈매기 네나함께 놀아볼가나

「兪好仁」(유호인)

△자(字)는 극기(克己)오 호(號)는 뢰계(㵢溪)이니 함양인(咸陽人)이라 성종(成宗)때 호당(湖堂)에 선(選)하고 벼슬이 교리(校理)에 이르다

(서기一四四五년—一四九四년)

◎登鳥嶺 (새재에서)

凌晨登雪嶺、春意正濛濛、北望君臣隔、南來母子同、蒼茫迷宿霧、迢遞倚層功、更欲裁書札、愁邊有塞翁

새벽녘 눈쌓인재 넘노라니까
어데인지 봄뜻이 어렴풋하네
북을바라 서울은 까마득하고
남쪽으로 고향땅 가까워지네
널은들 저녁 안개 서리어있고
먼봉오리 거듭거듭 고개들였소
다시금 글월 닦아 보내렸더니
새옹득실 알수없어 근심이 되오

註=새옹득실(塞翁得失)※이(利)가 실(失)이 되고 해(害)가 득(得)이 되는 수도 있음을 말함 출처(出處)는 옛적에 중국의 만리장성(萬里長城 근방—즉 변경의 한 노인(老人)이 있었는데 하루는 그집말이 달아나(失) 없어 졌더니 며칠후에 좋은 천리마(駿馬)를 데리고(得) 돌아왔다 아들이 그말을 타다가 떨어져 병신(失)이 되었다 그후에 나라에 큰 전쟁(戰爭)이 있어 징병(徵兵)을 하였을때 그아들은 병신 덕분으로 모면(謀免) 되었다(得)는 고사 故事)가 있음「人間禍福、塞翁之馬」

「曺偉」(조위)

△자(字)는 태허(太虛)오 호(號)는 매개(梅溪)이니 창녕인(昌寧人)이라 성종(成宗)때 호당(湖堂)에 선(選)하고 벼슬이 호조참판(戶曹參判)에 이르다

(—서기一四八七년경—)

◎聚勝亭次韻 (취승정 운을 빌려서)

雄藩自古壯邊陲、新搆華亭對翠微、絕域雲烟來醉眼、層城花柳媚晴暉、山圍廣野青如畫、雨過長江綠漸肥、回耐登臨還望遠、歸心日夜正南飛

큰골(郡) 되고보니 변수 또한 장하구나
산가운데 정자서고 정자앞에 산이로다
아물아물 구름연기 눈앞에 떠오르고
가지가지 드린버들 성을둘러 푸르구나
들밖에 솟은산들 그림인양 느러서고
강물위로 비지나니 고기 더욱 살찌렸다
매매로 높이올라 멀리멀리 바라보니
남으로 가려는 맘 밤낮으로 간절하오

『朱溪君(주계군) 李深源(이심원)』

△자(字)는 백연(伯淵)이오 호(號)는 성광 醒狂 이니 효령대군 孝寧大君의 손(孫)이라 연산(燕山)때 원사(寃死)하다

(—서기 一四九七년경—)

◎雲溪寺 (운계사)

樹陰濃淡石盤陀、一逕縈廻透澗阿、陣陣暗香通鼻觀、遙知林下有殘花

나무그늘 돌비알에 짙고옅은데
산길은 시내함께 뚫려있구나
숲사이 못다진꽃 남아있는지
이따금 좋은향기 풍기어오네

『李(이) 浤(광)』

△자(字)는 원온(源溫)이오 고성인(固城人) 원(原)의 손(孫)이라 성종(成宗)때 벼슬을 마치고 안동(安東)으로 돌아가다 연산(燕山) 갑자사화(甲子士禍)에 죽다

(서기 一四四一년—一五一六년)

◎歸來亭 (귀래정)

乾坤納納卽爲家、七十堂堂奈老何、猶喜世間醒日少、莫言身外悶時多、長林隱映煙籠水、古寺迷茫月印沙、便覺五老閒是藥、一竿漁艇足生涯(公與、柳洵、李蓀、安琛、諸公、爲耆老會故云)

천지가 널렸거니 어데인들 집없을고
칠십도 의젓커늘 늙었다 어이하리
취하여 깨잖으니 세상이 좋은것을
여보게 이사람들 애태움 많다말게
연기 어린 강물위에 나무숲 떠오르고
모래사장 달빛속에 절그림자 희미하네
오로 가 서로모아 한일월 보내면서
배띄우고 낚대드니 우리생에 그만일세

註＝오로(五老)※다섯노인이니 이글 말미(言尾)에 기재되어 있음
한일월(閑日月)※한가한 세월

「辛永禧」 신영희

△자(字)는 덕우(德優)오 호(號)는 안정(安亭)이니 영산인(靈山人)이라 진사(進士)

(─서기 一四九七년경─)

◎卽事 (즉사)

打麥聲高酒滿盆、老人無事臥荒村、呼兒室下遮風幔、恐擾新移紫竹根

보리치기 한창인데 막걸리도 흔터구나
늙은이 할일없어 그늘밑에 누었겠다
집근처 바람막이 아해불러 부탁함은
어저께 새로옮긴 대 꺽일가 염려로세

「金宏弼」 김굉필

△자(字)는 대유(大猷)오 호(號)는 한훤당(寒暄堂)이니 서흥인(瑞興人)이라 점필재(佔畢齋)의 문인(門人)으로 연산(燕山) 갑자(甲子) 사화(士禍)에 원사(寃死)하였으며 시호(謚號)는 문경(文敬) 문묘(文廟)에 배향(配享)하다

(서기 一四五四년─一五〇四년)

◎書懷 (서회)

處獨居閒絕往還、只呼明月照孤寒、憑君莫問生涯事、萬頃煙波數疊山

한가로이 홀로사니 오가는 이 별로없고
다만지 밝은달이 차거웁게 비춰주네
요즈음 내 생애을 그대는 묻지 말게
이 뒷산 저 앞강물 얼마나 좋은가

「鄭汝昌」(정여창)

△자(字)는 백욱(伯勗)이오 호(號)는 일두(一蠹)이니 하동인(河東人)이라 한훤당(寒暄堂)의 친구로 연산(燕山)때 귀양가서 죽다 시호(諡號)는 문헌(文獻) 문묘(文廟)에 배향(配享)하다

(서기一四五〇년—一五〇四년)

◎遊頭流到花開縣 (두류산으로부터 화개현에 이르러)

風蒲獵獵弄輕柔、四月花開麥已秋、看盡頭流千萬疊、孤帆又下大江流

솔솔 바람 가벼웁게 벌들(蒲柳) 허리 하늘대고
화개현 사월달 보리 이미 익었구나
두류산 좋은풍물 골고루 구경하고
일엽주 고이저어 물결 따라 내려가오

「盧公弼」(노공필)

△자(字)는 희량(希良)이오 호(號)는 국재(菊齋)이니 성종(成宗)때 벼슬이 영중추부사(領中樞府事)에 이르고 연산(燕山)때 무장(茂長)으로 유배(流配)되었음

(서기一四四五년—一五一六년)

◎次廣淵韻 (광연 운을 빌려서)

長歌天地一身微、病骨支離壯志違、末世人情饒冷煖、高秋物色煥芳菲、功名自古多招禍、進退何人早決機、投老江南吾已定、未容五十始知非

널고널은 천지에 적고적은몸
병들어 이럭저럭 큰뜻 어겼오
세상인심 요리조리 변덕이 많고
가을경치 울긋불긋 봄보다고아
부귀공명 예로부터 화가 많으니
나오면 물러갈올 맨들것일세
고향으로 갈것을 벌서정했오.
늙게야 잘잘못 알것있으랴

「中宗大王」(중종대왕)

△성종(成宗)의 제이남(第二男)으로 十八세에 반정 즉위(反正 即位)하고 춘추(春秋)五十七 재위(在位)三十九년이다

(서기一四八八년—一五四四년)

◎題天壽亭 (천수정 시를 두고)

千峯萬壑似雲飛、五宿松京今日歸、望遠山光鋪錦褥、觀光皆是古人非

천봉오리 만구렁에 구름 날듯하는곳에
오래오래 노니다가 오늘에야 돌아가네
물색은 곱고고아 비단요를 깔아놓듯
산은옛이 분명한데 임은가고 못오시네

「鄭光弼」(정광필)

△자(字)는 사훈(士勛)이오 호(號)는 수보(守夫)이니 동래인(東萊人)이라 중종(中宗)때 벼슬이 영의정(領議政)에 이르고 기묘(己卯) 사화(士禍)에 사류(士流)를 구(救)하려다가 귀양가다 시호(諡號)는 문익(文翼)

(서기一四六二년—一五三八년)

◎謫金海初到配所作 (김해 배소에 이르러)

積謗如山竟見原、此生無計答天恩、十登峻嶺雙垂淚、三度長江獨斷魂、漠漠孤峯雲潑墨、茫茫大野雨翻盆、暮投臨海東村宿、草屋蕭蕭竹作門

흘고 뜯고 하는속에 끝내 두남 받게되니
이생에 무슨일로 임의은혜 갚사오리
고개높이 오를적엔 두줄눈물 뜨거웁고
강을 건너 돌아보며 홀로애를 끊었느니
높고높은 산넘어로 먹장같은 구름일고
아득아득 넓은들에 분수(盆水)처럼 비퍼붓네
늦게야 바다동쪽 마을로 찾아드니
초가집 대사립짝 참말쓸쓸 하여라

註=두남(原—宥)받아※가엽게 여겨 용서를 받아

「申用漑(신용개)」

△자(字)는 개지(漑之)오 호(號)는 송계(松溪)이니 숙주(叔舟)의 손(孫)이라 호당(湖堂)에 선(選)하고 중종 中宗)때 벼슬이 좌의정(左議政)에 이르다 시호 諡號)는 문경(文景)

(서기 一四六三년——)

◎舟下楊花渡 (양화나루 에서)

水國秋高木葉飛、沙寒鷗鷺淨毛衣、西風落日吹遊艇、醉後江山滿載歸

강마을 가을되니 나무닢 지는구나
모래사장 앉은백구 나래더욱 희노매라
해는지고 저문날에 서풍에 배를띄워
취토록 마신후에 강산싣고 돌아가리

「李黿(이원)」

△자(字)는 낭옹(浪翁)이오 경주인(慶州人)이며 박팽년(朴彭年)의 외손(外孫)이라 성종(成宗)때 호당(湖堂)에 선(選)하고 갑자사화(甲子士禍)때에 원사(寃死)하다

(——서기 一四八七년경——)

◎初春感興 (초봄의 감흥)

陽生混沌竅、萬物自陶鎔、誰知有形物、生此無形中、日月互相代、往來無臭聲、猗歟伏羲心、信合天地情

대지(大地)의 구석구석 봄기운 돌고
여러가지 푸새것들 새움트이네
뉘라서 알리 이세상 모든물건이
이치의 테두리 벗지 못함을
세월은 서로서로 바뀌이는데
오가는데 소리도 자취도 없네
가로세로 수억년 흘러를 가도
천지의 이치는 매한가질세

「李鼈」 이별

△자(字)는 낭선(浪仙)이오 호(號)는 장륙(藏六)이니 원(黿)의 아우라 무오(戊午)년후로 평산(平山)에 퇴거(退居)하여 방랑(放浪)하다가 죽다

(—서기一五〇七년경—)

◎放言 (방언)

我欲殺鳴鷄、恐有舜之聖、雖欲不殺之、亦有跖之横、風雨鳴不已、舜跖同一聽、善惡各孜孜、不鳴非鷄性

새벽녘 우는닭을 잡으려하니
순임금 착한뜻 언제베풀며
잡지를 마자하고 생각해보니
도척의 고약한일 어이하오리
바람밤 비새벽 우는저닭을
순임금도 도척이도 같이듣건만
옳고 긇고 제각금 서로다르니
저닭이 우지않고 어이하오리

註=「孟子」※「鷄鳴而起、孜孜爲善者、舜之徒也、鷄鳴而起、孜孜爲利者、跖之徒也」

「崔淑生」 최숙생

△자(字)는 자진(子眞)이오 호(號)는 충재(忠齋)이니 경주인(慶州人)이라 중종(中宗)때 벼슬이 좌찬성(左贊成)에 이르다

(—서기一五一七년경—)

◎新秋 (신추)

雨霽山中露氣淸、蒼茫桂影半規明、夜深金井梧桐落、人靜紗窓蟋蟀鳴、萬里雲開銀漢迥、一簷風動玉繩横、秋來多病腰圍減、惆悵安仁白髮生

비개인 산마을에 이슬맑게 서리고
아득한 저달속에 계수나무 완연쿠나
오동닢 밤깊은데 소리없이 떠러지고
귀뚜리 창밖에서 구슬프게 들려오네
하늘에 구름걷쳐 은하수 떠흐르고
처마끝 바람일어 옥승이 버껴있오
가을 들어 병이잦고 몸집절로 줄어가니
마음별반 안태워도 힌터력 절로나네

註=안인(安仁)※마음을 쓰지않어도 자연히 인(仁)에 틀림없음을 말함 論語里仁「仁者、安仁、智者、利仁」

「楊熙止」(양희지)

△자(字)는 가행(可行)이오 호(號)는 대봉(大峯)이니 중화인(中華人) [illegible] 성종(成宗)때 벼슬이 대사헌(大司憲)에 이르다

(서기 一四三九년—一五〇四년)

◎次珍原客館韻 (진원객관 운을 빌려서)

山藏小縣石田多、村似朱陳八九家、杜宇一聲愁欲死、滿庭明月照梨花

두메산속 작은골 자갈밭 하도하다
마을이라 알고보니 주가진가 몇집일세
두견이 저소리는 끊이는듯 처량한데
뜰에찬 밝은달이 꽃위에 비쳤구나

「表沿沫」(표연말)

△자(字)는 소유(少遊)오 호(號)는 남계(藍溪)이니 신창인(新昌人)이라 벼슬이 제학(提學)에 이르고 무오(戊午)사화(士禍)에 귀양가서 죽다

(—서기 一五〇七년경—)

◎山樓消暑 (산루에서 더위을 보내며)

一年消暑試登樓、草色蟬聲又晩洲、蕉葉雨晴空院淨、梔花風軟小溪幽、紅塵謝絶心如水、白首低徊氣尙秋、今日荷花生日是、恨無綠酒泛江流

한더위 피하려고 이다락 올라오니
풀빛은 우거지고 매미소리 시원하다
파초위 비가개어 절간정말 깨끗하고
치자나무 바람자니 시내다시 고요하네
뜬세상 멀리하니 이마음 저물같고
머리는 세었건만 정신아직 맑었세라
연꽃 곱게 피은 오늘 내생일 분명한데
강물위에 배띄우고 술못마셔 한이로다

「鄭希良」(정희량)

△자(字)는 순보(淳夫)오 호(號)는 허암(虛庵)이니 연산(燕山)때 호당(湖堂)에 선(選)하고 갑자사화(甲子士禍)를 미리알고 익사(溺死)를 핑게로 자취를 감추다

(——서기一五〇七년경——)

◎春寒 (춘한)

水國春全薄、寒威未解嚴、狂風猶料峭、小雨自廉纖、地僻經過少、身孤老病兼、微暄眞可愛、炙背坐茅簷

강마을에 봄소식 아직도 멀고
추위는 여탯것 풀리지 않어
찬바람 오히려 거세게불고
봄비는 언제올지 절로 적구나
짱이귀저 오가는이 별반드물고
몸괴루니 병과 늙음 겹쳐서오내
따스한 양지쪽 참말좋아서
처마밑에 앉아서 등을 쪼이네

「朴繼姜」(박계강)

△호(號)는 시은(市隱)이오 시명(詩名)이 유명하다

(——서기一五〇七년경——)

◎山行聞笛 (산길에서 피리를 듣고)

澹澹夕陽外、遲遲過遠村、一聲牛背笛、吹破滿山雲

한가롭고 조용한 해지는 무렵
느릿느릿 먼길을 지나노라니
소타고 가는 목동 피리 소리가
산에올려 더욱더욱 맑게 들리오

『李荇(이행)』

△자(字)는 탁지(擇之)오 호(號)는 용재(容齋)이니 덕수인(德水人)이라 호당(湖堂)에 선(選)하고 중종(中宗)때 문형(文衡)을 전(典)하다 벼슬이 영의정(領議政)에 이름 시호(謚號)는 문정(文定) 시(詩)의 대가(大家)로 유명하다

(서기一四七八년―一五三四년)

◎霜月 (찬달)

晩來微雨洗長天、入夜高風捲暝煙、夢覺曉鍾寒徹骨、素娥靑女鬪嬋娟

보슬비 개이면서 하늘은맑고
밤들어 부던바람 연기걷혔네
종소리 울려와 잠이 깨이니
서리위 달이 비쳐 뼈속에차네

又 (이 행)

◎歲暮有懷仲說 (세모에 죽은벗 박중열(誾)을 생각하고)

歲律其暮只今日、我思者誰無故人、今日苦留不肯駐、故人何處與爲鄰、吾生如此已堪笑、世事多端空自春、獨立東風問冥漠、百年能復幾沾巾

덧없는 세월이라 오늘로 해는가고
그리는 이 누구런가 가고서 못오시니
구지 말려 보려는데 머므르기 싫다하네
임은지금 어느곳에 눌더불어 이웃했나
내살음 이렇거니 어이 아니 우습겠오
세상일 수선한데 봄은다시 오고가네
묻노니 저세상길 얼마나 아득한가
이렇게 한평생을 몇번이나 울리랴오

「金千齡(김천령)」

△자(字)는 인로(仁老)니 경주인(慶州人)이라 호당(湖堂)에 선(選)하고 벼슬이 직제학(直提學)에 이르다

(──서기 一五〇七년경──)

◎永濟道中 (영제도중)

嬴馬凌兢驛路賖、隔林尨吠是誰家、黃昏月落郊原黑、認得前村蕎麥花

야윈말 길지치고 갈길멀은데
숲넘어 어느집 개가 짖는고
밤들어 달은지고 벌판 어둔데
메밀꽃 희게피어 마을 알겠오

「柳軾(유식)」

△자(字)는 화중(和中)이오 호(號)는 서계(西溪)이니 전주인(全州人)이라 중종(中宗)때 벼슬이 경차관(敬差官)에 이르다

(──서기 一五二七년경──)

◎竹西樓次御史板上韻 (어사의 죽서루판상 운을 빌서)

蒼厓百丈最高樓、風爽炎天似九秋、醉裏笙歌雲外落、客中歲月馬前流、江山盡入騷仙興、雲雨空敎御史愁、憑檻月明機事靜、閒情何異水中鷗

푸른언덕 높은위 그다락이 더욱높다
바람자못 서늘하여 가을인듯 상쾌하네
취중의 젓대소리 멀리멀리 들려오고
나그네 긴긴세월 그렁저렁 흘러갔오
강산의 좋은풍경 객의시흥 자아내고
비구름 부지럽시 임의시름 돋아주네
밝은달 바라보며 고요히 앉았으니
한가로이 나는 백구 네오내오 다를소냐

「朴誾(박은)」

△자(字)는 중열(仲說)이오 호(號)는 읍취헌(挹翠軒)이니 고령인(高靈人)이라 호당(湖堂)에 선(選)하고 벼슬이 교리(校理)에 이르다 (서기一四七九년——)

◎福靈寺 (복령사)

伽藍却是新羅舊、千佛皆從西竺來、從古神人迷大塊、至今福地似天台、春陰欲雨鳥相語、老樹無情風自哀、萬事不堪供一笑、青山閱世自浮埃

신라때 좋은문눌 이 가남 전해받고
불당에 모신부처 천축에서 멀리왔오
허황한 귀신말씀 세상을 속였는데
이제와 행복한땅 천태가 제일인가
날찌는 비가올듯 새들이 지저귀고
늙은나무 정이 없나 바람은 슬피우네
세상일 모두다 한바탕 우슴이라
세월가니 청산 절로 진애속에 감도네

註=가남(伽藍)※범어(梵語)、절의 별명
서축(西竺)※옛적에 중국에서 인도(印度)를 가르켜한 말
천태(天台)※중국 절강성 천태현(浙江省天台縣)서쪽에 있는 산이름 천태산의 지자대사(智者大師)의 교파(敎派) 천태교(天台敎)
청산(青山)※이 글 가운데의 청산은 불사(佛寺)를 가르켜 한 말인듯。

「申沆(신항)」

△자(字)는 용이(容耳)오 종호(從護)의 아들이라 성종(成宗)의 부마(駙馬)로 고원위(高原尉) 시호(諡號)는 문효(文孝) (서기一四七七년—一五〇七년)

◎伯牙 (백아)

我自彈吾琴、不必求賞音、鍾期亦何物、强辯絃上心

내고(琴)위에 내맘실어 내가 타거니
눌 더러 날칭찬 해달라겠오
저사람 나아니고 사람이거늘
줄위에 잠긴내뜻 어이알리오

註=고(琴)※거문고 악기의 이름
백아(伯牙)와 종자기(鍾子期) 백아(伯牙)는 중국 춘추시대(春秋時代)의 거문고 잘타기로 유명하였던 사람 荀子勸學「伯牙鼓琴而六馬仰秣」
종자기(鍾子期)※중국 춘추시대(春秋時代) 초(楚)나라 사람이며 음악가(音樂家)로 유명한 사람이다 백아(伯牙)의 친우(親友)

「終南守 李昌壽」(종남수 이창수)

△정종(定宗)의 현손(玄孫)으로 호(號)는 치재(恥齋)이니
한훤당(寒暄堂)의 문인(門人)이다
(——서기一五一七년경——)

◎曉起呈强哉(李 膂) (이강재에게 보냄)

睡起窓扉手自推、樹頭殘月尙徘徊、春天漸
曙林鴉散、臥看青山入戶來

고이든잠 깨어서 창문을 여니
지는달 아직 아직 숲위에 떳오
봄하늘 지새이며 까마귀날고
산도습 은연히도 방으로 드네

「韓景琦」(한경기)

△자(字)는 치규(稚圭)오 호(號)는 향설(香雪)이니 청주
인(清州人)이다
(서기一四七二년—一五三○년)

◎漢江途中 (한강도중)

江泥滑滑雨霏霏、柳市人家笑語稀、朝旭漏
雲叢薄照、馬頭蝴蝶作團飛

강연덕 진흙위 비가내리니
길갓집 문닫은채 소리도없오
구름새로 아침햇빛 쪼여비치고
말머리 나는나비 떼지어 노네

「趙光祖」 (조광조)

△자(字)는 효직(孝直)이오 호(號)는 정암(靜庵)이니 한양인(漢陽人)이라 중종(中宗)때 호당(湖堂)에 선(選)하고 벼슬이 대사헌(大司憲)에 이름 기묘(己卯)년 사화(士禍)에 죽다 시호(諡號)는 문정(文正) 문묘(文廟)에 배향(配享)하다

(서기一四八二년―一五二〇년)

◎綾城謫中 (능성으로 귀양가서)

誰憐身似傷弓鳥、自笑心同失馬翁、猿鶴定嗔吾不返、豈知難出覆盆中

화살맞아 상한새 불상하다 뉘하리오
말잃고 마구 단속 이미 늦음 웃는구나
고향의 잠든원학 나의 신세 비웃겠다
엎친물 도루 담아 한정대로 채울손가

註=상궁조(傷弓鳥)※화살을 한번맞아 혼침을 당한 새처럼 항상 의심과 두려움을 품음을 비유 하는말 國策楚「傷弓之鳥聞絃音烈而高飛」

又(조광조)

◎送安順之赴求禮 (구례현감으로 안순지를 보내며)

君行屬春時、天地養仁和、活潑江新流、丰茸草生坡、道適千里遠、眼中歷幾多、君子惟心遠、無非意所加、它日聞報政、須憶此日歌

봄날 화사한데 부임 길 뜨니
하늘도 땅도 함께 축복하노나
강물은 출렁출렁 새로 흐르고
풀빛도 파릇파릇 움터오르네
천리밖 멀리멀리 길은 뻗히고
눈앞에 산과 물 얼마 바꿨나
옳은사람 마음은 커고 멀으니
어느곳 조심뜻 아님이 없네
다른날 착한정사 기별들으면
이자리 이노래를 되푸리 하세

「金淨(김정)」

△자(字)는 원충(元冲)이오 호(號)는 충암(冲庵)이니 중종(中宗)때 호당(湖堂)에 선(選)하고 벼슬이 형조판서(刑曹判書)에 이르다 기묘(己卯) 사화(士禍)때 죽다 시호(諡號)는 문간(文簡)

(서기 一四八六년—一五二一년)

◎錦江樓(금강루)

西風木落錦江秋、煙霧蘋洲一望愁、日暮酒醒人去遠、不堪離思滿江樓

바람앞에 지는잎 물위에 뜨고
연무 잠긴 강까로 갈꽃피었네
깨고 보니 아득하다 그대는가고
해저문 다락에서 혼자울었오

「金湜(김식)」

△자(字)는 로천(老泉)이오 호(號)는 동천(東泉)이니 청풍인(淸風人)이라 중종(中宗)때 벼슬이 대사성(大司成)에 이르다 기묘(己卯) 사화(士禍)때 자결(縊死)하다 시호(諡號)는 문경(文敬)

(서기 一五〇七년경)

◎居昌山中(거창산중)

日暮天含墨、山空寺入雲、君臣千載義、何處有孤墳

해저무니 하늘은 먹장같은데
구름속 쌓인 절간 쓸쓸 하구나
군신의 옳은 뜻 기리전하니
외론 무덤 어느 곳에 있을가보냐

「崔壽峸」최수성

△자(字)는 가진(可鎭)이오 호(號)는 원정(猿亭)이니 강능인(江陵人)이라 절세기재(絕世奇才)로 이름이 높다 기묘(己卯) 사화(士禍)에 원사(寃死)하다 시호(諡號)는 문정(文正)

(——서기一五一七년경——)

◎渡驪江 (여강을 건느며)

人情隨世變、岸不逐波流、細雨江邊立、烟中迷一舟

인심이야 때를따라 자주 변하나
언덕마저 물결조차 흐를것인가
비내리는 강가에 사람은서고
연기희미 잠긴곳 외론배 떴오

「金安國」김안국

△자(字)는 국경(國卿)이오 호(號)는 모재(慕齋)이니 의성인(義城人)이라 중종(中宗)때 문형(文衡)에 전(典)하고 벼슬이 좌찬성(左贊成)에 이르다 시호(諡號)는 문경(文敬)

(——서기一五一七년경——)

◎七夕 (칠석)

鵲散烏飛事已休、一宵歡會一年愁、淚傾銀漢秋波潤、腸斷瓊樓夜色幽、錦帳有心邀素月、翠簾無意上金鉤、只應萬劫空成怨、南北沼沼不自由

오작이 헐어지니 두별님도 만났으리
하루밤 기쁜모임 일년다시 근심이오
눈물 뿌린 은하수 물결되어 부러있고
애끊이는 다락위에 밤경치 그윽하네
달빛은 다정하게 비단장막 비쳐주고
금갈구리(金鉤) 처량하게 주렴위에 솟았구나
억만년 지나간들 이 원한 어이하리
남녀북녀 먼 먼 하늘 서로보고 못만나니

註=금갈구리(金鉤)※달의 별명。

「申潛」 신잠

△자(字)는 원량(元亮)이오 호(號)는 영천자(靈川子)이니 종호(從護)의 아들이라 기묘(己卯) 현량과(賢良科) 검열(檢閱)에 보하다

(서기一四九一년—一五三四년)

◎醉題梨花亭 (취중에 이화정을 두고)

此地來遊三十春、偶尋陳迹摠傷神、
庭前只有梨花樹、不見當時歌舞人

여기와 놀은지도 삼십때청춘
옛자취 돌아보고 눈물지었오
뜰앞에 배꽃은 피어 있건만
그때함께 노든이들 어데로 갔나

「金世弼」 김세필

△자(字)는 공석(公碩)이오 호(號)는 십청헌(十淸軒)이니 경주인(慶州人)이라 벼슬이 이조참판(吏曹參判)에 이르다 시호(諡號)는 문간(文簡)

(서기一四七三년—一五三三년)

◎寄魚灌圃子游 (어관포에 보냄)

興州消息近何如、寒鋼陰威歲欲除、
索莫知非川上老、白頭猶自保窮居

요지음 영의정 어떠하시오
날은차고 설어이니 이해도가네
알뜨래라 심심한 시골살아서
가난하고 늙었어도 도(道)를 즐기지

註=색막(索莫)※쓸쓸하고 심심함

『朴祥』(박상)

△자(字)는 창세(昌世)오 호(號)는 눌재(訥齋)이니 충주인(忠州人)이라 호당(湖堂)에 선(選)하고 벼슬이 목사(牧使)에 이르다

(서기一四七四년—一五二九년)

◎彈琴臺 (탄금대)

湛湛長江上有楓、仙臺孤截白雲叢、彈琴人去鶴邊月、吹笛客來松下風、萬事一回悲逝水、浮生三歎撫飛蓬、誰能寫出湖州牧、散步狂吟夕照中

고요한 강물위에 단풍이 붉고
구름속 탄금대 오똑 놓였오
거문고 타던사람 어대로 간고
부는젓대 바람따라 들려 만 올뿐
슬프다 모든일 흘러버리고
뜬세상 쑥대처럼 흔들거리오
해질무렵 거닐며 노래부르니
뉘라서 이풍경을 그려내일가

『柳洵』(유순)

△자(字)는 희명(希明)이오 호(號)는 노포(老圃)이니 문화인(文化人)이라 중종(中宗)때 정국공신(靖國功臣)으로 문성부원군(文城府院君)을 봉(封)하고 벼슬이 영의정(領議政)에 이르다 시호(謚號)는 문희(文僖)

(서기一四四一년—一五一七년)

◎書三體詩後 (삼체 시끝에)

無邪三百最精英、詩到唐家亦大成、獨笑江西傳晩派、强將排北賭虛名

시전글 삼백편이 사무사일뿐
당나라 들어와서 찬란하였오
강서의 만당풍 실속도없이
헛이름 퍼뜨렸음 참말우수어

註「사무사(思無邪)※마음속에 간사한 생각이 없음、論語、爲政「詩三百、一言以蔽之思無邪」

만당풍(晩唐風)※당시(唐詩)의 제사기(第四期) 태화년간(太和年間)으로부터 당말기(唐末期)까지의 시풍(詩風)을 말함이니 즉 국위(國威)가 떨어지고 시인문사(詩人文士)들이 유희삼매(遊戱三昧)에 탐익(耽溺)하였음

「蘇世讓」(소세양)

△자(字)는 언겸(彥謙)이오 호(號)는 양곡(暘谷)이니 진주인(晋州人)이라 중종(中宗)때 호당(湖堂)에 선(選)하고 벼슬이 찬성(贊成)에 이르고 문형(文衡)에 전(典)하다 시호(諡號)는 문정(文靖)

(서기一四八六년—一五五三년)

◎燕京卽事 (연경즉사)

宴開迎餞一旬間、三月皇州尚未還、柳絮白於衰客鬢、桃花紅勝美人顔、春愁黯黯連空館、歸興翩翩落故山、早晩旬當公事了、拂衣長嘯出秦關

보내고 맞는잔치 길기도 하여
연경서 석달을 머물어댔오
버들솜 머리함께 희게날리고
복사꽃 미인양 빰이붉었네
봄시름 남모르게 나그네울고
밖마다 고향산천 꿈에비치네
멀지않아 나라일 끝을마추고
노래하며 소매떨쳐 돌아가겠오

「韓 忠」(한충)

△자(字)는 서경(恕卿)이오 호(號)는 송재(松齋)이니 청주인(淸州人)이라 중종(中宗)때 벼슬이 직제학(直提學)에 이르다 시호(諡號)는 문정(文貞)

(—서기一五一七년경—)

◎回文詩 (회문시)

少年才藝倚天摩、手把龍泉幾許磨、石上梧桐將發響、音中律呂有詩和、口傳三代詩書教、文起千秋道德波、皮幣已成賢士價、賈生何事謫長沙

소년시절 좋은재주 산과같이 뚜렸했오
용천금 손에잡고 몇번이나 갈았던고
돌위에 오동비어 거문고 만들으니
오음과 육률맞춰 고루고루 화답했오
하은주 삼대시서 입으로 가르치고
천추에 높은도덕 글로써 적발했네
좋우글 많이읽어 어진선비 되었거늘
가의는 무슨 일로 장사따로 귀양갔나

註=용천검(龍泉劍)※옛적 보검(寶劍)의 이름
오음(五音)※궁(宮)、상(商)、각(角)、치(徵)、우(羽)、
육률(六律)※육려(六呂) 십이률(十二律) 가운데 음성(陰聲)에 속(屬)하는 협종(夾鍾)、남려(南呂)、응종(應鍾)、중려(仲呂)、대려(大呂)、임종(林鍾)、
하은주삼대(夏殷周三代) ※하우(夏禹)나라、은탕(殷湯)나라、주(周武王)나라의 세나라를 일컬음
가의(賈誼)※중국전한(前漢)의 문제(文帝)시대 낙양(洛陽)사람으로 글을 잘하여 태중대부(太中大夫)가 되었더니 참소(讒訴)로 인하여 장사(長沙)땅으로 귀양갔다

『朴英(박영)』

△자(字)는 자실(子實)이오 호(號)는 송당(松堂)이니 밀양인(密陽人)이라 양녕대군(讓寧大君)의 외손(外孫)이오 성종(成宗)때 무과(武科)로 벼슬이 병사(兵使)에 이르고 시호(諡號)는 문목(文穆)

(서기一四七一년――)

◎戍邊(수변에서)

絕域南陲海氣昏、兜鍪金甲老王孫、無心麟閣題名字、家在洛東江上村

머나먼 남녘변방 파도 높은데
구군복 화사한 노왕손일세
공신각 이름올림 원치를 않소
낙동강 물맑은데 내집이라오

註=구군복(具軍服)※군복(軍服)을 갖추는것 안올림 벙거지를 쓰고 동다리를 입은 장표(章標)위에 전대띠를 눌러 띠고 목화(木靴)를 신고 동개를 메고 환도를 차고 동채를 손에든 차림새

인각(麟閣)※공신각(功臣閣) 중국의 한선제(漢宣帝)때에 공(功)이 높은 곽광(霍光)의 무리 십일인(十一人)의 화상(畫像)을 걸어두어 기리기리 그의 공훈(功勳)을 기념(記念)한 전각(殿閣)

『鄭球(정구)』

△자(字)는 대명(大鳴)이오 호(號)는 괘은(乖隱)이니 동래인(東萊人)이라 중종(中宗)때 벼슬이 사간(司諫)에 이르고 기묘(己卯)에 병(病)을 핑게하고 나오지않다

(――서기一五一七년경――)

◎遣懷(견회)

自是疎慵見事遲、世紛無盡一身微、洗空滓穢伯仁瘦、戰勝芬華子夏肥、扶竹步苔行引藥、烹葵爲黍樂忘飢、岸巾長嘯秋天碧、獨鶴橫穿夕靄霏

게으르고 재주없어 일손더디니
바쁜 세상 일 많은데 하찮은 신세
씻은듯 가난하니 형용 마르고
부귀공명 호화로워 날로 살찌네
숲사이 거닐며 산약을 캐고
아욱국 기장밥에 굶주림 잊네
가을 하늘 푸르게 개어 있는데
저녁 노을 뚫고서 매는나르오

「柳雲(유운)」

△자(字)는 종룡(從龍)이오 호(號)는 항재(恒齋)이니 문화인(文化人)이라 중종(中宗)때 호당(湖堂)에 선(選)하고 벼슬이 대사헌(大司憲)에 이르다

(서기 一四八五년 ——)

◎戱題公山客舍 (공산(公山) 객사(客舍)에서)

公山太守怯威稜、御史風流識未曾、空舘無人消永夜、南來行色澹於僧

공산원님 어사위엄 겁을내아서
이사람 멋진 풍치 몰라주노나
빈 객사 홀로앉아 밤을 새우니
초라한 중의 행색 방불하구나

「奇遵(기준)」

△자(字)는 자경(子敬)이오 호(號)는 복재(復齋)이니 행주인(幸州人)이라 중종(中宗)때 호당(湖堂)에 선(選)하고 벼슬이 응교(應校)에 이르다

(——서기 一五二七년경——)

◎義相庵 (의상암 에서)

孤亭矗矗入煙空、雲盡滄溟一望窮、三十八峰秋夜月、玉簫吹徹海天風

암자는 높고높아 구름속에 잠겨있고
바다는 널고넓어 바라봐도 가이없네
서른여덟 봉오리 봉마다 달이로다
어데서 부는옥적 바다하늘 사무치네

「成世昌」(성세창)

△자(字)는 번중(蕃仲)이오 호(號)는 돈재(遯齋)이니 현(俔)의 아들이라 중종(中宗)때 호당(湖堂)에 선(選)하고 문형(文衡)에 전(典)하다 인종(仁宗)때 벼슬이 좌의정(左議政)에 이르고 시호(謚號)는 문장(文莊)이다

(서기一四八一년—一五三九년)

◎**題麟蹄縣** (인제현 에서 지음)

杳窕通危棧、依稀見數家、庭梧高過屋、野麥晩生花、峽束天容窄、溪回夜響多、征人淸不寐、缺月入簾斜

비계 맨 골목길 건너를 가니
어렴풋 오막사리 보이는구나
뜰오동 높지기 집웅위 솟고
들보리 늦게야 이삭 패이네
산골목 맞닿아 하늘이좁고
시내는 꼬불꼬불 새도록우네
나그네 외로이 잠못 이룰제
조각달 무심히 발새로 드네

「朴遂良」(박수량)

△자(字)는 군거(君擧)오 호(號)는 삼가(三可)니 강능인(江陵人)이라 중종(中宗)때 벼슬이 현감(縣監)에 이르다

(—서기一五〇七년경—)

◎**浪吟** (낭음)

口耳聾啞久、猶餘兩眼存、紛紛世上事、能見不能言

벙어리 귀머거리 된지 오래고
다만지 두눈만 남아있노라
시끄러운 세상일 참견말것이
이러니 저러니 말할것 없오

『朴公達(박공달)』

△자(字)는 대관(大觀)이오 호(號)는 사휴(四休)니 강릉인(江陵人)이라 중종(中宗)때 현량과(賢良科)로 벼슬이 홍문(弘文)에 이르다

(—서기 一五〇七년경—)

◎挽三可 (박수량(朴遂良)을 만(挽)함)

生平擬結管鮑情、一別乘鸞楚越行、肝膽肯將生死變、雙閑亭上月分明

평생두고 관포우정 굳게굳게 맺잤더니
저승길 한번가니 초월인양 아득하다
간담이 서로비쳐 죽고산들 변할소냐
쌍한정 정자위에 달빛만 밝았구나

註=관포지교(管鮑之交)※중국 춘추시대(春秋時代)의 제환공(齊桓公)의 현상관이오(賢相管夷吾)와 대부포숙아(大夫鮑叔牙)의 우정(友情)을 말함이니 썩 친밀한 친구 사이를 말함。

『吳(오)慶(경)』

△자(字)는 경지(慶之)오 호(號)는 계산처사(溪山處士)니 해주인(海州人) 진사(進士)

(—서기 一五一七년경—)

◎山中書事 (산중풍경(山中風景)을 두고)

雨過雲山濕、泉鳴石竇寒、秋風紅葉路、僧踏夕陽還

산위에 내리는비 구름이 젖고
돌틈에 우는새암 차기도하다
가을바람 붉은잎 길을 덮는데
늙은중 석양 밟고 돌아가노라

「閔齊仁」(민제인)

△자(字)는 희중(希中)이오 호(號)는 입암(立巖)이니 여흥인(驪興人)이라 중종(中宗)때 호당(湖堂)에 선(選)하고 벼슬이 찬성(贊成)에 이르다

(서기一四九二년—一五四九년)

◎夜坐有感 (밤에 느낌)

晚抛儒業摠戎旗、志士成功會有時、白髮多從西塞得、丹心只許北宸知、孤城暮角江流急、絕漠春風雁到遲、起望雲河應不寐、胡笳悄悄使人悲

늙게야 책을덮고 칼을잡으니
지사의 공세움이 때가있도다
새방을 지키노라 터력이 세고
고은님 위해서는 단심(丹心) 한조각
변방에 날이 차니 기러기 더디날고
성머리 해지는데 강물 급하네
운하를 바라보며 잠못 이룰제
어데서 호피리 소리 애를 끊는고

「成夢井」(성몽정)

△자(字)는 응경(應卿)이니 창녕인(昌寧人)이라 중종(中宗)때 정국공신(靖國功臣)이 되고 벼슬이 이조참판(吏曹參判)에 이르다 시호(諡號)는 양경(襄景)

(서기一四七一년—一五一八년)

◎題友人江亭 (친구의 정자두고)

爭占名區漢水濱、亭臺到處向江新、朱欄大抵皆空寂、樽酒來憑是主人

한수물까 좋은 승지(勝地) 골나 내아서
맑고맑은 강언덕에 정자 지었네
대처로 이런정자 쓸쓸하거니
술마시며 노는사람 주인이 되네

「李彥迪」(이언적)

△자(字)는 복고(復古)오 호(號)는 회재(晦齋)이니 경주인(慶州人)이라 중종(中宗)때 벼슬이 찬성(贊成)에 이르고 을사(乙巳) 사화(士禍)때 귀양가서 죽다 시호(謚號)는 문원(文元) 문묘(文廟)에 배향(配享)하다

(서기一四九一년—一五五二년)

◎無爲 (무위)

萬物變遷無定態、一身閑適自隨時、年來漸省經營力、長對青山不賦詩

만 물건 옮겨져 박인 끝없고
이 한몸 한가로이 때를 따르네
여러해 이룩함 힘쓰노라니
한동안 산수(山水)두고 읊은적 없오

「田禹治」(전우치)

△담양인(潭陽人)이라 성종(成宗)때 송도(松都)에 거(居)하고 선술(仙術)에 유명(有名)하다

(——서기一四九七년경——)

◎三日浦 (삼일포 에서)

秋晚瑤潭霜氣淸、天風吹下紫簫聲、靑鸞不至海天濶、三十六峯明月明

요담(瑤潭)에 서리차니 가을 이미 늦었구나
어데선지 부는퉁수 바람결에 들려오네
난(鸞)새는 오지않고 해천 함께 열렸는데
서른여섯 봉오리 봉마다 달빛일세

「尹紀(윤기)」

△일찌 재사(才士)로서 이름이 높았으나 을사사화(乙巳士禍)가 있은후 거짓미쳐(佯狂)서 벼슬길에 오르지 않음
(──서기一五三七년경──)

◎碧瀾渡寓居 (벽란도 우거)

柴門日暖柳花靜、無數蜻蜓上下飛、午睡初醒童子語、折來山蕨滿筐肥

문밖에 꽃이피고 날이따순데
꽃잠자리 아래위로 수없이 나네
아이들 하는말에 잠이 깨이니
꺾어온 산고사리 광주리 찼오

「朴光佑(박광우)」

△자(字)는 국이(國耳)오 호(號)는 잠소당(潛昭堂)이니 밀양인(密陽人)이라 벼슬이 집의(執義)에 이르고、을사사화(乙巳士禍)때 장사(杖死)하다
(서기一四九五년─一五三七년)

◎月精寺 (월정사)

松檜陰森一逕通、入門初見殿扉紅、千層寶塔回飛鳥、八角神鈴響半空、法帙漫傳王子事、居僧那識世尊功、鍾鳴忽作文殊會、玉座香飄萬壑風

나무나무 그늘속 길이 뚫였고
불전에 들어오니 찬란하구나
보탑은 높고높아 나는새 돌고
신령소리 아득 아득 공중에떴오
불법은 실달왕자 고행(苦行) 전하고
중마다 세존공덕 어이알으리
종 울리자 당에모아 설법 베푸니
향 냄새 멀리풍겨 바람이되네

註=실달왕자(悉達王子)※석가여래(釋迦如來)는 원래(元來) 인도(印度) 가비라(迦毘羅)나라의 왕자(王子)로서 실달다(悉達多)는 그의 아명(兒名)이였음。

「羅湜(나식)」

△자(字)는 장원(長源)이오 호(號)는 장음정(長吟亭)이니 나주인(羅州人)이라 을사사화(乙巳士禍)때 원사(寃死)하다

(—서기一五三七년경—)

◎道峯寺(도봉사)

曲曲溪回複、登登路屈盤、黃昏方到寺、淸磬落雲端

구비구비 시냇물 다시건네고
이리저리 비탈길 오르고올나
해질무렵 절간에 발을멈추니
경쇠소리 구름밖에 들리어오네

「申光漢(신광한)」

△자(字)는 한지(漢之)오 호(號)는 기재(企齋)이니 숙주(叔舟)의 손(孫)이라 중종(中宗)때 호당(湖堂)에 선(選)하고 인종(仁宗)때 문형(文衡)에 전(典)하다 벼슬이 찬성사영경연(贊成事領經筵)에 이르다 시호(諡號)는 문간(文簡)

(서기一四八四년—一五五四년)

◎呂望(태공망 여상(呂尙))

淸渭東流白髮垂、一竿誰見釣璜時、悠悠湖海多漁父、不遇文王定不知

위수 가 낚대들고 백발노인 앉았더니
좋은기회 만났음을 어느누가 보았는고
넓고 넓은 바닷가에 고기잡이 많건마는
어느때 임을 만나 영달(榮達)한이 몇이런가

註=영달(榮達)※잘되어 높은지위에 오름을 말함

「金麟厚」 김인후

△자(字)는 후지(厚之)오 호(號)는 하서(河西)니 울산인(蔚山人)이라 호당(湖堂)에 선(選)하고 벼슬이 교리(校理)에 이르다 문묘(文廟)에 배향(配享)하였고 시호(諡號)는 문정(文靖)

(서기一五一〇년—一五六〇년)

◎盆菊 (분국)

十月淸霜重、芳叢不耐寒、枝條將萎絕、花蕊半凋殘、北闕承朝露。東籬謝夕飡、貞根期永固、歲歲玉欄干

시월이라 찬서리 거듭내리어
송이송이 고운국화 추위못참네
가지마다 느러져 잎새 시들고
꽃송이 처량히도 떠러지누나
뜰우에 아침이슬 실컷먹음고
울밑에 저녁햇빛 싫여하느니
언제나 뿌리만은 기리굳어져
해마다 난간안에 곱게피어라

「黃汝獻」 황여헌

△자(字)는 헌지(獻之)오 호(號)는 유촌(柳村)이니 장수인(長水人)이라 중종(中宗)때 호당(湖堂)에 선(選)하고 벼슬이 군수(郡守)에 이르다

(—서기一五一七년경—)

◎李將軍西湖知足堂 (서호 지족당 에서)

龍山㵝水杳茫邊、勝地逢人已十年、日落海門天遠大、夜深燈火見陽川

맑은 물 아득아득 산도높구나
좋은 승지 주인만남 십년지났오
바다밖에 해는지고 하늘 멀은데
이슥한밤 등불만이 물에 비치네

「沈彦光」(심언광)

△자(字)는 사형(士炯)이오 호(號)는 어촌(漁村)이니 중종(中宗)때 호당(湖堂)에 선(選)하고 벼슬이 찬성(贊成)에 이르다

(──서기 一五三七년경──)

◎鍾城館遇雨 (종성관에서 비를 만나)

雲鳥堂堂陣勢聯、書生袖裏有龍泉、黃沙古戍身千里、白日長安夢九天。楡塞雨聲連海嶠、筱江秋色老風煙、蕭蕭落木關山夜、旅館青灯惱客眠

구름 높이 나는 새 떼를 이루고
서생의 소맷속 보검이 우네
황막한 수자리 천리 밖인데
언제나 서울장안 꿈에 그립소
비 내리는 새방에 파도가 높고
갈꽃핀 강가에 가을빛 짙소
나뭇잎 쓸쓸하게 지는 이밤을
나그네 홀로 앉아 잠못이루네

「徐敬德」(서경덕)

△자(字)는 가구(可久)오 호(號)는 부재(復齋)이니 당성인(唐城人)이라 중종(中宗)때 대성리학자(大性理學者)로 송도(松都)의 화담(花潭)에 은거(隱居)하였음으로 화담선생(花潭先生)이라 부름 태허설(太虛說) 원리기(原理氣) 사생귀신론(死生鬼神論)등이 화담집(花潭集)에 전함

(서기 一四八九년 ─ 一五四七년)

◎讀書有感 (독서유감)

讀書當日志經綸、歲暮還甘顏氏貧、富貴有爭難下手、林泉無禁可安身、採山釣水堪充腹、咏月吟風足暢神、學到不疑知快濶、免敎虛作百年人

읽노라니 천하뜻 굽넘어가고
안씨의 가난함도 즐겨웁도다
부귀공명 시샘많아 손댈수없고
숨어살음 시비없어 몸이편쿠나
산나물 물고기 배가 부르고
뜨는달 부는바람 시원하여라
하나하나 알게되어 의심풀리니
백년사람 헛되옴을 면하였구나

註=안씨빈(顏氏貧)※옛적 공자(孔子)의 제자(弟子) 안연(顏淵)이 몹시 가난하게 살면서도 편안한 마음으로 배우기를 좋아하고 도(道)를 즐겼다고 전함「安貧樂道」

「黃衡(황형)」

△자(字)는 언평(彥平)이니 창원인(昌原人)이라 무과(武科)에 급제(及弟)하여 벼슬이 공조판서(工曹判書)에 이르다 시호(謚號)는 장무(莊武)

(서기 一四四九년—一五一〇년)

◎題建節臺 (건절대를 두고)

建節高臺起大風、海雲初捲日輪紅、倚天撫劒頻回首、馬島彈丸指顧中

건절대 높고높아 바람니는데
바다구름 걷치우며 해 두렸하오
칼 만지며 하늘저쪽 바라다보니
콩알만한 마도섬 눈앞에 있네

「高淳(고순)」

△자(字)는 희지(熙之)오 제주인(濟州人)이라 귀가 벌어 글씨로써 뜻을 전하다

(—서기 一五三七년경—)

◎辛德優席上書此示意 (자기뜻을 표시함)

小閣春風靜、清談總有餘、聾人無一味、垂首獨看書

봄바람 하늘하늘 불어오는데
제각금 좋은말씀 진진하구나
귀머거리 혼자서 재미없어서
한편머리 고개숙여 책만 읽으오

註=진진(津津)※재미가 좋음

「許輯(허집)」

△자(字)는 백화(伯和)오 벼슬이 지중추(知中樞)에 이르다 시호(諡號)는 정간(貞簡)

(—서기 一五四七년경—)

◎實性寺(실성사)

梵宮金碧照山椒、萬里雲深一磬飄、僧在竹房初入定、佛燈明滅篆香銷

붉은 난간 푸른기와 산마루에 놓여있고
구름속 깊은데서 경쇠소리 나부끼네
주지스님 재올리고 승방으로 돌아가니
향 연기 사라지며 등불마저 까물대네

「尙震(상진)」

△호(號)는 범허정(泛虛亭)이니 목천인(木川人)이라 명종(明宗)때 영의정(領議政)에 이르고 시호(諡號)는 성안(成安)

(서기 一四九三년—一五六四년)

◎題江陵連谷倉(강릉 연곡창 에서)

關山遼裏思悠哉、遠客愁腸日九回、漢水終南何處是、五雲空復夢邊來

처량한 피릿소리 말없이 듣노라니
나그네 끊는 시름 갈사록 더하구나
임계신 서울장안 바라보니 어데메뇨
하늘가 구름인양 꿈길속에 오고가네

「鄭士龍」(정사룡)

△자(字)는 운경(雲卿)이오 호(號)는 호음(湖陰)이니 동래인(東萊人)이라 중종(中宗)때 호당(湖堂)에 선(選)하고 명종(明宗)때 문형(文衡)에 전(典)하고 벼슬이 찬성사영경인(贊成事領經筵)에 이르다 시호(諡號)는 문간(文簡)
(서기一四九四년―一五七四년)

◎後臺夜坐 (후대 야좌)

煙沙浩浩望無邊、千仞臺臨不測淵、山木俱鳴風乍起、江聲忽厲月孤懸、平生牢落知誰藉、投老迍邅祇自憐、擬着宮袍放身去、騎鯨人迹問高天

널고 넓은 모래사장 연기 침침 잠겨있고
일천길 벼랑 밑에 맑은못 숨어있네
숲사이 바람부니 산도하냥 울려오고
물소리 급한속에 달 호젓이 떠있구나
쾌활한 이내평생 빙자할바 누구려냐
늙게야 머뭇머뭇 스스로 한심하오
이대로 내몸마껴 마음따라 가게되면
고래타고 간님자최 하늘보고 묻고싶소

註=기경인(騎鯨人)※중국 당(唐)나라 이태백(李太白)이 채석강(采石江) 달밤에 놀다가 물에잠긴 달을 보고 술취한김에 달을 따러 간다고 강물속에 뛰어들어 죽은후에 후세사람이 태백이 고래를 타고 하늘로 올라갔다고 말하였음 杜甫詩「李白騎鯨飛上天、江南風月閑多年」

둔전(迍邅)※머뭇 머뭇 행보하기 거북한 모양 王安石、祭歐陽文忠公文「迍邅困躓竄斥流離」

『周世鵬』주세붕

△자(字)는 경유(景遊)오 호(號)는 신재(愼齋)이니 칠원인(漆原人)이라 중종(中宗)때 벼슬이 호조참판(戶曹參判)에 이르다 풍기(豐基) 군수때에 안유(安裕)의 백운동서원(白雲洞書院)을 창건하여 우리나라 서원(書院)의남상(濫觴)이 되다

(서기 一四九四년—一五五四년)

◎榮川浮石寺 (영천 부석사)

浮石千年寺、半臨鶴背山、樓居雲雨上、鍾動斗牛間、斫木分河迴、開巖鍾玉閘、非關耽佛宿、蕭灑却忘還

부석사 천년옛절 찾아들드니
한가닥 학배산 임하고 있네
다락은 구름위에 놓여있는데
종소리 하늘로서 떠러져 우네
나무를 찍어내아 물길을 트고
바위를 쪼개내서 샘물도 맑다
절간에 머무르기 즐겨아니오
맑고도 깨끗하여 가기를잊소

『金光轍』김광철

△강릉인(江陵人)으로 벼슬이 참판(參判)에 이르다

(—서기 一五四七년경—)

◎客中寄舍弟 (객지에서 아우에게)

客中愁思苦難刪、歲暮天涯尙未還、鴻雁失行悲白髮、松楸連壠泣靑山、形容枯槁驅馳裏、氣力消衰簿領間、未報國恩身已老、端宜歸伴白鷗閒

나그네 온갖괴롬 시름도 하도하다
만리밖에 해(歲) 보내며 돌아갈줄 바이없네
형 아우 멀리있어 센 터럭 구슬프고
선영 성묘 오래못해 산바라고 눈물지네
이리저리 헤매다가 얼굴모습 야위였고
벼슬사리 하는동안 기운마저 떠러졌네
나라은혜 못갚은채 몸은이미 늙었거니
고향으로 돌아가서 흰 갈매기 짝하리라

註=홍안실행(鴻雁失行)※형제간(兄弟間)에 떠러저 있다는뜻
송추연롱(松楸連壠)※오랫동안 선영(先塋)에 성묘(省墓)못했다는 뜻。

「沈思順」(심사순)

△자(字)는 의중(宜中)이오 풍산인(豐山人)이니 정(貞)의 아들이라 중종(中宗)때 호당(湖堂)에 선(選)하고 벼슬이 도승지(都承旨)에 이르다 신묘(辛卯)에 장사(杖死)하다

(―서기一五四七년경―)

◎叢祠 (선왕당)

神鴉飛下石壇空、腥雨霏霏滿綠叢、日晩山椒人散盡、碧灯深閉古祠中

돌「핫」은 비어있고 까마귀만 날아들제
구즌비 부슬부슬 숲사이 내리노나
산마루 해는지고 사람은 가버리니
등불은 호젓하게 사당안에 켜있구나

註=핫(壇)※우리말은「핫」이니 지금 현용어(現用語)가 없기로 그대로 썼음

「宋麟壽」(송인수)

△자(字)는 미수(眉叟)오 호(號)는 규암(圭庵)이니 중종(中宗)때 호당(湖堂)에 선(選)하고 벼슬이 대사헌(大司憲)에 이르다 시호(諡號)는 문충(文忠)

(서기一五〇七년―一五八一년)

◎題喚仙亭 (환선정을 두고)

紅粧翠黛載樓船、新政還知太守賢、嬴女吹蕭歌扇底、馮夷擊鼓舞衣前、江魚吹浪牙檣動、沙鳥驚群錦纜牽、莫道三山迷處所、喚仙亭上會神仙

녹의홍상 미인들 가득실었오
원님의 어진정사 새로웁구나
통수 곡조 노래맞춰 나지막하고
북소리 춤과함께 어울리노나
고기는 물결일며 배밑에놀고
떠도는 갈매기떼 닻줄을차네
삼신산 어데냐고 묻지를마소
환선정 정자위에 신선 모였오

註=풍이(馮夷)※물귀신 蘇軾後赤壁賦「俯馮夷之幽宮」

「權應挺」권응정

△자(字)는 사우(士遇)오 호(號)는 묵암(默庵)이니 안동인(安東人)이라 벼슬이 감사(監司)에 이르다 (서기一四九八년—一五六四년)

◎喜還堂 (희환당)

夢喜還鄕覺異鄕、眞還今日合名堂、殘巢紫燕曾諳主、舊植蒼髯已護岡、魚鳥正堪成保社、佩環猶自戀明光、何人爲挽調羹手、投却漁竿向漢陽

꿈속에 보던고향 깨고보면 아닐러니
오늘에야 돌아오매 명당일시 분명하네
남아있는 제비들은 반기는듯 지저귀고
옛날에 심은 솔 벌서제법 푸르구나
나는새 뛰는고기 제각금 즐기거늘
벼슬사리 억매인 몸 좋은풍경 그리웁네
어느누가 만류하는 소맷자락 뿌리치며
낚싯대 던져두고 서울향해 올라갔나

「權應昌」권응창

△자(字)는 경우(景遇)오 호(號)는 지족당(知足堂)이니 응정(應挺)의 아우라 벼슬이 이조참판(吏曹叅判)에 이르다 (서기一五〇〇년—一五六八년)

◎題嶺南樓 (영남루 를 두고)

朱樓影落鏡中天、形勝千年冠後前、遠樹微茫連竹外、青巒隱約入雲邊、莫嫌夕照沈遙郭、直待蟾光破暝煙、佳會良辰知不再、何妨樽海醉華筵

붉은 다락 그림자 물결위에 떠러지니
천년전 좋은승지(勝地) 만년후도 뚜렷하리
나무숲 까마득 대울밖에 연이였고
청산은 어렴풋 구름속에 들어있네
성 넘어 해진다고 짜증을 내지마소
어둔연기 헤치면서 달이밝게 솟아오네
좋은명절 기쁜노리 다시얻기 어려우니
취토록 마셔가며 즐거웁게 놀아보세

「許澣(허한)」

△양천인(陽川人)이오 벼슬이 봉사(奉事)에 이르다 엽(曄)의 아버지

(—서기一五三七년경—)

◎村庄卽事 (시골집 즉경)

春霖初歇野鳩啼、遠近平原草色齊、步啓柴門閒一望、落花無數漲南溪

봄장마 처음개니 비둘기 울고
너른벌 여기저기 풀빛도 좋아
한가로이 거닐며 바라를 보니
지는꽃 헬수없게 시내에 차네

「林億齡(임억령)」

△자(字)는 대수(大樹)오 호(號)는 석천(石川)이니 선산인(善山人)이라 중종(中宗)때 급제(及第)하여 벼슬이 감사(監司)에 이르다

(—서기一五三七년경—)

◎鷺 (갈매기)

人方憑水檻、鷺亦入沙灘、白髮雖相似、吾閒鷺未閒

사람은 다락난간 의지해았고
갈매기 모래위로 날아들으오
머리털 희온것은 매한가지나
조용함 너와나와 같지않어라

「嚴昕(엄흔)」

△자(字)는 계소(啓昭)오 호(號)는 십성당(十省堂)이니 영월인(寧越人)이라 중종(中宗)때 급제(及第)하여 벼슬이 전한(典翰)에 이르다

(―서기一五三七년경―)

◎次石川韻 (석천운을 빌려)

有底花飛急、風光不貸人、春歸殘夢裏、家在大江濱、酒薄難成醉、更長未易晨、猶餘輸寫處、得句寄東隣

꽃잎은 이리저리 흩날리는데
풍광은 사람 위해 머무지않네
어수선한 꿈속에 봄은 가고요
서늘한 강 가에 우리집있오
헐한술 아직도 취하질않어
다시금 차려놓고 마셔나보세
술김에 다음내켜 붓을든다면
근지어 임 계신데 보내드리지

「洪春卿(홍춘경)」

△자(字)는 인중(仁仲)이오 호(號)는 석벽(石壁)이니 남양인(南陽人)이라 중종(中宗)때 호당(湖堂)에 선(選)하고 벼슬이 감사(監司)에 이르다

(―서기一五四七년경―)

◎落花巖 (낙화암에서)

國破山河異昔時、獨留江月幾盈虧、落花巖畔花猶在、風雨當年不盡吹

산과 물 백제때와 어이 같으리
달 찻(盈)다 이지러짐 얼마이련가
낙화암 바위위에 꽃이 폈으니
그때의 모진바람 부다 못했나

「趙昱」(조욱)

△자(字)는 경양(景陽)이오 호(號)는 용문(龍門)이니 평양인(平壤人)이라 은일(隱逸)로서 주부(主簿)에 이름

(서기一五四七년경)

◎酬奇高峯 (기고봉에게 응수함)

樗櫟生深山、歲月閱飛電、枝榦老擁腫、剝落苔滿面、久無斧斤侵、敢望明堂薦、願爲仙槎去、不怕海波卷

깊은산 가랑나무 자라날적에
세월은 번개처럼 날아가느니
줄기는 울툭불툭 혹이돋히고
옹이속 움푹움푹 이끼끼였네
오래도록 도끼자귀 덤비질않어
큰집의 들보기둥 어이바라리
다행히도 뗏목으로 쓰이게되면
그까짓 바다파도 무서울소냐

「成運」(성운)

△자(字)는 건숙(健叔)이오 호(號)는 대곡(大谷)이니 창녕인(昌寧人)이라 은거(隱居)하여 벼슬에 나가지 않음

(서기一四八六년—一五六九년)

◎大谷書坐 (대곡에 앉아서)

夏木成帷晝日昏、水聲禽語靜中喧、已知路絕無人到、猶倩山雲鎖洞門

나뭇잎 장막 이뤄 햇빛 못들고
물소리 새소리 시끄럽구나
산구름 동문 가려 길이없거니
뉘라서 이곳알아 찾아올거냐

「成守琛」(성수침)

△자(字)는 중옥(仲玉)이오 호(號)는 청송당(聽松堂)이니 창녕인(昌寧人)이라 은거(隱居)하여 벼슬을 않다 시호(諡號)는 문정(文貞)

(서기一四八三년—一五六四년)

◎山居雜咏 (산중에서)

朝日微茫翳復明、臥看天末片雲生、須臾遍合翻成雨、萬壑崩湍共一聲

아침 햇빛 반짝이다 다시가리고
조각 구름 산머리로 펄펄날리오
온 하늘 뒤덮으며 비가 내리니
골작골작 물소리 벅차흐르네

「成守琮」(성수종)

△자(字)는 숙옥(叔玉)이니 수침(守琛)의 아우다 조정암(趙靜庵)의 문인(門人)이라 시호(諡號)는 절효(節孝)

(서기一四九五년—一五三四년)

◎聽松堂晩步 (청송당에 거닐며)

一疊秋山落市邊、層城日暮散風煙、幽居近壑人來少、獨採黃花坐石田

한폭의 가을산이 그림처럼 느러서고
층층높은 성머리 해지고 바람 나네
그윽히 살아오니 온종일 찾는이없어
들국화 꺾어들고 밭가운데 거니르오

「成孝元」 성효원

△자(字)는 백일(伯一)이오 호(號)는 용강어부(龍江漁夫)이니 창녕인(昌寧人)이다 (서기一五五七년경)

◎院樓記夢 (원루기몽)

情裏佳人夢裏逢、相看憔悴舊形容、覺來身在高樓上、風打空江月隱峯

탑탑이 그리던 임 꿈속에 만나보니
파리하고 야위어서 옛모습 그대롤세
꿈 문득 깨고보니 나홀로 누었는데
강위에 바람일고 봉넘어 달은지네

「李浚慶」 이준경

△자(字)는 원길(原吉)이오 호(號)는 동고(東皐)이니 광주인(廣州人)이라 명종(明宗)때 벼슬이 도원수(都元帥)로 영의정(領議政)에 이르고 시호(諡號)는 충정(忠貞) (서기一四九九년—一五七二년)

◎明廟挽詞 (명묘만사)

半夜催宣召、蒼黃寢殿升、龍顏纔及覲、玉几已難憑、聖嗣由前定、宗祊遂有承、三朝猶未死、忍見禍相仍

한밤중 다급한 부름을 받고
정신없이 침전으로 올라갔었오
어지신 임의얼굴 겨우뵈옵자
이제로 모셔받들 기회끊였네
나라이음 미리정한 말씀계시와
종통(宗統)을 분부대로 모셔 이였오
세분임금 섬기오며 죽지못하여
끝끝내 망극한 일 당하게됐오

「李滉」(이황)

△자(字)는 경호(景浩)오 호(號)는 퇴계(退溪)이니 진보인(眞寶人)이라 호당(湖堂)에 선(選)하고 명종(明宗)때 문형(文衡)에 전(典)하다 벼슬이 찬성(贊成)에 이르고 문묘(文廟)에 배향(配享)하다 시호(諡號)는 문순(文純) 대성리학자(大性理學者)로 경북안동(慶北安東)에 도산서원(陶山書院)을 세워 후학(後學)을 지도(指導)함

(서기一五〇一년—一五七〇년)

◎次友人韻 (우인 운을 비러)

性癖常耽靜、形骸實怕寒。松風關院聽、梅雪擁爐看、世味衰年別。人生末路難、悟來成一笑、曾是夢槐安

언제든지 조용함을 탐탐즐기고
뼈만남은 약한몸 추위두렵소
고향산 솔바람 그윽이듣고
매화꽃 화로끼고 가만이보네
늙어가니 세상재미 별반없구나
인생의 끝가는길 참말어려워
깨다르면 모두일 한바탕웃음
일찍부터 내다음 허황하였오

註=괴안(槐安)※꿈에 괴안국에 갔든 허황한 옛일 枕中記 「南柯太守傳—淳于棼의 故事」

「朴忠元」(박충원)

△자(字)는 중초(仲初)오 호(號)는 낙촌(駱村)이니 밀양인(密陽人)이라 명종(明宗)때 문형(文衡)을 전(典)하고 벼슬이 이조판서(吏曹判書)에 이르다 시호(諡號)는 문경(文景)

(—서기一五三七년경—)

◎傷春 (봄 시름)

梅飄香雪柳金絲、正是王孫腸斷時、燕子光陰來鼎鼎、杏花消息老垂垂、田園蕪穢緣貧薄、世路蹉跎坐數奇、玉笛一聲山月上、傷春傷別恨縈思

버들은 느러지고 매화 날리니
이때 바루 공자왕손 애를끊이오
세월빨라 제비는 새로 나들고
꽃피는 봄소식도 가까워지네
밭가리 거치러워 살림궁하고
세상길 험난하여 뜻못이루네
달밝은밤 피릿소리 들려오는데
봄시름 이별시름 마음설레오

『林享秀(임향수)』

△자(字)는 사수(士遂)오 호(號)는 금호(錦湖)이니 평택인(平澤人)이라 중종(中宗)때 호당(湖堂)에 선(選)하고 벼슬이 목사(牧使)에 이르다 정미(丁未) 벽서(壁書)화(禍)에 원사(寃死)하였다

(서기 一五〇四년—一五五六년)

◎受降亭 (수항정 에서)

醉倚胡床引兒餞、佳人押坐戞銀箏、陰山獵罷歸來晚、馳渡氷河劍戟鳴

큰술잔 거듭거듭 취케 마시고
고은임 타는비파 고이듣노니
사냥을 마치고서 늦게 돌올제
어름빙판 치달으니 칼창이 우네

『李楨(이정)』

△자(字)는 강이(剛而)이니 사천인(泗川人)이라 벼슬이 부제학(副提學)에 이르다

(서기 一五一二년—一五七一년)

◎晚泊雙溪 (쌍계에 배 내이고)

蟾津渡口晚潮回、百丈牽舡緩緩來、長笛一聲山水綠、隔江雲樹是蓬萊

섬진강 나룻가에 밀물이 드니
물결위 배 둥실떠 돌아오누나
피릿소리 나는곳 산수(山水)푸르니
강건너 저구름속 신선사는가

註=봉래산(蓬萊山)※삼신산(三神山)의 하나로 신선이 산다는곳

「安敏學(안민학)」

△자(字)는 습지(習之)오 호(號)는 풍애(楓崖)이니 광주인(廣州人)이라 벼슬이 현감(縣監)에 이르다

(서기一五四二년—一六一〇년)

◎期不至 (기부지)

莞城雨初歇、落日淡秋山、佳期隔江浦、望望水雲間

온종일 오던비 산뜻 개이고
지는해 산에걸려 더욱곱구나
그린 임 만나려니 강이막히고
바라보니 물과구름 아득하여라

「李顯郁(이현욱)」

(서기一五六七년경)

◎卽事 (즉사)

風鷗鷺雁落平沙、山態水光薄暮多、欲使龍眠移畵裏、其如漁艇笛聲何

추위놀랜 기러기떼 평사위로 떠러지고
산모습 물에 잠겨 저물빛 짙으구나
훌륭한 화공으로 이풍경 그리라면
배위서 들려오는 피릿소리 어이할고

註=용면(龍眠)※중국 송나라 이공린(李公麟)의 호(號)「龍眠居士」단청(丹靑)의 묘수(妙手) 즉(卽) 단청(丹靑)을 말함

「李^이^ 宓^밀^」

△진보인(眞寶人)이니 해(瑎)의 아들이오 조사(早死)하였다

(—서기一五六七년경—)

◎從父奉使登黃鶴樓 (황학루 에서)

白鷗波萬里、黃鶴月千秋、憔悴三韓客、登臨淚不收

갈매기 나는물결 몇만리러냐
황학루 비치는달 기리밝었네
모습이 초췌한 삼한 나그네
이다락 올라와 눈물뿌렸오

「尹^윤^ 鉉^현^」

△자(字)는 자용(子用)이오 호(號)는 국간(菊磵)이니 파평인(坡平人)이라 중종(中宗)때 호당(湖堂)에 선(選)하고 벼슬이 호조판서(戶曹判書)에 이르다

(—서기一五六七년경—)

◎遊梵宇 (절에서)

亂石鳴春溜、孤雲歛多岑、松扉僧閉久、林逕客來遲、藤老過墻蔓、鍾淸出寺音、夜來山籟寂、禪話散塵襟

처마물 방울방울 돌을 울리고
구름차츰 걷치면서 산모습나네
솔사립 닫아건채 중들은 자고
숲사이 뚫린길로 손님이 오네
등덩굴 오래되어 담에 얽히고
종소리 절밖으로 울려나가네
밤들어 절간 자못 고요하온데
염불소리 세상잡념 흩어지노니

「李逗春」(이두춘)

△자(字)는 영중(榮仲)이니 원주인(原州人)이라 명종(明宗)때 문과(文科)에 급제(及第)하다

(—서기一五六七년경—)

◎丹陽峽中 (단양협중에서)

山欲蹲蹲石欲飛、洞天深處客忘歸、澄潭日落白雲起、一縷仙風吹羽衣

돌바위 이고지고 엉거주춤 솟았는데
깊고도 좁은산길 길손갈바 모르노라
못가에 해는지고 고개위 구름 닐제
한오라기 맑은바람 옷깃스처 가는구나

「楊士彦」(양사언)

△자(字)는 응빙(應聘)이오 호(號)는 봉래(蓬萊)이니 벼슬이 부사(府使)에 이르다 선풍도골(仙風道骨)로 글씨가 유명하다 四대필가(四大筆家)의 한사람

(서기一五一七년—一五八四년)

◎萬景臺 (만경대)

九霄笙鶴下珠樓、萬里空明灝氣收、青海水從銀漢落、白雲天入玉山浮、長春桃李皆瓊藥、千歲喬松盡黑頭、滿酌紫霞留一醉、世間無地起閒愁

학을 타고 저를불며 이다락에 내려왔나
널고도 맑은기운 멀리멀리 뻗쳐있네
바닷물 깊고깊어 은하수를 기우린듯
구름은 회고회어 구슬산을 이루었네
도리화 봄을맞아 곱게곱게 피어나고
낙락송 저 늙은솔 기리기리 푸르렀네
신선술 가득부어 취토록 마시고서
이세상 모든시름 멀리멀리 띄워보세

「曺植(조식)」

△자(字)는 건중(楗中)이오 호(號)는 남명(南冥)이니 창녕인(昌寧人)이라 벼슬을 내렸으나 사양하였음 시호(諡號)는 문정(文貞) (서기一五〇一년—一五七二년)

◎偶吟 (우음)

人之愛正士、好虎皮相似、生前欲殺之、死後方稱美

누구나 옳은사람 사랑하기를
호랑이 좋은가죽 마찬가지라
살았을땐 얄미워서 잡으려해도
죽은뒤엔 입을모아 칭찬한다오

「李洪南(이홍남)」

△자(字)는 사중(士重)이오 호(號)는 급고(汲古)이니 광주인(廣州人)이라 벼슬이 참의(參議)에 이르다 (—서기一五四七년경—)

◎水月亭淸溪晩雨 (수월정 청계만우)

返照仍成暗、歸雲擁已迷、金蛇忙不駐、銀竹散難齊、鳥翼投林重、鍾聲出寺低、尋僧明日去、愁殺漲前溪

저녁 노을 사라지니 어둠 깃들고
온 하늘 구름덮어 희미하구나
성긴 빗발 번쩍번쩍 금비늘이오
세차게 쏟아질때 댓줄기 같다
숲사이 조는새 꿈이 차겁고
절에서 울리는 종 소리젖었네
밝는날 스님 찾아 산으로가오
이시름 저물따라 시내에차네

註=반조(返照)※낙조(落照) 석양 夕陽)
수쇄(愁殺)※근심격정 쇄 殺 는 조사(助辭) 鄭谷准上別故人「惕花愁殺渡江人」

『趙士秀』(조사수)

△자(字)는 계임(季任)이오 호(號)는 송강(松岡)이니 풍양인(豊壤人)이라 호당(湖堂)에 선(選)하고 벼슬이 이조판서(吏曹判書)에 이르다 시호(謚號)는 문정(文貞)

(——서기 一五二七년경——)

◎題延安客館 (연안객관 에서)

微忙巨野望無邊、原濕畇畇盡甫田、俗務秦鄉、農多菽粟、地同陳國少山川、臥龍池暖肥金鯽、青草湖平簇海船、最恨珠璣空四壁、百年今日始題篇

바라보니 들판은 가이 없는데
토지는 걸고걸어 논 밭 좋구나
고장백성 농사힘써 곡식이많고
평지로 연다라서 산천은적네
못 물은 깊고깊어 고기살찌고
바다는 넓고넓러 배 많이떳오
아까웁다 구슬발 벽에 비었네
오늘에야 비로소 글을읊었오

註=詩傳小雅信南山「畇畇原濕」

『成允諧』(성운해)

△자(字)는 화중(和仲)이오 호(號)는 판곡(板谷)이니 상주(尙州)에 은거(隱居)하다

(——서기 一五三七년경——)

◎詠梅 (매화)

梅花莫嫌小、花小風味長、乍見竹外影、時聞月下香

매화송이 적다하여 웃지를마소
풋치좋은 멋거리 비길데 없네
연연히도 고운자태 넘쳐 흐르고
달아래 좋은향기 풍기어주네

「鄭 輳」(정 주)

△자(字)는 대여(大輿)오 호(號)는 구류재(九柳齋)이니 동래인(東萊人)이라 벼슬이 현감(縣監)에 이르다

(―서기 一五三七년경―)

◎栗里幽興 (율리유흥)

世道羊腸欲斷魂、頭童齒豁老林村、榮親敢望三槐宅、責子將歸五柳門、雨態濛濛滋翠草、蟲聲喞喞濕黃昏、何時覓酒隨明月、對友峨洋一曲論

험난한 세상길 애를 태는데
한가로운 시골에 늙어가노니
어버이 받들기론 재상되야고
자손을 가르치려 숨어사려네
푸른 풀 보슬보슬 비로 물들고
귀뚤 우름 쓸쓸히도 이슬에젖네
때때로 그리던 벗 찾아오시면
달아래 술마시며 노래부르네

註=두동치활(頭童齒豁)(※머리털이 없고 이가 빠져서 성긴 늙은 이의 얼굴。

「吳 祥」(오 상)

△자(字)는 상지(祥之)오 호(號)는 부훤당(負暄堂)이니 해주인(海州人)이라 경(慶)의 아우요 중종(中宗)때 갑오과(甲午科)에 급제(及第)하여 벼슬이 이조판서(吏曺判書)에 이르다

(서기一五一二년―一五七三년)

◎東皐李相國挽 (동고 이상국 만사)

功在宗祊澤在民、能全終始獨斯人、不待百年公議定、謗言何累地中身

임을 위해 백성위해 은공함께 높았으니
줄을 그어 놓은듯이 끝과처음 틀림없오
한평생 올바른 뜻 굳이지켜 가셨거니
뉘라서 우리 임을 헐고뜯고 하오리까

「丁胤禧」 정윤희

△자(字)는 경석(景錫)이오 호(號)는 고암(顧庵)이니 압해인(押海人)이라 명종(明宗)때 알성장원(謁聖壯元)하여 벼슬이 강원도 관찰사(江原道觀察使)에 이르다

(서기一五三一년—一五八九년)

◎芙蓉抱香死應製 (「부용포향사」의 어제에 응함)

玉露凋銀渚、朱華隕碧潯、未堪秋水晚、回耐曉寒侵、鏡裏鎖紅臉、釵頭抱苦心、香魂招不得、愁絕暮江深

흰 이슬 맑은물가 방울이지고
붉은 꽃잎 물결위 떠러져 떳오
가을밤 잎사귀 시들어가고
새벽서리 줄기마저 얼어굳느니
붉은빰 거울속에 야위어 있고
괴론마음 송이위 말라버렸오
이제로 맑은향기 사라져없고
빈강물 출랑출랑 저무러가네

「南彦紀」 남언기

△자(字)는 장보(張甫)오 호(號)는 고반(考槃)이니 충경공(忠景公) 재(在)의 육대손(六代孫)이오 성균진사(成均進士)로 학행(學行)이 높으나 벼슬을 사양하다

(—서기一五六七년경—)

◎送洪扶餘可臣 (홍가신을 보내며)

故舊今春似落花、分飛南北各天涯、江頭日日送行客、童僕慣來知酒家

바람앞에 지는꽃 펄펄 날리듯
그리던 임 멀리멀리 헤어져가오
날마다 강머리 손님 보낼제
어린상노 전 뜻알고 옛술집 찾소

註=상노(床奴)※밥상을 나르고 잔 심부름 하는아이。

「尹潔」

△자(字)는 장원(長源)이오 호(號)는 성보 醒夫)이니 남원인(南原人)이라 호당(湖堂)에 선(選)하고 벼슬이 수찬(修撰)에 이르다

(—서기 一五三七년경—)

◎謝山人寄鞋 (신 보내준 중에게 사례함)

故人遙寄一雙來、知我庭中有綠苔、仍憶去年秋寺暮、滿山紅葉踏穿回

그대라 보내준 신 고이 받아서
이끼 엉킨 뜰위로 거닐어보네
도리켜 생각하니 지난 가을에
지는단풍 밟고서 돌아왔구려

「權擘」

△자(字)는 대수(大手)오 호(號)는 습재(習齋)니 안동인(安東人)이라 벼슬이 예조참판 禮曺叅判)에 이르다

(서기 一五二〇년—一五九三년)

◎曉行 (새벽길)

南村北村鷄亂鳴、東方大星如鏡明、山頭霧捲月猶在、橋上霜凝人未行

여기저기 마을마다 닭이 우는데
동녘하늘 아직도 별이 나있오
안개거친 산머리 달빛이 남고
서리어린 다리위 자취드므네

「金澍」김주

△자(字)는 응림(應霖)이오 호(號)는 우암(寓庵)이니 안동인(安東人)이라 호당(湖堂)에 선(選)하고 벼슬이 참판(參判)에 이르다 화산군(花山君)에 봉(封)하다

(——서기 一三九七년경——)

◎三聖臺 (삼성대)

老龍擡首飮江流、五月登臨爽愈秋。羽翮欲生頻擧腋。雲霄怕觸爲低頭、長空淡淡夕陽盡、遠水溶溶孤島浮。舒嘯一聲林木動、杖藜乘興下滄洲

노룡대 머리숙여 강물을 마시는듯
한더위 오월에도 가을인가 의심하네
깃 나래 돋친듯이 겨드랑 들먹이고
하늘을 찌를세라 고개나직 숙여지네
맑고맑은 하늘가 석양빛 짙어오고
출렁출렁 파도위 외로운섬 떠있구나
휘파람 불어가며 숲사이 거닐다가
청려장 휘어짚고 강가로 내려가네

註=청려장(靑藜杖)※명아주대를 가지고 만든 지팡이。

「鄭和」정화

△광필(光弼)의 아들

(——서기 一五六八년)

◎梅下感舊 (자기가 심은 매화를 보고)

三十年前植此梅、年年長向壽筵開、至今摧折風霜後、每到花時不忍來

내손수 심은매화 서른해됐오
해마다 자라나서 올해도 폈네
눈서리 쌓이어 꺾이게되면
피는시절 돌아와도 차마못오리

「鄭磏(정염)」

△자(字)는 사결(士潔)이오 호(號)는 북창(北窓)이니 온양인(溫陽人)이라 세상에서 이르기를 이인(異人)이라함 (서기一五〇六년—一五四九년)

◎登瓦嶺望冠岳 (와령에 올라 관악을 바라보며)

荒村古木嘯飢鳶、蘆荻蕭蕭薄暮天、立馬橋頭回首望、蒼山遙在白雲邊

나무위 앉은솔개 구슬피울고
갈꽃핀 강마을에 해가저무네
다리위 말 세우고 돌아다보니
청산은 구름밖에 멀리솟았오

「梁應鼎(양응정)」

△자(字)는 공섭(公燮)이오 호(號)는 송천(松川)이니 제주인(濟州人)이라 벼슬이 부윤(府尹)에 이르다 (—서기一五四七년경—)

◎矗石樓 (촉석루)

少日常思歷九邱、暮年來倚此江樓、當筵唱斷雲留陣、滿壁詞雄水倒流、峽裏紫崖元矗立、霜餘紅葉正飄浮、無妨遇景陶情性、妙割應煩後作州

승지강산 두루보려 오래별렀오
늙게야 내뜻대로 누에 올랐네
노랫소리 구름함께 둥실떠돌고
글뜻은 물결따라 출렁대이네
산골짝 끊인벼랑 우뚝서있고
서리에 물든단풍 펄펄날리오
이렇듯 좋은풍경 뚝 떼어내아
마음대로 별천지 만들었으면

註=구구(九邱)※중국 구주(九州)의 지리서(地理書)로 전함、孔安國、書序「九州之志、謂之九邱」

『姜克誠』(강극성)

△자(字)는 백실(伯實)이오 호(號)는 보만당(保晩堂)이니 진주인(晉州人)이라 호당(湖堂)에 선(選)하고 벼슬이 사인(舍人)에 이르다

(—서기一五四七년경—)

◎題新曆 (새 책력을 두고)

天時人事太無端、新曆那堪病後看、不識今年三百日、幾番風雨幾悲歡

세월이 덧없는중 인생은 허무하여
병들어 누은채로 새책력 보는구나
연중(年中) 삼백하고 육십일 가는동안
비바람 몇번이며 울고웃음 얼마이랴

『鄭礥』(정현)

△자(字)는 경서(景舒)이니 염(磏)의 아우라 벼슬이 부사(府使)에 이르다

(서기一五二六년—)

◎海州芙蓉堂 (해주 부용당)

荷香月色可淸宵、更有何人吹玉簫、十二曲欄無夢寐、碧城秋思正迢迢

연꽃은 향기롭고 달은 밝은데
통수소리 어데론지 들리어오네
열두구비 난간위 잠못이룰제
가을밤 깊은시름 끊임 없구나

『宋寅(송인)』

△자(字)는 명중(明仲)이오 호(號)는 이암(頤庵)이니 여산인(礪山人)이라 중종(中宗)의 부마(駙馬)로 글씨가 유명하다 시호(諡號)는 문정(文端)

(서기 一五一七년 — 一五八四년)

◎西原贈妓 (청주기생 에게)

臨分解帶當留衣、敎束纖腰玉一圍、想得粧成增宛轉、被誰牽挽入羅幃

떠 풀어 네게주고 떠나가노니
가는허리 잘끈동여 잊지나마렴
어여쁘게 단장한후 아양부리며
비단휘장 살몃걷고 뉘품안기리

『權應仁(권응인)』

△자(字)는 사원(士元)이오 호(號)는 송계(松溪)

(— 서기 一五四七년경 —)

◎矗石樓 (촉석루)

漏雲微月照平波、宿鷺低飛下岸沙、江閣捲簾人倚柱、渡頭鳴櫓夜聞多

구름이 흘린달을 물결이 주어담고
물결다 쫓은백로 모래사장 반겨맞네
주렴을 걷어말고 다락위 앉았으니
요란한 놋소리에 밤의정막 깨어지네

『安鳳』(안봉)

△자(字)는 서경(瑞卿)이오 순흥인(順興人)이니 명종(明宗)때 급제(及第)하여 벼슬이 이천부사(利川府使)에 이르다

(——서기 一五五七년경——)

◎四老會 (四로회)

昔日商山老、今朝會小亭、相看雙鬢白、便作兩眸青、渺渺悲前事、飄飄惜此生、都人爭聚見、羽客下蓬瀛

말로듣던 상산사호 오늘에야 모았노라
머리털 은실이오 두눈동자 구실일세
옛일은 그지없고 이생애 아까워라
세상사람 우리보고 신선이라 부러하오

註=상산사호(商山四皓 ※중국 한(漢)나라 고조(高祖)때에 난리를 피하여 협서성 陜西省) 상산 商山)에 들어가 숨어있던 동원공(東園公) 기리계(綺里季) 하황공(夏黃公) 녹리선생(角里先生)등의 네 늙은 은사(隱士)를 말함。

『林悌』(임제)

△자(字)는 자순(子順)이오 호(號)는 백호(白湖)니 금성인(錦城人)이라 명종(明宗)때 급제(及第)하여 벼슬이 예조정랑(禮曺正郎)에 이르다

(서기一五四九년—一五八七년)

◎閨怨 (규원)

十五越溪女、羞人無語別、歸來掩重門、泣向梨花月

어여쁜 이팔소녀 애틋한 그의정을
수줍어 말못하고 그린임 보내고서
꽃곱게 피는아침 달돋이 밝은밤을
문첩첩 닫아걸고 눈물로 지내노니

又『임 제』

◎浿江歌 (대동강 노래)

浿江兒女踏春陽、江上垂楊正斷腸、無限烟絲若可織、爲君裁作舞衣裳

서경(西京)의 아까씨들 봄노리 즐기울제
피는꽃 드린버들 애끊는 시절일세
하늘하늘 저 푸른실 능라비단 짜랑이면
이내옷 그만두고 임의 옷 지으리라

「宣祖大王」(선조대왕)

△중종(中宗)의 손(孫)이오 덕흥대원군(德興大院君)의 제三남으로 十六세에 즉위(即位)하여 五十七세에 승하(昇遐)하다 재위(在位) 四十一년

(서기一五五二년—一六〇九년)

◎龍灣書事 (의주 용만관에서)

國事蒼黃日、誰能郭李忠、去邠存大計、恢復仗諸公、痛哭關山月、傷心鴨水風、朝臣今日後、寧復更西東

나라일 이렇게 말이못될적
뉘라서 옛사람 충성 다할고
서울을 떠나긴 다시 뗄 꾀요
넘은 짐(負) 일세운 그대덜 밑소
관산달 바라보며 통곡을하오
압록강 바람에 한숨지우네
모조록 여러분 이제로부터
동서의 편당싸움 다시금 마소

註=곽이(郭李)※중국 당(唐)나라 숙종(肅宗)때 안록산(安祿山史思明)의 난亂을 평정(平定)하고 나라를 회복(恢復)한 명장(名將) 곽자의(郭子儀)와 이광필(李光弼)을 가르켜 말함

거빈(去邠)※주(周)의 선조(先祖)인 조공유(祖公劉)가 살고 있던 땅으로서 견융(犬戎)의 침입(侵入)을 받어 이땅을 떠났음 그러나 나중에 주나라 이르킴의 기초가 되어 있어 이글 가운데의 뜻은 서울을 버리고 의주로 피난함을 권토중래(捲土重來)의 큰 뜻이 있음을 말함인듯

「韓濩」(한호)

△자(字)는 경홍(景洪)이오 호(號)는 석봉(石峯)이니 청주인(淸州人)이라 명종(明宗)때 진사(進士)로 벼슬이 가평군수(加平郡守)에 이르고 글씨로써 유명하다 四대필가(四大筆家)의 한사람

(서기一五四三년—一六〇五년)

◎後西江 (후서강)

千頃澄波一鑑光、曲欄斜倚賦滄浪、蒹葭雨岸西風急、無數飛帆亂夕陽

거울같은 실물결이 맑다못해 푸르구나
난간높이 의지하여 창랑가 노래했오
갈대우근 언덕위로 서풍마저 급히닐제
크고작고 오가는배 석양담뿍 신고가네

註=창랑가(滄浪歌)※중국 초(楚)나라 어부(漁夫)가 삼려대부(三閭大夫) 굴원(屈原)을 보고 부른 노래이니 이세상 모든일은 되는대로 마껴야지 억지로는 않된다는 뜻、楚辭、漁夫辭「滄浪之水、淸兮可以濯吾纓、滄浪之水、濁兮可以濯吾足」

「朴漑」 박개

△자(字)는 대균(大均)이니 순(淳)의 형(兄)이다 벼슬이 김제군수(金堤郡守)에 이르다

(서기 一五一一년—一五八六년)

◎宿僧舍 (암자에 자면서)

小屋高懸近翠微、月邊僧影渡江飛、西湖處
士來相宿、東嶺白雲沾草衣

푸른절벽 놉지기 집을 달메고
늙은중 달 건지려 바삐 건네오
한가한몸 이절 찾아 한밤새려니
메(山) 감도는 흰구름 옷을 적시네

「洪暹」 홍섬

△자(字)는 퇴지(退之)오 호(號)는 인재(忍齋)니 남양인(南陽人)이라 명종(明宗)때 호당(湖堂)에 선(選)하고 문형(文衡)을 전(典)하다 선조(宣祖)때 벼슬이 영의정(領議政)에 이르다 시호(諡號)는 경헌(景憲)

(서기 一五〇四년—一五八五년)

◎詠薔薇 (장미꽃을 두고서)

經城春歸盡、邊城雨送凉、落殘千樹艶、留
得數枝黃、嫩葉承朝露、明霞護晩粧、移床
故相近　拂袖有餘香

머나 먼 변방에 봄이 다가고
쓸쓸한 성 위로 비가 내리니
못다진 거루(株)마다 그거루 붉고
늦게야 피는가지 그가지 곱네
피나는 잎사귀 이슬을 먹고
밝안개 서린어 꽃 다시붉네
한송이 꺾어단 상위 꼽으니
풍기는 맑은향기 방안에 차오

『淸虛堂(청허당)』

△명(名)은 휴정(休靜)이오 자(字)는 현응(玄應)이며 우호(又號)는 서산(西山)이라 속성(俗姓)은 최(崔) 오 명(名)은 여신(汝信)이니 완산인(完山人)이라 참봉(參奉) 명창(命昌)의 아들이다 지리산(智異山)에 들어가 부용당(芙蓉堂) 영관(靈觀)의 제자(弟子)가 되고 선과(禪科)로 선교양종판사(禪敎兩宗判事)가 되었더니 임진(壬辰) 왜란(倭亂)때 팔도도총섭(八道都摠攝)이 되어 중흥(中興)의 공(功)을 세우고 묘향산(妙香山)에 퇴휴(退休)했더니 나라에서 국일대선사(國一大禪師) 선禪 도총섭 都摠攝 부종수교(扶宗樹敎) 보제등계존자 普濟登階尊者)를 사(賜)하다 세수(世壽)는 팔십오(八十五)요 법납(法臘)은 육십칠(六十七)이다

(서기 一五二〇년—一六〇四년)

◎還鄕 (환향) (一)

三十年來返故鄕、人亡宅廢又村荒、靑山不語春天暮、杜宇一聲來杳茫

떠난지 삼십년에 고향이라 돌아오니
알던 사람없어지고 눈익은집 다헐렸네
푸른산 말이없고 봄하늘은 저무는데
두견이 한소리만 멀리로서 들려오네

又『청허당』

◎還鄕 (환향) (二)

一行兒女窺窓紙、鶴髮隣翁問姓名、乳號方通相泣下、碧天如海月三更

아이들 떼를지어 창 틈으로 엿을보고
이웃집 늙은이는 누구냐고 묻는구나
아이때 부른이름 이르자 서로우니
하늘은 바다런듯 달은인제 삼경일레

오리 이원익
梧里 李元翼

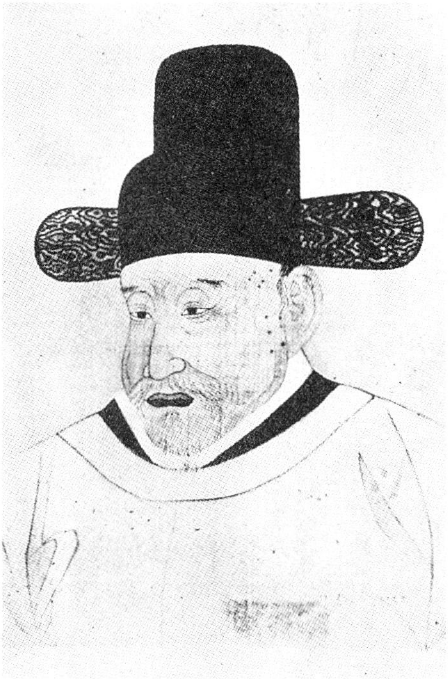

사암 박순
思庵 朴淳

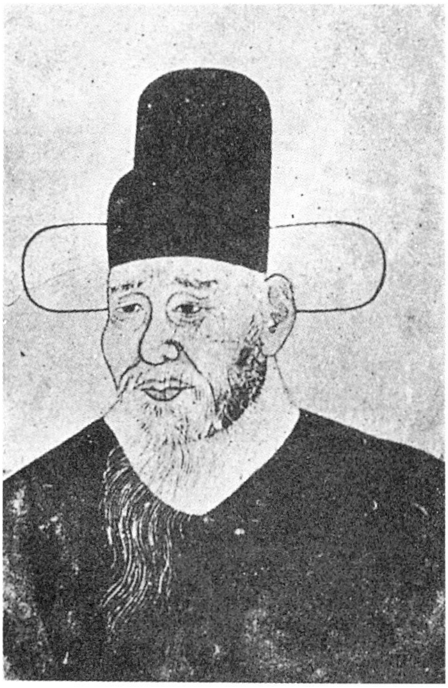

지천 황정욱
芝川 黃廷彧

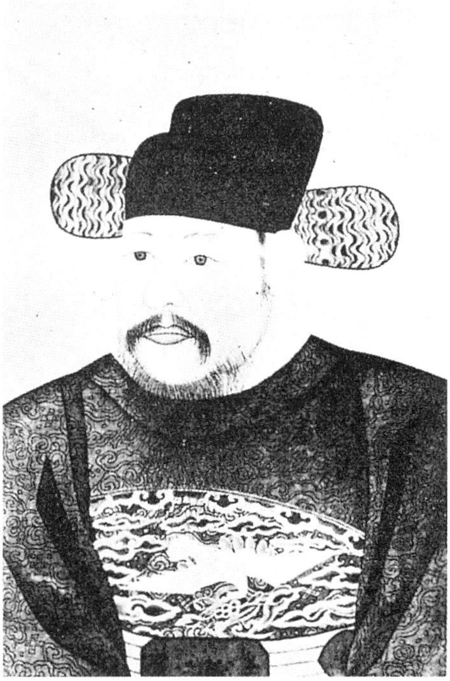

한음 이덕형
漢陰 李德馨

「朴淳」(박순)

△자(字)는 화숙(和叔)이오 호(號)는 사암(思庵)이니 충주인(忠州人)이라 선조(宣祖)때 문형(文衡)을 전(典)하고 벼슬이 영의정(領議政)에 이르다 시호(諡號)는 문충(文忠)

(서기一五二三년—一五八九년)

◎送退溪先生南還(고향으로 돌아가는 퇴계선생을 보내며)

鄕心不斷若連環、一騎今朝出漢關、寒勒嶺梅春未放、留花應待老仙還

돌고도는 고향생각 끊임없어서
아침일찍 말을몰아 서울떠났오
아직도 매화는 봄 아껴두어
임 오시길 기다렸다 곱게피오리

「盧守愼」(노수신)

△자(字)는 과회(寡悔)오 호(號)는 소재(蘇齋)이니 선조(宣祖)때 호당(湖堂)에 선(選)하고 문형(文衡)을 전(典)하고 벼슬이 영의정(領議政)에 이르다 시호(諡號)는 문의(文懿)

(서기一五一五년—一五九〇년)

◎碧亭待人(벽정에 사람을 기다리면서)

曉月空將一影行、黃花赤葉正含情、雲沙目斷無人問、倚遍津樓八九楹

새벽달 찬하늘에 기러기 날고
붉은잎 누른꽃 애를 끊느니
모래사장 멀리멀리 뻐쳐있는데
다락올라 바라봐도 오는이없오

「李珥」 (이이)

△자(字)는 숙헌(叔獻)이오 호(號)는 율곡(栗谷)이니 덕수인(德水人)이라 명종(明宗)때 급제(及第)하여 호당(湖堂)에 선(選)하고 문형(文衡)을 전(典)하다 벼슬이 찬성(贊成)에 이르고 선조(宣祖)때의 대성리학자(大性理學者)로 당쟁(黨爭)을 없애려고 많은 노력을 하였고 해주(海州) 고산(高山)에 구곡을 정하고 후학을 지도 한것으로 유명함
저서(著書)는 격몽요결(擊蒙要訣) 시조대표작(時調代表作) 고산구곡가(高山九曲歌)등이 있다. 문묘(文廟)에 배향(配享)하고 시호(諡號)는 문성(文成)
(서기一五三六년―一五八四년)

◎山中 (산중에서)

採藥忽迷路、千峰秋葉裏、山僧汲水歸、林末茶烟起

약캐다 길을잃고 두루살피니
봉마다 잎이져서 온길덮었오
산승(山僧)은 물을길어 절로가는데
숲속에 나는연기 차를대리나

又「이 이」

◎出城感懷 (출성감회)

四遠雲俱黑、中天日正明、孤臣一掬淚、灑向漢陽城

사방은 구름함께 컴컴하온데
중천에 해뚜렷이 떠서있구나
외로운 이내시름 눈물 짜내아
임계신 한양성중 뿌려볼가나

又「이 이」

◎求退有感 (사직후의 감회)

行藏由命豈有人、素志曾非在潔身、閶闔三章辭聖主、江湖一葦載孤臣、疎才只合耕南畝、淸夢徒然繞北辰、茅屋石田還舊業、半生心事不憂貧

오고가고 사람의 일 운명(運命)에 있고
이내뜻 몸사림 근본 아니오
고은임께 물러감 글월 올리고
시골로 돌아가는 외론몸일세
변변못한 이내재주 갈음(耕)알맞고
임못잊는 그린꿈 대궐 감도네
오막사리 옛터전 다시 이룩해
한평생 가난함께 즐기워보리

「成渾(성혼)」

△자(字)는 호원(浩源)이오 호(號)는 우계(牛溪)니 침(琛)의 아들이다 은일(隱逸)로 벼슬이 참찬(參贊)에 이르다 문묘(文廟)에 배향(配享)하고 시호(諡號)는 문간(文簡) (서기一五三五년—一五九八년)

◎偶吟 (우음)

四十年來臥碧山、是非何事到人間、小堂獨坐春風地、花笑柳眠閒又閒

반평생 산에누어 한일 없으니
뉘라서 나를보고 시비할손가
봄바람 우리집에 찾아를드니
웃는꽃 조는버들 벗을삼겠네

又『성 혼』

◎挽朴相國思庵 (사암에게 만함)

世外雲山深復深、溪邊草屋已難尋、杜鵑窩上三更月、曾照先生一片心

임 가계신 저 운산(雲山) 멀고깊고요
시냇가 오막사리 찾을길 없네
두견이 슬피우는 깊은 이밤을
임 마음 저달되어 환이 비치네

「鄭澈(정철)」

△자(字)는 계함(季涵)이오 호(號)는 송강(松江)이니 연일인(延日人)이라 명종(明宗)때 급제(及第)하여 호당(湖堂)에 선(選)하고 벼슬이 좌의정(左議政)에 이름 인성부원군(寅城府院君)에 봉(封)하다 시호(諡號)는 문청(文清) (서기一五三六년—一五九三년)

◎秋夜 (가을밤)

蕭蕭落葉聲、錯認爲踈雨、呼童出門看、月掛溪南樹

우수수 지는잎 소리를듣고
성긴비 내리는줄 잘못알고서
아이더러 나가보라 당부했더니
달빛만 숲위로 걸려있다네

「鄭澈」(정철)

◎關東別曲 (관동별곡)

강호(江湖)에 병이 깁퍼 듁림(竹林)의 누엇더니
관동(關東) 팔백리(八百里)에 방면(方面)을 맛디
시니
어와 셩은(聖恩)이야 가디록 망극(罔極)하다

江湖多病竹林臥、八百關東方面授、如何聖恩
日罔極、欲報涓埃任奔走 (李澤堂의 漢譯歌。以下同)

註=마디시니※제수(除授)하시니
어와※거룩할을 감격(感激)해 하는말
셩은(聖恩)※임금님의 은혜(恩惠)

又『관동별곡』

연츄문(延秋門) 드리두라 경회(慶會) 남문(南門)
바라보며
하직(下直)고 믈러나니 옥졀(玉節)이 아퓌셧다

延秋門前一馳人、慶會樓下頻瞻望、平明下
直出遠郊、玉節煌煌臨道傍

註=연추문(延秋門)※경복궁(慶福宮)의 서문(西門)이니 영추문
(迎秋門)이라고도함
경회남문(慶會南門)※경회루(慶會樓 의 남쪽 문
옥절(玉節)※옥(玉)으로 만들어 시신(示信)하는것

又『관동별곡』

평구역(平邱驛) ᄆᆞᆯ을 ᄀᆞ라 흑수(黑水)로 도라드니
셤강(蟾江)은 어듸메오 티악(雉岳)은 여긔로다
소양강(昭陽江) 나린 물이 어드리로 든닷말고
고신거국(孤臣去國)에 백발(白髮)도 하도할샤

平邱古驛替馬行、黑水透迤相追廻、蟾江迢
遞在何許、雉岳崔嵬入眼來、昭陽江水入那
邊、去國孤臣多白髮

註=흑수 黑水)※여주(驪州)의 여강(驪江)을 가르킴
하도할샤※많기도 많구나
이 관동별곡(關東別曲)은 전문(全文) 이십이단 二十二段)
으로 되어있는바 여기에는 머리의 삼단(三段 만 게기(揭
記)하였음

「李俊民」(이준민)

△자(字)는 자수(子修)니 전의인(全義人)이라 명종(明宗)때 급제(及第)하여 벼슬이 병조판서(兵曹判書)에 이르다 시호(諡號) 효익(孝翼)

(서기一四二四년──)

◎挽栗谷 (율곡을 만함)

芝蘭空室不聞香、奠罷單杯老淚長、斷雨殘雲藏栗谷、世間無復識吾狂

지초난초 시드르니 향기도 갔네
잔 올리며 임그리워 길이 울었오
내리는비 쓸쓸하고 구름도 차니
세상에 누가있어 미친 나 알리

「宋翼弼」(송익필)

△자(字)는 운장(雲長)이오 호(號)는 귀봉(龜峯)이니 여산인(礪山人)이라 천자(天姿)가 영민(英敏)하여 철리(哲理)에 정통(精通)하니 율곡 선생(栗谷先生)의 도우(道友)로 친밀(親密)하였고 이산해(李山海) 백광훈(白光勳)의 무리로 더불어 八문장(八文章)이라 일컫다

(서기一四三四년─一四九九년)

◎望月 (달을 보고서)

未圓常恨就圓遲、圓後如何易就虧、三十夜中圓一夜、百年心事摠如斯

초생달 보름늦다 한 하더니만
찬(滿)달 쉽게 이즈러짐 어이하오리
둥근달 한달중에 한밤뿐이라
백년인생 좋은꿈도 저와같으리

又『송익필』

◎山行 (산길을 가며)

山行忘坐坐忘行、歇馬松陰聽水聲、後我幾人先我去、各歸其止又何爭

가다가 쉬노라니 갈길깜빡 잊고앉아
그늘밑에 말세우고 물소리 귀에 담소
나중 올이 몇분이며 먼저간분 얼마련가
제각금 오가거니 헐고뜯고 무삼하리

「金貴榮」(김귀영)

△자(字)는 현경(顯卿)이오 호(號)는 동원(東園)이라 선조(宣祖)때 문형(文衡)을 전(典)하고 벼슬이 좌의정(左議政)에 이르다 (서기一五二○년—一五九四년)

◎應製詠新雁 (어제(御製)에 의하여 기러기를 두고)

霜落秋天鏡面開、群飛天末等閒回、隨陽不是求粱去、遵渚應是避繳來、紅樹暮雲聲斷續、碧波寒月影徘徊、歸來莫近長安夜、萬戶淸砧爲爾催

서리 찬 가을하늘 거울같이 맑었는데
하늘가 떼기러기 무심히도 떠나르네
볕발좇아 뜸(浮)아니고 모이 탐(耽)해 떠려지고
줄살(繳弋)무서 피함함께 물가 찾아 나라드네
울어예는 그소리 구름속에 끊어지고
나르는 떼그림자 달아래 줄을짓네
남복만리 오고갈적 서울밤 예질마라
이집저집 다딤소리 널로하여 바쁘리라

「鄭惟吉」(정유길)

△자(字)는 길원(吉元)이오 호(號)는 임당(林塘)이니 광필(光弼)의 손(孫)이라 명종(明宗)때 문형(文衡)을 전(典)하고 선조(宣祖)때 벼슬이 좌의정(左議政)에 이르다 (서기一五一五년—一五八八년)

◎夢賚亭春帖 (춘첩)

白髮先祖老判書、閒忙隨分且安居、漁翁報道春江暖、未到花時進鱖魚

백발성성 늙은재상 할아번님이
한가로이 분수지켜 편히사십네
어옹벌서 하는말 강물 풀려서
꽃시절 되기전에 궐어 뛴다오

「李瑀(이우)」

△자(字)는 계헌(季獻)이오 호(號)는 옥산(玉山)이니 율곡(栗谷)의 아우라 서화(書畫)로 유명(有名)하다

(―서기一四六七년경―)

◎甘川値雨到孤山作 (감천에서 비를 만나)

洛東飛雨渡長沙、亂撲吟肩濕短簑、向晚回風吹作雪、孤山千樹摠梅花

낙동강 모래위 나는 빗발이
고기잡이 도롱삿갓 차게적시네
늦게야 바람섞어 눈(雪)이 날리니
나무나무 가지가지 매화꽃일세

「張顯光(장현광)」

△자(字)는 덕휘(德輝)오 호(號)는 여헌(旅軒)이니 인동인(仁同人)이라 은일(隱逸)로서 벼슬이 우참찬(右參贊)에 이르고 시호(謚號)는 문강(文康) 문집(文集)이 있음

(서기一五五四년―一六三七년)

◎亂後歸故山 (난리후 고향에 돌아와서)

不堪鄕國戀、千里策蹇驢、節古春光滿、人消境落虛、山河風雨後、日月晦塞餘、剝盡繁華跡、渾如開闢初

오매(寤寐)로 그린고향 차마 못잊어
나귀를 채질하여 길을 떠났네
철세는 예와같이 봄이 왔는데
먼먼길 사람자취 희소하구나
산과물 난리속에 형용 변하고
해와달 풍진쌓여 제빛 잃었네
번화한 옛날모습 어데 갔는지
천지는 다시한번 혼몽중(渾濛中)일세

『李後白』(이후백)

△자(字)는 계진(季眞)이오 호(號)는 청련(靑蓮)이니 연안인(延安人)이라 명종(明宗)때 호당(湖堂)에 선(選)하고 벼슬이 이조판서(吏曹判書)에 이르다

(서기一五二〇년—一五七八년)

◎絶句 (절귀)

細雨迷歸路、騎驢十里風、野梅隨處發、魂斷暗香中

가랑비 보슬보슬 길을 적시고
바람은 산들산들 말머리 부네
들매화 새침하게 피어 있는데
아늑한 향기마저 사라지려네

『沈守慶』(심수경)

△자(字)는 희안(希安)이오 호(號)는 청천당(聽天堂)이니 호당(湖堂)에 선(選)하고 벼슬이 영의정(領議政)에 이르다

(서기一五一五년—一五九九년)

◎澄淸樓次韻 (증청루 운을 비러서)

竹色分雙島、荷香滿一池、雨過平野後、人倚小樓時、勝地誰同賞、羈愁只自知、欲將詩作壘、聊用酒爲基

섬나라 대그늘 시원하온데
연꽃향기 맑게맑게 물위에 차오
소낙비 널은벌 지나갔는데
사람은 다락위 남어있고나
좋은풍경 눌 더불어 같이 상줄고
나그네 깊은 시름 아는이 없오
홍겨워 좋은시귀(詩句) 지으량이면
애오라지 술을 마셔 취해야되오

『高敬命』(고경명)

△자(字)는 이순(而順)이오 호(號)는 제봉(霽峰)이니 장흥인(長興人)이라 명종(明宗)때 급제(及第)하여 호당(湖堂)에 선(選)하고 임진란(壬辰亂)에 의병(義兵)을 이르켜 금산(錦山)에서 두아들과 함께 순사(殉死) 하다 시호(謚號)는 충렬(忠烈)

(서기一五三三년—一五九二년)

◎詠黃白二菊 (황국화 백국화을 두고서)

正色黃爲貴、天姿白亦奇、世人看自別、均是傲霜枝

가울드러 누른국화 너만홀노 고울소냐
희게핀 백국화도 어이아니 귀여운가
말성많은 세상사람 희다 붉다 하거니와
아마도 황국백국 능상고절 일반일세

又『고경명』

◎漁舟圖 (어주도)

蘆洲風颱雪漫空、沽酒歸來繫短蓬、橫笛數聲江月白、宿禽飛起渚烟中

갈꽃위 바람닐어 때아닌 눈날릴적
강가에 배대인채 술병메고 돌아가네
피릿소리 들리는곳 강달마저 밝었구나
자든새 놀라깨어 물가으로 떠나르네

『鄭碏』(정작)

△자(字)는 군경(君敬)이오 호(號)는 고옥(古玉)이니 북창(北窓)의 아우다 음(蔭)으로 평사(評事)에 이르다

(—서기一五六七년경—)

◎聞笛 (젓소리듯고)

遠遠沙上人、初疑雙白鷺、臨風忽橫笛、寥亮江天暮

모래사장 앉은 백로 사람인가 다시보고
그가운데 섞인 사람 백로련가 의심하네
솔솔부는 바람결에 처량히도 들려와서
해지는 강물위로 피릿소리 헡어지네

「奇大升」(기대승)

△자(字)는 명언(明彥)이오 호(號)는 고봉(高峰)이니 덕양인(德陽人)이라 명종(明宗)때 급제(及第)하여 호당(湖堂)에 선(選)하고 벼슬이 부제학(副提學)에 이름 덕원군(德原君)에 봉(封)하다 시호(諡號)는 문헌(文憲) (서기一五二七년——)

◎百祥樓 (백상루 에서)

城北危樓鬼効工、翺翔雲際壓晴空、香山縹氣飛朱栱、渤海祥光隱畫櫳、朗月照襟開玉界、仙風吹夢落瓊宮、悠悠往事憑誰問、一曲漁歌細雨中

성넘어 북편으로 우뚝한 다락
나는듯 구름위에 솟아있구나
묘향산 좋은풍경 다락에 들고
발해의 고운물결 난간에 떴오
옥계에 밝은달 가슴헤치고
경궁안 부는바람 꿈을깨우네
눌 보고 지나간일 물어볼가나
슬픈노래 비ㅅ속에 섯어들릴뿐

「李 潑」(이발)

△자(字)는 경함(景涵)이오 호(號)는 동암(東巖)이니 광주인(光州人)이오 이소재(履素齋) 중호(仲虎)의 아들이다 선조(宣祖)때 급제(及第)하여 벼슬이 부제학(副提學)에 이르고 옥(獄)에서 죽다 (서기一五四四년——)

◎瑞興客中 (서흥 객중에서)

洞府民居少、松杉秀色多、陰崖泉夜吼、晴隴鹿晨過、剩醉山中酒、狂歌陌上花、遠遊心未已、馬上送年華

마을은 호젓하여 사는이 적고
다만지 나무나무 우거졌구나
바위아래 맑은 새암 밤을울리고
양지쪽 자든 사슴 일찌 뛰닫네
좋은술 가득가득 취한남어지
미칠듯 꽃을보고 노래불렀네
두루구경 하려는뜻 아직못풀려
말을 채쳐 오가는중 세월보내네

「鄭介淸」(정개청)

△자(字)는 의백(義伯)이오 호(號)는 곤재(困齋)니 철원인(鐵原人)이라 선조(宣祖)때 벼슬이 곡성현감(谷城縣監)에 이르다 기축(己丑) 옥사(獄死)로 탄핵(彈劾)을 맞어 경원부(慶源府)에 귀양가 죽다

(—서기一五六七년경—)

◎詠懷 (그리는 회포)

三椽茅屋一架書、百歲人生半世餘、心上經綸賢聖事、世間無望冒簪居

오막사리 초가삼간 쌓여있는 모든서적
한평생 이글읽다 반 평생 가버렸네
가슴깊이 품은 큰뜻 밝게밝게 펴렸더니
이세상 말성많아 모든 희망 끊였구나

「徐起」(서기)

△자(字)는 대가(待可)오 호(號)는 고청(孤靑)이니 이천인(利川人)이다

(서기一五二三년—一五九一년)

◎傷懷呈鄭困齋 (정곤재에게 올림)

虞韶聞盡淳風去、岐鳳鳴殘好事非、天地不回生物意、凍殍何處見春暉

우순(虞舜)때 좋은풍속 다없어지고
성인(聖人)이 가버리니 그른일 뿐일세
하늘은 아직도 쌀쌀 하거니
열부푼 어느곳에 봄빛을 보랴

「宋翰弼(송한필)」

△자(字)는 사로(師魯)오 호(號)는 운곡(雲谷)이니 익필(翼弼)의 아우다

(―서기一四八七년경―)

◎偶吟 (우음)

花開昨日雨、花落今朝風、可憐一春事、往來風雨中

어저께 오던 빗속 꽃이피더니
오늘아침 바람앞에 꽃이지노나
가련타 한해의 좋은 봄철이
비바람 치는속에 왔다 가느니

「黃廷彧(황정욱)」

△자(字)는 경문(景文)이오 호(號)는 지천(芝川)이니 장수인(長水人)이라 명종(明宗)때 문형(文衡)을 전(典)하고 벼슬이 병조판서(兵曹判書)에 이르고 장계부원군(長溪府院君)에 봉(封)하다 시호(諡號)는 문정(文貞)

(서기一五三二년―一六〇七년)

◎次玉堂小桃韻 (옥당 소도운을 비러서)

無數宮花依粉墻、遊蜂戲蝶趁餘香、老翁不及春風看、空有葵心向太陽

궁성안 곱게핀꽃 향기로운데
벌과 나비 노래하며 춤을 추나니
늙은이 봄풍물 알바 못되어
해바라기 그꽃처럼 햇빛 반갑소

「柳永吉(유영길)」

△자(字)는 덕순(德純)이오 호(號)는 월봉(月蓬)이니 전주인(全州人)이라 명종(明宗)때 급제(及第)하여 호당(湖堂)에 선(選)하고 벼슬이 예조참판(禮曹叅判)에 이르다

(―서기一五六七년경―)

◎春杵女 (방아 찟는 처녀)

玉杵高低弱臂輕、羅衫時擧雪膚呈、蟾宮慣擣長生藥、謫下人間手法成

콩콩콩 방아찧는 아가씨팔뚝
옷소매 걷어칠적 살빛도 고아
월궁에서 약 찧던 좋은솜씨로
방앗소리 익숙하여 여잣하구나

註=섬궁(蟾宮)※월궁(月宮)이니 달나라를 말함

「李忠綽(이충작)」

△자(字)는 군정(君貞)이오 호(號)는낙빈 洛濱)이니 완산인(完山人)이라 명종(明宗)때 급제(及第)하여 벼슬이 감사(監司)에 이르다

(서기一五一九년―)

◎贈僧 (중에게 보냄)

白首龍驤衛、官閒晝掩扉、僧從三角至、求我五言歸

늙게야 용양위 부호군 되니
세력없는 벼슬아치 묻는이 없오
삼각산 바랑멘 중 찾아를와서
글한수 지어달라 부탁을 하네

註=용양위부호군(龍驤衛副護軍)※이조시대(李朝時代) 오위부(五衛部)의 종오품(從五品)지위에 있는 세력없는 잡직(雜職)

『辛應時(신응시)』

△자(字)는 군망(君望)이오 호(號)는 백록(白麓)이니 영월인(寧越人)이라 명종(明宗)때 호당(湖堂)에 선(選)하고 벼슬이 부제학(副提學)에 이르다 (서기 一五三二년 — 一五九四년)

◎芙蓉堂 (부용당에서)

金梭織柳晩鶯呼、驚起西床客夢孤、一霎荷塘山雨過、乍看銀竹變明珠

버들장막 깊은속 꾀꼬리 울어
나그네 외로운 꿈 놀라 깨였네
삽시간 연당앞 비가 지나며
연잎위 방울방울 구슬 맺혔오

『河應臨(하응림)』

△자(字)는 대이(大而)니 진주인(晋州人)이라 명종(明宗)때 급제(及第)하여 벼슬이 수찬(修撰)에 이르다 (—서기 一五六七년경—)

◎春日山村 (춘일 산촌에서)

竹籬臨水是誰家、隱約靑帘出杏花、欲典春衣沽酒飮、不堪芳草日西斜

산을등져 물을임해 뉘집이러냐
기날리는 저기저곳 향화촌일세
옷 벗어 전당하고 취하려함은
방초 위 해가짐을 안타깝일세

註=행화촌(杏花村)※술파는 집을 말함。

『李誠中』(이성중)

△자(字)는 공저(公著)오 호(號)는 파곡(坡谷)이니 완산인(完山人)이라 선조(宣祖)때 급제(及第)하여 호당(湖堂)에 선(選)하고 벼슬이 호조판서(戶曹判書)에 이르다

(서기一三三一년—一四一〇년)

◎無題 (무제)

紗窓近雪月、滅燭延淸暉、珍重一杯酒、夜闌人未歸

눈속에 밝은달빛 사창에드니
찬등불 까물까물 희미하구나
술있어 은근히 기다리는데
그대는 오지않고 밤만 깊구나

『趙憲』(조헌)

△자(字)는 여식(汝式)이오 호(號)는 중봉(重峯)이니 백천인(白川人)이라 명종(明宗)때 급제(及第)하여 벼슬이 도사(都事)에 이르고 임진(壬辰)란(亂)에 의병(義兵)을 이르켜서 금산(錦山)에 순사(殉死)하다 문묘(文廟)에 배향(配享)되고 시호(謚號)는 문렬(文烈)

(서기一五四四년—)

◎聞赦到摩天嶺 (사(赦)를 듣고 마천령에서)

北闕君恩重、南州母病深、摩天有歸日、感淚自盈衿

북궐을 바라보니 임의은혜 무거웁고
고향 계신 엄마병환 더욱더욱 깊다시네
이제야 귀양 풀려 돌아가오니
고마웁고 슬픈눈물 옷깃자로 적시우네

「李義健」 이의건

△자(字)는 선중(宣仲)이오 호(號)는 동은(峒隱)이니 완산인(完山人)이라 벼슬이 정랑(正郞)에 이르다
(서기一五三三년—一六二一년)

◎幽居卽事 (유거즉사)

坐見遊蜂趁晩衙、日移林影報煎茶、山童不慣當門應、懶出松蹊掃落花

들벌(遊蜂)은 일없이도 날라다니고
숲그늘 옮겨지자 차(茶)를 드리네
아이놈 해찰궂게 대답이없고
느릿느릿 나가서 지는꽃 쓰네

「李海壽」 이해수

△자(字)는 대중(大中)이오 호(號)는 약포(藥圃)이니 전주인(全州人)이라 명종(明宗)때 급제(及第)하여 호당(湖堂)에 선(選)하고 벼슬이 이조참의(吏曹參議)에 이르다
(서기一五三六년—一五九九년)

◎次淸心樓韻 (청심루 운을 비러)

驪江秋水鏡澄澄、江上靑山面面層、孤鷲落霞眞羃畵、雁聲鷗夢畵誰能

가을물 가을하늘 서로함께 맑었는데
강위에 솟은산은 푸른듯 붉었구나
나는새 잠긴안개 구름속에 놓였거니
울어예는 그소리는 그뉘라서 그려낼고

「李山海」(이산해)

△자(字)는 여수(汝受)오 호(號)는 아계(鵝溪)이니 한산인(韓山人)이라 명종(明宗)때 급제(及第)하여 호당(湖堂)에 선(選)하고 문형(文衡)을 전(典)하다 벼슬이 영의정(領議政)에 이르고 아성부원군(鵝城府院君)에 봉(封)하다

(서기 一五三九년 — 一六〇九년)

◎暮出 (해저물 때)

海天風定日沈霞、蒲葦洲邊夕露多、瘦馬倒鞭沙路逈、夜深明月宿漁家

해지는 바다위로 저녁노을 잠겼는데
갈대우근 강가에는 맑은이슬 어려있네
야윈말 채질해도 갈길은 멀었구나
밤늦게 어촌들려 달과함께 지새우네

「金命元」(김명원)

△자(字)는 응순(應順)이오 호(號)는 주은(酒隱)이니 천령(千齡)의 손(孫)이라 명종(明宗)때 급제(及第)하여 임진란 壬辰亂에 도원수(都元帥)가 되고 벼슬이 좌의정(左議政)에 이르고 경림부원군(慶林府院君)에 봉(封)하다 시호(諡號)는 충익(忠翼)

(서기 一五三四년 — 一六〇二년)

◎亂後過景福宮趾感 (난리후 경복궁을 지나며)

蒲芽初白柳眉分、太液池臺帶夕曛、却羨當年杜陵老、江頭猶見鎖千門

부들 눈 새로뜨고 버들 눈썹 버러졌네
못물은 곱게곱게 석양빛 잠겼구나
두소릉 난리후 늙었음 부러하오
강버들 무어알리 옛처럼 푸르려네

註=두소릉(杜少陵)※중국 당(唐)나라 현종(玄宗—明皇)때 이태백(李太白)과 같이 유명한 시인(詩人)으로 이름은 보(甫)오 자(字)는 자미(子美)니 장안(長安) 교외(郊外)두릉(杜陵)——(漢宣帝陵)과 소릉(少陵)—許后陵)의 서쪽에 살며 스스로 소릉야로(少陵野老)라 호(號)하였음 안록산(安祿山)의 난리를 만나 사방으로 유랑(流浪)하다가 숙종(肅宗)때 검교공부원외랑(檢校工部員外郎)으로 마추였음.

「柳成龍(유성룡)」

△자(字)는 이현(而見)이오 호(號)는 서애(西厓)니 명종(明宗)때 급제(及第)하여 호당(湖堂)에 선(選)하고 문형(文衡)을 전(典)하다 벼슬이 영의정(領議政)에 이르고 풍원부원군(豐原府院君)에 봉(封)하다 시호(諡號)는 문충(文忠) (서기一五四二년―一六○七년)

◎齋居有懷 (재거유회)

細雨孤村暮、寒江落木秋、壁重嵐翠積、天遠雁聲流、學道無全力、臨岐有晚愁、都將經濟業、歸臥水雲陬

이슬비 부슬부슬 해저무는데
강물위 잎새지는 가을이왔네
푸른안개 다락안에 쌓여 서리고
뜬기러기 하늘높이 울어예노나
여탯것 닦고 배움 쓸데없으니
큰일을 앞에 놓고 후회뿐이라
차라리 집살림 이룩해놓고
돌아가 한가로히 누어지내리

「金應南(김응남)」

△자(字)는 중숙(重叔)이오 호(號)는 두암(斗巖)이니 원주인(原州人)이라 선조(宣祖)때 급제(及第)하여 호당(湖堂)에 선(選)하고 벼슬이 좌의정(左議政)에 이르고 원성부원군(原城府院君)에 봉(封)하다 시호(諡號)는 충정(忠靖) (서기一五四六년―一五九八년)

◎濟州寓吟 (제주도에서)

瀛海漫天未見涯、蓬山東去路非賒、瑤臺笙鶴月明夜、開盡碧桃千樹花

망망한 바다물결 하늘 다은듯
봉래산 아마도 머지않으리
요대에 학이울고 달은 밝은데
복사꽃 향기롭게 활짝폈구나

「禹性傳」(우성전)

△자(字)는 경선(景善)이오 호(號)는 추연(秋淵)이니 단양인(丹陽人)이라 선조(宣祖)때 벼슬이 대사성(大司成)에 이르다 시호(諡號)는 문강(文康)

(서기 一五四二년 — 一五九三년)

◎題春帖 (춘첩)

舊疾已隨殘臘盡、休祥還趁早春生、眼如明鏡頭如漆、最是人間第一榮

오래된병 섯달따라 사라저가고
좋은일 새봄 함께 돌아오누나
초롱초롱 밝은눈 칠(漆)같은 머리
백년인간 이 시절이 제일이라오

「許筬」(허성)

△자(字)는 공언(功彦)이오 호(號)는 아록(岳麓)이니 양천인(陽川人)이라 초당(草堂) 엽(曄)의 아들이다 선조 宣祖 때 급제(及第)하여 벼슬이 부제학(副提學)에 이르고 악록집(岳麓集)이 있음

(서기 一五四八년 — 一六一二년)

◎夜登南樓 (밤에 남루에 올라서)

招提日落倚沙門、絕壑沈沈暝色昏、千里孤燈明滅處、隔江遙認廣陵村

절간에 해는지고 사미(沙彌)중 재 올일제
산골작 어둑어둑 밤빛이 짙어드네
멀리서 불빛은 까물 까물 비치는데
아마도 저강건너 광릉마을 분명하지

註=초제(招提)※범(梵)사원(寺院) 척벽제사(拓闢提舍)의 와전(訛傳)

사문(沙門)※범(梵) 출가(出家)하여 처음으로 도를 닦는이

미십(二十)안쪽의 어린 중 불문(佛門)에 갓들어간 미숙한 남자(男子)중을 사미승(沙彌僧)이라함。

「李尙毅(이상의)」

△자(字)는 이원(而遠)이오 호(號)는 소릉(少陵)이니 여주인(驪州人)이라 선조(宣祖)때 급제(及第)하여 벼슬이 찬성(贊成)에 이르다 시호(諡號)는 익헌(翼獻)

(서기一五六〇년—一六二四년)

◎次韻酬任叔英 (임숙영의 운을 빌려)

已將身世人無何、窮巷苔深斷客過、落盡小桃春寂寂、滿城風雨掩門多

이미 기운 세상일 어이하오리
호젓한 산마을 찾는 이없오
봄은가고 꽃이 져 쓸쓸하온데
비바람 얄망궂게 불어치노나

「金斗南(김두남)」

△자(字)는 일숙(一叔)이오 호(號)는 파강(巴江)이니 원주인(原州人)이라 선조(宣祖)때 벼슬이 호조판서(戶曹判書)에 이르다 광해(光海)때 불사(不仕)

(—서기一六〇七년경—)

◎漢陰會葬日適値歲暮有感 (한음선생 장일에)

歲時何滾滾、愁緖更多端、危鬢添霜白、衰顔借酒丹、諸公皆地下、頑命獨人間、慟哭龍津水、千秋作怒湍

세월은 말이없이 흘러가는데
시름만 서리서리 끊임없구나
머리위 센터럭만 늘어가는데
야윈얼굴 술기운 비러붉으오
여러분 차례차례 세상떠나고
나만홀로 쓸데없이 살아남었네
가시는 임 그리워 통곡을하니
끊는눈물 저물함게 기리흐르리

『黃暹(황섬)』

△자(字)는 경명(景明)이오 호(號)는 식암(息庵)이니 창원인(昌原人)이라 선조(宣祖)때 벼슬이 대사헌(大司憲)에 이르다

(서기一五四四년—一六一六년)

◎分菊(분국)

帶雨香根信手分、遮曦灌水不辭勤、積功收效風霜裏、白酒浮黃滿酌醺

비 맞으며 국화뿌리 분(盆)에 옮기고
부지런히 볕을 막고 물을 주었오
구월이라 가을되어 서리 내릴적
술잔위 향기 띄워 취케 마시리

『李光友(이광우)』

△자(字)는 화보(和甫)오 호(號)는 죽각(竹閣)이니 합천인(陜川人)이라 퇴계문인(退溪門人)이다

(——서기一六四七년경——)

◎過嚴江(엄강을 지나면서)

風波苦海世沈淪、野渡無人更問津、惟有嚴陵磯一面、淸風不盡閱千春

세상은 고해련가 바람 닐고 파도치니
건느려 배는 없고 물을곳 바이없네
엄자릉 낚시터만 이풍파를 멀리하니
천만년 기리기리 맑은 바람 끊지않소

註=고해(苦海)※일찌기 석가여래(釋迦如來)는 모든일이 괴로운 우리 인간세상(人間世上)을 풍파(風波)많은 고해(苦海)에 비겨말했음。

「鄭恢遠」 정회원

△자(字)는 대이(大而)니 동래인(東萊人)이라 벼슬이 시직(侍直)에 이르다

(—서기一五六七년경—)

◎秋日詠懷 (추일영회)

光陰忽忽歲將遒、萬里羈愁獨依樓、鏡裏紅顏非昔日、鬢邊華髮又今秋、寒蟬浥露求高樹、旅雁隨風落遠洲、惆悵幾年歸未得、故園松桂夢中幽

세월은 어느듯 해(歲)거의 다하고
만리밖 나그네 애를 끊이오
거울속 비친얼골 옛날 아니고
살쩍머리 센터럭 벌서늙었네
가을매미 찬이슬에 얼어울고요
뜬기러기 바람따라 물에 앉느니
그린고향 가지못함 몇해이런가
꿈속에 보던동산 그윽하구나

「金誠一」 김성일

△자(字)는 사순(士純)이오 호(號)는 학봉(鶴峯)이니 의성인(義城人)이라 선조(宣祖)때 급제(及第)하여 호당(湖堂)에 선(選)하고 벼슬이 감사(監司)에 이르다 시호(諡號)는 문충(文忠)

(서기一五九八년—一六五三년)

◎矗石樓 (촉석루에서)

矗石樓中三壯士、一盃笑指長江水、長江萬古流滔滔、波不渴兮魂不死

촉석루 올라오니 가신세분 장하구나
술가득 부어들고 저강두고 맹서했네
강물은 출렁출렁 밤낮으로 흐르는데
갸륵한 임의충령(忠靈) 저물함께 푸르리라

註=촉석루(矗石樓)※진주남강(晋州南江)위에 있는 정자이니 저 임진왜란(壬辰倭亂)때 진주성(晋州城)이 함락(陷落)되자 의기논개(義妓論介)가 왜장세천충흥(倭將細川忠興)의 목을 끌어안고 남강(南江)물에 몸을던져 순국(殉國)한다락。

삼장사(三壯士)※임진란(壬辰亂)때 정유(丁酉) 진주성(晋州城)을 지키다가 장열(壯烈)하게 전사(戰死)한 황진(黃進) 김천일(金千鎰) 최경회(崔慶會)세분을말함

「尹斗壽」(윤두수)

△자(字)는 자앙(子昂)이오 호(號)는 오음(梧陰)이니 해평인(海平人)이라 명종(明宗)때 급제(及第)하여 벼슬이 영의정(領議政)에 이르고 해원부원군(海原府院君)에 봉(封)하다 시호(諡號)는 문정(文靖)

(서기一五三三년—一六〇一년)

◎贈僧 (중에게 보냄)

關外羈懷不自裁、一春詩興賴官梅、日長公館文書靜、時有高僧數往來

나그네 그린회포 차마못하여
봄한때 나는심사 꽃에 부쳤오
관청에 해는길고 일이 없을적
정다운 그대있어 찾아 와주네

「尹根壽」(윤근수)

△자(字)는 자고(子固)오 호(號)는 월정(月汀)이니 두수(斗壽)의 아우다 명종(明宗)때 급제(及第)하여 호당(湖堂)에선(選)하고 문형(文衡)을 전(典)하다 벼슬이 좌찬성(左贊成)에 이르고 해평부원군(海平府院君)에 봉(封)하다 시호(諡號)는 문정(文貞)

(서기一五三七년—一六一七년)

◎松廣寺見苔軒遺墨有感 (절의 태헌 유묵을 보고 감격하여)

曹溪流水悅仙山、石磴烟蘿次第攀、亂後試尋諸佛日、卷中猶對故人顏、淸詩驚世應長在、義魄歸天更不還、露盥薔薇吟幾遍、傷心空復倚松關

물소리 맑고맑고 산모습 그윽한데
연기어린 비알돌길 차츰차츰 올라갔오
감중련(坎中連) 모든 부처 난리후 처음찾고
간 임의 그린모습 책속에 떠오르오
이름 높은 좋은글귀 길이길이 남었는데
하늘위 계신넋이 가시고서 못오시네
장미꽃 하 곱기로 몇귀절 읊고나니
옛일문득 새뤄지며 그린심사 다시하네

「尹卓然(윤탁연)」

△자(字)는 상중(尙仲)이오 호(號)는 중호(重湖)이니 칠원인(漆原人)이라 명종(明宗)때 급제(及第)하여 벼슬이 호조판서(戶曹判書)에 이르고 칠계군(漆溪君)에 봉(封)하다

(서기 一五三八년—一五九四년)

◎書懷(회포를 그리며)

生憎岐路異東西、雲與同行鶴與棲、乘興有時成大醉、醉顏何處向人低

이리저리 헤어짐을 뉘라서 좋다하리
구름처럼 떠 다니다 마음대로 놀아보세
흥겨워 노래하고 노래하다 취했으니
이렇듯 취한얼굴 누 대해서 숙일소냐

「趙徽(조휘)」

△자(字)는 자미(子美)이니 선조(宣祖)때 급제(及第)하여 벼슬이 현감(縣監)에 이르다

(—서기 一五八七년경—)

◎戲贈燕京面紗美人(연경에서 면사포쓴 미인에게)

也羞行路護輕紗、淸夜微雲露月華、約束蜂腰纖一搦、羅裙新剪石榴花

거리날때 수줍어서 비단무릅(蒙頭蓋)하였는데
열은구름 뚫린새로 빵끗나온 달이구나
가는허리 잘끈동여 한줌밖에 안되는데
새로입은 비단치마 꽃과같이 고옵구나

「申櫓(신노)」

△자(字)는 제이(濟而)이니 고령인(高靈人)이라 성균생원(成均生員)으로 벼슬에 나지않다

(—서기一五六七년경—)

◎避亂北路逢明廟忌辰(피란 壬亂 도중 명조왕의 제사날을 맞어)

先王此日棄群臣、末命丁寧托聖人、二十六年香火絕、白頭號哭只遺民、

만백성 떨치시고 옛임 가신 이날이오
새임모셔 잘도으라 신신당부 하옵더니
스물여섯 올해와서 향화조차 끊였으니
다만지 늙은백성 차마못해 울부짔오

「徐益(서익)」

△자(字)는 군수(君受)오 호(號)는 만죽(萬竹)이니 부여인(扶餘人)이라 선조(宣祖)때 급제(及第)하여 벼슬이 의주목사(義州牧使)에 이르다

(—서기一四二二년)

◎題僧壁(절간벽에)

樵笛依依隔暮林、佛龕寥落白雲深、天寒古木棲鴉盡、流水空山處處陰

초동의 부는피리 어렴풋 들려오고
절간은 고요히도 구름속에 놓였구나
날은차고 해저무니 날새마저 돌아가고
물소리 산 울리며 어둠 뚫고 흘러가네

「許篈(허봉)」

△자(字)는 미숙(美叔)이오 호(號)는 하곡(荷谷)이니 양천인(陽川人)이라 선조(宣祖)때 급제(及第)하여 호당(湖堂)에 선(選)하고 벼슬이 전한(典翰)에 이르다 갑산(甲山)에 귀양갔다 도라오다가 중로(中路)에서 졸(卒)하다

(서기一四三〇년—一四六八년)

◎謫中送朴甥 (적소에서 생질을 보내며)

爾去向庭闈、余還掩舊扉、重逢難自料、一別更誰依、北闕春雲滿、西山夕照微、當筵欲忍淚、不覺已沾衣

그대는 서울향해 멀리떠나고
돌아와 사립닫고 홀로누었네
또다시 만나기란 헤일수없고
이제로 눌더불어 의지하련가
대궐쪽 아득아득 구름밖에요
지는해 서산머리 희미하구나
떠날머리 끊는심사 참으렸더니
어느새 옷자락에 눈물지였네

「洪迪(홍적)」

△자(字)는 태고(太古)오 호(號)는 하의(荷衣)이니 남양인(南陽人)이라 선조(宣祖)때 급제(及第)하여 호당(湖堂)에 선(選)하고 벼슬이 사인(舍人)에 이르다

(서기一五四九년—一五九一년)

◎暮春 (늦은봄)

草深窮巷客來稀、鳥啼聲中午枕依、茶罷小窓無個事、落花高下不齊飛

푸나무 깊은마을 찾는이 적고
어렴풋 새소리에 잠이깨였네
하염없이 창문열고 내다를보니
이리저리 지는꽃 펄펄날리네

「鄭述」(정구)

△자(字)는 도가(道可)오 호(號)는 한강(寒岡)이니 청주인(淸州人)이라 선조(宣祖)때 벼슬이 대사헌(大司憲)에 이르다 시호(謚號)는 문목(文穆) 문집(文集)이 있음。

(서기一五四三년—一六二〇년)

◎武屹夜詠 (야영)

峰頭殘月點寒溪、獨坐無人夜氣凄、爲謝親朋休理屐、亂雲疊雪徑全迷

봉머리 남은달 찬시내에 잠겨있고
홀로서 앉았으니 밤더욱 처량하다
그대가 말리는걸 신발하고 나섰더니
뜬구름 쌓인눈에 갈길전혀 아득하네

「李尙信」(이상신)

△자(字)는 이립(而立)이오 호(號)는 호산(湖山)이니 여주인(驪州人)이라 선조(宣祖)때 급제(及第)하여 벼슬이 이조참판(吏曹參判)에 이르고 소릉(少陵) 상의(尙毅)의 아우다

(—서기一五九七년경—)

◎次贈尹同知 (윤동지운을 화답함)

直廬深夜伴燈釭、無事誰家酒滿缸、却憶故人西澗上、滿山風雪掩書窓

깊은밤 생각잠겨 앉었노라니
어느집 익은술 향기로울가
강건너 그대 그림 끊임없는데
눈 바람 짓궂게도 서창을 치네

『李嶸』(이영)

△자(字)는 중고(仲高)오 완산인(完山人)이라 선조(宣祖)때 급제(及第)하여 한림(翰林)에 이르다

(서기一五六〇년——)

◎僧軸 (승축)

疎雲山口草萋萋、夜逐香烟到水西、醉後高歌答明月、江花落盡子規啼

구름성근 동구에 방초는 푸릇푸릇
연기잠긴 물을따라 밤은점점 깊어가오
취하여 노래할적 달뚜렸이 밝었는데
강언덕 꽃은지고 두견이 우지지네

『朴仁老』(박인노)

△자(字)는 덕옹(德翁)이오 호(號)는 노계(蘆溪)이니 선조(宣祖)때 사람으로 총명(聰明)함이 귀신같아 배우지않코도 능(能)히 통(通)하였다

(——서기一五七七년경——)

◎戴勝吟 (十三歲作) (뻐구기 소리듣고)

午睡頻驚戴勝吟、如何偏促野人心、啼彼洛陽華屋角、會人知有勸耕禽

뻐구기 울음소리 낮잠 자로 깨이노라
들사람 마음만을 어이이리 재촉나니
서울장안 좋은집의 처마에도 앉어 울어
밭가리 권하는 새 있음을 알리어라

「李元翼(이원익)」

△자(字)는 공려(公勵)오 호(號)는 오리(梧里)니 종실(宗室) 수천군(秀泉君) 사정(思貞)의 증손(曾孫)이다 선조(宣祖)때 급제(及第)하여 벼슬이 영의정(領議政)에 이르고 완평부원군(完平府院君)에 봉(封)하다 시호(諡號)는 문충(文忠)

(서기一五四七년—一六三四년)

◎贈家奴順目 (종 순목에게)

露梁春水野、洪峽夏雲天、跋涉來尋再、多渠繼父賢

노들에 봄이 드니 들물이 차오르고
산마을 여름 와서 구름뭉게 떠오른다
산넘고 물을건너 두세번 찾아오니
네 아비 그 착함을 네가이어 받았구나

「李德馨(이덕형)」

△자(字)는 명보(明甫)오 호(號)는 한음(漢陰)이니 광주인(廣州人)이라 선조(宣祖)때 급제(及第)하여 호당(湖堂)에 선(選)하고 문형(文衡)을 전(典)하고 삼십팔세(三十八歲)에 벼슬이 영의정(領議政)에 이르다 시호(諡號)는 문익(文翼)

(서기一五六一년—一六一三년)

◎寄隣丈 (이웃어른에게)

平原經雨草根柔、隔屋春山翠欲流、賽社醉歸桑柘晚、遠村烟合月如鈎

비 지난 넓은 벌엔 풀빛이 곱고
새 우는 앞산위로 봄찾아 왔네
주사위 노리에서 취코 돌올제
먼마을 연기 넘고 초생달 떴오

註=주사위(賽)※단단한 나무나 짐승의뼈로 만든장난감。

「李恒福」(이항복)

△자(字)는 자상(子常)이오 호(號)는 백사(白沙)니 경주인(慶州人)이라 선조(宣祖)때 급제(及第)하여 호당(湖堂)에 선(選)하고 문형(文衡)을 전(典)하다 벼슬이 영의정(領議政)에 이르고 오성부원군(鰲城府院君)에 봉(封)하다 시호(諡號)는 문충(文忠)

(서기 一五五六년―一六一八년)

◎寄申敬叔 (신경숙에게) (象村欽)

兩地俱爲放逐臣。中間消息各沾巾。淸平山下昭陽水、日夜西流到漢津

이내몸 그대 함께 귀양사리오
오가는 소식조차 마음상하네
청평산 구비도는 소양강물이
밤낮으로 한양천리 울어 예이리

又 (이항복)

◎夜坐 (밤중)

終宵默坐算歸程、曉月窺人入戶明、忽有孤鴻天外過、來時應自漢陽城

한밤중 말이없이 앉었노라니
새벽달 처량이도 창에 비치네
하늘가 슬피울며 나는 기러기
임계신 한양성 지나 왔으리

충무공 김 응 하
忠武公 金 應 河

충무공 이 순 신
忠武公 李 舜 臣

충민공 임 경 업
忠愍公 林 慶 業

선 원 김 상 용
仙 源 金 尙 容

「李舜臣」 이순신

△자(字)는 여해(汝諧)이니 덕수인(德水人)이라 선조(宣祖) 임진왜란(壬辰倭亂)때 삼도수군통제사(三道水軍統制使)로 해군(海軍)을 거느리고 적군(敵軍)을 막아 나라를 구(救)한 장군(將軍) 선무공신(宣武功臣) 일등훈(一等勳)으로 덕풍부원군(德豐府院君)에 봉(封)하고 시호(諡號)는 충무(忠武)

(서기一五四五년—一五九八년)

◎在海鎭營中 (해진 영중에서)

水國秋光暮、驚寒雁陣高、憂心轉輾夜、殘月照弓刀

바닷가 가을철 지터가는데
추위 놀랜 기러기떼 높이 나르네
나랏일 걱정되어 잠못이룰제
싸늘한 달빛이 칼을 비취네

「金德齡」 김덕령

△자(字)는 경수(景樹)니 광주인(光州人)이라 임진란(壬辰亂)에 충용장군(忠勇將軍)이 되다 이몽학(李夢鶴)의 옥사(獄事)에 연좌(連坐)되어 원사(寃死)하였음 그후에 신원(伸寃)되어 병판(兵判) 증직(贈職)을 받고 시호(諡號)는 충장(忠壯)

(서기一五六八년—一五九六년)

◎作詩見志 (시로써 뜻을보임)

絃歌不是英雄事、劍舞要須玉帳遊、他日洗兵歸去後、江湖漁釣更何求

고(琴)를 뜯고 노래부름 큰뜻 아니오
칼춤과 활당김 영웅일 일세
대적을 평정하고 돌아를가서
한가로운 낚시질로 세월보내리

「郭再祐」(곽재우)

△자(字)는 계유(季綏)오 호(號)는 망우당(忘憂堂)이니 현풍인(玄風人)이오 감사(監司) 월(越)의 아들이다 선조(宣祖)때 임진란(壬辰亂)에 의병(義兵)을 이르켜 적(敵)을 막을새) 백전백승(百戰百勝)의 상승장군(常勝將軍)으로 항상 홍의진포(紅衣戰袍)를 입었음으로 왜적(倭敵)이 홍의장군(紅衣將軍)이라하고 그이름만 듣고도 도망 하였다함 난리후 나라에서 그공을 표창(表彰)하고 경상감사(慶尙監司)에 임명(任命)하였으나 끝내 나가지 않고 비파산(琵琶山)에 들어가 생식(生食)과 거문고(琴)로 일생을 한일월(閒日月)속에 맞추다 시호(謚號)는 충익(忠翼)

(서기一五五二년—一六一九년)

◎退居琵琶山 (비파산에 숨어서)

朋友憐吾絕火烟、共成衡宇洛江邊、無饑只在啖松葉、不渴惟憑飮玉泉、守靜彈琴心淡淡、杜窓調息意淵淵、百年過盡亡羊後、笑我還應稱我仙

속된 세상 멀리함 이내 벗 짐작하고
힘을 모아 이강머리 오막사리 지어줬네
솔잎가루 생식하니 굶주림 모르겠고
맑은샘 물마시어 목마름 물리치오
고이앉아 고(琴)를 타니 마음자못 깨끗하고
문을닫고 누었으매 몸이더욱 편하구나
미리 마련없는 이들 저질은뒤 뉘치나니
나를보고 웃지말고 날과같이 지내보세

註=형우(衡宇)※협수룩한 오막사리집 도연명귀거래사(陶淵明歸去來辭「乃瞻衡宇、載欣載奔」)

「鄭文孚」(정문부)

△자(字)는 자허(子虛)오 호(號)는 농포(農圃)이니 해주인(海州人)이라 선조(宣祖)때 북평사(北評事)로 있다가 의병(義兵)을 이르켜 북관(北關)을 회복(恢復)하고 그후에 그공으로 길주목사(吉州牧使)가 되다 시호(謚號)는 충의(忠毅)

(——서기 一五九七년경——)

◎詠史 (사기를 읽고서)

楚雖三戶亦秦亡、未必南公語得當、一入武關終不返、孱孫何事又懷王

강진(强秦)을 없에움 춫나라라고
남공일찍 하온말씀 당치도않네
무관(武關)에 한번들고 끝내못가니
초왕의 어린후손 가엽게됐오

註=남공(南公)※중국(中國) 전국(戰國)때 초(楚)나라 사람으로 역수학(曆數學)에 정통(精通)한 예언자(豫言者)이였음 사기항우기(史記項羽記)「故楚人南公日楚雖三戶亡秦必楚」

회왕(懷王)※초국(楚國)의 왕(王)으로 굴원(屈原)의 충언(忠言)을 듣지않고 장의(張儀)에게 속아 진(秦)나라로 잡혀가서 객사(客死)하였음 그후에 회왕(懷王)의 손자(孫子)를 항량(項梁)이 세우고 회왕(懷王)이라하였더니 항적(項籍)이 의제(義帝)로 받들다가 암시(暗弑)하였음

「泗溟堂」(사명당)

△명(名)은 유정(惟政)이오 자(字)는 이환(離幻)이오 호(號)는 송운(松雲)이오 우호(又號)는 종봉(鍾峯)이라 속성(俗姓)은 임(任)이오 명(名)은 응규(應奎)이니 풍천인(豊川人)이라 증 형조판서(贈刑曹判書) 수성(守成)의 아들이며 밀양(密陽)에 세거(世居)하다 연십삼(年十三)에 황악산(黃岳山) 직지사(直指寺)에 들어가 중(僧)이 되고 그뒤 묘향산(妙香山)에 들어가 서산대사(西山大師)에게 도학(道學)을 성공(成功)하였다 임진란(壬辰亂)에 의병(義兵)을 이르켜 공(功)을 이른후 일본(日本)에 봉사(奉使)하고 년 육십칠(年六十七)에 졸(卒)하다 시호(謚號)는 자통(慈通) 홍제존자(弘齊尊者) 표충사(表忠祠)에 배향(配享)하다

(——서기 一六一〇년)

◎過善竹橋 (선죽교 지나면서)

山川如昨市朝移、玉樹歌殘問幾時、落日古城春草裏、祗今惟有鄭公碑

산천은 어제런듯 변함없는데
옥수(玉樹)의 좋은곡조 어느때런고
풀 우거진 옛성터 해저무는데
임의비 홀로서서 옛일 말하오

註=옥수(玉樹)※중국 진(陳)나라 후주(後主)때 궁중(宮中)에서 노래하던 제일 좋은 풍류 곡조(樂曲)임 당(唐)나라 현종(玄宗)때 후정화(後庭花)곡조로 더불어 유명함 李退溪書漁父歌後 悅鄭衛而增淫、聞玉樹而蕩志」

「沖^충徽^휘」

△호(號)는 운곡(雲谷)이오 벽암(碧巖)의 제자(弟子)며 문집(文集)이있고 월사(月沙)로 더불어 창수(唱酬)하였다

(——서기 一五九七년경——)

◎皐蘭寺 (고란사 에서)

僧敲踈磬起眠鷗、千點漁燈水國秋、明月掛簾天欲曉、櫓聲鴉軋下槍州

경쇠 울자 갈매기 놀라 나르고
등불은 강물에 흩어져 떴오
새벽달 발에 걸려 희미하온데
놋소리 삐걱삐걱 저어 흐르네

「柳유 根근」

△자(字)는 회보(晦夫)오 호(號)는 서경(西坰)이니 진주인(晋州人)이라 선조(宣祖)때 급제(及第)하여 호당(湖堂)에 선(選)하고 문형(文衡)을 전(典)하다 벼슬이 찬성(贊成)에 이름 호성공신(扈聖功臣)으로 진원부원군 晋原府院君)에 봉(封)하고 시호(諡號)는 문정(文靖)

(서기 一五四九년—一六二七년)

◎贈松都妓 (송도 기생에게)

瑤琴橫抱發纖歌、宿昔京城價最多、春色易凋鸞鏡裏、白頭流落野人家

거문고 당겨놓고 줄줄이 골라타니
아름답고 멋진솜씨 네이름 높았구나
춘광도 꿈이련듯 지는꽃 덧없으니
모진바람 된서리에 어디메로 헐어질고

「沈喜壽」(심희수)

△자(字)는 백구(伯懼)오 호(號)는 일송(一松)이니 청송인(靑松人)이라 선조(宣祖)때 급제(及第)하여 호당(湖堂)에 선(選)하고 문형(文衡)을 전(典)하다 벼슬이 우의정(右議政)에 이름 시호(諡號)는 문정(文靖)

(서기一五四八년—一六二二년)

◎惠全軸中次亡友韻 (죽은친구의 운을비러)

樓成白玉筆生花、謫降詩仙夢裏過、落盡江梅消息斷、洞天笙鶴月明多

백옥루 이어놓고 낙성문(落成文) 받으려고
하느님 부르시니 그대뽑혀 가셨도다
봄 가고 꽃이져도 소식조차 묘연하고
임계시던 옛터위로 달만 고이밝었구나

註=백옥루(白玉樓)※천상세계(天上世界)에 있다는 루각(樓閣)으로 당(唐)나라 시인(詩人) 이하(李賀—字長吉)가 죽을때 천사(天使)가 와서 말하기를「지금 천계(天界)에 백옥루(白玉樓)가 낙성(落成)되어 그대로 하여금 그 낙성문(落成文)을 짛게하라는 옥제(玉帝)의 명을 받고 왔으니 빨리가자」고 하였다는 전설이 있음
書言故事「唐李賀將死、有緋衣駕赤。虬召賀緋衣曰、帝成白玉樓、立召爲記天上差樂不告也」

「李德溫」(이덕온)

△자(字)는 사화(士和)오 호(號)는 귀촌(龜村)이니 전주인(全州人)이라 임영대군(臨瀛大君) 후예(後裔)로 선조(宣祖)때 벼슬이 좌승지(左承旨)에 이르고 광해정란(光海政亂)때 벼슬을 버리고 남포(藍浦)에 은거(隱居)하였음

(—서기一六五二년경—)

◎百嶺途中 (백령도중)

曉出峽中路、滿衫山雨痕、逕斜知避石、泉潑更逢源、羽慅禽難辨、林深日易昏、欲投人處宿、何地有柴門

새벽열 산골길 걸어가다가
차림옷 비를만나 훔뻑젖었오
돌비알 바위피해 슬쩍감돌고
시냇물 구비질러 다시흐르네
알롱달롱 산새들 처음보는데
어둠컴컴 숲속은 낮도밤일세
해저무니 하룻밤 묵고가련데
어데매 마을있어 사립열렸나

「崔 岦」 (최 입)

△자(字)는 입지(立之)오 호(號)는 간이(簡易)니 통천인(通川人)이라 선조(宣祖)때 급제(及第)하여 벼슬이 승문제조(承文提調)에 이르고 당시문장(當時文章)이며 칠사중국(七使中國)하였다

(서기一五三九년—一六一二년)

◎洛山寺八月十七日朝 (낙산사 에서)

玉宇沼沼落月東、滄波萬頃忽飜紅、蜿蜿百恠皆啣火、迸出金輪黃道中

새벽달 산에지자 하늘홀로 맑엇더니
동해바다 푸른물결 곱게곱게 물드리오
모든괴물 불을물고 우쭐우쭐 춤추는듯
황홀한 둥근바퀴 하늘위로 붉끈솟네

註=황도(黃道)※천구(天球)에 투영(投影)된 지구(地球)의 공전궤도면(空轉軌道面) 漢書「日有九行中道者黃道」

又 (최 입)

◎徐方伯江上別 (강까에서 감사를 작별함)

西遊故國卽天涯、復向江頭管別離、無限落來紅葉濕、不堪題句寄相思

고국산천 아득아득 하늘밖에오
강머리 서로떠남 안타까웁네
소리없이 지는단풍 자꾸쌓이니
가을들어그린 심사 차마못하오

「守初(수초)」

△호(號)는 취미(翠微)오 속성(俗姓)은 성(成)이니 벽암(碧岩)의 제자(弟子)오 서산대사(西山大師)의 삼세법손(三世法孫)이다 시집(詩集)이 있음

(—서기 一五八七년경—)

◎睡起(자다가 깨서)

日斜簷影落溪濱、簾捲微風自掃塵、窓外落花人寂寂、夢回林鳥一聲春

해기울며 시냇가로 집그림자 밀어넣고
바람은 살랑살랑 몬지쓸고 자는구나
창밖에 꽃은지고 태고(太古)런듯 고요한데
새소리 놀라깨니 천하가 다 봄이로다

「鄭鎔(정용)」

△자(字)는 백연(百鍊)이니 해주인(海州人)이다

(—서기 一五八七년경—)

◎秋懷(가을 회포)

菊垂雨中花、秋驚庭上梧、今朝倍惆悵、昨夜夢江湖

국화송이 비에 젖어 후주근하고
오동나무 병든 잎 가을을 우네
아침드러 모든풍경 시드러가니
꿈속에 노던강호 그리웁구나

「梁大樸(양대박)」

△자(字)는 사진(士眞)이오 호(號)는 청계(淸溪)이니 남평인(南平人)이다

(—서기 一五八七년경—)

◎送李益之向南原 (이익지를 보내며)

春來無日不思家、家在龍城蓼水涯、松逕幾寒孤鶴夢、竹窓應坼早梅花、殊方作客別懷惡、歧路送君芳草多、從此橫岡遮望眼、關河不盡暮雲賖

봄드니 고향생각 그지없구나
갈대우근 맑은물가 우리집이오
후원에 늙은솔 학이 깃들고
창앞에 고은매화 향기뿜으리
천리타향 나그네맘 부칠데없고
임가신길 바라보니 풀만 푸르오
저산은 심술궂게 앞을가리고
저문구름 멀리멀리 떠오르느니

「處能(처능)」

△호(號)는 백곡(白谷)이니 벽암(碧岩)의 고제자(高弟子)며 시집(詩集)이 있음

(—서기 一五八七년경—)

◎贈別 (증별)

白衲白如雪、着來多歲月、春風忽飄然、萬水千山別

이바랑 좋은바랑 눈처럼 흰 바랑을
얼매고 짊어지고 지나온지 얼마런가
가사장삼 떨처입고 봄바람에 불려가니
산넘고 물을 건너 이제가면 언제오리

『黃赫』 (황혁)

△자(字)는 회지(晦之)오 호(號)는 독석(獨石)이니 정욱(廷彧)의 아들이다 급제(及第)하여 벼슬이 승지(承旨)에 이르다

(서기一五五一년—一六一〇년)

◎將赴謫所寄景至 (경지에게 보냄)

去年東北各飄然、生死飢寒杳莫傳、消盡光陰豹虎窟、歸來身世犬羊天、靑燈夜雨空如夢、白髮秋霜已滿顚、玉樹依依雲樹暗、臨岐涕淚漳江邊

지난해 이리저리 헐어진후로
죽고살고 안부조차 아득하구나
인심은 헐고뜯고 험악하온데
풍속은 버릇없어 짐승나랄세
비오는밤 등불함께 잠못이루고
센터럭 서리처럼 머리덮었네
어렴풋 궁중(宮中)풍악 들려오는듯
강물위 눈물뿌려 헤어졌느니

『崔慶昌』 (최경창)

△자(字)는 가운(嘉運)이오 호(號)는 고죽(孤竹)이니 해주인(海州人)이라 선조(宣祖)때 급제(及第)하여 벼슬이 부사(府使)에 이르다

(서기一五四六년—一五八一년)

◎次大同江韻 (대동강 운을 빌어)

水岸悠悠楊柳多、小船遙唱採菱歌、紅衣落盡秋風起、日暮芳洲生白波

버들은 푸릇푸릇 강언덕에 느러서고
마름캐는 노랫소리 가날피게 들려오네
고운봄철 가버리고 가을바람 넘게되면
해지는 나룻가에 물결차첨 높아지리

又 (최경창)

◎箕城聞白評事別曲 (백평사의 이별곡을 듣고서)

錦繡烟花依舊色、綾羅芳草至今春、仙郎去後無消息、一曲關西淚滿巾

곱게곱게 피는송이 예련듯 붉어있고
연연한 푸른비단 봄언덕에 펄쳐있오
정든님 가신후로 소식마저 끊였으니
애절한 노랫가락 허염없이 눈물지네

『白光勳』(백광훈)

△자(字)는 창경(彰卿)이오 호(號)는 옥봉(玉峯)이라 음(蔭)으로 참봉(叅奉)에 이르다

(서기一五三七년—一五八四년)

◎弘慶寺 (홍경사)

秋草前朝寺、殘碑學士文、千年有流水、落日見歸雲

쓸쓸한 옛절간은 추초속에 묻처있고
간 임의 좋은 글발 빗돌함께 남었구나
천년의 긴긴세월 물과같이 흘러가고
해저무는 하늘가에 뜬구름 아득하오

又 (백광훈)

◎春後 (봄 간후에)

春去無如病客何、出門時少閉門多、杜鵑空有繁華戀、啼在青山未落花

꽃지고 봄도가니 병든몸 어이할고
문닫고 드러누어 나는때 별반없오
저두견 끊는시름 하그리도 못이기어
못다진 꽃잎위에 피눈물 뿌리느니

『行思』(행사)

△백옥봉(白玉峯)의 시우(詩友)이다

(—서기一五八七년경—)

◎海南訪玉峰 (해남에 임을찾음)

相思人在海南村、消息天涯久未聞、今日獨尋芳草路、夕陽何處掩柴門

내평생 그린 임 해남 계시오
하늘끝 아득히도 오래끊였네
홀로서 시골길 찾아를 드니
해는 지고 어드메 살고계신지

「李達」(이달)

△자(字)는 익지(益之)오 호(號)는 손곡(蓀谷)이니 홍주인(洪州人)이라 벼슬이 부정(副正)에 이르다
(서기一五六一년—一六一八년)

◎山寺 (산절에서)

寺在白雲中、白雲僧不掃、客來門始開、萬壑松花老

산높이 지은절간 백운속에 쌓였는데
중들은 모르는지 널린구름 쓸지않네
온손님 맞으려고 비로소 문열으니
산가득 송화꽃만 누렇게 피었구나

又 (이달)

◎松京 (송도에서)

前朝臺殿草烟深、落日牛羊下夕陰、同是等閒亡國地、笑看黃葉滿鷄林

화려하던 옛대궐터 풀속에 묻였으니
꼴뜯는 마소(馬牛)들만 석양띄고 누었구나
나라망한 슬픈원한 이제야 뉘라알리
꽃보다 더곱다고 단풍노리 좋아하네

「鄭之升」(정지승)

△자(字)는 자신(子愼)이오 호(號)는 총계당(叢桂堂)이니 염(濂)의 조카(從子)
(—서기一五九七년경—)

◎傷春 (애태우는 봄)

草入王孫恨、紅添杜宇愁、汀洲人不見、風動木蘭舟

방초언덕 푸른풀빛 왕손(王孫)시름 더욱깊고
봄동산 고은꽃을 저두견이 애를끊네
오가는 사람없어 강마을 고요한데
다만지 잔물결에 매생이 출랑대오

註=매생이※조고만한 거룻배를 말함。

又 (정지승)

◎留別 (유별)

細草閒花水上亭、綠楊如畵掩春城、無人解唱陽關曲、只有青山送我行

방초는 우거지고 꽃들곱게 피었는데
드린(垂)버들 그림인양 성을둘러 푸루구나
누구하나 나를위해 송별연 열어주리없고
푸른 저산 말이없이 이내길 보내주네

「彦機」(언기)

△호(號)는 편양자(鞭羊子)니 서산문인(西山門人)이라 속성(俗姓)은 장(張)이오 죽산인(竹山人)이니 박(珀)의 아들이다

(—서기一五九七년경—)

◎贈覺地 (각지에게 보냄)

興來長嘯上高樓、明月蘆花兩岸秋、最好一聲漁夫笛、夜深吹過白鷗洲

휘파람 홍이 겨워 다락오르니
갈꽃핀 강언덕에 달이 떠있오
갈매기 졸고있고 밤은 깊은데
피리소리 싣고서 배는 떠가네

註=각지(覺地)※어느승(僧)의 법호(法號)인듯

「清學」(청학)

△자(字)는 수현(守玄)이오 호(號)는 영월(詠月)이니 서산문인(西山門人)이오 속성(俗姓)은 홍(洪)이다

(—서기一五九七년경—)

◎懷人 (임을 그리며)

山川重隔更堪悲、回首天涯十二時、寂寞山窓明月夜、一相思了一相思

산이 막혀 물이 막혀 태우느니 이내심사
하루면 열두시로 임계신데 바라보네
산창은 태고련듯 달만 고이 밝은밤에
그리고 또그리고 끊인줄을 모르노니

『性聰(성총)』

△호(號)는 백암(栢庵)이오 백곡(白谷)의 수제자(首弟子)다

(—서기 一五九七년경—)

◎送人湖西 (송인호서)

湖外青山觸目多、送君歸去路歧賖、青山若是君歸處、何處青山不是家

맑은 물 푸른 산 애를 끊느니
고은임 떠나는길 멀고 멀구나
그대의 가는곳 청산이 라니
어데메 청산 인들 좋지않은가

『秀演(수연)』

△자(字)는 무용(無用)이니 자로 호(號)를 쓴다 용안인(龍安人)이오 성총(性聰)의 문인(門人)이다

(—서기 一五九七년경—)

◎七峰庵 (칠봉암 에서)

水滿前江鏡面平、岸風微動錦紋成、渺茫何處耽羅島、雲捲南天一髮青

강물은 깊고맑아 거울인양 널렸는데
살랑살랑 부는바람 고은물결 이르키네
아득아득 물까으로 닭라(耽羅)섬 어데메냐
구름걷힌 하늘저쪽 푸른산이 떠오르네

「處默」 처 묵

△속성(俗姓)은 최(崔)이니 젊어서 시문(詩文)에 능통(能通)하였다 (――서기一五九七년경――)

◎被拒村家有詩 (촌가에서 숙박을 거절 당하고서)

黃昏雨立叩柴扉、三被村翁手却揮、蜀魄亦
知衰俗薄、隔林啼送不如歸

해는지고 비오는데 사립밖에 섯노라니
늙은주인 손을저어 잴수없다 거절하네
세상인심 야속함을 저두견이 먼저알고
숲사이 슬피울며 돌아감만 못하다네

又(처 묵)

◎詠石花 (굴을두고 읊음)

前身曾是大夫平、漁腸忠魂變化成、衰俗亦
知尊敬意、只稱其姓不稱名

네몸 일직 사람으로 삼려대부 굴평이냐
물에빠져 죽은후에 그 원혼이 널로됐나
다른물정 야박해도 그충성을 높이알아
이름은 않부르고 성만일러 굴이라오

註=대부평(大夫平)※중국전국시대(中國戰國時代) 초(楚)나라 삼려대부(三閭大夫) 굴평(屈平)을 말함이니 전설(傳說)에 의하면 굴평(屈平)의 자(字)는 원(原)이오 호(號)는 영균(靈均)이니 직언(直言)으로써 그임금 회왕(懷王)에게 미움을 받다가 양왕(襄王)때 또 참소(讒訴)를 입어 귀양가서 오월오일 단오절(五月五日端午節)에 멱라수(汨羅水)에 익사(溺死)하였다함 그의 저작(著作)으로 이소경(離騷經) 어부사(漁父辭)가 전함

「韓浚謙(한준겸)」

△자(字)는 익지(益之)오 호(號)는 유천(柳川)이니 청주인(淸州人)이라 선조(宣祖)때 호당(湖堂)에 선(選)하고 도원수(都元帥)가 되었으며 인조(仁祖)의 국구(國舅)가 되어 서평부원군(西平府院君)에 봉(封)하고 시호(謚號)는 문익(文翼) (서기一四五七년—一五二七년)

◎過鹿屯島有感 (녹둔도를 지나며)

立馬荒田有所思、經營此地更何爲、臨風一如山骨、白草黃沙處處悲

묵밭에 말세우고 곰곰이 그리노라
뉘라서 이땅을 어이다시 이룩한고
싸움에 죽은백골 산처럼 쌓였거니
원한이 바람되어 거친모래 헐날리오

「權韐(권갑)」

△자(字)는 여명(汝明)이오 호(號)는 초루(草樓)니 벽(擘)의 여섯째 아들이다 (—서기一五六七년경—)

◎松都懷古 (송도의 옛일을 추억하여)

雪月前朝色、寒鍾故國聲、南樓愁獨立、殘郭曉雲生

눈속에 밝은빛 전에보던 그달이오
찬바람 울리는종 귀에익은 그소릴세
다락위 홀로올라 시름속 잠겼을제
성넘어 먼산머리 새벽구름 떠오르네

「玄德升(현덕승)」

△자(字)는 문원(聞遠)이오 호(號)는 희와(希窩)이니 선조(宣祖)때 급제(及第)하여 벼슬이 사예(司藝)에 이르다
(—서기一五九七년경—)

◎閑居(한가로이 살며)

結茅溪水上、簷影落潭心、醉睡風吹醒、新詩鳥和吟、放牛眠細草、驚鹿入長林、依杖青松側、千峯紫翠深

떼집몇간 오막사리 시내위에 지었더니
으스러진 처마그늘 못물속에 떠러졌네
취한후 고이든잠 바람소리 다시깨니
글소리 새소리 함께섞어 화창하네
풀 뜯던 늙은암소 잔풀밭에 누어있고
잠든사슴 놀라깨어 숲속으로 뛰어드네
청려장 의지하고 그늘밑에 서서보니
푸른안개 잠긴곳 산이첩첩 높았구나

「金宇顒(김우옹)」

△자(字)는 숙보(肅夫)오 호(號)는 동강(東岡)이니 의성인(義城人)이라 명종(明宗)때 급제(及第)하여 벼슬이 부제학(副提學)에 이르다 시호(諡號)는 문정(文貞)
(서기一五三九년—一六〇三년)

◎與鄭仁弘絶交(정인홍과 절교하면서)

山人不可見、山路黑如漆、何以贈夫君、嵓頭一片月

한가이 사는나를 찾을것 없네
날찾아 오는길 칠흑 같으오
아무것 그대에게 줄것 없거니
산머리 조각달 바라나보게

「崔澱(최전)」

△자(字)는 언침(彥沉)이오 호(號)는 양포(楊浦)니 시(詩)와 글씨(筆)가 유명하다

(서기一五六七년—一五八九년)

◎老馬(노마)

老馬枕松根、夢行千里路、秋風落葉聲、驚起斜陽暮

늙은말 기운없이 그늘밑에 누어있어
천리길 닫든옛일 꿈속에 그리는듯
지는잎 재촉하는 우수수 바람결에
놀란듯 번쩍 이니 가을해 벌서지네

「金止男(김지남)」

△자(字)는 자정(子定)이오 호(號)는 용계(龍溪)이니 선조(宣祖)때 급제(及第)하여 벼슬이 감사(監司)에 이르다

(서기一五五九년—一六三一년)

◎騎省偶吟(기성우음)

遲暮身常倦、昏昏隱几眠、番仍三日後、官是十年前、短短新栽柳、踈踈半死蓮、衰容與弱植、相對兩堪憐

늙게야 몸노릇 무거워지고
궤를 벼개하여 졸고있으니
사흘걸러 한차례 번드던 시절
벼슬살이 헤맨지도 십년전일세
심은버들 짤막짤막 새로푸르고
시들시들 연잎사귀 말라버리네
여위이고 시들음 서로같으니
네오내오 둘다함께 불상하구나

「宋枏壽」 (송남수)

△자(字)는 영로(靈老)오 호(號)는 송담(松潭)이니 은진인(恩津人)이라 벼슬이 음(蔭)으로 군수(郡守)에 이르다

(—서기一六〇七년경—)

◎松潭偶吟 (송담우음)

石嶺春猶早、沙村雪未消、鳥投溪外樹、人斷柳邊橋、野老偏憂國、山戍久據遼、西征健兒盡、閭巷日蕭條

돌고개 꽃소식 아직 멀었고
모랫말 봄눈미처 녹질 않었오
잘새는 시냇가 숲속에 들고
다리위 오가는이 별반없구나
늙은백성 나라근심 더욱심하고
수자리 변방지킴 오래되였네
젊은장정 싸움터로 나가고보니
시골은 비인듯 쓸쓸하구나

「洪慶臣」 (홍경신)

△자(字)는 덕공(德公)이오 호(號)는 녹문(鹿門)이니 선조(宣祖)때 급제(及第)하여 벼슬이 부제학 副提學 에 이르다

(—서기一六〇七년경—)

◎江東卽事 (강동즉사)

日落江天碧、烟昏山火紅、漁舟殊未返、浦口夜多風

해가지니 강물은 하늘함께 푸러있고
연기어린 어둠속 불빛만이 비처오네
고기잡이 떠난배 상기미처 못들어오고
포구에 밤은깊고 바람넘어 파도치네

「申欽」(신흠)

△자(字)는 경숙(敬叔)이오 호(號)는 상촌(象村)이니 평산인(平山人)이라 선조(宣祖)때 급제(及第)하여 문형(文衡)을 전(典)하고 벼슬이 영의정(領議政)에 이르다 인조묘정(仁祖廟庭)에 배향(配享)하고 시호(諡號)는 문정(文貞)

(서기一五三〇년—一五九二년)

◎次僧軸韻 (승축운을 비러)

躑躅花開亂燕飛、枯梧睡罷正忘機、僧來不作人間話、知我歸心在翠微

진달래 곱게피고 제비펄펄 나르는데
오동나무 늙은가지 봄철인줄 모르노나
시끄러운 세상일 스님은 말 않으니
내마음 산에있음 미리짐작 하는구나

又 (신 흠)

◎村興 (촌흥)

征鴻背照下江門、落葉流風向別村、莫遣龍眠畵秋色、紫蘭叢菊摠傷魂

뜬기러기 해를지고 강물위로 떠러지고
지는 잎 바람따라 이리저리 흩날리네
쓸쓸한 가을풍경 아여 화필(畵筆)대질마소
시드는 국화떨기 차마보질 못하겠소

「李廷龜(이정구)」

△자(字)는 성징(聖徵)이오 호(號)는 월사(月沙)니 석형(石亨)의 현손(玄孫)이다 선조(宣祖)때 급제(及第)하여 문형(文衡)을 전(典)하고 벼슬이 좌의정(左議政)에 이르고 무술주문(戊戌奏文)으로 이름이 사해(四海)에 높다 시호(諡號)는 문충(文忠)

(서기一五六四년—一六三五년)

◎出關春氣尙早口號 (서울보다 늦인 봄철을 보고)

桃花落盡別京華、及到關頭始杏花、不是春光有先後、和風偏向帝城多

서울을 떠나올제 도화펄펄 날리더니
이고장 와서보니 향화겨우 피는구나
이강산 돌오는봄 앞뒤어이 있을소냐
화사한 봄바람도 임계신 알미로세

又 (이정구)

◎尋僧 (중을 찾아)

石逕崎嶇杖滑苔、淡雲疎磬共徘徊、沙彌叉手迎門語、師在前山宿未回

이끼 낀 비알돌길 험하고도 미끄런데
조촐한 안개구름 경쇳소리 싸고도네
사미중 맞으면서 합장하고 하는말이
앞산절 가신스님 이밤묵고 오신다오

註=차수(叉手)※손가락새에 손가락을 서로꼈고 있음을 말함인데 이글에서는 합장(合掌)으로 번역(飜譯)하였음 全唐詩話「凡八叉手而八韻成」

「李好閔」(이호민)

△자(字)는 효언(孝彦)이오 호(號)는 오봉(五峯)이니 연안인(延安人)이라 선조(宣祖)때 급제(及第)하여 호당(湖堂)에 선(選)하고 문형(文衡)을 전(典)하다 연릉부원군(延陵府院君)에 봉(封)하다 시호(諡號)는 문희(文僖)

(서기一五五三년—一六三四년)

◎寒食松溪途中 (한식날 송계도중 에서)

寒食東風剗地號、平郊燕雀羽毛高、千秋老鶴霜衣潔、獨立岩菽夢海濤

봄바람 불어오는 한식절일세
들 하늘 높이높이 제비나르오
늙은학 바윗가에 앉아조는듯
널은바다 날라가려 깃을 재우네

「吳億齡」(오억령)

△자(字)는 대년(大年)이오 호(號)는 만취(晩翠)이니 동복인(同福人)이라 선조(宣祖)때 급제(及第)하여 호당(湖堂)에 선(選)하고 벼슬이 좌참찬(左參贊)에 이르다 시호(諡號)는 문간(文簡)

(서기一五五三년—一六二〇년)

◎次忘軒 (친구시를 화답함)

少年湖海氣猶存、頭白黃塵道路昏、春入薜蘿歸夢短、半隨征雁落江雲

활발한 젊은기운 아직도 남았는데
황진속 시달린몸 머리벌서 세었구나
고향산 봄왔다기 돌아가려 하였더니
어느새 기러기떼 찬강위에 떠러지네

「李睟光」(이수광)

△자(字)는 윤경(潤卿)이오 호(號)는 지봉(芝峯)이니 전주인(全州人)이라 선조(宣祖)때 급제(及第)하여 벼슬이 이조판서(吏曹判書)에 이르다 시호(諡號)는 문간(文簡)
(서기一五六三년—一六二九년)

◎春宮怨 (궁녀들의 봄시름)

禁苑春晴晝漏稀、 閒隨女伴鬪芳菲、 落花也
被東風誤、 飛入宮墻更不歸

금원에 봄이드니 날시도 화사하다
한가로운 궁녀들 고움을 시새우네
얄구진 비바람에 지는꽃 헡날려서
궁장(宮墻)안에 떠러진채 다시날줄 모르노나

「洪履祥」(홍이상)

△자(字)는 군서(君瑞)오 호(號)는 모당(慕堂)이니 풍산인(豊山人)이라 선조(宣祖)때 급제(及第)하여 호당(湖堂)에 선(選)하고 벼슬이 대사헌(大司憲)에 이르다 시호(諡號)는 문경(文敬)
(서기一五四九년—一六一五년)

◎夜坐聽雨 (밤중에 비소리 듣고서)

半夜空堂燭影斜、 忽聞窓外雨聲過、 杏花消
息應非遠、 欲解春衫問酒家

한밤중 홀로누어 잠 못이룰제
창밖에 부슬부슬 비가내리네
꽃피는 봄소식도 머지 않으니
옷 벗어 팔에걸고 술집 찾으리

「李慶全」(이경전)

△자(字)는 중집(仲集)이오 호(號)는 석루(石樓)니 산해(山海)의 아들이다 선조(宣祖)때 급제(及第)하여 호당(湖堂)에 선(選)하고 벼슬이 형조판서(刑曺判書)에 이르다

(서기 一五六七년——)

◎送穩城使君 (온성부사 에게)

家對終南管燧司、北來安否我先知、當吾卷箔思君處、正是譙門夕柝時

종남산 봉수대 불빛을보고
북방의 소식을 내먼저아네
멀리멀리 그대생각 그리는적은
밤깊어 야경군 순라(巡羅)돌때오

註=초문(譙門)※초루(譙樓)이니 망보는 문루(門樓)—야경단소(夜警團所)로도 전용함 陸遊「譙門初報鼓三通」

「柳夢寅」(유몽인)

△자(字)는 응눈(應文)이오 호(號)는 어우(於于)니 흥양인(興陽人)이라 선조(宣祖)때 급제(及第)하여 벼슬이 이조참판(吏曺叅判)에 이르다

(서기 一五五九년—一五二三년)

◎貧女 (빈여)

貧女鳴梭淚滿腮、寒衣初擬爲郎裁、明朝裂與催租吏、一吏纔歸一吏來

북 놀리는 아낙네 눈물흘려 빰적시네
임의 옷 마련코저 밤새워 짲더랫오
새자마자 세금독촉 한폭떼어 주었더니
그아전 가자마자 또한아전 달려드네

「鄭經世」(정경세)

△자(字)는 경임(景任)이오 호(號)는 우복(愚伏)이니 진주인(晋州人)이라 선조(宣祖)때 급제(及第)하여 호당(湖堂)에 선(選)하고 문형(文衡)을 전(典)하다 벼슬이 이조판서(吏曺判書)에 이르다 시호(諡號)는 문강(文康)

(서기一五六三년—一六三三년)

◎溪亭 (계정에서)

溪水淸如鏡、茅堂狹似船、初回大槐夢、聊作小乘禪、投飯看魚食、停歌待鷺眠、柴門終日掩、孤坐意悠然

시냇물 맑고맑어 거울같은데
정자속 비좁어 매생이 뜬듯
부귀공명 꾸던꿈 돌려버리고
한가로이 도를닦아 부처되려네
맑은물속 온갖고기 떼지어놀고
모래사장 해오라기 졸고있구나
온종일 사립닫고 앉았노라니
멀리멀리 내마음 헤매고있네

註=소승(小乘)※불경(佛經)의 하나로 오계(五戒)와 십선(十善)을 닦고 인간(人間)의 사취(四趣)를 멀리하는 불교(佛敎) 대승과 소승

「李春英」(이춘영)

△자(字)는 실지(實之)오 호(號)는 체소재(體素齋)니 전주인(全州人)이라 선조(宣祖)때 급제(及第)하여 벼슬이 한림(翰林)을 지내고 봉상첨정(奉常僉正)에 이르다

(서기一五六三년——)

◎次可晦韻 (가회운을 화답한)

靑春三十八年回、每送春歸輒把杯、當日只言行樂好、不知春與老俱來

마흔해 둘이없는 봄가고 봄은왔오
오는봄 가는봄을 술잔안에 띄였느니
이렇게 노니는중 젊음마저 가버리고
오는봄 뒤를따라 늙음함께 좇아오네

『禹弘績』(우홍적)

△자(字)는 가중(嘉仲)이니 단양인(丹陽人)이라 선조(宣祖)때 급제(及第)하여 벼슬이 승문정자(承文正字)에 이르다 (——서기一五九二년)

◎送友 (벗을 보내며)

歸思嶺南雲、離愁江岸草、直待興盡時、許君方上道

영남땅 고향으로 그대는가니
보내는 이내시름 처량하여라
언제나 술다하고 노래끝일적
떨치고 가려는길 풀려주겠네

『姜文弼』(강문필)

△호(號)는 송정(松亭)이니 진주인(晋州人)이라 임진란(壬辰亂)에 군역(軍役)에 보충(補充)되여 어느달밤에 칠월편(七月篇)을 외더니 선조(宣祖)께서 미행(微行)하시다가 들으시고 불러 시부(詩賦)를 짓게하시니 직석(即席)에서 이글을 지어올려 크게 칭찬(稱贊)을 받고 군역(軍役)에 모면(冒免)하였음 (——서기一五九七년경——)

◎應製 (응제)

九入蓮池蓮未實、三登桂殿桂無花、蹉跎未遂平生業、白首功名統伍家

연밥따러 연못가 아홉번 돌고
꽃꺾으려 계전(桂殿)에 세번 올랐오
너머지고 잡바져 뜻 못이루고
늙게야 이렇듯 군정(軍丁) 뽑혔오

註=차타(蹉跎) ※미끄러저 넘어짐、아모일도 성공못한채 나이만먹음

이글가운데 연밥을 못따고 계화을 못꺾었다함은 대소과(大小科)에 여러번 응시(應試)했으나 번번이 낙방(落傍)된것을 비유하여 지은글인듯

「鄭期遠」 (정기원)

△자(字)는 사중(士重)이오 호(號)는 현산(見山)이니 동래인(東萊人)이라 선조(宣祖)때 급제(及第)하여 벼슬이 병조참판(兵曹參判)에 이르다 선무공신(宣武功臣)으로 내산부원군(萊山府院君)에 봉(封)하고 시호(諡號)는 충의(忠毅)

(서기一五五九년———)

◎安州白祥樓贈華史 (안주 백상루 에서)

憶昔登臨江上樓、暮春綺麗艷芳洲、綠波搖蕩蘭舟影、朱石玲瓏院落幽、萬里歸來人事變、一年兵火故國愁、山河滿目空怊悵、千古新亭淚不收

노든옛일 그리면서 이다락 올라오니
저문봄 곱게곱게 방초언덕 수놓았오
배그림자 출랑출랑 물결위로 흔들대고
조약돌 어른어른 다락아래 굴려있네
멀리서 돌아오니 사람일 변함많고
일년동안 날리속 나라꼴 말아닐세
산 허물고 들 거치러 옛모습 간데없어
이다락 오르는이 눈물없기 어려우리

「成輅」 (성노)

△자(字)는 중임(仲任)이오 호(號)는 석전(石田)이니 창영인(昌寧人)이라 진사(進士)로 학행(學行)이 높음

(서기一五五〇년—一六一五년)

◎贈宋德求 (송덕구에게 보냄)

露滴梧桐月欲低、滿階寒影竹欄西、秋來無限江南思、水濶蘋香早雁啼

오동잎 이슬맺고 밝은달 나직한데
뜰에찬 대그림자 서쪽으로 기우렀네
가을바람 높이불어 고향생각 그리는적
남북만리 먼하늘로 첫기러기 울어예오

「權韠」 권필

△자(字)는 여장(汝章)이오 호(號)는 석주(石洲)이니 벽(擘)의 아들이라 광해(光海)때 시안 詩案 으로써 원사(冤死)하고 인조(仁祖)때 신원(伸冤)되다

(——서기一六〇七년경——)

◎征婦怨 (정부시름)

交河霜落雁南飛、九月金城未解圍、征婦不知郎已沒、夜深猶自擣寒衣

서리찬 가을하늘 기러기 울어예고
구월들어 금성에움 상기미처 못풀렸오
가엾은 저 아낙네 남편죽움 모르고서
깊은밤 홀로앉아 보낼옷 다듬느니

又 (권 필)

◎寄竹窓 (죽창에게 보냄)

年年同賞禁城花、別後那堪度歲華、鴻雁不來春已晚、一般風雨在天涯

해마다 그대함께 꽃노리 즐기더니
헤어져 그리면서 세월얼마 흘렀는가
기러긴 언제예나 이봄벌서 늦었거니
한햇봄 비 바람 까마득이 가버렸오

「車天輅」 차천로

△자(字)는 복원(復元)이오 호(號)는 오산(五山)이니 식(軾)의 아들이라 선조(宣祖)때 급제(及第)하여 벼슬이 봉정 奉正)에 이르고 시부(詩賦)와 문장(文章)이 당시에 짝이없었다

(서기一五五六년——)

◎江夜 (강밤에)

夜靜魚登釣、波淺月滿舟、一聲南去雁、啼送海山秋

밤적적 고요한데 고기제법 무는구나
물결이 얕었으니 빈배안엔 달빛만가득
산넘고 물을건너 남북만리 먼먼길로
밤마다 울어예는 기려기를 듣는구나

「車雲輅」(차운로)

△자(字)는 만리(萬里)오 호(號)는 창주(滄洲)이니 천로(天輅)의 동생이라 선조(宣祖)때 급제(及第)하여 벼슬이 필선(弼善)에 이르다 (서기一五五九년——)

◎東屯八咏 (동둔팔영) (選二首)

霜輕葉未苦、夜靜風初歇、玉琴爲誰彈、空山對明月

된서리 상기멀어 나뭇잎 지지않고
밤깊어 고요하니 바람마저 자는구나
가냘픈 저거문고 뉘를위해 타시는고
산적적 비었는데 달만 홀로밝았구나

又 (차운로)

◎東屯八咏 (동둔팔영) (選二首)

楊花雪欲漫、桃花紅欲燒、繡作暮江圖、天西餘落照

버들꽃 눈(雪)이련듯 부시게 회올적에
도화는 방울방울 타는듯 붉었구나
지는해 서산마루 반넘어 걸려있어
저무는강 물결위에 곱게곱게 수를놓네

「尹毅中」(윤의중)

△호(號)는 낙천(駱天)이니 해남인(海南人)이라 벼슬이 좌참찬(左參贊)에 이르다 (——서기一五九七년경——)

◎贈龍門山僧 (용문산 중에게 보냄)

桃花雨濕弱枝低、吟對山僧到日西、回首龍門何處是、暮雲迢遞夢依迷

비에젖은 북사꽃 가지함께 늘어지고
중 더불어 읊노라니 해는벌서 기울었네
고개돌려 바라보니 용문산이 어데메뇨
저문구름 희미하여 꿈길인양 아득하네

「權 怏」 (권 협)

△자(字)는 사성(思省)이오 호(號)는 석당(石塘)이니 선조(宣祖)때 급제(及第)하여 벼슬이 호조판서(戶曹判書)에 이르고 선무공신(宣武功臣)으로 길창군(吉昌君)에 봉(封)하다 시호(謚號)는 충정(忠貞)

(서기 一五五二년—一六一七년)

◎在燕京作 (연경에서)

皇城三月鎖重門、遠客思歸正斷魂、落盡春花渾不識、任看柳絮謾紛紛

좋은봄절 문처닫고 보내노라니
고향(故國)그린 이내심사 애를끊이오
꽃지고 봄이 감을 전혀 몰랐오
어느듯 버들솜만 펄펄날리네

「姜 沆」 (강 항)

△자(字)는 태초(太初)오 호(號)는 수은(睡隱)이니 진주인(晋州人)이라 선조(宣祖)때 급제(及第)하여 벼슬이 좌랑(佐郞)에 이르고 정유년(丁酉年)에 일본(日本)에 피부(被俘)되였다가 환국(還國)하였음

(서기 一五六七년—一六一八년)

◎閒居 (한거)

蕪菁結穗麥抽芽、粉蝶飛穿茄子花、日照疎籬荒圃淨、滿園春事似田家

보릿이삭 패울적 가지꽃 붉게피고
장다리밭 꽃속에서 벌과나비 춤을추네
따뜻한 바자울밑 각시풀 어울렸오
화사한 봄한철은 시골집 더좋구나

「梁慶遇」(양경우)

△자(字)는 자점(子漸)이오 호(號)는 제호(霽湖)이니 대복(大樸)의 아들이라 선조(宣祖)때 급제(及第)하여 벼슬이 현령(縣令)에 이르다

(—서기 一五九七년경—)

◎正朝寄舍 (설에 집에 붙임)

天時苒苒又新年、到老離居益可憐、想得讀書燈欲盡、西峰殘月草堂前

세월이 덧없이 새해또 왔네
늙어가니 서로멀어 더욱슬구나
밤깊도록 글읽노라 등불 다할제
서산마루 걸린달 창에 비치리

「金鍊光」(김연광)

△자(字)는 중정(仲精)이오 호(號)는 송암(松巖)이니 김해인(金海人)이라 이상(履祥)의 아들이다 명종(明宗)때 급제(及第)하여 회양부사(淮陽府使)때 임진란(壬辰亂)에 순절(殉節)하다

(—서기 一五九七년경—)

◎秋夜作 (가을밤에)

小窓殘月夢初醒、一枕愁吟奈有情、却悔從前輕種樹、滿庭搖落作秋聲

고이든잠 깨어보니 새벽달 창에들고
쓸쓸한 이내심사 벼개머리 헐어지네
이럴줄 모르고서 나무심어 놓았는가
우수수 지는소리 애 더욱 끊이느니

「朴慶新(박경신)」

△자(字)는 중길(仲吉)이오 호(號)는 한천(寒泉)이니 선조(宣祖)때 급제(及第)하여 벼슬이 현감(縣監)에 이르다

(—서기一五九七년경—)

◎海州池城山城次韻 (해주 지성산성 운을 비러서)

縈回危棧掛崢嶸、憶昨探秋緩緩行、萬古仇池巃右穴、千尋北固潤州城、雲開鰲背螺鬟碧、日落金天爽氣晶、興罷歸來經古寺、小庭紅葉一僧迎

얼기설기 비알돌길 비계높이 걸린데로
지난가을 풍경찾아 갓갓으로 올랐느니
만고에 선경은 녀덜경에 쌓였는데
천길높이 쌓은성곽 굳게둘러 서있구나
바다위 구름개니 산모습 떠오르고
하늘가 해가저서 맑은기운 시원하네
흥겨워 돌아올제 절간잠간 들렸더니
단풍덮인 뜰가에서 중이있어 맞이하네

註=구지(仇池)※선경(仙境)

「尹安性(윤안성)」

△자(字)는 계초(季初)오 호(號)는 명관(冥觀)이니 파평인(坡平人)이라 선조(宣祖)때 급제(及第)하여 벼슬이 병조참판(兵曹叅判)에 이르다

(서기一五四二년—一六二五년)

◎送日本回答使 (일본 회답사를 보내면서)

使名回答向何之、此日交隣我未知、試到漢江江上望、二陵松栢不生枝

이번길 이름일러 회답사(回答使)라네
원수왜놈 다시사귐 모를일이오
오늘에야 강가나와 바라를보니
병화입은 임의능침(陵寢) 참담하거늘

『趙緯韓(조위한)』

△자(字)는 지세(持世)오 호(號)는 현곡(玄谷)이니 한양인(漢陽人)이라 신조(宣祖)때 급제(及第)하여 벼슬이 지사(知事)에 이르다

(———서기一五八九년)

◎宮詞 (궁사)

柳葉陰陰荷葉肥、水晶簾外落薔薇、黃鶯似識君王意、不斷柔腸終不飛

버들은 그늘지고 연잎은 살졌는데
수정렴 발밖으로 장미꽃 곱게지네
어여뿐 저꾀꼬리 임의뜻 아는듯이
버들장막 푸른속 오락내락 노래하오

『李安訥(이안눌)』

△자(字)는 자민(子敏)이오 호(號)는 동악(東岳)이니 행(荇)의 증손(曾孫)이라 선조(宣祖)때 급제(及第)하여 벼슬이 예조판서(禮曹判書) 양관제학(兩館提學)에 이르다 시호(謚號)는 문충(文忠)

(서기一五七一년—一六三七년)

◎聞歌 (노래를 듣고)

江頭誰唱美人詞、正是孤舟月落時、惆悵戀君無限意、世間惟有女郎知

강머리 누가있어 좋은노래 부르는고
배홀로 떠가는데 달마저 지려하네
못잊어 그리는정 가도가도 끝없는데
이세상 그대있어 이내심사 아는구나

又 (이안눌)

◎定平逢三日 (정평에서 삼짇을 맞이하여)

雨晴官柳綠鬖鬖、客路初經三月三、共是出關歸不得、佳人莫唱望江南

비개이자 버들가지 치렁치렁 푸르구나
나그네 길을가다 삼월삼진 맞이했네
떠나올적 같이온놈 하냥못감 한하느니
고은임 아여아여 고향그린 노래마소

「光海君」 광해군

△선조(宣祖)의 제이남(第二男)으로 학정(虐政)을 하다가 재위십사년(在位十四年)에 인조반정후(仁祖反正後) 강화도(江華島)로 폐방(廢放)되고 또 제주도(濟州島)로 옮겨 졸(卒)하다

(서기一五七五년—一六四一년)

◎三淸洞 (삼청동 에서)

丹壑陰陰翠靄間、碧溪瑤草續天壇、煙霞玉鼎靈砂老、蘿月松風鶴未還

산골작 그윽히도 푸른구름 잠겨있고
시냇가 고은풀은 천단으로 연이였네
영사(靈砂)굽던 신선솥 연하속에 묻혀있고
밝은달 맑은바람뿐 학은가고 오지않네

「朴鼎吉」 박정길

△자(字)는 양이(養而)오 밀양인(密陽人)이라 선조(宣祖)때 급제(及第)하여 벼슬이 참판(參判)에 이르다

(서기一六四三년——)

◎金將軍應河挽 (김장군 응하에게 만함)

百尺深河萬仞山、至今砂磧血痕斑、英魂且莫招江上、不滅凶奴定不還

심하물 깊고깊고 산우뚝 솟았는데
피흘려 아롱아롱 모래알 붉였느니
구태어 임의영혼 불러모심 마옵소서
되놈을 섬멸(殲滅)않고 돌오시지 않으리다

「朴燁」(박엽)

△자(字)는 숙야(叔夜)오 호(號)는 국창(菊窓)이니 반남인(潘南人)이라 선조(宣祖)때 급제(及第)하여 벼슬이 평안감사(平安監司)에 이르다

(서기一六三○년——)

◎南營送申叔遐還京 (남영서 신경숙을 보내면서)

歌低琴苦別離難、關月蒼蒼隴水寒、我與雪山留此地、君隨西日向長安

뜯는고(琴) 노래함께 가냘피게 들려오고
관산달 물에잠겨 맑다못해 푸르구나
나홀로 산더불어 쓸쓸히도 남어있고
그대는 임께신곳 장안으로 돌아가네

「鄭仁弘」(정인홍)

△자(字)는 덕원(德遠)이오 호(號)는 내암(萊菴)이니 서흥인(瑞興人)이라 광해(光海)때 은일(隱逸)로써 벼슬이 영의정(領議政)에 이르다 인조(仁祖) 계해(癸亥)에 주후신원(誅後伸冤)하였음

(서기一六二七년경——)

◎牧童 (목동)

短短蓑衣露兩臂、童童小髮捲雙眉、斜陽坐着黃牛背、雨過平原睡不知

모지랑 도롱옷 두팔모다 드러나고
더부룩 나팔나팔 이맛전에 흩을주네
지는해 등에지고 소를타고 돌아오니
어느듯 소나비한줄 벌판으로 지나갔네

「朴承宗」 박승종

△자(字)는 효백(孝伯)이니 밀양인(密陽人)이라 선조(宣祖)때 급제(及第)하여 벼슬이 영의정(領議政)에 이르고 갑자(甲子)에 에사(縊死)하였음

(서기 一五六二년——)

◎會李慶全宅賦梅論心 (이경전집에서 매화를 두고 마음을 논함)

十日相尋九日忙、向來懷抱幾回膓、梅寒竹翠同淸標、盡醉芳樽內醞香

바쁜몸 새를골라 이제서로 찾아보니
탐탐이 그린심사 몇번이나 끊였던고
푸른대 고은매화 맑고도 향기론데
임께서 내리신술 취토록 마셨노라

「李爾瞻」 이이첨

△자(字)는 득예(得輿)이니 광주인(廣州人)이라 선조(宣祖)때 급제(及第)하여 문형(文衡)을 전(典)하다

(서기 一四四〇년——)

◎會李慶全宅賦梅論心 (이경전집에서 매화를 두고 마음을 논함)

不是新春樂事忙、只要相會話心膓、梅花亦解吾人意、先占天和暗送香

꽃을읊고 봄즐기는 심상노리 이아니고
마음서로 맺고있고 다시없는 모딤이오
곱게핀 저매화도 우리뜻 짐작는지
화사한 햇빛아래 향기뿜어 보내주네

「柳希奮(유희분)」

△자(字)는 형백(亨伯)이니 문화인(文化人)이라 선조(宣祖)때 급제(及第)하여 벼슬이 병조판서(兵曹判書)에 이르다 (서기一五六四년——)

◎會李慶全宅賦梅論心 (이경전집에서 매화를 두고 마음을 논함)

憑君休道異閒忙、但願彌堅鐵石腸、李白桃紅都未管、歲暮期保姓名香

바쁘다 한가롭다 이러분 말씀말고
다만지 우리함께 굳은뜻 같이하세
이화도화 희고붉고 아랑곳 무삼하리
날차고 눈날릴적 매화홀로 향기뿜네

「金緻(김치)」

△자(字)는 사정(士精)이오 호(號)는 남봉(南峯)이니 안동인(安東人)이라 선조(宣祖)때 급제(及第)하여 벼슬이 영백(嶺伯)에 이르다 (——서기一六〇七년경——)

◎亂後過新安 (난리후 신안을 지나며)

胡騎長驅衣渡遼、百年城郭此蕭條、可憐蘇小門前柳、猶帶春風學舞腰

되놈군사 몰려들어 우리강토 짓밟으니
굳고도 오랜성곽 허물어져 처량하네
가련타 창기(娼妓)들 나라흥망 어이알리
바람앞 버들인양 이리저리 흔들리오

註=소소(蘇小)※중국 제(齊)나라 명기(名妓)의 이름인데 그후 예기(藝妓)의 별명(別名)으로 전용(轉用)됨

「玄楫」 현집

△벼슬이 북병사(北兵使)에 이르다

(——서기一六〇七년경——)

◎挽鰲城李相公 (오성 이상공 에게 만함)

鰲柱擎天天妥帖、鰲亡柱折奈天何、北風吹送囚山雨、雨未多於我淚多

거의 기운 하늘운수 기둥되어 떠받더니
큰기둥 꺾기우니 우리장차 어이하리
살어이는 북쪽바람 찬비섞어 모라칠적
임못잊어 쏟는눈물 비보다도 하도하오

「光海世子」 광해세자

△인조 반정(仁祖 反正)후 강화도(江華島)로 귀양가 죽다

(——서기一六一七년경——)

◎在圍籬中吟 (귀양사리 속에서)

本是同根何太薄、理宜相愛亦相哀、緣何脫此樊籠去、綠水青山任去來

같은뿌리 난휘추리 꺾어없엠 원일이오
가꾸고 북돋아서 서로의지 할것인데
어이해 이농(籠)속 마음대로 벗어나서
널고좋은 녹수청산 훨훨날라 오고가리

「金應河」 (김응하)

△자(字)는 경의(景義)오 안동인(安東人)이라 二十五세에 무과(武科)하여 긔미(己未) 심하지역(深河之役)에 좌영장(左營將)으로 청병(淸兵)과 싸워 역전기진(力戰氣盡)하여 장열(壯烈)히 전사(戰死)하니 명제(明帝)가 듯고 요동백(遼東伯)을 증(贈)하다 시호(謚號)는 충무(忠武)

(—서기一六二七년경—)

◎別恨 (별한)

天涯各南北、見月幾想思、一去無消息、死生長別離

하늘끝 남북으로 서로나뉘어
달바라 몇번이나 그리였든고
가고는 소식조차 바이없으니
죽고살고 기나긴 이별일는가

「金長生」 (김장생)

△자(字)는 희원(希元)이오 호(號)는 사계(沙溪)니 광산인(光山人)이라 율곡(栗谷)의 문인(門人)으로 예학(禮學)에 박통(博通)하고 벼슬이 참판(參判)에 이르다 시호(謚號)는 문원(文元)이오 문묘(文廟)에 배향(配享)하였음 선생은 도학(道學)과 예문(禮門)의 종장(宗匠)으로써 평생(平生)에 시(詩)를 즐겨 하지않어 후세에 전(傳)해진 시(詩)가 삼수(三首)밖에 없음

(서기一五四八년—一六三一년)

◎伽山逢尹正卿 (가야산에서 윤정경을 만나)

邂逅伽倻寺、行裝帶雨痕、相逢方一笑、相對却忘言

가야사(伽倻寺) 좋은절간 찾아들을제
때마침 내리는비 행장젖었오
우연히 서로만나 반기울적에
무슨말 해야할지 망설였댔오

원 종 대 왕
元 宗 大 王

「趙濈(조직)」

△광해 光海때 포의(布衣)로 영창대군(永昌大君)의 원통함을 논(論)하다가 귀양갔더니 인조초(仁祖初)에 이르러 방환(放還)하다 (——서기 一六一七년경——)

◎四仙亭 (사선정)

四仙亭上一仙遊、三日浦邊半日留、春晚碧桃人不見、月明長笛倚蘭舟

사선정 정자위 한 신선만 놀아있고
삼일포 바닷가 백구(白鷗)하냥 짝을했오
늦게핀 벽도꽃 가는봄 멈췄는데
달밝은밤 피릿소리 배위로서 들려오네

「南以恭(남이공)」

△호(號)는 설사(雪蓑)니 의령인(宜寧人)이라 벼슬이 이조판서(吏曹判書)에 이르다 (서기 一五六六년——)

◎凌虛堂 (능허당)

玉人試弄江南曲、流水高山自在彈、塵海十年孤客耳、滿樓風寒露深寒

섬섬옥수 줄을골라 고산유수 곡을타니
녹수(淥水)는 잠잠(潺潺)하고 청산(靑山)은
아아(峨峨)쿠나
진해속 헤매이던 외로운 이나그네
맑은바람 좋은노래 밤가는줄 모르겠네

註=고산유수곡(高山流水曲)※극히 미묘한 거문고의 가락을 말함이니 옛적 중국의 백아(伯牙)가 타던 곡조(曲調) 列子「伯牙善鼓琴、鍾子期善聽、伯牙鼓琴、志在高山、子期日善哉、峨峨兮若泰山、志在流水、子期日善哉、洋洋兮若江河、伯牙所念、子期必得之」

「鄭致(정치)」

△자(字)는 가원(可遠)이오 호(號)는 기헌(機軒)이니 한천인(漢川人)이라 선조(宣祖)께서 그 재예(才藝)를 듣고 내사별좌(內司別座)에 특차(特差)하다

(—서기一六〇七년경—)

◎觀音寺望日出 (관음사에서 뜨는해를 보고)

清晨薰沐上高臺、目極扶桑曙色開、風動玻璨金柱立、彩雲擎出九烏來

새벽일직 몸을씻고 높은다락 올라오니
동녘하늘 바다저쪽 환하게도 새는구나
맑은물결 바람날어 금빛기둥 세우더니
찬란한 구름새로 해두렸이 떠오르네

註=훈목(薰沐)※머리감고 의복에 향을뿌려 몸을깨끗이 함을말함 鄭俠「譬如方汚垢對之獨薰沐」

「劉希慶(유희경)」

△자(字)는 응길(應吉)이오 호(號)는 촌은(村隱)이니 강화인(江華人)이라 효도(孝道)로써 모친(母親)을 섬기다 임진란(壬辰亂)에 선조(宣祖)께서 의주(義州)로 파천(播遷)하시매 의사(義士)를 모아 근왕병(勤王兵)을 일으키다

(—서기一六一七년경—)

◎月溪 (월계)

山含雨氣水生煙、青草湖邊白鷺眠、路入海棠花下轉、滿枝香雪落揮鞭

비구름 산에돌고 물위에 연기날제
푸른풀 우근눌가 갈매기 졸고있네
해당화 그늘속을 길(路)은 뚫고 기어들고
그길 좇아 가는책직 꽃잎만을 휘갈기네

「曹守誠(조수성)」

△자(字)는 일지(一之)니 벼슬이 내사별좌(內司別座)에 이르다 (――서기 一六〇七년경――)

◎次鄭可遠韻 (정가원 운을 비러)

飄泊天涯今幾載、再逢青眼是關西、一宵難盡平生語、把酒如何更聽鷄

하늘끝 타향으로 떠돌은지 몇해인고
관서땅 이곳에서 다시보니 반가웁네
한평생 겪은일을 밤새운들 말다하리
서로서로 잔을돌려 닭울도록 마셔보세

註=청안(青眼)※반가운사람을 대하는 눈찌 典書「阮籍不拘禮敎能爲青白眼、見禮俗之士、以白眼對之、嵇康乃齎酒挾琴、造焉、籍大悅乃見青眼」

「韓舜繼(한순계)」

△자(字)는 인숙(仁淑)이오 호(號)는 시은(市隱)이니 교하인(交河人)이다 (――서기 一六〇七년경――)

◎山水歌 (산수가)

水綠山無厭、山青水自親、浩然山水裏、來往一閒人

산이앙겨 푸른물을 산은싫다 아니하고
물다빠러 맑은산을 물은좋다 즐겨하네
넓고높고 크고길고 저산 이물 좋은속에
한가로이 오고가고 가고오는 손이로세

「河偉量」(하위량)

△자(字)는 군수(君受)니 강화인(江華人)이라 선조(宣祖)때 과거(科擧)하고 벼슬이 참봉(參奉)에 이르다

(서기一五九七년——)

◎紫霞洞 (자하동에서)

松花金粉落、春澗玉聲寒、盤石客來坐、仙人舊有壇

언덕위 송화꽃 누렇게지고
시냇물 맑게맑게 흘러가누나
손님들 찾아드는 이넓은 반석
아마도 옛날에는 신선이 논듯

「李塾」(이숙)

△자(字)는 백후(伯厚)오 호(號)는 치당(恥堂)이니 하빈(河濱—大邱屬縣)인(人)이라 광해(光海)때 과거(科擧)하여 생원진사(生員、進士)하였음

(서기一六〇七년——)

◎老松 (노송)

弱幹才盈尺、如何得老名、伯夷稱大老、豈是歲崢嶸

이때껏 자란가지 불과하여 한자인데
어이해 부르기를 노송이라 일컫는가
옛적에 이제(夷齊)보고 대로라고 불렀거니
나이먹고 해만묵어 이름높음 아니로세

「朴民瞻(박민첨)」

△자(字)는 시망(時望)이니 무안인(務安人)이라 광해(光海)께 성균생원(成均生員)이 되다
(——서기一六〇七년경——)

◎咏烏 (갸마귀를 두고)

椮椮林將暮、群鴉滿目飛、既能驚散去、何事復還歸

밋밋한 나무새로 해가 저무니
갸마귀떼 집을찾아 나라드노나
무엇에 놉겐는지 흗어져 뜨고
어느듯 또다시 도루모이네

註|삼삼(椮椮)※나무가 밋밋한플 닙사귀가 다떨어지고 줄기와 가지만 밋밋이 섯있는 모양

「曺臣俊(조신준)」

△자(字)는 공저(公著)오 호(號)는 영니(寧耐)니 가흥인(嘉興人)이라 선조(宣祖)께 급제(及第)하여 벼슬이 장연부사(長淵府使)에 이르다
(——서기一六〇七년경——)

◎閨怨 (규원)

金風凋碧葉、玉淚銷紅頰、痩削只緣君、君歸應莫妾

늦인가을 깊은밤 바람불어 잎이지고
눈물흘려 빨적셀제 키부리도 슬피우네
여위어 미운이꼴 임으로해 그렇건만
도라와 보시고는 싫다마다 하시리라

『林應井(임응정)』

△비인인(庇仁人)이라 선조(宣祖)때 효자(孝子)로 발천하였음 (—서기一六〇七년경—)

◎偶吟(우음)

公憤私憂逐日加、乾坤何處置身家、東風不解愁人意、吹綻園林色色花

큰걱정 작은근심 날 갈수록 더해가니
하늘 땅 넓다한들 어데메 몸을둘고
봄바람 하그리도 끊는시름 모르는지
동산으로 드리불어 가지각색 꽃피우네

『馬尙遠(마상원)』

△자(字)는 이중(而重)이오 호(號)는 팔해(八垓)니 목천인(木川人)이라 선조(宣祖)때 과거(科擧)하여 성균진사(成均進士)가 되다 (—서기一五九七년경—)

◎咏懷(회포를 읊품)

浮世百年內、此生能幾何、中宵彈鋏處、萬事一長歌

뜬세상 구름같고 백년도 꿈이어니
이가운데 사는우리 풀끝에 이슬일세
옛사람 한밤중에 칼집 치며 노래하니
부귀영달 누리기도 허수한 장난일세

註=탄협(彈鋏)※중국 전국시대(中國戰國時代) 제(齊) 나라 맹상군(孟嘗君—田文)의 식객(食客) 풍환(馮驩)이 칼집치며「長鋏歸來乎」의 노래를 그주인(主人) 맹상군(孟嘗君)에게 들려 영달(榮達)을 구하였다는 고사(故事)가 전(傳)함

「金應祐(김응우)」

(서기一五九七년경)

◎在泮村思鄕 (반촌에서 고향을 생각하고)

城頭月上夜初昏、獨伴寒燈半掩門、一枕夢
中家萬里、碧梧風動客驚魂

어둠처음 기어들자 성머리 달 솟을제
창문반만 닫은채로 등불돋고 앉였느니
한벼개 꿈길속에 그린고향 갔었더니
오동잎 지는소리 놀라깨니 허사이네

「金柅(김이)」

〈호(號)는 유당(柳塘)이니 선조(宣祖) 때 급제(及第)하여 벼슬이 황해감사(黃海監司)에 이르다〉

(서기一五四〇년)

◎金化縣齋和柳巡按韻 (김화공관에서 유순안의 운을 화답함)

滿庭山月自分明、白髮青燈坐五更、孤枕客
懷千里遠、一窓風雨曉來聲

뜰에찬 밝은달 둥두렸이 떠있는데
센머리 등불함께 잠못이뤄 새는구나
나그네 그린심사 고향천리 아득한데
비바람 짓궂게도 새벽창을 뒤흔드네

「朱大畜(주대축)」

△자(字)는 경온(景蘊)이니 선조(宣祖)때 과거(科擧)하여 벼슬이 좌랑(佐郞)에 이르다
(―서기一五九七년경―)

◎湖上卽事 (호상즉사)

霜後渾黃草、人稀湖上道、寥寥心事閒、欲共乾坤老

서리온뒤 별판풀은 누르다가 마르는데
호수끼고 도는길까 사람자취 드무구나
한가로운 이내심사 지나치게 쓸쓸하니
널고널은 건곤(乾坤)함께 말없이 늙으려오

「徐克溫(서극온)」

△광해(光海)때 사마(司馬)에 이르다
(―서기一六〇七년경―)

◎送別 (송별)

送君江上正秋風、欲說離懷意萬重、霜前正有南歸雁、爲寫餘情寄一封

강상에 임보낼제 바람마저 처량코야
떠나가고 보내는정 말로어이 다할소냐
서리찬밤 기러기 남쪽으로 울어옐제
못내그려 하는정을 적바리해 부치려오

「沈光世(심광세)」

△자(字)는 덕현(德顯)이오 호(號)는 휴옹(休翁)이니 청송인(靑松人)이오 의겸 義謙)의 손(孫 이다 선조(宣祖)때 벼슬이 교리(校理)에 이르다

(서기一四七六년—一六二四년)

◎思鄕吟 (고향을 두고서)

懷人獨自立黃昏、舊苑烟生月一痕、北望鄕關何處是、碧雲芳草總鎖魂

먼님을 그려가며 어스름밤 섯느라니
연기이는 동산위로 달만한쪽 걸려있네
바라보니 아득하다 내고향 어데메뇨
뜬구름 푸른풀빛 모두다 애끊이오

「金尙容(김상용)」

△자(字)는 경택(景擇)이오 호(號)는 선원(仙源)이니 안동인(安東人)이라 벼슬이 우의정(右議政)에 이르고 강도(江都)에서 순절(殉節)하다 시호(諡號)는 문충(文忠)

(서기一五六一년—一六三六년)

◎錦江 (금강을 두고)

江南江北草萋萋、滿目春光客意迷、愁上木蘭尋古跡、青山無語鳥空啼

강언덕 남북으로 방초푸러 우거지고
일년의 좋은춘광 눈에가득 비처오네
푸나무 헤처가며 옛자취 찾으려니
청산은 말이없고 새만홀로 울부짖네

「鄭蘊(정온)」

△자(字)는 휘원(恢遠)이오 호(號)는 동계(桐溪)니 초계인(草溪人)이라 광해(光海)때 급제(及第)하여 벼슬이 이조참판(吏曹參判)에 이르고 시호(諡號)는 문간(文簡)

(서기一五六九년―一六四〇년)

◎言志 (자기뜻을 말함)

生世何巇嶮、三旬月暈中、一身無足惜、千乘亦云窮、外絕勤王事、朝多賣國凶、老臣何所事、腰下佩霜鋒

세상일 왜이리도 험악 하온지
한달을 두고두고 달무리 했네
내한몸 그무엇이 아까우리만
상감님 궁하심 차마 못뵈오
임생각 하는 이 밖에끊이고
나라파는 무리들 조정에 찻네
늙은신하 하올일 그무었인가
서리칼 내허리에 차고있느니

又 (정 온)

◎長風路上 (길에서 비바람을 만나고서)

凍雨霏霏灑晚天、前山雲霧接村烟、漁翁不識簑衣濕、閑傍蘆花共鷺眠

눈(雪)섞어 내리는비 해늦도록 뿌려대고
산안개 마을연기 서로엉겨 어둡구나
도롱(簑)입은 저 어옹 옷젖음 모르는지
갈매기 서로함께 갈밭옆에 졸고있네

「金瑬」(김유)

△자(字)는 관옥(冠玉)이오 호(號)는 북저(北渚)니 순천인(順天人)이라 인조(仁祖) 반정후(反正後) 원훈(元勳)이되고 문형(文衡)을 전(典)하다 벼슬이 영의정(領議政)에 이르고 정사공신(靖社功臣)으로 승평부원군(昇平府院君)에 봉(封)하다 시호(諡號)는 문충(文忠)

(서기 一五六八년—一六四八년)

◎付書瀋陽 (글을 심양에 보냄)

高梧葉落雨凄凄、塞路三千夢亦迷、欲向征人寄消息、一行書又萬行啼

오동나무 잎이지고 부슬비 내리는데
새(塞)방길 삼천리에 꿈조차 희미쿠나
떠나가는 사람에게 소식부쳐 보내려니
한줄쓰고 눈물지고 눈물지고 우는구나

「洪瑞鳳」(홍서봉)

△자(字)는 휘세(輝世)오 호(號)는 학곡(鶴谷)이니 남양인(南陽人)이라 선조(宣祖)때 급제(及第)하여 호당(湖堂)에 선(選)하고 문형(文衡)을 전(典)하다 벼슬이 영의정(領議政)에 이르고 정사공신(靖社功臣)으로 당성부원군(唐城府院君)에 봉(封)하다

(서기 一五七二년—一六四五년)

◎寄申象村 (신상촌에게 보냄)

雁拂魚沉歲序移、夢中顏面慰相思、年來世事難如意、老去交親更有誰、寒谷積陰春到晚、海村耕岸雪消遲、琴徽不是無情物、一奏峨洋待子期

소식마저 끊인채 해(歲)가 옮기고
꿈속에 그린얼굴 서로보았오
그동안 세상 일 뜻과 틀리고
늙어가니 눌더불어 하냥사귀리
찬골작 그늘져 봄 늦게오고
바다마을 언덕가려(蔽) 눈(雪)더듸녹네
거문고 뉘라서 정없다하리
아양곡(峨洋曲) 가날피게 그린임 찾소

「鄭忠信」 정충신

△자(字)는 가행(可行)이오 인조(仁祖)때 과거(科擧)하여 부원수(副元帥)에 이르고 적(賊)을 토평(討平)한후 진무공신(振武功臣)으로 금남군(錦南君)에 봉(封)하다 시호(諡號)는 충무(忠武)

(서기一五七六년—一六三七년)

◎題甫下鎭 (보하진을 대하여)

千年遺跡鳥飛問、文肅公碑碧蘚斑、可笑玉門班定遠、幾多辛苦乞生還

천년전 끼친자취 찾을길 바이없고
문숙공 늙은비만 이끼끼어 아롱졌네
옥문의 모든큰일 상기미처 멀었는데
얼마나 어렵기에 돌아가려 빌었던고

「李春元」 이춘원

△자(字)는 입지(立之)오 호(號)는 구원(九畹)이니 함평인(咸平人)이라 선조(宣祖)때 과거(科擧)하여 벼슬이 감사(監司)에 이르다

(서기一五七一년—一六三四년)

◎淸虛樓別亞使 (청허루에서 아사를 작별하며)

樓上淸風白露寒、峽天星斗夜闌干、留君共聽長江水、更覺明朝別意難

바람결 선선하고 이슬맑게 어렸는데
산하늘 별 기우러 밤고요히 깊어가네
오늘밤 그대함께 저강물 들으려다
다시문득 생각하니 헤어지기 참말싫소

「李志完(이지완)」

△자(字)는 양오(養吾)오 호(號)는 두봉(斗峯)이니 소릉(少陵) 상의(尙毅)의 아들이다 선조(宣祖)때 급제(及第)하여 벼슬이 찬성(贊成)에 이르다

(—서기 一五九七년경—)

◎松京南樓 (개성 남루에서)

獨鳥孤城外、殘鍾古寺秋、興亡千載事、長嘯倚南樓

허무러진 외론성터 새들만 오고가고
적막한 오랜옛절 종만굴러 남었구나
전조(前朝)의 흥망성쇠(興亡盛衰) 꿈이런듯 사라졌고
이제는 길손들의 추억만을 자아내네

「尹暄(윤훤)」

△자(字)는 차야(次野)오 호(號)는 백사(白沙)니 해평인(海平人)이라 선조(宣祖)때 과거(科擧)하여 벼슬이 평양감사(平壤監司)에 이르다

(—서기 一五八七년경—)

◎寄東岳臺山別野 (대산별야로 돌아간 동악에게 보냄)

聞君歸臥古楊州、細草長郊事事幽、大笠蔽天牛背穩、春風京洛不回頭

양주땅에 돌아가 누은그대는
풀빛좋은 벌판으로 오가리로다
큰사립 눌러쓰고 쇠등에 앉어
고개돌려 서울쪽 보도않으리

「沈 詻」(심액)

△자(字)는 중경(重卿)이오 호(號)는 학계(鶴溪)니 청송인(靑松人)이오 만사(晩沙) 우승(友勝)의 아들이다 선조(宣祖)때 급제(及第)하여 벼슬이 이조판서(吏曹判書)에 이르다 청송군(靑松君)에 봉(封)하고 시호(諡號)는 의헌(懿憲)

(——서기一五八七년경——)

◎過文川戲吟 (문천을 지내면서)

姝城三甲摠名姬、太守風流又一時、多少行人腸斷處、教坊南畔柳如絲

여기에 모은계집 아름다워라
원님의 좋은풍류 때를 만났네
교방(敎坊)의 버들실 하늘거릴때
허다한 길손이 애를 끊느니

註=교방(敎坊)※기생(妓生)에게 가무(歌舞)를 가르키는곳

「趙希逸」(조희일)

△자(字)는 이숙(怡叔)이오 호(號)는 죽음(竹陰)이니 임천인(林川人)이라 선조(宣祖)때 급제(及第)하여 호당(湖堂)에 선(選)하고 벼슬이 예조참판(禮曹參判)에 이르다

(——서기一五七七년경——)

◎次玄翁韻 (현옹운을 빌려)

蓬萊遙隔五雲端、關路漫漫歷險艱、每到花時愁作客、謾從林下說休官、魚龍大澤層城底、炬雨荒村亂磧間、入夜危樓瞻北斗、角聲凄斷海天寬

신선사는 봉래산 구름으로 가려있고
멀고먼 세상길 지내려니 험난쿠나
꽃시절 돌아오면 나그네맘 더욱슬고
조용한 꽃찾아드니 벼슬사리 싫여지오
성아래 큰못속 고기떼 헤엄치고
마을밖 모래틈 주먹빗발 쏟아지네
밤들어 다락올라 별들을 바라볼제
호각소리 처량한중 하늘만이 환하구나

「任叔英(임숙영)」

△자(字)는 무숙(茂叔)이오 호(號)는 소암(疎庵)이니 풍천인 豐川人)이라 광해(光海)때 직언(直言)으로 삭직(削職)된후 인조(仁祖)때 다시벼슬이 지평(持平)에 이르다

(서기一五七六년—一六二三년)

◎早行 (일찌기 떠나는 길)

客子就行路、早乘西北風、鷄聲月落後、水氣曉寒中、孤店鳴雙杵、空林語百蟲、自憐千里外、長作一飛蓬

나그네 일찌기 길에 오르니
서북바람 쌀쌀히도 불어치누나
달지자 닭의울음 멀리들리고
새벽녘 물소리 살얼음지네
오막사리 맞방아질 제법 바쁘고
빈숲아래 떼버러지 구슬피 우네
천리밖 떠도는 외로운 이몸
쑥대처럼 의지없는 가여운 신세

「金(김) 榗(진)」

△자(字)는 기중(記仲)이오 선조(宣祖)때 과거(科擧)하여 벼슬이 부사(府使)에 이르다

(—서기一五八七년경—)

◎百濟懷古 (백제역사를 추억하며)

斜陽斂盡大江平、千古興亡一笛橫、閒載滿船秋色去、濟王宮北吊孤城

강위에 해는지고 물결잔잔 고요한데
가날핀 피리소리 천고흥망 말하는듯
가을이라 좋은경치 배에가득 싣고가다
백제원한 기리서린 옛성터를 조상하오

「柳塗」(유도)

△자(字)는 유정(由正)이오 선조(宣祖)때 과거(科擧)하여 벼슬이 부사(府使)에 이르다

(―서기一五八七년경―)

◎戲題 (희제)

十載靑樓宿、重天積謗喧、狂心猶未已、白馬又黃昏

십년이라 긴세월 청루에 몸을두니
흘고뜬고 비우슴 갈수록 더하구나
아직도 미친마음 것잡길 못하고서
말을바삐 채질하여 황혼길 밟고가네

「趙國賓」(조국빈)

△자(字)는 경관(景觀)이오 호(號)는 설죽(雪竹)이니 선조(宣祖)때 과거(科擧)하여 벼슬이 형조참의(刑曹參議)에 이르다

(―서기一五九七년경―)

◎鄕居自歎 (향거자탄)

玉露凋傷金井梧、九秋佳節亦須臾、乾坤有意生男子、歲月無情老丈夫、少日交遊俱寂寞、異鄕蹤跡復江湖、家貧衆口多鵝雁、赤貧荒年活計迂

이슬벌서 차거워 오동잎 져 마르니
구월이라 가을철도 잠시잠간 가버리네
하늘이 날 내신뜻 큰일하라 하옴인데
세월이 덧이없어 어느결에 늙었구나
젊었을적 사귄벗 서로끊여 쓸쓸하고
타향천리 헤매던몸 고향다시 찾아드네
크고작은 많은식구 집안에 가득한데
없는살림 흉년당해 살길조차 허술하오

「石陽正 李霆」(석양정 이정)

△자(字)는 중섭(仲燮)이오 호(號)는 탄은(灘隱)이니 화죽(畫竹)에 유명(有名)하다

◎次李達韻 (이달의 운을빌려)

水綠廣陵津、花紅廣陵樹、行人十里程、落日青山雨

광릉나루 맑은물결 출랑출랑 푸르른데
언덕위 고은꽃 송이송이 붉었구나
나그네 십리길 상기미처 멀었는데
서산에 해는지고 비는몰아 길을막네

「申翊聖」(신익성)

△자(字)는 군석(君奭)이오 호(號)는 동회(東淮)니 흠(欽)의 아들이다 선조(宣祖)때 부마(駙馬)로 동양위(東陽尉)가 되다 (서기一五八八년—一六四四년)

◎還淮中 (회중으로 돌아와)

臘月行人四月歸、江波無恙白鷗飛、從今更約漁樵伴、和雨和烟上釣磯

지난겨울 떠난몸이 봄과함께 돌아오니
강물은 변함없고 백구펄펄 나는구나
고기잡이 모든행장 빠짐없이 차려놨다
연파(烟波)위 비개거던 조대찾아 오르려네

又 (신익성)

◎杞泉宅賦得 (기천댁에서)

深院寥寥繡幕低、雜花零落新草齊、雲鬟一抹傷春恨、畫閣前頭乳燕棲

원(院)은깊어 고요한데 비단장막 나직하고
지는 꽃 뒤를이어 푸른풀빛 더욱좋네
구름같은 머리구비 봄시름에 숙였는데
옛집찾아 드는제비 화각(畫閣)머리 집을짓네

『金尙憲』(김상헌)

△자(字)는 숙도(叔度)오 호(號)는 청음(淸陰)이니 상용(尙容)의 아우다 선조(宣祖) 때 급제(及第)하여 호당(湖堂)에 선(選)하고 문형(文衡)을 전(典)하고 벼슬이 좌의정(左議政)에 이르다 시호(謚號)는 문정(文正)
(서기 一五七〇년—一六四八년)

◎寄崔遲川 (최지천에게 보냄)

成敗關天運、須看義與歸、雖然反夙暮、未可倒裳衣、權或賢猶誤、經應衆莫違、寄言明理士、造次愼衡機

잘되고 못되기는 하늘운수 달렸거니
모름지기 우리함께 의를조차 돌아가세
아침저녁 뒤없는수 설혹(設或)있다 할지라도
옷과 치마 거꾸로는 아여당초 없으리라
권도란 잣달아서 까딱잘못 있거니와
튼튼한 베리앞에 뉘라능히 어길소냐
명철한 군자앞에 한말당부 올리나니
깜박하는 겨를에도 저울기틀 조심하오

又 (김상헌)

◎瀋獄送秋日感懷 (심양 옥중에 가을을 보내면서)

忽忽殊方斷送秋、一年光景水爭流、連天敗草西風急、纍磧寒雲落日愁、蘇武幾時終返國、仲宣何處可登樓、騷人烈士無窮恨、地下傷心亦白頭

타방(他邦)에서 어느듯 가을철 보내려니
일년동안 모든광경 물흐르듯 하였구나
서리풀 하늘닿아 섯녘바람 급해지고
모래틈에 구름엉겨 지는해 애끊이오
소무(蘇武)는 어느때 고국으로 돌아갔나
중선이 오른다락 어디메 남아있오
수많은 소인열사(騷人烈士) 그지없는 원한이라
지하에 돌아간들 끊이는 애 어이하리

「尹新之」(윤신지)

△자(字)는 군우(君又)오 호(號)는 현주(玄洲)니 해평인(海平人)이라 선조(宣祖) 때 부마(駙馬)로 해숭위(海嵩尉)가 되다

(서기一五八二년—一六五七년)

◎宿安州五美軒 (안주오미헌에 자면서)

湖山歷歷曾相識、鬢髮星星半已明、人世十年如走馬、江樓五月又流鶯、輕陰垂野草連渚、急雨驅潮波撼城、會待天仙高宴罷、御風長擬下蓬瀛

물과산 여력히도 변함없는 모습인데
살쩌머리 희끗희끗 반넘어 세엇구나
인간십년 빠른세월 틈(隙)지나는 말굽이요
강다락 좋은오월 새노래에 흘르느니
열은그늘 들에덮인 풀을연해 물가닿고
급한비 조수몰아 치는파도 성(城)흔드네
신선들 좋은노리 맞추고서 돌아갈적
바람멍에 휠휠날라 봉래영주 내려가오

「李聖求」(이성구)

△자(字)는 자이(子異)오 호(號)는 분사(汾沙)니 지봉(芝峯) 수광(睟光)의 아들이다 선조(宣祖) 때 급제(及第)하여 인조(仁祖) 때 벼슬이 영의정(領政議)에 이르다 시호(諡號)는 정숙(貞肅)

(서기一五九四년—一六四四년)

◎蓮堂戲吟 (연당에서 읊음)

奉罷梨園爲諫名、却來蓮閣負風情、池塘水滿芙蓉冷、獨凭危欄聽雨聲

이원(梨園)풍류 그만두기 임께간(諫)턴 그이름이
연각(蓮閣)에 좋은풍정 이제보니 저버렸네
물가득찬 연못속 지는연꽃 처량한데
다락난간 의지하여 빗소리를 듣는구나

『崔鳴吉』 최명길

△자(字)는 자겸(子謙)이오 호(號)는 지천(遲川)이니 완산인(完山人)이라 선조(宣祖)때 급제(及第)하여 인조(仁祖)때 문형(文衡)을 전(典)하고 벼슬이 영의정(領議政)에 이르다 정사공신 靖社功臣 으로 완성부원군(完城府院君)에 봉(封)하다 시호(諡號)는 문충(文忠)

(서기 一五八六년—一六四七년)

◎懷仙詞 (신선을 그리는 노래)

雲海微茫落照間、眼穿何處覓蓬山、張騫梯路仍多阻、徐市樓船久未還、易被秋風欺白髮、難從仙竈借紅顏、年來無限傷心事、窮巷蒼苔獨掩關

아득하다 구름바다 노을뜬사이
어느곳이 신선사는 봉래산인고
장건의 사다리길 막히어 졌고
서시의 높은배 못돌아 오네
가을바람 흰너력 속기쉬운데
선약얻어 다시소년 얼굴 붉으리
해묵여 맘상하는 시름의 걱정
깊은 골 푸른이끼 문을 걸었네

又 (최명길)

◎在瀋獄和金淸陰韻 (심양옥중에서 김청음의 운을빌려)

靜處觀群動、眞成爛漫歸、湯氷俱是水、裘褐莫非衣、事或隨時別、心寧與道違、君能悟斯理、語默各天機

고요히 뭇(群) 움직임 보고있느니
참다웁다 난만히 돌아가려네
끓는 물 어름덩이 함께 물이오
갓옷과 칡베옷 모두 옷일세
일은 때를따라 다르지마는
마음이야 어찌 도를떠나 다르리
임이어! 이이치를 깨달았는가
지키세 잠잠히 하늘 기틀을

「金蓍國」(김시국)

△자(字)는 경징(景徵)이오 호(號)는 동촌(東村)이니 청풍인(淸風人)이라 광해(光海)때 급제(及第)하여 호당(湖堂)에 선(選)하고 벼슬이 이조참판(吏曹參判)에 이르다

(—서기一六一七년경—)

◎卽事 (즉 사)

造物欺吾貧且病、風摧茅屋雨頹墻、隨時葺得非難事、臥見南山亦不妨

병들고 가난속에 일평생 속아왔오
비바람 짓궂게도 뗏집담장 다무니네
때로집웅 새로이음 별반어렵 일아니나
무너진 담장새로 남산뵈니 질겁 구나

「張維」(장유)

△자(字)는 지국(持國)이오 호(號)는 계곡(谿谷)이니 덕수인(德水人)이라 광해(光海)때 급제(及第)하여 인조(仁祖)때 호당(湖堂)에 선(選)하고 문형(文衡)을 전(典)하다 벼슬이 우의정(右議政)에 이르고 정사공신(靖社功臣)으로 신풍부원군(新豐府院君)에 봉(封)하다 시호(諡號)는 문충(文忠)

(—서기一六一八년경—)

◎珍島碧波亭 (진도 벽파정에서)

天邊日脚射滄溟、雲際遙分島嶼青、閶闔風聲晚來急、浪花飜倒碧波亭

햇살은 쏘는듯이 바다위 꽂혀있고
섬들은 옹기종기 구름까에 푸렀구나
밖들어 부는서풍 급하게 몰아치며
미친듯 성낸물결 벽파정을 뒤흔드네

又 (장 유)

◎題戒淨詩卷 (경정시권을 두고)

師是山人本住山、若爲携卷到塵間、塵間却有張居士、不是全忙亦不閒

스님본시 산인(山人)이라 절간에 숨은몸이
때로는 책을끼고 속세(俗世)로도 오시느니
시끄러운 풍진속 살아가는 이내몸은
바쁜듯 한가롭고 한가한듯 바쁘구나

「李植(이식)」

〈자(字)는 여고(汝固)오 호(號)는 택당(澤堂)이니 행(荇)의 현손(玄孫)이다 광해(光海)때 급제(及第)하여 인조(仁祖)때 호당(湖堂)에 선(選)하고 문형(文衡)을 전(典)하고 벼슬이 이조판서(吏曹判書)에 이르다 시호(諡號)는 문정(文靖)

(——서기一六四二년)

◎詠新燕 (처음오는 제비를 보고서)

萬事悠悠一笑揮、草堂春雨掩松扉、生憎簾外新歸燕、似向閒人說是非

하염없는 세상일 웃고보면 고만일세
초당시립(扉) 다친밖에 봄비보슬 나리느니
제비란놈 지꺼릭울 내평생 한하느니
한가로운 사람보고 옳다긇다 말하는듯

又 (이 식)

◎宿龍津村 (용진마을에 자면서)

梨花吹雪入柴門、雲影參差斂月痕、不管子規啼到曉、惱人春睡已昏昏

꽃잎펄펄 눈(雪)오듯이 이리저리 휘날리고
구름조각 밝은달을 내놓았다 감추느니
두견이 애끊이어 새도록 울건마는
고단한 봄조름이 포근포근 깊어가오

「朴弘美(박홍미)」

〈자(字)는 군언(君彥)이오 호(號)는 관포(灌圃)니 경주인(慶州人)이라 선조(宣祖)때 급제(及第)하여 벼슬이 이조참판(吏曹參判)에 이르다

(——서기一五九七년경——)

◎東京懷古呈澤堂 (경주회고시를 택당에 올림)

鷄林遺事杳無憑、極目蕭條感廢興、流水一千年故國、寒烟四十八王陵、瞻星臺古饑烏集、半月城高野鹿登、漠漠平郊秋草合、斷橋孤渡夕陽僧

지나간 신라흥망(新羅興亡) 물을곳 바이없고
처량한 모든풍경 솟는감흥 자로꺾네
일천년 긴긴역사 물흐르듯 가버리고
마흔여덟 임의무덤 연기속에 쌓였구나
첨성대 늙고묵어 까마까치 모아들고
반월성 허무러저 노루사슴 뛰고노네
가을풀 쓸쓸히도 너른벌에 덮였는데
바랑멘중 석양밟고 외로웁게 돌아가오

「鄭百昌」 정백창

△자(字)는 덕여(德餘)오 호(號)는 현곡(玄谷)이니 진주인(晋州人)이라 광해(光海)때 급제(及第)하여 인조(仁祖)때 호당(湖堂)에 선(選)하고 벼슬이 경기감사(京畿監司)에 이르다 (서기一六○六년—一六三五년)

◎次澤堂望海韻 (택당 망해운을 빌려)

積氣冥濛釀作霏、天風不盡動征衣、乾坤浩浩三光合、江漢滔滔萬穴歸、若木扶桑看不辨、蜃樓鰲殿望還非、忽思張翰揚帆去、剡曲秋深鱸正肥

아물아물 엉긴기운 노을안개 빚어내고
멀리로서 부는바람 옷자락을 팔랑이오
하늘은 넓고높아 일월성신 헐어있고
이물저물 흘러모아 넓은바다 되었구나
물결은 아득아득 방향조차 알수없고
벌린누각(樓閣) 황홀터니 다시보매 간데없네
옛사람 본을받아 고향으로 돌아가니
곰작다다 가을깊고 농어한창 살이찌네

註=약목부상(若木扶桑)※중국전설(中國傳說)에 나오는 동쪽 바다속에 있다는 나라 신선이 산다는 나라
장한(張翰)※중국 동진(東晋)때 명사(名士)로 사람의일은 뜻대로 되지않으니 차라리 고향에 돌아가 한일월을 보냄이 좋다하여 벼슬을 사양 고 돌아간 사람

「李敬輿」 이경여

△자(字)는 직천(直天)이오 호(號)는 백강(白江)이니 전주인(全州人)이라 광해(光海)때 급제(及第)하여 호당(湖堂)에 선(選)하고 벼슬이 영의정(領議政)에 이르다 시호(諡號)는 문정(文貞) (서기一五九五년—一六五七년)

◎謫路過愼伯擧 (귀양길로 신백거의 집앞으로 지나며)

千里江南處處花、獨憐梅影照孤槎、今來月出山前路、羞過西湖處士家

강남천리 곳곳마다 곱게곱게 꽃피는데
매화송이 벌서지고 옛등걸만 남었구나
밝은달 떠오를제 산길끼고 돌아가서
서호물가 임의집을 거저지남 한이로세

又 (이경여)

◎在瀋獄和金淸陰崔遲川 (심양옥중에서 김청음 최지천의 시를 화답함)

二老經權各爲公、擎天大節濟時功、如今爛漫同歸地、俱是南館白首翁

두분노인 베리권도 나라위함 일반이오
하늘받든 큰절개 때 건지는 공이로세
오늘도 같이함께 난만히 가는곳에
모두다 되(胡)옥속 머리세인 노인이오

「李景奭」(이경석)

△자(字)는 상보(尙輔)요 호(號)는 백헌(白軒)이니 전주인(全州人)이라 광해(光海)때 급제(及第)하여 호당(湖堂)에 선(選)하고 문형(文衡)을 전(典)하다 벼슬이 영의정(領議政)에 이르고 시호(諡號)는 문충(文忠)

(서기一五九五년―一六七一년)

◎白馬山書懷 (백마산의 회포)

白馬山頭日欲落、白馬山下行人稀、縱橫但有虎豹跡、寂寞曾無烏鵲飛、長江流入碧海去、大野遙連青嶂圍、極目東華何處是、暮天雲樹正依依

백마산 산머리로 너울너울 해가지니
산기슭 끼고도는 길손마저 드므구나
호랑부치 발자국만 여기저기 남아있고
죽엄인듯 고요하여 새들(烏鵲)조차 날지않네
강물은 흘러흘러 바다로 모아들고
청산은 멀리멀리 큰벌둘러 느러섰네
바라보니 아득하다 우리나라 어데메뇨
저문구름 하늘가로 어렴풋이 떠오르네

「金靜厚」(김정후)

△자(字)는 사외(士畏)오 호(號)는 동리(東籬) 또는 파옥(破屋)이니 예안인(禮安人)이라 선조(宣祖)때 벼슬이 예조정랑(禮曹正郞)에 이르다

(서기一五七五년―一六四〇년)

◎偶吟 (우음)

擧目江山雖我地、傷心風景此何時、嗚呼二百年倫紀、東國臣民血淚垂

강산에 눈(眼)던지매 산도물도 내것인데
시절이 변코보니 풍경 자로 맘상하오
이백년 좋은명분(名分) 이제와 땅에지니
만백성 품은원한 눈물뿌려 피가되네

注=우음(偶吟)※이글은 아마도 병자호란(丙子胡亂)에 이조(仁祖)임금님이 청태종(淸太宗) 홍타시(弘它施)에게 성하지맹 城下之盟)을 맺어진후 비분강개(悲憤慷慨)하여 지은 글인듯

「洪翼漢」 홍익한

△자(字)는 택원(澤遠)이오 호(號)는 화포(花浦)이니 남양인(南陽人)이라 인조(仁祖)때 급제(及第)하여 벼슬이 장령(掌令)에 이르고 정축(丁丑)에 척화(斥和)를주장(主張)하다가 심양(瀋陽)에 피체(被逮)되어 대절(大節)을 불굴(不屈)하고 피해(被害)되다 시호(諡號)는 충정(忠正) 삼학사(三學士)의 한사람

(서기一五八六년—一六三七년)

◎瀋獄踏靑日咏懷 (심양옥중에서 답청노리 회포를 읊음)

陽坡細草坼新胎、孤鳥樊籠意轉哀、荊俗踏靑心外事、禁城浮白夢中來、風飜夜石陰山動、雪入春澌月窟開、飢渴僅能聊縷命、百年今日淚沾腮

양지쪽 야린풀 새싹 터지니
농속에 외로운새 더욱 설구나
되풍속 답청놀이 마음 밖에오
고향친구 잔드는일 꿈속에 보네
밤바람 돌흔드니 으스름 산 움지기고
달뜬굴 열리는듯 봄눈자져 물흐르네
굶주리고 목마른채 목숨겨우 부지했오
백년뒤 이날에도 더운눈물 볼 적시리

「吳達濟」 오달제

△자(字)는 계휘(季輝)오 호(號)는 추담(秋潭)이니 해주인(海州人)이라 인조(仁祖)때 급제(及第)하여 벼슬이 수찬(修撰)에 이르고 정축(丁丑)에 척화(斥和)를 주장(主張)하다가 심양(瀋陽)에 피체(被逮)되야 대절(大節)를 불굴(不屈)하고 피해(被害)되다 시호(諡號)는 충렬(忠烈) 삼학사(三學士)의 한사람

(서기一六〇九년—一六三七년)

◎思親詩 (부모를 생각하고)

風塵南北各萍蓬、誰謂相分有此行、別日兩兒同拜母、來時一子獨趨庭、絶裾已負三遷教、泣線空巷寸草情、關塞道修西景暮、此生何路再歸寧

어수선한 풍진속 남북으로 갈리우니
이번길 어느뉘라 이별하라 이르셨나
지난날 두자식 어머님께 절했더니
올때는 아들하나 홋홋하게 기어들리
불효자식 옷깃끊어 삼천지교 저버렸오
어머님 바늘들고 상칠놓며 우시리다
새방길 떠나갈제 해는지고 바람차오
이생 어느때에 다시와서 또뵈오리

「尹集(윤집)」

△자(字)는 성백(成伯)이오 호(號)는 임계(林溪)이니 남원인(南原人)이라 인조(仁祖)때 급제(及第)하여 벼슬이 이조정랑(吏曹正郞)에 이르고 정축(丁丑)에 척화(斥和)를 주장(主張)하다가 심양(瀋陽)에 피체(被逮)되어 대전 大節)을 불굴(不屈)하고 피해(被害)되다 시호(諡號)는 충정(忠貞) 삼학사(三學士)의 한사람

(서기 一六〇五년 — 一六三七년)

◎除夜 (제야)

半壁殘燈照不眠、夜深虛館思悽然、萱堂定省今安否、鶴髮明朝又一年

가는해 지키련듯 등잔불 졸지않고
밤깊도록 잠못이룬 이내심사 처량하오
요즈음 어머님께 문안조차 못드린채
늙으신몸 내일아침 또한해를 더하시리

「林慶業(임경업)」

△자(字)는 영백(英伯)이오 호(號)는 고송(孤松)이니 평택인(平澤人)이라 인조(仁祖)때 무과(武科)하여 의주부윤(義州府尹)으로 청북방어사직(清北防禦使職)을 겸대(兼帶)하였고 병자이후(丙子以後) 회천대업(回天大業)의 큰 포부(抱負)를 품고 망명도명(亡命渡明)하여 명(明)과 더불어 합력(合力)하야 청(淸)을 정벌(征伐)하려다가 사전(事前)에 누설(漏泄)되어 피체심양(被逮瀋陽)하였으나 한사불굴(恨死不屈)하다 청주(淸主) 그뜻이 장하므로 본국(本國)으로 송환(送還) 되었다가 김자점(金自點)의 모함으로 억울하게 죽다. 벼슬은 좌찬성(左贊成)으로 추증(追贈)되고 시호(諡號)는 충민(忠愍)

(서기 一六〇七년경 —)

◎劍銘 (검 명)

三尺龍泉萬卷書、皇天生我意何如、山東宰相山西將、彼丈夫兮我丈夫

용천검 석자인데 만권책도 내것이라
하늘이 날내신뜻 그어떠 하다느니
천하를 돌이질 치는 이
제나 내나 대장부라

「吳 翿」 (오숙)

△자(字)는 숙우(肅羽)오 호(號)는 천파(天坡)이니 해주인(海州人)이라 광해(光海)때 급제(及第)하여 인조(仁祖)때 호당(湖堂)에 선(選)하고 벼슬이 감사(監司)에 이르다

(서기一五九二년—一六三四년)

◎蒼水院 (창수원에서)

歷盡千重險、停車一院深、山光仍晚照、海氣雜春陰、舞蝶疑歸夢、懸旌似客心、聊偷簿書暇、依枕發孤吟

가팔막진 험한산길 돌고 넘어서
깊고깊은 창수원 찾아 들었네
산봉오리 저녁노을 걸려서 붉고
봄안개 바다위로 서려 떠있오
나비는 꽃을찾아 어릿 거리고
깃발은 손맘(客心)처럼 팔랑 거리네
공사의 한가한 틈 가려 골라서
버개를 돋우비고 글귀 읊으오

「鄭弘溟」 (정홍명)

△자(字)는 자용(子容)이오 호(號)는 기암(畸庵)이니 송강(松江) 철(澈)의 아들이라 광해(光海)때 과거(科擧)하여 인조(仁祖)때 호당(湖堂)에 선(選)하고 문형(文衡)을 전(典)하다 벼슬이 대사헌(大司憲)에 이르다

(——서기一六七四년)

◎客居用王輞川韻 (객지에서 왕망천 운을따서)

憂來仍獨臥、燈火照寒更、谷靜幽泉響、山深恠鳥鳴、新篇吟更穩、遠夢覺還成、來日持明鏡、應添白髮生

격정근심 쌍인속 홀로누으니
등잔불 까물까물 찬밤지키오
고요한 골짝에 샘물이 울고
새들은 산속에서 지저귀이네
새글귀 읊고나니 마음편하고
그리던꿈 깨고보매 허전하구나
거울속에 이모습 비추어보면
밤새로 센터럭 부쩍 많으리

『李明漢』(이명한)

△자(字)는 천장(天章)이오 호(號)는 백주(白洲)이니 정구(廷龜)의 아들이다 광해(光海) 때 과거(科擧)하여 인조(仁祖) 때 호당(湖堂)에 선(選)하고 문형(文衡)을 전(典)하다 벼슬이 이조판서(吏曹判書)에 이르다 시호(諡號)는 문정(文靖)
(서기 一五九五년— 一六四五년)

◎白馬江 (백마강에서)

何處高臺何處樓、暮山千疊水西流、龍亡花落他時事、漫有浮生不盡愁

어데메 대(臺)가있고 어데메 누(樓)가있는가
산마다 해저물고 물은흘리 서(西)로가네
낙화암 꽃도지고 조룡대 용은가도
우리인생 끊는시름 어느때나 없어질고

又 (이명한)

◎汾西挽 (분서를 만함)

兄弟相隨拜父母、地中還似世間無、君歸細報吾消息、令妹逢君必問吾

형과아우 앞뒤이어 부모님께 뵈었으리
이생에 다시못볼 저생사리 그리웁네
그대는 먼저가서 내소식을 전해다오
형의누나 만나보면 이내안부 물으리라

『曺文秀』(조문수)

△자(字)는 자실(子實)이오 호(號)는 설정(雪汀)이니 창령인(昌寧人)이라 인조(仁祖)때 과거(科擧)하여 벼슬이 감사(監司)에 이르고 하령군(夏寧君)에 봉(封)하다
(—서기 一六〇七년경—)

◎遣愁 (시름을 보냄)

陌頭楊柳正依依、遠客登樓恨未歸、芳草鳥啼烟外逕、落花人掩雨中扉、鄉心暗逐春波動、驛路遙連古樹微、惆悵秦城一千里、憑欄獨有淚沾衣

줄버들 야릇야릇 휘청거릴제
나그네 누(樓)에올라 애끊는시절
아지랑이 낀벌판위 종다리 뜨고
비내리는 사립박에 꽃잎 날리네
고향생각 물결치듯 일어나고요
먼먼 길 숲새로 꼬리 감추네
진성(秦城)천리 꾸불꾸불 뻗처있는데
우두커니 홀로앉아 눈물 흘렸오

「金地粹」(김지수)

△자(字)는 거비(去非)오 호(號)는 태천(苔川)이니 의성인(義城人)이라 광해(光海)때 과거(科擧)하여 벼슬이 부사(府使)에 이르다

(서기一五八五년—一六三八년)

◎登州 (등주에서)

高高明月照檣頭、極浦寒聲動客舟、潮落潮生夜已盡、水城淸曉見登州

둥두렸이 밝은달 돗대끝에 매달리고
찬바람 파도섞어 떠가는배 출렁이네
조수가 들고나고 밤은벌서 다갔는데
새벽바다 동트이며 등주성 바라뵈네

「吳竣」(오준)

△자(字)는 여완(汝完)오 호(號)는 죽남(竹南)이니 동복인(同福人)이라 광해(光海)때 과거(科擧)하여 벼슬이 양관제학(兩館提學)에 이르다

(서기一五八七년——)

◎別東萊伯鄭聖能 (동래백 정성능을 송별하고)

一掬離愁正滿眉、匡床病起勸餘巵、今春折盡靑郊柳、無復長條舊樣垂

헤어지는 한줌시름 이맛살 찡그리고
병든몸 바듯넘어 남은술 권하였오
봄들어 가고오고 서로떠남 많였거니
꺾인버들 어느때나 치렁치렁 푸르를가

註=절류(折柳)※서로서로 송별(送別)하는뜻 三國黃圖「折柳贈別」

「姜瑜」(강유)

△자(字)는 공헌(公獻)이오 호(號)는 상곡(商谷)이니 진주인(晋州人)이라 인조(仁祖)때 과거(科擧)하여 벼슬이 이조참의(吏曺叅議)에 이르다

(서기一五八八년—一六五九년)

◎夜聞歌管有感 (밤에 풍류소리 듣고 느낌)

急管繁絃對月明、夜深行樂滿江城、三年不見干戈事、莫是朝廷已太平

달아래 관악소리 아름답게 들려오고
밤깊도록 모든행락 성안에 가득찻네
지나간 삼년동안 소란한일 없고보니
조정엔 일이없고 백성들이 즐기노나

「金俊龍」(김준용)

△자(字)는 수보(秀夫)오 호(號)는 모의재(慕義齋)이니 원주인(原州人)이라 인조(仁祖)난(亂)에 척화(斥和)를 주장(主張)하다 시호(謚號)는 충양(忠襄)

(—— 서기一六四一년)

◎聞下城之報率爾有作 (하성의 소식을 듣고)

忠臣必死國、不死忠臣羞、蹶起舞長劍、江漢空自流

나라위해 목숨바침 옳은신하 할일이오
때를만나 뒤사림은 사내할바 아니로다
되(胡)놈을 무찌르려 칼을잡고 뛰달올제
천고원한 기리품고 강물절로 흘러가오

『睦大欽』(목대흠)

△자(字)는 양경(陽卿)이오 호(號)는 죽오(竹塢)니 사천인(泗川人)이라 참판(參判) 첨(詹)의 아들이다 선조(宣祖)때 과거(科擧)하여 벼슬이 승지(承旨)에 이르다

(서기一五七四년—一六三八년)

◎夢仙臺詩 (몽선대에서)

松檜陰陰水殿虛、一區籬落畫圖如、悠然覺罷仙臺夢、步出林亭月影疎

소나무 전나무 서로엉겨 그늘지고
울(籬)안으로 좋은전각(殿閣) 그림같이 놓였구나
선대의 취한꿈 유연히 깨고나서
정자위 거니를제 달빛밝게 떠오르네

註=이락(籬落)※울타리 神仙傳「籬落樹木」

『具鳳瑞』(구봉서)

△자(字)는 경휘(景輝)오 호(號)는 제주(濟洲)니 능성인(綾城人)이라 인조(仁祖)때 과거(科擧)하여 호당(湖堂)에 선(選)하고 벼슬이 평안감사(平安監司)에 이르다

(서기一五九〇년—一六四四년)

◎題昌洲堡 (창주보에서)

地勢西來盡、山形北去高、鴨江天塹壯、雉堞石門牢、漢將曾屯戍、秦邊惜限洮、憑欄多意緒、一嘯撫龍刀

땅 생김 서쪽으로 기우러 얕고
산 형상 북방으로 치달아 높네
압록강 좋은참호(塹濠) 하늘이 주고
성가퀴(雉堞) 험한성벽 더욱 굳구나
일찌기 한(漢)나라의 수자리터요
진(秦)나라 조(洮)땅멀리 지경하였네
떠오르는 모든회포 누를길 없어
휘파람 불어가며 칼을 만졌오

「許景胤」(허경윤)

△자(字)는 사술(士述)이오 호(號)는 죽암(竹庵)이니 김해인(金海人)이라 선조(宣祖) 때 은일(隱逸)로 벼슬이 직장(直長)에 이르다

(——서기 一六二七년경——)

◎山居(산거)

柴扉尨亂吠、窓外白雲迷、石徑人誰至、春林鳥自啼

청삽싸리 요란이도 문앞에 짓고
흰구름 한가로이 창밖에 도네
날 찾아 올 사람 하나도 없고
새들만 숲새에서 울고있구나

「李民宬」(이민성)

△자(字)는 관보(寬甫)오 호(號)는 경정(敬亭)이니 영천인(永川人)이라 선조(宣祖) 때 급제(及第)하여 벼슬이 참의(參議)에 이르다

(——서기 一六二九년)

◎齋居卽事(재거즉사)

爭名爭利意何如、投老山林計未疎、雀噪荒堦人斷絕、竹窓斜日臥看書

네오 내오 서로다툼 듣보기싫여
산속에 몸을던저 늙어보려네
창밖엔 새소리만 지져귀는데
한가로이 누어서 책만 본다오

「鄭榮邦」 정영방

△자(字)는 경보(慶輔)오 호(號)는 석문(石門)이니 동래인(東萊人)이라 인조(仁祖)때 과거(科擧)하여 진사(進士)가 되다

(서기一五七七년—一六五〇년)

◎寄申汝涉楫 (신여섭에게 보냄)

南浦波恬采綠蘋、故人江海久相分、愁來欲奏相思曲、落盡江花不見君

남포바다 떠다니며 마름캐다가
강위에서 헤어진지 오래로구려
불연듯 임 그리워 노래하건만
꽃지도록 임은다시 않오시려나

「李基卨」 이기설

△자(字)는 공조(公造)오 호(號)는 연봉(蓮峯)이니 연안인(延安人)이라 인조(仁祖)때 은일(隱逸)로 장영(掌令)에 이르다

(서기一五五八년—一六二二년)

◎征婦 (정부)

碧窓織手剪刀寒、裁得春衣送玉關、玉關此去三千里、一夜殘魂幾往還

섬섬옥수 가위들고 손끝흘흘 불어가며
상침놓은 봄철의북 임계신데 보내려오
임가 계신 옥관땅이 삼천리나 된다지만
밤마다 꿈길속엔 오가기를 자주하오

「許頵」(허빈)

△자(字)는 정보(靜甫)오 호(號)는 정재(靜齋)니 경윤(景胤)의 아들이다 병자호란(丙子胡亂)에 의병(義兵)을 이르키다

(서기一六二七년경)

◎三浪津贈別宋君望金潤伯琵僧游沙 (삼랑진에서 세사람을 보내며)

三浪亭下繫離舟、恨逐烟波萬里流、一曲琵琶相別後、地分南北各回頭

삼랑진 정자아래 배닻놓아 매아두니
물결따라 바람따라 떠갈가봐 싫여서오
양관곡 뜯는비파 서로애를 끊이다가
남북으로 헤어지며 고개자주 돌려보네

「金光炫」(김광현)

△자(字)는 회초(晦初)오 호(號)는 수지(水沚)니 선원(仙源) 상용(尙容)의 아들이다 인조(仁祖)때 과거(科擧)하여 벼슬이 이조참판(吏曹參判)에 이르다

(서기一五八四년—一六四七년)

◎途成川倅 (성천군수로 되어 가면서)

繁華非復舊關西、亂後樓臺物色凄、客子掩門仍月落、城頭吹角暮鴉聲

번화하던 관서땅 옛모습 전혀없고
난리치른 누대마저 처량하기 말아닐세
나그네 문을닫고 시름없이 앉았으니
성머리 달은지고 부는호각 들려올뿐

「李袨(이현)」

△자(字)는 자장(子章)이오 호(號)는 탄옹(灘翁)이니 연원군(延原君) 광정(光庭)의 아들이다 광해(光海)때 과거(科擧)하여 벼슬이 감사(監司)에 이르고 시호(諡號)는 충정(忠定)

(——서기一六〇七년경——)

◎過江川舊莊 (강천 옛터를 지나며)

危磴臨江高復低、行人過盡水禽啼、世間憂樂何時了、匹馬重來意自迷

아슬아슬 비알돌길 높고낮은데
길손은 지나가고 물새만우네
이세상 울고웃음 언제 끊이리
다시와서 놀아보니 내마음 흐리오

「李昭漢(이소한)」

△자(字)는 도장(道章)이오 호(號)는 현주(玄洲)이니 명한(明漢)의 아우다 광해(光海)때 과거(科擧)하여 호당(湖堂)에 선(選)하고 벼슬이 형조판서(刑曹判書)에 이르다

(——서기一六四五년)

◎彈琴臺 (탄금대)

片雲飛雨過琴臺、招得忠魂酹酒回、欲問當時成敗事、暮山無語水聲哀

쪼각구름 비 끼어다 탄금대 뿌릴적에
술부어 올리면서 임의충혼 위로했오
그당시 싸우던일 이제와 물으려니
산들은 말이없고 물소리만 슬프구나

「尹順之」(윤순지)

△자(字)는 낙천(樂天)이오 호(號)는 행명(涬溟)이니 훤(暄)의아들이다 효종(孝宗)때 과거(科擧)하여 벼슬이 공조판서(工曹判書)에 이르다

(——서기一六〇七년경——)

◎送洪元老出按嶺南 (홍원로의 영남안찰사로 감을 보냄)

維南形勢控山河、衣繡當年向此過、千里提封羅氏舊、一方文獻楚材多、蠻船輸貨津無稅、戍櫓連空海不波、壯麗繁華俱若是、未知生聚近如何

영남산천 웅장하고 아름다운데
내가 일찍 수의사(繡衣使)로 돌아보았네
일천리 넓은지역 신라강토요
한고장 좋은문화 쓰임많으오
물결실은 상고人배 항구로닿고
순초(巡哨)도는 놋소리 바다에 뜨오
번화하고 장려함 이러하거니
요즈음 모든형편 어이됐는가

註=제봉(提封)※제후(諸候)의 영지(領地) 漢書「提封萬井」
초재—진용(楚材—晋用)※초、진、(楚、晋、) 춘추시대(春秋時代) 국명(國名) 초국(楚國)에서 나는 재목(材木)을 진국인(晋國人)이 사용(使用)함인데 타물(他物)를 취(取)하여 자기(自己)가 사용(使用)함 左傳「維楚有材、晋實用之」
생취(生聚)※육민취재(育民聚材)의 뜻 左傳「越 십년생취이 십년교훈(十年生聚而十年敎訓)」

「洪柱元」 홍주원

△자(字)는 건중(建中)이오 호(號)는 무하당(無何堂)이니
모당(慕堂) 이상(履祥)의 손 이다 선조(宣祖)의 부마(駙
馬)로 영안위(永安尉)가 되다 시호(諡號)는 문의(文懿)

(———서기一六七二년)

◎挽浦渚趙相公翼 (포저 조상공을 만함)

平生禮學得專功、歷事三朝望實隆、百行於
人皆本孝、一心惟國卽爲忠、希文退亦憂天
下、司馬歸仍臥洛中、無復引經承顧問、九
重何日不思公

평생배운 예의범절 지킴참말 훌륭하고
세분 임금 내리섬겨 명망실로 뚜렸하오
사람행실 많은중에 효도본시 으뜸이오
나라위해 하올일은 충성일시 분명하네
범희문(范希文)물러가도 천하근심 먼저했고
사마온공(司馬溫公)돌아가나 서울안에 누었었오
이제다시 책을들고 물어볼곳 바이없고
구중궁궐 계신님도 아니그려 못하시오

註=범희문(范希文)※중국 북송(北宋)의 명신(名臣)으로 이름은
중엄(仲淹)이오 자(字)는 희문(希文)이오 시호(諡
號)는 문정(文正)이니 송인종(宋仁宗)때 이원호(李
元昊)의 반란(反亂)을 평정(平定)하다
사마온공(司馬溫公)※북송(北宋)의 명신(名臣)으로 이름은
광(光)이오 자(字)는 군실(君實)이오 시호(諡號)
는 문정(文正)이니 송철종(宋哲宗)때 상서좌복야(尙
書左僕射)벼슬로 있어 나라의 정치를 도맡어 하다
사후(死後)에 태사온국공(太師溫國公)을 증시(贈諡)
하여후세에 온공(溫公) 이라 칭하고 유학자(儒學者)
로도 유명함
구중궁궐(九重宮闕)※임금님이 계신 대궐

「孝宗大王」(효종대왕)

△인조(仁祖)의 이남(二男)으로 병자호란당시(丙子胡亂當時) 봉림대군(鳳林大君)으로 청군(淸軍)에게 인질(人質)이 되어 심양(瀋陽)에 체류(滯留)하다 환국(還國)하여 세자(世子)가 되었다가 삼십일세(三十一歲)에 즉위(卽位)하고 사십일세(四十一歲)에 승하(昇遐)하니 재위십년(在位十年) (서기一六一九년—一六五九년)

◎過靑石嶺 (청석령을 지나다가)

靑石嶺已過兮、草河溝何處是、胡風凄復冷兮、陰雨亦何事、誰畫此形像兮、獻之金殿裡

청석령(靑石嶺) 지나가다 초하구(草河溝)어디매오
호풍(胡風)은 참도찰싸 궂은비는 무스일고
뉘라서 내 행색(行色) 그려다가 임 계신데 드릴고

又 (효종대왕)

◎燕京有感 (연경에서 하든생각)

萬里殊方作此行、時危事難一身輕、漢嬪怨恨琵琶曲、燕客悲歌出塞聲、滄海月明歸夢濶、玉河風冷旅魂驚、何時再上蓬萊殿、訴盡心中無恨情

천만리 먼먼나라 이번길 하고보니
일마다 난처하고 시절사 위태쿠나
한궁녀(漢宮女)깊은원한 비파곡에 기리숨고
연형가(燕荊軻) 슬픈노래 새방밖에 사무치네
창해위 달이밝아 꿈길더욱 아득하고
옥하에 바람차니 나그네맘 섬쩍하네
어느때 그리든 봉래전 다시올라
가슴속 깊이깊이 쌓인정 하소하리

註=한궁녀(漢宮女)※중국 한(漢)나라 명제(明帝)때 궁녀(宮女)이름 장(嬙)으로 나라를 위하여 호한야선우(呼韓耶單于)에게 깊은 원한을 품고 시집가다

장「嬙」은 예쁜계집

연형가(燕荊軻)※중국 전국시대(戰國時代)의 제(齊)나라사람으로 연태자(燕太子) 단(丹)의 청촉(請囑)을 받고 마침내 진왕정(秦王政)을 죽일 사명(使命)을 띠고 새외역수(塞外易水)를 비장(悲壯)한노래를 부르며 떠나가다 易水歌「風蕭蕭兮、易水寒、壯士一去兮、不復還」

「鄭太和 정태화」

△자(字)는 유춘(囿春)이오 호(號)는 양파(陽坡)이니 유길(惟吉)의 증손(曾孫)이다 인조(仁祖) 때 급제(及第)하여 벼슬이 영의정(領議政)에 이르다 시호(諡號)는 익헌(翼憲)

(서기 一六〇二년—一六七三년)

◎別關東伯 (관동백을 작별하며)

爲謝新東伯、來尋病判樞、多情求別語、得意向仙區、海濶經層浪、山高歷畏途、城西門獨掩、閒靜不如吾

새로 부임해가는 강원도백이
앓는 사람 찾아주니 하도고마워
탐탐이 그린말씀 서로 주받고
봉래선경 좋은풍경 두루 찾겠오
바다넓어 출렁이는 물결 거세고
높은산 오르내림 길도 험하리
성밖에 문을닫고 홀로 지내니
한가로운 나의 재미 뉘라 당하리

「蓬萊君 李㫬胤 봉래군 이형윤」

△자(字)는 여승(汝承)이오 호(號)는 창주(滄洲)니 중종대왕(中宗大王)의 사세손(四世孫)이다

(—서기 一六三七년경—)

◎次贈金生亭子韻 (김생정자 운을 빌려서)

小舟橫古渡、渡口數家村、行客欲投岸、主人猶掩門、詩情催白雨、野色近黃昏、却臆前春日、沉吟獨依軒

매생이 흘려저어 나룻목 건너가니
두서넛 초가집 한가로이 놓였구나
나그네 배내리자 기웃기웃 살피려니
주인은 손혼들며 사립문 닫어거네
구름은 뭉게뭉게 소낙비를 재촉하고
들빛은 어둑어둑 저녁나절 가까웁네
지난봄 노던일을 더듬어 생각노라
정자위 홀로앉아 콧노래를 불렀댔오

註=백우(白雨)※소낙비

「海原君 李健」(해원군 이건)

△자(字)는 자강(子强)이오 호(號)는 계창(癸窓)이니 인성군(仁城君)의 아들이다

(—서기一六三七년경—)

◎江南春 (강남의 봄)

聞說江南又到春、上樓多少看花人、牧童橫笛驅黃犢、兒女携筐採白蘋

강남땅 올에도 봄이 돌아와
곳곳마다 꽃노리 한창 이라네
목동은 꼴 뜯기며 피리를 불고
색시네 광주리에 마름 만다오

又 (해원군 이건)

◎乞菊花 (국화를 비러)

淸秋佳節近重陽、正是陶家醉興長、想見傲霜花滿砌、可能分與一枝香

가을이라 중량절 가까워지니
때는바루 새술취케 마실적일세
섬돌위 국화곱게 피였으려니
한가지 좋은향기 나눠주시오

「李光鎭」(이광진)

△자(字)는 정경(鼎卿)이오 호(號)는 태호(太湖)니 지완(志完)의 아들이다 인조(仁祖)때 과거(科擧)하여 벼슬이 승지(承旨)에 이르다

(—서기一六二七년경—)

◎漢高祖 (한고조)

神堯後裔沛中豪、約法三章帝業高、莫道入關無所取、祖龍天下勝秋毫

당요(唐堯)의 후손으로 사상정장(泗上亭長)
사공몸이
약법삼장、정한후 임금사업 높았구나
함곡관(函谷關) 들어가서 아모소득 없다마라
뛰는사슴 얻었거니 이위바람 있을소냐

註=약법삼장(約法三章)※한고조(漢高祖) 유방(劉邦)이 나라를 얻은후 진(秦)나라의 까다롭고 번거한 법을 고쳐 약법삼장(約法三章)으로 치천하(治天下)의 대법(大法)으로 하였음 史記「殺人者、死、傷人者、罪、竊盜者、罪」

사슴(鹿)※천하(天下)를 일컬음 史記「秦失其鹿、疾足者先得」

함곡관(函谷關)※중국(中國) 장안(長安)에서 서쪽 사백리허(四百里許)에 있는 유명(有名)한 관액(關隘)

「蔡裕後」 채유후

△자(字)는 백창(伯昌)이오 호(號)는 호주(湖洲)니 평강인(平康人)이라 인조(仁祖)때 급제(及第)하여 호당(湖堂)에 선(選하)고 문형(文衡)을 전(典)하다 벼슬이 이조판서(吏曹判書)에 이르다

(서기 一五九九년――)

◎省中夜作 (성중야작)

禁漏風交響、華燈月幷明、良宵宜勝集、熱酒且徐傾、節意寒將煖、身名寵若驚、何當謝簪組、林水送餘生

금루(禁漏)는 바람따라 울리어오고
등불은 달과함께 비처주노나
좋은밤 푸짐하게 놀아내보고
따뜻한술 천천히 기우려보세
절서장차 바뀌려 추어가는데
사람은 귀염받다 멀어지느니
어이해 벼슬사리 그만두고서
산수간에 노닐며 여생보내리

「趙璞」 조박

△자(字)는 전소(全素)오 호(號)는 석곡(石谷)이라 벼슬이 목사(牧使)에 이르다

(서기 一三五六년―一四〇八년)

◎停舟訪淸隱 (배를대고 청은을 차저)

停船綠楊岸、爲尋淸隱居、溪雲連檻起、野竹傍階疎、鬱翠開苔逕、硏朱點道書、箇中塵不到、孤坐意何如

버들푸른 강언덕에 배를대이고
일부러 임사는데 찾아들렸오
구름은 난간머리 어리어 뜨고
대그늘 뜰가로 흩어져있네
푸른이끼 깎어헬쳐 좁은길내고
책장을 넘겨가며 주묵(朱墨)을찍네
시끄러운 세상일 멀리하고서
고요하게 살아가니 재미어떻소

「金集」(김집)

△자(字)는 자강(子剛)이오 호(號)는 신독재(愼獨齋)니 사계(沙溪)의 아들이다 예학(禮學)에 능통(能通)하고 벼슬이 이조판서(吏曺判書)에 이르다 시호(諡號)는 문경(文敬)이오 문묘(文廟)에 배향(配享)하였음

(서기一五七四년—一六五六년)

◎夜登廣寒樓 (밤에 광한루에 올단)

烏鵲橋邊月、廣寒樓下塘、山開一面爽、牕納半天凉、夜色連空遠、川光入望長、徘徊耿無寐、風露濕衣裳

오작교 다리위에 달이환하고
광한루 다락아래 못물맑구나
산들은 시원하게 느러서있고
서늘하고 맑은기운 창안에드네
밤빛은 하늘연(連)해 까마득하고
시냇물 멀리멀리 흘러가누나
오락가락 거닐며 잠못이룰제
밤이슬 축축하게 옷을적시네

「林坦」(임탄)

△자(字)는 탄지(坦之)오 호(號)는 한정(閒亭)이니 제(弟)의 아들이다

(—서기一六〇七년경—)

◎哭處士 (샌님을 곡함)

風流處士別孤山、雪滿溪橋鶴影寒、一片詩魂招不得、先春應共早梅還

멋지고 풍치좋던 임한번 가고보니
찬바람 눈보라쳐 강산마저 쓸쓸쿠나
한쪼각 시혼조차 불러대답 못들으니
이른봄 매화함께 살몃살몃 오려는가

「朴漪」 박의

△자(字)는 중연(仲漣)이니 미(瀰)의 아우다 호당(湖堂)에 선(選)하고 벼슬이 교리(校理)에 이르다

(—서기 一六四七년경—)

◎城南感懷 (성남감회)

一滯京華逼歲除、自憐腥祲汚衣裾、身同病鶴飢猶唳、跡似歸雲靜不舒、世態固知甘燕雀、天心何事護鯨魚、書生長慮憑誰達、獨抱義經問太虛

서울에 머무른제 어느듯 해(歲)는가고
더러운 찌꺼기에 때오름을 한하느니
여윈학 굶주려도 하늘높이 떠서울고
뜬구름 자취란들 아무려나 흩날릴가
감장새 날나른다 저의끼리 처주는데
하늘은 므스일로 큰고기만 키어내나
눌(誰)등대고 출세할가 모누다 애태는데
홀로서 글읽노라 책만안고 앉았구나

「具崟」 구음

△자(字)는 차산(次山)이오 호(號)는 남간(南澗)이니 능성인(綾城人)이라 효종(孝宗)때 과거(科擧)하여 벼슬이 승지(承旨)에 이르다

(서기 一六一四년경—)

◎過南漢 (남한산성을 지내며)

此地新經戰、東人白骨多、天寒月色苦、不忍夜深過

싸움터 남한산성 다시찾으니
가여웁게 우리백성 죽은이많소
하늘차고 달빛마저 쌀쌀하거니
밤깊게는 차마이곳 못지나겠네

「盧亨弼(노형필)」

△자(字)는 보경(輔卿)이오 호(號)는 운제(雲堤)니 은일(隱逸)로 사부(師傅)에 이르다

(──서기一六六七년경──)

◎淵氷軒春帖 (연빙헌 봄)

千疊山圍一草廬、漁樵身世此中居、至樂便
忘貧賤苦、床頭賴有聖賢書

청산 겹겹 둘러선곳 초가한채 놓였는데
초부어옹(樵夫漁翁)짝지어서 한가로이 살아가네
상머리 성현서 때때로 읽노라니
몸 편하고 마음즐겨 가난괴롬 모를러라

「文繼朴(문계박)」

△자(字)는 덕윤(德胤)이오 성균진사(成均進士)

(──서기一六六七년경──)

◎題贈鄭可遠 (정가원에게 보냄)

東西南北盡相知、交道何曾有變移、半世無
心營爵祿、只緣憂國淚長垂

여기저기 사방으로 알아사귄 친구들을
서로믿어 친밀하니 어이변함 있을소냐
반세상 사는동안 부귀공명 뜻없어도
나라위한 근심겨정 눈물 마를날없구나

「麟平大君」(인평대군)

△자(字)는 용합(用涵)이오 호(號)는 송계(松溪)니 인조대왕(仁祖大王)의 제삼자(第三子) 시호(諡號)는 충경(忠敬)

(서기 一六二二년— 一六五八년)

◎奉和樂善齋(孝宗潛邸堂號)口號 (낙선재 구호를 봉화함)

一天霜雁送寒聲、河漢迢迢夜氣晶、臥病胡床仍不寐、透簾明月照深情

서리찬 높으하늘 기러기 울어예고
은하수 완연한데 밤기운이 맑으니다
병들어 신음하며 전전불매 잠못들제
밝은달 스며들어 나의애를 끊이나니

又 (인평대군)

◎答子由潞河詞 (자유로 하사를 답함)

春江日暮水如綾、正月東風値解氷、多少商船泊煙渚、夕陽山色望層層

강위에 해저물고 비단물결 잔잔한데
봄바람 하늘하늘 어름녹아 풀리느니
연기어린 강가으로 상곳배 많이닿고
저녁노을 걸린산빛 그림인듯 아름다워

「鄭柟壽」(정남수)

△자(字)는 자구(子久)오 호(號)는 행림(杏林)이니 치(致)의 아들이다 어의(御醫)로 동중추(同中樞)에 이르다

◎冬夜口占 (겨울밤에)

傷時此志舊題橋、匣琴看來坐寂寥、霜樹凍鴉啼啞啞、月庭寒竹翠蕭蕭

지난시절 지은글귀 읊고나니 애끊이어
싸아둔 고(琴)자로보며 우두커니 앉았구나
까마귀 찬서리에 얼어서 울고
뜰앞에 푸른그늘 우수수 떠네

「崔奇男」(최기남)

△자(字)는 황숙(黃叔)이오 호(號)는 귀곡(龜谷)이니 천령인(川寧人)이다

◎閒中用杜詩韻 (한중에 두시운을 따서)

綠樹陰中黃鳥節、青山影裏白茅家、閒來獨步蒼苔逕、雨後微香動草花

푸른장막 그늘속에 꾀꼬리 노래하고
산그림자 둘러선곳 초가집들 놓였구나
이끼푸른 좁은산길 홀로서 거니르니
빗속에 피는꽃들 향기뿜어 보내주네

「鄭禮男」(정예남)

△자(字)는 자화(子和)오 호(號)는 서주(西疇)니 온양인(溫陽人)이다

◎送朴立之隨東州倅之行 (동주군수를 따라가는 박입지에게 보냄)

十月千山落葉稠、君隨五馬向東州、離杯到手休惆悵、此去還應辦壯遊

지는잎 소리없이 산마다 쌓일적에
그대는 원님따라 동주로 가려는가
이술잔 받으면서 헤어진다 슬어마소
아마도 이번길에 선경(仙境)모다 구경하리

註‖오마(五馬)※중국에서 옛적에 태수(太守)의 부임(赴任)길에 오두마차(五頭馬車)를 사용하였음으로 원님(太守)의 별칭(別稱)이 되였음

「金孝一(김효일)」

△자(字)는 행원(行源)이오 호(號)는 국담(菊潭)이니 안동인(安東人)이다

◎秋思 (가을회포)

滿庭梧葉散西風、孤夢初回燭淚紅、窓外候蟲秋思苦、伴人啼到五更終

오동잎 바람따라 우수수 지는소리
겨우든잠 깨고보니 촉불홀로 눈물지네
창밖게 섬돌밑에 귀뚤이 슬피울어
시름하는 사람함께 잠못들고 새는구나

「崔大立(최대립)」

△자(字)는 수보(秀夫)오 호(號)는 창애(蒼厓)니 수성인(隋城人)이다

◎練光亭別後 (연광정에서 작별한후)

鉤盡細簾獨倚樓、酒醒人去又生愁、桃花水漲春江濶、何處飛來雙白鷗

발(簾)밖에 달은지고 밤은깊어 고요한데
임은벌서 가버리고 내시름만 다시이네
복사꽃 붉게피고 강물곱게 출렁일제
유정할손 흰 갈매기 물결위로 오락가락

「梁誠一」

△자(字)는 여현(汝顯)이오 호(號)는 소계(小溪)니 계림인(鷄林人)이라 효도(孝道)로 이름이 높다

◎贈人 (누구에게 줌)

碧落金波淨、青桐玉露寒、水流時序急、霜逼鬢毛殘、古曲知音少、浮生會面難、誰憐和氏璧、按劍却相看

거울같이 맑은하늘 별들이 까막이고
벽오동 푸른잎새 찬이슬 방울졋네
세월은 물과같어 빨리빨리 흘려가니
서릿발 언친듯이 살쩍머리 세였구나
아양(峨洋)옛곡(曲)타고본들 알아줄 이 별반없고
뜬세상 구름같아 만나모듬 어려웁네
변화(卞和)씨 좋은구슬 뉘라서 상을주리
상주긴 고사하고 칼을안고 서로보네

註=화씨벽(和氏璧)※중국 전국시대(戰國時代)에 초(楚)나라사람 변화(卞和)가 처음얻어 국왕(國王)에게 받쳤더니 하잘것없는 돌덩이로 임금을 속인다 하고 변화(卞和)의 발뒷굼치를 짝아 극형(極刑)에 처하였다 그후다시 다른 왕(王)께 받쳐 비로소 형산박옥(荊山璞玉)임을 알았다 후에 진나라로 굴러 들어가고 진왕여정(秦王呂政)이 시황(始皇)이 된후 그 박옥(璞玉)으로 옥새(玉璽)를 만들어 중국역사 수천재(數千載)에 걸처 기리 국보(國寶)가 되다

「金忠烈」(김충렬)

◁자(字)는 이언(而彦)이오 호(號)는 옥호(玉湖)니 김해인(金海人)이다

◎山寺月夜聞子規 (산사에서 두견새울음 듣고)

古寺梨花落、深山蜀魄啼、宵分聽不盡、千嶂月高低

오랜옛절 적막한데 지는꽃 흩날리고
산은깊어 그윽한데 두견이만 슬피우네
밤새도록 끊는우름 차마그저 못듣겠오
봉마다 밝은달 그빛마저 처량쿠나

「朴尙立」(박상입)

◁자(字)는 입지(立之)오 호(號)는 난재(懶齋)니 경남(擎南)의 아들이다

◎林居 (임거)

山齋幽寂晝陰斜、滿地蒼苔半落花、溪上獨來誰與伴、水禽終日立槎牙

고요한 산재(山齋)안에 해는벌서 기우렀고
푸른이끼 덮인산길 지는꽃잎 수를놓네
시냇가 거닐을제 눌더불어 동무할고
물새만 해지도록 뗏목위에 앉았구나

「石希璞」(석희박)

〈자(字)는 자성(子成)이오 호(號)는 남천(南川)이니 한산인(漢山人)이다

◎松京懷古 (송도의 옛일을 추억하며)

山河依舊市朝空、流水殘雲落照中、歇馬獨來尋往迹、斷碑猶記鄭文忠

산천은 의구한데 옛날모습 간데없고
저녁노을 잠긴곳에 물소리만 처량구나
홀로서 말세우고 지난자취 찾노라니
한조각 남은돌비 정문충공 말하는듯

註=정문충공(鄭文忠公)※고려말(高麗末)의 충신(忠臣) 정몽주(鄭夢周)선생을 가르켜 한말

「李穆」(이목)

〈자(字)는 중심(仲深)이오 호(號)는 북계(北溪)니 덕수인(德水人)이라 인조(仁祖)때 과거(科擧)하여 벼슬이 현령(縣令)에 이르다

(—서기一六二七년경—)

◎詠畫中睡雁 (그림가운데 조는기러기를 두고 읊음)

隨陽一點落平洲、長對蘆花別有秋、羅網稻粱散不顧、上林傳札夢中謀

볕발따라 한점두점 평사물가 떠러지고
갈꽃 곱게핀언덕에 즐겨앉아 날지않네
올무놓고 그물침을 모두다 모르는척
상림원 글전함을 꿈가운데 그리는듯

註=상림원(上林苑)※중국 한(漢)나라 대궐안에 있는 동산

「楊萬古」(양만고)

△자(字)는 도일(道一)이오 호(號)는 청계(青溪)니 사언(士彥)의 아들이다 광해(光海)때 과거(科擧)하여 벼슬이 부사(府使)에 이르다

(서기 一五七四년——)

◎題睡雁圖 (조는기러기 그림을두고)

一幅齊紈上、誰摸雁睡長、蘆花霜落後、煙月夢瀟湘

한폭좋은 비단축자 아담(雅談)하게 걸렸는데
졸고있는 기러기를 그뉘라서 그렸는가
갈꽃은 곱게피고 달뚜렷이 밝은밤에
소상강 그리누굼 역력히도 그려냈오

「鄭斗卿」(정두경)

△자(字)는 군평(君平)이오 호(號)는 동명(東溟)이니 지승(之升)의 증손(曾孫)이다 인조(仁祖)때 과거(科擧)하여 벼슬이 예조참판(禮曹參判)에 이르고 기발(奇拔)한 문장(文章)으로 유명하다

(서기 一五九六년——)

◎塞上曲 (새상곡)

花門藩將氣雄豪、八尺長身帶寶刀、大獵陰山三丈雪、帳中歸飮碧葡萄

화문에 나는장수 그기세 뉘당하리
팔척장신 늠늠(凜凜)한데 좋은보도 비껴찼네
으스름산 깊은눈(雪)쌓인데 큰사냥 마추고서
장막으로 돌아와 취하도록 마시느니

又 (정두경)

◎戲贈李御史子文 (이어사게 보냄)

御史潛來不道名、自稱京洛李書生、陰山夜雪將軍獵、莫向邊城作虎行

어사도 폐의파립(弊衣破笠) 본디면목 감추고서
서울에서 내려온 이서방이 자기란네
으스름산 눈쌓이면 원님사냥 즐기나니
이골에선 아여낭조 호랑이염 뵈질마소

「蔡聖龜」채성구

〈자(字)는 용구(用九)오 호(號)는 지비자(知非子)니 평강인(平康人)이라 인조(仁祖)때 과거(科擧)하여 벼슬이 지평(持平)에 이르다

(서기 一六〇七년—一六四七년)

◎亂後志感 (난리후 느낌)

三綱已倒國垂傾、公義千秋愧汗靑、忍背神宗皇帝德、何顏宣祖大王靈、寧爲北地王諶死、不作東窓賊檜生、野老呑聲行且哭、穆陵殘日照微誠

삼강이미 너머지고 나라체모 기우렀고
대의명분 이즘되니 천추역사 부끄렵네
신종황제 구원(救援)한덕 차마버림 어이하며
선조대왕 가신정령 무슨면목 내세우리
북지왕침 뒤를따라 찰코주검 거룩하고
남송진회 본을받아 구차(苟且)살음 더러웁네
늙은백성 목메도록 가며울고 울며가네
목릉(穆陵)앞에 꿇어엎며 해지도록 통곡했오

註=신종황제(神宗皇帝)※명나라 황제(皇帝) 주익균(朱翊均)을 말함이니 임진왜란당시(壬辰倭亂當時) 이여송(李如松)의 무리를 보내어 우리나라를 구원(救援)해준 명(明)나라 임금

북지왕침(北地王諶)※중국 후한삼국시대(後漢三國時代) 촉한 소렬제유비(蜀漢昭烈帝劉備)의 손(孫)이오 후주유선(後主劉禪)의 아들로 그아버지 후주(後主)가 위장등애(魏將鄧艾)에게 항복(降伏)함을보고 간(諫)하다가 듣지않으매 소렬제(昭烈帝) 사당(祠堂)에 들어가 자문순국(自刎殉國)한 사람

진회(秦檜)※남송(南宋) 고종(高宗)때 대신(大臣)으로 뇌물(賂物)을 받고 적(敵)과 내통(內通)하여 충신악비(忠臣岳飛)를 죽이고 화친 和親을 주장(主張)하다가 마침내 나라를 망친 소인(小人)

목릉(穆陵) ※선조대왕(宣祖大王)의 능호(陵號)

「李志賤(이지천)」

△자(字)는 탄금(彈琴)이오 호(號)는 사포(沙浦)니 여주인(驪州人)이라 광해(光海)때 과거(科擧)하여 벼슬이 우윤(右尹)에 이르다

(서기一五八九년——)

◎次玄悟軸中韻 (현오축중 운을 빌려)

物外知誰是、人間向誰非、姑先催進酒、然後合言詩、綠水應無恙、青山定不違、踈簾宜早捲、雲細月如眉

세상밖에 옳은사람 그누구이며
이세상에 그른이는 누가되리오
우선먼저 몇잔술 취케마시고
그런후 글귀한수 지어봅시다
녹수는 탈이없이 흘러가는데
청산은 예런듯 우뚝하구나
주렴일찍 걷고서 바라를보니
간드라진 초생달 눈섭같구나

「鄭麟卿(정인경)」

△자(字)는 성서(聖瑞)오 호(號)는 창곡(蒼谷)이니 두경(斗卿)의 아우다 인조(仁祖)때 과거(科擧)하여 벼슬이 승지(承旨)에 이르다

(서기一六〇七년——)

◎江頭送別 (강머리서 작별)

風江一棹送將歸、夾岸桃花亂打衣、大醉不知離別苦、夕陽西下轉依依

순풍에 돛을달고 강으로 돌아갈제
언덕위 복사꽃 어지러이 지는구나
이별시름 모르고서 취중에 떠났더니
서산에 해지럴제 불연듯이 그리웁네

「姜栢年 강백년」

△자(字)는 숙구(叔久)오 호(號)는 설봉(雪峰)이니 진주인(晋州人)이라 인조(仁祖)때 과거(科擧)하여 벼슬이 예조판서(禮曺判書)에 이르다

(서기一六〇三년—一六八一년)

◎山行 (산행)

十里無人響、山空春鳥啼、逢僧問前路、僧去路還迷

십리넘어 길을가도 만나는이 하나없고
산은적적 고요한데 새소리만 들려오네
중을만나 길물으니 이리저리 일러주고
중은총총 가버리매 길은다시 희미하네

又 (강백년)

◎除夜借高蜀州韻 (제야에 고촉주운을 빌려)

酒盡燈殘也不眠、曉鍾鳴後轉依然、非關來歲無今夜、自是人情惜去年

밤깊도록 마셨으나 잠못이루고
새벽종 울려와도 여전하구나
내년엔들 오늘밤 없으려마는
가는해 만류못해 안타까하네

「崔孝一 최효일」

△자(字)는 원양(元讓)이오 의주인(義州人)이니 칠의사(七義士)의 일인(一人)이 되다 병조판서(兵曺判書)를 증직(贈職)하고 시호(諡號)는 충장(忠壯)

(—서기一六三七년경—)

◎與諸義士相別 (제의사로 더불어 서로작별)

壯氣連天嶠、精忠貫日明、男兒一掬淚、不獨爲今行

끓는피 가슴속에 솟아오르고
임위해 받힐정성 뚜렷하여라
사내의 흐르는 뜨거운눈물
이번길 애끊이는 시름아니오

『柳道三』(유도삼)

△자(字)는 여일(汝一)이오 호(號)는 산암(散庵)이니 진주인(晋州人)이라 인조(仁祖)때 과거(科擧)하여 벼슬이 승지(承旨)에 이르다

(—서기 一六一七년경—)

◎皐蘭寺 (고란사)

逍遙百濟舊山河、擧目其如慷慨何、伯業長空孤鳥沒、繁華廢寺一僧過、層岩花落春無跡、古渡龍亡水自波、最是隔江明月夜、不堪風送後庭歌

백제의 옛산천 거닐고보니
눈가는곳 어데나 처량하구나
오백년 간임사업 사라져없고
번화하던 절간에 중홀로있네
낙화암 꽃이지니 봄자취없고
용마저 가버린후 물만흐르네
이제와 망국한(亡國恨) 누가알리오
강건너서 노랫소리 들려만오네

註=후정화(後庭花)※중국 당(唐)나라 명황(明皇)의 신곡(新曲)중 가장 유명하였던 곡명(曲名) 唐詩「商女不識亡國恨、隔江猶唱後庭花」

『宋浚吉』(송준길)

△자(字)는 명보(明甫)오 호(號)는 동춘당(同春堂)이니 은진인(恩津人)이라 은일(隱逸)로써 이조판서(吏曹判書)에 이르고 시호(諡號)는 문정(文正)

(서기 一六二一년— 一六九二년)

◎記夢 (몽사를 읊음)

平生欽仰退陶翁、沒世精神尙感通、此夜夢中承誨語、覺來山月滿窓櫳

평생에 사모하던 퇴계선생님
몸가셔도 그영혼 남어있는지
꿈속에 엮려히도 가라침받고
깨고보니 창에가득 달빛뿐일세

「尹元擧(윤원거)」

△자(字)는 백분(伯奮)이오 호(號)는 용서(龍西)니 파평인(坡平人)이라 벼슬이 진선(進善)에 이르다

(서기 一六〇一년—一六七二년)

◎江上待尤齋 (강상에서 우재를 기다리며)

聞道仙舟發鷺川、飄然來待彩雲邊、三江水落歸帆斷、應泊皐蘭古寺前

임타신배 연천강 떠났다기에
나룻가로 훌적나와 기다렸다오
삼강물 줄어들어 뜨질못하고
고란사 앞강가에 닻놓았으리

「任有後(임유후)」

△자(字)는 효백(孝伯)이오 호(號)는 만휴와(萬休窩)니 풍천인(豊川人)이라 인조(仁祖) 때 과거(科擧)하여 벼슬이 참판(叅判)에 이르다 시호(諡號)는 정희(貞僖)

(서기 一六〇一년—　)

◎春江泛舟 (봄강에 배를 띄이고)

青帘高出杏花村、沽酒歸來日已昏、醉臥蓬窓春睡穩、不知風雨滿江門

표치(標幟)높이 팔랑대는 주점에들려
술사메고 돌아오니 황혼이로세
세상을 모르도록 취해누으니
강물위 비바람침 알리없구나

「李時楷」(이시해)

△자(字)는 자범(子範)이오 호(號)는 낙곡(南谷)이니 춘영(春英)의 아들이다 인조(仁祖)때 과거(科擧)하여 벼슬이 이조참판(吏曹參判)에 이르다

(서기一六〇〇년——)

◎亂後聞京信 (난리후에 서울 소식듣고)

喪亂還如此、吾生亦不辰、傳聞西塞信、俱作北朝臣、頗牧今千載、桓文古一人、腐儒空攬涕、蹈海未亡身

난리란 이렇게도 참담한겐가
불운한 세상에 태아났구나
요지음 서울소식 전해들으니
모두함께 되놈의 신하됬다네
염파이목(廉頗李牧) 지금세상 없단말인가
제한진문(齊桓晋文) 옛적사람 되어버렸오
썩은선비 부지럽시 훌적거리며
동해바다 몸을던져 죽질못하네

註=염파이목(廉頗李牧)※두사람은 중국 전국시대(戰國時代)조(趙)나라의 명장(名將)이니 염파(廉頗)는 효성왕孝成王)때 상경(上卿)으로 진(秦)나라를 격파(擊破)하고 신평군(信平君)이되고 이목(李牧)은 조나라의 명장으로 변방(邊方)을 잘지키어 큰공(大功)을 세운 명장(名將)

제환진문(齊桓晋文)※제환공 齊桓公)과 진문공(晋文公)이니 각각 오패중(五覇中)의 한사람으로 제환공(齊桓公)의 이름은 소백(小伯)이니 관중(管仲)을 정승(政丞)삼아 제후(諸侯)의 맹주(盟主)가되고 진문공(晋文公)의 이름은 중이(重耳)이니 이찌기 나라가 어지러우매 구년(九年)동안 열국(列國)으로 유랑(流浪)하다가 진목공(秦穆公)의 힘을빌어 귀국(歸國)하여 문공(文公)이된 사람

「朴長遠(박장원)」

△자(字)는 중구(仲久)오 호(號)는 구당(久堂)이니 고령인(高靈人)이라 인조(仁祖)때 과거(科擧)하여 벼슬이 이조판서(吏曹判書)에 이르다 시호(諡號)는 문효(文孝)
(서기一六一二년—一六七一년)

◎反哺烏 (반포오)

士有親在堂、貧無甘旨具、微禽亦感人、淚落林哺烏

어버이 집에모신 사람으로는
조석공궤 잘못받듬 애를 태우네
까마귀 하치않은 날새이언만
어미은혜 못갚는다 슬어 운다오

「蔡震亨(채진형)」

△호(號)는 전당(蓴塘)이니 인천인(仁川人)이다

◎劍 (칼)

三尺龍泉匣裡鳴、崢嶸 氣腹中盈、除凶壯志終難得、欲換農牛敎子耕

갑속에 용천검을 쑥빼아드니
찌를듯 파란기운 날에 서렸네
마침내 이내큰뜻 못이룰적엔
가릿소 바꿔사서 자손게주리

「李海昌(이해창)」

△자(字)는 계하(季夏)이니 한산인(韓山人)이라 인조(仁祖)때 과거(科擧)하여 벼슬이 사간(司諫)에 이르다
(서기一五九九년——)

◎落葉 (낙엽)

萬林紅葉錦班斕、一夜霜威太劇殘、志士騷人休怨惜、獨憐蒼翠澗松寒

누른잎 붉은잎 산마다 물들더니
하룻밤 찬서리에 시드러 마르느니
모든풍경 처량타고 슬어를마소
눈날리고 바람차도 솔푸름을 볼수있네

우암 송시열
尤庵 宋時烈

구당 박장원
久堂 朴長遠

문곡 김수항
文谷 金壽恒

미수 허목
眉叟 許穆

「顯宗大王」 현종대왕

△효종(孝宗)의 세자(世子)로 십구세(十九歲)에 즉위(即位)하여 삼십사세(三十四歲)에 승하(昇遐)하니 재위십오년(在位十五年) 능호(陵號)는 숭릉(崇陵)

(서기一六四一년—一六七四년)

◎暮春 (모춘)

遙望上林似錦茵、可憐風景日滋新、烟沉綠柳鶯歌咽、雨歇紅花蝶舞頻、細草靑靑迷御路、閑庭寂寂暮三春、看來坐惜年華去、不覺東峰掛玉輪

상림원 바라보니 비단자리 깔아논듯
풍경은 자로변해 갈수록 새로워라
연기잠긴 푸른버들 꾀꼬리 노래하고
비개이자 꽃송위 나비들 춤을추오
야린풀 파릇파릇 길조차 가리우고
정원은 고요하여 봄마저 저무렀네
좋우시절 가버림 안타까워 하올적에
한바퀴 밝은달이 동령(東嶺)에서 떠오르오

「趙錫胤」 조석윤

△자(字)는 윤지(胤之)오 호(號)는 낙정당(樂靜堂)이니 백천인(白川人)이라 인조(仁祖)때 급제(及第)하여 호당(湖堂)에 선(選)하고 문형(文衡)을 전(典)하다 벼슬이 이조참판(吏曹參判)에 이르다 시호(謚號)는 문효(文孝)

(서기一六〇六년——)

◎涪溪村 (배계촌)

四面滄溪一帶川、誰知勝景在窮邊、野老生涯眞足樂、逐臣身世祇堪憐、炎天快閣誰留客、丙穴嘉魚不用錢、含杯半日題詩去、此地遨遊定宿緣

푸른시내 이리저리 구비둘러 흐르는데
가장자리 이구석에 승경있음 뉘라알리
시골백성 살아나감 시비없어 즐거웁고
귀양사리 이내신세 시름많아 가엾구나
여름정자 시원한데 손님만류 뉘라하나
물(水)자갈밑 엎덴고기 값없이도 잡아내네
술마시다 글읊으며 글읊다가 술마시니
이렇게 노닐음도 연분임시 분명하네

「李一相(이일상)」

△자(字)는 성경(成卿)이오 호(號)는 청호(靑湖)니 명한(明漢)의 아들이다 인조(仁祖)때 과거(科擧)하여 문형(文衡)을 전(典)하고 벼슬이 예조판서(禮曹判書)에 이르다

(서기 一六一二년—一六六六년)

◎豊潤縣(풍윤현)

城西公院一僧居、乍憩蒲團晚飯餘、茶夢未圓還寂寞、樹烟初散更扶疎、天寒萬里單于塞、日暮三韓使者車、估客不知人事變、市門猶自賣殘書

성바에 작은암자 중홀로 살고있어
저녁식사 마추고서 부들방석 쪄고쉬네
드던잠 깨고보매 밤은 도루 적막하고
잠긴연기 흩어시니 수풀다시 성기구나
하늘차니 되(胡)나라 새방바람 살어이고
해저무니 삼한의 사신행차 길멈추오
세상일 변한줄을 장사치 모르는지
팔다남은 여러서적 점포마다 느러놨오

「曺漢英(조한영)」

△자(字)는 수이(守而)오 호(號)는 회곡(晦谷)이니 문수(文秀)의 아들이다 인조(仁祖)때 과거(科擧)하여 벼슬이 참판(參判)에 이르다

(서기 一六〇八년———)

◎瀋獄踏靑日呈淸陰(심옥에서 답청일에 청음에게 올림)

二年猶異域、萬里幾佳辰、物色當三日、羈囚恰四人、塞雲還帶雪、邊草不生春、排悶憑詩句、詩成恨轉新

두어해 되(胡)나라서 지내게되니
몇번이나 좋은명절 맞이했는가
물색은 어느듯 답청날이오
네사람 모조리 가친몸일세
새방구름 아직도 쌀쌀하구나
봄이와도 되땅엔 풀싹안트네
근심걱정 잊으려고 글귀 읊으니
귀귀자자(句句字字) 끊이는애 더욱새롭네

「洪處亮(홍처량)」

△자(字)는 자회(子晦)오 호(號)는 북정(北汀)이니 남양인(南陽人)이라 인조(仁祖) 때 과거(科擧)하여 벼슬이 이조판서(吏曹判書)에 이르다 (서기一六〇七년—一六八三년)

◎哭子 (곡 자)

靈帷晝掩暗生塵、寂寞虛堂酒果陳、床有借來書卷在、婦人收取哭還人

침침한 궤연엔 몬지쌓이고
쓸쓸한 상청위 주과놓였네
책상머리 빌려온책 쌓여있음을
그어머님 울면서 돌려보내네

「尹善道(윤선도)」

△자(字)는 약이(約而)오 호(號)는 고산(孤山)이니 해남인(海南人)이라 인조(仁祖)때 과거(科擧)하여 벼슬이 예조참의(禮曹叅議)에 이르다 시호(諡號)는 충헌(忠憲) (서기一五八七년—一六七一년)

◎被謫北塞 (북새로 귀양감을 입고)

歎息狂歌哭失聲、男兒志氣意難平、西山日暮群鴉亂、北塞霜寒獨雁鳴、千里客心驚歲晚、一方民意畏天傾、不如無目兼無耳、歸臥林泉畢此生

미친노래 불러가며 목을놓고 울어봐도
사내의 높은기개 뜻펴기가 어려워라
서산에 해저무러 까마귀떼 흩어날고
북쪽새방 찬서리에 외기러기 울어예네
천리밖 나그네는 이해(歲)다감 탄식하고
이고장 백성들은 하늘뜻을 근심하오
차라리 듣보잖는 귀머거리 장님되어
시비없는 산중에서 숨어삶이 좋으리라

「朴珙衢(박공구)」

△자(字)는 자룡(子龍)이오 호(號)는 기옹(畸翁)이니 순천인(順天人)이라 벼슬이 왕자사부(王子師傅)에 이르다

◎周房寺 (주방사)

長年遊嶺外、幾度到周房、殿廢丹靑落、庭空草木荒、古臺惟有月、石窟已無王、欲問興亡事、忘言對夕陽

여러해 영남땅 두류하면서
몇번이나 이절간을 찾아왔던고
오랜전각 단청조차 허술해지고
빈뜰은 풀에묻쳐 쓸쓸하구나
대(臺)위엔 달빛있어 비춰주건만
석굴안 숨은임금 어데로갔나
지나간 홍망성쇠(興亡盛衰) 물을바없어
지는해 바라보며 말없이 섰네

註=석굴(石窟)※옛날 주왕(周王)이 숨었다는 주방굴(周房窟)

「申濡(신유)」

△자(字)는 군택(君澤)이오 호(號)는 죽당(竹堂)이니 고령인(高靈人)이라 인조(仁祖)때 과거(科擧)하여 벼슬이 예조참판 禮曹參判)에 이르다

(서기一五九〇년——)

◎送亞使舟訪皐蘭寺 (송아사주방 고란사)

花映紅蓮草映袍、峽中春水訪仙豪、夜深應宿皐蘭寺、月滿烟波一笛高

홍연화 곱게피고 풀빛좋은데
봄물은 흘러내려 강으로드네
고란사 찾아들어 한밤새울제
피리소리 연파위서 들려옵니다

「孫必大(손필대)」

△자(字)는 이원(而遠)이오 호(號)는 한구자(寒癯子)니 평해인(平海人)이라 인조(仁祖)때 과거(科擧)하여 벼슬이 통례(通禮)에 이르다

(서기一五九九년——)

◎田家 (농사집)

日暮罷鋤歸、稚子迎門語、東家不愼牛、齕盡溪邊黍

해지도록 기음매고 집에돌오니
기다린듯 어린놈 문에섯다가
이웃집소 잘못매아 뛰어나가서
우리밭 잘된기장 다뜯었다네

「兪棨(유계)」

△자(字)는 무중(武仲)이오 호(號)는 시남(市南)이니 기계인(杞溪人)이라 인조(仁祖)때 과거(科擧)하여 벼슬이 이조참판(吏曹參判)에 이르다

(서기一六〇七년—一六六四년)

◎秋夜 (가을밤)

秋天寥落夜凉多、月色雲容澹似波、莫遣西風催玉露、恐殘窓外小塘荷

가을하늘 텡비우고 가을밤 쌀쌀한데
달빛에 물이들은 구름마저 조촐쿠나
이제로 바람높아 찬이슬 맺게되면
곱게핀 연꽃송이 시들을가 저어하네

「李冕夏」(이면하)

△자(字)는 백주(伯周)오 호(號)는 백곡(白谷)이니 식(植)의 아들이다 인조(仁祖)때 과거(科擧)하여 벼슬이 수찬(修撰)에 이르다

(서기一六一九년——)

◎別安上人 (별안상인)

白雲紅村萬山秋、却望京華已掉頭、悵悵獨歸江漢客、月明何處倚孤舟

타는듯 붉은잎새 산마다 가을인데
서울을 마다하고 떨치고 가버리네
나만홀로 남겨두고 강호로 돌아가니
밝은달 어데메서 배를타고 노리하나

「尹 堦」(윤 해)

△자(字)는 태승(泰昇)이오 호(號)는 하곡(霞谷)이니 해평인(海平人)이라 현종(顯宗)때 과거(科擧)하여 벼슬이 판서(判書)에 이르다 시호(謚號)는 익정(翼正)

(서기一六二二년—一六九二년)

◎途中 (도중)

日暮朔風起、天寒行路難、白烟生凍樹、山店雪中看

해지자 매운바람 살을 어이고
날씨추어 길걷기 정말 어렵네
연기조차 찬숲에 얼어 서리고
촌술집 눈속에 쌓여 있구나

「沈大孚」심대부

△자(字)는 신숙(信叔)이오 호(號)는 범재(泛齋)니 청송인(青松人)이라 인조(仁祖) 때 과거(科擧)하여 벼슬이 집의(執義)에 이르다

(서기一五八六년——)

◎澗西 (간서)

小洞深幽一逕斜、年年來宿澗西家、去年太早今年晩、長負山翁滿圃花

산마을 골은깊고 조용하구나
해마다 여기와서 놀고가느니
지난해 빨리왔기 올엔늦어서
거듭거듭 주인에게 미안하구려

「權 式」권 식

△석주(石洲)의 손(孫)이니 인조(仁祖)때 과거(科擧)하여 벼슬이 군수(郡守)에 이르다

(서기一五九九년——)

◎白沙宅應呼咏三色桃 (백사댁의 삼색도를 응호함)

夭桃灼灼暎疎籬、三色如何共一枝、恰似美人梳洗後、半粧紅粉未均時

바자울 성긴곳 도화곱게 피엇는데
희고붉고 푸른꽃 한가지에 매달렸네
예쁜계집 좋은머리 함추록 빗고나서
상기미쳐 지분단장 못아울린 자태인듯

「李知白」 이지백

△자(字)는 계현(季玄)이니 영상(領相) 홍주(弘胄)의 손(孫)이다 인조(仁祖)때 과거(科擧)하여 벼슬이 군수(郡守)에 이르다

(——서기一六三七년경——)

◎江東逍遙閣 (강동 소요각)

池閣玲瓏鏤水紋、柳邊斜日帶蟬曛、傍人錯比丹靑畵、紅蓼花前醉使君

주란화각(朱欄畵閣) 울긋불긋 물결위 떠서있고
저녁노을 곱게곱게 버들위에 걸려있네
이렇듯 좋은단청 그림인가 여기고서
홍료화 붉은앞에 임과함께 취했구나

「呂爾載」 여이재

△자(字)는 자후(子厚)오 호(號)는 해옹(海翁)이니 함양인(咸陽人)이라 인조(仁祖)때 과거(科擧)하여 벼슬이 판서(判書)에 이르다 시호(謚號)는 숙헌(肅憲)

(서기一六〇〇년—一六六五년)

◎田家 (농사집)

籬壞翁嗔犢、呼兒早閉門、分明雪中跡、昨夜虎過村

울타리 부서졌다 송아질 나무래고
사립일쩍 닫아걸라 아이보고 당부하네
발자욱 듬성듬성 눈(雪)위에 박혀있어
호랑이 지난밤에 왔다감이 분명쿠나

「金得臣」(김득신)

〈자(字)는 자공(子公)이오 호(號)는 귀석(龜石)이니 안동인(安東人)이라 현종(顯宗)때 과거(科擧)하여 벼슬이 가선(嘉善)에 이르고 안풍군(安豊君)에 봉(封)하다 (서기 一六六四년——)

◎湖行 (호행)

湖西踏盡向秦關、長路行行不暫閒、驢背睡餘開眼見 暮雲殘雪是何山

호서땅 두루돌아 구경다하고
총총히 길가노라 쉴새 없구나
나귀등에 앉은채 깜빡조는새
봄눈(雪)남은 저산이 어데메인고

又 (김득신)

◎絕句 (절귀) (其一)

落日下平沙、宿禽投遠樹、歸人晩騎驢、更㤭前山雨

서산에 지는해 평사위 깔리울제
잘새는 제집찾아 먼산으로 나라가네
늦게야 가는사람 나귀채질 급히하니
앞산에 지나는비 또맞을가 저어하여

又 (김득신)

◎絕句 절귀(其二)

夕照轉江沙、秋聲生遠樹、牧童叱犢歸、衣濕前山雨

저녁노을 곱게곱게 강물위에 펼처있고
가을소리 처량히도 먼숲에서 들려오네
목동이 소를몰고 바삐바삐 돌아올제
지나가는 쏘낙비에 옷이홈빡 젖었구나

「趙龜錫」(조구석)

〈자(字)는 우서(禹瑞)오 호(號)는 장륙당(藏六堂)이니 양주인(楊州人)이라 인조(仁祖)때 과거(科擧)하여 벼슬이 감사(監司)에 이르다

(서기 一五七九년—一六二九년)

◎晩發鳳山夕後有雨 (봉산을떠나 저녁비를 만나)

春雲漠漠轉悽悽、十里官街柳色迷、裛露濃花芳蝶舞、隔溪深樹怪禽啼、江涵澄碧輕波濶、山欲微紅夕照低、正是村村農務急、喜看佳雨滿前畦

봄구름 아득아득 슬픈심사 자아내고
거리의 푸른버들 치렁치렁 느러졌네
이슬어린 고은꽃위 나비들이 춤을추고
시내건너 깊은숲속 온갖잡새 우는구나
쪽빛처럼 푸른강물 물결조차 잔잔하고
비단같이 고은노을 산허리에 걸려있네
여기저기 마을마다 농사일 한창인데
기다리던 단비내려 논이랑에 차넘치네

「兪櫶」(유헌)

〈자(字)는 회백(晦伯)이오 호(號)는 송정(松汀)이니 기계인(杞溪人)이라 현종(顯宗)때 과거(科擧)하여 벼슬이 도승지(都承旨)에 이르다

(서기 一六一七년———)

◎板幕嶺 (판막령)

蜀道之難我昔聞、芝山今日更堪論、層陰翳日千峰合、絕碧懸空一徑分、靑兕黃熊啼左右、蒼藤古木失朝昏、人間險僻無踰此、偏使孤臣涙滿裙

하늘보다 어렵다고 촉도(蜀道)오름 들었더니
오늘이산 오르고야 다시말씀 못하겠네
으스름 해를가려 산봉오리 맞다은듯
달아매논 절벽위로 비알길 타오르네
여기저기 숲새에서 온갖짐승 으룽대고
푸른덩굴 엉크러져 대낮컴컴 어둡구나
이렁듯 험한산길 이세상에 또있을가
귀양가는 외론신하 눈물흘려 옷적시네

註=촉도지난(蜀道之難)※중국 사천성(泗川省)으로 통하는 대단 험준(險峻)한 산목 길인데 당(唐)나라 시인(詩人) 이태백(李太白)이 촉도(蜀道)의 험조간난(險阻艱難)함을 논(論)하여 당현종(唐玄宗—明皇)의 서행(西幸)의 불리(不利)함을 풍자(諷刺)한 걸작(傑作)「蜀道之難、難於乘天」

「李殷相」(이은상)

△자(字)는 열경(說卿)이오 호(號)는 동리(東里)니 소한(昭漢)의 아들이다 효종(孝宗)때 과거(科擧)하여 호당(湖堂)에 선(選)하고 벼슬이 형조판서(刑曹判書)및 양관제학(兩館提學)에 이르다 시호(謚號)는 문량(文良)

(—서기一六三七년경—)

◎送襄陽尹使君 (양양윤사군을 보내며)

雪嶽山光雪後宜、一麾行色一琴隨、神仙官府連蓬島、太守風流更習池、靑鎖夢牽留客舘、白銅歌作送君詞、春來理屐尋眞地、花下相迎倒接䍦

설악산 좋은풍경 눈(雪)온후 더욱좋소
고(琴)하나 말에싣고 가는행색 수수하네
호화로운 좋은관청(官廳) 봉래섬을 연하였고
원님의 멋진풍류 요지(瑤池)노리 즐기우리
객관에 머무를적 임계신데 그릴거요
동호부 내리시며 분부말씀 갸륵하네
봄들어 좋은시절 죽장망혜(竹杖芒鞋) 찾아가서
꽃아래 술 나누며 서로만나 반겨보세

註=청쇄(靑鎖)※임금님이 계신대궐(大闕)의 문(門) 成語考「禁門曰、靑鎖」
동호부(銅虎符)※구리쇠로 범(虎)의 형상(形像)을 새겨만든 병부(兵符)인데 지방 관리 에게 내주는 관인(官印) 오른쪽(右方)은 궁중(宮中)에 두고 왼쪽(左方)은 신하 에게 내어줌 史記「二年九月初、與郡守爲銅虎符」

「李端相」(이단상)

△자(字)는 유능(幼能)이오 호(號)는 정관재(靜觀齋)니 일상(一相)의 아우다 인조(仁祖)때 과거(科擧)하여 호당(湖堂)에 선(選)하고 벼슬이 부제학(副提學)에 이르다

(서기一六二八년—一六六九년)

◎暮春宿光陵奉先寺 (모춘에 광릉 봉선사에 유숙하며)

曉夢回淸磬、空簾滿院春、暗燈孤坐佛、殘月獨歸人、馬踏林花落、衣沾草露新、前溪嗚咽水、似訴客來頻

새벽잠 깨고보니 경쇠소리 맑게울고
발밖에 꽃핀위로 송이송이 봄은왔네
으스름 등불아래 부처앉아 졸고있고
서산에 달이질때 중은바삐 절로드네
봄노리 말굽아래 꽃떠러져 밟히우고
새로차린 옷자락에 이슬흠빡 젖었구나
앞시내 흐르는물 목메울며 예는것은
속객자주 오고감을 하소연함이아닌가

「宋時烈」(송시열)

△자(字)는 영보(英甫)오 호(號)는 우암(尤菴)이니 은진인(恩津人)이라 인조(仁祖)때 급제(及第)하여 벼슬이 좌의정(左議政)에 이르고 시호(諡號)는 문정(文正)이오 노론(老論)의 거두(巨頭)

(서기 一六〇七년—一六八九년)

◎赴京 (부경)

綠水喧如怒 青山默似嚬、靜觀山水意、嫌我向風塵

녹수(綠水)는 성낸듯 콸콸콸 흘려예고
청산은 말이없이 찡긴듯 서서있네
산과물 갸륵한뜻 곰곰히 생각하니
풍진에 몸더러힘 이를미워 그리노니

又 (송시열)

◎濯髮 (머리를 감으면)

濯髮清川落未收 一莖飄向海東流 蓬萊仙子如相見 應笑人間有白頭

맑은물에 머리감다 빠진터럭 못주어서
한오라기 남실남실 바다물로 떠나가오
봉래산 신선들이 서로주어 보고서는
인간백년 덧없음을 으레함께 웃으리라

又 (송시열)

◎詠風 (영풍)

來從何處去何處、無嗅無形只有聲、飜雲覆雨天樞動、盪海掀山地軸傾、赤壁吹焚曹子艦、睢陽噓散項家兵、捲我屋廬茅蓋盡、朝暉穿漏照心明

어데메서 불어와서 어데메로 불려가나
꼴(形)과냄새 없건마는 소리다만 굉장하다
비퍼붓고 구름날려 하늘꼭지 움지기고
바다덮고 산흔들어 지축마저 기우리네
적벽강에 비를섞어 조조(曺操)전함(戰艦) 불지르고
수양땅 휘모라쳐 항우(項羽)군사 흩혔느니
허술하게 이은집웅 심술궂게 걷어말아
새로생긴 틈구멍에 햇빛빤히 새아드네

註=적벽조자함(赤壁曺子艦)※적벽강(赤壁江)은 중국 호북성(湖北省) 가어현(嘉魚縣)의 동북(東北)으로 흐르는 강(江)이니 옛적 삼국시대(三國時代)에 위왕조조(魏王曺操)가 오(吳)의 대장(大將) 주유(周瑜)에게 참패를 당했던곳

수양항가병(睢陽項家兵)※중국 안휘성(安徽省) 영벽현(靈壁縣) 동남(東南)에 있는 땅이니 옛적 초한시대(楚漢時代)에 초패왕 항우(楚霸王項羽)가 한고조 유방(漢高祖劉邦)에게 최후(最後)의 병패(兵敗)를 당했던곳

「申最」(신최)

△자字는 계량(季良)이오 호(號)는 춘소(春沼)이니 익성(翊聖)의 아들이다 인조(仁祖) 때 과거(科擧)하여 벼슬이 한림(翰林)및 도사(都事)에 이르다

(서기一六一九년———)

◎春詞(춘사)

滿地梨花白雪香、東方無賴捐幽芳、春愁漠漠心如海、棲燕雙飛繞畫樑

이화꽃 흰눈처럼 땅에가득 향기론데
봄바람 얄궂게도 진꽃마저 흩날리오
시름은 아득아득 바다인양 깊어갈제
쌍쌍이 나는제비 들보위에 새집짓네

「尹宣擧」(윤선거)

△자(字)는 길보(吉甫)오 호(號)는 미촌(美村)이니 팔송(八松) 황(煌)의 아들이다 인조(仁祖)때 진사(進士)로 나라에서 여러번 부르시되 나가지않음 시호(諡號)는 문경(文敬)

(서기一五七四년—一六六九년)

◎宋英甫李泰之并轡來訪泛舟前江(두분 친구의 내방으로 앞강에 배를띄어)

蒼葭白露石湖秋、道侶仙舟碧玉流、漢北江南空悵望、不知人事幾閒愁

갈대는 푸릇푸릇 이슬어려 서리될제
그리든임 찾아와서 강물위에 배띄웠네
바라보니 아득하다 한양서울 어데인가
한가롭고 어수선함 그뉘라서 미리알리

註=「蒹葭蒼蒼白露爲霜」

『洪柱世』(홍주세)

△자(字)는 숙진(叔鎭)이오 호(號)는 정허당(靜虛堂)이니 풍산인(豐山人)이라 효종(孝宗)때 과거(科擧)하여 벼슬이 정랑(正郞)에 이르다

(서기一六一二년———)

◎詠竹 (대를 읊음) 【爲金淸陰作當初彼中誤有金斜陽之稱】

澤畔有孤竹、霜稍秀衆林、斜陽雖萬變、終不改淸陰

하룻밤 된서리 만산(萬山)에 잎이 질제
택반(澤畔)의 성긴 대만 빼논듯 푸르구나
서산에 지는해 요리조리 변하건만
언제나 맑은그늘 끝내들림 못보겠네

註=이글은 병자호란(丙子胡亂)당시(當時) 척화(斥和)를 주장(主張)하다가 심양(瀋陽)으로 피체(被逮)되어 끝내 대절(大節)을 붉굴(不屈)한 청음(淸陰) 김상헌선생(金尙憲先生)을 찬양(讚揚)한바로 일찌기 남한하성(南漢下城)이후 김상헌선생(金尙憲先生)은 벼슬을 버리고 그의 고향(故鄕)안동(安東)에 귀와(歸臥)했더니 청조(淸朝)에서 척화신(斥和臣)의 거두 김사양(巨頭 金斜陽)을 체송(逮送)하라하니「이는 김상헌 金尙憲과 김사양(金斜陽)이 음상사(音相似)하여 청국(淸國)이 잘못알았음」그때 김사양(金斜陽—叅判)은 죽고 마침내 김상헌선생(金尙憲先生)이 체송(逮送)되다

『洪葳』(홍위)

△자(字)는 군실(君實)이오 호(號)는 청계(淸溪)니 남양인(南陽人)이라 효종(孝宗)때 과거(科擧)하여 벼슬이 감사(監司)에 이르다

(서기一六二〇년———)

◎夜坐 (밤에 앉어서)

荷宜踈雨竹宜風、分外淸凉閉戶中、休把是非從我問、願將憂樂與人同、宦榮漸覺思難報、袖短還慚舞未工、偶得新詩誰共詠、夜來床下有秋蟲

연당(蓮塘)에 비내리고 대밭에 바람부니
맑고도 시원함이 이밖에 또있는가
세상일 옳고긇음 날보고는 문질마소
인간의 울고웃음 남들함께 누리려네
벼슬사리 귀히되니 임의은혜 어이갚나
멸친춤 서투러서 수줍음이 그지없네
엉겻한수 생각난글 눌더불어 같이읊나
밤들어 섬돌밑에 귀뚜리만 슬피우네

「金萬英」 김만영

△진사(進士)로 있을때 세마(洗馬)를 제수(除授)하되 나가지않았음

◎詠西果 (수박을 읊음)

色如秋天初霽後、形如太極未分前、擊破丹心珠露滴、相如從此懶尋泉

가을비 산듯개인 하늘인양 빛 푸르고
태초(太初)라 홍몽전(鴻濛前) 태극처럼 꼴(形)둥그오
쭉 쪼개고 속을보니 시원한듯 붉었구나
사마상여(司馬相如) 이로조차 샘 찾기 싫여하리

註=태초(太初)※우주(宇宙)의 맨처음 즉 천지(天地)가 개벽(開闢)한 처음
홍몽(鴻濛)※혼돈세계(混沌世界)

「申 晸」 신정

△자(字)는 인백(寅伯)이오 호(號)는 분애(汾涯)니 흠(欽)의손(孫)이다 현종(顯宗)때 과거(科擧)하여 벼슬이 이조판서(吏曹判書)에 이르다

(서기一六二八년—一六八七년)

◎病中咏梅絶筆 (병중에 매화를 두고 읊음)

短短梅花樹、相隨渡海來、不知人已病、猶向枕邊開

작고도 예쁘장한 매화 한그루
다정한양 나를따라 멀리왔구나
병들어 누어있음 네 어이알리
벼개머리 바라보며 빵끗웃느니

「許허 嶈장」

△자(字)는 중진(仲鎭)이오 양천인(陽川人)이니 판서(判書)완(完)의 아들이다 성균진사(成均進士)

◎溪亭偶吟 (계정우음)

野老無榮不出門、鉤簾終日坐幽軒、胸中自爾心機靜、竹雨松風亦厭喧

한가로이 늙은몸 부귀영화 뜻이없고
온종일 발(簾)걷고 퇴마루에 앉아있네
호수(湖水)같은 가슴속 마음절로 가라앉아
비바람 소리조차 귀찮게 들려지네

「許허 岦입」

△자(字)는 계진(季鎭)이니 장(嶈)의 아우라 벼슬이 현감(縣監)에 이르다

◎雪中寄人 (설중에 사람에게 보냄)

十月山中雪意豪、擁爐終日惘寒袍、平生壯志今蕭索、雙鬢年來盡白毛

시월이라 산마을에 바람차고 눈내리니
온종일 추위두려 화로끼고 앉았구나
평생에 품은큰뜻 못이룬채 늙어지니
해마다 살쩍머리 센터럭만 늘어가네

「鄭昌胄」 정창주

△자(字)는 사흥(士興)이오 호(號)는 만주(晩洲)니 초계인(草溪人)이라 벼슬이 승지(承旨)에 이르다
(서기 一六〇六년———)

◎江村卽事 (강촌 즉사)

暝樹生寒旅雁稀、望中漁火隔江微、江天入夜多風雨、分付船人且早歸

날씨도 하도차니 기력조차 뜨지않고
어화(漁火)는 언덕가려 까물까물 멀어지네
강마을 밤들면서 비바람 몰아칠듯
뱃사람 닻을캐며 빨리가자 재촉하네

「金南重」 김남중

△자(字)는 자진(自珍)이오 호(號)는 야당(野塘)이니 경주인(慶州人)이라 광해(光海)때 과거(科擧)하여 벼슬이 대사간(大司諫)에 이르다 시호(諡號)는 정효(貞孝)
(서기 一五九六년— 一六六三년)

◎遣悶 (견민)

秋陰漠漠雨蕭蕭、門掩城南晝寂寥、多病此時添藥餌、偷閒何日老漁樵、墻根苦聽虫吟鬧、庭畔愁看木葉凋、聞說西關邊警急、坐彈金匣劍光搖

으스스 가을날씨 찬비내려 쓸쓸한데
문을 닫고누었으니 적막하기 그지없네
병이잦아 쇠약한몸 약석(藥石)으로 떠괴이고
어느때나 한가롭게 어초(漁樵)하냥 늙어가리
바자울밑 귀뚤울음 괴로웁게 들려오고
뜰곁에 지는잎새 근심스레 바라보네
서쪽변방 급하다는 놀랜소식 듣고나서
갑속의 칼을빼니 푸른기운 번쩍이오

「金始振」(김시진)

△자(字)는 백옥(伯玉)이오 호(號)는 반고(盤皐)니 명원(命元)의 증손(曾孫)이라 벼슬이 예조참판(禮曹參判)에 이르다

(서기一六一八년—一六六八년)

◎山行 (산행)

閒花自落好禽啼、一逕淸陰轉碧溪、坐睡行吟時得句、山中無筆不須題

피었던꽃 절로지고 꾀꼬리 노래할제
맑고도 푸른그늘 시내위에 떠러졌네
가다가 앉어쉬고 쉬였다가 다시갈제
떠오르는 좋은글귀 지필없어 못쓰누나

「鄭脩」(정수)

△자(字)는 영숙(永叔)이오 호(號)는 우촌(牛村)이니 동래인(東萊人)이다

◎偶吟 (우음)

夏夜風軒夢忽罷、蒼蒼皓月漏雲端、此時浩氣無滯碍、默念明誠篆肺肝

높은정자 시원한데 잠문득 깨고보니
밝다못해 푸른달빛 구름끝에 새흐르네
이렇듯 넓은기운 거리끼고 막힘없어
조촐하고 맑은생각 가슴깊이 스며드네

「金益熙」(김익희)

△자(字)는 중문(仲文)이오 호(號)는 창주(滄洲)니 광산인(光山人)이라 인조(仁祖)때 과거(科擧)하여 벼슬이 대제학(大提學)에 이르다

(서기一六一〇년~)

◎次皐蘭寺韻 (고란사운을 빌려)

滿目邱園禾黍稠、不堪興廢兩悠悠、龍亡花落前朝事、木老雲重古寺秋、一陣雁聲天拍水、五更鷄唱月沈樓、遙看野渡舟如葉、欲載孤臣萬斛愁

눈에가득 전원(田園)에 벼(禾)와기장 우거지고
흥폐존망(興廢存亡) 옛자취는 말없이 흘러갔오
꽃이지고 용(龍)이감도 때는이미 천년이오
오래오래 늙은나무 옛절둘러 서있구나
떼기러기 우는소리 강물위로 떠러지고
새벽달 처량히도 다락머리 걸려있네
멀리멀리 떠가는배 잎새처럼 팔랑이니
겹겹쌓인 이내시름 마저싣고 가려무나

註=하서(禾黍)※벼와 기장을 말함이니 나라가 망(亡)한후 옛 대궐(大闕)터가 논밭이 되어 여러곡식이 우거짐을 탄식(嘆息)한말、史記「麥穗漸漸兮、禾黍油油」

「申活」(신활)

△자(字)는 경탁(敬卓)이오 호(號)는 죽로 竹老 이니 영해인(寧海人)이라 성균진사(成均進士)에 이르다

◎聞瀋陽報入山書懷 (심양의 소식을듣고 산으로들어가)

吾東義士儘成仁、願採岡薇祭古人、獨坐山中無曆日、看花猶記大明春

여러분 의를지켜 끝내목숨 버리시니
산고사리 캐아올려 가신임을 위로하리
산중에 홀로사니 책녁인들 있을손가
꽃피고 새가울어 봄이온줄 알겠구나

註=대명춘(大明春)※명(明)나라도 망(亡)해 버리고 우리 나라도 청조(淸朝)에 항복 降服 하여 되놈의 세상이 되였으니 명(明)나라 숭정년호(崇禎年號)를 쓸 채력이 없어 졌다는 뜻으로 오직 한서 寒暑 의 왕래(往來)로 사시(四時)를 짐작하고 살아간다는 뜻

「李之馨(이지형)」

△자(字)는 자승(子昇)이니 인조(仁祖)때 과거(科擧)하여 벼슬이 판교(判校)에 이르다 (서기一五九八년——)

◎送人遊楓嶽 (금강산 구경가는 사람에게)

曾賞蓬萊萬二千、夢中皆骨玉嬋姸、君到正陽寺裏聽、月明花下有啼鵑

나도일쩍 일만이천 금강산 구경했네
꿈속엔 아직도 그림인듯 느러섰오
그대부디 이번길 정양절 찾아들어
달밝은밤 꽃가지에 우는두견 들어보소

「朴靖(박정)」

△자(字)는 자안(子安)이오 호(號)는 동천(東川)이니 벼슬이 군수(郡守)에 이르다

◎雜詠 (잡 영)

四月綠陰多、山禽終日語、驚人不遠飛、又向西山去

꽃지고 잎이피는 첫사월이오
산새들 온종일 지저구리네
사람자취 놀래어 옮아앉더니
건넛산 숲속으로 다시나르네

「韓明遠(한명원)」

△자(字)는 용회(用晦)오 호(號)는 백당(百堂)이니 벼슬이 부사(府使)에 이르다

◎ 黌舍偶作 (횡사우작)

雲散天高夜景淸、一輪明月漸分晴、少年行樂今如夢、老去悲秋感我情

하늘은　구름한점　없고맑은데
한바퀴　둥근달빛　참말밝구나
젊어서　노든생각　꿈결같은데
늙을수록　가을시름　더욱크구나

「韓希卨(한희설)」

△자(字)는 성필(聖弼)이오 인조(仁祖)때 과거(科擧)하여 벼슬이 부사(府使)에 이르다

(서기 一六一二년———)

◎ 詠新曆 (새책녁을 읊음)

爾帶明年節、先傳世上人、天涯老病客、寧欲不知春

돌오는해　열두달　절후를띠고
온세상　방방곡곡　미리알리네
만리밖　나그네　늙고병든몸
오가는봄　모르는게　차라리좋아

「朱震楨(주진정)」

△자(字)는 용경(用卿)이니 효종(孝宗)때 과거(科擧)하여 벼슬이 좌랑(佐郞)에 이르다

(서기一六二〇년——)

◎偶吟 (우음)

雨霽山猶濕、風高葉自吟、草堂良夜寂、明月照幽襟

비개인 산모습 젖은듯 홈홈하고
바람앞에 잎사귀 우수수 우는구나
고요한 초당안에 밤은이미 깊어가고
밝은달 다정히도 나의옷깃 비처주네

「韓友琦(한우기)」

△자(字)는 상간(尙干)이오 호(號)는 운곡(雲谷)이니 효종(孝宗)때 과거(科擧)하여 벼슬이 군수(郡守)에 이르다

(서기一六二一년——)

◎山村暮景 (산촌모경)

屋上烟初起、林間鳥欲棲、牧童橫短笛、驅犢下山蹊

저녁연기 지붕위로 떠오르는데
잘새는 숲사이로 날러드노나
목동(牧童)은 가냘피게 피리를 불며
소를몰고 시냇가로 내려를가네

「朴廷郁(박정욱)」

△자(字)는 유문(儒文)이니 효종(孝宗)때 진사(進士)로 벼슬이 참봉(叅奉)에 이르다
(──서기一六六七년경──)

◎關北海中有石狀如童子(관북해중에 동자석상을 두고)

徐市載秦女、何年入海中、至今盤石上、留坐一靑童

오백동녀(五百童女) 배에싣고 삼신산 찾아가다
서시(徐市)는 어느해 이바다로 들렸든가
이제도 반석위 한분동자 앉아있구나

註=서시(徐市)※중국 진시황시대(秦始皇時代) 낭야(浪耶)의 방사서복(房士徐福)을 말함이니 시황(始皇)의 명령(命令)으로 동남동녀오백인(童男童女五百人)을 싣고 삼신산(三神山)으로 불사약(不死藥)을 구(求)하러 떠난후 끝내 돌아가지 못하였다함

「韓紀百(한기백)」

△자(字)는 대년(大年)이오 호(號)는 송석(松石)이니 현종(顯宗)때 과거(科擧)하여 벼슬이 정랑(正郞)에 이르다
(서기一六三六년──)

◎高原旅舍詠飢鷹(고원여사에서 주린매를 두고)

勁翮低垂草屋前、壯心猶在九霄烟、凌風毛骨無人識、今日還爲過客憐

날개쭉지 움츠리고 처마밑에 앉았지만
높은하늘 활활날라 새 움킬듯 품고있네
거센바람 차고날음 어느뉘라 알것이랴
너도나도 지내다가 가엽다고 동정하네

「朱汝翼」(주여익)

△자(字)는 익지(翼之)오 여두(汝斗)의 아들이라 현종(顯宗)때 과거(科擧)하여 벼슬이 사마(司馬)에 이르다 (—서기 一六六七년경—)

◎居館中汝確送湖西(객지에 신여학을 호서로 보내며)

秋風落葉滿庭飛、千里湖山送子歸、來歲江南春好處、更期函丈共摳衣

가을바람 지는잎 뜰에가득 날리울제
호서땅 먼먼길에 가는그대 보내노니
내년에 강남땅 좋은곳 봄들거던
다시한번 스승함께 만나 즐기세

「朱義植」(주의식)

△자(字)는 도원(道源)이오 호(號)는 남곡(南谷)이니 나주인(羅州人)이라 벼슬이 현감(縣監)에 이르다

◎項羽 (항 우)

英雄運去嘆天亡、八載干戈夢一場、不獨江東羞父老、泉臺何面拜懷王

운이다함 모르고서 하늘보고 원망했네
팔년풍진 싸우던일 한바탕 꿈이로세
강동부로 볼수없다 오강(烏江)에서 죽었지만
지하에 돌아가서 초회왕을 어이볼고

「庾纘洪」(유찬홍)

△자(字)는 술보(述夫)오 호(號)는 청곡(靑谷)이니 평산인(平山人)이다

(서기 一六二七년경)

◎江村春興 (강촌춘흥)

隔浦漁家聚作村、舟中一半度朝昏、江南去趁魚鹽市、無數春帆出海門

갯가으로 어갓(漁家)집 옹기종기 놓였는데
긴세월 반이상을 뱃(舟)속에서 지내노라
잡은고기 환(換)치려고 강남천리 바라보며
수없이 돛을달고 멀리멀리 떠나가네

「嚴義吉」(엄의길)

△자(字)는 여중(汝仲)이오 호(號)는 춘포(春圃)니 영월인(寧越人)이다

◎夜坐 (야좌)

谷靜無人跡、庭空有月痕、忽聞山犬吠、沽酒客敲門

골작은 태고(太古)런듯 오가는 사람없고
정원(庭園)은 하늘인양 달빛뿐일세
어데서 짖는개 돌려오더니
친구있어 술병차고 문을뚜디네

「陳尙漸」(진상점)

△자(字)는 이정(以正)이니 현종(顯宗)때 과거(科擧)하여 벼슬이 군수(郡守)에 이르다

(—서기 一六六七년경—)

◎閒居漫吟贈隣友 (한거이있어 이웃 친구에게 보냄)

一抹青山幸見分、邇來林壑鳥爲群、客來問我塵間事、笑指南山一片雲

청산은 뭉개인듯 높고낮음 모르는걸
깊은 골작 가르매로 이봉저봉 나뉘였네
어느분 날보고서 세상일 묻게되면
산넘어 뜬구름을 가르키며 웃는다오

「李翊臣」(이익신)

△자(字)는 국경(國卿)이오 호(號)는 와곡(瓦谷)이니 완산인(完山人)이라 명필(名筆)로 유명(有名)함

(서기 一六三一년—)

◎煙寺暮鍾 (연사모종)

洞府煙沉石逕陰、夕陽山寺客難尋、風前隱隱鍾聲落、僧在岩巓第幾岑

깊은골 연기잠겨 길조차 희미한데
산속에 해는지고 절간찾기 어렵구나
종소리 은은하게 바람결에 울려오니
저산속 어느봉에 중들이 살고있나

「朱楘(주무)」

△자(字)는 사문(司文)이오 호(號)는 설봉(雪峰)이니 인조(仁祖)때 과거(科擧)하여 벼슬이 군수(郡守)에 이르다 (—서기 一六三七년경—)

◎朝發歸州庵馬上口占 (절간을 떠나 말 위에서)

雪後層峰半入霄、霽容春意晚來饒、寒梅何處傳消息、懶策蹇驢渡野橋

흰눈쌓인 산봉오리 하늘받고 서있는데
언제나 눈개이고 봄은찾아 오려는가
어데메 매화피어 꽂소식을 가져오나
천천히 나귀몰아 혹시왔나 살펴보네

「李得元(이득원)」

△자(字)는 사춘(士春)이오 호(號)는 죽재(竹齋)니 완산인(完山人)이다 (서기一五九七년—一六三七년)

◎曉行 (새벽 길)

曙色連江白、寒霜滿路痕、羸驂行落葉、一犬吠荒村

새벽빛 희꾸무레 강위에새고
찬서리 쌀쌀히도 길에내렸오
말을몰아 낙엽밟고 지나가는데
마을앞 개가짖고 내닫는구나

「高義厚(고의후)」

△호(號)는 온곡(醞谷)이니 개성인(開城人)이다

◎詠菊 (국화를 읊음)

有花無酒可堪嗟、有酒無人亦奈何、世事悠悠不須問、看花對酒一長歌

꽃피자 술이없어 애처롭더니
술익어도 임 안오니 더욱슬고야
허영청한 세상일 묻지를마소
꽃속에 술마시며 노래부르네

「金壽(김숙)」

△자(字)는 백옥(伯玉)이오 호(號)는 근곡(芹谷)이니 임영인(臨瀛人)이다

◎睡餘口占 (잠을 깨고 나서)

海國連宵雨、春天盡日風、空齋睡初罷、窓外落花紅

밤마다 바닷가 비가내리고
봄철엔 언제든지 바람많다오
늦게야 고이든잠 깨고서보니
창밖에 소리없이 꽃은지노나

「金富賢」 김부현

△자(字)는 예경(禮卿)이오 호(號)는 항동(巷東)이니 광산인(光山人)이다

◎三淸洞 (삼청동)

溪上離離草、侵人坐處生、不知衣露濕、猶自聽溪聲

시냇가 뾰족뾰족 움트는풀이
여기저기 파릇파릇 펄쳐(生)노나
이슬어려 옷젖음을 아지못하고
졸졸졸 흐르는물 듣고앉었네

又 (김부현)

◎驪江 (여강)

東來一洗世間憂、泛泛滄波任遠遊、無數好山舟上過、不知身已到忠州

뜬세상 모든근심 깨끗이 버리고서
창파에 둥실둥실 마음대로 떠가노라
눈앞에 좋은산천 언뜻언뜻 지나가고
어느듯 몸은벌서 충주땅에 당도했네

「申儀華」 신의화

△호(號)는 사아당(四雅堂)이니 춘소(春沼)의 아들이다
(서기一六〇四년―一六三〇년)

◎雪後 (눈온 뒤에)

屋後林鴉凍不飛、晩來瓊屑壓松扉、應知昨夜山靈死、多少靑峰盡白衣

수풀속 언(凍)까마귀 나지못하고
솔(松)사립 찬눈쌓여 살을어이네
알괘라 간밤에 산신령 죽어
산마다 빠짐없이 몽상(蒙喪)입었네

「肅宗大王」(숙종대왕)

△현종(顯宗)의 세자(世子)로 십사세(十四歲)에 즉위(即位)하여 육십세(六十歲)에 승하(昇遐)하였으니 재위사십육년(在位四十六年)

(서기一六六二년—一七二〇년)

◎次杜子美蜀相韻 (두자미 촉상운을 비러)

臥龍祠屋今何尋、翠栢蒼松㪚日森、蝶舞夭桃帶細雨、鶯飛嫩柳空和音、風雲契合勤三顧、魚水昭融許一心、漢祚運移終未復、英雄千古淚盈襟

와룡선생 모신사당 이제어이 찾아갈고
잣나무 소나무만 해를가려 푸르구나
도화곱게 피는송이 나비들이 춤을추고
버들푸른 가지위에 꾀꼬리만 놀아내네
영웅의 품은큰뜻 새번돌봐 맺어지고
군신의 친밀한정 마음깊이 허락했네
한나라 기운운수 끝내다시 못돌리어
역사천추(歷史千秋) 기리기리 영웅들 눈물지오

註=와룡(臥龍)※중국 한말(漢末) 삼국시대(三國時代)에 소렬제(照烈帝) 유비(劉備)를 도아 촉한(蜀漢)을 세운 명상(名相) 제갈량(諸葛亮)의 별호(別號)이니 자(字)는 공명(孔明)이오 시호(諡號)는 충무(忠武)이라 양도(陽都) 사람으로 일찌기 남양융중(南陽隆中)에 은거(隱居)하여 그재주 관중악의(管仲樂毅)보다 높고 그포부(抱負)이윤여상(伊尹呂尙)으로 서로 견주더니 유비(劉備)가 세번가 맞이하여 군사(軍師)를 삼았고 유비(劉備)의 아들 유선(劉禪)이 임금이 된후 삼국(三國)을 통일(統一)하여 한(漢)나라를 부흥(復興)하고저 여섯번 기산(祈山)에 출사(出師)하였다가 끝내 공(功)을 못세우고 오장원두(五丈原頭)에서 진몰(陣沒)하였음

풍운(風雲)※영웅(英雄)의 큰뜻을 펴고저 이르키는 사변(事變)

어수제(魚水契)※군신의 제우(際遇)가 지극함을 비유한말 유비(劉備)와 제갈량(諸葛亮)의 고사(故事)에 의依함 蜀志諸葛亮傳「孤之有孔明、猶魚之有水」

숙 종 대 왕
肅 宗 大 王

「卓柱漢」 탁주한

△자(字)는 대재(大哉)이니 가평인(嘉平人)이다

◎三藏寺用板上韻 (삼장사의 판상운을 따서)

秋色千峰裏、溪聲一路中、林風正蕭瑟、山日已高春、草有三椏綠、塵無半點紅、諸天看漸近、誰謂我途窮

봉(峰)마다 가을빛 물드려있고
가노라니 물소리 맑게들리네
숲속에 부는바람 소슬하고요
해는벌서 산높이 솟아있구나
요초(瑤草)는 묘하게도 째져푸른데
절간엔 몬지한점 뜨지않었네
불가(佛家)의 팔방천(八方天) 가까이있오
뉘라서 내앞길을 궁하다하리

註=제천(諸天)※불가(佛家)에서 말하는 여덟하늘

「許穆」 허목

△자(字)는 화보(和父)오 호(號)는 미수(眉叟)니 양천인(陽川人)이라 효종원년(孝宗元年)에 정릉참봉(靖陵參奉)으로 천수(薦授)하고 숙종원년(肅宗元年)에 벼슬이 우의정(右議政)에 이르다 시호(諡號)는 문정(文正)

(서기一五八五년—一六七三년)

◎熊淵泛舟示永叔 (웅연에 배를 띄고 영숙에 보임)

山下春江深不流、綠蘋風動浪花浮、草青沙白汀洲晚、捲釣移舟上渡頭

강물은 깊고깊어 흐르지않고
물결만 바람따라 출렁이노나
강언덕 모래희고 풀빛좋은데
낚시걷고 노를저어 배는떠가오

又 (허 목)

◎題蔣明輔江舍 (장명보의 강사를 두고)

江水綠如染、天涯又暮春、相逢偶一醉、皆是故鄕人

강물은 물드린양 푸러있는데
나그네땅 천리밖게 봄이또가오
서로만나 즐거웁게 취하고보니
우리모두 같은고향 친구로구나

「洪宇遠」(홍우원)

△자(字)는 군징(君徵)이오 호(號)는 남파(南坡)니 남양인(南陽人)이라 만전(晩全) 가신(可臣)의 손(孫)이다 인조(仁祖)때 과거(科擧)하여 벼슬이 이조판서(吏曹判書)에 이르다

(서기一六〇五년—一六八八년)

◎寄答鄭進士子修 (정진사 자수에게 보냄)

莫恨無書信、無書勝有書、書來人不見、愁緒更何如

글월마저 끊였다고 한 하질마소
글 없어도 몸편하면 그만아닌가
기별은 오드래도 얼굴못보면
애타는 이내심사 더욱크다오

又 (홍우원)

◎黃江道中 (황강도중)

平沙如雪綠江回、白鳥飛飛去復廻、忽有小船歌側過、輕風一棹浪花開

모래사장 펼친곳 푸른강물 구비돌고
흰 갈매기 훨훨날아 왔다갔다 하는구나
한가로운 노랫소리 매생이(小舟)서 들려오며
가변바람 한돛대에 잔물결이 꽃을피네

「金壽恒」(김수항)

△자(字)는 구지(久之)오 호(號)는 문곡(文谷)이니 청음(淸陰) 상헌(尙憲)의 손(孫)이고 효종(孝宗)때 급제(及第)하여 벼슬이 영의정(領議政)에 이르고 문형(文衡)을 전(典)하다 시호(諡號)는 문충(文忠)

(서기一六〇五년—一六八九년)

◎次玄洲韻 (현주운을 비러)

自甘窮巷靜無依、門掩青苔過客稀、每到夜深吟不寐、坐看窓月轉淸輝

조용한 시골이 마음에 들어
문닫고 누었으니 찾는이없네
밤깊도록 잠못들고 앉었노라면
밝은달 창에비쳐 환하여지네

「閔鼎重」 민정중

△자(字)는 대수(大受)오 호(號)는 노봉(老峰)이니 여흥인(驪興人)이라 인조(仁祖)때 과거(科擧)하여 벼슬이 좌의정(左議政)에 이르고 벽동적소(碧潼謫所)에서 졸(卒)하다 시호(謚號)는 문충(文忠)

(서기一六四一년—一七〇五년)

◎玉河館夢覺後走吟 (옥하관에서 꿈을 깨고)

一夜歸心萬里悠、春風吹夢過遼州、紅花店外烟生柳、青石嶺前月似鉤、草逕復尋三畝宅、峨冠同拜五雲樓、曉鍾撞破驚孤枕、殘燭依微伴客愁

밤마다 그린고향 아득하온대
봄들어 꿈길속에 오고가노니
홍화점 길가으로 버들푸르고
청석령 고개위에 쪼각달지네
좁은길 풀헬치며 시골집찾고
아관박대(峨冠博帶) 의관차려 홀(圭)을받았오
새벽종 우는소리 놀라깨이니
촉불만 으슴프레 시름돋우네

「李師命」 이사명

△자(字)는 백길(伯吉)이니 밀성군(密城君) 침(琛)의 후예(後裔)라 숙종(肅宗)때 과거(科擧)하여 벼슬이 병조판서(兵曹判書)에 이르고 완성군(完城君)에 봉(封)하다

(서기一六四五년—一六八九년)

◎扶餘古都 (부여 고도)

往事皆陳迹、山川尚不迷、衣冠晨月上、花草野禽啼

지나간 온갖일은 자취뿐인데
산과물만 예런듯 그대로있네
새벽달 푸른아래 오르느라니
우거진 풀꽃속에 새들만우네

「金萬基」(김만기)

△자(字)는 영숙(永叔)이오 호(號)는 서석(瑞石)이니 광산인(光山人)이라 사계(沙溪) 장생(長生)의 증손(曾孫)이니 효종(孝宗)때 급제(及第)하여 보국숭록대부 영돈녕(輔國崇祿大夫領敦寧)에 이르고 문형(文衡)을 전(典)하다 숙종(肅宗) 국구(國舅)로 광성부원군(光城府院君)에 봉(封)하다 시호(諡號)는 문충(文忠)

(서기一六三三년——)

◎記夢 (기몽)

清樾微風吹半酣、杖藜扶我過溪南、隔林一縷茶烟起、竹盡灣碕得小庵

얼근히 취한김에 한들바람(微風) 쏘이려고
청려장 부여잡고 시냇가로 거니렀네
한가드락 푸른연기 숲사이로 떠오르기
벼랑위 올라가니 작은암자 놓였더라

「金萬重」(김만중)

△자(字)는 중숙(重叔)이오 호(號)는 서포(西浦)이니 만기(萬基)의 아우라 현종(顯宗)때 과거(科擧)하여 문형(文衡)을 전(典)하고 벼슬이 이조판서(吏曹判書)에 이르다 시호(諡號)는 문효(文孝)

(——서기一六五五년경——)

◎送姜校理叔夏擢守鍾城 (종성부사로 가는 강숙하를 보냄)

侍臣增秩領邊州、千里龍光玉陛頭、壯志已經雲嶺險、惠聲應共豆江流、平郊快馬秋觀獵、紅燭青娥夜打毬、遙識政成饒樂事、愁城從此不須愁

모신신하 벼슬돋가 원님으로 보내시니
거룩하온 임의은혜 천리밖에 뻗쳐있네
청운(青雲)길 험난하매 큰뜻이미 굳어있고
끼친은혜 기림(讃)소리 강물함께 기리가리
가을이라 넓은벌에 말뛰놓아 사냥하고
밤마다 촉불아래 격구(擊毬)노리 기쁘리라
어진정사 베픈후에 즐거운일 많고보면
말썽많은 고장에도 근심차츰 사라지리

註=용광(龍光)※총광(寵光)과 같으니 임금님의 거룩한은덕(恩德)을 말함 詩經「旣見君子、爲龍爲光」

「金壽興」(김수흥)

△자(字)는 기지(起之)오 호(號)는 퇴우당(退憂堂)이니 상헌(尙憲)의 손(孫)이다 효종(孝宗)때 과거(科擧)하여 벼슬이 영의정(領議政)에 이르다 시호(諡號)는 문익(文翼)

(서기一六二六년—一六九一년)

◎龜潭道中 (귀담도중)

青山回合擁江流、忽見瑤岑出馬頭、擧目怳然連絕境、凝神方始記曾游、縣崖尙有題名石、曲渚猶疑泛雪舟、春滿洞天花似錦、不堪回望舊丹邱

강물막아 산은서고 산을끼고 물흐르오
말을채처 가노라니 요잠(瑤岑)우뚝 길을막네
눈을들어 바라보매 좋은풍경 벌렸는데
정신차려 생각하니 전에노던 산천이오
매아달린 돌벼랑위 이름상기 남었구나
구비둘린 강가으로 배를띠고 놀았느니
봄들어 이골작에 꽃이곱게 피였거니
옛자취 살피면서 지난시절 그리노라

「尹鑴」(윤휴)

△자(字)는 희중(希仲)이오 호(號)는 백호(白湖)니 남원인(南原人)이라 벼슬이 우참찬(右參贊)에 이르다

(———서기一六五五년)

◎陋巷 (누항)

明着衣冠士子身、簞瓢陋巷不厭貧、雲開萬國同看月、花發千家共得春、邵子吟中多氣像、淵明醉裏樂天眞、從來大隱皆城市、何必投竿寂寞濱

옷차림 똑바로한 선비몸으로
도시락밥 표주박물 가난이좋소
온누리 비친달 네내것없고
집집마다 피는꽃 함께봄일세
소강절(邵康節)맑은기상 달과같은데
도연명 취한속에 꽃을즐겼네
번화한 저잣거리 숨어도 좋은데
어찌하필 강가에다 낚시 던졌나

註=소강절(邵康節)※중국 북송(北宋)의 도학자(道學者)로 이름은 옹(雍)이오 자(字)는 요보(堯夫)오 시호(諡號)는 강절(康節)이니 공성인(共城人)이라 그학문(學問)이 대단(大端)히 난삽(難澁)하였었으나 후래학자(後來學者)에게 존숭(尊崇)한바가되다 시(詩)에 장(長)하고 선천도(先天圖) 황극경세서(皇極經世書)이 천격양집(伊川擊壤集)등(等) 저서(著書)가 유(有)함

「宋奎濂(송규렴)」

△자(字)는 도원(道源)이오 호(號)는 제월(霽月)이니 은진인(恩津人)이라 효종(孝宗)때 과거(科擧)하여 벼슬이 예조판서(禮曹判書)에 이르다 시호(諡號)는 문희(文僖)

(서기一六三〇년—一七一〇년)

◎高山九曲花巖 (구곡화암에서)

二曲僊岩花映峰、碧波流水漾春容、落紅解使漁郎識、休說桃源隔萬重

바위가 곱게핀꽃 봉에비칠제
물결은 봄을싣고 흘러가누나
고기잡이 떠내리는 꽃잎을보고
무릉도원 깊은소식 이애길말게

「權大運(권대운)」

△자(字)는 시회(時會)오 호(號)는 석담(石潭)이니 안동인(安東人)이라 인조(仁祖)때 급제(及第)하여 벼슬이 영의정(領議政)에 이르다

(서기一六三三년—一七〇一년)

◎過古都 (고도를 지나며)

暮雲連廢堞、寒雨洗荒臺、山色青依舊、英雄幾去來

저문구름 옛성터에 끼어둘리고
찬비는 거친터를 씻어내리오
산빛은 예런듯 푸르옵건만
영웅네들 그얼마나 오고갔는가

「李端夏」이단하

△자(字)는 계주(季周)오 호(號)는 사재(思齋)이니 택당(澤堂)의 아들이다 현종(顯宗)때 급제(及第)하여 문형(文衡)을 전(典)하고 벼슬이 좌의정(左議政)에 이르다 시호(諡號)는 문충(文忠)

(서기 一六四九년——)

◎飮茶 (차를 마시고)

薄暮寒空雪意豪、透窓風力利如刀、且將茶碗供多病、一任長安酒價高

땅거미 질무렵에 눈발날리며
찬바람 창틈으로 스며드노니
요까짓 한잔차(茶)로 추위막으랴
얼근히 취한술 참말 좋구나

又 (이단하)

◎舟行 (뱃길)

人間行路亦無難、五十三灘二日還、最愛江淸峽盡處、悠然蒼翠見南山

인간의 오가는길 그무엇이 어려운가
시흔이라 세여울목(灘) 이틀만에 돌아오네
나들목 끊어지며 강물맑게 감도는곳
함추록 푸른남산 우두커니 바라보오

「柳赫然」유혁연

△자(字)는 회보(晦甫)오 호(號)는 야당(野堂)이니 진주인(晋州人)이라 인조(仁祖)때 과거(科擧)하여 벼슬이 형조판서(刑曹判書)에 이르다 시호(諡號)는 무민(武愍)

(——서기 一六三七년경——)

◎赴關西防詠懷 (관서방어사로 부임하여 회포를 읊음)

獰風驅雪曉來深、寒透將軍病臥衾、平明强起彈弓坐、惟有陰山大獵心

매운바람 눈보라쳐 새벽녘되자
찬기운 이불속에 스며드노나
아침일찍 일어나 활 통겨보니
으스름산 눈쌓인데 사냥가려네

「吳斗寅」(오두인)

△자(字)는 원형(元衡)이오 호(號)는 양곡(陽谷)이니 해주인(海州人)이라 인조(仁祖)매 과거(科擧)하여 벼슬이 형조판서(刑曺判書)에 이르다 시호(諡號)는 문정(文貞)

(서기一六三七년—一六九七년)

◎挽李梧洲 (이오주에게 만함)

江湖身世任優遊、萬事還驚逝水流、高閣燕來春寂寂、層霄鳳去路悠悠、坡山綠草王孫恨、寒食東風杜宇悲、惆悵往事樽酒地、祇敎明月滿汀洲

강호로 돌아와서 한가로이 사노라니
세상만사 물흐르듯 빨리빨리 가는구나
제비는 날라들어 새집바삐 지려는데
봉새는 무슨일로 하늘멀리 가셨는가
산언덕 푸른풀빛 왕손(王孫)시름 자아내고
한식절 부는바람 두견이만 슬피우네
지난일 하 그리워 술잔잡아 잊으려니
밝은달 처량히도 물가위로 비쳐오네

「朴世堂」(박세당)

△자(字)는 계긍(季肯)이오 호(號)는 서계(西溪)이니 반남인(潘南人)이라 현종(顯宗)매 과거(科擧)하여 벼슬이 판중추(判中樞)에 이르다 시호(諡號)는 문절(文節)

(서기一六四七년—一七二二년)

◎觀獵 (사냥을 보고)

角聲吹破馬頭雲、罷獵歸來日尙曛、一簇旌旗隨陣入、路人遙認李將軍

각(角)소리 나자마자 말(馬)머리 뛰닫더니
사냥파(罷)코 돌아올제 해는상기 남아있네
깃발을 흩날리며 떼를지어 들어오니
사람들 멀리서도 장군위풍(威風) 아는구나

「南九萬」 남구만

△자(字)는 운로(雲路)오 호(號)는 약천(藥泉)이니 의령인(宜寧人)이라 효종(孝宗)때 과거(科擧)하여 문형(文衡)을 전(典)하고 벼슬이 영의정(領議政)에 이르다 시호(諡號)는 문충(文忠)

(서기一六二八년—一七一一년)

◎慶州贈泰天上人 (경주에서 태천상인에게 보냄)

我如流水無歸去、爾似浮雲任往還、旅館相逢春欲暮、刺桐花落滿庭斑

이내몸 물같아여 가면다시 못오는데
그대는 구름인양 마음대로 오락가락
서로만나 그리는적 봄도 거의 저무러서
엄나무 지는꽃잎 뜰에가득 쌓였구나

註=자동(刺桐)※엄나무

「黃徵」 황징

△자(字)는 응삼(應三)이오 호(號)는 대치(大癡)니 상주인(尙州人)이라 숙종(肅宗)때 벼슬이 어영대장(御營大將)에 이르다

◎應禮判口呼韻 (예판의 부르는 운에 응하여)

幾年京洛耐飢寒、十見秋光染樹端、囊有毛錐難售趙、世無蕭鑑孰知韓

몇해나 서울에서 굶주리고 흘벗었나
나뭇잎 곱게물듬 여남은번 보았노라
옛사람 때를얻어 제몸제가 천(薦)했건만
이세상 소하(蕭何)없어 누가다시 한신(韓信)알리

註=모수자천(毛遂自薦)※중국 전국시대(戰國時代)조(趙)나라 평원군(平原君)의 문객(門客)으로 자진(自進)하여 초(楚)나라에 가서 구원(救援)을 청(請)하여 성공(成功)하였음으로 제가 저를 추천(推薦)함을 말함

소하(蕭何)※중국 한고조(漢高祖) 유방(劉邦)을 도아 한(漢)나라를 세운 명상(名相)으로 장량(張良) 한신(韓信)으로 더불어 한(漢)의 삼걸(三傑)이라 일커름 한신(韓信)을 고조(高祖)에게 천거(薦擧)하여 대장(大將)을 삼게한후 항우를 격파(擊破)하였음

「吳道一(오도일)」

△자(字)는 관지(貫之)오 호(號)는 서파(西坡)니 해주인(海州人)이라 현종(顯宗)때 과거(科擧)하여 벼슬이 병조판서(兵曹判書)에 이르고 문형(文衡)을 전(典)하다

(—서기 一六六三년경—)

◎重興洞山陽樓贈趙子直 (중흥동 산양루에서 조자직에 보냄)

古寺鍾沈客倚樓、一林寒葉夜鳴秋、關心又是明朝別、長笛殘星總喚愁

절간은 고요하고 종소리도 끊였는데
깊은밤 지는잎새 우수수 우는구나
아침이별 마음걸려 다락머리 의지하니
어데서 부는피리 이내심사 자아내네

「韓泰東(한태동)」

△자(字)는 노첨(魯瞻)이오 호(號)는 시와(是窩)니 청주인(淸州人)이라 현종(顯宗)때 과거(科擧)하여 벼슬이 응교(應敎)에 이르다

(—서기 一六五六년경—)

◎胡歌 (호가)

日暮邊風急、胡兒白雪騆、行行歌一拍、平磧起寒沙

해저물자 바람급히 몰아치는데
되놈아이 말탄모습 씩씩하구나
가다문뜩 챗직높이 휘갈겨치니
네굽놓고 뛰닷는곳 모래날리오

「尹趾完」 윤지완

△자(字)는 숙린(叔麟)이오 호(號)는 동산(東山)이니 파평인(坡平人)이라 현종(顯宗)때 과거(科擧)하여 숙종(肅宗)때 벼슬이 좌의정(左議政)에 이르다 시호(諡號)는 문정(文正)

(서기一六三四년—一七一八년)

◎哀暮僚 (애막요)

君年甲子幾番逢、七十三過又入冬、自少交遊今并老、可占泉下更相從

회갑(回甲)지난 임의춘추 올해들어 얼마인가
내나이 이른셋에 또한겨울 당하였네
젊었을적 사귄벗이 이제같이 늙었거니
지하에 가서라도 서로함께 놀아보세

「趙持謙」 조지겸

△자(字)는 광보(光甫)오 호(號)는 정재(廷齋)이니 송곡(松谷) 부양(復陽)의 아들이다 현종(顯宗)때 과거(科擧)하여 벼슬이 부제학(副提學)에 이르다

(——서기一六五三년경——)

◎登鐵嶺 (철령에 올라서)

鐵嶺千秋棘路開、逐臣前後幾人來、怊悵萬山皆在眼、回頭不見白雲臺

긴세월 철령고개 덩굴길 헤치면서
귀양사리 간이 오리 앞뒤걸쳐 얼마일고
겹겹둘러 있는산들 눈아래로 놓였는데
고개돌려 바라봐도 서울뒷산 안보이네

註=백운대(白雲臺)※서울뒤 삼각산(三角山)에 있음

「李萬元」(이만원)

△자(字)는 백춘(伯春)이오 호(號)는 이우당(二憂堂)이니 연안인(延安人)이라 숙종(肅宗)때 과거(科擧)하여 벼슬이 이조참판(吏曹參判)에 이르고 연릉군(延陵君)에 봉(封)하다

(——서기一六八九년경——)

◎古意 (고의)

風定花猶落、鳥鳴山更幽、天共白雲曉、水和明月流

바람은 자건마는 꽃은그냥 떠러지고
새들이 우짖으니 산이다시 깊도구나
하늘은 희꾸무레 구름함께 지새이고
밝은달 물에잠겨 시원히도 흐르놋다

「李玄逸」(이현일)

△자(字)는 익승(翼升)이오 호(號)는 갈암(葛庵)이니 재령인(載寧人)이라 숙종(肅宗)때 은일(隱逸)로 벼슬이 이조판서(吏曹判書)에 이르다 시호(諡號)는 문경(文敬)

(서기一六二七년—一七〇五년)

◎絶筆 (절필)

草草人間世、居然八十年、生平何所事、要不愧皇天

사람마다 세상사리 초로같은데
어느듯 팔십년을 지내었구나
한평생 하온일 무엇이런가
하늘땅 우러(仰)굽어(俯) 부끄럼없네

「南龍翼」 남용익

△자(字)는 운경(雲卿)이오 호(號)는 호곡(壺谷)이니 의령인(宜寧人)이라 인조(仁祖)때 과거(科擧)하여 호당(湖堂)에 선(選)하고 문형(文衡)을 전(典)하다 벼슬이 이조판서(吏曹判書)에 이르다 시호(諡號)는 문헌(文憲)

(서기一六三七년—一七〇二년)

◎喚仙樓 (환선루)

淸夜江波漾月輪、擧杯樓上喚仙人、雲間笙
鶴冷冷響、不是安期卽洞賓

개인밤 강물위 달은둥실 떠있는데
누(樓)에 올라 술마시며 신선불러 노잤구나
높고멀은 구름새로 맑은소리 들려오니
안기생(安期生)이 아니면 여동빈(呂洞賓)이 분명쿠나

註=안기생(安期生)※옛적 중국전설(中國傳說)에 나오는 신선(神仙)이름
여동빈(呂洞賓)※일찌이 노생(盧生)이 조(趙)나라 서울 한단(邯鄲) 어느 여관(旅舘)에서 만나 보았다는 신선(神仙)

「朴泰輔」 박태보

△자(字)는 사원(士元)이오 호(號)는 정재(定齋)이니 반남인(潘南人)이라 숙종(肅宗)때 과거(科擧)하여 벼슬이 이조판서(吏曹判書)에 이르다 시호(諡號)는 문열(文烈)

(서기一六五四년———)

◎落花巖 (낙화암)

風雨年年滿古臺、君王不復賞花來、千秋過
客傷心地、莫遺殘芳近水開

해마다 비바람 불어처도 봄은오는데
가신님 어인일로 다시구경 않오시나
긴세월 두고두고 길손시름 끊인다오
남은꽃 아여당초 물가까인 피질마라

「尹拯」 윤증

△자(字)는 자인(子仁)이오 호(號)는 명재(明齋)니 선거(宣擧)의 아들이라 인조(仁祖)때 은일(隱逸)로 벼슬이 우의정(右議政)에 이르다 시호(諡號)는 문성(文成)

(서기一六二九년―一七一四년)

◎過李丈書堂有感寄呈沙外新寓 (이씨어른별장에 올림)

愛茲新築近匡廬、終古山居勝野居、秋葉春花明戶牖、溪聲岳色滿庭除、莓斑松逕堪携杖、日皦香峰好展書、獨恨美人雲外隔、謾凭危石觀潛魚

조용한곳 하 좋키로 새집모으니
산속에 사는재미 비할데없오
봄꽃 가을잎 창에비치고
물소리 산모습 뜰안에드네
이끼낀 그윽한길 거닐어보고
화사한 햇볕아래 책을펴놓소
홀로서 한하노니 먼님그리워
우두커니 물고기떼 내려다보네

註=광려(匡廬)※중국 려산(廬山)의 별명(別名)이니 주(周)나라때 광유(匡裕)라는 신선(神仙)이 이산(山)에서 살고 있였기때문에 광려(匡廬)라 하였음 白居易「匡廬便是逃名地」

「崔錫鼎」 최석정

△자(字)는 여화(汝和)오 호(號)는 명곡(明谷)이니 전주인(全州人)이라 인조(仁祖)때 과거(科擧)하여 문형(文衡)을 전(典)하고 벼슬이 영의정(領議政)에 이르다 시호(諡號)는 문정(文貞)

(—서기一六五二년경—)

◎送成川朴使君之行 (성천부사를 보냄)

關西都會此稱雄、滿眼繁華勝越中、共惜分麾辭禁闥、可堪歸袂起秋風、雲開巫峽群峰秀、天襯仙樓百尺崇、倚賴江山供嘯傲、休牽香夢醉裙紅

관서(關西)모두 좋다지만 성천(成川)곧 제일이오
번화하고 물색고아 세상에서 이름높네
숙배(肅拜)올려 하직하니 헤어짐 스러웁고
부임(赴)길 떠나갈제 가을바람 소소하네
구름걷혀 무산십이(巫山十二)봉 마다 들어나고
하늘을 처받을듯 강선루(降仙樓) 높았구나
승지강산(勝地江山)두루돌아 구경하심 좋거니와
남스란 치마폭에 취해누음 조심하오

註=월중(越中)※중국 춘추시대(春秋時代)에 월(越)나라를 말함이니 월(越)나라는 미인(美人)이많이남으로 유명(有名)하였음
무산십이(巫山十二)※성천(成川)에 있는 산(山)
강선루(降仙樓)※성천(成川)에 있는 다락(樓)

몽와 김 창 집
夢窩 金 昌 集

명재 윤 증
明齋 尹 拯

한포재 이 건 명
寒圃齋 李 健 命

소재 이 이 명
疎齋 李 頤 命

「柳命天(유명천)」

△자(字)는 사원(士元)이오 호(號)는 퇴당(退堂)이니 개산(皆山) 석(碩)의 아들이라 현종(顯宗)때 과거(科擧)하여 벼슬이 이조판서(吏曹判書)에 이르다

(—서기 一六五三년경—)

◎恩退堂題壁 (은퇴당 벽에 씀)

簷承松葉戶編蓬、茅屋新成口字同、恩退也
從恩逸意、百年瞻仰慕齋翁

소나무 느러지고 쑥대서로 우거진곳
초가집 새로모아 입구(口)자로 지어냈오
은퇴당(恩退堂)찾아드니 숨어살듯 절로나고
모재(慕齋)선생 거룩하심 기리기리 못잊겠오

註=모재옹 慕齋翁 ※이조(李朝) 중종(中宗)때 학자(學者) 김안국(金安國)의 호(號)임

「閔熙(민회)」

△자(字)는 고여(皥如)오 호(號)는 설루(雪樓)이니 여흥인(驪興人)이라 효종(孝宗)때 과거(科擧)하여 벼슬이 우의정(右議政)에 이르다 시호(諡號)는 문충(文忠)

(—서기 一四八六년경—)

◎用河西韻奉呈李梧洲兼示吳運判(斗寅) (하서운을 따서 두분에게 보냄)

瀟灑仍蕭瑟、悲歌劇惜春、還憐落南別、身
與雁俱賓

깨끗하고 맑다못해 쓸쓸함 자아내고
가냘픈 노랫가락 봄시름 돋아주네
남쪽시골 굴려와 서로헤짐 스럽구나
이내신세 기러긴양 남북으로 헤매놋다

「金德遠」(김덕원)

△자(字)는 자장(子張)이오 호(號)는 휴곡(休谷)이니 원주인(原州人)이라 현종(顯宗)때 과거(科擧)하여 벼슬이 우의정(右議政)에 이르다

(서기 一六三四년 — 一七〇五년)

◎携友江上泛舟 (벗을 이끌고 뱃노리함)

扁舟夜泛西湖天、寒渚蒼蒼歛夕煙、酌月枕絃歌一曲、世情今夜却蕭然

고요한밤 서호에 배를띠우자
물가에 저녁연기 걷히는구나
뱃전베고 한곡조 노래부르니
세상생각 오늘밤은 그만이로세

「金壽增」(김수증)

△자(字)는 연지(延之)오 호(號)는 곡운(谷雲)이니 청음(淸陰)의 손(孫)이다 효종(孝宗)때 과거(科擧)하여 벼슬이 공조판서(工曹判書)에 이르다

(서기 一六二四년 — 一七〇二년)

◎華陰書事 (화음서사)

林廬日亭午、綠陰淸且美、不恨無跫音、禽語亦可喜、流鶯最多情、款款鳴不已、絕勝俗人來、謾說塵世事

숲사이 산마을에 한나절되니
푸른그늘 맑고도 시원하구나
찾는이 없다하여 한하질마오
어여쁜 새소리가 좋지않은가
노니는 꾀꼬리 다정하게도
온종일 끊임없이 노래부르네
좋은풍경 구경삼아 오는사람들
부지럽시 세상일 지꺼린다오

『金鎭圭(김진규)』

△자(字)는 달보(達甫)오 호(號)는 죽천(竹泉)이니 서석(瑞石) 만기(萬基)의 아들이다 숙종(肅宗)때 과거(科擧)하여 벼슬이 대제학(大提學)에 이르다

(서기一五七二년—一六三一년)

◎夜景 (밤 경치)

輕雲華月吐、芳樹澹烟沉、夜久孤村靜、清泉響竹林

밝은달 구름새로 떠려저 희고
푸른연기 나무위에 가라앉았네
밤깊어 마을더욱 고요하온데
대숲새로 우는새암 맑게들리오

又 (김진규)

◎見花有思 (꽃을 보고)

梅花半落杏花開、海外春光客裡催、遙憶故園墻北角、數株芳樹手會栽

매화겨우 반만지자 행화벌서 피였나니
봄철이라 좋은풍광 덧없이도 가버리네
우리집 담모탱이 내가일찍 가꾼나무
올에도 고운꽃들 송이송이 피였으리

『李夏鎭(이하진)』

△자(字)는 하경(夏卿)이오 호(號)는 매산(梅山)이니 소릉(少陵) 상의(尙毅)의 손(孫)이다 현종(顯宗)때 과거(科擧)하여 벼슬이 대사헌(大司憲)에 이르다

(—서기一六六九년경—)

◎夜雨 (밤 비)

江雨蕭蕭夜未央、漁燈明滅荻花凉、小亭人與瓶俱臥、天外歸鴻意獨長

밤중아직 멀었는데 빗소리만 차거웁고
고기잡이 등불마저 갈꽃새로 까물대네
정자위 취한사람 술병함께 누었는데
하늘가 뜬기러기 뜻만홀로 깊더구나

「申厚載」(신후재)

△자(字)는 덕보(德夫)오 호(號)는 계정(葵亭)이니 평산인(平山人)이라 현종(顯宗)때 과거(科擧)하여 벼슬이 판윤(判尹)에 이르나

(서기一六三六년—一六九八년)

◎龍潭竹枝詞 (용담 노래)

門前芳草綠初肥、籬外桃花紅未稀、罷釣歸來溪路晚、一輪明月照蓑衣

문앞에 야린풀 날이달께 푸려가고
울밖게 복사꽃 휘느러져 피였구나
늣게야 시냇길로 낚대메고 돌아갈제
한바퀴 밝은달이 다정히도 비처주네

「申琓」(신완)

△자(字)는 공헌(公獻)이오 호(號)는 동암(絅菴)이니 현종(顯宗)때 과거(科擧)하여 벼슬이 영의정(領議政)에 이르다 시호(諡號)는 충장(文壯) 평천군(平川君)에 봉(封)하다

(서기一六六〇년—一七二二년)

◎湖上春興 (호상춘흥)

夜雨新添水沒磯、桃花浪暖錦鱗肥、棲身湖海心還逸、回首風塵夢亦稀、苔逕每携烏竹杖、柳汀時拂綠簑衣、浮雲世事吾無預、豈向人間說是非

내린밤비 물이불어 조대묻히고
꽃잎뜬 봄시내에 고기살지네
시골에 누어사니 마음 편하고
어수선한 풍진속 꿈밖에라오
그윽한 이끼길로 거니러보고
시원한 버들물가 낚대드렸네
뜬세상 모든일 알바없으니
무엇하러 옳고그름 지껄이오리

「睦來善」 목내선

△자(字)는 내지(來之)오 호(號)는 수옹(垂翁)이니 사천인(泗川人)이고 서흠(舒欽)의 아들이다 효종(孝宗)때 과거(科擧)하여 벼슬이 좌의정(左議政)에 이르다

(——서기一六三七년경——)

◎挽柳武愍 (유무민에게 만한)

將軍曾抱杜郵冤、欲說庚申不忍言、何幸天心憐至痛、特宣哀札慰忠魂、青烏改卜新開域、大鳥悲鳴幾繞墳、感激泉臺寧有極、想應收淚承新恩

장군님 두우(杜郵)원한 기리품고 가셨거니
지나간 경신(庚申)해 일 차마어이 말하리까
하늘뜻 갸륵하여 뼈저림을 알으시고
슬픈글월 보내시와 임의충혼 위로하오
좋은명당 다시가려 고이고이 모시려니
새 한마리 슬피울며 봉분위로 떠감도네
감격한 이처분에 가신정령 계시오면
새론 은혜 고마워서 지하에서 눈물지리

註=두우원(杜郵冤)※중국 전국시대(戰國時代) 진(秦)나라의 용장(勇將) 무안군백기(武安君白起)가 승상범수(丞相范雎)에게 몰려 두우(杜郵)땅에서 원사(冤死)하였음

천심(天心)※임금님의 뜻

청오(青烏)※지가서 청오경(地家書青烏經)을 말함

경신역모사건(庚申逆謀事件)※숙종칠년 경신삼월(肅宗七年庚申三月)에 영의정(領議政) 허적(許積)의 서자(庶子) 허견(許堅)이 왕손남(王孫柟)을 추대(推戴)하려는 역모(逆謀)가 발각(發覺)되어 참주(斬誅)하였는데 시임훈련대장 유혁연(時任訓練大將柳赫然)이 관련(關聯)되었다 하여 원사(冤死)하였다 후(後)에 신원(伸冤)되었음

『兪夏益』유하익

△자(字)는 사겸(士謙)이오 호(號)는 백인당(百忍堂)이니 기계인(杞溪人)이라 현종(顯宗)때 과거(科擧)하여 벼슬이 예조판서(禮曹判書)에 이르다

(서기一六一七년——)

◎挽李副學(堂揆) (이부제학을 만함)

親朋零落幾人存、半是三危半九原、惆悵世間餘一老、廣陵殘月又招魂

정다웁게 사귄벗 몇분이나 계시온가
헤매는이 반이라면 가신이도 반이넘네
쓸쓸한 이세상에 늙은나만 남었거니
쇠잔한 달빛아래 내혼누가 부르려나

註=삼위(三危)※세가지 화란(禍難)가운데 헤매는 신세를 말함
三危「德薄而寵多、才薄而位高、功無而祿厚」

『趙顯期』조현기

△자(字)는 양경(陽卿)이오 호(號)는 일봉(一峰)이니 임천인(林川人)이라 음(蔭)으로 벼슬이 부사(府使)에 이르다

(——서기一六三三년경——)

◎江行 (강행)

八月蘋風起、蕭蕭蘆荻多、秋聲向暮緊、孤笛隔江過、拖白雲歸洞、翻金月湧波、此時何處客、更唱竹枝歌

팔월이라 강바람 부러오더니
갈대꽃 우수수 흔들거리네
밤들어 가을소리 쓸쓸하고요
강언덕 부는피리 처량하구나
구름은 산골짝에 희게어리고
달빛은 물결따라 빤짝거리오
그누가 어데메서 흥이겨운지
멋드러진 노랫가락 들려오누나

「趙聖期」 조성기

▵자(字)는 성경(成卿)이오 호(號)는 졸수재(拙修齋)니 임천인(林川人)이다

◎山寺 (산 사)

小雨初晴淑氣新、巖花如錦草如茵、花間細路穿雲去、溪上和風吹角巾

가랑비 들으면서 날씨맑게 개였는데
꽃은곱게 피어나고 풀빛조차 푸르고나
꽃나무 헤치면서 산길따라 올라갈제
화사한 봄바람이 머리싯쳐 가는구나

註=각건(角巾)※나라 잔치때에 무동(舞童)이 쓰던 건(巾)

「申翼相」 신익상

▵자(字)는 숙필(叔弼)이오 호(號)는 성재(惺齋)니 고령인(高靈人)이라 현종(顯宗)때 급제(及第)하여 벼슬이 우의정(右議政)에 이르다

(서기一六五〇년—一七一四년)

◎別朴奉卿承召還洛 (친구가 부름을 받고 감을 작별함)

三載青油幙下賓、繡衣驄馬向楓宸、終年等是思鄕夢、今日偏爲惜別人、攀柳未堪春色早、落梅何耐客愁新、君歸報道吾消息、萬里關山一病身

삼년종사(從事) 등불밑에 꼬박꼬박 일보더니
차림새 헌칠하게 서울향해 올라가네
해(年)맞도록 같이함께 고향그려 우던몸이
오늘에야 가고보냄 처지(處地)서로 다르구나
버들꺾어 보내려니 봄이아직 이르것다
지는매화 어이하여 객의심사 돋구느냐
그대이번 돌아가서 이내소식 전해주게
관산만리 타향에서 병이들어 누였다고

註=막하빈(幙下賓)※주장(主將)이 거느리는 아래 장교(將校) 또는 종사관(從事官)

「柳尙運(유상운)」

△자(字)는 유대(悠大)오 호(號)는 약재(約齋)니 문화인(文化人)이라 현종(顯宗)때 과거(科擧)하여 벼슬이 영의정(領議政)에 이르다 시호(謚號)는 충간(忠簡)

(서기一六三六년——)

◎望春亭次閔按使韻 (민감사의 망춘정운을 비러)

短簷風露暮凄凄、雲逗斜陽半嶺西、莫道河陽花木好、子規偏向客窓啼

저녁나절 부는바람 처마안에 안겨들고
지는해 구름막혀 서산마루 걸려있네
하양땅 꽃이곱게 피었다고 좋아마소
두견이 슬피울어 손의시름 자아내오

「李瑞雨(이서우)」

△자(字)는 윤보(潤甫)오 호(號)는 송곡(松谷)이니 우계인(羽溪人)이라 현종(顯宗)때 과거(科擧)하여 벼슬이 참판(參判)에 이르다

(——서기一六六九년경——)

◎悼亡 (망실을 도함)

玉貌依稀看忽無、覺來燈影十分孤、早知秋雨驚人夢、不向窓前種碧梧

아름다운 임의모습 어렴풋이 떠오르기
눈을뜨고 다시보니 등잔불만 졸고있네
잎(葉)우수수 지는소리 든잠놀라 깨이노라
일찌기 알았든들 문앞오동 뉘심을고

「權愈」(권유)

△자(字)는 퇴보(退甫)오 호(號)는 하계(霞溪)니 안동인(安東人)이라 현종(顯宗)때 과거(科擧)하여 벼슬이 대제학(大提學)에 이르다

(—서기一六五五년경—)

◎應製喜雨 (희우의 어제를 응하여)

甘膏滴滴自知時、東海春天散若絲、晴後綠添前野色、灑來紅濕上林枝、玄功已洽三農望、喜氣爭瞻入彩眉、聖德協天天必感、且將新語答雲師

때맞추어 내리는비 방울방울 금쌀이오
봄하늘에 흩날릴제 줄기줄기 은실이라
앞들판 야린풀은 푸른빛갈 물들었고
상림원(上林園) 젖은가지 송이마다 붉었구나
조화옹(造化翁) 크고큰공 농사짓기 넉넉하고
사람마다 기쁜빛 얼굴가득 떠워있네
어진님 거룩한덕 하느님도 감동했오
이제장차 무슨말로 천지신명 위로할고

「金昌集」(김창집)

△자(字)는 이성(以成)이오 호(號)는 몽와(夢窩)니 문곡(文谷) 수항(壽恒)의 아들이라 숙종(肅宗)때 과거(科擧)하여 벼슬이 영의정(領議政)에 이르다 시호(諡號)는 충헌(忠獻)

(서기一六四八년—一七二二년)

◎水鍾寺 (수종사)

古寺危峰下、蘿陰細路分、樓臨兩江水、簷帶半山雲、帆影禪窓落、鍾聲過客聞、雙林屢回首、蒼翠漫氤氳

옛절은 봉아래 숨어있는데
엉킨그늘 쪼개고서 길이뚫렸네
다락은 강물을 깔고앉았고
처마는 구름을 이고섰느니
돛그림자 선창(禪窓)아래 떠러져뜨고
종소리 결밖으로 울려나오네
자주자주 고개돌려 바라를보니
숲사이 푸른기운 어리어있오

「李頤命(이이명)」

△자(字)는 양숙(養叔)이오 호(號)는 소재(疎齋)니 사명(師命)의 아우다 숙종(肅宗)때 과거(科擧)하여 문형(文衡)을 전(典)하고 벼슬이 좌의정(左議政)에 이르다 시호(諡號)는 충문(忠文)

(서기一六五八년—一七二三년)

◎詠薝蔔樹 (치자나무를 읊음)

好在堂前薝蔔花、當時手種短如麻、今來老幹凌薝角、已結明年六出芽

뜰앞에 치자나무 꽃 곱게폈네
심을땐 저 삼보다 키가작었오
지금도 처마위로 솟아있거니
내년엔 어우러져 집웅덮으리

「李健命(이건명)」

△자(字)는 중강(仲剛)이오 호(號)는 한포재(寒圃齋)니 이명(頤命)의 아우다 숙종(肅宗)때 과거(科擧)하여 벼슬이 좌의정(左議政)에 이르다 시호(諡號)는 충민(忠愍)

(서기一六三三년—一七二二년)

◎絶筆 (절필)

許國丹心在、死生任彼蒼、孤臣今日痛、無面拜先王

나라위해 갖은것은 단성(丹誠)뿐이오
이내몸 죽고살긴 하늘에있네
외론신하 아픈원한 기리품고서
지하에 돌아가 임 어이뵐고

백자 강 현
白閣 姜 鋧

이우당 조 태 채
二憂堂 趙 泰 采

수촌 임 방
水村 任 埅

삼연 김 창 흡
三淵 金 昌 翕

「趙泰采(조태채)」

△자(字)는 유량(幼亮)이오 호(號)는 이우당(二憂堂)이니 양주인(楊州人)이라 숙종(肅宗)때 과거(科擧)하여 벼슬이 우의정(右議政)에 이르다 시호(謚號)는 충익(忠翼)(서기一六六〇년——)

◎望宸樓 (망신루)

移舟獨上望宸樓、細草閒花一徑幽、借問主人何處去、無心惟有泛江鷗

매생이 홀로저어 망신루 올라서니
꽃곱게 핀사이 길만빤히 놓여있네
묻노니 다락주인 어데메로 가셨는고
무심한 갈매기만 강물위로 떠노느니

「林泳(임영)」

△자(字)는 덕함(德涵)이오 호(號)는 창계(滄溪)니 나주인(羅州人)이라 현종(顯宗)때 과거(科擧)하여 호당(湖堂)에 선(選)하고 벼슬이 대사헌(大司憲)에 이르다

◎過靜觀齋李端相舊居 (이단상이 살던집을 지나다)

十載重來萬事非、雲山依舊客沾衣、前川花發誰相看、月照虛池人未歸

십년만에 다시오니 모든일 처량하오
산모습 옛같으매 눈물흘려 옷적시네
앞시내 곱게핀꽃 눌 더불어 같이볼고
달이밝게 떠올라도 가신님 안오시오

『金昌協(김창협)』

△자(字)는 중화(仲和)오 호(號)는 농암(農岩)이니 창집(昌集)의 아우다 숙종(肅宗)때 과거(科擧)하여 벼슬이 예조판서(禮曹判書)에 이르고 문형(文衡)을 전(典)하다 시호(諡號)는 문간(文簡)

(서기一六五九년—一七一七년)

◎山民 (산 민)

下馬問人居、婦女出門看、坐客茅屋下、爲客具飯餐、丈夫亦何在、扶犂朝上山、山田苦難耕、日晩猶未還、四顧絕無隣、鷄犬依層巒、中林多猛虎、採藿不盈盤、哀此獨何好、崎嶇山谷間、樂在彼平土、欲出畏縣官

길가다 말에내려 주인찾으니
아낙네 누구인가 내다를보네
쉬어가려 처마밑에 앉았노라니
말없이 나를위해 상을차리오
남편은 어데갔나 묻어를보니
장기지고 아침일찍 가리(耕)갔다네
산전갈기 그얼마나 힘이드는지
해저무러 어둡도록 아니돌오네
둘러봐도 이웃집 하나도없고
닭개소리 재넘어로 멀리들릴뿐
숲속엔 산짐승 꿀석대어서
나물조차 마음놓고 못뜯는다오
어찌하필 이런산골 그리좋아서
군색(窘塞)하게 일평생을 사느냐니까
그래도 이산골이 즐겁다하며
원님무서 나가살수 없다고하네

「金昌翕(김창흡)」

△자(字)는 자익(子益)이오 호(號)는 삼연(三淵)이니 농암창협(農岩昌協)의 아우다 은일(隱逸)로 진선(進善)에 이르다 시호(諡號)는 문강(文康)

(서기一六五三년—一七二三년)

◎訪俗離山 (속리산을 찾아)

江南遊子不知還、古寺秋風杖屨閒、笑別鷄龍餘興在、馬前猶有俗離山

강남에 노니는이 갈줄모르고
집팡이 한가로이 옛절찾누나
계룡산 좋은경치 보고나니까
말머리에 속리산이 놓여있구나

又 (김창흡)

◎贈會寧使君 (회령부사에게 보냄)

邊風盡日暮寒多、豆滿江流湧白波、眼低胡山來不已、天邊京闕杳如何、書生有膽能論劍、鎭將無眠每枕戈、幸不聞笳明月下、戍樓秋夜詎堪過

온종일 부는바람 해저무니 더욱차고
두만강 흐르는물 백호(白虎)가 춤을추네
높고낮은 되(胡)의산천 눈앞에 벌려서고
멀고먼 서울장안 하늘가에 아득하네
서생(書生)은 겁없이도 군사(軍事)일 말하는데
진장(鎭將)은 언제든지 창을베고 누었구나
한밤중 피릿소리 끊이온지 오래어니
수루위 긴긴밤을 시름없이 지내리라

「金春澤」(김춘택)

△자(字)는 백병(伯丙)이오 호(號)는 북헌(北軒)이니 음(蔭)으로 벼슬이 대호군(大護軍)에 이르다 시호(謚號)는 경헌(景憲)

(서기一六七〇년—一七一八년)

◎金德受來訪將歸抽古賦 (내방하였던 김덕수가 돌아갈때 고부에서 빼서지음)

夕風吹雪急、窮巷見人稀、病馬鳴如訴、寒禽倦不飛、百年吾自苦、三日爾將歸、相視中心在、臨歧恥挽衣

저녁이자 찬바람에 눈보라 되우치니
으슥한 골목마을 사람자취 끊였구나
여윈말 굽을털며 구슬프게 울어대고
얼(凍)은새 깃 움치고 앉은채로 못날으네
긴동안 두고두고 나의괴롬 이렇거니
찾아왔던 너도장차 모레쯤은 돌아가리
서로보면 그만이라 마음깊이 간직하고
길을임해 나뉘일제 옷깃잡고 울질마라

「金時保」(김시보)

△자(字)는 사경(士敬)이오 호(號)는 모주(茅洲)니 안동인(安東人)이라 효종(孝宗)때 벼슬이 도정(都正)에 이르다

(서기一六五八년—一七三四년)

◎眠起 (잠을 깨어)

眠起書樓朝日紅、山禽啼在綠陰中、落花一一飛簾外、知有東園雨後風

잠깨어 일고보니 서루(書樓)에 해비치고
푸른그늘 숲속에서 새들은 우는구나
발밖에 팔랑팔랑 지는꽃잎 흩날리니
지난밤 비뒤이어 부던바람 탓아닐가

「洪萬宗(홍만종)」

△자(字)는 우해(于海)오 호(號)는 현묵(玄默)이니 풍산인(豐山人)이다

◎采蓮曲 (채련곡)

彼美采蓮女、繫舟橫塘渚、羞見馬上郞、笑入荷花去

연캐는 아가씨 어여쁘구나
못가에 배를대고 산뜻내리오
말탄손님 눈에띠자 얼굴붉히며
수줍은듯 꽃그늘에 몸을숨기네

「沈攸(심유)」

△자(字)는 중민(仲敏)이오 호(號)는 오탄(梧灘)이니 청송인(靑松人)이라 효종(孝宗)때 과거(科擧)하여 벼슬이 부제학(副提學)에 이르다

(서기一六一九년—一六八八년)

◎龍湖江樓 (용호강 다락에서)

南溪春水欲乘船、越女明粧載管絃、笑喚垂虹橋畔客、隔花遙擲買漁錢

봄돌아 강풀리니 배를띄우고
예쁜계집 좋은풍류 가뜩실었네
홍교(虹橋)위 섯는손이 웃는낯으로
고기사자 꽃사이로 돈을던지네

『朴世城』(박세성)

△자(字)는 만기(萬基)니 반남인(潘南人)이라 효종(孝宗)
때 과거(科擧)하여 벼슬이 승지(承旨)에 이르다
(서기一六二一년—一六七二년)

◎七月四日 (칠월 사일)

天涯病客別離難、江上新秋白露寒、明日孤
舟君去後、一區雲物共誰看

병든몸 서로떠남 애끊이는데
쓸쓸한 가을풍경 더욱하구나
내일아침 배를띄워 그대는가고
남은풍물(風物) 눌더불어 함께즐기리

『裵正徽』(배정휘)

△자(字)는 미숙(美叔)이오 호(號)는 고촌(孤村)이니 성주
인(星州人)이라 현종(顯宗)때 과거(科擧)하여 벼슬이 승
지(承旨)에 이르다 미수(眉叟)의 문인(門人)이다
(—서기一六七〇년경—)

◎禿魯江 (독로강)

寒天烟雨倍沈沈、一曲漁歌起夕陰、無數鱖
魚乘水上、櫓聲幽軋滿江心

연기침침 잡긴속에 궂은비 내리는데
고기잡이 노랫소리 어둠뚫고 들려오네
빗방울에 놀랬는지 쏘가리 펄펄뛰고
놋소리 삐걱삐걱 강물위에 흩어지오

「李台瑞」 (이태서)

△자(字)는 공현(公賢)이니 성산인(星山人)이라 인조(仁祖)때 과거(科擧)하였음

(—서기一六三五년경—)

◎憶鄕山 (고향 생각)

苦憶峨嵋山上月、苦憶峨嵋山下雲、隨處無非雲與月、最是峨嵋無垢氛

아미산 산봉위에 둥실솟은 달그리워
산허리 도는구름 꿈속에도 떠오르네
이세상 어데인들 달과구름 없으랴만
내고향 빛갈처럼 깨끗하질 못하구나

「李敏敍」 (이민서)

△자(字)는 이중(彛仲)이오 호(號)는 서하(西河)니 전주인(全州人)이라 현종(顯宗)때 과거(科擧)하여 벼슬이 이조판서(吏曹判書)에 이르다 시호(諡號)는 문간(文簡)

(—서기一六八九년경—)

◎燈夕渚船擧火 (등석저의 뱃불)

門泊東西萬里船、檣頭一一小燈懸、雲間灼灼紅千點、水面輝輝白一邊、絶勝紫街簾幕裡、還疑銀浦斗牛前、黑風驅雨飛來急、知是驚龍上訴天

크고작은 많은배 와서다으니
돛대마다 밝은등불 달려있구나
구름새 곱게곱게 수를놓았고
물결위로 뻔적뻔적 떠서 흐르네
풍경은 서울거리 밤을이루고
별들이 까물내는 은하수인듯
급한바람 비를몰아 퍼부어대니
놀랜룡 하늘보고 호소함일세

「權忭(권변)」

△자(字)는 이숙(怡叔)이오 호(號)는 초당(初堂)이니 숙종(肅宗)때 과거(科擧)하여 벼슬이 대사헌(大司憲)에 이르다 시호(謚號)는 문정(文貞)

◎七夕長沙蓮堂呼韻 (장사연당 부른 운을두고)

雲間缺月向西斜、水面新荷正吐花、風露滿身眠不得、夜來殘暑已無多

구름사이 쪼각달 산에걸리고
연꽃은 곱게피어 물위에떳네
거니는몸 이슬젖어 선선하거니
이제는 남은더위 얼마질않소

又 (권변)

◎寄洛中諸弟 (서울에있는 아우에게)

春到江南客未回、山茶盡落野梅開、林扉寂寞無人管、烟鎖溪邊舊釣臺

강남땅 봄이와도 임아니오고
동백꽃 이미지고 들매화피네
적막한 사립밖에 찾는이없고
시냇가 조대위 연기서렸네

註=산다(山茶)※동백(冬栢)

「許源(허원)」

△자(字)는 청보(淸甫)이니 양천인(陽川人)이라 벼슬이 목사(牧使)에 이르다 (서기一六七一년——)

◎自博義洞還來 (박의동에서 돌아옴)

搖櫓上灘來、江天日欲暮、隔岸兩三家、炊烟生暗樹

매생이 노를저어 여울목 올라갈제
해는벌서 산에지고 어둠찾아 드는구나
강건너 초가집들 두서넛채 놓였는데
떠오르는 저녁연기 숲사이로 가라앉네

「金昌業(김창업)」

△자(字)는 대유(大有)오 호(號)는 노가재(老稼齋)니 숙종(肅宗)때 성균진사(成均進士)에 이르다

(서기一六五八년—一七一一년)

◎練光亭 (연광정)

普通門外草青青、浮碧樓前春水生、誰道吾行歸未晩、杏花如雪滿江城

보통문밖 벌판위 풀빛푸르고
부벽루 앞강물에 봄은왔구나
내돌아감 늦지않다 누가말한고
살구꽃 강마을에 가득피였네

「李 澥(이 해)」

△자(字)는 원회(元晦)오 호(號)는 청운(青雲)이니 여주인(驪州人)이다

◎江邊卽事 (강변 즉사)

平沙渺渺望中開、釣石臨洲不受苔、遙見孤舟橫遠岸、風吹人語渡江來

모래벌판 아득아득 넓고넓은데
물가에 놓인조대 깨끝하구나
멀리서 떠오는배 가물거리고
말 소리 바람따라 들려들오네

「徐宗泰(서종태)」

△자(字)는 노망(魯望)이오 호(號)는 만정(晩靜)이니 대구인(大邱人)이라 숙종(肅宗)때과거(科擧)하여 문형(文衡)을전(典)하고 벼슬이 영의정(領議政)에 이르다 시호(諡號)는 문효(文孝)

(서기一六五二년—)

◎奉恩菴(봉은암)

萬木離離成綠陰、始知夏景更幽深、晩來休讀無餘事、倚杖山門聽夕禽

나무나무 엉겨엉겨 짙은그늘에
여름경개 그윽하고 다시깊구나
저녁이자 책 덮고 남은 일없어
산문(山門)에 막대짚고 새소리듣소

「蘇斗山(소두산)」

△자(字)는 망여(望如)오 호(號)는 월주(月洲)니 진주인(晋州人)이라 현종(顯宗)때 과거(科擧)하여 벼슬이 형조참의(刑曹叅議)에 이르다

(서기一六二七년—一八七三년)

◎遣懷(견회)

一畝沙田數間屋、東山明月北窓風、百年身世生涯足、長作堯衢擊壤翁

두어두둑 모래밭 오막사리에
맑은바람 밝은달빛 창에드노나
이만하면 내생애 그릴것없어
격양가 부르면서 세월보내네

「安世光」(안세광)

△자(字)는 회지(晦之)오 호(號)는 구봉(九峰)이니 민학(敏學)의 현손(玄孫)이다

(—서기一七三七년경—)

◎送友之禮城 (벗을 예성으로 보내고)

君出西湖誰共遊、龍江秋滿水空流、爲報禮城賢太守、卽今寥落舊詩儔

서호에 배띄우고 뉘더불어 노니는고
용강물 맑고푸러 가을빛 짙으구나
예성원님 어진정사 이름높이 들려오고
이제론 한가로이 글읊으며 누웠으리

「權尙夏」(권상하)

△자(字)는 치도(致道)오 호(號)는 수암(遂菴)이니 안동인(安東人)이라 숙종(肅宗)때 은일(隱逸)로 벼슬이 우의정(右議政)에 이르다 시호(諡號)는 문순(文純)이오 문묘(文廟)에 배향(配享)하였음

(서기一六四一년—一七二一년)

◎高山九曲楓巖 (고산구곡 풍암)

七曲楓巖倒碧灘、錦屛秋色鏡中看、悠然獨坐忘歸路、一任霜風拂面寒

단풍으로 쌓인바위 여울물에 잠겨있고
비단병풍 두른듯이 가을빛 곱더구나
우두커니 홀로앉아 돌아갈줄 잊었는데
차거운 서리바람 얼굴싯처 지나가네

「崔錫恒」(최석항)

△자(字)는 여구・(汝久)오 호(號)는 손와(損窩)니 전주인(全州人)이라 숙종(肅宗)때 과거(科擧)하여 벼슬이 우의정(右議政)에 이르다 시호(諡號)는 문정(文正)

(서기一六五四년ㅡ一七二四년)

◎秋景 (가을 풍경)

秋山樵路轉、去去唯靑嵐、夕鳥空林下、紅葉落兩三

숲속으로 구비도는 가을산길이
가도가도 푸른안개 그것뿐인데
잘새는 빈숲으로 날아내리고
고운단풍 두셋잎 떠러지노나

「李潛」(이잠)

△자(字)는 중연(仲淵)이오 호(號)는 섬계(剡溪)이니 청운(靑雲) 해(瀣)의 아우다

◎呼韻 (호운)

露意凄凄滿四林、獨憐淸月照孤琴、箇中自有悠然趣、不遇鍾期亦發音

숲사이 맺힌이슬 쓸쓸하온데
맑은달 차거웁게 고(琴)에 비치네
줄줄에 잠겨있는 좋은취미를
종자기(鍾子期)아니라도 알수있느니

「李喜朝(이희조)」

△자(字)는 동보(同甫)오 호(號)는 지촌(芝村)이니 단상(端相)의 아들이다 숙종(肅宗)때 과거(科擧)하여 벼슬이 참판(參判)에 이르다 시호(謚號)는 문간(文簡)

(서기 一六五五년 — 一七二四년)

◎高山九曲琴灘 (고산구곡 금탄)

八曲溪山何處開、琴灘終日好沿洄、牙絃欲奏無人和、獨待靑天霽月來

팔곡(八曲)은 어데메로 열리었는가
금탄(琴灘) 여울 구비돌아 종일흐르네
거문고 줄을골라 곡(曲)을 타는듯
밝은달 떠오르면 더욱좋으리

「李玄錫(이현석)」

△자(字)는 하서(夏瑞)오 호(號)는 유재(游齋)니 전주인(全州人)이라 현종(顯宗)때 과거(科擧)하여 벼슬이 형조판서(刑曹判書)에 이르다

(서기 一六四七년 — 一七〇三년)

◎漫吟 (만음)

九月西風晚稻黃、寒林落葉盡迎霜、田翁白酒來相餉、漫興陶然醉夕陽

구월이라 서풍닐어 누른벼목 물결치고
나무잎 애처로히 서리맞아 지는구나
들늙으니 마음좋아 술을 서로 권하거니
얼근히 취한김에 흥이겨워 돌아오네

『金崇謙(김숭겸)』

△자(字)는 군산(君山)이오 호(號)는 관부암(觀復庵)이니 농암김창협(農巖金昌協)의 아들이다

(——서기一七三七년경——)

◎敬次叔父三淵先生韻 (삼연선생 운을비러)

燈遠何村影、江寒永夜聲、不眠臥單被、有感集深更、老藥岔梅落、踈叢雪中鳴、平生勳業意、歷暮怯還驚

먼불빛 가물가물 제가어던지
강물은 긴긴밤을 울어예노나
자리에 누웠으나 잠아니오고
깊은밤 생각만이 머리에차오
분에심은 매화꽃 다떠러진체
성긴 대 흔들리며 눈속에우네
평생에 큰뜻세워 이루렸더니
에구나 이한해도 그만저무네

又 (김숭겸)

◎歲暮 (세 모)

歲暮江湖日月疾、烈風北來多慘慄、魚龍深蟄大江寒、空峽窈窕但霜雪、嗟我平生志四海、貧病干今餘瘦骨、嗚呼萬姓困飢凍、十載嗷嗷復誰恤、烈士由來多感慨、況復中原尙胡羯、中宵不寐萬感集、起看星斗垂空濶

덧없다 세월은 빨리가노나
매운바람 불어쳐 살을어이네
고기떼 찬강속에 깊이엎디고
쓸쓸한 빈산에 눈 서리치네
서럽다 내평생 뜻은크건만
가난과 병으로 뼈만남다니
주리고 어는사람 얼마일는고
십년을 울부른들 누가알리오
열사(烈士)는 예로부터 피가끓어도
중원(中原)도 오히려 오랑캐라니
한밤을 온갖생각 잠못들고서
빈하늘 북두성만 바라를보네

「洪萬朝(홍만조)」

△자(字)는 종지(宗之)오 호(號)는 만퇴(晩退)니 풍산인(豐山人)이라 숙종(肅宗)때 과거(科擧)하여 벼슬이 판돈령(判敦寧)에 이르다

(서기一六四五년—一七二五년)

◎矗石樓(촉석루)

奇巖千尺起高樓、下有長江咽不流、今日經過征戰地、暮雲殘雪入邊愁

천척바위위 높은다락 신기하게 놓여있고
낭떠러지 벼랑밑에 강물출렁 파도치네
지난일 꿈이런듯 싸움터만 남었는데
쌍인눈(雪) 저문구름 모두다 시름이오

「任埅(임방)」

△자(字)는 대중(大仲)이오 호(號)는 수촌(水村)이니 풍천인(豐川人)이라 숙종(肅宗)때 과거(科擧)하여 벼슬이 판서(判書)에 이르다

(서기一六四○년—一七二四년)

◎山村(산촌)

一抹炊烟生、孤村在山下、柴門老樹枝、不繫行人馬

뭉기뭉기 저녁연기 떠오르는곳
산마을 호젓하게 숨어있구나
사립밖 나무가지 느러졌건만
임타고 가시는말 못 매아두네

「金履萬(김이만)」

△자(字)는 중유(仲綏)오 호(號)는 학고(鶴皐)니 예안인(禮安人)이라 숙종(肅宗)때 과거(科擧)하여 벼슬이 사간(司諫)에 이르다

(서기一六八三년―一七五八년)

◎雪澗橋斷 (설간교단)

南村復北村、雪澗一條路、橋斷不須愁、臥柳亦堪渡

남북촌 서로바라 이쪽저쪽 놓였는데
시냇물 가로질러 길만빤히 뚫렸구나
다리마저 끊였다고 과이걱정 말을것이
버드나무 누운가지 사뿐딛고 건네놋다

「丁時翰(정시한)」

△자(字)는 군익(君翼)이오 호(號)는 우담(愚潭)이니 나주인(羅州人)이라 진선(進善)으로 여러번 불렀으나 끝내 나오지않다

(―서기一六二五년경―)

◎俗離山歸路偶題 (속리산에서 돌아오는 길에)

一入雲山世念空、擬將笙鶴御冷風、塵緣未了尋歸路、石室回看萬壑中

운산에 한번드니 세상생각 바이없네
저(笙)를 불며 학을타고 바람결에 불려온듯
진세연분 못다맟춰 도루다시 나올적에
돌아보니 석실한칸 골목깊이 놓였구나

『姜 鋧(강현)』

△자(字)는 자정(子精)이오 호(號)는 백각(白閣)이니 설봉(雪峰) 백년(栢年)의 아들이다 숙종(肅宗)때 과거(科擧)하여 벼슬이 대제학(大提學)에 이르다 시호(謚號)는 문정(文貞)
(서기一六五〇년———)

◎雨中口號 (우중 구호)

數間茅屋寄城東、計活蕭條野鶴同、淸水芙蓉踈雨外、亂峯松桂暮烟中、榮枯笑彼人間世、得失從他塞上翁、欲識踈慵心裡事、一輪明月到長空

초갓집 두서너칸 성밖에 모아내니
곤궁한 살림사리 쓸쓸하기 그지없오
연꽃 곱게 핀연못에 성긴빗발 흩날리고
소나무 푸른봉(峰)에 저문연기 잠겨있네
잘되거나 못되거나 인간만사 꿈이련듯
얻었다가 다시잃음 새옹말(塞翁馬)이 분명코야
오골차지 못한마음 알고저 하량이면
한바퀴 둥근달이 하늘높이 걸림같오

『金夏潤(김하윤)』

△자(字)는 우경(雨卿)이오 호(號)는 심곡(心谷)이니 원주인(原州人)이라 경종(景宗)때 벼슬이 지평(持平)에 이르다
(———서기一七二七년경———)

◎漁磯 (어기)

楊柳陰濃江岸多、綠蒲春漲靜無波、游魚自有從容樂、莫許漁人把釣過

버드나무 짙은그늘 강언덕에 드리우고
창포푸른 봄물결은 잔잔하기 그지없네
고기들 꼬리저어 즐거운양 노닐면서
낚시던진 근방으론 지내려도 하지않네

「李喜之(이희지)」

△자(字)는 사복(士復)이오 호(號)는 응재(凝齋)니 판서(判書) 사명(師命)의 아들이다

(—서기一七三○년경—)

◎漁父詞 (어부사)

風雨中宵滿釣磯、漁翁初製綠蓑衣、前江月出孤舟發、白鳥驚人兩兩飛

밤동안 내린비로 조대마다 물찼거니
어옹들 좋아라고 도롱삿갓 채비하네
앞강에 달오르자 닻을걷고 배띄우니
갈매기 놀란듯이 이리저리 나는구나

「曺錫(조석)」

△자(字)는 규보(圭甫)오 호(號)는 독기당(獨碁堂)이니 가흥인(嘉興人)이라 숙종(肅宗)때 벼슬이 판관(判官)에 이르다

(—서기一七三○년경—)

◎聞鵑 (두견소리 듣고)

三月東風欲盡春、杜鵑終夜血朱脣、煩君莫傍坡陵樹、曉雨殘燈坐逐臣

삼월동풍 바람결에 봄도마저 가려는데
두견이 밤새도록 피를뿌려 우는구나
그대구태 울랴거던 이곳멀리 하려무나
귀양사리 시름잠겨 등불돋고 앉았노니

『金普』(김보)

△자(字)는 은경(殷卿)이니 예안인(禮安人)이오 숙종(肅宗)때 사람이다

(서기一七一七년경)

◎尋春(봄을 찾어)

爲訪淸溪好、策驢淸溪道、人臥澗邊沙、驢放夕陽草

청계의 좋은풍경 구경하려고
나귀를 채질하여 길을떠났네
사람은 모래위 누어궁굴고
나귀는 풀벌판에 놓아두었네

『洪世泰』(홍세태)

△자(字)는 도장(道長)이오 호(號)는 유하(柳下)니 남양인(南陽人)이라 벼슬이 찰방(察訪)에 이르다

(서기一六五二년—一七二四년)

◎滿月臺歌(만월대가)

滿月臺前落木秋、西風殘照使人愁、山河氣盡姜邯贊、日月名賢鄭夢周

우수수 잎이지니 만월대도 가을일세
붉게 물든 저녁노을 사람회포 자아내오
산하의 좋은정기 강감찬이 태아나고
해 달인양 기리기리 포은(圃隱)이름 뚜렷하네

「石萬載(석만재)」

△자(字)는 희수(希叟)오 호(號)는 두촌(斗村)이니 희박(希璞)의 아들이다

(—서기 一六九七년경—)

◎直廬漫吟 (직려만음)

小堂寥落夢初回、一壁殘燈半已灰、深夜擁衾仍獨坐、漏聲遙自建陽來

고이든잠 깨고보니 사면(四面)적막 쓸쓸한데
벽에걸린 등잔불도 반넘어 꺼졌구나
이불을 두루고서 우두커니 앉았는데
파루소리 멀리멀리 서울로서 들려오네

註=건양(建陽)※서울을 가르킨 말

「成夏昌(성하창)」

△자(字)는 대숙(大叔)이오 창녕인(昌寧人)이다

◎平澤途中 (평택 도중)

倦馬長途相識稀、風吹柳絮入春衣、旅遊南北成何事、白髮滿頭猶未歸

말을몰아 종일가도 아는이 별반없고
버들솜만 펄펄날려 옷자락에 지는구나
남북으로 떠돌면서 무슨일 하였는고
머리모다 세도록에 돌아갈줄 모르놋다

「申興暹[신홍섭]」

△자(字)는 자희(子熙)오 호(號)는 청계(淸溪)이다

◎暮春 (모춘)

短短踈籬山下家、松簷遲日鳥聲多、無端昨夜前溪雨、落盡閒庭一樹花

산아래 아담한집 성근울 둘렀는데
처마끝에 앉은새들 해지도록 지저귀네
지나간밤 보슬비 까닭없이 내리더니
섬돌아래 피었던꽃 거의모다 지는구나

「全尚壁[전상벽]」

◎夜歸郊庄 (밤에 신별장에 와서)

立馬沙洲日欲昏、渡頭行客自相喧、空林暮雨歸來晚、寥落山家不掩門

모래강변 당도하니 해는이미 황혼이오
서로먼저 건느려고 앞을다퉈 야단일세
저물게 비가내려 밤늦게 돌아가니
고요한 산마을집 사립아직 안닫혔네

『朱樬(주정)』

△자(字)는 정숙(定叔)이오 호(號)는 호촌(湖村)이니 여두(汝斗)의 아들이다 숙종(肅宗)때 과거(科擧)하여 벼슬이 좌랑(佐郞)에 이르다

(서기 一六六七년——)

◎咏菊 (국화를 읊으)

籬菊開花早、秋風有意催、催花也自是、恐入鬢毛來

울타리 양지쪽에 국화일찍 곱게피니
서리온다 가을바람 재촉함이 분명코야
국화빨리 피는것을 재촉함 좋거니와
살짝머리 서리들어 셀가하여 걱정일세

『池天錫(지천석)』

△자(字)는 대수(大受)오 호(號)는 호산(壺山)이니 숙종(肅宗)때 과거(科擧)하여 벼슬이 정랑(正郞)에 이르다

(서기 一六八〇년——)

◎偶吟 (우음)

白首無緣報聖恩、太平烟月臥山樊、多情何物長相對、黃菊花前白酒尊

센머리 길(緣)이없어 임의은혜 못갚고서
태평연월 좋은시절 산림(山林)속에 누었구나
긴세월 흐르는새 잠시서로 못떠남은
국화곱게 피는적에 술잔드는 일이로세

영 종 대 왕
英 宗 大 王

「英祖大王」(영조대왕)

△숙종(肅宗)의 제이남(第二男)으로 삼십일세(三十一歲)에 즉위(即位)하여 팔십삼세(八十三歲)에 승하(昇遐)하니 재위오십이년(在位五十二年)이다 능호(陵號)는 원릉(元陵)

(서기一六九四년—一七七六년)

◎長安一片月萬戶搗衣聲(장안일편 월만호도의성)

長安城裡秋風淸、彩閣雲宮月色明、欲識此中何所取、家家戶戶搗衣聲

서울장안 가을들어 바람맑게 불어오고
주란화각 좋은궁궐 달도밝게 비쳐주네
가을밤 가을정서(情緖) 그무엇이 제일일고
집집에서 들려오는 옷다듬는 소리로세

「文東道」(문동도)

△자(字)는 성원(聖源)이오 호(號)는 경암(敬庵)이니 단성인(丹城人)이라 은일(隱逸)로 벼슬이 부솔(副率)에 이르다

◎逢故人(친구를 만나서)

雲樹幾千里、山川政渺然、相逢各白首、屈指計流年

숲과구름 가리워 몇천리런고
멀어라 산과물이 아득하구나
만나보니 서로다 흰머리기로
손꼽아 흐른세월 세어보노라

「李光佐(이광좌)」

△자(字)는 상보(尙輔)오 호(號)는 운곡(雲谷)이니 경주인(慶州人)이라 백사(白沙) 항복(恒福)의 현손(玄孫)이다 숙종(肅宗)때 과거(科擧)하여 문형(文衡)을 전(典)하고 벼슬이 영의정(領議政)에 이르다 시호(諡號)는 문충(文忠)

(서기一六五四년—一七一○년)

◎出郊庄 (출교장)

清明籬落杏花催、勝似前朝白雪堆、朝野六年何事業、路人應笑此重來、門前高柳半天碧、上有間關黃栗留、明日孤帆離別後、祇應啼攪一春愁

울머리 살구꽃 곱게피어서
눈(雪)보다 조촐하게 더욱희구나
육년동안 조정에서 무슨일했나
남들은 이내행색 응당웃으리
문앞에 치렁치렁 버들푸른데
꾀꼬리 아름답게 노래부르네
밝는날 멀리멀리 떠나간뒤에
새(鶯)만이 한봄시름 울어보내리

註=간관(間關)※꾀꼬리 아름답게 우는소리 白居易「間關語花底滑」
황률유(黃栗留)※꾀꼬리의 별명(別名)

「李(이) 縡(재)」

△자(字)는 희경(熙卿)이오 호(號)는 도암(陶庵)이니 숙종(肅宗)때 과거(科擧)하여 호당(湖堂)에 선(選)하고 문형(文衡)을 전(典)하다 벼슬이 이조판서(吏曹判書)에 이름 시호(諡號)는 문정(文正)

(서기一六八○년—一七四六년)

◎春興 (춘흥)

園花寂寂一鶯啼、野水瀰瀰雙鷺明、扶杖溪西春日夕、數村桑麻看烟生

그윽한 동산속에 꾀꼬리 노래하고
출렁이는 강물위 갈매기 떠나르오
해저무는 시냇가로 막대집고 거니를제
여기저기 마을에서 저녁연기 떠오르네

又 (이 재)

◎城西卽事 (성서 즉사)

燕語鶯啼白日斜、春光歸去屬誰家、池塘四月生顏色、開遍薔薇滿架花

제비는 지저귀고 꾀꼬리 노래할제
일년의 좋은춘광 그어데로 돌아갔나
사월이라 첫여름 거울같은 연못가에
장미꽃 제철만나 곱게곱게 피는구나

지수재 유 척 기
知守齋 兪 拓 基

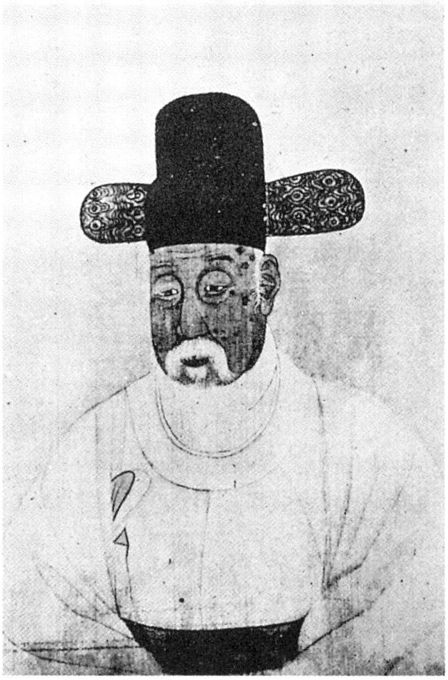

도곡 이 의 현
陶谷 李 宜 顯

장암 정 호
丈岩 鄭 澔

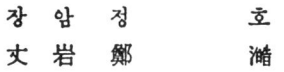

포암 윤 봉 조
圃岩 尹 鳳 朝

「趙泰億」(조태억)

△자(字)는 대년(大年)이오 호(號)는 팔곡(八曲)이니 양주인(楊州人)이라 숙종(肅宗)때 과거 科擧)하여 문형(文衡)을 전(典)하고 벼슬이 좌의정(左議政)에 이르다

(서기 一六七五년—一七二八년)

◎先到練光亭待巡使 (연광정에서 순찰사를 기둘음)

江城雨色掩千峰、滿目雲烟淡復濃、坐待輶軒乘夕至、晝樓樽酒一從容

강둘러 솟은산들 비둘띠워 희미하고
구름연기 어우러져 뭉기뭉기 떠오르네
저녁나절 가까웁게 기다리던 임오시어
조용한 다락위에 술잔만이 오고가네

「李宜顯」(이의현)

△자(字)는 덕채(德彩)오 호(號)는 도곡(陶谷)이니 용인인(龍仁人)이라 숙종(肅宗)때 과거(科擧)하여 문형(文衡)을 전(典)하고 벼슬이 영의정(領議政)에 이르다 시호(諡號)는 문간(文簡)

(서기 一六六九년—一七四五년)

◎病起野望 (병기야망)

江城雪後似春歸、藹藹平原映夕暉、乍見輕冰浮野渡、還聽幽磵咽林扉、寒雲送色連山嶂、積素凝華覆石磯、欲向閑窓收景物、病餘淸興轉依微

강성에 봄이온듯 날씨풀리고
저녁노을 벌판위 아물거리오
얇은어름 들물에 떠서흐르고
산시내 재갈풀려 돌틈에우네
찬구름 지나가니 산은푸르고
연기는 조대위에 희게어렸네
창문열고 모든풍경 바라다보니
맑은흥취 야리게도 내맘달래오

註=적소(積素)※구름、안개、연기、따위가 희게 어려있음을 말함 謝靈運「積素惑原疇」

「兪拓基」(유척기)

△자(字)는 전보(展甫)오 호(號)는 지수재(知守齋)니 숙종(肅宗)때 과거(科擧)하여 벼슬이 영의정(領議政)에 이르다 시호(謚號)는 문익(文翼)

(서기一六九一년——)

◎大興山城歸路 (대흥산성에서 돌아오며)

步出南城外、行行度絶巓、層峰迷海霧、古木集村烟、斷橋人携杖、山危馬怯鞭、夕陽歸意急、相率渡前川

남문밖 내아달아 가고또가다
깎아지른 고개위 올라섰구나
겹겹놓인 산봉오리 안개쌓이고
엉크러진 나무숲 연기어렸오
다리끊인 건넬목 막대를집고
산비알 거우러져 말이못가네
해질무렵 돌오는길 아주급하여
서로서로 이끌면서 앞내건넷오

「尹鳳朝」(윤봉조)

△자(字)는 명숙(鳴叔)이오 호 號는 강암(岡岩)이니 파평인 坡平人)이라 숙종 肅宗)때 은일(隱逸)로 문형(文衡)을 전典하고 벼슬이 판돈녕부사 判敦寧府事)에 이르다

(——서기一七一七년경——)

◎過丫坡村 (아파촌 지나며)

山村寂歷午鷄鳴、小渡無人春水生、道是西州絃誦地、樹陰風送讀書聲

산마을 고요한데 낮닭우름뿐
오가는이 별반없고 물만흐르네
이곳이 아마도 서당(書堂) 골인가
바람결에 글소리 들려를오니

註＝적력 寂歷)※적막과 같은뜻 張說「空山寂歷道心生」
현송 絃誦 ※거문고타고、글 외우는 뜻이니 즉(即)학문 學問)을 닦는다는 말 蘇軾「絃誦堂叨孟母鄰」

「鄭澔」 정호

△자(字)는 중순(仲淳)이오 호(號)는 문암(文岩)이니 송강(松江)의 현손(玄孫)이다 숙종(肅宗)때 과거(科擧)하여 벼슬이 영의정(領議政)에 이르다 시호(諡號)는 문경(文敬)

(서기一六四八년—一七三六년)

◎盧川謫路贈諸君 (귀양길에 올라 제군에게 보냄)

賓館逢迎記昔年、相看今日更依然、傷心國事層碁上、極目鄕關落照邊、衆惡叢身憐一介、舊情緘骨荷群賢、夷城此去何時到、默算前程尙半千

빈관(賓館)에서 함께즐김 옛일같은데
이렇게 서로보니 더욱그립소
어수선한 나라일 애가끊이고
까마득 이내고향 해지는데오
모든잘못 이몸홀로 둘썼러는데
여러분 고마운정 끝내못잊네
귀양땅 어느때에 다달을건가
가마니 헤어보니 반천리라오.

註=빈관(賓館)※빈청 賓廳을 말함이니 대신(大臣)과 비국(備局)의 당상(堂上)들이 임금을 만날때 모여서 회의(會議)하던 곳

「趙文命」 조문명

△호(號)는 학암(鶴岩)이니 풍양인(豐壤人)이라 숙종(肅宗)때 과거(科擧)하여 문형(文衡)을 전(典)하고 벼슬이 오영대장、좌의정(五營大將、左議政)에 이르고 풍릉부원군(豐陵府院君)에 봉(封)하다 시호(諡號)는 문충(文忠)

(서기一七七〇년——)

◎燕坐 (혼자서)

奔走衣冠日在公、怱怱時節百憂中、山村十月砧聲急、庭院微霜柿葉空、歲惡奈難贍國策、才疎本乏濟民功、深深燕坐無窮念、獨對虛窓小燭紅

날마다 여맨공사 부산하구나
근심걱정 하는속 세월가느니
옷다듬는 가을밤 처량하온데
뜰앞엔 우수수 나무잎지네
흉년(凶年) 해 나라살림 어이하오며
성긴재주 백성구제 감당못하오
홀로앉아 곰곰이 생각노라니
촉불만 까물까물 창에비치네

「趙觀彬(조관빈)」

△자(字)는 동보(同甫)오 호(號)는 회헌(悔軒)이니 숙종(肅宗)때 과거(科擧)하여 문형(文衡)을 전(典)하고 벼슬이 예조판서(禮曹判書)에 이르다

(—서기一七二七년경—)

◎題披襟亭 (피금정을 두고)

晴川深樹檻西東、正好炎天納晚風、太守不曾私一物、欲分淸吹與民同

난간밖 짙은그늘 시원하여서
찌는여름 더위마저 물러가누나
태수(太守) 일찍 아무물건 줄것없으니
맑은바람 백성함께 나누어볼가

「李眞儉(이진검)」

△자(字)는 중약(仲約)이오 호(號)는 녹리(角里)니 전주인(全州人)이라 숙종(肅宗)때 과거(科擧)하여 벼슬이 예조판서(禮曹判書)에 이르다

(서기一六七一년—)

◎八谷宴歸韻 (팔곡연 귀 운을 빌려)

共上東門第一臺、千家火樹望中開、歸來大道明如晝、亂唱佳人百隊廻

동문거리 높은대(臺) 함께오르니
집집마다 켜논등불 환히비치네
돌아가는 큰길가 낮과같은데
노랫가락 어지롭게 들려오누나

범허정 송 인 명
泛虛亭 宋 寅 明

학 암 조 문 명
鶴 岩 趙 文 命

귀 록 조 현 명
歸 鹿 趙 顯 命

회 헌 조 관 빈
晦 軒 趙 觀 彬

「鄭羽良」정우양

△자(字)는 자휘(子揮)오 호(號)는 하남(鶴南)이니 연일인(延日人)이라 숙종(肅宗)때 과거(科擧)하여 벼슬이 좌의정(左議政)에 이르다 시호(諡號)는 문충(文忠)

(—서기一七三七년경—)

◎贈徐禧 (서희에게 보냄)

江南江北柳花飛、塞上征人尙未歸、浮世始知開界在、家家臨水結柴扉

여기저기 봄이와서 버들꽃 날리는데
수자리 가신임은 상기미처 못오시네
살기좋고 한가한곳 이제겨우 알었댔오
집집마다 물을임해 조촐하게 놓였구나

「崔昌大」최창대

△자(字)는 효백(孝伯)이오 호(號)는 곤륜(崑崙)이니 숙종(肅宗)때 과거(科擧)하여 벼슬이 부제학(副提學)에 이르다

(서기一六六八년—一七二〇년)

◎杜鵑啼 (두견의 우름)

春去山花落、子規勸人歸、天涯幾多客、空望白雲飛

봄가자 꽃도하냥 떠러지는데
두견은 사람더러 돌아가라네
떠다니는 나그네 몇사람이나
부지럽게 흰구름만 바라보는고

「鄭錫慶」(정석경)

△자(字)는 사웅(士膺)이오 호(號)는 양파(陽坡)이다

◎東湖舟中 (동호에 배를 띠고)

短棹輕帆湖峽遊、青山無數水西流、斜陽烟柳依俙見、岸幘何人百尺樓

매생이 돛을달고 물거실려 올라가니
청산은 올망졸망 호숫가에 놓여있네
노을잠긴 버들새로 어렴풋이 보이는곳
어느누가 갓젖히고 다락위에 앉아있나

註=안책(岸幘)※갓을 젖혀 쓴 꼴

「尹淳」(윤순)

△자(字)는 화중(和中)이오 호(號)는 백하(白下)니 해평인(海平人)이라 숙종(肅宗)때 과거(科擧)하여 문형(文衡)을 전(典)하고 벼슬이 이조판서(吏曹判書)에 이르다
(서기一六八○년—一七四○년)

◎清心樓 (청심루)

落日登樓好、秋風古木清、昔人詩慷慨、遊客意崢嶸

해질무렵 다락경개 더욱좋은데
나무새로 부는바람 시원하구나
옛사람 읊은글귀 피맺이끓고
노니는손 마음자못 헌걸차놋다

「李秉淵」이병연

△자(字)는 일원(一源)이오 호(號)는 사천(槎川)이니 한산인(韓山人)이라 숙종(肅宗)때 벼슬이 삼척부사(三陟府使)에 이르다

(—서기一六八七년경—)

◎故鄕 (고향)

海雨霏霏過午天、斜陽一半碧瀾船、西風秣馬高麗國、流水聲中五百年

한낮들어 내리던비 보슬보슬 지나가고
서산에 지는해 배에곱게 비처주네
바람앞에 말을매고 옛생각 잠겼노라
오백년 고려흥망 저물함께 흘렀구나

「李匡德」이광덕

△자(字)는 성뢰(聖賴)오 호(號)는 존존재(尊存齋)니 전주인(全州人)이라 숙종(肅宗)때 과거(科擧)하여 문형(文衡)을 전(典)하고 벼슬이 대사헌(大司憲)에 이르다

(서기一六九〇년—)

◎次唐律 (당률을 비러)

日日登長道、行行望落暉、愁來飜作笑、去遠預憂歸、倦飯偏呼水、困眠每和衣、僮言在家日、鬢雪較今稀

날마다 아침일찍 길을떠나고
서산마루 해지도록 걸어가노라
슬픈마음 사무칠적 우슴터지고
갈곳 머(遠)니 돌올걱정 미리되노나
구미(口味)없는 상머리 물먼저찾고
고달픈 벼개위 입은채 자오
상노(床奴) 놈 말하기를 집에있을땐
센머리 지금보다 드므렀다네

「申維翰(신유한)」

△자(字)는 주경(周卿)이오 호(號)는 청천(青天)이니 숙종(肅宗)때 과거(科擧)하여 벼슬이 통신사(通信使)에 이르다

(서기一六八一년———)

◎矗石樓 (촉석루)

晋陽城外水東流、叢竹芳蘭綠映洲、天地報君三壯士、江山留客一高樓、歌屛日暖潛鮫舞、劒幕霜侵宿鷺愁、南望斗邊無戰氣、將壇笳鼓伴春遊

진양성밖 남강물 구비돌아 흐르는데
대그늘 푸르거니 난초꽃도 곱더구나
하늘땅 만년(萬年)가도 세분이름 뚜렷하고
우리강산 삼천리(三千里)에 이다락이 제일일세
봄들어 화창하면 엎덴고기 뛰놀으며
가을이라 서리찰적 백로앉아 졸으리라
남방을 바라보니 싸움다시 없게되어
전진중(戰陣中) 북피리는 풍류기구 되었구나

註‖삼장사(三壯士 ※선조 이십륙년 유월(宣祖二十六年六月)에 진주성(晋州城)을 사수(死守)하여 왜적(倭敵)과 싸우다가 장렬(壯烈)히 전사(戰死)한 황진(黃進—全羅兵使) 김천일(金千鎰—倡義士) 최경회(崔慶會—慶尙兵使)세 분을 말함

「趙顯命(조현명)」

△자(字)는 치회(稚晦)오 호(號)는 귀록(歸鹿)이니 풍양인(豐壤人)이다 숙종(肅宗)때 과거(科擧)하여 벼슬이 영의정(領議政)에 이르고 무신공신(戊申功臣)으로 풍원부원군(豐原府院君)에 봉(封)하다 시호(謚號)는 충효(忠孝)

(서기一六九〇년—一七五二년)

◎內延 (내연)

鞋杖蕭然上翠微、春深谷口百花飛、逢僧若問何爲者、道是東岡一布衣

죽장망혜(竹杖芒鞋)한가로히 산길찾아 올라가니
봄들어 폈던꽃들 이리저리 흩날리네
중을만나 누구냐고 날보고 묻는다면
동쪽마을 살고있는 선비라고 일러주리

기은 박문수
耆隱 朴文秀

오천 이종성
梧川 李宗城

진암 이천보
晋庵 李天輔

설계 이덕수
薛溪 李德壽

「李宗城(이종성)」

△자(字)는 자고(子固)오 호(號)는 오천(梧川)이니 경주인(慶州人)이라 영조(英祖)때 과거(科擧)하여 벼슬이 영의정(領議政)에 이르다 시호(諡號)는 문간(文簡)

(서기一六九二년—一七五九년)

◎順天義烈祠 (순천 의열사)

千疊金湯地、三間俎豆宮、乾坤留正氣、星日想精忠、末裔情何極、遺民涕自同、西憂煩聖慮、修攘最諸公

높은성 튼튼히도 둘러서있고
사당집 엄숙하게 놓여있구나
옳은뜻 하늘함께 오래머물고
충성은 햇빛인양 뚜렷하여라
모시는 자손뜻 지극하고요
사모하는 뒷정성 눈물어렸네
고은님 서쪽근심 끊임없거니
여러분 물리칠힘 닦아주시오

「朴文秀(박문수)」

△자(字)는 성보(成甫)오 호(號)는 기은(耆隱)이니 고령인(高靈人)이라 영조(英祖)때 과거(科擧)하여 벼슬이 병조판서(兵曺判書)에 이르고 영성군(靈城君)에 봉(封)하다

(서기一六九一년—一七五六년)

◎弼雲臺 (필운대)

君歌我嘯上雲臺、李白桃紅萬樹開、如此風光如此樂、年年長醉太平杯

그대하냥 노래하며 대에오르니
이화도화 울긋불긋 활짝피였네
풍경속 즐기움 이러하거니
해마다 같이와서 기리취하리

『崔成大(최성대)』

△자(字)는 사집(士集)이오 호(號)는 두기(杜機)니 전주인(全州人)이라 영조(英祖)때 과거(科擧)하여 벼슬이 승지(承旨)에 이르다

(서기一六九一년――)

○旅思(여사)

春城月曉聽棲鴉、河上津亭驛路斜、楊柳花時渡江客、山桃開盡未還家

새벽달 지새이자 까마귀울고
강나루 벌서부터 길손오가네
버들가지 피어날제 떠난 나그네
복사꽃 다지도록 집엘못가오

『李漵(이서)』

△자(字)는 징지(澄之)오 호(號)는 옥동(玉洞)이니 여주인(驪州人)이라 매산(梅山) 하진(夏鎭)의 아들이다

◎六臣墓(육신묘)

公胡愧食首陽薇、謾使孤墳怨落暉、丹心耿耿今猶在、惟有蒼天白日知

푸새것 먹었다고 이제(夷齊)를 한하더니
지하로 돌아갈제 지는해 원망했오
가신님 일편단심 이제되려 뚜렸커니
널고높은 하늘인양 기리기리 푸르리라

註=괴식수양미(愧食首陽薇)※매죽헌 성삼문 선생(梅竹軒 成三問先生)의 이제묘시(夷齊廟詩)에 「草木亦沾周雨露、愧君猶食首陽薇」의 구절(句節)이 있음

원낙휘(怨落暉) ※성삼문 선생(成三問先生)의 수형시(受刑詩)에 「擊鼓催人命、回頭日欲斜、黃泉無一店、今夜宿誰家」의 구절(句節)을 의미(意味)함인듯

「申錐」신추

△자(字)는 화중(華仲)이오 호(號)는 한죽당(寒竹堂)이니 평산인(平山人)이라 숙종(肅宗)때 문과(文科)하였고 이사명(李師命)의 무소(誣訴)로 제주(濟州)에 귀양가니 년(年) 팔십사세(八十四歲)라 영조(英祖)께서 방환(放還)을 명(命)하시매 남해(南海)에 이르러 졸(卒)하다 시호(謚號)는 충경(忠景)

◎送情友 (다정한 벗을 보내며)

草色青青映別衣、勞歌一曲送君歸、臨分莫問佳期處、他日雲山共採薇

풀빛은 푸릇푸릇 애를끊는데
이별노래 한곡조로 보내옵나니
우리다시 만날곳 묻지를말게
다른날 산고사리 같이캘것을

「李瀷」이익

△자(字)는 자신(子新)이오 호(號)는 성호(星湖)니 여주인(驪州人)이라 도학(道學)으로 감역(監役)을 제수(除授)하되 종시불취(終時不就)하고 성호새설(星湖僿說)과 곽우(藿憂)등 저서(著書)가 있음 시호(謚號)는 문헌文獻

(서기一六八二년—一七六四년)

◎嘉村送時中寄示大猷 (가촌에서 대유를 보낼때 보여준 글)

古峽天寒楓葉紅、駸駸驅馬踏秋風、青山錯道徑行盡、聞有洪川又在東

산골목 날씨차고 단풍잎 붉었는데
가을바람 헤치면서 말을빨리 몰아가오
길을잘못 잡아들어 홍천땅 묻고보니
오던길 되돌아서 동쪽으로 가라하네

「許采(허채)」

△자(字)는 중약(仲若)이오 호(號)는 농와(聾窩)니 양천인(陽川人)이라 벼슬이 장령(掌令)에 이르다

(서기一六九六년——)

◎絕句 (절귀)

志士逢時少、佳人薄命多、相看一歎息、頭白奈何何

지사는 언제나 때를만날고
고은여인 예로부터 팔자사납네
제각기 피를끓고 눈물지다가
머리털 희끈희끈 할수없구나

「李萬敷(이만부)」

△자(字)는 중서(仲舒)오 호(號)는 식산(息山)이니 연안인(延安人)이다

◎牧笛 (목저)

短髮尺餘兒、大牛能自領、晚郊笛一聲、渡水入山影

더벅머리 꼬마동 깜찍하게도
큰황소 마음대로 몰고다니네
해지는 벌판에서 들리는피리
시내건너 산모랑이 돌아를가네

「宋寅明」(송인명)

△자(字)는 성빈(聖賓)이오 호(號)는 장밀헌(藏密軒)이니 여산인(礪山人)이라 영조(英祖)때 벼슬이 좌의정(左議政)에 이르다 시호(諡號)는 충헌(忠憲)

(서기一六八九년—一七四六년)

◎暮春途中 (모춘 도중)

迢迢盡日伴山花、望望前林已晩霞、莫問今宵何處宿、白雲山下是吾家

해지도록 산꽃하냥 같이가더니
바라보매 앞산벌써 황혼이구려
오늘밤 어디자나 묻지를마소
백운산 저산밑이 내집이라오

「徐命膺」(서명응)

△자(字)는 군수(君受)오 호(號)는 보만재(保晩齋)니 영조(英祖)때 과거(科擧)하여 문형(文衡)을 전(典)하고 벼슬이 판중추(判中樞)에 이르다 시호(諡號)는 문정(文靖)

(—서기一七六七년경—)

◎甲山官舍次梁鳳周韻 (갑산 관사에서 양봉주의 운을 비러)

客睡尋常到五更、起看銀漢欲西傾、簾垂積雪千山色、燈剪寒梅一笛聲、懷土愁因佳節倍、思君涙入靜時生、絃歌誰道宜幽莞、歌罷絃歌更愴情

잠 예사(例事)로 깨고나니 밤은이미 깊었는데
하늘위 은하수는 서쪽으로 기우렀네
산마다 쌓인눈빛 발사이로 새어들고
어데서 부는피리 차거웁게 들려오네
고향생각 객의시름 명절되니 간절하고
임그리는 신하눈물 고요한때 더하구나
줄을골라 타는곡조 뉘라서 좋다는고
가닥가닥 숨은뜻 슲은심사 자아낼뿐

「曺夏望」(조하망)

△자(字)는 아중(雅仲)이오 호(號)는 서주(西洲)니 숙종(肅宗)때 과거(科擧)하여 벼슬이 승지(承旨)에 이르다

(서기一六八二년—一七四七년)

◎赤城倅朴季良師漢別語 (적성원 박계량을 이별하고)

江南三月水如油、憶上寒風樓下舟、君去試尋停棹處、小洲稗柳最風流

강남땅 봄이들어 날씨풀리니
바람불때 떠나신님 더욱그리워
그대가서 닻을놓고 배를대인곳
야린버들 푸른물가 풍경좋으리

「蔡之洪」(채지홍)

△자(字)는 군범(君範)이오 호(號)는 삼환재(三患齋)니 숙종(肅宗)때 벼슬이 현감(縣監)에 이르다

(서기一六八三년—一七四一년)

◎臘梅經冬不開謾吟 (겨울이 지나도 피지않는 매화를 두고)

吾病歲新猶閉關、汝寒冬盡未開顔、何時共帶春風面、朗月孤琴一笑看

병든몸 새해와도 문을닫고 누었는데
한겨울 다가도록 너도피질 못했구나
언제든 봄바람 건듯불어 오거드면
달아래 고(琴)를 안고 서로함께 웃어보자

「金信謙 김신겸」

△자(字)는 존보(尊甫)오 호(號)는 노소(櫓巢)니 안동인(安東人)이라 경종(景宗)때 벼슬이 교관(敎官)에 이르다 시호(諡號)는 문경(文敬)

(—서기 一七三七년경—)

◎登沃州浦山絕頂望漢拏山 (포산절정에 올라 한라산을 바라보며)

瀛洲一點掌中來、碧海頑雲百里開、臥笑秦皇悲白髮、石臺斜日盡餘杯

떠있는 푸른한점 삼영주(三瀛洲)분명하고
바다위 영긴구름 활하게도 트이놓다
구선(求仙)하던 진시황 어리석음 비웃으며
지는해 멈춰놓고 남은술 기우릴가

「姜 楪 강 엽」

△자(字)는 자순(字淳)이오 호(號)는 국포(菊圃)니 진주인(晋州人)이라 숙종(肅宗)때 벼슬이 응교(應敎)에 이르다

(서기 一六九〇년—一七二九년)

◎渡商山津望自天臺 (상산진 건느면서 자천대 바라보고)

自天臺下水如天、臺下丹楓映水鮮、一曲平沙鷗鷺靜、夕陽歸客上漁船

대아래 흐르는물 맑고맑은데
단풍그늘 물에잠겨 곱게비치네
흰갈매기 모래위에 앉아조을고
길손은 배를타고 돌아를가네

「李匡呂(이광려)」

△자(字)는 성재(聖哉)오 전주인(全州人)이니 벼슬이 참봉(叅奉)에 이르다

◎宿練光亭 (연광정에서)

練光亭對大同樓、重疊靑山映綠洲、睡起簾旌上初日、半江伊軋動行舟

연광정 대동루 서로보고 서있는데
둘러섯는 산그림자 강물위에 떠있구나
깨고보니 발밖에 아침해 떠오르고
저어가는 놋소리만 삐걱삐걱 들려오네

「尹治(윤치)」

△자(字)는 자정(子精)이오 호(號)는 현포(玄圃)니 해평인(海平人)이다

◎秋夜 (추야)

老樹荒岡響遠聞、夜深霜意亂黃雲、汀洲客鴈如相語、月在西峰缺半分

바람은 숲을울려 멀리로서 들려오고
밤들어 하늘차니 서리아마 내리겠네
물가에 뜬기러기 떼를지어 소리할제
서산머리 지는달 반만걸려 떠있구나

「尹陽來(윤양래)」

△자(字)는 계형(季亨)이오 호(號)는 회와(晦窩)니 파평인(坡平人)이라 영조(英祖)때 벼슬이 병조판서(兵曹判書)에 이르다 시호(謚號)는 익헌(翼憲)

(—서기一七四七년경—)

◎江樓 (강 다락)

江樓獨坐對寒松、盡日門無車馬蹤、却憶故人蕭寺在、時時但聽出山鍾

홀로 다락위에 앉았노라면
해지도록 문밖게 찾는이없고
옛동무 가있는절(寺) 멀리 그리며
울려오는 종소리만 듣노랍니다

「吳光運(오광운)」

△자(字)는 영백(永伯)이오 호(號)는 약산(藥山)이니 동복인(同福人)이라 숙종(肅宗)때 과거(科擧)하여 벼슬이 대사헌 홍문제학(大司憲 弘文提學)에 이르다

(서기一六八九년—一六九五년)

◎江浦漁火 (강포어화)

遙夜漁燈點點愁、伴星和月耿寒洲、一時影亂爭明滅、風起蘆花萬傾秋

고깃불 깜박깜박 강물위로 떠있는데
별빛달빛 한데섞여 그사이에 흩어졌네
뜬그림자 까물까물 출렁이든 바람결이
어느새 갈꽃숲을 우수수 울리노나

「趙載浩」(조재호)

△자(字)는 경대(景大)오 호(號)는 농촌(農村)이니 영조(英祖)때 과거(科擧)하여 벼슬이 우의정(右議政)에 이르다

(——서기 一七五七년경——)

◎亡弟墓 (망제묘)

故宅妻兒守、空山歲月徂、積哀餘淚盡、半割此身孤、極目黃雲斷、驚心遠鴈呼、人生虧一樂、後死獨憐吾

옛집엔 처자들만 남아사는데
덧없이 세월은 빨리가노라
쌓인설움 눈물조차 말라붙고요
반쪼각 이내신세 외로웁구려
사라지는 저구름을 따라갔는가
홋홋한 외기러기 서로부르네
인간의 한 즐거움 이즈러지고
사라남은 나만홀로 가여웁구나

註=반할(半割)※할반지통(割半之痛)을 말함이니 형제(兄弟)의 초상(初喪)을 일커름

일락(一樂)※일찌기 맹자(孟子)가 말씀한 인간(人間)의 삼락중(三樂中)에 일락(一樂)이니 부모구존(父母俱存)하시고 형제무고(兄弟無故)함을 말함

「元仁孫」(원인손)

△자(字)는 자정(子靜)이오 호(號)는 창하(蒼霞)니 원주인(原州人)이라 영조(英祖)때 과거(科擧)하여 벼슬이 우의정(右議政)에 이르다

(서기一七二二년—一七七四년)

◎斗尾途 (두미도)

匹馬烟江白、漁村少四隣、乍陰疑有雨、殘日喜逢人、遙野雲生樹、深山鳥語春、驪湖何處在、明發又淩晨

연기잠긴 강가으로 말을몰아 가노라니
어촌은 띠엄띠엄 여기저기 놓였구나
구름잠간 그늘지니 비내릴가 저어하고
해질무렵 길을가다 사람보니 반가웁네
아득아득 들안개 나무위에 가라앉고
산속깊이 봄이왔다 새들은 좋아하네
여호(驪湖)가 어데메뇨 아직도 멀었는가
밝은새벽 일찍떠나 하루종일 가오리라

「李匡誼(이광의)」

△자(字)는 군방(君方)이오 전주인(全州人)이니 영조(英祖)때 벼슬이 필선(弼善)에 이르다

(—서기 一七五七년경—)

◎苦熱(혹독한 더위)

雨濕要晴晴苦熱、熱如炎處雨還思、但令心在淸凉地、明雨今晴豈足知

지리한비 개고나서 상쾌하더니
끓는더위 비생각 다시나노나
시원하고 상쾌함 마음에있고
비내리고、날 개임에 상관있으랴

「許佖(허필)」

△자(字)는 여정(汝正)이오 호(號)는 연객(烟客)이니 양천인(陽川人)이라 성균진사(成均進士)에 이르다

(—서기 一七五七년경—)

◎酬仙槎令韻(친구 시를 화답함)

湖水蓮花發、太守愛蓮花、乘舟莫深入、恐傷蓮花多

연꽃곱게 호수위에 피어있는데
우리원님 꽃구경을 좋아하느니
배를타고 연못깊이 들지를마라
고운연꽃 떠러질까 염려로구나

『李德壽』(이덕수)

△자(字)는 인로(仁老)오 호(號)는 서당(西堂)이니 전의인(全義人)이라 숙종(肅宗)때 과거(科擧)하여 문형(文衡)을 전(典)하고 벼슬이 이조판서(吏曹判書)에 이르다 (—서기一七二七년경—)

◎贈別崔成大(최성대에게 보냄)

小吏摘山松茸軟、使君持酒菊花香、漫漫燕路三千里、美爾閒時見我忙

산에서 따온송이(松茸) 안주삼아서
그대의 권하는술 취케마시리
연경(燕境)길 삼천리 아득하여라
한가로은 입의처지 부러웁구나

『安鼎福』(안정복)

△자(字)는 백순(百順)이오 호(號)는 순암(順菴)이니 광주인(廣州人)이라 영조(英祖)때 과거(科擧)하여 벼슬이 현감(縣監)에 이르다 시호(諡號)는 문숙(文肅)

◎謾吟(만음)

山雨過來夕照遲、瓜田鋤畢坐如箕、兒童報道溪魚上、又試經綸理釣絲

산머리 비지나고 저녁노을 떠있는데
농삿군 밭다매고 다리뻗고 앉았구나
앞시내 물이불어 고기많이 뛴다하니
버렸던 낚시차비 다시마련 하잤구나

「李㙫」(이집)

△자(字)는 노천(老泉)이오 호(號)는 취촌(醉村)이니 덕수인(德水人)이라 숙종(肅宗)때 과거(科擧)하여 벼슬이 좌의정(左議政)에 이르다 시호(諡號)는 충헌(忠獻)

(──서기 一七二九년경──)

◎春日 (춘일)

春深庭院日如年、萬樹風花落檻前、方識太平眞有象、相公終夕枕書眠

봄이깊어 가는정원 해까마득 길더구나
난간앞 지는꽃닢 바람결에 흩날리네
태평성대 좋은것을 이제서야 알겠노라
이내몸 종일토록 책을베고 누었느니

「閔遇洙」(민우수)

△자(字)는 사원(士元)이오 호(號)는 정암(貞庵)이니 여흥인(驪興人)이라 숙종(肅宗)때 과거(科擧)하여 벼슬이 대사헌(大司憲)에 이르다 시호(諡號)는 문헌(文憲)

(──서기 一七三二년경──)

◎堤川途中懷尊甫 (제천도중에 존보를 그리워)

孤村四面亂雲飛、峽樹蒼蒼斂晩暉、遙想故人沙際去、江風吹雨滿征衣

구름쪽 이리저리 흩날리는데
해는지고 푸른숲 침침하구나
나귀에서 멀리멀리 가시는그대
길에서 비를만나 옷젖질않나

「李天輔(이천보)」

△자(字)는 의숙(宜叔)이오 호(號)는 진암(晋菴)이니 연안인(延安人)이라 영조(英祖)때 과거(科擧)하여 벼슬이 영의정(領議政)에 이르나 시호(謚號)는 문간(文簡)

(서기一六九九년—一七六一년)

◎早春偶題(이른 봄 두고)

空庭扶杖一婆娑、拂面東風任幘斜、春意自能成細雨、山光元不厭貧家、閒從碁局觀機事、老向詩篇送物華、更喜今年時候早、園中已折杜鵑花

가냘픈몸 막대집고 거닐을적에
바람결에 갓혀진갓 내버려 뒀오
봄들어 보슬비 자주내리고
풍경은 아무데나 찾아드느니
한가한땐 바둑판 각금버리고
늙어지니 글귀읊어 세월보내네
더구나 올해에는 철세일러서
동산에 진달레 벌서피였오

「李鼎輔(이정보)」

△자(字)는 사애(士愛)오 호(號)는 삼주(三洲)니 연안인(延安人)이라 영조(英祖)때 벼슬이 이조판서(吏曹判書)에 이르다

(서기一六九二년—一七六六년)

◎暮至山寺(산절에 이르러)

老栢風生一院淸、踈林隱隱暮鍾鳴、峰頭岸幘然立、脚下雲烟冉冉生

바람부는 잣나무 고요한절간
숲속에 들려오는 저녁종소리
봉(峰)머리 갓(冠)젖히고 섰노라니
구름만 뭉기뭉기 발(足)앞에이네

뇌연 남유용
雷淵 南有容

삼주 이정보
三洲 李鼎輔

한죽당 신추
寒竹堂 申錐

강한 황경원
江漢 黃景源

『尹斗緖』(윤두서)

△자(字)는 효언(孝彦)이오 호(號)는 공재(恭齋)니 해남인(海南人)이라 숙종(肅宗)때 사람으로 서화(書畫)를 잘하여 현재(玄齋)겸재(謙齋)와 함께 이조(李朝)의 삼재(三齋)라 함

(—서기一七五三년경—)

◎偶題(우제)

小閣無塵霽景明、簾波不動惠風輕、滿地綠苔如鋪錦、丁香花下午鷄鳴

몬지한점 없는누각 경개좋은데
바람은 하늘하늘 불어오노나
길에가득 푸른이끼 깔려있는데
정향나무 그늘아래 낮닭이우네

『南有容』(남유용)

△자(字)는 덕재(德哉)오 호(號)는 뢰연(雷淵)이라 영조(英祖)때 과거(科擧)하여 문형(文衡)을 전(典)하고 벼슬이 형조판서(刑曹判書)에 이르다 시호(諡號)는 문정(文靖)

(서기一六九八년—一七七三년)

◎憶幼子(아들을 생각하고)

積雨連旬苦不開、遲遲幼子信書來、遙知水濶柴門外、日彈長竿上釣臺

장맛비 오랫동안 개지않는데
기다리든 너의편지 인제왔구나
문앞에 시냇물 많이불어서
날마다 조대위에 낚대드리지

「金履坤」(김이곤)

△자(字)는 원재(原哉)오 호(號)는 봉록(鳳麓)이니 안동인(安東人) 시보(時保)의 손(孫)이다 벼슬이 현령(縣令)에 이르고 경사(經史)에 통하고 시(詩)에 능함

(一서기一七六二년경一)

◎薄醉 (얼근이 취하야)

薄醉西湖酒、高樓枕簟淸、無停水空逝、欲墜月猶明、船語侵簾過、漁燈繞砌生、風烟極瀟灑、卜築背孤城

서호의 좋은술 얼근이 취한뒤에
높직한 다락위에 자리펴고 누었노라
강물은 쉬지않고 부지럽시 흐르는데
지려는달 산에걸려 더욱곱게 비처주네
어여디아 뱃소리는 울밖으로 지나가고
뻔적이는 고깃불은 섬돌아래 떠있구나
아름다운 모든풍경 깨끗하고 조용하여
이곳에다 몇간집을 모아내여 다련일세

「李遂大」(이수대)

△자(字)는 취이(就而)오 호(號)는 송애(松厓)니 전주인(全州人)이라 숙종(肅宗)때 과거(科擧)하여 벼슬이 기조랑(騎曹郞)에 이르다

(서기一六七五년—一七〇八년)

◎山中歸臥 (산중에 돌아가)

浮世終何事、空山且獨行、悠然洞陰裡、歸去掩柴扉

내게야 뜬세상일 무삼하리오
홀(獨)로 빈 산을 오고가노라
동음(洞陰)은 내고향 고요한그곳
도라가 사립닫고 지나오리라

회와 윤 양 래
晦窩 尹 陽 來

충정공 민 영 환
忠正公 閔 泳 煥

「李最中」(이최중)

△자(字)는 계량(季良)이오 호(號)는 위암(韋菴)이니 전주인(全州人)이라 영조(英祖)때 과거(科擧)하여 벼슬이 이조판서(吏曹判書)에 이르다 시호(諡號)는 문정(文貞)

(서기一七一五년—一七八四년)

◎卽景 (즉경) (九歲作)

草蟲鳴入床、坐覺秋意深、雲山明月出、青天如我心

섬돌아래 귀뚜리 슬피울어서
깨고나니 가을밤 깊어가누나
산위에 밝은달 솟아오르니
푸른하늘 깨끗할사 내맘같구나

「趙明鼎」(조명정)

△자(字)는 화숙(和叔)이오 호(號)는 노포(老圃)니 임천인(林川人)이라 영조(英祖)때 과거(科擧)하여 벼슬이 이조판서(吏曹判書)에 이르다

(——서기一七九六년경——)

◎青石嶺 (청석령)

山木深深石棧開、春衣一振最高臺、回頭已有千峰隔、不復遼陽野色來

나무숲 우거진속 돌길겨우 뚫렸는데
옷자락 흩날리며 청석령 올라섰오
고개돌려 바라보니 산이첩첩 가려있어
요양땅 넓은벌판 다시보질 못하겠네

「李用休이용휴」

△자(字)는 경명(景明)이오 호(號)는 혜환재(惠寰齋)이니 광주인(廣州人)이라 벼슬은 성균진사(成均進士)에 이르다

(—서기一七九六년경—)

◎有感(유감)

松林穿盡路三丫、立馬坡邊訪李家、田夫擧鋤東北指、鵲巢村裏露榴花

송림속 세길머리 말을세우고
이아모(李某)집 어데냐고 물어를보니
밭매는이 호미들어 가르키는데
동북쪽 석류꽃 곱게핀댄세

「李英輔이영보」

△자(字)는 몽여(夢與)오 호(號)는 동계(東溪)니 연안인(延安人)이라 벼슬이 현령(縣令)에 이르다

(서기一六八六년—一七四七년)

◎莫愁曲(막수곡)

二八吳娃花揷頭、每逢春日動春愁、若爲化作前江水、天際隨君日夜流

꽃꺾어 머리꽂은 예쁜애기네
봄이오면 고운얼굴 시름잠기오
이몸다시 태어나서 저물된다면
밤낮을 상관않고 임만따르리

『申光洙』

〈자(字)는 성연(聖淵)이오 호(號)는 석북(石北)이니 고령인(高靈人)이라 영조(英祖)때 과거(科擧)하여 벼슬이 승지(承旨)에 이르다 석북집(石北集)이 있음

(서기一七一二년—一七七五년)〉

◎峽口所見 (협구소견)

青裙女出木花田、見客回身立路邊、白犬遠隨黃犬去、雙還却走主人前

남치마 촌애기네 목화따려 나오다가
지나가는 손님보고 곰을돌려 서있구나
흰삽사리 따라오다 누렁삿개 만나더니
제각금 헤어져서 주인게로 달려가네

又 (신광수)

◎寄浿妓松娘 (평양기생 송랑에게)

巫山會不作因緣、別後前遊細可憐、綺席偷分藏果篋、紅裙笑蕩採菱船、關河楚國今千里、烟月楊州又一年、浮碧練光歌舞地、玉人能憶舊詩仙

무산의 좋은인연 일찍 못맺고
헤어진뒤 생각하니 안탑갑구나
이부자리 걷어치고 노래하든일
치마자락 팔랑이며 춤추든모습
남북(南北)으로 서로막혀 길은멀은데
홍겨워 놀아낸때 일년되었네
부벽루 연광정서 노든그일을
지금도 예쁜네가 기억하는지

註=무산의인연(巫山之緣 ※중국 초양왕(楚襄王)이 꿈에 무산선녀(巫山仙女)를 만나 즐거웁게 놀았다는 전설(傳說)에 의(依)하여 이세상에서 정남정녀(情男情女)가 서로만나 즐거웁게 놀아냄을 비유(譬喩)하는말
高唐賦昔者「先生嘗遊高唐、怠而晝寢、夢見一婦人、曰妾巫山之女也、爲高唐之客、聞君遊高唐、願薦枕席、王因幸之、去而辭曰、妾在巫山之陽、高丘之阻、旦爲朝雲、暮爲行雨、朝朝暮暮、陽臺之下、旦朝視之如言、故爲立廟號日朝雲」

「南玉(남옥)」

△자(字)는 시온(時韞)이오 호(號)는 추월(秋月)이니 영조(英祖)때 벼슬이 군수(郡守)에 이르다

(——서기一七六七년)

◎濱松途中 (빈송도중)

濱村以後海雲遙、一路松篁翳碧霄、桐柏花開無節序、四時紅綠不會凋

바닷가 멀리멀리 구름떠돌고
대소나무 푸른그늘 하늘가렸네
동백꽃 춘하추동 가리질않고
언제든지 곱게피어 지지않누나

「兪彦述(유언술)」

△자(字)는 계지(繼之)오 호(號)는 송호(松湖)니 기계인(杞溪人)이라 영조(英祖)때 벼슬이 대사헌(大司憲)에 이르다

(서기一七〇三년—一七七三년)

◎白州重陽 (중양절에 술마시며)

佳辰寂寞在他鄕、澤國秋風雁叫霜、世事悠悠堪一笑、年光忽忽又重陽、籬邊黃菊爲誰發、鏡裏凋顏漫自傷、回望故園何處是、且將幽抱付深觴

가을들어 나그네맘 쓸쓸하온데
바람높고 서리찬밤 기러기우네
세상일 덧이없어 꿈길같고요
세월은 어느듯 중양절일세
울밑에 국화꽃 뉘위해폈나
거울속 여윈얼굴 마음상하네
바라보니 고향은 어데메인고
시름을 잊으려고 술잔들었오

「尹湜」 윤식

△자(字)는 사원(士源)이오 호(號)는 괴음당(槐陰堂)이니 숙종(肅宗)때 벼슬이 이조참의(吏曹參議)에 증직(贈職)하다

◎槐 (느티나무)

蒼槐落落倚庭阿、一半淸陰覆屋多、睡起捲簾山雨細、坐看行螘上南柯

뜰끝에 정자나무 휘느러져서
푸른그늘 집웅위로 덮혀있구나
발밖에 보슬비 내리는적에
나무위로 줄을지어 개미오르네

「李光庭」 이광정

△자(字)는 천상(天祥)이오 호(號)는 눌옹(訥翁)이니 원주인(原州人)이라 은일(隱逸)로 동중추(同中樞)에 이르다

(서기一六七四년—一七五六년)

◎方廣道中半嶺小憩 (박광도중 고개길에 잠간쉬며)

柱杖巗頭暫息肩、山河脚底散雲烟、而今始識乾坤大、向日規規井裏天

산마루 올라서서 막대짚고 쉬노라니
발(足)아래 놓인산에 구름연기 흩어나네
하늘땅 넓은줄을 이제겨우 알았으니
둥두렷이 걸린해 높은것을 몰랐구나

註=규규(規規)※해와달이 뚜렷한 모양 文苑英華「赫赫光滿、規規貫圓」

「李鳳煥(이봉환)」

△자(字)는 성장(聖章)이오 호(號)는 우념재(雨念齋)이니 전주인(全州人)이라 영조(英祖)때 과거(科擧)하여 벼슬이 현감(縣監)에 이르다

(—서기 一七六七년)

◎題友人扇面 (우인부채에 써줌)

折花臨水共春遊、花落春歸更別愁、君言此去久難見、他日相思看船頭

꽃피고 새가울제 우리함께 노니다가
봄가는대 임도가니 이별시름 더하구나
이번길 떠나간뒤 다시보기 어렵다니
어느때나 그리우면 배대는곳 바라보리

「崔守良(최수량)」

△자(字)는 구사(瞿士)오 호(號)는 추화당(秋花堂)이니 전주인(全州人)이다

◎吳尚書宅 (오상서댁)

樓上翩翩燕始棲、短墻微雨小桃低、主人謫在滄洲遠、故吏不來空鳥啼

강남제비 돌아와서 다락머리 집을짓고
담넘어 복사꽃은 비에젖어 느러졌네
주인영감 귀양사리 떠나신지 오래되어
오던아전 아니오고 새소리만 들려오네

「李箕鎭」 이기진

△자(字)는 군범(君範)이오 호(號)는 목곡(牧谷)이니 택당(澤堂)의 증손(曾孫)이다 숙종(肅宗)때 과거(科擧)하여 벼슬이 이조판서(吏曹判書)에 이르다

(——서기一七五五년)

◎寒碧雜詠 (한벽잡영)

夾江楊柳綠陰多、燕子銜泥檻外過、睡起不知前夜雨、遙看紅濕滿汀花

강가에 푸른버들 그늘지고요
제비는 진흙물고 들고나노나
어젯밤 잠든새 비가내렸나
시냇가 곱게핀꽃 물에젖었네

「玄復泰」 현복태

△천영인(川寧人)이오 성균진사(成均進士)

◎四月一日

天機袞袞近如斯、昨日春歸醉不知、今日春光何處見、殘花似覓老夫詩

세월은 끊임없이 가고또가서
취한듯 봄가는줄 아질못했네
좋은춘광 어데메서 찾어를볼가
못다진꽃 녹음속에 혹시남았나

「姜世晃(강세황)」

△자(字)는 광지(光之)오 호(號)는 표암(豹菴)이니 백각(白閣) 현(鋧)의 아들이다 영조(英祖) 때 벼슬이 판윤(判尹)에 이르다

(서기一七一三년—一七九九년)

◎路上有見 (노상에서 여인을 보고)

凌波羅襪去翩翩、一入重門便杳然、惟有多情殘雪在、展痕留印短墻邊

당혜(唐鞋)신고 사뿐사뿐 가는모습이
문안으로 들어서자 그만이로세
정다울손 쌍인눈(雪) 녹질않어서
발자욱만 담장아래 남아있구나

「高時彦(고시언)」

△자(字)는 국미(國美)오 호(號)는 성재(省齋)이니 개성인(開城人)이다 박문강기(博聞强記)하여 정조(正祖) 때 이품(二品) 벼슬에 이르다

(——서기一八〇四년)

◎曉出東郭 (새벽에 동곽을 나서)

曉嶂尙衣微、林風吹淅淅、馬蹄臨寒流、殘星落如雪

새는빛 아직도 희미하온데
숲사이 부는바람 우수수떠네
찬시내 건네는말 목메어울고
별그림자 물에떠서 빤짝거리고

「朴坽(박영)」

△자(字)는 군철(君哲)이오 호(號)는 야족옹(也足翁)이니 밀양인(密陽人)이라 초서(草書)에 유명(有名)하다

◎秋夜 (추야)

西風吹動碧梧枝、落葉侵窓夢覺時、明月滿庭人寂寂、一簾秋思候虫知

서풍이 산들산들 불어오는밤
오동잎 지는소리 잠이깨였네
밝은달 뜰에가득 고요하온데
슬피우는 귀뚜리 가을알리오

「秦益重(진익중)」

△자(字)는 대재(大哉)오 부평인(富平人)이다

◎雪後 (설후)

白髮羞看雪、終朝不啓門、家僮疑我病、窓外問寒溫

늙어지니 찬눈보기 하도싫여서
늦은아침 되도록 문안열었오
감기든가 아이들 의심하고서
문밖에서 추시냐고 물어를보네

「石之嶸」 석지영

△자(字)는 사항(士恒)이오 호(號)는 청헌(淸軒)이다

◎山行 (산행)

斜日不逢人、徹雲遙寺磬、山寒秋已盡、黃葉覆樵徑

해지도록 만나는이 한사람없고
구름밖에 풍경소리 들려만오네
날씨차고 가을이미 저물어가니
단풍들어 지는잎 산길을덮네

「桂德海」 계덕해

△자(字)는 원섭(元涉)이오 호(號)는 봉곡(鳳谷)이니 수안인(遂安人)이라 영조(英祖)때 과거(科擧)하여 벼슬이 예조정랑(禮曹正郞)에 이르다

(——서기一七七七년경——)

◎東萊送鄭翼淳 (동래 정익순을 보내며)

東來江水去悠悠、杯酒留君不肯留、借問君行緣底急、洛城槐樹正新秋

강물은 말이없이 출렁출렁 흐르는데
술권하며 만류해도 굳이싫다 가려하네
묻노니 이번길 어이그리 서드는고
내직(內職)으로 드러가는 좋은기회 만남인가

註=낙성(洛城)※서울 장안을 말함
괴수(槐樹)※괴위(槐位)를 말함인듯 하니 즉 삼공(三公)의 지위를 말함 재상(宰相)또는 높은 벼슬 자리를 가르켜 말할수 있음

「莊祖大王」(장조대왕)

〈휘(諱)는 선(愃)이오 자(字)는 윤관(允寬) 호(號)는 의재(毅齋)라 二十一대 영조대왕(英祖大王)의 제이남(二男)이며 장헌세자(莊獻世子) 사도세자(思悼世子)라 일커르며 정조(正祖)의 아버지다 영조(英祖)의 오해(誤解)와 세자(世子)에게 불평(不平)을 품은 간신(奸臣)들의 모략(謀略)으로 「뒤주」속에 간히어 죽음뒤에 장조(莊祖)라 추존(追尊)하였음 능호(陵號)는 현륭원(顯隆園)

(서기 一七〇五년—一七六二년)

◎秋夜月又明 (가을밤이 밝고밝어)

繡簾捲盡畫樓頭、坐看金風木葉流、萬里碧
霄如海日、年年高著不會休

그림같은 다락머리 주렴걷고 앉았으니
가을바람 불어오며 지는잎은 물에떴네
별은 빠른 하늘위에 느릿이 솟은달은
해마다 높이걸려 떠러질줄 모르놋다

「黃景源」(황경원)

△자(字)는 대경(大卿)이오 호(號)는 강한(江漢)이니 장수인(長水人)이라 영조(英祖)때 과거(科擧)하여 문형(文衡)을 전(典)하고 벼슬이 이조판서(吏曹判書)에 이르다 시호(諡號)는 문경(文景)

(—서기 一七五〇년경—)

◎反棹 (노를 돌려)

石門雲正杳、潭島日方低、漁夫回舟去、仙
源路更迷

구름은 아득아득 피어오르고
섬 넘어로 나직하게 해는지려네
어부는 배를 돌려 저어가는데
신선사는 무릉도원 찾을길없오

「正祖大王」(정조대왕)

△영조(英祖)의 세손(世孫)이오 장조(莊祖)의 제일남(第一男)으로 이십오세(二十五歲)에 즉위(即位)하여 사십구세(四十九歲)에 승하(昇遐)하니 재위(在位) 이십사년(二十四年)

(서기 一七五二년 — 一八〇〇년)

◎花下偶吟 (꽃아래 에서)

寒食東風三月花、花邊楊柳柳邊家、夕照樓前山似畫、烟光十里盛繁華

삼월이라 한식절 봄바람 불어와서
꽃곱게 피는속에 버들마저 푸르고나
저녁 노을 잠긴산들 그림인양 느러서고
널려있는 좋은풍광 찬란하기 그지없네

「朴宗岳」(박종악)

△자(字)는 여오(汝五)오 호(號)는 창암(蒼巖)이니 반남인(潘南人)이라 정조(正祖)때 벼슬이 우의정(右議政)에 이르고 시호(諡號)는 충헌(忠獻)

(서기 一七五九년 — 一八二九년)

◎松站 (송참)

雪裡村西日欲斜、蕭條墟落兩三家、主人好客頗知禮、淨几明窓瓶有花

눈속에 쌓인마을 해는벌서 지려는데
쓸쓸한 빈터위에 두서너집 남아있네
손을 맞는 주인영감 예의범절 도저하고
문방제구(文房諸具) 깨끗한데 화병까지 놓였구나

정 조 대 왕
正 祖 大 王

「蔡濟恭」(채제공)

△자(字)는 백규(伯規)오 호(號)는 번암(樊巖)이니 평강인(平康人)이라 정조(正祖)때 벼슬이 영의정(領議政)에 이르고 시호(諡號)는 문숙(文肅) 문집(文集) 六〇권이 있음

(서기一七二〇년―一七九九년)

◎次霞鶩亭原韻 (하목정 원운을 빌어)

雙湖宛轉一江橫、化力何曾造次成、魚鳥煙霞非物外、樓臺鍾鼓屬時平、開簾草色斜陽遠、俯檻天光永夜明、塵裡聞名空白首、百年匏繫笑吾生

호수굴러 놓인새로 강물비껴 흐르는데
하나님 좋은솜지 애쓰사 만드셨네
나는새 뛰는고기 딴세상일 아니오며
누대(樓臺)위 풍악소리 태평시절 자랑하네
풀빛 푸른 넓은벌판 저녁 노을 펼쳐있고
하늘은 물에잠겨 밤새도록 맑었구나
뜬세상 헤매이다 부지럽시 늙었거니
매어달린 표박모양 이내평생 가엽구나

「洪良浩」(홍양호)

△자(字)는 한사(漢師)오 호(號)는 이계(耳溪)니 풍산인(豐山人)이라 영조(英祖)때 문형(文衡)을 전(典)하고 벼슬이 이조판서(吏曹判書)에 이르다

(서기一七二四년―一八〇二년)

◎舟中望皐蘭寺 (배에서 고란사를 바라보며)

江雨霏霏滿客船、扶蘇王氣冷如烟、惆悵千年歌舞地、短燈疎磬一僧眠

부슬부슬 내리는비 배위에 흩뿌리오
백제흥망 처량히도 연기모양 사라졌네
천년이라 긴세월에 질탕하게 노든곳
희미한 등불아래 중들마저 자는구나

「朴胤源」(박윤원)

△자(字)는 영숙(永叔)이오 호(號)는 근재(近齋)니 반남인(潘南人)이라 문집(文集)이 있음

(서기一七三四년—一七九九년)

◎松月樵歌 (송월초가)

茅屋炊烟歇、日暮飛鳥還、樵客見明月、長歌下青山

초가집엔 저녁연기 사라지고요
해저무니 새들은 집찾아드네
나뭇군 밝은달 바라를 보며
노랫가락 부르면서 돌아가놋다

「李獻慶」(이헌경)

△자(字)는 몽서(夢瑞)오 호(號)는 간옹(艮翁)이니 경주인(慶州人)이라 영조(英祖)때 벼슬이 정경(正卿)에 이르다

◎樵童 (초동)

山險樵童小、雪中取濕薪、暮歸石似虎、嶺上急呼人

험한산골 어린초동 손을 불면서
눈가운데 하는나무 모다젖었네
해저무니 바위모양 호랑 같아서
고개위 올라서자 사람부르오

「丁範祖」 정범조

△자(字)는 법정(法正)오·호(號)는 해좌(海左)니 나주인(羅州人)이라 영조때 벼슬이 홍문관제학(弘文舘提學)에 이르고 시호(謚號)는 문헌(文憲)

(서기一七二三년—一七九一년)

◎蟾江 (섬 강)

柳外多時望、烟中數客來、小舟春雨濕、柔櫓碧波開、共宿應山寺、幽期更釣臺、明朝移畵艇、南浦看花回

푸른버들 느러선곳 바라볼적에
연기어린 언덕길로 손님오시네
보슬봄비 내려서 젖은 매생이
잔물결 이르키며 노저어가오
오늘밤 같이함께 절간에 들고
또다시 조용한 조대오르세
내일아침 배를타고 남포로 가서
곱게핀꽃 구경하고 돌아옵시다

「李秉林」 이병림

△자(字)는 경협(景協)이오 호(號)는 정산(貞山)이니 여주인(驪州人)이라 예학(禮學)으로 유명(有名)하다

◎夜坐有感 (밤에 앉아)

秋堂夜氣凊、危坐到深更、獨愛天心月、無人亦自明

가을들어 밤기운 차고 맑은데
잠못들고 앉았으니 처량하여라
하늘높이 걸린저달 사랑하노니
보는사람 없이라도 절로밝아서

「權萬(권만)」

△자(字)는 일보(一甫)오 호(號)는 강좌(江左)니 안동인(安東人)이라 정조(正祖)때 경신창의(庚申倡義)의 공(功)로으 이조참의(吏曹叅義)를 증(贈)함

(서기 一六九五년 — 一七四○년)

◎京江樂府 (경강악부)

滔滔江漢向西流、權慄新碑古幸州、欸乃一聲下金浦、烟波江上一漁舟

강물은 출렁출렁 서쪽으로 흐르는데
권장군 쌈 이긴비 행주성에 우뚝섰오
어혀디아 닻을 감고 김포로 내려가니
연기잠긴 강물에뜬 고기잡이 밸는구나

註＝권율(權慄)※임진왜란(壬辰倭亂)때 도원수(都元師)로 행주산성(幸州山城)에서 적군(敵軍)을 대파(大破)하여 전국(戰局)을 승리(勝利)로 이끈 장군(將軍) 호(號)는 만취당(晩翆堂)이오 시호(諡號)는 충장(忠莊)

「鄭東浚(정동준)」

△자(字)는 사심(士深)이오 호(號)는 동재(東齋)니 동래인(東萊人)이라 영조(英祖)때 벼슬이 이조참의(吏曹叅議)에 이르다

◎吊山人 (산인을 조상함)

來與白雲來、去隨明月去、去來一主人、畢竟在何處

올때엔 구름함께 조촐하게 오시더니
갈적엔 달을따라 호젓이도 가셨구나
오시다가 가시다가 꿈이런듯 사라진님
이제로 어데메서 무얼하고 계시는가

「睦萬中」(목만중)

△자(字)는 공겸(公兼)이오. 호(號)는 여와(餘窩)니 사천인(泗川人)이라 영조(英祖)때 벼슬이 지중추(知中樞)에 이르다

(서기 一七六七년경)

◎田家詞(전가사)

蒼蒼暝色生田陂、黃犢前行荷鍤隨、顚倒小兒出門語、曬遲新麥不成炊

논밭두렁 어둑어둑 땅거미 지는무렵
송아지 앞세몰고 삽을 메고 따라가네
어린아이 문밖으로 바삐나와 하는말이
물보리 늦게말라 저녁밥 못진다오

「金鍾秀」(김종수)

△자(字)는 정보(定夫)오 호(號)는 몽촌(夢村)이니 청풍인(淸風人)이라 영조(英祖)때 문형(文衡)을 전(典)하고 벼슬이 우의정(右議政)에 이르다 시호(謚號)는 문충(文忠)

(서기 一七二八년—一七九九년)

◎卽事(즉사)

簷外松籬籬外溪、小池荷葉與波齊、林花自落無人到、時有幽禽兩三啼

처마밑에 울타리오 울밖에 시내로다
연못위에 뜬잎사귀 물결따라 출랑이네
숲사이 꽃은지고 찾는사람 없을적에
이따금 산새있어 그윽히도 우는구나

『金相定』(김상정)

△자(字)는 치오(穉五)오 호(號)는 석당(石堂)이니 광산인(光山人)이라 영조(英祖)때 벼슬이 대사간(大司諫)에 이르다

(서기 一七二二년—一七八八년)

◎簡從氏 (종형에게 붙임)

林禽磔磔睡中聽、零落飛花忽滿庭、獨有南溪溪上草、一番微雨一番青

숲사이 우는새 꿈속에 들었노라
지는꽃 흩날리어 뜰에 가득차는구나
남쪽시내 언덕위 야린풀 움틀적에
보슬봄비 지나가면 풀빛새로 물드나니

『尹行恁』(윤행임)

△자(字)는 성보(聖甫)오 호(號)는 석재(碩齋)니 남원인(南原人)이라 정조(正祖)때 문형(文衡)을 전(典)하고 벼슬이 이조판서(吏曹判書)에 이르다 시호(謚號)는 문헌(文獻)

(서기 一七五九년—一八〇〇년)

◎辛亥春拜宮歸路登楓溪北麓 (배궁후 돌아가다 풍계 북록에서)

中天赫日繞山龍、花木欣迎瑞靄中、爭喜朋尊春似海、釀來和氣萬方同

하늘높이 솟은햇빛 눈부시게 쏘이는데
아지랑이 감도는속 꽃도곱게 피었구나
술과함께 취하는봄 바다인양 깊어가니
화락한 좋은기운 예오제오 다를소냐

『李晚秀(이만수)』

△자(字)는 성중(成仲)이오 호(號)는 극원(屐園)이니 연안인(延安人)이라 영조(英祖)때 문형(文衡)에 전(典)하고 벼슬이 판동녕부사(判敦寧府使)에 이르다

◎降仙樓敬次月沙先祖板上韻 (강선루 월사선조판상운을 비러서)

玉簫淸轉彩雲流、江上靑山一色秋、歌妓摠翻神女曲、居民亦喜使君遊、朱欄畫棟重重暎、錦纜牙檣泛泛休、吾祖題詩今百載、無人更賦仲宣樓

통수소리 맑게맑게 채운간(彩雲間)에 흩어지고
강물은 산과함께 가을빛 짙었구나
노래하는 기생은 곡조맞춰 춤을추고
구경하는 백성들 원님노리 좋아하네
울긋불긋 높은 누각 어른어른 비치는데
알롱달롱 노릿배 출랑출랑 떠있구나
할아버님 가신지도 이제이미 백년이라
누가다시 다라올라 좋은글귀 지을소냐

註=금람아장(錦纜牙檣)※비단 닻줄과 상아(象牙)돛대라는 말인데 그림 그리어 알롱달롱 장식(裝飾)한 노릿배 杜甫「春風自信牙檣動、遲日徐看錦纜牽」

『李佐薰(이좌훈)』

△자(字)는 국보(國輔)오 호(號)는 연암(烟巖)이니 평창인(平昌人) 승지(承旨) 동현(東顯)의 아들이다

◎江上古寺 (강상고사)

薄暮疎鍾度遠林、寒山寂寂老僧心、水流鳥語無人到、明月梨花一院深

저물무렵 우는종 멀리들리고
산속은 태고(太古)런듯 고요하구나
물소리 새소리뿐 사람은없고
절간깊이 달아래 놓여있느니

『李家煥』(이가환)

△자(字)는 정조(庭藻)오 호(號)는 금대(錦帶)니 여주인(驪州人)이라 정조(正祖)때 벼슬이 형조판서(刑曹判書)에 이르다

(서기一七四二년—一八〇一년)

◎練光亭 (연광정)

江樓四月已無花、簾幕薰風鷰子斜、一色綠波連碧草、不知別恨在誰家

사월이라 첫여름 꽃은이미 저버리고
발밖에 제비날고 부는바람 훗훗하네
언덕위 야린풀빛 강물함께 푸렀는데
요지음 어느누가 헤어지고 애끊이나

『丁若鏞』(정약용)

△자(字)는 미용(美鏞)또는 송보(頌甫)오 호(號)는 다산(茶山)또는 사암(俟菴)이니 나주인(羅州人)이라 정조 순조(正祖 純祖)때 대실학자(大實學者)이며 벼슬이 승지(承旨)에 이르고 저술가(著述家)임 천주교신도(天主教信徒)로 몰려 강진(康津)으로 귀양가 십수년동안이나 유배생활(流配生活)을 하였음 저서(著書) 삼백여권(三百餘卷)과 문집(文集)으로 여유당전서(與猶堂全書)가 있음 벼슬은 승지(承旨)에 이르다

(서기一七六二년—一八六三년)

◎雨中兩妓 (우중양기)

佳人來自錦江西、暮雨陽臺路不迷、羅襪一雙芳草路、錦裙千點落花泥、烏雲堆髻非緣睡、珠淚凝腮不是啼、猶帶眉間愁濕色、將身并坐學黃鸝

아름다운 그대들 멀리멀리 찾아오니
좋은연분 맺을길 아직아직 남았구나
비오는길 걸은당혜(唐鞋)알롱달롱 무늬지고
지는꽃잎 치마폭에 쪼각쪼각 붉어있네
검은머리 푸상투는 잔자그럼 아니어니
뺨에어린 눈물방울 우지않고 원일이냐
버들눈섭 그사이 수심잠깐 띠였거니
단둘이 갈바(并)앉아 쌍을지어 못놀아서

「李德懋」(이덕무)

△자(字)는 무관(懋官)이오 호(號)는 형암(炯庵) 또는 아정(雅亭)이니 완산인(完山人)이라 영조(英祖)때 과거(科擧)하여 규장각검서관(奎章閣檢書官)으로 벼슬이 적성현감(積城縣監)에 이르다 사대시가(四大詩家)의 한사람

(서기一七一四년—一七九三년)

◎嬋娟洞 (선연동)

嬋娟洞草賽羅裙、剩粉遺香暗古墳、現在紅娘休詑艷、此中無數舊如君

야린풀 파릇파릇 고은넋을 시새는지
풋햣기 아늑하게 옛무덤을 얼싸안네
홍랑아 너는지금 얼굴곱다 자랑마라
이가운데 묻힌이들 그대보다 예뻣느니

「柳得恭」(유득공)

△자(字)는 혜풍(惠風)이오 호(號)는 냉재(冷齋)니 문화인(文化人)이라 정조(正祖)때 규장각 검서관(奎章閣檢書官)으로 벼슬이 중추부사(中樞府事)에 이르다 사대시가(四大詩家)의 한사람

(—서기一七六七년경—)

◎松京雜絶 (其一) (송경잡절)

門千戶萬摠成灰、剩水殘山春又來、吹笛橋邊踏青去、禮成江上打魚回

번화하던 옛자취 다없어지고
산만둘만 남은곳에 봄은또왔네
다리위선 답청노리 한창들인데
예성강 맑은물가 고기를잡네

又 (유득공)

◎松京雜絶 (其二)

紫霞洞裡草菲菲、不見宮姬迸馬歸、爲是辛王行樂地、至今猶有燕雙飛

자하동 깊은골목 풀만푸러 우거지고
말을놓아 달든궁녀 이제와선 볼수없네
지나간 고려임금 항시놀든 노리터에
해마다 제비만이 쌍쌍이 떠날은다오

「朴趾源」 (박지원)

△자(字)는 중미(仲美)오 호(號)는 연암(燕岩)이니 반남인(潘南人)이라 벼슬이 음(蔭)으로 양양부사(襄陽府使)에 이르다 시호(謚號)는 문도(文度) 공리공론(空理空論)의 성리학(性理學)에 뜻을 두지않고 실학방면(實學方面)에 주중(注重)한 실학파(實學派)의 거벽(巨擘)이며 저서(著書)에 열하일기(熱河日記) 농정신서(農政新書)및 허생전(許生傳) 양반전(兩班傳)등 연암집(燕岩集)六권三책이 전(傳)함

(서기一七三七년―一八〇五년)

◎元朝對鏡 (정초에 거울을 보고)

忽然添得數莖鬚、全不加長六尺軀、鏡裏容顏隨歲異、穉心猶自去年吾

어느듯 턱밑엔 수염털만 늘어가고
아무리 큰키란들 예자이상 못넘느니
거울속 비친얼굴 해를따라 다르건만
어렸을적 그마음은 예나이제 틀림없네

又 (박지원)

◎山行 (산행)

叱牛聲出白雲邊、危嶂鱗塍翠揷天、牛女何須烏鵲渡、銀河西畔月如船

소를놀고 가는소리 구름위서 들려오고
깍가지른 푸른봉(峰)은 하늘받고 서있구나
견우직녀 어이하여 다리노려 힘쓰는고
은하수 서쪽언덕 달(月)배(舟)인양 떠있는걸

『朴齊家』(박제가)

△자(字)는 재선(在先)이오 호(號)는 초정(楚亭)이니 밀양인(密陽人)이라 정조(正祖) 때 규장각검서관(奎章閣檢書官)으로 벼슬이 영평현령(永平縣令)에 이르다 사대시가(四大詩家)의 한사람 으로 저서(著書) 북학의(北學儀)등이 있음

(서기一七五〇년——)

◎白雲臺 (백운대)

地水俱纖竟是涯、圓蒼所覆累如絲、浮生不
啻微如粟、坐念山枯石爛時

물도 뭍(陸)도 끝장가선 가이있느니
푸른보자(褓子)속에싸인 실올같구나
하치않음 어이 우리사람뿐이랴
높은뫼(山) 굳은돌(石)도 한(限)이 있으리

『朴準源』(박준원)

△자(字)는 평숙(平叔)이오 호(號)는 금석(錦石)이니 음(蔭)으로 벼슬이 판돈녕부사(判敦寧府事)에 이르다 시호(諡號)는 충헌(忠憲) 저서(著書) 금석집(錦石集) 十二권이 있음

(서기一七三九년—一八〇七년)

◎看花 (꽃을 보고)

世人看花色、吾獨看花氣、此氣滿天地、吾
亦一花卉

세상사람 모두다 꽃만보는데
나는홀로 향기마저 좋아한다오
좋은향기 이세상에 차게되면은
우리모다 꽃과별반 틀림없느니

『李書九』(이서구)

△자(字)는 낙서(洛瑞)오 호(號)는 강산(薑山)또는 척재(惕齋)니 완산인(完山人)이라 영조(英祖)때 벼슬이 우의정(右議政)에 이르다 사대시가(四大詩家)의 한사람 시호(諡號)는 문간(文簡) (서기 一七五二년—一八二五년)

◎秋日田園 (가을의 전원)

柴門新拓數弓荒、眞是終南舊草堂、藜杖閒聽田水響、筍輿時過稻花香。魚梁夜火歸寒雨、蟹窟秋烟拾早霜、始信鄕園風味好、百年吾欲老耕桑

사립문밖 묵밭새로 일어냈으니
종남산 기슭이 옛터전일세
지팡이 끚아놓고 물고를보고
대바구니 손에들고 들로나가네
고기ㅅ불 찬비속을 젖어돌오고
게연기 된서리에 얼어서렸오
이제겨우 시골재미 알게됐으니
앞으론 농사지며 늙으려하오

『羅致煜』(나치욱)

△자(字)는 광백(光伯)이오 호(號)는 만보재(晩保齋)니 예장인(豫章人)이다

◎溪村相逢 (계촌상봉)

睡足柴門靜、客來山雨收、芳時兼有酒、暇日共登樓。鳥下孤峰夕、風凉大麥秋。漁翁看月約、聊向白鷺洲

일은없고 조용하여 잠만늘더니
비개이자 반간손님 찾아오셨네
꽃곱게 피는시절 술까지있오
틈을타서 우리함께 다락오르세
새돌오니 산마을 저녁이되고
남풍불어 사월은 보리갈일세
달오르자 어옹은 차비하고서
갈매기뜬 강가로 낚시질가네

「范慶文」(범경문)

스자(字)는 유문(儒文)이오 호(號)는 검암(儉巖)이니 금성인(錦城人)이라 정조(正祖)때 벼슬이 부총관동중추부사(副摠管同中樞府事)에 이르고 시률(詩律)에 장(長)하여 당세(當世)에 유명(有名)하였으며 문집(文集)이 있음 (서기一七三八년—一八〇一년)

◎蒼軒秋日 (창헌추일)

歸雲映夕塘、落照麗秋木、開戶對青山、悠然太古色

가는구름 못물위에 떠비치고
저녁노을 나뭇가지 걸려붉었네
창을여니 푸른산 우뚝서있어
언제든지 옛모습 그대로일세

「辛履奎」(신이규)

스자(字)는 태소(太素)오 호(號)는 함계(涵溪)니 영산인(靈山人)이라

◎擣衣曲 (도의곡)

郎君身未長、出塞今三年、持尺疑寬窄、寒燈坐不眠

우리낭군 몸키미처 크기도전에
새방길 떠나신지 삼년이라오
옷품이제 넓고좁고 알을길없어
자를들고 망사리다 밤을새우네

「都容軫(도용진)」

△자(字)는 성순(星循)이오 호(號)는 보파(寶坡)니 성주인(星州人)이라 진사(進士)

◎長津途中夜有懷 (장진가는 길에)

塞天如水碧雲輕、散步長程見客情、最是故山今夜月、隨人百里獨分明

맑고푸른 하늘가에 구름둥실 떠가는데
먼길나선 나그네 마음자로 처량코야
밤은깊어 고요한데 중천높이 솟은저달
내고향 우리집도 응당밝게 비처주리

「南景羲(남경희)」

△자(字)는 중은(仲殷)이오 호(號)는 치암(痴庵)이니 영양인(英陽人)이라 영조(英祖)때 벼슬이 정언(正言)에 이르다

(──서기一七八二년경──)

◎東都懷古 (경주의 옛일을 생각하고)

半月城邊秋草多、金鰲山上暮雲過、可憐亡國千年恨、盡入樵兒一曲歌

반월성 옛성터에 덮인풀빛 쓸쓸하고
금오산 재를넘는 저문구름 처량하네
꿈이런듯 사라진 신라천년 긴시름이
작대장단 노랫속에 가락가락 숨었구나

순 조 대 왕
純 祖 大 王

「純祖大王」(순조대왕)

〈정조(正祖)의 제二남으로 十一세에 즉위(即位)하여 四十五세에 승하(昇遐)하다 재위(在位) 三十四년
(서기一七九〇년—一八三四년)〉

◎觀豊刈稻 (벼 빔을 보고)

霜天寒意九秋節、豊閣登臨看稻收、惟願八方同此畝、每年每歲似今秋

구월이라 가을철 하늘높고 서리찬데
관풍각 올라보니 벼들비기 한창일세
다만지 원하노니 내나라 방방곡곡
해마다 해마다 올갈 처럼 풍년되길

「金祖淳」(김조순)

〈자(字)는 사원(士元)이오 호(號)는 풍고(楓皐)니 정조(正祖)때 문형(文衡)을 전(典)하고 벼슬이 병조판서(兵曹判書)에 이르고 영안부원군(永安府院君)에 봉(封)하다 시호(諡號)는 충문(忠文)
(——서기一七九七년경——)〉

◎引泉 (샘물을 끄러)

山泉剡竹引庭除、滴處成塘半丈餘、好事童奴成日課、栽蒲設飯養金魚

대쪼개아 홈을놓고 뜰가으로 물을끄니
방울방울 물이새어 곳곳마다 못이되네
일손빠른 어린상노(床奴) 날마다 빠짐없이
부들방죽 물을대고 고기까지 키운다오

「南公轍(남공철)」

△자(字)는 원평(元平)이오 호(號)는 사영(思潁)이니 정조(正祖)때 문형(文衡)을 전(典)하고 벼슬이 영의정(領議政)에 이르다 시호(諡號)는 문헌(文獻)

(서기一七六〇년―一八四〇년)

◎茅亭一架成 (새로 모은 정자)

閒寂堪逃俗、淹留幾日回、愁多憑酒散、病不厭花開、鹿臥松陰靜、龍吟雨氣來、茅亭新入望、突兀出浮埃

한가하고 고요하니 속된세상 피하려고
이따금 찾아와서 며칠묵고 도라가네
근심겨정 쌓일적엔 술잔드니 사라지고
병들어 누었어도 곰게핀꽃 싫지않소
소나무 그늘아래 노루사슴 누어자고
빗기운 음산하니 못물고기 뛰어노네
새로모은 정자위 올라서 바라보니
홍진을 멀리하고 홀로우뚝 솟았구나

「金履喬(김이교)」

△자(字)는 공세(公世)오 호(號)는 죽리(竹里)니 안동인(安東人)이라 정조(正祖)때 문형(文衡)을 전(典)하고 벼슬이 우의정(右議政)에 이르다

(서기一七六四년―一八三二년)

◎舟到鷺梁經山從驛使寄詩相與和之 (노량진에 배대이고 글로 서로화답함)

中流泛泛遠思君、沙際紛飛白鷺群、綵服趨庭誰不艶、錦囊遞驛幾相聞、汀洲灩灩新生月、關海迢迢欲暮雲、爲想妙陰寺前去、晚花啼鳥空欣欣

둥실둥실 떠나갈제 그대그려 하노라니
무심할손 갈매기떼 어지러이 나는구나
돌아가 부모봉양 뉘라아니 부러울고
글월겨우 전하므로 서로들음 몇번인가
강물은 출렁출렁 초생달 걸려있고
바다는 깜아아득 저문구름 떠오르네
멀리서 생각노니 묘음사 깊은곳에
꽃도이미 지려니와 새만홀로 울부지리

「洪奭周」(홍석주)

△자(字)는 성백(成伯)이오 호(號)는 연천(淵泉)이니 풍산인(豐山人)이라 정조(正祖)때 문형(文衡)에 전(典)하고 벼슬이 좌의정(左議政)에 이르다 시호(諡號)는 문간(文簡)

(서기 一七七四년—一八四三년)

◎次永明詠寒韻 (영명영한 운을 비러서)

江風打笠捲長纓、征馬飢寒不敢鳴、多少危檣掀白浪、還應羨我岸邊行

강바람 불어치며 갓 삐딱이 제치울제
말은추위 못이겨서 울기조차 못하느니
뒤덮은 물결속에 조리질 치는배들
뭍(陸)위로 오고가는 우리행색 부러우리

「韓致應」(한치응)

△자(字)는 계보(溪甫)오 호(號)는 빙산(氷山)이니 청주인(淸州人)이라 정조(正祖)때 등과(登科)하여 벼슬이 병조판서(兵曹判書)에 이르다

(서기 一七六〇년——)

◎水原八絕 (選一) (수원 팔절)

隋州不改舊山河、父老如今感慨多、夾路兩行千柳樹、枝枝曾拂翠華過

산천은 변함없이 옛모습 지녔는데
사람은 어이하여 시름만이 늘어가나
길을끼고 푸른버들 치렁치렁 느러서서
가지마다 나부끼며 임의행차 반겼으리

「姜浚欽(강준흠)」

△자(字)는 백원(百源)이오 호(號)는 삼명(三溟)이니 진주인(晋州人)이라 정조(正祖)때 벼슬이 승지(承旨)에 이르다

(서기一七七八년——)

◎入金剛山 (금강산에 들어가)

來往千峰萬壑間、看看只識半邊顔、此身那得升天翼、全俯金剛內外山

이골짝 저봉오리 오르고 내리면서
샅샅이 구경해도 반도미처 못보았네
이내몸 날개돋쳐 활활날수 있다며는
속속드리 금강산을 빠짐없이 보올것을

「李采(이채)」

△자(字)는 계량(季良)이오 호(號)는 화천(華泉)이니 우봉인(牛峰人)이라 벼슬이 호조참판(戶曹參判)에 이르다 시호(諡號)는 문경(文敬)

(서기一七四五년—一八二〇년)

◎秋懷 (가을)

秋來病起減腰圍、倦枕看山繞翠微、黃葉村深人不到、雀羅終日掩柴扉

병든몸 가을들어 몸집마저 여위는데
벼개를 돋우비고 산만바라 누었구나
단풍닢 짙은마을 오는사람 하나없고
새그믈 종일토록 사립위에 쳐놓았네

「金正喜」 김정희

△자(字)는 원춘(元春)이오 호(號)는 완당(阮堂)또는 추사(秋史)이니 경주인(慶州人)이라 순조(純祖)때 벼슬이 병조참판(兵曹參判)에 이르다 금석(金石) 도서(圖書) 시문(詩文) 전예(篆隸)의 학문에 이르기까지 근원을 밝히지 않음이 없었음 서법(書法)으로 유명하며 추사체(秋史體)가 전함

(서기 一七八六년—一八五六년)

◎驟雨 (쏘나비)

樹樹薰風葉欲齊、正濃黑雨數峰西、小蛙一種青於艾、跳上蕉梢効鵲啼

훗훗 한 바람결에 나무잎 나풀대고
먹장구름 지나가며 쏘나비 퍼부려네
새 파란 청개구리 어미무덤 떠내린다
파초잎위 뛰어올라 요란하게 울어대오

註=속설 俗說) ※청개구리란놈이 그어미말을 몹시 안들어 산(山)으로 가라면 물로가고 밟하라면 죽을쑤는등 가슴을 피였는데 어미가 죽게되자 제송장을 산에묻어달라고 부탁하면 그자식이 필시 물가에 묻을가 저어하여 제가죽으면 앞시냇가에 묻어달라고 유언(遺言)하고 죽었다 그런데 말않듣든 자식 청개구리도 그어미의 최후유언(最後遺言)조차 어길수없다 생각하고 어미말대로 시냇가에 장사한후 비가내려 홍수(洪水)가지게되면 어미무덤이 떠내려갈가 저어하여 쏘나비가 쳐들어오려면 청개구리 족속(族屬)들이 몹시울어댄다는 재미스러운 속설이 전해지고 있음

又 (김정희)

◎題村舍壁 (촌집벽을 두고)

禿柳一株屋數椽、翁婆白髮兩蕭然、未過三尺溪邊路、玉蘜西風七十年

모지라진 버들옆에 오막사리 놓였는데
늙어빠진 가시버시 머리모다 세였구나
밤낮으로 오고간건 뒷산앞내 길뿐이라
논밭두렁 뱅뱅돌며 일평생을 지냈느니

「金邁淳」(김매순)

△자(字)는 덕수(德叟)오 호(號)는 대산(臺山)이니 안동인(安東人)이라 삼연(三淵)의 현손(玄孫)으로 정조(正祖)때 등과(登科)하여 벼슬이 참판(叅判)에 이르다 시호(諡號)는 문청(文清)

(서기 一七七六년——)

◎咸從途中 (함종 도중)

磴道千回并磵斜、馬蹄磊落蹋崩沙、崖縫紫菊無人嗅、自向寒天盡意花

비알길 시내함께 구비돌아 놓였는데
말발굽에 채는모래 자갈섞여 흩날리오
보랏빛 산국화 벼랑위에 달려있어
보는이 없건마는 제스스로 피는구나

「丁學淵」(정학연)

△자(字)는 치수(穉修)오 호(號)는 유산(酉山)이니 다산(茶山) 약용(若鏞)의 아들이다 정조(正祖)때 벼슬이 직장(直長)에 이르다

(—서기 一八五七년경—)

◎秋砧 (다드미 소리)

百濟城高一雁飛、憶郎秋夜減腰圍、西關北塞無征戍、只是忠州估客衣

허무러진 성터위로 외기러기 나르는데
가을밤 임그리워 가는허리 더야윘네
북쪽새방 무사한지 수자리 간이없고
밤을새어 뚜디는건 싹다드미 소리구나

익종대왕
翼宗大王

「文祖大王」(문조대왕)

△순조(純祖)의 일남(一男)이며 철종(哲宗)의 양부(養父)이다 헌종(憲宗)때 추존하고 고종(高宗)때 조祖로 추존 하였다

(서기一八〇九년—一九三〇년)

◎龍飛樓賞蓮 (용비루에서 연화를 보고)

萬朶芙蓉開玉波、高樓面面捲簾多、無雲玉宇淸明氣、萬管千笙奏喜歌

연꽃곱게 송이송이 물결위에 떠있는데
다락마다 비단주렴 높이걸어 올렸구나
구름한점 없는하늘 맑게맑게 개였는데
아름다운 풍악소리 즐거웁기 그지없네

「李亮淵」(이양연)

△자(字)는 진숙(晋叔)이오 호(號)는 산운(山雲)이니 은일(隱逸)로 벼슬이 동중추(同中樞)에 이르다

◎夜夢 (꿈)

鄕路千里長、秋夜長於路、家山十往來、簷鷄猶未呼

고향길 천리밖 멀고멀은데
가을밤 그길보다 더욱길구나
우리집 꿈길속에 가고왔건만
아직도 새는닭 울질않느니

「憲宗大王(헌종대왕)」

△순조(純祖)의 세손(世孫)이오 익종(翼宗)의 세자(世子)로 八세에 즉위(即位)하여 二十三세에 승하(昇遐)하다 재위(在位)十五년

(서기一八二七년—一八四九년)

◎題玉川流 (옥천을 두고)

疎花綠岸一泉長、洗濯塵襟肺腑凉、觀物自多仁智理、淸流曲曲泛霞觴

푸른그늘 덮인골로 물이맑게 떠러지니
시원하고 찬기운이 속속드리 스며드네
물 배우고 산을즐김 모두다 한 이치라
구비구비 새암되고 샘이흘러 시내되네

註=인지리(仁智理)※論語雍也「知者、樂水、仁者、樂山」

「鄭元容(정원용)」

△자(字)는 선지(善之)오 호(號)는 경산(經山)이니 동래인(東萊人)이라 순조(純祖)때 벼슬이 영의정(領議政)에 이르다 시호(謚號)는 문충(文忠)

(서기一八一三년——)

◎暮行 (모 행)

冉冉山暉薄、輕輕錦纜過、夢濤逼鷗鷺、詩壯恐蛟鼉、岸濶雲沙穩、天垂星漢多、叩舷犯風露、候月聽江歌

저녁 노을 아물아물 사라지는데
뱃돛대 엷신열신 돌아가놋다
갈매기 한가로이 떠서나르고
물고기 제멋대로 뛰고노느니
너른들 구름연기 가라앉았고
하늘에는 별들이 까막인다오
맑은달 강위에 솟아오를적
뱃전치며 흥이겨워 노래부르네

헌 종 대 왕
憲 宗 大 王

「權敦仁(권돈인)」

△자(字)는 경희(景羲)오 호(號)는 이재(彝齋)이니 안동인(安東人)이라 순조(純祖)때 등제(登第)하여 벼슬이 영의정(領議政)에 이르다

(서기 一七八三년——)

◎順興謫中與通度寺僧倚墺同賦 (귀양사리 할때 통도사 중으로 더불어)

灌木鳴風絕澗隈、柴門逐水靜氛埃、茯苓己向山僧乞、芥菜多從春市來

바람은 나뭇가지 매달려울고
시냇물 울밖으로 맑게흐르오
봄들어 푸새마련 거이했으니
절간에선 복령이나 캐어보내

「趙寅永(조인영)」

△자(字)는 희경(羲卿)이오 호(號)는 운석(雲石)이니 풍양인(豊壤人)이라 순조(純祖)때 등제(登第)하여 문형(文衡)을 전(典)하고 벼슬이 영의정(領議政)에 이르다 시호(諡號)는 문충(文忠)

(서기 一七八二년—一八五〇년)

◎渡錦江 (금강을 건느면)

錦江江口畫船高、春雨春澌長一篙、忽覺飄然如得意、幾多車馬道中勞

비단같은 물결위에 노릿배뜨고
봄비내려 성애마저 녹아흐르네
깨인듯 세상만사 떨처버린후
좋은강산 두루보기 원이로구려

「申在植(신재식)」

△자(字)는 중입(仲立)이오 호(號)는 취미(翠微)이니 평산인(平山人)이라 벼슬이 이조판서(吏曹判書)에 이르고 문형(文衡)에 전(典)하다

(서기 一七三四년——)

◎生陽館共威堂賦詩 (생양관에서 친구와 같이)

昔覽關河去、幾年始我還、仙樓沸流水。珠瀑妙香山、浪跡留詩裡。眞緣記夢間、名區宛如昨、何處覔朱顔

일찌기 관서산천 두루보고서
이내몸 돌아온지 몇해이런가
비류강 맑은물가 다락높은데
묘향산 깊은속 폭포도좋네
간데마다 흥이겨워 글귀읊었고
은연분 꿈이런듯 황홀했댔오
승지강산 옛모습 그대로인데
어데서 젊은청춘 찾아볼가나

「李龍秀(이용수)」

△자(字)는 자전(子田)이오 호(號)는 홍관(葒舘)이니 연안인(延安人)이라 순조(純祖)때 등제(登第)하여 벼슬이 이조판사서(吏曹判書)에 이르다

(서기 一七六七년——)

◎流舟流霞亭 (유하정에 배를띄고)

蒼然靄色滿芳洲。垂柳深花若有樓。百恠沈涵春水濶。群峯淡抹夕烟浮、依依短岸歸樵路、漠漠輕帆上峽舟、世刼茫茫同一意、鳴榔盡日此中流

비 산뜻 개인물가 야린풀 깔리우고
푸른버들 드린곳에 꽃도곱게 피였구나
봄노을 떠러저서 물결출랑 빤작이고
녀연기 가라앉아 산봉오리 뭉개놓네
산길은 벼랑위로 희미하게 기어들고
매생이 돛을달고 가벼웁게 떠나가네
세상일 허망하여 의지가지 없는것이
저물결에 떠내리는 나뭇가지 일반이오

「尹定鉉」(윤정현)

△자(字)는 정수(鼎叟)오 호(號)는 침계(梣溪)니 남원인(南原人) 행임(行恁)의 아들이다 헌종(憲宗)때 등제(登第)하여 벼슬이 이조판서(吏曹判書)에 이르다

(서기 一七九三년―一八七四년)

◎淸凉館會吟 (청량관 회음)

鳴蟬會人意、切切不知休、一葉聞梧落、三星見火流、對樽消永日、倚杖撫新秋、客去仍簾閣、悄然始欲愁

매미는 내마음 미리아는지
온종일 쉴새없이 울고있구나
벽오동 잎사귀 지는걸보니
더위도 인제는 고비를넘네
잔들어 취한속에 여름보내고
한가로이 거닐면서 가을맞으오
임은가고 나홀로 앉았노라면
잠긴시름 또다시 고개를드네

「李光文」(이광문)

△자(字)는 경박(景博)이오 호(號)는 소화(小華)니 우봉인(牛峰人)이라 순조(純祖)때 문과(文科)하여 벼슬이 이조판서(吏曹判書)에 이르다 시호(諡號)는 문간(文簡)

(서기 一八〇八년―一八九八년)

◎泛舟流霞亭 (유하정에 배를 띄고)

望望西湖綠滿洲、酒餘携手下書樓、平蕪日暖霞初落、遙水波高岸欲浮、暫謝囂塵歸別界、從知遊宦泛虛舟、瑤笙一曲添奇賞、邂逅伊人在上流

바라보니 서호물가 풀빛푸른데
취한후 손길잡고 거닐어보네
들가엔 아지랑이 가라앉았고
물결위 언덕은 둥실떠있오
시끄러운 세상을 잠깐떠나서
한가로이 배를띄워 노니러보네
가냘피게 들려오는 피리한곡조
어느누가 다정히도 불어보내나

「哲宗大王」(철종대왕)

△전계대원군(全溪大院君)의 삼남(三男)으로 십구세(十九歲)에 즉위(即位)하여 삼십삼세(三十三歲)에 승하(昇遐)하니 재위(在位) 십사년(十四年)

(서기一八三一년—一八六三년)

◎仁陵幸行時坡州行宮 (파주 행궁에서)

秋風輦路十分清、最喜吾民穡事成、信宿坡宮高枕夕、野歌營吹摠歡聲

바람은 선선하고 날씨좋은데
백성들 가을걷이 한창이구나
파주행궁 하룻밤 편히쉬는데
노랫가락 즐거웁게 들려오느니

「趙斗淳」(조두순)

△자(字)는 원칠(元七)이오 호(號)는 심암(心庵)이니 태채(泰采)의 五세손이다 순조(純祖)때 등제(登第)하여 벼슬이 영의정(領議政)에 이르고 문형(文衡)을 전(典)하다 시호(諡號)는 문충(文忠)

(서기一七九六년—一八七〇년)

◎重題降仙樓 (강선루를 두고)

畵船簫鼓似當時、月岫雲江摠舊知、漫筆秪愁成功識、白頭來讀少年詩

피리장구 배에싣고 놀아대는데
밝은달 흰구름 옛모습일세
되는대로 지은글 앞일아는듯
소년시절 모든행락 그려보느니

철 종 대 왕
哲 宗 大 王

「洪鍾應」(홍종응)

△자(字)는 사협(士協)이오 호(號)는 작옥(芍玉)이니 남양인(南陽人)이라 순조(純祖)때 등제(登第)하여 벼슬이 이조판서(吏曹判書)에 이르다

(서기一七八三년——)

◎退老 (늙게 시골로 돌아가서)

一竿之釣短蓑衣、退老江干俗事稀、酒茶巖屋携妻至、鍾漏金門送子歸、郭外青山田數頃、花間流水竹雙扉、騷客詩僧來起我、廣陵明月滿空磯

도롱삿갓 차리고서 낚대들고 앉았으니
한가로운 강호재미 이밖에 또있는가
아내각금 술을갖아 내주흥을 돋아주고
자식일찍 돌아오기 늙은이몸 기다리네
푸른산들 느러선속 몇두둑밭 놓여있고
맑은시내 꽃핀새로 대사립은 임했구나
글잘하는 친구들 잊지않고 찾아오면
달이솟아 비친조대 서로함께 올라보지

註‖종루(鍾漏)※종명루진(鍾鳴漏盡)을 말함이니 노쇠(老衰)하여 여년(餘年)이 별반(別般)없음을 말함 三國志「年過七十而居位、猶鍾鳴漏盡而夜行不休、是罪人也」

금문(金門)※금마문(金馬門)인데 중국 한(漢)나라때 미앙궁(未央宮)의 문(門)이니 천자(天子)의 부름을 받은 준일(俊逸)한 선비들이 조서(詔書)내리기를 기다리는곳

「申觀浩(신관호)」

△자(字)는 국빈(國賓)이오 호(號)는 위당(威堂)이니 평산인(平山人)이라 벼슬이 판중추부사(判中樞府事)에 이르다

(—서기一八一七년경—)

◎靈隱洞 (영은동)

藤作藩籬樹作門、白雲叢裏兩三村、春水桃花杳然去、不知何處是仙源

등(藤)이 엉켜 울 이루고 나무절로 사립됐소
흰구름 잠긴곳에 두서너집 놓였구나
복사꽃 동동떠서 멀리멀리 흘러가니
어데메 산속깊이 무릉도원 신선사나

「兪莘煥(유신환)」

△자(字)는 경형(景衡)이오 호(號)는 봉서(鳳棲)니 기계인(杞溪人)이라 벼슬이 성균제주(成均祭酒)가 되다 시호(諡號)는 문간(文簡)

(서기一七九九년—一八五七년)

◎題徐綱堂金剛錄後 (서경당의 금강록 뒤에 제함)

兜率天開海上山、冷然十日御風還、祗今空作秋衾夢、長在霏雲杳靄間

일만이천 봉오리가 바다위에 느러선곳
두루구경 마치고서 열흘만에 돌아왔네
이제다만 꿈결속에 아물아물 남은것은
고은안개 채색구름 기리기리 둘러쌓소

「李恒老」 (이항로)

△자(字)는 이술(而述)이오 호(號)는 화서(華西)니 벽진인(碧珍人)이다 벼슬이 대사헌(大司憲)에 이르다 시호(諡號)는 문경(文敬)

(서기 一七九三년—一八六九년)

◎蒙宥後寓感 (사(赦)를 입고 감격하여)

含笑入囹圄、白頭輕死生、午天恩牌降、涕淚始縱橫

쓴웃음 머금고서 옥문(獄門)으로 들어가니
늙은몸 죽고살음 어이그리 근심하랴
한낮상기 못미쳐서 두남입어 풀리오니
임의은혜 갸륵하와 뜨건눈물 뿌리놋다

「南秉哲」 (남병철)

△자(字)는 자명(子明)이오 호(號)는 규재(圭齋)니 의령인(宜寧人)이라 순조(純祖)때 등제(登第)하여 벼슬이 이조판서(吏曹判書)에 이르다 시호(諡號)는 문정(文貞)

(서기 一八一七년—一八六三년)

◎病中寄洪藹士祐吉 (병중에 홍우길 에게)

屈指相離十日加、手封書札問無他、病起只看餘綠葉、君家或有未開花

손꼽아 헤어보니 서로헤짐 오래됐오
글월봉해 보내는건 다른물음 이 아닐세
병들어 누었다가 닐고보니 녹음이라
그대의집 화원에는 채못핀꽃 혹시있나

「金永爵」 김영작

△자(字)는 덕수(德叟) 오 호(號)는 소정(邵亭)이니 경주인(慶州人)이라 벼슬이 이조참판(吏曹參判)에 이르다

(서기 一八〇二년 ———)

◎和石梧 (석오에게 화답한)

倚山亭子枕湖湄、日午緗簾四面垂。隔水君家知不遠、墻頭斜出石榴枝

산 의지해 있는정자 물을비고 누었는데
노랑빛갈 비단주렴 사면으로 드리웠네
강건너 저산밑에 그대의집 보이느니
담머리 석류꽃이 곱게곱게 피였구나

「金尙鉉」 김상현

△자(字)는 위사(渭師)이오 호(號)는 경대(經臺)니 광산인(光山人)이라 철종(哲宗)때 등제(登第)하여 벼슬이 이조판서(吏曹判書)에 이르고 문형(文衡)을 전(典)하다

(서기 一八一三년 — 一八九〇년)

◎練光亭 (연광정)

蘇杭金粉未爲多、雨露桑麻處處歌、四十二州涵聖化、大同江水是恩波

황홀하게 꾸며놓은 주란화각(朱欄畵閣) 많지않고
들일하는 농부들의 노랫가락 멋지구나
대동강 물결처럼 임의은혜 끊임없어
사십이주 골골마다 높은덕화(德化) 입었느니

註=소항(蘇杭)※중국의 소주(蘇州) 항주(杭州)를 말함이니 두 곳이 다 문물(文物)이 찬란(燦爛)한 명승지(名勝地)

상마(桑麻)※뽕나무를 심어 누에치고 삼(麻)을 갈아 길삼 함이니 농사 짓는다는 뜻

사십이주(四十二州)※이조시대(李朝時代)의 평안도(平安道) 관할하(管轄下)에 속(屬)한 주군현(州郡縣)

『朴珪壽』 박규수

△자(字)는 환경(桓卿)이오 호(號)는 헌재(瓛齋)니 반남인(潘南人)이라 연암(燕岩) 지원(趾源)의 손(孫)이며 헌종(憲宗)때 등제(登第)하여 벼슬이 우의정(右議政)에 이르고 문형(文衡)에 전(典)하다

(서기一八〇七년—一八七六년)

◎江陽竹枝詞 (강양 죽지사)

秋入陽江水不波、凌雲石塔皓嵯峨、一林踈雨紅流路、誰復騎牛訪脫簑

강물은 가을들어 맑고도 잔잔한데
석탑은 우뚝하게 구름뚫고 서있구나
숲사이 성긴빗발 단풍곱게 물드릴제
눌다시 소를타고 그대찾아 올것인가

註=탈사(脫簑 ※조남명(曺南溟)이 동주(東洲)로 더불어 해인사(海印寺)에 모으기를 약속(約束)하후 남명(南溟)이 소를타고 가는 도중(途中) 비를만나 절문으로 들어가니 동주(東洲)는 벌서와서 도롱벗고(脫簑) 다락위에 앉었다함

『徐憲淳』 서헌순

△자(字)는 치장(穉章)이오 호(號)는 석운(石耘)이니 달성인(達城人)이라 순조(純祖)때 등제(登第)하여 벼슬이 이조판서(吏曹判書)에 이르다

(서기一八〇一년—一八六八년)

◎偶詠 (우영)

山窓盡日抱書眠、石鼎猶留煮茗烟、簾外忽聽微雨響、滿塘荷葉碧田田

창앞에 해지도록 책을안고 조으는대
차대리든 푸른연기 상기남어 떠오르오
발밖에 내리는비 보슬보슬 들리더니
구슬같은 물방울이 연잎위에 방울졌네

註=전전(田田 ※연잎위에 물방울이 떠 동구는모양 江南曲「蓮葉何田田」

「申佐模」(신좌모)

△자(字)는 좌인(左人)이오 호(號)는 담인(澹人)이니 헌종(憲宗)때 등제(登第)하여 벼슬이 이조참판(吏曹參判)에 이르다

(서기 一七九九년———)

◎長安寺 (장안사)

矗矗尖尖怪怪奇、人仙鬼佛摠堪疑、平生詩爲金剛惜、及到金剛便廢詩

우뚝우뚝 뾰쪽뾰쪽 기이하고 괴상하여
사람인가 신선인가 귀신아니 부처인가
내평생 좋은글귀 금강위해 아꼈더니
정작금강 와서보니 감히붓을 못들겠네

「韓鎭棨」(한진계)

△자(字)는 대림(大臨)이오 호(號)는 하남(鶴南)이니 청주인(淸州人)이라 순조(純祖)때 등제(登第)하여 벼슬이 호조참판(戶曹參判)에 이르다

(서기 一七九〇년———)

◎田舍翁 (시골 노인)

衰年聽子小商量、百劇千忙了自忘、向午手持蠅拂子、綠槐樹下臥乘凉

늙게차츰 마음눅어 자식말도 깊이듣고
안절부절 하든생각 이제절로 잊는구나
한나절 가까우자 파릿채 손에든채
느티나무 그늘밑에 시원하게 누었느니

「李豊翼」(이풍익)

△자(字)는 자곡(子穀)이오 호(號)는 우석(友石)이니 연안인(延安人)이라 순조(純祖)때 등제(登第)하여 벼슬이 이조판서(吏曹判書)에 이르다

(서기一八〇四년——)

◎路傍古塚 (길가에 고총을 보고서)

玉匣珠襦跡已陳、荒阡半臥石麒麟、學仙不得累累塚、又是去年來哭人

좋은문갑 고은차림 자취이미 낡았는데
석물(石物)마저 거츤들에 비스듬이 누었구나
슬피울며 조상하든 지나간해 그사람도
올망졸망 저무덤속 말이없이 잠들었네

「李象秀」(이상수)

△자(字)는 여인(汝人)이오 호(號)는 오당(峿堂)이니 전주인(全州人)이라 진선(進善)에 이르다

(——서기一八一七년경——)

◎訪友不遇 (친구를 찾아 만나지 못하고)

農家四月麥如雲、躑躅花前不見君、小婢留人沽酒去、滿園芳草蝶紛紛

사월이라 넓은벌에 보리익어 누렀는대
꽃곱게 피였거니 임은어델 가고없나
계집아이 손(客)만류코 술을사려 나간뒤에
원에가득 풀빛존데 나비들만 춤을추네

「李尚迪」(이상적)

△자(字)는 혜길(惠吉)이오 호(號)는 온선(藴船)이니 강음인(江陰人)이라 벼슬이 지중추(知中樞)에 이르다

(서기 一八〇四년 ——)

◎題路傍去思碑 (노방비를 보고)

去思橫斂刻碑錢、編戶流亡孰使然、片石無言當路立、新官何似舊官賢

원님갈려 갈적마다 비세운다 말을하고
집집마다 돈걷으니 뉘라시켜 그리하나
쪼각돌 말이없이 길가에 서있는데
새로오는 신판삿도 구관보다 어떨는지

「卞鍾運」(변종운)

△자(字)는 붕칠(朋七)이오 호(號)는 소재(歗齋)니 거창인(居昌人)이라 벼슬이 가선동중추(嘉善同中樞)에 이르다

(—— 서기一八一七년경 ——)

◎楊子津 (양자진)

蘆花如雪復如烟、十里晴波不繫船、一陣寒鴉決雲去、斜陽秋色滿江天

갈꽃피어 눈같은대 연기다시 희노매라
거울같이 맑은물에 맨(繫)배조차 뵈질않네
언(凍)까마귀 떼를지어 멀리멀리 나라가고
노을잠긴 강하늘에 가을빛만 짙어가오

『姜瑋(강위)』

△자(字)는 중무(仲武)오 호(號)는 추금(秋琴)이니 진주인(晋州人)이라 벼슬이 감역(監役)에 이르다

(서기一八二〇년―一八八四년)

◎壽春道中 (수춘도중)

襪底江光綠浸天、昭陽芳草放筇眠、浮生不及長堤柳、過盡東風未脫綿

물에잠긴 푸른하늘 길손들이 밟고가고
벌판덮은 야린풀빛 막대아래 졸고있네
하 찮은 우리인생 버들만도 못하온지
봄 바람 불어가도 핫옷아직 안벗었오

『玄錡(현기)』

△자(字)는 신여(信汝)오 호(號)는 희암(希庵)이니 천녕인(川寧人)이다

(―서기一八五七년경―)

◎守歲步唐人韻 (제석에 당인운을 따서)

酒中三百六旬眠、夢裏無端鬢皓然、今夜獨醒因底事、聊將一刻抵長年

일년삼백 육십일을 술에취해 누었거니
꿈 속에 어름어름 까닭없이 늙었구려
지난일 생각잠겨 깨아홀로 앉았으니
오늘밤 한시각이 그간보다 길더구나

「申應朝」(신응조)

△자(字)는 유안(幼安)이오 호(號)는 계전(桂田)이니 철종(哲宗)때 등제(登第)하여 벼슬이 우의정(右議政)에 이르다

(서기一八〇四년—一八八三년)

◎除夜(제야)

莫恠今朝把酒頻、明朝七十歲華新、夢中猶作青年事、世上空留白髮身、北望雲飛金闕曙、東來花老石欄春、鼓樓更罷城鴉起、已見衣冠動四隣

술많이 마신다고 야릇하게 생각마라
내일아침 되고보면 이내나이 칠십일세
좋은청춘 지나간일 꿈결인양 허무한데
이제와선 부지럽시 센터럭만 남았구나
임계신 궁궐에는 상서구름 서렸으리
석란에 매화늙어 봄소식도 가까운듯
파루치자 희여밝아 자는새들 나도는데
설비음 차려입고 왔다갔다 하는구나

「南相吉」(남상길)

△처음 이름(初名)은 병길(秉吉)이며 자(字)는 자상(子裳)이고 호(號)는 유재(留齋)니 헌종(憲宗)때 등과(登科)하여 벼슬이 이조판서(吏曹判書)에 이르다 시호(諡號)는 문정(文靖)

(서기一八二〇년—一九〇五년)

◎無題(무제)

綠陰滿地兩三家、楊柳青青隔浦斜、寂寞黃昏人不見、紗窓細雨夢梨花

푸른그늘 우거진속 두서너집 놓였는데
버들은 치렁치렁 물을격해 느러섰네
땅거미 지는무렵 오가는이 하나없고
창밖에 가랑비만 보슬 보슬 내리놋다

「金炳淵」 김병연

△자(字)는 성심(性深)이오 호(號)는 난고(蘭皐) 속명(俗名)이 입(笠)인데 순조 십일년(純祖十一年) 신미(辛未) 십일일(十一日)에 홍경래(洪景來)가 평안도 용강(平安道龍岡)에서 반란(叛亂)을 이르키자 김립(金笠)의 조부(祖父) 김익순(金益淳)은 선천부사(宣川府使)로 있다가 부득이(不得已) 항복(降服)하였다 그후 홍경래란이 평정(平定)되고 김익순이 복주(服誅)당한 후 김립은 폐족(廢族)의 자손(子孫)으로 세상의 학대(虐待)와 멸시(蔑視)가 막심(莫甚)함으로 二十세때 부터 울분(鬱憤)을 풀야고 팔도강산(八道江山)으로 유랑(流浪)하며 지은글이 세상에 많이 유포(流布)되었음

（서기一八〇七년—一八六三년）

◎詠笠（자기 삿갓을 두고）

浮浮我笠等虛舟、一着平安四十秋、牧竪行裝隨野犢、漁翁身勢伴江鷗、愛吟脫掛看花壁、東醉携登咏月樓、俗子衣冠皆外飾、滿天風雨獨無愁

둥실뜬 내삿갓 배와같은데
한번쓰고 마흔해를 편히지냈오
꼴뜯기는 목동은 손에 다들고
낚시던진 어옹은 머리에 쓰네
한가론때 꽃가지에 걸어를 놓고
흥겨우면 팔에걸고 다락오르오
세상사람 의관은 외화뿐이라
이내것은 비바람도 무섭질 않네

又（김병연）

◎自嘆（자 탄）

嗟乎天地間男兒、知我平生者有誰、萍水三千里浪跡、琴書四十年虛詞、青雲難力致非願、白髮是公道不悲、驚罷還鄕夢起坐、三更越鳥聲南枝

널고넓은 이세상 뜻있는 사나이야
이내평생 지낸일을 뉘라서 알것이나
삼천리 방방곡곡 물모양 떠돌았고
사십년 긴긴 세월 글과 노래 헛것이오
마음대로 되지않는 부귀공명 모다싫고
공도로 오는백발 슬어할것 아니어니
고향그린 꿈을꾸다 놀라문득 깨고보니
새도 무슨 시름있어 잠못들고 저리우나

「王錫輔(왕석보)」

△자(字)는 윤국(胤國)이오 호(號)는 천사(川社)이니 개성인(開城人)이다

(서기一八六七년경)

◎秋日山中卽事 (가을날 산중에서)

高林策策響西風、霜果團團霜葉紅、時有隣鷄來啄粟、主人看屋臥庭中

나무 숲 우수수 바람앞에 울부짖고
과실모두 서리맞아 잎새함께 붉었구나
이웃 닭 모아들어 널은서속 쪼아먹되
주인 은 모르고서 뜰위에서 잠만자네

註=채채(策策)※우수수 하고 나뭇잎 지는소리、韓愈「策策鳴不已」

「玄鎰(현일)」

△자(字)는 만여(萬汝)오 호(號)는 교정(皎亭)이니 연주인(延州人)이라 벼슬이 지중추(知中樞)에 이르다

(서기一八〇七년—一八七六년)

◎山居 (산거)

落絮繽紛日欲斜、門前種柳是誰家、山中富貴無人管、個個樵童一擔花

개아지 어지럽게 흩날리는데
문앞에 버들선집 누가사는가
산중의 모든재미 탓할이없어
초동마다 꽃다발 들고가놋다

『李是遠(이시원)』

△자(字)는 자직(子直)이오 호(號)는 사기(沙磯)이니 벼슬이 이조판서(吏曹判書)에 이르고 병인년(丙寅年)에 순절(殉節)하다 시호(諡號)는 충정(忠貞)

(서기一七九〇년—一八六六년)

◎沃州記事 (옥주 기사)

碧波亭上月高懸、蘆簟松床穩醉眠、忽到三更喧似市、順風來泊濟州船

벽파정 정자위에 달두렷이 걸렸는데
거나하게 취한채로 침상위에 잠들었네
밤은깊어 삼경인데 왁짜지껄 떠들으니
멀리로서 떠오는배 대이노라 그럼일세

『金炳冀(김병기)』

△자(字)는 성존(聖尊)이오 호(號)는 사영(思潁)이니 안동인(安東人)이라 좌근(左根)의 아들이다 벼슬이 좌찬성(左贊成)에 이르다

(서기一八一八년——)

◎登松石園 (송석원에 올라)

北澗淸陰晩始開、飛花浪藉點蒼苔、人間春色終何處、海內英雄卽此杯、萬境依迷烟靄積、一生惆悵夕陽來、垂楊拂水幽鶯囀、夢在東湖舊釣臺

맑은시내 맑은그늘 경개좋고 시원한데
지는 꽃 어지로이 창태위에 수를놓네
일년의 좋은봄빛 어데메로 돌아갔나
이자리 모은분들 즐거웁게 마셔보세
골목마다 아즈랑이 히미하게 쌓였구나
언제는지 해질무렵 마음자조 상하느니
푸른버들 드린새로 꾀꼬리 노래하니
동호물가 옛 조대가 한없이도 그리워라

「李羲發」(이희발)

△자(字)는 천문(天文)이오 호(號)는 운곡(雲谷)이니 영천인(永川人)이라 순조(純祖)때 문과(文科)에 급제(及第)하여 판서(判書)에 이르다

(서기一七六八년―一八一九년)

◎統軍亭 (통군정)

日暮邊城獨倚欄、一聲羌笛戍樓間、憑君欲識中原界、笑指長江西岸山

변성에 해는지고 난간머리 앉았는데
강피리 가냘프게 멀리로서 들려오네
중원땅 어데냐고 알고저 물었더니
강건너 저산들이 모다기라 가르키네

「廉景鈺」(염경옥)

△자(字)는 여행(汝行)이오 용담인(龍潭人)이다

◎咏簑衣 (도롱을 두고)

秋來偏映白蘋洲、一江疎雨在孤舟、笑殺桐江垂釣子、問他何意被羊裘

갈꽃은 물가덮어 희게폈는데
찬가을 성긴빗발 배에뿌리오
동강에 낚대드린 엄자릉이어
묻노니 어찌하여 배잘입었나

고 종 태 황 제
高 宗 太 皇 帝

『大院君(대원군) 李昰應(이하응)』

△자(字)는 시백(時伯)이오 호(號)는 석파(石坡)이니 남연군 구(南延君球)의 아들이다 고종황제(高宗皇帝)의 생부(生父)이며 흥선대원군(興宣大院君)

(서기一八二〇년—一八九八년)

◎我笑堂 (아소당)

吾負吾身任不輕、退公閒日酒樽傾、從知往事皆吾夢、惟愧餘年任世情、理屐山村俚談好、聞蟬溪柳古詩成、細論百歲安排地、我笑前生又此生

이내몸 무거운짐 내가버리고
나라일 그만둔채 술잔만드네
지나간일 꿈이런듯 허무하온데
하염없이 늙어감이 부끄럽구나
시비없는 시골얘기 구수하온데
한가로운 모든풍경 시흥돋구네
긴 세월 알맞게 그려본다면
이생저생 모도함께 가소롭구나

『姜蘭馨(강난형)』

△자(字)는 방숙(芳叔)이오 호(號)는 해창(海蒼)이니 진주인(晋州人)이라 헌종(憲宗)때 등제(登第)하여 벼슬이 판서(判書)에 이르다

(서기一八一三년——)

◎秋興 (추흥)

獨抱琴書久掩扉、迂儒心事世相違、伊來病骨知寒早、八月中旬已授衣

고(琴)를 뜯고 책을 보며 조용하게 살아가니
시끄러운 세상형편 마음서로 맞질않네
병들고 약한놈이 추위일찍 알게되어
팔월도 반못가서 철옷꾸며 입었느니

「高宗皇帝」(고종황제)

〈덕흥대원군 이하응(德興大院君 李昰應)의 제二남 이니 철종(哲宗)의 승하(昇遐)함과 동시에 문조(文祖)의 대통(大統)을 이어 十二세에 즉위(卽位)하여 六十七세에 승하(昇遐)하다

(서기一八五二년—一九一八년)

◎瑞雪(서설)

瑞雪民豊殖、民食吾亦食、又此隆寒時、貧者何以衣

함박눈 풍년조짐 차리고있네
백성들 잘살아야 내맘편하다
그러나 이처럼 날씨치운데
가난뱅이 흩벗고 어이지내나

又 (고종황제)

◎賞春(상춘)

花間看蝶舞、柳上聽鶯聲、羣生皆自樂、最是愛民情

꽃곱게 핀사이로 나비춤추고
버들푸른 가지위 꾀꼬리우네
춤추고 노래하고 저리좋은데
봄을만나 백성들도 즐겨하는지

『李裕元』(이유원)

△자(字)는 경춘(景春)이오 호(號)는 귤산(橘山)이니 경주인(慶州人)이라 헌종(憲宗)때 등제(登第)하여 벼슬이 좌의정(左議政)에 이르다

(서기一八一四년—一八八八년)

◎紅葉亭 (홍엽정)

排舖小小摠依樣、摘葉名庵憶老坡、從古名園無定主、主人來少客來多

생김새 된것대로 조붓하게 마련하고
잎사귀 이름따서 홍엽정자 세웠느니
언제든 좋은승지(勝地) 임자따루 정함없고
온이모다 손이라니 쥔은없고 손뿐일세

『鄭顯德』(정현덕)

△자(字)는 백순(伯純)이오 호(號)는 우전(雨田)이니 초계인(草溪人)이라 철종(哲宗)때 등제(登第)하여 벼슬이 참판(參判)에 이르다

(서기一八一〇년—?)

◎禁直 (금직)

官槐翳日影幢幢、金碧樓臺十二窓、深院無人春晝永、碧桃花外燕雙雙

느티정자 푸른그늘 너울너울 시원하고
단청고은 다락마다 창이활짝 열렸구나
정원은 그윽하고 봄해아직 멀었는데
벽도화 꽃핀위로 제비쌍쌍 날고있네

「閔台鎬」(민태호)

△자(字)는 경평(景平)이오 호(號)는 표정(杓庭)이니 여흥인(驪興人)이라 벼슬이 이조판서(吏曹判書)에 이르다

(서기一八三四년—一八八四년)

◎題七艮亭 (칠간정을 두고)

睥睨東頭石作臺、縱橫十笏小亭開、海光野氣迴遭地、萬丈須彌芥孔來

거듭거듭 고인바위 편편하게 펴있는데
가로세로 조붓하게 정자하나 서있구나
이벌판 저바다 두루모아 놓였으니
만장(萬丈)높은 수미산도 발(簾) 틈으로 들어오네

註=십홀(十笏)※홀(笏)은 기리(長)가 二척六촌 폭(幅)이 二촌이니 십홀(十笏)이면 종횡(縱橫)二十六척 되는 면적(面積)이니 아마도 극히 협착(陜窄)한 땅을 의미(意味)함인 듯

수미산(須彌山)※범(梵)—불교세계설(佛教世界說)에서 세계(世界)의 중심에 솟아 있다고 하는 큰 산(山) 높이가 八만四천 유순(由旬)으로 바다 가운데에 있으며 이산(山)으로 해가 뜨고 짐에 따라 낮과 밤이 된다고함 여기서는 크고 높은 산을 비유한 말

개공(芥孔)※계자씨 만한 구멍 극히 작은 것을 비유한 말

「趙性教」(조성교)

△자(字)는 성유(聖惟)오 호(號)는 소정(韶亭)이니 한양인(漢陽人)이라 문형(文衡)을 전(典)하고 벼슬이 판서(判書)에 이르다

(서기一八一八년——)

◎春日山齋次白鶴山房韻 (봄날 산재에 나가 백학산방 운을 비러서)

公舘淸如處士家、野蔬山蕨澹生涯、巖扉寂寂無人到、領得三春萬樹花

공관은 조용하고 한가로운데
생애마저 조출하여 처사(處士)같구나
온종일 사립밖에 찾는이없고
봄드러 곱게핀꽃 향기로워라

「金炳學」(김병학)

△자(字)는 경교(景敎)오 호(號)는 영초(潁樵)니 안동인(安東人)이라 철종(哲宗)때 등제(登第)하여 문형(文衡)을 전(典)하고 벼슬이 영의정(領議政)에 이르다 시호(諡號)는 문헌(文獻)

(서기一八二一년—一八七九년)

◎金剛山神仙峯 (금강산 신선봉)

朱欄曲曲繞清流、玉笛橫吹碧落秋、三十二峯仙不見、白雲惆悵滿虛舟

맑은물 구비구비 돌아흐르고
적(笛)소리 하늘높이 들려오는듯
신선은 어데갔나 뵈지를않고
구름쌓인 봉오리만 둥실떴구나

「金益容」(김익용)

△자(字)는 경수(景受)오 호(號)는 석산(石山)이니 선산인(善山人)이라 철종(哲宗)때 등제(登第)하여 판서(判書)에 이르다

(서기一八二〇년———)

◎送姜海滄赴海西伯 (황해감사 강해창을 보내며)

尙書征節海西頭、驛路梅花雪更愁、臘後春風行有脚、一時吹遍廿三州

삿도(使道)의 부임행차 해서로갈제
눈(雪)속에 핀매화꽃 시름쌓였오
겨울가고 봄바람 건듯불거든
골골마다 모조리 보내주시오

「金綺秀(김기수)」

△자(字)는 계지(季芝)오 호(號)는 창산(倉山)이니 연안인(延安人)이라 벼슬이 참판(叅判)에 이르다 (서기一八三二년——)

◎咏梅 (매화)

梅花休歎歲華垂、正時梅花欲放時、自有春風公道在、山家未必到來遲

그대(梅)아여 해(歲)가다함 슬어를말게
이때바로 매화꽃 곱게필때세
봄바람 원래본시 사정없느니
아마도 산가(山家)라고 늦게안오리

「李憲基(이헌기)」

△자(字)는 혜화(惠禾)오 호(號)는 거포(苣圃)니 연안인(延安人)이라 벼슬이 돈영도정(敦寧都正)에 이르다 (——서기一八三七년경——)

◎訪主人不見 (주인을 못만남)

小屋依山山日遲、客來繫馬杏花枝、主人有事耕田去、惟見青狵吠竹籬

산아래 오막사리 찾아를들어
살구나무 가지에다 말을매았네
밭가리간 주인아직 돌오지않고
대울밑에 청삽사리 짖고있구나

「丁大栻」(정대식)

△자(字)는 사건(士建)이오 호(號)는 금포(錦圃)니 나주인(羅州人)이라 벼슬이 종묘령(宗廟令)에 이르다
(──서기一八三七년경──)

◎秋晩出惠化門 (가을늦게 혜화문을 나며)

小靑門外市塵空、驢背斜陽冉冉紅、野菊溪楓霜意近、十分秋色畵圖中

소청문밖 내달으니 몬지잠자고
나귀등에 지는햇볕 곱게비치네
단풍붉고 국화곱게 피어있어서
가을풍경 그림인듯 황홀하구나

「李種元」(이종원)

△자(字)는 여장(汝長)이오 호(號)는 수당(遂堂)이니 덕수인(德水人)이라 고종(高宗)때 급제(及第)하여 벼슬이 승지(承旨)에 이르다
(서기一八四九년──)

◎宿松京次滄江金澤榮來示韻 (개성에서 김택영 운을 빌려)

落日松京道、秋風白蓼花、醉來仍着睡、何必問誰家

해질무렵 송경(松京)길 걸어갈적에
바람앞에 흰갈꽃 춤을추노나
술취하면 어데서나 자고갈것을
그뉘집 물어보아 무삼하리오

「韓章錫(한장석)」

△자(字)는 아유(雅綏)오 호(號)는 경향(經香) 또는 미산(眉山)이라 고종(高宗)때 급제(及第)하여 벼슬이 좌참찬(左參贊)에 이르다 시호(諡號)는 문간(文簡)

(서기一八三二년 ——)

◎送林鼎汝 (임정여를 보내며)

西風吹動白蘋花、山日冥冥十里沙、細柳驛亭三四店、故人今夜宿誰家

서풍널어 갈꽃숲 우수수울고
모래사장 어둑어둑 해는저무네
세류역말 서너집 객점있는데
오늘밤 뉘집에서 자고가려나

「申正熙(신정희)」

△자(字)는 원신(元伸)이오 호(號)는 향농(香農)이니 평산인(平山人)이라 순조(純祖)때 무과(武科)하여 벼슬이 판서(判書)에 이르다

(——서기一八九七년경 ——)

◎甲串津 (갑구지나루)

童津一帶限南北、春水方生奈爾何、虜騎如雲飛渡日、江都檢察尙酣歌

동작나루 남북으로 막혀있는대
봄물차츰 출렁이니 어이하려나
되놈군사 구름모양 건네든그때
강도검찰 술에취해 나라망쳤오

註=노기(虜騎)※병자호란당시(丙子胡亂當時) 청태종(淸太宗) 한(汗)의 군사(軍士)를 가르켜한 말

강도검찰(江都檢察)※병자호란(丙子胡亂) 때 임금 인조(仁祖)께서는 남한산성(南漢山城)으로 파천(播遷)하고 세자(世子)와 각(各) 대군(鳳林·麟平)이 묘사주(廟社主)를 모시고 강화도(江華島)로 피란(避亂)하였는대 그때 강화도수어책임자(江華島守禦責任者)로 시임영의정김류(時任領議政金瑬)의 아들 김경징(金慶徵)이 방어(防禦)를 소홀(疎忽)히 하여 마침내 강도(江都)가 함락(陷落)당했음

「鄭昌時」(정창시)

△자(字)는 공기(公期)오 호(號)는 나옥(蘭屋)이니 초계인(草溪人)이라 음(蔭)으로 삼품(三品)에 이르다

(─서기一八八七년경─)

◎通州途中 (통주 가는 도중에서)

通州饁婦爛成群、熨着黐翻白布裙、問路含羞不能對、回身遙指嶺頭雲

점심먹는 아낙네 모아있는데
팔랑대는 다림치마 해사하구나
묻는길 수줍어서 대답못하고
손만들어 고갯길 가르켜주네

「李𨯶永」(이헌영)

△자(字)는 경도(敬度)오 호(號)는 경와(敬窩)니 전주인(全州人)이라 고종(高宗)때 벼슬이 참정(參政)에 이르다 시호(諡號)는 문정(文貞)

(서기一八三七년 ─)

◎訪隣友 (이웃벗을 찾어서)

三朝一雨始晴天、又對西隣楊柳邊、逢處何須欹笠轂、浮生無定似雲烟、紅桃花落催春事、黃鳥聲低覺午眠、莫恨光陰流水逝、文離談笑日如年

사흘동안 오는비 겨우개이니
푸른버들 치렁치렁 느러졌구나
만나자 어이그리 바삐가는고
뜬세상 구름처럼 덧이없느니
지는꽃 가는봄을 재촉하고요
꾀꼬리 우름소리 낮잠깻였오
세월이 빠르다고 탓하지말게
괴로우니 하로해도 싫증이나오

註=입곡(笠轂)※병차(兵車 위에서 가리움(笠)을 들고 있는 사람 左傳「又射馼輯以貫欠笠轂」

「金弘集」(김홍집)

△자(字)는 경능(景能)이오 호(號)는 도원(道園)이니 경주인(慶州人)이라 고종(高宗)때 등제(登第)하여 벼슬이 총리대신(總理大臣)에 이르다

(서기一八四二년—一八九五년)

◎三仙洞 (삼선동)

芳逕抱郭到山家、欲暮山光分外奢、記取吾行寒食雨、華陽纔見未開花

야린풀 밟으면서 성을끼고 가노라니
저물무렵 산경개 깐이없이 좋더구나
비나리는 한식절 이번길 하게되어
방울진채 못다핀꽃 겨우보고 돌아가네

「趙成夏」(조성하)

△자(字)는 순소(舜韶)오 호(號)는 소하(小荷)니 풍양인(豊壤人)이라 철종(哲宗)때 등제(登第)하여 벼슬이 이조판서(吏曹判書)에 이르다

(서기一八四五년—一八八二년)

◎淮陽道中 (회양가는 길에)

峽店生涯劇可憐、賣醪賣飯不多錢、黃昏又作行人導、執炬前程渡大川

산골술집 살림사리 참말몹시 가엽구나
막걸리 밥걸들여 판돈얼마 아니되니
게다가 해가지면 길손인도 하량으로
횃불잡고 앞시냇물 건네주고 건네오네

「李道宰(이도재)」

△자(字)는 성일(聖一)이오 호(號)는 심재(心齋)니 연안인(延安人)이라 고종(高宗)때 급제(及第)하여 벼슬이 판서(判書)에 이르다 시호(諡號) 문정(文貞)

(서기 一八四八년 — 一九〇九년)

◎題光州宣化堂 (광주선화당에 씀)

十年南國再來巡、素志蹉跎白髮新、芳草池塘多好友、飛花院落屬殘春、異鄕景物愁爲客、勝地風流樂與民、老去不堪簿牒惱、江湖何日作閒人

십년만에 남쪽나라 다시오게 되었는대
아무한일 하나없이 센터려만 느렀구나
풀빛푸른 연못가엔 보던모습 남아있고
꽃이지는 정원속엔 봄도마저 가려하네
다른고장 좋은경개 객의시름 자아내고
승지강산 멋진풍류 백성함께 즐겨보세
나이늙어 바쁜공사 견뎌내기 어려우니
어느때나 돌아가서 한가로이 살어볼가

「李 偰(이설)」

△(자字)는 순명(舜命)이오 호(號)는 복암(復菴)이니 연안인(延安人)이라 철종(哲宗)때 급제(及第)하여 벼슬이 승지(承旨)에 이르다

(서기 一六九〇년 ——)

◎善竹橋 (선죽교)

善竹橋邊血、人悲我亦悲、孤臣亡國後、不死竟何爲

선죽교 아롱진피 비바람에 가실소냐
천만년 두고두고 너도나도 슬퍼하리
나라가 망할적엔 충신의사 다하느니
다시무슨 일하려고 끝내죽질 못할겐가

「尹秉綬」(윤병수)

△자(字)는 경조(景祖)오 호(號)는 염암(念庵)이니 정헌(定鉉)의 손(孫)이다 벼슬이 참판(參判)에 이르다

(——서기 一八八七년경——)

◎梅 (매화)

雪滿空山月滿城、孤吟獨酌到深更、書燈睡熟殘燈冷、一樹梅花歲暮情

달빛아래 눈이차고 눈속에 달밝은데
홀로서 잔질하며 밤깊도록 앉아있오
글소리 졸고있고 등불마저 까물댈제
매화만 곱게피어 가는해(歲)를 지키놋다

「李建昌」(이건창)

△자(字)는 봉조(鳳藻)오 호(號)는 영재(寧齋)니 전주인(全州人)이라 고종(高宗)때 벼슬이 승지(承旨)에 이르다

(서기 一八五二년— 一八九八년)

◎無忘樓感懷 (무망루 감회)

百濟宮邊雪滿城、三田渡外少人行、穿倉老鼠長搜粟、繞堞寒鴉大點兵、弱國君臣千載恨、異時中外一家情、登臨此日重惆悵、漢上高樓已失名

백제나라 궁궐터에 눈(雪)만쌓이고
삼전도 나룻가엔 길손도적네
늙은쥐 눈을피해 곳집을 뚫고
언(凍)까마귀 떼를지어 성위로나네
군신의 맺힌원한 가실줄없고
그때의 안팟사정 어이말하리
지금도 오르는이 한숨지노라
이다락 이름마저 없어졌구나

「俞吉濬(유길준)」

△자(字)는 성무(聖武)오 호(號)는 구당(榘堂)이니 기계인(杞溪人)이라 고종(高宗)때 벼슬이 궁내부대신(宮內部大臣)에 이르다 (서기一八五八년——)

◎自美洲歸拘南山下 (미국에서 돌아와서)

歲暮終南夜。孤燈意轉新。三年遠遊客。萬里始歸人。國弱深憂主。家貧倍憶親。梅花伴幽獨。爲報雪中春

세월이 덧없어 이해(歲)도가니
이런생각 저런생각 잠못이루네
삼년동안 딴나라로 헤매든몸이
멀리로서 이제겨우 돌아왔느니
임때문에 나라약함 근심더하고
어버위해 집겨정이 간절하구나
매화만이 고적함을 알아주는듯
찬눈속에 곱게곱게 피어주놋다

「鄭益鎔(정익용)」

△자(字)는 순필(舜弼)이오 호(號)는 석정(石汀)이니 연일인(延日人)이라 무과(武科)로 수사(水使)에 이르다 (——서기一八八七년경——)

◎秋砧 (다디미 소리)

手製郎衣草色新、香塵渝了五陵春、春閨一別無消息、謾作秋燈不寐人

풀빛파릇 좋을적에 봄노리 하신다고
차려입고 가신그옷 곤때묻어 더러울걸
한번훌적 떠나신님 소식마저 아득한데
가을밤 새워가며 옷다듬어 무얼하나

「崔亨基」최형기

△자(字)는 덕지(德之)오 호(號)는 송애(松厓)니 전주인(全州人)이라 벼슬이 지중추(知中樞)에 이르다

(— 서기一八八七년경 —)

◎路中寄春坡 (노중에서 춘파에게 보냄)

馭風樓外夕陽斜、客馬蕭蕭嶺路賖、記取故人讀書處、一溪流水碧桃花

다락머리 해지는데 말을채처 가노라니
바람은 소소하고 갈길멀리 재를넘네
고은님 글읽는곳 어데인가 알아보니
시내맑게 흐르는위 벽도화 핀데라오

「卞元圭」변원규

△자(字)는 선장(善長)이오 호(號)는 길운(吉雲)이니 밀양인(密陽人)이라 벼슬이 판윤(判尹)에 이르다

(— 서기一八八七년경 —)

◎次寄李少石學士 (이소석에게)

日日行隨麋鹿群、滿溪明月滿山雲、胸中空洞無他物、却寫秋聲寄與君

노루사슴 벗을삼아 한가로이 살아가니
흰구름 밝은달이 모두다 내것일세
그밖엔 가슴속에 쌍인물건 하나없어
가을소리 가을경개 모다그려 보내주리

「白春培(백춘배)」

△자(字)는 성삼(聖三)이오 호(號)는 소향(小香)이니 가림인(嘉林人)이다

(——서기 一八八七년경——)

◎自南麓歸路 (남록에서 돌아오는 길에)

醉臥花間送夕陽、歸來猶覺滿衣香。多情最是雙蝴蝶、一路相隨到草堂

꽃속에 취해누어 해다보내고
돌아올제 아직도 향기로워라
다정한손 한쌍나비 춤을추면서
나를따라 초당까지 날라왔구나

「朴永善(박영선)」

△호(號)는 죽존(竹尊)이니 밀양인(密陽人)이라 무과(武科)로 부사(府使)에 이르다

(——서기 一八八七년경——)

◎寧越懷古 (영월 회고)

越中兒女哭如歌、越樹蒼蒼越水波、蜀魄飛來人不見、魯陵三月落花多

이고장 아기네 우름하도 처량하오
숲사이 흐르는물 옛날일을 모르는가
두견인 오지않고 임도마저 가셨는데
봄철이라 꽃잎날려 무덤위에 지는구나

『金潤龍』 김윤룡

△자(字)는 덕중(德中)이오 호(號)는 경운(耕雲)이니 경주인(慶州人)이라 벼슬이 첨중추(僉中樞)에 이르다

(——서기 一八八七년경——)

◎池雪峯運永雪夜來訪梅下留吟 (지설봉이 찾아와 매화를 두고)

凌冰瘦骨老猶華、到底淸寒似我家、千金一夜眞難得、不讀新詩只讀花

차거운 그모습이 늙을수록 깨끗한데
가난하고 조촐함이 네오내오 달을손가
오늘하루 이좋은밤 천금주고 못사러니
글짓길 그만두고 꽃을보며 놀아보세

『張元燮』 장원섭

△자(字)는 중건(仲乾)이오 호(號)는 절운(浙雲)이니 안동인(安東人)이라 벼슬이 교수(敎授)에 이르다
문집이권(文集二卷)이 있음

(——서기 一八八七년경——)

◎遼左吟 (요좌에서)

秋來白髮日添多、憂國憂民可奈何、收績桑楡知不晩、中原將帥憶廉頗

가을들어 센터럭만 늘어가노니
나라근심 백성걱정 어이하오리
아직도 큰공세움 늦지않거니
옛적에 염파있음 기억하노라

註=상유(桑楡)※전나의 실패(失敗)를 후일(後日)에 와서 회복(恢復)함을 뜻함 漢書「失之東隅、收之桑楡」 상유(桑楡)의 근본 뜻은 해가지는 서(西)쪽을 말함
염파(廉頗)※중국 전국시대(戰國時代)의 조(趙)나라 장수 이름

「白樂寬」 백락관

△자(字)는 경교(景敎)오 호(號)는 추강(秋江)이니 남포인(藍浦人)이라 여조(麗朝)때 삼중대광문헌공(三重大匡文憲公) 백이정(白頤正)의 후예(後裔)이며 병조참판(兵曹參判) 홍수(弘洙)의 아들로 지기(志氣)가 탁이(卓異)하고 성질(性質)이 강직(剛直)하였음 고종(高宗) 정축년(丁丑年)에 정부(政府)에서 일본(日本)과 결호(結好)함을 극력소간(極力疏諫)하였고 시정부패(時政腐敗)를 극론(極論)하다가 마침내 제주(濟州)로 안치(安置)됨 임오(壬午八월에 극형(極刑)을 당(當)하니 장안(長安) 부로(父老)가모다 눈물로써 조상하다

(서기一八四六년—一八八二년)

◎所安島發船前夜作誓死韻 (소안도를 떠나며)

朝天浦近泣孤臣、萬古烈風吹白蘋、蒼波浩浩葬魚客、老樹森森抉目神、回頭鰈域無君子、此去龍宮有故人、三十七年冬至日、任他白骨化爲塵

귀양사리 외론신하 강물위에 눈물질제
살 어이는 매운바람 갈대숲 파고드네
넓은바다 성낸물결 굴삼려(屈三閭)의 원혼인가
나뭇가지 우뚝우뚝 자서(子胥)의눈 분명쿠나
섬 풍속 무무(瞀瞀)하여 범절(凡節)아는 사람없고
이번에 가는 용궁(龍宮) 옛친구들 살고있네
서른이라 일곱동지 이것으로 영결일세
백골이 진토된들 향한마음 가실소냐

註=장어객(葬魚客)※어복(魚腹)에 장사지내였다는 뜻인데 옛적 초(楚)나라 굴원(屈原—三閭大夫)이가 충언(忠言)으로 그 임금께 간(諫)하다 도리어 간신(奸臣)의 참소(讒訴)를 입고 귀양가서 그 억울(抑鬱)함을 원통히 생각하고 五월五일에 멱라수(汨羅水)에 빠져죽였다는 진설(傳說)이 있음

결목신(抉目神)※중국전국시대(戰國時代) 오자서(吳子胥의 일을 말함이니 먼저 「자서묘(子胥廟)」시 에서 설명이 기재(記載)되였음

접역(鰈域)※가자미나라——섬나라를 말함이니 모든예의 범절과 인어풍속이 무무(瞀瞀)한 것을 뜻함인듯

「李思彧(이사욱)」

△자(字)는 계문(季文)이오 호(號)는 주계(珠溪)니 전주인(全州人)이라 임영대군(臨瀛大君)의 후예(後裔)로 시문(詩文)에 장(長)하고 문집(文集)이 있음

(서기一八四六년——)

◎江船火獨明 (배人불을 바라보고)

鴻濛未判雨霏天、遠火分明江上船、滿載車書誰復校、青藜一炷適來仙

천지처음 개벽는가 비가주룩 내리는데
가물가물 한줄불빛 멀리로서 비쳐오네
배에가득 책을싣고 누가다시 글을읽나
청려장 짚은신선 찾아온게 분명쿠나

註=청려장(青藜杖)※중국 한(漢)나라때 유향(劉向)이가 천록각(天祿閣)에서 글읽더니 어떤 노인(老人)이와서 짚고왔던 청려장(青藜杖) 끝을 유향(劉向)에게 대고 불으니 그끝에서 광선(光線)이 뻗쳐나와 어둔 가운데서도 능히 글을 볼 수 있였다함

「李商在(이상재)」

△호(號)는 월남(月南)이오 한산인(韓山人)이라 고종(高宗)때 벼슬이 의정부참찬(議政府叅贊)에 이르고 이조말(李朝末)의 개화기(開化期)의 지사(志士)로 일찌기 미국공사관(美國公使館) 참사관(叅事官)을 역임(歷任)하고 광무(光武)초에는 서재필박사(徐載弼博士)와 함께 독립협회(獨立協會)를 조직하여 조국독립(祖國獨立)에 힘썼고 한일합병후(韓日合併後)에는 기독교청년회장(基督敎青年會長)으로 二十여년간 청년(青年)을 지도(指導)하였음

(서기一八五〇년—一九二七년)

◎無題 (무제)

秋天如掃淨無埃、故把山扃向夜開、鴻雁兩三何處至、却疑塞北有書來

가을하늘 쓸은듯 깨끗하게 개였기로
밤깊도록 창을열고 홀로앉아 바라봤네
흩어나는 기러기 어데에서 떠오는고
새북만리 먼먼길을 글월갖고 감이려니

「閔泳煥」 민영환

△자(字)는 문약(文若)이오 호(號)는 계정(桂庭)이니 여흥인(驪興人)이라 고종(高宗)때 군부대신(軍部大臣)으로 있었고 六개국의 전권대사(全權大使)로 임명(任命)되었음 한일보호조약(韓日保護條約)이 성립(成立)되매 시종무관장(侍從武官長)으로 있다가 이를 반대(反對)하여 국민(國民)과 각국공사(各國公使)에게 유서(遺書)를 남기고 자살(自殺)하여 순국(殉國)하였음

(서기一八六一년—一九〇五년)

◎在俄京思鄕 (아라사 서울에서 고향을 생각함)

宜家未信有賢方、先養眞元得自强、飮餐無節添新祟、僊勞難誇任小康、長生靈藥三山遠、濟衆神草百草香、擧世皆知爲己學、欲蘇痼瘼適陰陽

의사마다 병고친담 믿을수없고
제맘제가 곤아야만 몸도편커니
먹고마심 절조잃어 새빌미얻고
애쓰고 괴롬많아 배길수없네
불사영약 구하려니 삼신산먼데
여러중생 살리는법 하도많다네
세상사람 제병뿌리 빼버리려면
근본이치 어김없이 지켜야느니

註=의가(宜家)※의가(醫家)이니 의사(醫師)를 말함

『白觀亭』 (백관형)

△자(字)는 경국(景國)이오 호(號)는 옥재(玉齋)니 남포인(藍浦人)이라 퇴률(退栗)의 도학(道學)과 우동(尤同)의 예학(禮學)을 숭상(崇尙)한 학자(學者)로 기미(己未)三·一운동때 지방유림대표(地方儒林代表)로 경무총감부(警務總監府)에 피체(被逮)되어 항의불굴(抗義不屈)하였음

(서기一八六一년——)

◎隱士 (은산)

雲邃岩扉隔塞烟、幽居非是學眞仙、窓間影照金華月、枕下鳴流栗里泉、違世絕遊雖好遯、傷時憂道不堪眠、何關峽中無曆日、葉落花開抑記年

숙한 산골목 구름연기 서렸는데
이속에서 살아감은 신선되려 함아니오
조용히 밝은달은 창틈으로 새아들고
구슬같은 새암물은 벼개밑에 우는구나
어수선한 세상일 멀리떠남 좋거니와
우리사람 걷는길 험난하니 걱정일세
한가로운 산골마을 책력무슨 필요하랴
피고지며 지고피면 세월오감 알리로다

註=금화(金華)※중국 송(宋)나라 백운거사(白雲居士)가 숨어 살던곳

순 종
純 宗

「王師覺(왕사각)」

△자(字)는 임지(任之)오 호(號)는 봉주(鳳洲)니 개성인(開城人)이다

◎次明陳瓚風雨連懷韻憶寄二弟 (명진찬의 운을 비러서 아우에게 보냄)

風雨連天客路斜、夢中歸去未云賖、春城桃李開無數、不似荊園一樹花

비바람 치는속 나그네길 괴로운데
꿈속에 오고감은 그리먼줄 모를러라
봄드러 이꽃저꽃 수없이 피건마는
아가위(棣花) 한가지를 어이해 당할소냐

註=체화(棣花)※아가위 꽃이니 형제(兄弟)를 말함

「裵詵(배전)」

△자(字)는 용오(容五)오 호(號)는 차산(此山)이니 김해인(金海人)이다

◎觀採荷 (연밥 땀을 보고)

落日池塘裡、兒童剪芰荷、留花莫留葉、不耐雨聲多

맑고푸른 연못가 해저무는데
아이들 가지않고 연밥따누나
꽃송이 남겨두고 잎만갈겨라
지나가는 빗소리에 잠못자느니

「金贊濟(김찬제)」

△一명은 성제(聖濟)오 호(號)는 석정(石貞)이니 경주인(慶州人)이다

◎朱溪竹枝詞 (주계의 죽지사)

一派清流數頃田、荳花稻葉共綿延、村娥爲餉耕耘去、麥飯葱湯載小船

시내언덕 양쪽으로 논밭섞여 놓였는데
목화다래 콩꽃이며 푸른볏닢 어울렸네
촌애기네 땀흘리며 밥짓고 국을끓여
점심차림 해가지고 배에싣고 가는구나

「失名氏(실명씨)」

◎佳人 (가인)

抱向東窓弄未休、半含嬌態半含羞、低聲暗問相思否、手整金釵小點頭

가는허리 껴안고서 홍청거려 놀아낼제
아양겨운 고은맵시 수줍은듯 붉었구나
너도나를 사랑너냐 귀에대고 속삭이니
금비녀 매만지며 고개숙여 그렇다네

「月溪樵夫」(월계초부)

◎東湖(동호)

東湖春水碧於藍、白鳥分明見兩三、柔櫓一聲飛去盡、夕陽山色滿空潭

동호의 봄물결 맑다못해 푸르른대
예쁜물새 두세마리 즐거웁게 떠서노네
삐걱삐걱 놋소리에 놀랜듯 날아가고
노을잠긴 산그늘만 못물위에 떠러졌네

又(월계초부)

◎販樵(나무를 팔음)

翰墨餘生老採樵、兩肩秋色動蕭蕭、山風吹入長安路、曉到東門第二橋

책상물림 늙은선비 나뭇군이 되었구나
가을빛 한덩어리 어깨위에 둥실떴네
번화한 서울거리 산바람 불려들어
새벽녘 동문밖에 나뭇짐이 느러섰네

「采樵童子」(채초동자)

◎曉行 (새벽길)

店樹溪雲曉色凄、行人秣馬第三鷄、阿郎販荳京師去、少婦眷歸月在西

구름잠긴 숲사이로 어둠흖고 동틀적에
말을채쳐 가노라니 자치는닭 홰쳐우네
시골사내 짐을지고 곡식사러 서울가고
젊은아낙 방아찧제 달빛아직 산에있네

註=시골에서는 곡식(穀食)에 한(限)하여는 파(賣)는것을 산(買)다고 함

「失名氏」(실명씨)

◎題驛亭 (역정을 두고)

衆鳥同枝宿、天明各自飛、人生亦如此、何必淚沾衣

밤들어 숲속가지 하냥자든 온갖새들
날이새자 이놈저놈 산지사방 흩어나네
우리인생 새들마냥 헤어졌다 모으느니
무어그리 슬어워서 울부짖고 하는것가

「谷口老人(곡구노인)」

◎偶題 (우제)

淡雲衰柳共爲秋、盡日林塘水氣幽、羣鳥掠魚時不中、歸飛端坐碧蓮頭

가을이라 버들가지 풀이죽어 느러지고
숲사이 못물마저 조으는듯 그윽하네
새란놈 고길채다 헛나가 떠러져서
연잎위 고이앉아 물속다시 내려보네

「雲下翁(운하옹)」

◎過謙齋鄭公幽居 (정겸재의 별장을 찾어)

亂樹中間一草家、柴門深處有秋花、幽人獨倚烏皮几、寫了青山山日斜

엉크러진 나무숲새 초가삼간 놓였는데
울안팟 여기저기 산국화만 피어있네
주인홀로 고요하게 책상의지 앉았는데
해기우러 산그림자 창안으로 기어드네

「李恪夫人(이각부인)」

△세종(世宗)때 최윤덕(崔潤德)과같이 북방 오랑캐(胡人)을 정벌(征伐)한 이각(李恪)의 부인(夫人)

◎送夫出塞 (남편을 수자리로 보내고)

何處沙場駐翠旗、戍歌羌笛夢中悲、陌頭楊柳何須怨、只待歸鞍繫月支

대장기 어느곳에 꽂아세웠나
호적소리 꿈결속엔 들려오는듯
언덕위 푸른버들 탓하질않소
돌아오신 임의말 매아두려오

「鄭(정) 氏(씨)」

◎詠杜鵑花 (두견화를 읊음)

昨夜春風入洞房、一張雲錦爛紅芳、此花開處聞啼鳥、一詠幽姿一斷腸

지나간밤 봄바람 불어오더니
비단방석 곱게곱게 펼쳐놓았네
꽃곱게 피는시절 새가울으니
노래하며 즐기는데 또애끊이오

「林碧堂金氏」(임벽당 김씨)

△의성인(義城人) 김별응(金別應)의 딸이며 유현량(兪賢良) 여주 부인(汝舟夫人)이니 시집(詩集) 一권이 전함

◎貧女吟 (빈녀음) (一)

地僻人來少、山深俗事稀、家貧無斗酒、宿客夜還歸

귀진데 살아오니 찾는이적고
뜬세상 멀리하니 한가하구나
가난한 살림사리 빚은술없어
잘손님 묵질않고 돌아가시네

又 (임벽당 김씨)

◎貧女吟 (빈녀음) (二)

夜久織未休、軋軋鳴寒機、機中一匹練、終作阿誰衣

밤깊도록 짜는베 쉬지를않고
북소리 차거웁게 새아나오네
정성다해 짜나가는 한가닥 베로
이번에는 누구옷감 마름하려나

「蒼巖金氏」(창암 김씨)

△광주인(光州人) 병사(兵使) 김석진(金石珍)의 딸이다 면모(面貌)가 추(醜)하여 스스로 호(號)를 창암(蒼巖)이라 칭(稱)하였음

◎自警 (자경)

據德懷仁可謂人、華簪寶貝莫安身、脂膏榮祿吾還畏、上有王章下有民

어진마음 착한행실 사람이라오
예쁜얼굴 고은화장 별수없느니
탐잘하는 부귀영화 나는싫다고
모시고 거느리고 말성많아서

「師任堂申氏」(사임당 신씨)

△선조(宣祖)때 진사(進士) 신명화(申命和)의 딸로 이율곡 선생(李栗谷先生)의 어머님이니 유시(幼時)부터 안견(安堅)의 그림을 배워 산수(山水)와 포도(葡萄)그림에 능(能)하고 경사(經史)에 통(通)하였으며 부덕(婦德)이 높았음
(서기 一五〇四년—一五五一년)

◎踰大關嶺望親庭 (대관령에서 친정을 바라보고)

慈親鶴髮在臨瀛、身向長安獨去情、回首北坪時一望、白雲飛下暮山青

늙으신 어머님만 홀로계신데
서울향해 떠나는맘 괴로웁구나
때때로 고개돌려 바라를보니
산위에 해는지고 구름잠겼네

又 (사임당)

◎思親 (어머님을 생각 하며)

千里家山萬疊峰、歸心長在夢魂中、寒松亭畔雙輪月、鏡浦臺前一陣風、沙上白鷗恒聚散、波頭漁艇每西東、何時重踏臨瀛路、綵舞斑衣膝下縫

산이첩첩 둘러선곳 우리집인데
언제나 꿈길속에 오고가노라
한송정 비치는달 두렸하거니
경포대 부는바람 시원하여라
모래사장 흰갈매기 날으다앉고
고깃배 물결헤쳐 가고오느니
언제나 그린고향 돌아를가서
어머님 모시압고 함께즐기리

「宋氏(송씨)」

△미암(眉庵) 유희춘(柳希春)의 부인(婦人)이며 신평(新平) 송준(宋駿)의 딸이다 경사(經史)에 통(通)하고 시(詩)에 능(能)하다

◎題新舍 (새집을 두고)

天公爲送三山壽、䨥鵲來通百世榮、萬頃良田非我願、鴛鴦和樂過平生

수부다남 인간오복 하늘은 점지하고
기리영화 누리겠다 까치와서 지저귀네
좋은논밭 많이갖음 이내소원 아니오며
단란하고 즐거웁게 평생지냄 제일이오

「氷壺堂(빙호당)」

△종실(宗室) 숙천(肅川)의 영부인(令夫人)이며 시문(詩文)에 능(能)하다

◎詠氷壺 (빙호를 읊음)

最合床頭盛美酒、如何移置小溪邊、花間白日能飛雨、始信壺中別有天

술을넣어 상머리 놓야할것을
어이해 시냇가에 옮겨있는가
개인날 꽃핀새로 비가내리니
아마도 병가운덴 딴하늘있지

「鄭氏」(정씨)

△초계군수(草溪郡守) 점(點)의 딸이며 연흥부원군(延興府院君) 김제남(金悌男)의 자부(子婦)

◎詠鶴 (학을 읊음)

一雙仙鶴唳淸霄、疑是丹邱弄玉簫、三島十洲歸思濶、滿天風露刷寒毛

하늘높이 나르면서 우는그소리
옥통수 맑게맑게 들려오는듯
바다에나 산에나 훨훨떠돌제
비바람에 씻긴나래 깨끗하구나

「成氏」(성씨)

△인재(仁齋) 희(嬉)의 딸이며 진사(進士) 최당(崔塘)의 부인(夫人)

◎贈人 (누구에게 줌)

步出人家三四呼、小童來報主人無、若非杖策尋花塢、定是携琴訪酒徒

이웃집 찾아가서 주인부르니
어린아이 나오면서 안계시다네
집팡이 끌면서 꽃노릴갔나
거문고 껴안고서 술집엘갔나

「李氏」 (이 씨)

△부사(府使) 신순일(申純一)의 부인(夫人) 시(詩)에 능(能)하고 글씨를 잘 썼다

◎失題 (실 제)

雲歛天如水、樓高望似飛、無端長夜雨、芳草十年思

하늘은 맑고맑어 물과같은데
다락은 높이높이 날아가는듯
밤새도록 끊임없이 비내리더니
야린풀 파릇파릇 물이들었네

「鄭氏」 (정 씨)

△동래인(東萊人) 자순(子順)의 딸이며 군수(郡守) 찬우(纘禹)의 부인(夫人)

◎太公釣魚圖 (태공의 낚기 그림)

鶴髮投竿客、超然不世翁、若非西伯獵、長伴往來鴻

늙도록 낚대잡고 앉아있건만
드믄재주 품고있든 노인이로세
문왕만나 함께가지 않었드라면
오가는 기려기만 동무했으리

「蘭雪軒 許氏」 (난설헌 허씨)

△선조(宣祖)때 여류시인(女流詩人)이니 초당 허엽(草堂許曄)의 딸이며 서당 김성립(西堂 金誠立)의 부인(夫人)이다 난설헌집(蘭雪軒集)이 있고 그림에도 능(能)하였음 二十七세에 졸(卒)하다

(서기一五六三년—一五八九년)

◎貧女吟 (一) (가난한 집 딸)

豈是乏容色、工針復工織、少小長寒門、良媒不相識

예쁜모습 고은자태 뉘게빠지리
바느질 잘하는데 짜기도잘해
가난한집 태아나 자라났기로
중신하는 늙은할미 아직모르오

又 (난설헌)

◎貧女吟 (二) (가난한 집 딸)

手把金剪刀、夜寒十指直、爲人作嫁衣、年年還獨宿

마름하고 바늘들어 호고누빌제
열손까락 추위얼어 끕끕하구나
시집가는 남의옷 맡아다해도
언제나 자기만은 홀로지내네

又 (난설헌)

◎鞦韆詞 (추천사)

隣家女伴競秋千、結帶蟠中學半仙、風送綵繩天上去、珮聲時落綠楊煙

예쁜처녀 짝을지어 추천하는양
반공중에 춤을추는 선녀같구나
바람결에 하늘높이 떠올라가고
패옥소리 버들새로 떠러져오네

「張氏」

△안동인(安東人) 장흥효(張興孝)의 딸이며 재령인(載寧人) 이시명(李時明)의 부인(夫人)으로 경사(經史)에 통(通)하고 시(詩)와 글씨(書)에 능(能)하였음

◎稀又詩 (희우시)

人生七十古來稀、七十加三稀又稀、稀又稀中多男子、稀又稀中稀又稀

우리인생 칠십살기 예로부터 드므온데
일흔에다 셋더하니 드물고도 드므구나
드물고도 드문중에 아들까지 많이두니
드물고 또드물고 그가운데 또드므네

「李氏」

△연양부원군(延陽府院君) 이귀(李貴)의 딸이라 일찌기 과부(寡婦)가되여 중(僧)이 되였으며 이명(尼名)은 예순(禮順)

◎自歎 (자탄)

祇今衣上汚黃塵、何事靑山不許人、寰宇只能囚四大、金吾難禁遠遊身

어느듯 풍진속에 더럽혔느니
청산마저 무스일로 싫다는구나
하늘땅 널다해도 몸둘곳없네
금오랑 네가어이 날잡으려나

「柳氏」(유씨)

△동지(同知) 남종만(南鍾萬)의 어머니며 약천의 종수(從嫂)

◎嘲藥泉相公 (약천 상공을 조롱함)

藥泉老相公、誰云筋力蘇、行年七十三、親煎佛手散

아서라 약천상공 늙은대감을
뉘라서 노쇠하다 이를것이냐
올해에 일흔이고 세살이신데
손수친히 불수산 대리신다네

註=약천 남구만(藥泉南九萬)이 七十三세에 그 별실(別室)이 산고(産故)가 있으매 친히약을 대린다는 소문을 듣고 조롱(嘲弄)하여 지은 글

「沈氏」(심씨)

△응교(應校) 광세(光世)의 맏이오 진사(進士) 이즙(李緝)의 부인(夫人)이다

◎奉送家大人謫固城 (귀양가는 아버지에게 올림)

玉砌霜風起、紗窓月影寒、忽聞歸鴈響、千里憶南關

섬돌아래 서릿발 맑게서리고
사창앞에 달그림자 차겁게되어
하늘높이 기러기 울어예올적
에멀리계신 아버님 그리워지리

「郭氏(곽씨)」

△호(號)는 청장(晴窓)이오 사부(師傅) 시징(始徵)의 딸이니 김선근(金銑根)의 부인(夫人)이다 문집(文集) 육권(六卷)이 있음

◎應口詩 (응구시)

海涵天日晩、花纈一年紅、滿江漁舟子、停帆向晩風

지는해 바닷속에 빠져버리고
울긋불긋 곱게핀꽃 한창붉였네
강물위에 떠도는 고기잡잇배
저녁이자 닻을놓고 돛폭내리오

「曺氏(조씨)」

◎夜行 (밤길)

幽澗冷冷月未生、暗藤垂路少人行、村家知在山凹處、淡霧疎星一杵鳴

달아직 뜨지않고 시내마저 고요한데
등덩굴 엉킨산길 오가는이 별반없네
아마도 저산밑에 마을집 놓였겠다
엷은안개 잠긴데서 방아소리 들려오니

「金氏」(김씨)

△잠곡(潛谷) 육(堉)의 딸이오 감사(監司) 서문이(徐文履)의 부인(夫人)이다

◎相思 (상 사)

向來消息問如何、一夜相思鬢欲華、獨倚雕欄眠不得、隔簾疎竹雨聲多

그간에 임계선 안녕합신지
밤마다 그리는정 센털만나네
난간머리 의지해 잠못이룰적
발 밖에 빗소리만 쓸쓸하여리

「崔氏」(최씨)

△정지손(丁志遜)의 부인(夫人)

◎得寧衙消息 (골사리 부친 소식을 듣고)

春窓寂歷雨燈虛、五夜云誰叩弊廬、人自半千脩嶺外、書傳一朔渴望餘、高堂政體連平吉、仲氏文帷善起居、惆悵三冬違定省、遠天回首意何如

사면은 고요하고 등불홀로 방지킬적
밤은이미 오경인데 찾아온이 누구인가
산을넘고 물을건너 반천리길 걸어왔나
밤낮으로 한달동안 기다리던 글월일세
학발고당 굽임없이 기체안녕 하옵시고
작은오빠 모신몸도 편히기거 하신다네
겨울이 다가도록 조석문안 못드리고
멀리있어 그리는맘 과연어떠 하오리까

「徐氏(서씨)」

△감사(監司) 형수(逈修)의 딸이오 승지(承旨) 홍인모(洪仁謨)의 부인(夫人)이며 석주(奭周)의 어머니 이다 경사(經史)에 통(通)하고 시문(詩文)에 능하였다

◎次李白秋下荊門 (이백의 형문에서 지은 운을따서)

霜天寥落淡雲空、獨上孤舟萬里風、漁笛數聲秋浦晚、吳山楚水夕陽中

서리찬 가을하늘 높고높은데
쪼각배 돛을달고 멀리떠가네
고기잡이 피릿소리 처량도한데
산도물도 노을속에 잠겨있구나

「只一堂(지일당) 全氏(전씨)」

△천안인(天安人)이오 생원(生員) 여충(汝忠)의 딸이다

◎絶句 (절귀)

春來花正盛、歲去人漸老、歎息將何爲、只要一善道

봄철들어 꽃들은 곱게피는데
세월가니 우리인간 늙어지노라
눈물지며 탄식한들 쓸데있으랴
다만지 착한행실 닦아나갈뿐

「靜一堂 姜氏」(정일당 강씨)

△진주인(晋州人)이니 재수(在洙)의 딸이오 탄원(坦園) 윤광연(尹光演)의 부인(夫人)이다

○聽秋聲 (가을소리 를 들으며)

萬木迎秋氣、蟬聲亂夕陽、沈吟感物性、林下獨彷徨

나무나무 가을빛 깃드렸는데
저녁나절 우는매미 처량하구나
물건마다 품은성품 생각하면서
홀로서 수풀아래 거닐어보네

「銀河」(은하)

△김천(金川)사람의 딸이다

◎七歲作 (칠세작)

夜燭房中月、朝烟屋上雲、山立千年色、江流萬里心、

달은환히 방안으로 새어들오고
연기뭉게 집웅위 서려감도네
산은우뚝 변함없이 기리푸르고
강물은 쉬지않고 흘러가누나

「錦園金氏」(금원김씨)

△원주인(原州人)이오 김시랑덕희(金侍郎德熙)의 소실(小室)이니 년(年)十四세에 남복(男服)을입고 금강설악(金剛雪嶽)에 두루 놀았으며 시문(詩文)에 능하였고 문집(文集)이 있음

◎始遊京城 (서울에 와서) (十四세작)

春雨春風未暫閒、居然春事水聲間、擧目何論非我土、萍遊到處是鄕關

하늘바람 비를섞어 불어오는데
어느듯 좋은봄철 오고가노나
이내고향 아니라고 탓할것없고
즐거웁게 노니는데 어데나좋네

又 (금원김씨)

◎秋夜有感 (가을 밤의 느낌)

陽江舘裡西風起、後山欲醉前江淸、紗窓月白百蟲咽、孤枕衾寒夢不成

나그네맘 처량할제 가을바람 불어와서
산취한듯 붉였는데 강물만은 맑았구나
사창에 달이밝고 귀뚜리도 슬피울제
외로울사 벼갯머리 꿈도자로 못이루네

「洪唐城(홍당성) 小室(소실)」

◎閨思(규산)

童報遠帆來、忙登樓上望、望潮直過門、背立空惆悵

타고가신 배 돌온다 아이말하기
바삐다락 올라가서 바라봤댔오
떠오든배 물결따라 지나버리니
부지럽시 애만더욱 끊이는구나

「楊蓬萊(양봉래) 小室(소실)」

◎寄蓬萊(봉래에게 올림)

悵望長途不掩扉、夜深風露濕羅衣、楊山館裏花千樹、日日看花歸未歸

가시던길 보느라고 사립안닫소
밤깊도록 찬이슬에 옷이다젖네
임가신데 고은꽃 얼마피였기
날이가도 오실줄을 왜모르시나

「玉峯 李氏」(옥봉 이씨)

△전주인(全州人)이오 군소(郡守) 봉지(逢之)의 딸이며 운강(雲江) 조원(趙瑗)의 부실(副室) 임진란(壬辰亂)에 순절(殉節)하였음

◎閨情(규정)

有約來何晩、庭梅欲謝時、忽聞枝上鵲、虛畵鏡中眉

봄이되면 오신다고 다짐두고 가시더니
뜰끝에 매화져도 오실줄을 모르시네
문앞나무 가지위에 까치깍깍 짖사옵기
허사인줄 알면서도 회장곱게 하였댔오

又(옥봉이씨)

◎贈雲江(운강에게 보냄)

近來安否問如何、月到紗窓妾恨多、若使夢魂行有跡、門前石路便成沙

요즈음 서방님은 기체안녕 하십니까
사창에 달밝으니 이내시름 그지없오
만일에 꿈속길 오간자취 있으량이면
임의문앞 돌다리 모래밭 되었으리

「李(이) 氏(씨)」

△김성달(金盛達)의 소실(小室) 당초에는 시(詩)를 모르다가 가장(家長)이 죽으매 그 시고(詩稿)를 가지고 신통하였음

◎江村卽事 (강촌즉사)

山影倒江掩夕暉、漁人欸乃帶潮歸、知爾幾時逢海雨、船頭斜掛綠簑衣

산그림자 거꾸로 강물위에 놓였는데
어혀디아 뱃소리 물결따라 들려오네
몇번이나 바다에서 비바람을 만났는지
돛대높이 젖은도롱 비껴걸어 달았구나

「鄭(정) 氏(씨)」

△감사(監司) 도성(道成)의 딸이며 황쇠(黃釗)의 소실(小室)

◎寄良人在謫 (남편적소에 부침)

病葉風中語、殘花雨後啼、相思千里夢、月在小樓西

바람앞에 마른잎 부스럭대고
지다남은 꽃송이 비에젖었네
꿈결속엔 임계신데 오고가건만
달빛만 다락머리 걸려있구나

「金氏」(김 씨)

△경참판(慶叅判) 최일(最一) 부인(夫人)

◎春日 (봄)

田疇生潤水增波、農務應從夜雨多、庭草漸長花落盡、一年春色夢中過

논이랑 가득가득 잔물결 출랑대고
농사일 접어들제 비도많이 내리노나
풀빛차츰 푸러가고 꽃은이미 져버리니
일년의 좋은춘광 꿈가운데 오고가네

「繡香閣元氏」(수향각 원 씨)

◎七夕 (칠석)

烏鵲晨頭集絳河、勉教珠履涉淸波、一年一度相思淚、滴下人間雨脚多

까마까치 모아들어 은하수에 다리놓니
견우직녀 좋아라고 사뿐사뿐 건넷으리
일년동안 그린회포 눈물지며 호소하니
그눈물 비가되어 인간으로 쏟아지네

『竹西朴氏』(죽서박씨)

△반남인(潘南人) 종언(宗彦) 칙실(側室)의 딸이며 판서(判書) 서기보(徐箕輔)의 부실(副室)이다

◎十歲作 (십세에 지음)

牕外彼啼鳥、何山宿便來、應識山中事、杜鵑開未開

문노니 창밖에서 우는저새는
간밤에 어느산서 자고왔느냐
산중일 네가응당 잘알것이니
진달래꽃 어데어데 피고안핀걸

又 (박 씨)

◎曉坐 (새벽에 앉아서)

一陣歸鴻叫遠風、竹聲時雜雨聲中、寒燈欲滅香初歇、曉月猶遲小院東

기러기떼 먼먼하늘 바람차고 날라가고
우수수 댓잎소리 비에섞여 우는구나
차거운 등불마저 가물가물 꺼지렬제
새는달 아직남아 다락머리 걸려있네

『金氏』(김씨)

△김성달(金盛達)의 딸이다

◎次母氏太古亭韻 (어머니의 태고정운을 빌려서)

樓臺寂寞鎖空庭、嗚咽前溪淺水聲、勝事繁華無處問、竹林啼鳥最多情

태고정자 태고련듯 고요하온데
앞시내 물소리만 졸졸흐르네
번화하던 옛날일 물을곳없고
숲사이 우는새들 정다웁구나

「吁咄」(우돌)

△고려(高麗)때 용성(龍城)의 기생(妓生)으로 시(詩)에 능(能)함

◎呈宋佐幕國瞻 (송좌막에 올림)

廣平鐵腸早知堅、兒本無心共枕眠、但願一宵詩酒席、助吟風月結芳緣

광평의 모진장자 제가일찍 알았거니
벼개함께 모시려는 근본마음 없오이다
다만지 하룻밤 술마시는 자리에서
풍월읊는 좋은인연 맺아봄이 원이라오

註=광평(廣平)※송경(宋璟)의 자(字)가 광평이니 정조가 굳어 석간철상(石肝鐵腸)에 비유 했음

「翠仙」(취선)

△호(號)는 설죽(雪竹)이며 김철손(金哲孫)의 소실(小室)이다

◎白馬江懷古 (배마강 회고)

晩泊皐蘭寺、西風獨倚樓、龍亡江萬古、花落月千秋

늦으감치 고란사에 배를대이고
시름잠겨 다락머리 앉았노라니
강물은 말이없이 흘러가는데
낙화암에 꽃진시절 얼마이런가

「黃眞伊」(황진이)

△이조(李朝) 十一대 중종(中宗)—十三대 명종(明宗)때 개성(開城)의 명기(名妓)로 송도삼절(松都三絕)「朴淵瀑布、徐花潭、黃眞伊」의 하나 황진사(黃進士)의 딸로 한시가、서화、시조(漢詩歌、書畫、時調)에 능(能)하였으며 뛰어난 시조(時調) 六수가 전(傳)함

◎詠半月 (반달을 두고)

誰斲崑山玉、裁成織女梳、牽牛離別後、謾擲碧空虛

뉘라서 곤산옥을 찍어내아서
직녀의 얼레빗 만들었는지
서방님 눈물지며 헤어진뒤에
암커나 벽공위에 던져버렸오

又 (황진이)

◎送別蘇判書世讓 (소판서를 보냄)

月下庭梧盡、霜中野菊黃、樓高天一尺、人醉酒三觴、流水和琴冷、梅花入笛香、明朝相別後、情與碧波長

뜰앞에 오동잎 다져버리고
서릿속에 들국화 곱게피었네
다락높아 잣칫하면 하늘닿을듯
잔거듭 드는사이 취해누었오
흐르는물 고(琴)아울려 차거웁고
매화향기 피리소리 뿜어보내오
내일아침 눈물지며 헤어진후에
그린심사 물결함께 끊임없으리

「桂生」

스셩(姓)은 이씨(李氏)오 자(字)는 쳔향(天香)이오 호(號)는 매창(梅窓)이니 부안기생(扶安妓生)

◎贈醉客 (취객에게 보냄)

醉客執羅衫、羅衫隨手裂、不惜羅衫裂、但恐恩情絕

소맷자락 쥐어잡고 만류하셜적
잡히였던 소맷자락 찢어지누나
웃자락 찢기능이 아깝질않소
은정이 끊이올가 저어합니다

又 (계 생)

◎春怨 (봄 시름)

竹院春深鳥語多、殘粧含淚捲窓紗、瑤琴彈罷相思曲、花落東風燕子斜

봄이차츰 깊어갈제 새소리도 처량하다
창을열고 앉았으니 마음자로 상하구나
거문고 줄을골라 상사곡 타노라니
심술궂은 바람앞에 낙화펄펄 흩날리네

「秋香」(추향)

△장성기생(長城妓生)

◎蒼岩亭(창암정)

移棹蒼江口、驚人宿鳥飜、山紅秋有迹、沙白月無痕

노를저어 강어구에 배를대이니
자든새 놀라깨어 펄펄나르네
가을은 나무잎에 곱게물들고
밝은달 모래밭에 떠러져희네

「翠竹」(취죽)

△명(名)은 현(玄)이니 안동권씨(安東權氏)의 가비(家婢)

◎秋思(추사)

洞天如水月蒼蒼、樹葉蕭蕭夜有霜、十二緗簾人獨宿、玉屛還羨繡鴛鴦

파란달빛 차거웁게 쌀쌀하온데
나뭇잎 지는소리 처량하구나
비단주렴 드린속에 혼자누으니
원앙침 함께하는 임이그리워

「桂月」(계월)

△평안감사(平安監司) 이광덕(李匡德)의 애희(愛姬)

◎奉別巡相李公 (이공을 이별하며)

流涙眼看流涙眼、斷腸人對斷腸人、曾從卷裡尋常見、今日那知到妾身

울면서 보내올제 울면서 떠나시니
끊이고 가신뒤에 끊이고는 못살겠네
임이별이 슲다함을 말만듣고 못보더니
이제내가 당해보니 과연헛말 아니외다

「翠蓮」(취련)

△자(字)는 일타홍(一朶紅)이오 북도(北道) 기생(妓生)으로 시(詩)를 잘하며 가무(歌舞)에도 능(能)하였고 평사(評事) 서명빈(徐命彬)의 사랑을 받었음

◎奉呈徐公 (서공에게 올림)

令節當三春、鄕愁日日新、學士風流盡、空歸千里人

삼춘가절 돌아와서 꽃이피고 새가우니
임그리워 타는마음 날갈수록 새뤄지오
모시고서 노든일이 꿈결인양 사라지고
천리밖에 떠러져서 울고사는 신세외다

「桂花(계화)」

△남원기생(南原妓生)

◎廣寒樓 (광한루 에서)

織罷氷綃獨上樓、水晶簾外桂花秋、牛郞一去無消息、烏鵲橋邊夜夜愁

내마음 둘데없어 다락위 올라오니
수정렴 발틈으로 가을기운 스며드네
정든님 가신후로 기별마저 끊이오니
오작교 바라보며 밤마다 시름하오

「小琰(소염)」

△성(姓)은 채(蔡)씨오 양덕기생(陽德妓生) 혹은 성천기생(成川妓生)

◎挽人 (만인)

傷心最是北邙山、一去人生不再還、若謂死生論富貴、王侯何在夜臺間

누구라 북망산을 싫다하지 않을소냐
인생한번 가고보면 두번다시 못오느니
만일에 죽고살음 부귀로써 바꾼다면
왕후장상 어이하여 황천에서 눈물지리

註=야대(夜臺)※구천(九泉)또는 황천(黃泉)이니 저승을말함

「芙蓉(부용)」

△성천기생(成川妓生)이니 호(號)는 운초(雲楚)오 시가(詩歌)에 능(能)하였고 연천 김판서 이양(淵泉金判書履陽)의 애희(愛姬)이다

◎四絕亭 (사절정)

亭名四絕却然疑、四絕非宜五絕宜、山風水月相隨處、更有佳人絕世奇

정자이름 사절이라 그이름을 의심하오
사절이라 하옴보다 오절더욱 마땅하네
산수모다 좋은데다 풍월함께 어울린곳
절세가인 한목끼어 오절일시 분명쿠나

又 (부용)

◎餞春 (봄을 보냄)

芳郊前夜餞春回、不耐深悲強把盃、猶有柏花紅一樹、時看蛺蝶度墻來

방초푸른 언덕에서 봄보내고 돌아와서
깊은시름 못내이겨 술을자꾸 다셨댔오
곱게핀 동백꽃 아직남아 붉였거니
범나비 담을넘어 각금각금 날아드네

「凌雲」、

◎待郞君 (임을 기다리며)

郞云月出來、月出郞不來、想應君在處、山高月上遲

동천에 달솟을제 오신다고 하시더니
그달이미 기우러도 오실줄을 모르시네
아마도 생각노니 임가계신 그곳에는
산이높고 골목깊어 달이늦게 뜨는덴가

「桂香」

△진주기생(晋州妓生)

◎寄遠 (멀리 붙임)

別後雲山隔渺茫、夢中歡笑在君傍、覺來半枕虛無影、側向殘燈冷落光。何日能逢千里面、此時空斷九回腸、窓前更有梧桐雨、添得相思淚幾行

산도아득 물도아득 막혀있는데
꿈결속 임의품에 안겨놓았오
깨고보니 베갯머리 홀로누었고
등잔불만 차거웁게 까물거리네
어느때 서로만나 탐탐즐길고
요즈음 구곡간장 녹아버리오
오동위에 내리는비 처량도하여
새도록 들어가며 눈물진다오

「竹香(죽향)」

△호(號)는 낭각(琅玕)이오 평양기생(平壤妓生)으로 시화(詩畵)에 능(能)하였음

◎暮春呈女兄鷗亭道人 (모춘에 여형에게)

魛魚時節養蠶天、遠近青山摠似烟、病起不知春已暮、桃花落盡小窓前

고기잡이 한창인데 누에또한 바쁜때오
이산저산 아물아물 아지랑이 잠겨있네
병들어 누어있어 봄가는줄 몰랐더니
창앞에 복사꽃도 어느결에 져버렸오

「梅鶴(매하)」

△화산기생(花山妓生)

◎錦帶詩 (비단띠)

欹枕寒窓睡思遲、一燈明滅照雙眉、眞緣不必陽臺夢、錦帶留看學士詩

베개벼고 누었어도 잠아니오고
등불만 까물까물 비치어주네
양대의 좋은꿈을 어이바라리
주고가신 임의글월 읊어봄니다

「一枝紅(일지홍)」

△성천기생(成川妓生)

◎上泰川洪衙內(홍태천 내아에 올림)

馬駐仙樓下、慇懃問後期、離筵樽酒盡、花落鳥啼時

강선루 다락아래 말을세우고
뒤에다시 만나자고 속삭이였오
서로헤짐 차마못해 애끊이든적
꽃이지고 새가우던 시절였다네

「妍丹(연단)」

△성천기생(成川妓生)

◎別郎(임 이별)

君垂送妾淚、妾亦淚含歸、願作陽臺雨、更灑郎君衣

임도나를 보내시며 눈물지셨고
저도또한 울면서 돌아왔댔오
그리워서 지는눈물 비를만드러
정든님 옷자락에 뿌려볼가나

「福娘」(복랑)

△부안기생(扶安妓生)

◎贈李承旨 (이승지에게 올림)

楊柳枝詞唱得低、離亭新雨早鶯啼、洲蘆短短江籬綠、之子歸時沒馬蹄

양류사 노랫가락 소리마저 나직하고
임이별 하올적에 꾀꼬리도 슬피우네
갈대우거 푸른물가 멀리멀리 뻗혔는데
타고가신 말발굽이 자욱자욱 묻히였네

「朝雲」(조운)

△연산(燕山)때 전주기생(全州妓生)

◎歌贈南止亭袞 (남지정에게 올림)

富貴功名可且休、有山有水足遨遊、與君共臥一間屋、秋風明月成白頭

인간의 부귀공명 한쪼각 구름이오
산좋고 물맑은곳 즐거웁게 노잤구나
임과함께 지내려면 한간멧집 훌륭하오
맑은바람 밝은달에 마음편히 늙어보세

「平壤妓(평양기)」

◎除夕(섣달 그믐 날)

歲暮寒窓客不眠、思兄憶弟意凄然、孤燈欲滅愁難歇、泣抱朱絃餞舊年

이해(歲)마저 저무는밤 나그네 잠못들고
언니생각 아우그립 심사절로 처량쿠나
등잔불 까물대고 시름참끼 어려운데
거문고 껴안고서 가는해를 보내리라

「太一(태일)」

△괴산기생(槐山妓生)

◎四絕亭遇諸學士席上口吟(사절정에서 여러학사가 노는 자리를 만나)

三月離家九月歸、秦山楚水路依依、此身恰似隨陽鳥、行盡江南又北飛

봄철에 집을떠나 가을에야 돌아오니
산은첩첩 물은중중 아득길도 모르겠오
철세따라 오고가는 내몸흡사 기러기오
강남땅 두루돌아 북쪽으로 또나느니

「小玉花」(소옥화)

△거제도 남촌여자(巨濟島南村女子)

◎別人(임을 이별하고)

歲暮風寒又夕暉、送君千里淚沾衣、春堤芳草年年綠、莫學王孫歸不歸

바람은 살 이이고 해도 이미 저므는데
먼먼길 임보낼제 지는눈물 옷적시오
야린풀 봄이와서 해마다 푸르를제
가고서 아니오는 그본아여 받질마오

「京江村女」(경강촌녀)

◎卽事(즉사)

昨夜春隨小雨過、遠郊芳草近山花、乾坤獨立閒人在、數曲溪南一字家

간밤내린 그비따라 봄도함께 돌아갔나
이산핀꽃 져버리고 저들언덕 풀푸르네
오건가건 피건지건 건곤은 변함없고
시내건너 저집에선 누구인가 노래하네

「一朶紅(일다홍)」

△북도기생(北道妓生)

◎賞月(달 구경)

亭亭新月最分明、一片金光萬古精、無限世間今夜望、百年憂樂幾人情

우뚝이 솟은저달 둥두렷이 걸렸는데
한조각 맑은정신 기리기리 변함없네
이세상 어데라도 저달밝게 비치련만
바라보며 울고우슴 사람사람 다르리다

「蘆兒(노아)」

△장성기생(長城妓生)

◎贈盧御史(노어사에게 올림)

蘆兒臂上刻誰名、墨入雪膚字字明、寧使川原江水盡、此心終不負初盟

눈결같은 팔뚝위에 뉘이름 박혔는고
살을따고 넣은채로 글자글자 분명하오
강물말라 바닥나고 그바닥이 산될망정
임께바친 굳은절개 끝내변함 없으리다

註=혹(或)은 평양기생(平壤妓生) 황화(黃花)의 시(詩)로 노아(蘆兒)는 황화(黃花) 천원(川原)은 대동(大同)으로 되어있음

『村(촌) 女(녀)』

◎辭尹白下(윤백하를 하직하고)

溪路暮烟起、斜陽白鷺前、君家去漸遠、歸馬不忍鞭

저녁연기 이는속을 개울길이 기어가고
갈매기뜬 물결위에 지는해 잠겼구나
고개자주 돌려볼제 임집차츰 멀어지니
가는말 느리다고 채찍차마 못하겠오

『於(어)于(우)同(동)』

△호서기생(湖西妓生)

◎扶餘懷古(부여를 회고하고)

白馬臺空經幾歲、落花巖立過多時、靑山若不曾緘默、千古興亡問可知

백마대에 용이간적 얼마이런가
낙화암 꽃도진제 오래되었오
만일에 저청산이 대답한다면
백제의 천고흥망 물어보련만

『小紅(소홍)』、〈평양기생(平壤妓生)〉

◎絕句(절귀)

北風吹雪打簾波、永夜無眠正若何、塚上他年人不到、可憐今世一枝花

찬바람 눈을섞어 몰아치는데
밤깊도록 홀로앉아 잠못이루네
이몸죽어 무덤되면 찾으리있나
가여웁게 흩날리는 낙화신세오

『交河 落花津女(교하 낙화진녀)』

◎舟中(배에서)

昨宿開花山下家、今朝又涉落花波、春光却似人來去、纔見開花又落花

어저께 자든집서 피는꽃을 보았더니
오늘아침 건네는물 꽃잎동동 떠흐르네
춘광도 그리바빠 사람따라 오고가나
피는꽃 겨우보자 지는꽃을 다시보네

後序

우리韓國의 悠久한 歷史와 더불어 敎育文化藝術은 이웃나라가 追隨할수 없이 發展하여 왔음은 世界人類가 잘 알고 있으며 우리文化를 崇尙하는 사람이 날로 늘어가고 있음을 볼수있는 것이다。 다시금 새時代의 課題로된 傳統있는 우리固有文化의 繼承을 爲하여 오랜歷史를 裝飾하는 우리祖上이 남긴 古典을 現代國民의 現代的意識속에 新鮮한 生命으로 蘇生시키고자 弊會에서는 漢文 廢止로 放置되어가는 모ー든 古典을 現代文學에 酬應하여 이의 飜譯을 擔當하고 그刊行을 目的하고 있다。

이는 곧 오랜歷史인 우리古典의 專門知識을 後世國民은 勿論 世界萬邦에 宣揚하여 永遠不滅하게 우리古典의 깊은生命을 이어나가자는 것이다。

專門的古典飜譯事業은 너무 厖大한 것이어서 國家的인 積極的 援助없이는 빠른 時日에 이룩하기 어려운 것임은 自他가 共知하는 事實이로되 弊會에서는 모ー든 難關을 克服하여 本 飜譯 事業에 全力을 傾注하고 있으나 모름지기 諸賢의 아낌 없는 愛護가없이는 民族的 課業인 本事業의 實現을 볼 수 가 없을것으로 生覺하는 바이오며

이번에 刊行한 古典飜譯一輯 韓國歷代 名詩全書는 弊會의 第一步로서 編纂하였사오니 江湖諸賢의 높으신 聲援을 바라 마지 않는 바이다。

西紀一九五九年三月一日

文獻編纂會

韓國歷代 **名詩全書**(명시전서)

초판 1쇄 발행 1959년 3월 1일
초판4쇄 발행 2020년 3월 16일

校　　閱 | 權泰益
譯　　者 | 李丙斗
發 行 者 | 金東求
發 行 處 | 명문당(1923. 10. 1 창립)
주　　소 | 서울시 종로구 윤보선길 61(안국동)
우체국 010579-01-000682
전　　화 | 02)733-3039, 734-4798, 733-4748(영)
팩　　스 | 02)734-9209
Homepage | www.myungmundang.net
E-mail | mmdbook1@hanmail.net
등　　록 | 1977. 11. 19. 제1~148호

ISBN 979-11-90155-36-6 (03810)
35,000원